SISTEMA DA NATUREZA
ou
Das leis do mundo físico
e do mundo moral

BARÃO DE HOLBACH
(1723–1789)

SISTEMA DA NATUREZA
ou
Das leis do mundo físico e do mundo moral

1ª edição: Londres, sem editor, 1771
Texto-base: edição de Leipzig, sem editor, 1780

Tradução
Regina Schöpke
Mauro Baladi

© 2010, Martins Editora Livraria Ltda., São Paulo, para a presente edição.
Sistema da natureza ou Das leis do mundo físico e do mundo moral, Barão de Holbach.
Esta obra foi originalmente publicada em francês sob o título *Système de la Nature ou Des Lois du Monde Physique et du Monde Moral*.

Publisher *Evandro Mendonça Martins Fontes*
Coordenação editorial *Anna Dantes*
Produção editorial *Luciane Helena Gomide*
Projeto gráfico *Renata Miyabe Ueda*
Preparação *Jonathan Busato*
Revisão *Denise Roberti Camargo*
Dinarte Zorzanelli da Silva

Dados Internacionais de Catalogação na Publicação (CIP)
(Câmara Brasileira do Livro, SP, Brasil)

Holbach, Barão de, 1723-1789.
  Sistema da natureza ou Das leis do mundo físico e do mundo moral / Barão de Holbach ; tradução Regina Schöpke, Mauro Baladi. – 1. ed. – São Paulo : Martins Martins Fontes, 2010. – (Coleção Tópicos Martins)

  Título original: Système de la nature ou Des lois du monde physique et du monde moral.
  ISBN 978-85-61635-65-7

  1. Filosofia da natureza – Obras anteriores a 1800 2. Filosofia e religião 3. Materialismo 4. Moral – Obras anteriores a 1800 5. Mundo (Filosofia) – Obras anteriores a 1800 I. Título. II. Título: Das leis do mundo físico e do mundo moral. III. Série.

10-04190   CDD-113

Índices para catálogo sistemático:
1. Filosofia da natureza   113

Todos os direitos desta edição para o Brasil reservados à
Martins Editora Livraria Ltda.
Rua Prof. Laerte Ramos de Carvalho, 163
01325-030 São Paulo SP Brasil
Tel. (11) 3116.0000 Fax (11) 3115.1072
info@martinseditora.com.br
www.martinseditora.com.br

> *Naturae vero rerum vis atque maiestas in omnibus momentis fide caret si quis modo partes eius ac non totam conplectatur animo**.
>
> Plínio, *História natural*, Livro VII

---

* "O poder e a majestade da natureza ultrapassam a todo instante a nossa crença quando consideramos apenas as partes, sem abarcar tudo por inteiro no espírito." O texto é de autoria de Plínio, o Antigo, e sua localização exata é VII, I, 7. (N. T.)

Sumário

HOLBACH: NATUREZA E VERDADE 11

NOTA DO EDITOR 21

PREFÁCIO DO AUTOR 25

PARTE I
Da natureza e de suas leis. Do homem.
Da alma e de suas faculdades. Do dogma
da imortalidade. Da felicidade

1. Da natureza 31
2. Do movimento e de sua origem 43
3. Da matéria, de suas diferentes combinações e de seus diversos movimentos, ou da marcha da natureza 63
4. Das leis do movimento comuns a todos os seres da natureza. Da atração e da repulsão. Da força de inércia. Da necessidade 73
5. Da ordem e da desordem, da inteligência, do acaso 89
6. Do homem, de sua distinção em homem físico e em homem moral; de sua origem 105
7. Da alma e do sistema da espiritualidade 125

8. Das faculdades intelectuais; todas são derivadas da faculdade de sentir 139

9. Da diversidade das faculdades intelectuais; elas dependem de causas físicas, assim como suas qualidades morais. Princípios naturais da sociabilidade, da moral e da política 157

10. Nossa alma não extrai suas ideias de si própria. Não existem ideias inatas 197

11. Do sistema da liberdade do homem 229

12. Exame da opinião que sustenta que o sistema do fatalismo é perigoso.. 267

13. Da imortalidade da alma; do dogma da vida futura; dos temores da morte.. 301

14. A educação, a moral e as leis são suficientes para conter os homens. Do desejo da imortalidade; do suicídio 339

15. Dos interesses dos homens, ou das ideias que eles têm da felicidade. O homem não pode ser feliz sem a virtude............ 363

16. Os erros dos homens sobre aquilo que constitui a felicidade são a verdadeira fonte dos seus males. Dos vãos remédios que lhes quiseram aplicar 389

17. As ideias verdadeiras ou fundamentadas na natureza são os únicos remédios para os males dos homens. Recapitulação desta primeira parte... 409

CONCLUSÃO 419

PARTE II
Da divindade, das provas de sua existência, de seus atributos; da maneira como ela influi sobre a felicidade dos homens

1. Origem das nossas ideias sobre a divindade 429

2. Da mitologia e da teologia............................. 455

3. Ideias confusas e contraditórias da teologia 487

4. Exame das provas da existência de deus apresentadas por Clarke.. 521

5. Exame das provas da existência de deus apresentadas por Descartes, Malebranche, Newton etc. 573

6. Do panteísmo ou ideias naturais sobre a divindade 603

7. Do teísmo ou deísmo, do sistema do otimismo e das causas finais... 629

8. Exame das vantagens que resultam para os homens das suas noções sobre a divindade ou de sua influência sobre a moral, sobre a política, sobre as ciências, sobre a felicidade das nações e dos indivíduos...................................... 673

9. As noções teológicas não podem ser a base da moral. Paralelo entre a moral teológica e a moral natural. A teologia prejudica os progressos do espírito humano....................... 705

10. Que os homens nada podem concluir das ideias que lhes são dadas sobre a divindade; da inconsequência e da inutilidade de sua conduta com relação a isso.......................... 735

11. Apologia dos pontos de vista contidos nesta obra. Da impiedade. Existem ateus?.. 769

12. O ateísmo será compatível com a moral? 789

13. Dos motivos que levam ao ateísmo; esse sistema pode ser perigoso? Ele pode ser abraçado pelo vulgo?.................... 811

14. Breviário do código da natureza 853

Holbach: natureza e verdade

Regina Schöpke

A ideia de que "o homem é infeliz porque desconhece a natureza" não tem nada de ingênua. Muito pelo contrário: ela é a base de uma filosofia que, desde Epicuro, trava uma guerra sem tréguas contra a ignorância, as superstições e os fanatismos que, em todos os tempos e lugares, tornaram os homens escravos do medo e, por conseguinte, reféns de uma estrutura de poder político-religioso que se alimenta de nossas fraquezas e covardias. De fato, essa frase de Paul Heinrich Dietrich – também conhecido, entre os franceses, como Paul-Henri Thiry ou, mais popularmente, como o Barão de Holbach (1723-1789) – é uma espécie de grito de guerra contra a metafísica e a religião que sempre obscureceram a percepção dos homens, levando-os à produção de ideias fantasmagóricas sobre a realidade e si mesmos.

Conhecido por suas virtudes, mas também por seu ateísmo radical (duas coisas que, para os religiosos – e mesmo para o grande Voltaire –, não poderiam andar juntas),

Holbach, como iluminista convicto, acreditava no poder transformador da razão e do pensamento, ainda que tal perspectiva se revele um tanto problemática quando pensada no interior de uma filosofia que entende a natureza como constituída por leis inescapáveis, que, por sua vez, são estendidas também ao mundo moral e humano e no qual, sobretudo, o próprio homem é visto como um ser destituído de vontade livre, de livre-arbítrio. Sim... Holbach consegue reunir, de um modo genial e único, duas perspectivas que, em princípio, parecem absolutamente antagônicas: um fatalismo e um determinismo natural, do qual o próprio homem não pode fugir, e a possibilidade humana de reformar, de transformar a si mesmo e o seu mundo.

Sem dúvida, acostumados como estamos, no mundo cristão, a pensar o homem como um ser livre, que transcende sua condição natural, sentimos estranheza (para não dizer repulsa) por qualquer pensamento que nos aprisione num destino inexorável. Mas Holbach não defende um "destino", propriamente falando; também não se trata de um *Logos* à maneira dos estoicos, embora, para ele, existam leis inexoráveis que comandem os movimentos do mundo e da matéria. O que, na verdade, Holbach não perde de vista, por não ser tomado por ilusões (tais como a de que o homem é um ser superior por natureza, ou seja, que é feito de uma substância diferente da dos outros seres do mundo, ou de que não somos parte da natureza e, sim, senhores dela), é que nós somos inelutavelmente determinados por nossas ideias, por nossa constituição interna e externa; que nossa percepção depende da qualidade de nossos sentidos ou de nossos órgãos; que, enfim, não somos seres que escolhem pelo ímpeto de uma vontade livre e soberana, mas, ao contrário, nossa vontade, nossos desejos e paixões são comandados por tudo aquilo que nos constituiu, tanto do ponto de vista natural quanto do ponto de vista cultural.

Isso quer dizer – assim como será para Nietzsche, no século seguinte, e como foi para Espinosa, no século anterior – que o homem não é um ser à parte da natureza, um ser especial dotado de poderes sobrenaturais ou divinos. Ele é parte da natureza, como todos os outros seres, e só poderá atingir uma plenitude autêntica se conhecer, sem ilusões, sua própria constituição e, sobretudo, se não entrar em guerra contra seus próprios instintos e tendências naturais, como tem ocorrido desde o início da história da civilização.

Holbach, ao contrário do que se imagina equivocadamente de um ateu, não é nenhum defensor da desordem universal, do caos absoluto (esta é bem mais a tendência do niilismo do nosso mundo contemporâneo, que perdeu todos os seus parâmetros de avaliação e encontra-se mergulhado num caos teórico e existencial). Pelo contrário, Holbach luta arduamente para tentar esclarecer os homens a respeito de sua própria natureza, para que então possamos buscar, verdadeiramente, uma maneira de viver de modo digno a nossa própria humanidade. É a busca do homem virtuoso, da produção deste homem, que está na base da filosofia de Holbach, para quem bons homens produzem boas leis e para quem boas leis produzem bons homens.

Dito de outra maneira, uma razão bem constituída é a condição *sine qua non* para a produção de uma sociedade mais justa e igualitária. Mas, para isso, é preciso enfrentar forças terríveis que, há milênios, dominam os homens e os fazem entrar em guerra por ideias vãs e mentirosas. O homem simplesmente inverteu tudo. Ele deixou de viver o "aqui e agora" da existência para pensar no além; ele teme as forças divinas e a tirania da natureza porque aprendeu, desde a mais tenra infância, ideias estapafúrdias e irracionais que violentaram sua "saudável razão natural" – para usar as palavras de Nietzsche, quando este afirma que os animais devem olhar com estranheza esse ser ridente, plangente e confuso que somos nós, as bestas racionais.

Sim... só o conhecimento da natureza pode nos libertar, porque só esse conhecimento nos permite produzir ideias e conexões reais a respeito das coisas e de nós mesmos. A verdade reside nisso, para Holbach. E se este termo – *verdade* – hoje levanta tanta desconfiança entre os adeptos de uma filosofia que se pensa mais liberta da metafísica, é por pura limitação da mente, que, mergulhada numa absoluta confusão conceitual e movida por uma preguiça monumental, decretou que não existe nenhuma verdade dos fatos ou das coisas, e que simplesmente tudo são interpretações vazias, ou seja, um "assim é se lhe parece". Certamente, não foi isso que Nietzsche quis dizer ao fazer a crítica mais radical e veemente já conhecida na história da filosofia: a crítica da verdade em sua forma pura e absoluta.

Sem dúvida, para um mundo que se intitula pós-moderno (ainda que nem os filósofos que criaram esse conceito saibam muito bem o que ele quer dizer) e, sobretudo, para um tipo de filosofia que acredita ter rompido com todos os grilhões metafísicos, as ideias de *natureza* e de *verdade* – ou mesmo a de *virtude* – são, de fato, problemáticas. Certamente, ninguém há de negar (sobretudo depois de Nietzsche) que tais conceitos estão carregados de um conteúdo moral que parece incompatível com um mundo que viu ruir os valores superiores e que busca, a todo custo, um sentido mais humano – ou mais imanente – para a nossa existência. No entanto, mesmo correndo o risco de produzirmos uma afirmação anacronicamente grega ou demasiado iluminista, nós diríamos que, sem esses conceitos, a filosofia cai num círculo vicioso conceitualista e metalinguístico, onde ela perde definitivamente sua função libertadora e transformadora, mergulhando, como já dissemos, no niilismo típico do nosso tempo – niilismo, já previsto por Nietzsche, no qual não apenas certas ideias perderam o sentido, mas a própria vida é pensada como absurda e sem valor; e onde o homem, ressentido e adoecido por tantas ilusões perdidas, já não reage mais e se deixa morrer passivamente.

Holbach realmente representa o contrário deste mundo niilista: ele luta por uma vida humana mais poderosa, mas também mais verdadeiramente racional e sensata. Uma vida que, reconciliada consigo mesma, permita ao homem desenvolver todas as suas potencialidades e virtualidades. Sim, o ponto nevrálgico da ética de Holbach é a felicidade ou, mais especificamente, o bem-estar (individual e social) – pois, sem ele, a vida se torna árida e se corrompe, voltando-se contra si mesma. Holbach, de fato, bem antes de Nietzsche, já reconhecia e denunciava essa guerra insana que o homem trava contra si mesmo, contra a sua natureza, seus instintos e paixões, produzindo uma cultura que funciona como uma espécie de redoma, de mundo-próprio (e também como uma armadura), que só na aparência nos mantêm protegidos e seguros. Sem dúvida, as paixões são mesmo perigosas, como alertam os metafísicos e religiosos, mas apenas e tão somente porque elas põem em risco este nosso castelo de areia.

Dito de outro modo: é claro que Holbach sabe que os excessos são prejudiciais tanto à vida dos indivíduos quanto à da coletividade. Mas as paixões só descambam para as obsessões e para os desvarios exatamente porque os homens não têm vivido a sua natureza de um modo são e verdadeiro. O que Holbach quer dizer, de um modo brilhante, é que as paixões não são más nem boas, são apenas necessárias, são parte de nossa constituição, sendo sua principal função nos estimular a buscar aquilo que verdadeiramente nos fortalece e, por consequência, a fugir daquilo que nos enfraquece ou mata. Nesse caso, a sua função real é manter os seres em estado de alerta contínuo, é mantê-los vivos. O que ocorre é que, num mundo em que a própria razão está constituída a partir de falsos pressupostos e ideias, a paixão será sempre um risco real que colocará em jogo a "verdade" deste próprio mundo.

De fato, é em vão que o homem trava uma guerra contra as paixões – o que, no fim das contas, serve apenas para enlouquecê-lo ainda mais. A razão não deve ser, segundo Holbach, uma ferramenta de dominação tirânica dos sentimentos e dos instintos mais naturais, mas, sim, de comando, de controle, de guia para eles. Não se trata de falar contra as paixões, mas, ao contrário – como dizia o próprio Espinosa –, de entender seu funcionamento e de colocá-las a serviço da vida humana. Isso parece simples, mas inverte todo o funcionamento de uma razão que trata tudo o que é natural como menor e desprezível – fruto, é claro, dos vícios de uma educação que faz o homem se sentir um deus rodeado por seres irracionais inferiores, quando ele próprio é o único animal a cometer deliberadamente sandices e desvarios.

De fato, se existe alguma saída para os homens é pela educação, como defende o Barão de Holbach. Afinal, é logo na infância que se formam as verdadeiras ou falsas ideias que carregaremos por toda a nossa vida. Não há dúvidas de que a educação, mergulhada em tantas ilusões e confusas conexões, tem nos cumulado de preconceitos e de vícios que nos desviam do caminho da verdade (que, para Holbach, é simplesmente o caminho da natureza, do seu conhecimento mais profundo). Como dissemos anteriormente, uma razão bem constituída é o suficiente para produzir um homem mais justo e pleno, um homem que vai necessariamente zelar pela sua felicidade e pela felicidade daqueles que o cercam, exatamente porque sabe instintivamente que não existe felicidade individual sem a felicidade coletiva, e vice-versa. No fundo, o homem precisa aprender desde cedo a mais fundamental de todas as verdades: que fazemos parte da natureza, ou seja, que estamos submetidos às suas leis como todos os outros seres.

Uma vez compreendida essa questão, fica mais fácil entender por que a verdadeira guerra que precisa ser travada é contra as forças religiosas e metafísicas que fazem os homens se voltarem contra si próprios e contra a natureza que os gerou. Afinal, para um iluminista como Holbach, a vida se dá no "aqui e agora" e, portanto, não é possível desprezar as condições reais de existência. Dito isso, devemos entender que, segundo Holbach, os poderes estabelecidos sabem que manter os homens na ignorância é a melhor e mais eficaz maneira de dominá-los e explorá-los. Trata-se de uma ignorância estimulada e cultivada ativamente por uma máquina que alimenta e se alimenta de nosso medo, de nossa covardia diante da vida e, sobretudo, diante da morte.

E aqui voltamos a Epicuro, que citamos no início, e que está por trás de toda essa luta contra um obscurantismo que leva os homens a viverem na cegueira, à espera de pastores para guiá-los pelo caminho "certo", com sua razão corrompida pelo medo do que está além da morte. Porém, mais do que temer a morte, é preciso temer não viver de verdade, diria Epicuro. E Holbach poderia acrescentar que viver de verdade "é tornar-se aquilo que se é" (frase de Nietzsche que expressa perfeitamente o ideal libertário do filósofo que não confunde a liberdade com a falta de freios, mas, sim, com a potência de fazer sempre o que convém e fortalece a nossa natureza).

Sem dúvida, é difícil explicar como, sem vontade livre, ou seja, livre-arbítrio – e, aqui, Holbach se aproxima de Espinosa –, o homem pode transformar a si mesmo e o seu mundo. Porém, nos dois filósofos, trata-se da necessidade de um aumento real de nossa potência de existir, que se dá com a afirmação de nossa natureza (e não entrando em luta contra ela). Uma vez conhecendo nossos limites e nossas possibilidades, uma vez rompendo com as falsas ideias que nos constituíram, podemos alcançar os verdadeiros limites de nossa expansão e, assim, vivermos a vida em toda a sua plenitude. Para um filósofo que considera o acaso um conceito vazio, defendendo um princípio de causalidade absoluta, *devir* não quer dizer caos ou desordem. Devir quer dizer movimento contínuo, matéria em movimento, mas nem por isso esse movimento é algo aleatório. Pelo contrário, para Holbach, qualquer evento, mesmo o mais ínfimo, tem uma causa, quer o homem a conheça ou não.

Em poucas palavras, para Holbach, o homem reconciliado com a natureza e consigo mesmo não será um homem vicioso, não fará mal a si e aos outros, não violará as leis que tornam possível viver em sociedade simplesmente porque sua ação não se deverá mais à coação dos outros homens ou ao medo dos castigos do além, mas às determinações da sua razão. Uma razão bem formada é simplesmente uma razão naturalmente justa, equilibrada, sem excessos e desvarios, ou seja, ela segue os padrões da própria natureza. Nesse ponto, quando Cornelius Castoriadis afirma, no século XX, que a natureza tem mais lógica do que a vida humana, ele não deixa de vislumbrar essa nossa tendência a criar ilusões, a fabular. E se o escritor José Saramago também não deixa de aludir ao fato de que os instintos parecem ter servido melhor aos animais do que a razão ao homem, é exatamente para denunciar o quanto o homem ainda vive imerso na escuridão da "caverna", ainda que se orgulhe tanto de sua racionalidade.

Pois bem, voltando ao niilismo do nosso tempo – que também acabou, paradoxalmente, produzindo uma verdade absoluta: a de que não existe verdade alguma –, julgamos que a obra de Holbach possa abrir novas perspectivas para um pensamento que continua perseguindo, contra qualquer escola ou ideia dominante, a verdade das coisas ou, ao menos, interpretações mais próximas da realidade. Sem essa perspectiva, a filosofia torna-se realmente um saber diletante e impotente para lidar com a vida. O mesmo ocorre com a questão da virtude que, em Holbach, é essencial para a produção de uma sociedade mais justa. É claro que muitos acusarão Holbach de ser um moralista (e, de fato, existe uma perspectiva moral ou ética na sua filosofia), mas qual filósofo, em sã consciência, não pensa na produção de um homem mais forte e íntegro, capaz de fazer pactos reais, capaz de respeitar a si mesmo e aos outros, capaz de efetuar as mais nobres qualidades com as quais a natureza nos dotou (sim, a natureza, e não a razão simplesmente). O homem pode mais: é isso o que nos ensina de melhor este fatalista que sabia viver e deixar viver, e que nunca deixou um só dia de lutar vigorosamente contra a ignorância que alimenta os tiranos.

Nota do editor*

O manuscrito desta obra foi encontrado, com vários outros, na coleção de um sábio, curioso em reunir as produções desse gênero. Eis aquilo que nos informa, a respeito deste livro, uma nota colocada no início da cópia a partir da qual ele foi impresso:

> Esta obra é atribuída ao falecido sr. Mirabaud**, secretário perpétuo da Academia Francesa, por algumas pessoas muito ligadas a ele e ao seu amigo, o sr. de Matha, o qual só a morte pôde separá-lo dela. Devemos a essas pessoas os detalhes seguintes sobre o autor e seus escritos.
> Independentemente das obras assumidas e conhecidas, que conquistaram uma enorme reputação para o sr. Mirabaud,

---

* Este aviso pode ter sido escrito pelo próprio barão de Holbach, já que se encontra igualmente na edição de 1775 (publicada em Londres). (N. T.)

** Jean-Baptiste de Mirabaud (1675-1760), filósofo e letrado francês que tinha sido grande amigo do barão de Holbach. O *Sistema da natureza* foi publicado inicialmente com o seu nome, como um recurso para burlar as perseguições das autoridades francesas. (N. T.)

este, dizem, havia composto muitas outras na sua juventude, ao sair da congregação dos padres do Oratório, onde tinha vivido alguns anos. Esses escritos muito ousados não eram de modo algum destinados à publicação, pelo menos durante a vida do autor: ele próprio, tendo sido nomeado para o cargo de professor das princesas da casa de Orléans, tomou a decisão de destruir a maior parte dos manuscritos capazes de comprometer o seu repouso. Porém, a infidelidade de alguns amigos aos quais ele havia confiado suas obras tornou essa precaução inútil e conservou no mínimo a maior parte delas. Algumas foram mesmo muito imprudentemente publicadas sem o conhecimento de nosso filósofo, durante sua vida: entre elas, *O mundo, sua origem e sua antiguidade*, em três partes, que foi publicada em 1751. Encontram-se também alguns fragmentos atribuídos à mesma mão em uma pequena coletânea impressa furtivamente e de uma maneira muito pouco correta, em 1743, com o título de *Novas liberdades de pensar**. Seja como for, tornando-se mais livre, o sr. Mirabaud retomou seus estudos filosóficos e chegou a entregar-se a eles integralmente. Foi então, dizem, que ele compôs o *Sistema da natureza*, obra à qual ele não cessou, até a sua morte, de dar todos os seus cuidados e que, entre os seus amigos mais íntimos, chamava de seu *testamento*. Com efeito, o sr. Mirabaud parece ter desejado ultrapassar a si mesmo nesta obra, a mais ousada e a mais extraordinária que o espírito humano ousou

---

* O texto de Mirabaud, nessa coletânea de tratados clandestinos, intitula-se *Sentimens des philosophes sur la nature de l'âme* [Pontos de vista dos filósofos sobre a natureza da alma]. (N. T.)

produzir até o presente. Existem todos os motivos para crer, pelas pesquisas e pelos conhecimentos dos quais ela está repleta, que o autor fez uso das luzes de seus amigos, e também que diversas notas foram acrescentadas ao texto mais tarde.

Eis aqui os títulos das outras obras não publicadas que são atribuídas ao mesmo autor: 1º) *A vida de Jesus Cristo*; 2º) *Reflexões imparciais sobre o Evangelho*; 3º) *A moral da natureza*; 4º) *História resumida do sacerdócio antigo e moderno*; 5º) *Opinião dos antigos sobre os judeus*[1]. Essa última acha-se impressa, mas completamente desfigurada, em uma coletânea publicada em 1740, em Amsterdã, por J. F. Bernard, em dois pequenos volumes *in-12*, com o título de *Dissertações mescladas*.

Quaisquer que tenham sido os pontos de vista do sr. Mirabaud, todos aqueles que o conheceram dão o testemunho mais manifesto da sua probidade, da sua franqueza e da sua retidão – em poucas palavras, das suas virtudes sociais e da inocência de seus costumes. Ele morreu em Paris, com a idade de 85 anos, em 24 de junho de 1760.

---

1. As *Reflexões imparciais sobre o Evangelho* e a *Opinião dos antigos sobre os judeus* foram impressas em 1769.

Prefácio do autor

O homem só é infeliz porque desconhece a natureza. Seu espírito está de tal modo infectado de preconceitos que seria possível acreditar que ele está condenado para sempre ao erro: a venda de opinião, com a qual é coberto desde a infância, está tão fortemente atada a ele que é com a máxima dificuldade que é possível tirá-la. Um micróbio perigoso mistura-se a todos os seus conhecimentos e os torna necessariamente flutuantes, obscuros e falsos. Ele quis, para sua infelicidade, transpor os limites de sua esfera; tentou lançar-se para além do mundo visível e, incessantemente, quedas cruéis e reiteradas o advertiram inutilmente da loucura de sua empreitada. Ele quis ser metafísico antes de ser físico. Ele desprezou as realidades para meditar sobre quimeras; negligenciou a experiência para se fartar com sistemas e conjecturas. Ele não ousou cultivar sua razão, contra a qual tiveram o cuidado de preveni-lo desde cedo. Pretendeu conhecer seu destino nas regiões imaginárias de uma outra vida, antes de pensar em se tornar feliz na morada em que vivia. Em poucas palavras, o homem desdenhou o estudo da natureza para correr atrás de fantasmas que, semelhantes a esses fogos--fátuos que o viajante encontra durante a noite, o assustaram, ofuscaram-no e fizeram que ele deixasse o caminho simples do verdadeiro, sem o qual não é possível alcançar a felicidade.

É, pois, importante procurar destruir os sortilégios que não servem senão para nos extraviar. É tempo de ir buscar na natureza os remédios contra os males que o entusiasmo nos causou: a razão, guiada pela experiência, devem, enfim, atacar na fonte os preconceitos dos quais o gênero humano foi por tanto tempo vítima. É tempo de essa razão, injustamente degradada, abandonar o tom pusilânime que a torna cúmplice da mentira e do delírio. A verdade é una; ela é necessária ao homem, e nunca pode lhe causar dano. Seu poder invencível se fará sentir cedo ou tarde. É preciso, portanto, descobri-la aos mortais. É preciso mostrar--lhes seus encantos, a fim de desviá-los do culto vergonhoso que eles prestam ao erro, que quase sempre usurpa suas homenagens sob a aparência da verdade. O brilho da verdade só pode ferir os inimigos do gênero humano, cujo poder subsiste apenas por causa da noite escura que eles espalham sobre os espíritos.

Não é a esses homens perversos que a verdade deve falar; sua voz não é ouvida senão pelos corações honestos, acostumados a pensar, bastante sensíveis para gemer pelas calamidades sem-número que a tirania religiosa e política fez a Terra sofrer, bastante esclarecidos para perceberem a cadeia imensa dos males que o erro infligiu, em todos os tempos, aos humanos consternados. É ao erro que se devem os grilhões opressivos que os tiranos e os sacerdotes forjam em toda parte para as nações; é ao erro que se deve a escravidão na qual, em quase todos os países, caíram os povos que a natureza destinara a trabalhar livremente pela sua felicidade; é ao erro que se devem esses terrores religiosos que fazem em toda parte os homens se consumirem no temor ou se degolarem por quimeras; é ao erro que se devem esses ódios inveterados, essas perseguições bárbaras, esses massacres contínuos, essas tragédias revoltantes das quais, sob pretexto dos interesses do céu, a terra tantas vezes se tornou o palco. Enfim, é aos erros consagrados pela religião que se devem a ignorância e a incerteza que o homem tem acerca dos seus deveres mais evidentes, dos seus direitos mais claros, das verdades mais demonstradas. Ele não passa, quase em toda parte, de um cativo degradado, desprovido de grandeza de alma, de razão e de virtude, a quem alguns carcereiros desumanos jamais permitem ver a luz.

Tratemos, portanto, de afastar as nuvens que impedem o homem de caminhar com um passo seguro no caminho da vida. Inspiremo-lhe a coragem e o respeito pela sua razão; que ele aprenda a conhecer sua essência e seus legítimos direitos; que consulte a experiência, e não uma imaginação desvirtuada pela autoridade. Que ele renuncie aos preconceitos de sua infância; que fundamente a sua moral sobre a sua natureza, sobre as suas necessidades, sobre as vantagens reais que a sociedade lhe proporciona. Que ele ouse amar a si próprio; que trabalhe pela sua própria felicidade fazendo a dos outros. Em poucas palavras, que ele seja racional e virtuoso, para ser feliz aqui embaixo, e que não se ocupe mais com divagações perigosas ou inúteis. Se necessitar das quimeras, que permita ao menos que os outros pintem as suas de modo diferente das dele. Que se persuada, enfim, de que é muito importante para os habitantes deste mundo serem justos, benfazejos e pacíficos, e de que nada é mais indiferente do que a sua maneira de pensar acerca dos objetos inacessíveis à razão.

Assim, a finalidade desta obra é reconduzir o homem à natureza, tornar a razão preciosa para ele, fazer que adore a virtude, dissipar as sombras que lhe escondem o único caminho apropriado para conduzi-lo seguramente à felicidade que deseja: tais são os objetivos sinceros do autor. De boa-fé consigo mesmo, este não apresenta ao leitor senão as ideias que uma reflexão séria e longa lhe mostrou como úteis ao repouso e ao bem-estar dos homens e como favoráveis aos progressos do espírito humano: ele o convida, portanto, a discutir os seus princípios. Longe de querer romper para ele os laços sagrados da moral, pretende apertá-los e colocar a virtude sobre os altares que, até aqui, a impostura, o entusiasmo e o temor ergueram para alguns fantasmas perigosos.

Prestes a descer ao túmulo, que os anos lhe abriram há muito tempo, o autor afirma, da maneira mais solene, não ter proposto em seu trabalho senão o bem de seus semelhantes. Sua única ambição é a de merecer os sufrágios do pequeno número dos partidários da verdade e das almas honestas que a procuram sinceramente. Ele não escreve para esses homens insensíveis à voz da razão, que não julgam senão de acordo com os seus vis interesses ou seus funestos preconceitos: suas frias cinzas não temerão nem seus clamores nem seus ressentimentos, tão terríveis para todos aqueles que ousam, em vida, anunciar a verdade.

Parte I

Da natureza e de suas leis.
Do homem. Da alma e
de suas faculdades.
Do dogma da imortalidade.
Da felicidade

Capítulo 1

Da natureza

Os homens se enganarão sempre que abandonarem a experiência por sistemas criados pela imaginação. O homem é obra da natureza, existe na natureza, está submetido às suas leis; ele não pode livrar-se dela, não pode, nem mesmo pelo pensamento, sair dela. É em vão que seu espírito quer lançar-se para além dos limites do mundo visível; ele é sempre forçado a voltar. Para um ser formado pela natureza e circunscrito por ela, não existe nada além do grande todo do qual ele faz parte e do qual sente as influências. Os seres que são considerados como acima da natureza ou dela distintos serão sempre quimeras, das quais nunca será possível constituir ideias verdadeiras, tanto do lugar que eles ocupam quanto de sua maneira de agir. Não existe e não pode existir nada fora do círculo que contém todos os seres.

Que o homem deixe, portanto, de procurar fora do mundo que habita seres que lhe proporcionem uma felicidade que a natureza lhe recusa: que estude essa natureza, que aprenda as suas leis, que contemple sua energia e a maneira imutável pela qual ela atua. Que aplique suas descobertas à sua própria felicidade e que se submeta em silêncio às leis das quais nada pode subtraí-lo. Que consinta em ignorar as causas cercadas para ele de um véu impenetrável; que suporte sem resmungar as sentenças de uma força universal que não pode voltar sobre os seus passos ou que jamais pode afastar-se das regras que sua essência lhe impõe.

Tem-se abusado visivelmente da distinção que tantas vezes se faz entre o homem *físico* e o homem *moral*. O homem é um ser puramente físico. O homem moral nada mais é do que esse ser físico considerado sob um certo ponto de vista, ou seja, relativamente a algumas das maneiras de agir decorrentes de sua organização particular. Porém, essa organização não é obra da natureza? Os movimentos ou maneiras de agir de que ela é suscetível não são físicos? Suas ações visíveis, assim como os movimentos invisíveis despertados em seu interior, que provêm da sua vontade ou do seu pensamento, são igualmente efeitos naturais, consequências necessárias de seu mecanismo próprio e dos impulsos que ele recebe dos seres pelos quais está rodeado. Tudo aquilo que o espírito humano sucessivamente inventou para modificar ou aperfeiçoar sua maneira de ser e para torná-la mais feliz nunca passou de uma consequência necessária da essência própria do homem e da dos seres que atuam sobre ele. Todas as nossas instituições, nossas reflexões, nossos conhecimentos só têm como objetivo nos proporcionar uma felicidade para a qual nossa própria natureza nos força a tender sem cessar. Tudo aquilo que nós fazemos ou pensamos, tudo aquilo que somos e seremos nunca passa de uma consequência daquilo que a natureza universal nos fez. Todas as nossas ideias, nossas vontades, nossas ações são efeitos necessários da essência e das qualidades que essa natureza pôs em nós e das circunstâncias pelas quais ela nos obriga a passar e a ser modificados. Em poucas palavras, a *arte* nada mais é que a natureza atuando com a ajuda dos instrumentos que ela produziu.

A natureza envia o homem nu e destituído de socorro para este mundo que deve ser sua moradia. Logo ele consegue vestir-se com peles; pouco a pouco, nós o vemos fiar o ouro e a seda. Para um ser criado acima do nosso globo e que do alto da atmosfera contemplasse a espécie humana com todos os seus progressos e mudanças, os homens não pareceriam menos submetidos às leis da natureza quando errem completamente nus pelas florestas, para ali buscar penosamente a sua alimentação, do que quando, vivendo em sociedades civilizadas – ou seja, enriquecidos por um maior número de experiências e terminando por mergulhar no luxo –, eles inventam a cada dia mil necessidades novas e descobrem mil meios de satisfazê-las. Todos os passos que damos para modificar o nosso ser não podem ser considerados senão como uma longa série de causas e efeitos, que nada mais são do que os desenvolvimentos dos primeiros impulsos que a natureza nos deu. O mesmo animal, em virtude da sua organização, passa sucessivamente das necessidades simples às necessidades mais complicadas, mas que nem por isso deixam de ser consequências da sua natureza. É assim que a borboleta, cuja beleza admiramos, começa por ser um ovo inanimado, do qual o calor faz sair uma lagarta, que se torna crisálida e depois se transforma em um inseto alado, que vemos adornar-se com as mais vivas cores. Chegando a essa forma, ele se reproduz e se propaga. Por fim, despojado de seus ornamentos, é forçado a desaparecer, após ter realizado a tarefa que a natureza lhe impunha, ou percorrido o ciclo das transformações que ela traçou para os seres da sua espécie.

Vemos modificações e progressos análogos em todos os vegetais. É por uma consequência da combinação do tecido e da energia primitiva dada ao aloé pela natureza que essa planta, imperceptivelmente crescida e modificada, produz ao fim de um grande número de anos algumas flores, que são os anúncios de sua morte.

Ocorre o mesmo com o homem, que, em todos os seus progressos, em todas as variações que experimenta, nunca age senão de acordo com as leis próprias da sua organização e dos materiais com os quais a natureza o compôs. O homem físico é o homem agindo pelo impulso de causas que os nossos sentidos nos fazem conhecer; o homem moral é o homem agindo por causas físicas que os nossos preconceitos nos impedem de conhecer. O homem selvagem é uma criança destituída de experiência, incapaz de trabalhar pela sua felicidade. O homem civilizado é aquele que a experiência e a vida social colocam em condições de tirar partido da natureza para a sua própria felicidade. O homem de bem esclarecido é o homem em sua maturidade ou em sua perfeição[1]. O homem feliz é

---

1. Cícero diz: *Est autem virtus nihil aliud, nisi perfecta et ad summum perducta natura* [A virtude nada mais é que uma natureza rematada em si própria e chegada à sua perfeição]. Cf. *Das leis*, I, 8, 25.

aquele que sabe desfrutar dos benefícios da natureza. O homem infeliz é aquele que se encontra na incapacidade de tirar proveito de seus benefícios.

É, pois, à física e à experiência que o homem deve recorrer em todas as suas investigações: são elas que deve consultar em sua religião, em sua moral, em sua legislação, em seu governo político, nas ciências e nas artes, em seus prazeres e em suas dores. A natureza age através de leis simples, uniformes e invariáveis, que a experiência nos coloca ao alcance de conhecer. É pelos nossos sentidos que estamos ligados à natureza universal. É pelos nossos sentidos que podemos fazer experiências com ela e descobrir os seus segredos. A partir do momento em que abandonamos a experiência, caímos no vazio para onde nossa imaginação nos desvia.

Todos os erros dos homens são erros de física. Eles nunca se enganam, a não ser quando deixam de remontar à natureza, de consultar as suas regras, de chamar a experiência em seu socorro. É assim que, pela falta de experiências, eles formaram ideias imperfeitas sobre a matéria, sobre suas propriedades, suas combinações, suas forças, sua maneira de agir ou sobre a energia que resulta de sua essência. A partir daí, todo o universo se tornou para eles apenas um cenário de ilusões. Eles ignoraram a natureza, desconheceram suas leis, não viram os caminhos necessários que ela traçou para tudo aquilo que contém. Que digo eu! Eles desconheceram a si próprios; todos os seus sistemas, suas conjecturas e seus raciocínios, dos quais a experiência foi banida, não foram senão um longo tecido de erros e de absurdos.

Todo erro é nocivo; é por ter se enganado que o gênero humano se tornou infeliz. Na falta de conhecer a natureza, ele produziu os deuses, que se tornaram os únicos objetos de suas esperanças e de seus temores. Os homens não perceberam que essa natureza, desprovida de bondade, assim como de malícia, nada mais faz do que seguir algumas leis necessárias e imutáveis, produzindo e destruindo os seres, às vezes fazendo sofrer aqueles que ela tornou sensíveis, distribuindo-lhes os bens e os males, alterando-os sem cessar. Eles não viram que era na própria natureza e em suas próprias forças que o homem devia buscar suas necessidades, remédios contra os seus sofrimentos e meios de tornar-se feliz; eles esperaram essas coisas de alguns seres imaginários que eles consideraram como os autores de seus prazeres e de seus infortúnios. De onde se vê que é à ignorância da natureza que se devem essas potências desconhecidas – sob as quais o gênero humano por tanto tempo tremeu – e esses cultos supersticiosos que foram as fontes de todos os seus males.

É por falta de conhecer a sua própria natureza, sua própria tendência, suas necessidades e seus direitos que o homem em sociedade caiu da liberdade para a escravidão. Ele ignorou ou acreditou-se forçado a sufocar os desejos de seu coração e a sacrificar seu bem-estar aos caprichos de seus chefes. Ele ignorou a finalidade da associação e do governo; ele submeteu-se sem reservas a homens como ele, que seus preconceitos o fizeram considerar como seres de uma ordem superior, como deuses sobre a Terra. Estes se aproveitaram do seu erro para sujeitá-lo, corrompê-lo, torná-lo vicioso e miserável. Assim, é por ter ignorado a sua própria natureza que o gênero humano caiu na servidão e foi mal governado.

Foi por ter desconhecido a si próprio e por ter ignorado as relações necessárias que subsistem entre ele e os seres de sua espécie que o homem desconheceu seus deveres para com os outros. Não percebeu que eles eram necessários para a sua própria felicidade. Também não viu aquilo que devia a si próprio, os excessos que devia evitar para se tornar solidamente feliz, as paixões às quais devia resistir ou se entregar para sua própria felicidade. Em poucas palavras, ele não conheceu os seus verdadeiros interesses. Daí todos os seus desregramentos, sua intemperança, suas volúpias vergonhosas e todos os vícios aos quais se entregou à custa de sua conservação própria e de seu bem-estar durável. Assim, foi a ignorância da natureza humana que impediu o homem de esclarecer-se sobre a moral. Aliás, os governos depravados aos quais ele foi submetido sempre o impediriam de praticá-la, mesmo que ele a tivesse conhecido.

Foi ainda por falta de estudar a natureza e suas leis, de procurar descobrir os seus recursos e as suas propriedades, que o homem se estagnou na ignorância ou deu passos tão lentos e tão incertos para melhorar a sua sorte. Sua preguiça preferiu deixar-se guiar pelo exemplo, pela rotina, pela autoridade, antes que pela experiência que requer atividade e pela razão que exige reflexão. Daí essa aversão que os homens demonstram por tudo aquilo que lhes parece afastar-se das regras às quais eles estão acostumados; daí seu respeito estúpido e escrupuloso pela antiguidade e pelas instituições mais insensatas de seus antepassados. Daí os temores que se apoderam deles quando lhes são propostas as mudanças mais vantajosas ou as tentativas mais prováveis. Eis por que vemos as nações definharem em uma vergonhosa letargia, gemerem sob abusos transmitidos de século para século e tremerem com a própria ideia daquilo que poderia remediar os seus males. É por essa mesma inércia e pela falta de experiências que a medicina, a física, a agricultura – em poucas palavras, todas as ciências úteis – fazem progressos tão pouco perceptíveis e permanecem por tanto tempo entravadas pela autoridade: aqueles que professam essas ciências preferem seguir os caminhos que foram traçados para eles do que abrir caminhos novos. Eles preferem os delírios da sua imaginação e suas conjecturas gratuitas às experiências trabalhosas – as únicas que seriam capazes de arrancar da natureza os seus segredos.

Em poucas palavras, os homens, seja por preguiça, seja por temor, tendo renunciado ao testemunho dos seus sentidos, foram guiados em todas as suas ações e seus empreendimentos apenas pela imaginação, pelo entusiasmo, pelo hábito, pelo preconceito e, sobretudo, pela autoridade – que soube tirar proveito da sua ignorância para enganá-los. Sistemas imaginários tomaram o lugar da experiência, da reflexão e da razão: almas abaladas pelo terror e embriagadas pelo maravilhoso, ou embotadas pela preguiça e guiadas pela credulidade que é produzida pela inexperiência, criaram para si algumas opiniões ridículas ou adotaram sem exame todas as quimeras com ás quais quiseram alimentá-las.

Foi assim que, por ter desconhecido a natureza e os seus caminhos, por ter desdenhado a experiência, por ter desprezado a razão, por ter desejado o maravilhoso e o sobrenatural, enfim, por ter tremido, o gênero humano permaneceu em uma longa infância, da qual se tem tanta dificuldade para tirá-lo. Ele não teve senão algumas hipóteses pueris, das quais nunca ousou examinar os fundamentos e as provas. Acostumou-se a considerá-las como sagradas, como verdades reconhecidas, das quais não lhe era permitido duvidar nem por um instante. Sua ignorância tornou-o crédulo; sua curiosidade fez que ele engolisse em grandes goles o maravilhoso. O tempo confirmou-o em suas opiniões e fez que, de raça para raça, suas conjecturas passassem como realidades. A força tirânica o manteve em suas noções, que se tornaram necessárias para subjugar a sociedade. Enfim, a ciência dos homens, em todo gênero, não passou de um amontoado de mentiras, de obscuridades, de contradições, entremeadas algumas vezes com fracos clarões de verdade fornecidos pela natureza, da qual não era possível afastar-se totalmente, porque a necessidade sempre reconduzia a ela.

Elevemo-nos, pois, acima da nuvem do preconceito. Saiamos da espessa atmosfera que nos cerca para considerar as opiniões dos homens e seus diversos sistemas. Desconfiemos de uma imaginação desregrada; tomemos a experiência como guia. Consultemos a natureza; tratemos de buscar nela mesma as ideias verdadeiras sobre os objetos que contém. Recorramos aos nossos sentidos, que falsamente nos fizeram considerar como suspeitos; interroguemos a razão, que tem sido vergonhosamente caluniada e degradada. Contemplemos atentamente o mundo visível e vejamos se ele não é suficiente para nos fazer julgar as terras desconhecidas do mundo intelectual. Talvez descubramos que não se tem nenhuma razão para distingui-las e que foi sem motivos que foram separados dois impérios que são igualmente do domínio da natureza.

O universo, essa vasta reunião de tudo aquilo que existe, não nos oferece em toda parte senão a matéria e o movimento: seu conjunto não nos mostra senão uma cadeia imensa e ininterrupta de causas e efeitos. Algumas dessas causas nos são conhecidas, porque elas impressionam diretamente os nossos sentidos; outras nos são desconhecidas, porque elas atuam sobre nós apenas por intermédio de efeitos quase sempre muito afastados das suas primeiras causas.

Matérias muito variadas, e combinadas de uma infinidade de maneiras, recebem e transmitem incessantemente os diversos movimentos. As diferentes propriedades dessas matérias, suas diferentes combinações e suas maneiras tão variadas de agir – que são as consequências necessárias disso – constituem para nós as *essências* dos seres. E é dessas essências diversificadas que resultam as diferentes ordens, posições ou sistemas que esses seres ocupam, cuja soma total constitui aquilo que nós chamamos de *natureza*.

Assim, a natureza, em sua significação mais extensa, é o grande todo que resulta da reunião das diferentes matérias, de suas diferentes combinações e dos diferentes movimentos que nós vemos no universo. A natureza, em um sentido menos extenso ou considerada em cada ser, é o todo que resulta da essência, ou seja, das propriedades, das combinações ou das maneiras de agir que distinguem um ser de outros. É assim que o homem é um todo resultante das combinações de certas matérias dotadas de propriedades particulares, cujo arranjo é chamado de *organização* e cuja essência é sentir, pensar, agir, em poucas palavras, mover-se de uma maneira que o distingue dos outros seres com os quais ele se compara. De acordo com essa comparação, o homem se posiciona em uma ordem, um sistema, uma classe à parte, que difere daquela dos animais, nos quais ele não vê as mesmas propriedades que lhe são próprias. Os diferentes sistemas dos seres – ou, se preferirem, suas *naturezas particulares* – dependem do sistema geral, do grande todo, da natureza universal da qual eles fazem parte e à qual tudo aquilo que existe está necessariamente ligado.

N. B.* Depois de ter fixado o sentido que deve ser dado à palavra *natureza*, creio dever advertir o leitor, de uma vez por todas, que quando, no decorrer desta obra, digo que a natureza produz um efeito, não pretendo de modo algum personificar essa natureza, que é um ser abstrato. Entendo que o efeito do qual eu falo é o resultado necessário das propriedades de algum dos seres que compõem o grande conjunto que nós vemos. Assim, quando eu digo que *a natureza quer que o homem trabalhe pela sua felicidade*, é para evitar os circun-

---

* Nota do barão de Holbach. (N. T.)

lóquios e as repetições desnecessárias, e entendo por isso que é da essência de um ser que sente, que pensa, que quer e que age trabalhar pela sua felicidade. Enfim, eu chamo de *natural* aquilo que está em conformidade com a essência das coisas ou com as leis que a natureza prescreve para todos os seres que ela contém, nas diferentes ordens que esses seres ocupam e nas diferentes circunstâncias pelas quais eles são obrigados a passar. Assim, a saúde é *natural* no homem em um certo estado; a doença é um estado *natural* para ele em outras circunstâncias. A morte é um estado *natural* do corpo privado de algumas das coisas necessárias à conservação, à existência do animal etc. Por *essência* entendo aquilo que constitui um ser, o que ele é, a soma de suas propriedades ou das qualidades segundo as quais ele existe e age. Quando dizem que é da *essência da pedra cair*, é como se dissessem que sua queda é um efeito necessário do seu peso, da sua densidade, da ligação entre as suas partes, dos elementos pelos quais ela é composta. Em poucas palavras, a *essência* de um ser é sua natureza individual e particular.

Capítulo 2

Do movimento e de sua origem

O movimento é um esforço pelo qual um corpo muda ou tende a mudar de lugar, ou seja, a corresponder sucessivamente a diferentes partes do espaço, ou então a mudar de distância relativamente a outros corpos. É apenas o movimento que estabelece relações entre nossos órgãos e os seres que estão dentro ou fora de nós. Não é senão pelos movimentos que esses seres nos impressionam, que conhecemos sua existência, que julgamos as suas propriedades, que os distinguimos uns dos outros e que os distribuímos em diferentes classes.

Os seres, as substâncias ou os corpos variados dos quais a natureza é o conjunto, efeitos eles próprios de determinadas combinações ou causas, tornam-se causas por sua vez. Uma *causa* é um ser que põe um outro em movimento ou que produz alguma mudança nele. O *efeito* é a mudança que um corpo produz em um outro com a ajuda do movimento.

Cada ser, em razão da sua essência ou da sua natureza particular, é suscetível de produzir, de receber e de transmitir diversos movimentos. Por esse meio, alguns seres são apropriados para impressionar os nossos órgãos, e estes são capazes de receber impressões deles ou de sofrer modificações com a sua presença. Aqueles que não podem agir sobre nenhum dos nossos órgãos – seja diretamente e por eles mesmos, seja indiretamente e pela intervenção de outros corpos – não têm nenhuma existência para nós, já que não podem nos afetar, nem por conseguinte nos fornecer ideias, nem ser conhecidos e julgados por nós. Conhecer um objeto é tê-lo sentido; senti-lo é ter sido afetado por ele. Ver é ser impressionado pelo órgão da visão; ouvir é ser afetado pelo órgão da audição etc. Enfim, de qualquer maneira que um corpo aja sobre nós, só temos conhecimento disso por alguma modificação produzida por ele.

A natureza, como já foi dito, é a reunião de todos os seres e de todos os movimentos que conhecemos, assim como de muitos outros que não podemos conhecer, porque são inacessíveis aos nossos sentidos. Da ação e da reação contínuas de todos os seres que a natureza contém, resulta uma sequência de causas e efeitos ou de movimentos guiados por leis constantes e invariáveis, apropriados a cada ser, necessários ou inerentes à sua natureza particular, que fazem que ele aja ou se mova de uma maneira sempre determinada. Os diferentes princípios de cada um desses movimentos nos são desconhecidos, porque ignoramos aquilo que constitui primitivamente as essências desses seres. Como os elementos dos corpos escapam aos nossos órgãos, não os conhecemos senão em bloco, ignorando suas combinações íntimas e as proporções dessas combinações, das quais devem resultar necessariamente maneiras de agir, movimentos ou efeitos muito diferentes.

Nossos sentidos nos mostram geralmente dois tipos de movimentos nos seres que nos cercam. Um é um movimento em bloco, pelo qual um corpo inteiro é transferido de um lugar para outro. O movimento desse gênero é perceptível para nós. É assim que nós vemos uma pedra cair, uma bola rolar, um braço se mover ou mudar de posição. O outro é um movimento interno e oculto, que depende da energia própria de um corpo, ou seja, da essência, da combinação, da ação e da reação das moléculas imperceptíveis de matéria pelas quais esse corpo é composto. Tal movimento nunca se mostra para nós; só o conhecemos pelas modificações que observamos ao fim de algum tempo sobre os corpos ou sobre as misturas. Desse gênero são os movimentos ocultos que a fermentação provoca nas moléculas da farinha que, de esparsas e separadas que eram, se tornam ligadas e formam uma massa total a que chamamos de *pão*. Tais são também os movimentos imperceptíveis pelos quais vemos uma planta ou um animal crescer, se fortalecer, se alterar, adquirir qualidades novas, sem que nossos olhos tenham sido capazes de seguir os movimentos progressivos das causas que produziram esses efeitos. Enfim, tais são também os movimentos internos que se passam no homem, e que nós chamamos de suas *faculdades intelectuais*, seus *pensamentos*, suas *paixões* e suas *vontades*, que nós só estamos em condições de julgar pelas ações, ou seja, pelos efeitos perceptíveis que os acompanham ou os seguem. É desse modo que, quando vemos um homem fugir, julgamos que ele está internamente agitado pela paixão do temor etc.

Os movimentos, sejam visíveis ou ocultos, são chamados de movimentos *adquiridos* quando são impressos em um corpo por uma causa estranha ou por uma força existente fora dele, que nossos sentidos nos fazem perceber. É assim que chamamos de *adquirido* o movimento que o vento provoca nas velas de um navio. Chamamos de *espontâneos* os movimentos despertados em um corpo que contém em si mesmo a causa das mudanças que vemos serem operadas nele. Então, dizemos que esse corpo age e se move pela sua própria energia. Dessa espécie são os movimentos do homem que caminha, que fala, que pensa e, no entanto, se olharmos a coisa mais de perto, ficaremos convencidos de que, falando estritamente, não existe nenhum movimento espontâneo nos diferentes corpos da natureza, já que eles agem continuamente uns sobre os outros, e que todas as suas mudanças são devidas a causas visíveis ou ocultas que os afetam. A vontade do homem é afetada ou determinada secretamente por causas exteriores que produzem uma mudança nele. Acreditamos que ela se move por si própria porque não vemos nem a causa que a determina, nem a maneira como ela age, nem o órgão que ela põe em ação.

Chamamos de movimentos *simples* aqueles que são provocados em um corpo por uma causa ou força única: chamamos de *compostos* os movimentos produzidos por diversas causas ou forças distintas, quer essas forças sejam iguais ou desiguais, conspirantes ou contrárias, simultâneas ou sucessivas, conhecidas ou desconhecidas.

De qualquer natureza que sejam os movimentos dos seres, eles são sempre consequências necessárias das suas essências ou das propriedades que os constituem e das causas das quais eles experimentam a ação. Cada ser não pode agir e se mover senão de uma maneira particular, ou seja, segundo leis que dependem da sua própria essência, da sua própria combinação, da sua própria natureza – em poucas palavras, da sua própria energia e da dos corpos dos quais ele recebe o impulso. Eis aí aquilo que constitui as leis invariáveis do movimento. Eu digo *invariáveis* porque elas não poderiam mudar sem que se fizesse um desarranjo na própria essência dos seres. É assim que um corpo pesado deve necessariamente cair, se ele não encontra um obstáculo apropriado para detê-lo em sua queda. É assim que um ser sensível deve necessariamente procurar o prazer e fugir da dor. É assim que a matéria do fogo deve necessariamente queimar e espalhar a claridade etc.

Cada ser tem, portanto, algumas leis do movimento que lhe são próprias e age constantemente segundo essas leis, a menos que uma causa mais forte interrompa sua ação. É assim que o fogo deixa de queimar os materiais combustíveis, desde que nos sirvamos da água para deter o seu avanço. É assim que o ser sensível deixa de procurar o prazer, desde que ele tema que resulte disso um mal para ele.

A transmissão do movimento ou a passagem da ação de um corpo para outro se faz também segundo algumas leis certas e necessárias. Cada ser só pode transmitir o movimento em razão das relações de semelhança, de conformidade, de analogia ou dos pontos de contato que ele tem com outros seres. O fogo só se propaga quando encontra matérias que contêm princípios análogos a ele. Ele se apaga quando encontra corpos que ele não pode queimar, ou seja, que não têm uma certa relação com ele.

Tudo está em movimento no universo. A essência da natureza é agir e, se nós considerarmos atentamente as suas partes, veremos que não existe nela uma única que desfrute de um repouso absoluto. Aquelas que nos parecem privadas de movimento estão, de fato, apenas em um repouso relativo ou aparente; elas experimentam um movimento tão imperceptível e tão pouco marcado que não podemos perceber suas mudanças[1]. Tudo aquilo que nos parece em repouso não permanece, portanto, um instante no mesmo estado: todos os seres nada mais fazem continuamente que nascer, crescer, decrescer e se dissipar com mais ou menos lentidão ou rapidez. O inseto *efêmero** nasce e perece no mesmo dia. Por conseguinte, ele experimenta muito prontamente algumas mudanças consideráveis em seu ser. As combinações forma-

---
1. Essa verdade, da qual tantos especuladores ainda fingem duvidar, foi levada até a demonstração em uma obra do célebre Toland[a], publicada em inglês no início deste século, com o título de *Letters to Serena* [Cartas para Serena]. Aqueles que entendem essa língua poderão consultá-la, caso lhes restem ainda algumas dúvidas sobre isso.
   (a) John Toland (1670-1722), filósofo inglês que foi um dos mais influentes críticos dos fundamentos da religião cristã. (N. T.)
* Nome dado a qualquer inseto da família dos efemerídeos. Após longo tempo vivendo no fundo de charcos e lagoas, suas ninfas transformam-se em insetos alados incapazes de se alimentar, e que vivem no máximo três dias. (N. T.)

das pelos corpos mais sólidos, que parecem desfrutar do mais perfeito repouso, dissolvem-se e decompõem-se com o passar do tempo; as pedras mais duras são destruídas pouco a pouco pelo contato com o ar; uma massa de ferro que nós vemos enferrujada e corroída pelo tempo deve ter estado em movimento desde o momento da sua formação no fundo da terra até aquele em que a vemos neste estado de dissolução.

Os físicos, na sua maioria, não parecem ter refletido bastante sobre aquilo que eles chamaram de *nisus*, quer dizer, sobre os esforços contínuos que fazem uns sobre os outros os corpos que parecem desfrutar do repouso. Uma pedra de quinhentas libras* nos parece em repouso sobre a terra. No entanto, ela não cessa um instante de pesar com força sobre essa terra que lhe resiste ou que, por sua vez, a repele. Dirão que essa pedra e essa terra não têm nenhuma ação? Para acabar com tal ilusão bastaria interpor a mão entre a pedra e a terra, e se reconheceria que a pedra tem, no entanto, força para quebrar a nossa mão, apesar do repouso de que ela parece desfrutar. Não pode existir nos corpos ação sem reação. Um corpo que é submetido a um impulso, uma atração ou uma pressão qualquer, aos quais ele resiste, nos mostra que ele reage por meio dessa própria resistência, de onde se deduz que existe, nesse caso, uma força oculta (*vis inertiae*) que se manifesta contra uma outra força – o que prova claramente que essa força de inércia é capaz de agir e reage efetivamente. Por fim, ficará claro que as forças chamadas de *mortas* e as

---

* Pouco mais de 225 quilos. (N. T.)

forças chamadas de *vivas* ou *moventes* são forças da mesma espécie que se manifestam de um modo diferente[2].

Não seria possível ir ainda mais longe e dizer que nos corpos e nas massas, cujo conjunto nos parece em repouso, existe, no entanto, uma ação e uma reação contínuas, esforços constantes, resistências e impulsos ininterruptos, em poucas palavras, alguns *nisus* por meio dos quais as partes desses corpos se pressionam umas às outras, resistem-se reciprocamente, agem e reagem sem cessar? O que as retêm juntas e faz que essas partes formem uma massa, um corpo, uma combinação cujo conjunto nos parece em repouso, enquanto que nenhuma de suas partes cessa de estar realmente em ação? Os corpos só parecem em repouso por causa da igualdade da ação das forças que atuam neles.

Assim, mesmo os corpos que parecem desfrutar do mais perfeito repouso recebem, no entanto, realmente – seja na sua superfície, seja no seu interior – impulsos contínuos da

---

2. *Actioni aequalis et contraria est reactio*[a]. Cf. Bilfinger[b], *De Deo, anima et mundo*, § 218, p. 241. Sobre isso, o comentário acrescenta: *Reactio dicitur actio patientis in agens, seu corporis in quod agitur actio in illud quod in ipsum agit. Nulla autem datur in corporibus actio sine reactione, dum enim corpus ad motum sollicitatur, resistit motui, atque hac ipsa resistentia reagit in agens. Nisus se exerens adversus nisum agentis, seu vis illa corporis, quatenus resistit, internum resistentiae principium, vocatur vis inertiae, seu passiva. Ergo corpus reagit vi inertiae. Vis igitur inertiae et vis motrix in corporibus una eademque est vis, diverso tamen modo se exerens* [...] *Vis autem inertiae consistit in nisu adversus nisum agentis se exerente etc.*

(a) "Toda ação corresponde a uma reação igual em sentido contrário". Trata-se da 3ª lei de Newton. (N. T.)

(b) Georg Bernhard Bilfinger (1693-1750), filósofo alemão adepto das ideias de Leibniz e Christian Wolff. O nome completo da obra mencionada é *Dilucidationes philosophicae de Deo, anima humana, mundo, et generalibus rerum affectionibus*. (N. T.)

parte dos corpos que os rodeiam ou daqueles que os penetram, que os dilatam, que os rarefazem, que os condensam, enfim, mesmo daqueles que os compõem. Por isso, as partes desses corpos estão realmente em uma ação e reação, ou em um movimento contínuo, do qual os efeitos se mostram finalmente por meio de mudanças muito marcadas. O calor dilata e rarefaz os metais; donde se vê que uma barra de ferro, unicamente pelas variações da atmosfera, deve estar em um movimento contínuo e que não existe nela nenhuma partícula que desfrute por um instante de um verdadeiro repouso. Com efeito, nos corpos duros, nos quais todas as partes estão próximas e contíguas, como conceber que o ar, que o frio ou que o calor possam agir sobre uma única de suas partes, mesmo exteriores, sem que o movimento se transmita paulatinamente até as suas partes mais íntimas? Como, sem movimento, conceber a maneira como o nosso olfato é afetado por emanações escapadas dos corpos mais compactos, dos quais todas as partes nos parecem em repouso? Enfim, nossos olhos veriam, com a ajuda de um telescópio, os astros mais afastados, se não houvesse um movimento progressivo desde esses astros até a nossa retina?

Em poucas palavras, a observação refletida deve nos convencer de que tudo na natureza está em movimento contínuo; que não existe nenhuma de suas partes que esteja em um verdadeiro repouso. Enfim, que a natureza é um todo atuante, que deixaria de ser natureza se não atuasse e na qual, sem movimento, nada poderia se produzir, nada poderia se conservar, nada poderia agir. Desse modo, a ideia de natureza contém necessariamente a ideia de movimento. Porém, nos dirão, de onde essa natureza recebeu seu movimento? Responderemos que foi dela mesma, já que ela é o grande todo fora do qual, consequentemente, nada pode existir. Diremos que o movimento é uma maneira de ser que decorre necessariamente da essência da matéria, que ela se move pela sua própria energia, que seus movimentos são devidos às forças que lhe são inerentes, que a variedade de seus movimentos e dos fenômenos que resultam deles é proveniente da diversidade das propriedades, das qualidades e das combinações que se encontram originariamente nas diferentes matérias primitivas, das quais a natureza é a reunião.

Os físicos, em sua maioria, consideraram como inanimados ou como privados da faculdade de se mover os corpos, que só eram movidos com a ajuda de algum agente ou de alguma causa exterior. Acreditaram poder concluir disso que a matéria que constitui esses corpos era perfeitamente inerte por sua natureza; eles não foram desenganados desse erro, embora vissem que todas as vezes em que um corpo era deixado a si próprio, ou liberto dos obstáculos que se opunham à sua ação, ele tendia a cair ou a aproximar-se do centro da Terra através de um movimento uniformemente acelerado. Eles preferiram supor uma causa externa imaginária, da qual não tinham nenhuma ideia, do que admitir que esses corpos obtinham seu movimento da sua própria natureza.

Do mesmo modo, embora esses filósofos vissem acima de sua cabeça um número infinito de globos imensos que se moviam muito rapidamente em torno de um centro comum, eles não pararam de supor causas quiméricas para esses movimentos, até que o imortal Newton demonstrasse que eles eram o efeito da *gravitação* desses corpos celestes uns em direção aos outros[3]. No entanto, uma observação muito simples teria bastado para fazer que os físicos anteriores a Newton percebessem o quanto as causas que eles admitiam deviam ser insuficientes para operar efeitos tão grandes. Eles tinham razões para se convencer, no choque dos corpos que eles podiam observar e pelas leis conhecidas do movimento, de que este se transmitia sempre em razão da densidade dos corpos, de onde eles deveriam naturalmente ter inferido que a densidade da matéria *sutil* ou *etérea*, sendo infinitamente menor que a dos planetas, não podia transmitir-lhes senão um fraquíssimo movimento.

Se tivessem observado a natureza sem preconceito, teriam há muito tempo se convencido de que a matéria age pelas suas próprias forças e não tem necessidade de nenhum impulso externo para ser posta em movimento. Ou teriam percebido que todas as vezes em que os mistos são postos em condição

---

3. Os físicos, e o próprio Newton, consideraram a causa da gravitação como inexplicável. No entanto, parece que seria possível deduzi-la do movimento da matéria, pelo qual os corpos são diversamente determinados. A gravitação não passa de um modo do movimento, uma tendência para um centro. Falando estritamente, todo movimento é uma gravitação relativa; aquilo que cai relativamente a nós se eleva relativamente a outros corpos; de onde se deduz que todo movimento no universo é o efeito de uma gravitação, já que não existe no universo nem alto, nem baixo, nem centro positivo. Parece que o peso dos corpos depende da sua configuração tanto externa quanto interna, que lhes dá o modo de movimento que é chamado de *gravitação*. Uma bola de chumbo, sendo esférica, cai prontamente e em linha reta; esta bola, reduzida a uma lâmina finíssima, se sustentará por mais tempo no ar; a ação do fogo forçará esse chumbo a elevar-se na atmosfera. Eis aí o mesmo chumbo diversamente modificado e, a partir disso, agindo de maneira totalmente diversa.

de agir uns sobre os outros, o movimento engendra-se aí imediatamente, e que essas misturas atuam com uma força capaz de produzir os efeitos mais surpreendentes. Misturando limalha de ferro, enxofre e água, essas matérias, postas assim em condições de agirem umas sobre as outras, se aquecem pouco a pouco e terminam por produzir um incêndio. Umedecendo a farinha com água e guardando essa mistura, descobre-se depois de algum tempo, com a ajuda do microscópio, que ela produziu alguns seres organizados que desfrutam de uma vida da qual se acreditaria que a farinha e a água eram incapazes[4]. É assim que a matéria inanimada pode passar à vida, que não passa ela própria de um conjunto de movimentos.

É possível, sobretudo, observar a geração do movimento ou seu desenvolvimento, assim como a energia da matéria, em todas as combinações onde o fogo, o ar e a água se encontram juntos. Esses elementos, ou, antes, esses mistos, que são os mais voláteis e os mais fugidios dos seres, são, todavia, nas mãos da natureza, os principais agentes dos quais ela se serve para operar seus fenômenos mais impressionantes: é a eles que se devem

---

4. Cf. as *Observations microscopiques* [Observações microscópicas] de Néhedam[a], que confirmam plenamente esse ponto de vista. Para um homem que reflete, a produção de um homem, independentemente das vias ordinárias, seria mais maravilhosa que a de um inseto com farinha e água? A fermentação e a putrefação produzem visivelmente animais vivos. A geração que foi chamada de equívoca[b] só o é para aqueles que não se permitem observar atentamente a natureza.

(a) Na verdade, trata-se do padre John Turberville Needham (1713-1781), naturalista inglês que, baseado na observação dos organismos microscópicos, foi partidário da tese da geração espontânea. O título original da sua obra, publicada em 1745, é *An account of some new microscopical discoveries*. (N. T.)

(b) Outro nome dado à *geração espontânea*, conhecida cientificamente como heterogênese ou heterogonia. (N. T.)

os efeitos do trovão, as erupções dos vulcões e os tremores de terra. A indústria oferece-nos um agente de uma força espantosa na pólvora para canhão, desde que o fogo venha juntar-se a ela. Em poucas palavras, os efeitos mais terríveis se produzem combinando matérias que se acreditaria mortas e inertes.

Todos esses fatos provam, incontestavelmente, que o movimento se produz, aumenta e se acelera na matéria sem o auxílio de nenhum agente externo. Somos forçados a concluir disso que esse movimento é uma consequência necessária das leis imutáveis, da essência e das propriedades inerentes aos diversos elementos e às combinações variadas desses elementos. Não se estaria também no direito de concluir, desses exemplos, que é possível haver uma infinidade de outras combinações capazes de produzir movimentos diferentes na matéria, sem que seja necessário, para explicá-los, recorrer a agentes mais difíceis de conhecer do que os efeitos que lhes são atribuídos?

Se os homens tivessem prestado atenção àquilo que se passa diante dos seus olhos, não teriam ido buscar fora da natureza uma força distinta dela mesma que a pusesse em ação e sem a qual eles acreditaram que ela não podia se mover. Se, por natureza, nós entendemos um amontoado de matérias mortas, desprovidas de todas as propriedades, puramente passivas, seremos, sem dúvida, forçados a buscar fora dessa natureza o princípio dos seus movimentos. Porém, se entendemos por natureza aquilo que ela realmente é: um todo do qual as diversas partes têm propriedades diversas, que a partir daí agem segundo essas mesmas propriedades, que estão em ação e reação perpétuas umas sobre as outras, que pesam, que gravitam em direção a um centro comum, enquanto outras se afastam e vão para a periferia, que se atraem e se repelem, que se unem e se separam e que, por suas colisões e suas aproximações contínuas, produzem e decompõem todos os corpos que vemos, então nada nos obrigará a recorrer a forças sobrenaturais para nos dar conta da formação das coisas e dos fenômenos que vemos[5].

Aqueles que admitem uma causa exterior para a matéria são obrigados a supor que essa causa produziu todo o movimento nessa matéria ao dar-lhe a existência. Tal suposição é fundamentada em uma outra, ou seja, a de que a matéria pôde começar a existir, hipótese que até hoje jamais foi demonstrada através de provas válidas. A edução do nada ou a *criação* não passam de palavras que não podem nos dar a ideia da formação do universo. Elas não apresentam nenhum sentido no qual o espírito possa se deter[6].

---

5. Diversos teólogos reconheceram que a natureza era um todo ativo. *Natura est activa seu motrix; hinc natura etiam dicitur vis totius mundi, seu vis universa in mundo.* Cf. Bilfinger, *De Deo, anima et mundo*, p. 278.

6. Quase todos os antigos filósofos estavam de acordo em considerar o universo como eterno. Ocellus Lucanus diz formalmente, falando do universo: *Ei de gar ên kai estai*, "ele sempre foi e sempre será". Todos aqueles que renunciaram ao preconceito sentiram a força do princípio de que *nada se faz de nada*, verdade que nada pode abalar. A criação, no sentido que os modernos vinculam a ela, é uma sutileza teológica. A palavra hebraica *barah* tornou-se em grego, na versão dos Setenta[a], *Epoiêsen*. Vatable[b] e Grotius[c] asseguram que, para traduzir a frase hebraica do primeiro versículo do Gênese, é necessário dizer: "Quando Deus fez o céu e a terra, a matéria era informe" (cf. *O mundo, sua origem e sua antiguidade*, cap. 2, p. 59). De onde se vê que a palavra hebraica, que foi traduzida por criar, significa apenas formar, configurar, arranjar. *Ktizein* e *Poiein*, criar e fazer, sempre indicaram a mesma coisa. Segundo São Jerônimo, *creare* é a mesma coisa que *condere*, fundar, construir: a Bíblia não diz

Essa noção se torna ainda mais obscura quando se atribui a criação ou a formação da matéria a um ser *espiritual*, ou seja, a um ser que não tem nenhuma analogia, nenhum ponto de contato com ela e que, como nós logo faremos ver, sendo privado de extensão e de partes, não pode ser suscetível de movimento, não sendo este senão a modificação de um corpo relativamente a outros corpos, na qual o corpo movido apresenta sucessivamente diferentes partes em diferentes pontos do espaço. Aliás, todo mundo admite que a matéria não pode ser totalmente aniquilada ou deixar de existir. Ora, como se compreenderá que aquilo que não pode deixar de ser possa um dia ter começado?

---

em parte alguma, de uma maneira clara, que o mundo foi feito do nada. Tertuliano concorda com isso, e o padre Pétau[(d)] diz que essa verdade é estabelecida mais pelo raciocínio do que pela autoridade (cf. Beausobre, *História do maniqueísmo*, tomo 1, p. 178, 206 e 218). São Justino parece ter considerado a matéria como eterna, já que ele louva Platão por ter dito que deus, na criação do mundo, não tinha feito senão dar o impulso à matéria e configurá-la. Por fim, Burnet diz em termos formais: *Creatio et annihilatio hodierno sensu sunt voces fictitiae; neque enim occurrit apud Hebraeos, Graecos aut Latinos, vox ulla singularis, quae vim istam olim habuerit* (cf. *Archaeolog. philosoph.* livro 1, cap. 7, p. 374, edição de Amsterdã, 1699). "É muito difícil – diz um anônimo – não ser persuadido de que a matéria seja eterna, sendo impossível para o espírito humano compreender que tenha existido um tempo e de que existirá um outro onde não houve e onde não haverá nem espaço, nem extensão, nem lugar, nem abismo, e onde tudo seja nada" (cf. *Dissertações mescladas*, tomo 2, p. 74).

(a) Trata-se da versão grega do Velho Testamento, realizada em Alexandria por 72 rabinos, no século III a. C. (N. T.)
(b) François Watebled (ou Vatable), hebraísta e helenista francês do século XVI. (N. T.)
(c) Hugo Grotius (1583-1645), sábio holandês, mais conhecido pelos seus estudos jurídicos. (N. T.)
(d) Denis Pétau (1583-1652) foi um dos maiores teólogos do século XVII. (N. T.)

Assim, quando perguntarem de onde veio a matéria, diremos que ela sempre existiu. Se perguntarem de onde veio o movimento na matéria, responderemos que, pela mesma razão, ela deve ter se movido por toda a eternidade, já que o movimento é uma consequência necessária da sua existência, da sua essência e das suas propriedades primitivas, tais como sua extensão, seu peso, sua impenetrabilidade, sua figura etc. Em virtude dessas propriedades essenciais, constitutivas, inerentes a toda matéria e sem as quais é impossível formar uma ideia dela, as diferentes matérias das quais o universo é composto devem, por toda a eternidade, pesar umas sobre as outras, gravitar em direção a um centro, se chocar, se encontrar, serem atraídas e repelidas, se combinarem e se separarem. Em poucas palavras, agirem e se moverem de diferentes maneiras, segundo a essência e a energia próprias a cada gênero de matéria e a cada uma das suas combinações. A existência supõe algumas propriedades na coisa que existe. A partir do momento em que ela tem algumas propriedades, suas maneiras de agir devem necessariamente decorrer da sua maneira de ser. A partir do momento em que um corpo tem peso, ele deve cair; a partir do momento em que ele cai, deve atingir os corpos que encontra em sua queda; a partir do momento em que ele é denso e sólido, deve – em razão da sua própria densidade – transmitir movimento aos corpos com os quais vai se chocar. A partir do momento em que ele tem analogia e afinidade com esses corpos, deve unir-se a eles. A partir do momento em que não existe nenhuma analogia, ele deve ser repelido etc.

De onde se vê que ao supor – como se é forçado – a existência da matéria, devemos supor-lhe algumas qualidades quaisquer, das quais os movimentos ou as maneiras de agir, determinados por essas mesmas qualidades, devem necessariamente decorrer. Para formar o universo, Descartes não pedia senão a matéria e o movimento. Uma matéria variada lhe bastaria; os diversos movimentos seriam consequências da sua existência, da sua essência e das suas propriedades. Suas diferentes maneiras de agir são consequências necessárias de suas diferentes maneiras de ser. Uma matéria sem propriedade é um puro nada. Assim, a partir do momento em que a matéria existe, ela deve agir. A partir do momento em que ela é diversa, ela deve agir diversamente. A partir do momento em que ela não pôde começar a existir, ela existe desde a eternidade. Ela não deixará jamais de ser e de agir pela sua própria energia, e o movimento é o modo que ela recebe de sua própria existência.

A existência da matéria é um fato. A existência do movimento é um outro fato. Nossos olhos nos mostram matérias de essências diferentes, dotadas de propriedades que as distinguem umas das outras, formando combinações diversas. Com efeito, é um erro acreditar que a matéria seja um corpo homogêneo, cujas partes não diferem entre si senão por suas diferentes modificações. Dentre os indivíduos que conhecemos, em uma mesma espécie, não existe nenhum que tenha uma semelhança exata. E isso deve ser assim; por si só, a diferença de localização deve necessariamente acarretar uma diversidade mais ou menos perceptível não somente nas modificações, mas também na essência, nas propriedades, no sistema completo dos seres[7].

Se pesarmos esse princípio, que a experiência parece sempre constatar, ficaremos convencidos de que os elementos ou as matérias primitivas pelos quais os corpos são compostos não são da mesma natureza e não podem, por conseguinte, ter nem as mesmas propriedades, nem as mesmas modificações, nem as mesmas maneiras de se mover e de agir. Suas atividades ou seus movimentos, já diferentes, diversificam-se ainda ao infinito, aumentam ou diminuem, aceleram-se ou retardam-se, em razão das combinações, das proporções, do peso, da densidade, do volume e das matérias que entram na sua composição. O elemento fogo é visivelmente mais ativo e mais móvel que o elemento terra. Esse último é mais sólido e mais pesado do que o fogo, do que o ar e do que a água: segundo a quantidade desses elementos que entram na combinação dos corpos, eles devem agir diversamente, e seus movimentos devem ser, em alguma proporção, compostos dos elementos que os formam. O fogo elementar parece ser na natureza o princípio da atividade. Ele é, por assim dizer, um levedo fecundo que põe em fermentação a massa e que lhe

---

7. Aqueles que têm observado a natureza de perto sabem que dois grãos de areia nunca são estritamente iguais. A partir do momento em que as circunstâncias ou as modificações nunca são as mesmas para os seres da mesma espécie, nunca pode haver semelhança exata entre eles (cf. o capítulo VI). Essa verdade foi muito bem percebida pelo profundo e sutil Leibniz. Eis como se explica um de seus discípulos: *Ex principio indiscernibilium patet elementa rerum materialium singula singulis esse dissimilia, adeoque unum ab altero distingui, convenienter omnia extra se invicem existere, in quo differunt a punctis mathematicis cum illa uti haec nunquam coincidere possint* (cf. Bilfinger, *De Deo, anima et mundo*, p. 276).

dá a vida. A terra parece ser o princípio da solidez dos corpos pela sua impenetrabilidade ou pela forte ligação de que suas partes são suscetíveis. A água é um veículo apropriado para favorecer a combinação dos corpos, na qual ela própria entra como parte constituinte. Por fim, o ar é um fluido que fornece aos outros elementos o espaço necessário para exercerem seus movimentos, e que além disso é apropriado para combinar-se com eles. Esses elementos, que nossos sentidos nunca nos mostram puros, sendo postos continuamente em ação uns pelos outros, sempre agindo e reagindo, sempre se combinando e se separando, atraindo-se e repelindo-se, são suficientes para nos explicar a formação de todos os seres que vemos. Seus movimentos nascem sem interrupção uns dos outros; eles são alternadamente causas e efeitos. Formam assim um vasto círculo de gerações e de destruições, de combinações e de decomposições, que não pôde ter começo e que nunca terá fim. Em poucas palavras, a natureza não passa de uma imensa cadeia de causas e efeitos que decorrem incessantemente uns dos outros. Os movimentos dos seres individuais dependem do movimento geral, que por sua vez é mantido pelo movimento dos seres individuais. Estes são fortalecidos ou enfraquecidos, acelerados ou retardados, simplificados ou complicados, engendrados ou aniquilados pelas diferentes combinações ou circunstâncias que modificam a cada momento as direções, as tendências, as leis, as maneiras de ser e de agir dos diferentes corpos que são movidos[8]. Querer re-

---

8. Se fosse verdadeiro que tudo tende a formar uma só e única massa, e se nessa massa única ocorresse por um instante que tudo estivesse *in nisu*, tudo

montar além para encontrar o princípio da ação na matéria e a origem das coisas nunca é mais do que recuar a dificuldade e subtraí-la absolutamente ao exame dos nossos sentidos, que só podem nos fazer conhecer e julgar as causas em condições de agir sobre eles ou de lhes imprimir alguns movimentos. Assim, contentemo-nos em dizer que a matéria sempre existiu, que ela se move em virtude da sua essência, que todos os fenômenos da natureza são devidos aos diversos movimentos das matérias variadas nela contidas, fazendo que – semelhante à fênix – ela renasça continuamente das suas cinzas[9].

---

    permaneceria eternamente nesse estado e não haveria mais, por toda a eternidade, senão uma matéria e um esforço, um *nisus*, o que seria uma morte eterna e universal. Os físicos entendem por *nisus* o esforço de um corpo contra um outro corpo sem translação local: ora, nessa suposição, não poderia haver aí causa de dissolução, já que, segundo o axioma dos químicos, os corpos não agem senão quando são dissolvidos. *Corpora non agunt nisi sint soluta.*

9. *Omnium quae sempiterno isto mundo semper fuerunt futuraque sunt, aiunt principium fuisse nullum, sed orbem esse quemdam generantium nascentiumque, in quo uniuscujusque geniti initium simul et finis esse videatur* (cf. Censorinus, *De die natali*)[a].

    O poeta Manilius exprime-se da mesma maneira nesses belos versos: *Omnia mutantur mortali lege creata,/ Nec se cognoscunt terrae vertentibus annis,/ Exutas variam faciem per saecula gentes./ At manet incolumis mundus suaque omnia servat,/ Quae nec longa dies auget, minuitque senectus,/ Nec motus puncto currit, cursusque fatigat:/ Idem semper erit, quoniam semper fuit idem* (Manilius, *Astronomicon*, livro 1).

    Esse foi também o ponto de vista de Pitágoras, tal como exposto por Ovídio no livro XV de suas *Metamorfoses* (verso 165 e seguintes): *Omnia mutantur nihil interit; errat et illinc/ Huc venit, hinc illuc* etc.

(a) "Nada daquilo que existe ou existirá neste mundo, que é eterno, pode ter tido começo. Mas que, nessa massa esférica de seres que dão ou recebem o nascimento, não se pode distinguir para nenhum ser nem começo nem fim" (Censorinus, *De die natali*, IV). (N. T.)

Capítulo 3

Da matéria, de suas diferentes combinações e de seus diversos movimentos, ou da marcha da natureza

Nós não conhecemos os elementos dos corpos, mas conhecemos algumas de suas propriedades ou qualidades e distinguimos as diferentes matérias pelos efeitos ou mudanças que elas produzem sobre os nossos sentidos, ou seja, pelos diferentes movimentos que sua presença faz nascer em nós. Encontramos nos corpos, por conseguinte, a extensão, a mobilidade, a divisibilidade, a solidez, a gravidade e a força de inércia. Dessas propriedades gerais e primitivas decorrem outras, tais como a densidade, a figura, a cor, o peso etc. Assim, relativamente a nós, a matéria em geral é tudo aquilo que afeta os nossos sentidos de uma maneira qualquer, e as qualidades que atribuímos às diferentes matérias são fundamentadas nas diferentes impressões ou nas diversas mudanças que elas produzem em nós mesmos.

Até hoje não foi apresentada uma definição satisfatória da matéria. Os homens, enganados pelos seus preconceitos, não tiveram sobre ela senão noções imperfeitas, vagas e superficiais. Consideraram-na como um ser único, grosseiro, passivo, incapaz de se mover, de se combinar, de produzir qualquer coisa por si mesmo, enquanto deveriam tê-la considerado como um gênero de seres do qual todos os diversos indivíduos – embora tivessem algumas propriedades comuns, tais como a extensão, a divisibilidade, a figura etc. – não deveriam, entretanto, ser colocados em uma mesma classe nem serem compreendidos por uma mesma denominação.

Um exemplo pode servir para esclarecer o que acabamos de dizer, para fazer que se perceba sua exatidão e para facilitar sua aplicação: as propriedades comuns a toda matéria são a extensão, a divisibilidade, a impenetrabilidade, a figurabilidade e a mobilidade, ou a propriedade de ser movida por um movimento em bloco. A matéria do fogo, além dessas propriedades gerais e comuns a toda matéria, desfruta ainda da propriedade particular de ser movida por um movimento que produz sobre os nossos órgãos a sensação do calor, assim como de um outro movimento que produz nos nossos olhos a sensação da luz. O ferro, como matéria, em geral é extenso, divisível, figurável, móvel em bloco. Se a matéria do fogo vem combinar-se com ele em uma certa proporção ou quantidade, o ferro adquire então duas novas propriedades, que são as de provocar em nós as sensações de calor e de luz que ele antes não tinha etc. Todas essas propriedades distintivas são inseparáveis dele, e os fenômenos que resultam delas resultam necessariamente dele, no rigor das palavras.

Por pouco que consideremos os caminhos da natureza, por pouco que sigamos os seres nos diferentes estágios pelos quais, em razão de suas propriedades, eles são forçados a passar, reconheceremos que é apenas ao movimento que são devidas as mudanças, as combinações, as formas – em poucas palavras, todas as modificações da matéria. É pelo movimento que tudo aquilo que existe se produz, se altera, cresce e se destrói. É ele que modifica o aspecto dos seres, que lhes acrescenta ou lhes retira algumas propriedades, e que faz que, depois de ter ocupado uma certa posição ou ordem, cada um deles seja forçado por uma consequência de sua natureza a sair dela para ocupar uma outra e contribuir para o nascimento, para a manutenção e para a decomposição de outros seres totalmente diferentes pela essência, pela condição e pela espécie.

Naquilo que os físicos chamaram de os três *reinos da natureza*, realiza-se, com a ajuda do movimento, uma transmigração, uma troca, uma circulação contínua das moléculas da matéria. A natureza tem necessidade, em um lugar, daquelas que ela tinha colocado por um tempo em um outro: essas moléculas, depois de terem, por algumas combinações particulares, constituído seres dotados de essências, de propriedades, de maneiras de agir determinadas, dissolvem-se ou se separam com maior ou menor facilidade e, combinando-se de uma nova maneira, formam seres novos. O observador atento vê essa lei ser executada, de uma maneira mais ou menos perceptível, por todos os seres que o rodeiam. Ele vê a natureza repleta de embriões errantes, dos quais alguns se desenvolvem, enquanto outros esperam que o movimento os coloque nas esferas, nas matrizes, nas circunstâncias necessárias para estendê-los, acrescê-los, torná-los mais sensíveis pela adição de substâncias ou de matérias análogas ao seu ser primitivo. Em tudo isso não vemos senão os efeitos do movimento, necessariamente direcionado, modificado, acelerado ou desacelerado, fortalecido ou enfraquecido em razão das diferentes propriedades que os seres adquirem e perdem sucessivamente. Já que o movimento produz infalivelmente, a cada instante, alterações mais ou menos marcantes em todos os corpos, estes não podem ser rigorosamente os mesmos em dois instantes sucessivos de sua duração. Eles são a cada momento forçados a adquirir ou a perder – em poucas palavras, obrigados a sofrer variações contínuas em sua maneira de ser, em sua essência, em suas propriedades, em suas forças, em suas massas, em suas qualidades.

Os animais, depois de terem sido desenvolvidos na matriz que convém aos elementos de sua máquina, crescem, se fortalecem, adquirem novas propriedades, nova energia, novas faculdades, seja ao se alimentarem de plantas análogas ao seu ser, seja devorando outros animais cuja substância se acha apropriada para conservá-los, ou seja, para reparar a perda contínua de algumas porções da sua própria substância, que se desprendem dele a cada instante. Esses mesmos animais se nutrem, se conservam, crescem e se fortalecem com a ajuda do ar, da água, da terra e do fogo. Privados do ar, desse fluido que os rodeia, que os pressiona, que os penetra, que lhes dá impulso, eles logo parariam de viver. A água combinada com esse ar entra em todo o seu mecanismo, do qual ela facilita o funcionamento. A terra lhes serve de base, dando-lhes solidez para o seu tecido. Ela é carregada pelo ar e pela água, que a levam para as partes do corpo com as quais ela pode se combinar. Enfim, o próprio fogo, disfarçado sob uma infinidade de formas e de invólucros, é continuamente recebido no animal, proporcionando-lhe o calor e a vida e tornando-o apto a exercer as suas funções. Os alimentos, carregados com todos esses diversos princípios, ao entrarem no estômago, restabelecem o movimento no sistema nervoso e reanimam – em razão da sua própria atividade e dos elementos que os compõem – a máquina que começava a definhar e a ficar prostrada pelas perdas que tinha sofrido. Logo, tudo se modifica no animal. Ele tem mais energia e atividade, adquire vigor e mostra mais alegria; ele age, se move, pensa de uma maneira diferente; todas as suas faculdades são exercidas com mais facilidade[1]. De onde se vê que aquilo que se chama de *elementos* ou de partes primitivas da matéria, diversamente combinados, são – com a ajuda do movimento – continuamente unidos e assimilados à substância dos animais, modificando visivelmente o seu ser e influindo sobre as suas ações, quer dizer, sobre os movimentos perceptíveis ou ocultos que neles se operam.

---

1. É bom observar aqui, de antemão, que todas as substâncias espirituosas, ou seja, que contêm uma grande abundância de matérias inflamáveis e ígneas – tais como o vinho, a aguardente, os licores etc. –, são aquelas que mais aceleram os movimentos orgânicos dos animais ao lhes transmitir calor: é assim que o vinho dá coragem e até mesmo espírito, embora o vinho seja um ser material. A primavera e o verão só fazem eclodir tantos insetos e animais, só favorecem a vegetação, só tornam a natureza viva porque então a matéria fogo se acha mais abundante do que no inverno. A matéria ígnea é evidentemente a causa da fermentação, da geração, da vida: é o *Júpiter* dos antigos (cf. parte II, cap. 1, no final).

Os mesmos elementos que servem para nutrir, para fortificar, para conservar o animal se tornam em certas circunstâncias os princípios e os instrumentos da sua dissolução, do seu enfraquecimento, da sua morte. Eles operam a sua destruição, desde que não estejam nessa justa proporção que os torna apropriados para manter o seu ser. É assim que, quando a água se torna muito abundante no corpo do animal, ela o debilita, afrouxa as suas fibras e impede a ação necessária dos outros elementos. É assim que o fogo, admitido em demasiada quantidade, incita nele movimentos desordenados e destrutivos para a sua máquina. É assim que o ar carregado de princípios pouco análogos a seu mecanismo lhe traz contágios e doenças perigosas. Enfim, os alimentos modificados de determinadas maneiras, em vez de nutri-lo, destroem-no e conduzem-no à sua perda. Todas essas substâncias só conservam o animal enquanto são análogas a ele; elas o arruínam quando não estão mais no justo equilíbrio que as tornava apropriadas para manter a sua existência.

As plantas que, como já se viu, servem para nutrir e reparar os animais se nutrem, elas mesmas, da terra, desenvolvendo-se em seu seio, crescendo e se fortalecendo às suas custas, recebendo continuamente em seu tecido, pelas raízes e pelos poros, a água, o ar e a matéria ígnea. A água visivelmente as reanima em todas as vezes que sua vegetação ou seu gênero de vida definha; ela lhes traz os princípios análogos que podem aperfeiçoá-las. O ar lhes é necessário para que se estendam e lhes fornece a água, a terra e o fogo com os quais ele próprio está combinado. Enfim, elas recebem mais ou menos matérias inflamáveis, e as diferentes proporções desses princípios constituem as diferentes *famílias* ou *classes* nas quais os botânicos dividiram as plantas, de acordo com suas formas e suas combinações, de onde resulta uma infinidade de propriedades muito variadas. É desse modo que crescem o cedro e o hissopo*, dos quais um se eleva até as nuvens enquanto o outro se arrasta humildemente pela terra. É desse modo que de uma bolota sai pouco a pouco o carvalho que nos cobre com a sua folhagem. É desse modo que um grão de trigo, depois de ter-se nutrido com os sumos da terra, serve para a alimentação do homem, ao qual ele vai levar os elementos ou os princípios com os quais ele próprio cresceu, modificados e combinados de uma maneira que torne esse vegetal mais apropriado para ser assimilado e se combinar com a máquina humana – ou seja, com os fluidos e os sólidos pelos quais ela é composta.

Encontramos os mesmos elementos ou princípios na formação dos minerais, assim como na sua decomposição, seja natural ou artificial. Vemos que algumas terras diversamente elaboradas, modificadas e combinadas servem para aumentá-los, para lhes dar mais ou menos peso e densidade. Vemos o ar e a água contribuírem para ligar suas partes; a matéria ígnea ou o princípio inflamável conferir-lhes as suas cores e mostrar-se algumas vezes a descoberto por meio

---

* Pequena planta arbustiva e muito aromática que produz flores azuis. A comparação entre o cedro e o hissopo, como extremos do mundo vegetal, já está presente no Velho Testamento: "Também falou das árvores, desde o cedro que está no Líbano até o hissopo que nasce na parede" (I Reis, 4: 33). (N. T.)

das faíscas brilhantes que o movimento faz sair deles. Esses corpos tão sólidos, essas pedras, esses metais são destruídos e se dissolvem com a ajuda do ar, da água e do fogo, como prova a análise mais ordinária, assim como uma multidão de experiências das quais nossos olhos são testemunhas todos os dias.

Os animais, as plantas e os minerais, ao fim de um certo tempo, devolvem à natureza – ou seja, à massa geral das coisas, ao armazém universal – os elementos ou os princípios que eles tinham tomado por empréstimo. A terra retoma então a porção do corpo, do qual ela constituía a base e a solidez. O ar se encarrega das partes análogas a ele próprio e daquelas que são mais sutis e mais leves. A água carrega aquelas que ela é apropriada para dissolver; o fogo, rompendo seus laços, liberta-se para ir se combinar com outros corpos. As partes elementares do animal, assim desunidas, dissolvidas, elaboradas, dispersas, vão formar novas combinações. Elas servem para nutrir, para conservar ou para destruir novos seres e, entre outros, as plantas que, chegadas à sua maturidade, alimentam e conservam novos animais. Esses últimos, por sua vez, têm o mesmo destino dos primeiros.

Assim é a marcha constante da natureza: assim é o ciclo eterno que tudo aquilo que existe é forçado a percorrer. É assim que o movimento faz nascer, conserva durante algum tempo e destrói sucessivamente as partes do universo, umas pelas outras, enquanto a soma da existência permanece sempre a mesma. A natureza, pelas suas combinações, engendra os sóis, que vão se colocar nos centros de um igual número de sistemas. Ela produz planetas que, pela sua própria essência, gravitam e descrevem suas revoluções ao redor desses sóis; pouco a pouco, o movimento altera a uns e a outros. Um dia, talvez, ele dispersará as partes com as quais compôs essas massas maravilhosas, que o homem – no curto espaço de sua existência – nada mais faz que entrever de passagem.

É, portanto, o movimento contínuo, inerente à matéria, que altera e destrói todos os seres, que lhes arrebata a cada instante algumas das suas propriedades para substituí-las por outras: é ele que, cambiando assim suas essências atuais, modifica também as suas ordens, suas direções, suas tendências, as leis que regulam as maneiras deles serem e agirem. Desde a pedra, formada nas entranhas da Terra pela combinação íntima de moléculas análogas e similares que se aproximaram, até o Sol, esse vasto reservatório de partículas inflamadas que ilumina o firmamento; desde a ostra entorpecida até o homem ativo e pensante, nós vemos uma progressão ininterrupta, uma cadeia perpétua de combinações e de movimentos, da qual resultam seres que não diferem entre si, a não ser pela variedade de suas matérias elementares, das combinações e das proporções desses mesmos elementos, de onde nascem maneiras de existir e de agir infinitamente diversificadas. Na geração, na nutrição e na conservação nunca veremos nada além de matérias diversamente combinadas, cada uma das quais tem alguns movimentos que lhe são próprios, regulados por leis fixas e determinadas, e que lhes fazem sofrer modificações necessárias. Nós não encontraremos na formação, no crescimento e na vida instantânea dos animais, dos vegetais e dos minerais nada além das matérias que se combinam, que se agregam, que se acumulam, que se estendem e que formam pouco a pouco seres sensíveis, vivos, vegetantes ou desprovidos dessas faculdades, que, depois de terem existido por algum tempo sob uma forma particular, são forçados a contribuir com a sua ruína para a produção de uma outra[2].

---

2. *Destructio unius, generatio alterius.* Para ser exato, nada nasce ou morre na natureza, verdade que foi percebida por vários filósofos antigos. Empédocles diz: "Não existe nascimento nem morte para nenhum dos mortais, mas apenas uma combinação e uma separação daquilo que estava combinado. E eis aquilo que entre os homens é chamado de nascimento e de morte". O mesmo filósofo diz também: "São crianças ou pessoas cuja visão é muito limitada, aqueles que imaginam que nasça alguma coisa que antes não existia, ou que alguma coisa possa morrer ou perecer totalmente" (cf. Plutarco, *Contra Colotes*). Platão reconhece que, segundo uma antiga tradição, "os vivos nasciam dos mortos, do mesmo modo que os mortos provinham dos vivos, e que este é o ciclo constante da natureza". Ele acrescenta em outra parte, por conta própria: "Quem sabe se viver não é morrer, e se morrer não é viver?". Essa também era a doutrina de Pitágoras, a quem Ovídio faz dizer: [...] *Nascique vocatur,/ Incipere esse aliud quam quod fuit ante; moriquel Desinere illud idem*[(a)]. Cf. *Metamorfoses*, livro XV, vv. 255-257.

(a) "Aquilo que se chama nascer é começar a ser outra coisa que aquilo que se era antes; e aquilo que se chama morrer nada mais é do que deixar de ser aquilo que se era." (N. T.)

Capítulo 4

Das leis do movimento comuns a todos os seres da natureza. Da atração e da repulsão. Da força de inércia. Da necessidade

Os homens nunca ficam surpresos com os efeitos dos quais eles conhecem as causas. Acreditam conhecer essas causas a partir do momento em que as veem agir de uma maneira uniforme e imediata, ou desde que os movimentos que elas produzem sejam simples: a queda de uma pedra que cai pelo seu próprio peso não é objeto de meditação a não ser para um filósofo, para quem a maneira de agir das causas mais imediatas e os movimentos mais simples não são mistérios menos impenetráveis do que a maneira como agem as causas mais afastadas e os movimentos mais complicados. O vulgo nunca é tentado a aprofundar os efeitos que lhe são familiares nem a remontar aos seus primeiros princípios. Ele não vê, na queda da pedra, nada que deva surpreendê-lo ou que mereça suas investigações: é necessário um Newton para perceber que a queda dos corpos graves é um fenômeno digno de toda a sua atenção. É preciso a sagacidade de um físico profundo para descobrir as leis segundo as quais os corpos caem e transmitem a outros corpos os seus próprios movimentos: enfim, o espírito mais experimentado muitas vezes tem o desgosto de ver que os efeitos mais simples e mais ordinários escapam a todas as suas pesquisas e permanecem inexplicáveis para ele.

Só somos tentados a cogitar e a refletir sobre os efeitos que vemos quando eles são extraordinários e inusitados, ou seja, quando os nossos olhos não estão acostumados com eles ou quando ignoramos a energia da causa que vemos agir. Não existe nenhum europeu que não tenha visto alguns dos efeitos da pólvora de canhão. O operário que trabalha para fabricá-la não suspeita de nada de maravilhoso nisso, porque ele manipula todos os dias as matérias que entram na composição dessa pólvora. O americano* considerava antigamente a maneira dela agir como efeito de um poder *divino* e sua força como *sobrenatural*. O trovão, do qual o vulgo ignora a verdadeira causa, é considerado por ele como o instrumento da vingança celeste. O físico o considera como um efeito natural da matéria elétrica que, no entanto, é ela própria uma causa que o homem está bem distante de conhecer perfeitamente.

Seja como for, a partir do momento que vemos uma causa agir, nós consideramos os seus efeitos como naturais. A partir do momento que nos acostumamos a vê-la ou ficamos familiarizados com ela, acreditamos conhecê-la e os seus efeitos não nos surpreendem mais. Porém, a partir do momento que percebemos um efeito inusitado sem descobrir a sua causa, nosso espírito se põe a trabalhar e se inquieta na razão da

---

* Holbach se refere aos indígenas americanos. (N. T.)

extensão desse efeito. Ele se agita, sobretudo, quando acredita que isso tem interesse para a nossa conservação, e sua perplexidade aumenta à medida que se persuade de que é essencial conhecer essa causa pela qual somos vivamente afetados. Na falta dos nossos sentidos, que muitas vezes nada podem nos ensinar sobre as causas e os efeitos que pesquisamos com mais ardor ou que mais nos interessam, temos de recorrer à nossa imaginação, que, perturbada pelo temor, se torna um guia suspeito e cria para nós quimeras ou causas fictícias às quais ela atribui os fenômenos que nos alarmam. É a essas disposições do espírito humano que se devem, como veremos na sequência, todos os erros religiosos dos homens que, perdendo a esperança de poder remontar às causas naturais dos fenômenos inquietantes dos quais eles são as testemunhas e muitas vezes as vítimas, criaram em seu cérebro causas imaginárias que se tornaram para eles fonte de loucuras.

No entanto, na natureza só podem existir causas e efeitos naturais. Todos os movimentos que nela são provocados seguem leis constantes e necessárias. As leis das operações naturais que estamos em condições de julgar ou de conhecer são suficientes para nos fazer descobrir aquelas que se furtam à nossa visão. Podemos ao menos julgá-las por analogia, e se estudarmos a natureza com atenção, as maneiras de agir que ela nos mostra ensinarão a não ficarmos tão desconcertados com aquelas que ela se recusa a nos mostrar. As causas mais afastadas dos seus efeitos agem indubitavelmente através de causas intermediárias, com a ajuda das quais podemos algumas vezes remontar às primeiras. Se, na cadeia dessas causas, encontram-se alguns obstáculos que se opõem às nossas investigações, devemos tratar de vencê-los e, se não tivermos êxito, nunca estaremos no direito de concluir disso que a cadeia está quebrada ou que a causa que age é *sobrenatural*. Contentemo-nos, nesse caso, em reconhecer que a natureza tem recursos que não conhecemos. Porém, nunca substituamos as causas que nos escapam por fantasmas, ficções ou palavras vazias de sentido. Nada mais faríamos, por esse meio, do que confirmar a nossa ignorância, interromper as nossas investigações e nos obstinar em ficar estagnados em nossos erros.

Apesar da nossa ignorância acerca dos caminhos da natureza ou da essência dos seres, das suas propriedades, dos seus elementos, das suas proporções e combinações, conhecemos, entretanto, as leis simples e gerais segundo as quais os corpos se movem e vemos que algumas dessas leis, comuns a todos os seres, nunca são desmentidas. Quando elas parecem ser desmentidas, em algumas ocasiões, estamos muitas vezes em condições de descobrir as causas que, vindo a se complicar ao se combinarem com outras, impedem que elas ajam da maneira que acreditaríamos no direito de esperar. Sabemos que o fogo aplicado à pólvora deve necessariamente incendiá-la: a partir do momento que esse efeito não se realiza, ainda que os nossos sentidos não nos informem, estamos no direito de concluir que essa pólvora está molhada ou se encontra junto com alguma substância que impede a sua explosão. Sabemos que o homem, em todas as suas ações, tende a buscar a felicidade. Quando o vemos trabalhar para se destruir ou causar dano a si mesmo, devemos concluir disso que ele é movido por alguma causa que se opõe à sua tendência natural, que ele está sendo enganado por algum preconceito: pela falta de experiência, ele não vê para onde as suas ações podem conduzi-lo.

Se todos os movimentos dos seres fossem simples, eles seriam muito fáceis de conhecer e estaríamos assegurados dos efeitos que as causas deveriam produzir, se as suas ações não se confundissem. Eu sei que uma pedra que cai deve cair perpendicularmente; sei que ela será forçada a seguir uma rota oblíqua se encontrar um outro corpo que modifique a sua direção. Porém, não sei mais qual é a linha que ela descreverá se for perturbada em sua queda por várias forças contrárias que atuem alternadamente sobre ela: pode ocorrer que essas forças a obriguem a descrever uma linha parabólica, circular, espiral, elíptica etc.

No entanto, os movimentos mais compostos não são mais do que resultados de movimentos simples que se combinaram. Assim, a partir do momento que conhecermos as leis gerais dos seres e dos seus movimentos, teremos apenas de decompor e analisar para descobrir aqueles que estão combinados, e a experiência nos ensinará os efeitos que podemos esperar deles: veremos então que alguns movimentos muito simples são as causas do encontro necessário das diferentes matérias com as quais todos os corpos são compostos; que essas matérias, variadas quanto à essência e às propriedades, têm, cada uma delas, maneiras de agir ou movimentos que lhes são próprios, sendo que o seu movimento total é a soma dos movimentos particulares que se combinaram.

Dentre as matérias que vemos, algumas estão constantemente dispostas a se unir, enquanto outras são incapazes de união: aquelas que são apropriadas para se unir formam combinações mais ou menos íntimas e duráveis, ou seja, mais ou menos capazes de perseverar no seu estado e de resistir à dissolução. Os corpos que chamamos de *sólidos* são compostos de um maior número de partes homogêneas, similares, análogas, dispostas a se unir, cujas forças conspiram ou tendem para um mesmo fim. Os seres primitivos ou os elementos dos corpos têm necessidade de se escorar, por assim dizer, uns nos outros, a fim de conservarem, de adquirirem consistência e solidez – verdade igualmente constante naquilo que se chama de *físico* e naquilo que se chama de *moral*.

É sobre essa disposição das matérias e dos corpos uns com relação aos outros que são fundadas as maneiras de agir que os físicos designam sob os nomes de *atração* e de *repulsão*, de *simpatia* e de *antipatia*, de *afinidades* ou de *relações*[2]. Os moralistas designam essa disposição e os efeitos que ela produz sob o nome de *amor* ou de *ódio*, de *amizade* ou de *aversão*. Os homens, como todos os seres da natureza, estão

---

2. Empédocles dizia, segundo Diógenes Laércio, que "havia uma espécie de amizade pela qual os elementos se uniam e uma espécie de discórdia pela qual eles se afastavam". De onde se vê que o sistema da atração é muito antigo. Porém, seria necessário um Newton para desenvolvê-lo. O amor, a quem os antigos atribuíam a ordenação do *caos*, parece ser apenas a atração personificada. Todas as alegorias e as fábulas dos antigos sobre o *caos* não indicam visivelmente senão o acordo e a união que são encontrados entre as substâncias análogas ou homogêneas dos quais resulta a existência do universo. Enquanto que a repulsa ou a discórdia, que os antigos chamavam de Éris, era a causa da dissolução, da confusão, da desordem. Eis aí, sem dúvida, a origem do dogma dos *dois princípios*.

submetidos a movimentos de atração e de repulsão. Os movimentos que se passam nos homens não diferem daqueles que se passam nos outros seres a não ser porque são mais ocultos e porque, muitas vezes, não conhecemos as causas que os provocam nem a sua maneira de agir.

Seja como for, basta-nos saber que, por uma lei constante, certos corpos são dispostos a se unir com maior ou menor facilidade, enquanto outros nunca podem se combinar. A água se combina com os sais e não se combina com os óleos. Algumas combinações são muito fortes, como nos metais; outras são mais frágeis e muito fáceis de se decomporem. Alguns corpos, incapazes por si próprios de se unirem, se tornam suscetíveis disso com a ajuda de novos corpos que lhes servem de *intermediários* ou de laços comuns. É assim que o óleo e a água se combinam e formam o sabão com a ajuda de um alcalino*. De todos esses seres diversamente combinados em proporções muito variadas resultam corpos, totalidades físicas ou morais, cujas propriedades e unidades são essencialmente diferentes, e cujas maneiras de agir são mais ou menos complicadas ou difíceis de conhecer em razão dos elementos ou matérias que entraram na sua composição e das modificações diversas dessas mesmas matérias.

É assim que, atraindo-se reciprocamente, as moléculas primitivas e insensíveis, com as quais todos os corpos são formados, tornam-se sensíveis, formam mistos, massas agregativas, pela união das matérias análogas e similares que sua

---

* "Sal alcalino" (edição de 1821). (N. T.)

essência torna apropriadas a se reunirem para formar um todo. Esses mesmos corpos se dissolvem, ou sua união é rompida, quando eles são submetidos à ação de alguma substância inimiga dessa união. É assim que pouco a pouco se formam uma planta, um metal, um animal, um homem, que – cada um no sistema ou na posição que ocupa – crescem, sustentam-se em sua existência respectiva, pela atração contínua de matérias análogas ou similares que se unem ao seu ser, que o conservam e o fortalecem. É assim que certos alimentos convêm ao homem, enquanto outros o matam. Alguns lhe dão prazer e o fortalecem, outros lhe causam repugnância e o enfraquecem. Enfim, para jamais separar as leis da física das leis da moral, é assim que os homens, atraídos por suas necessidades uns para os outros, formam uniões que são chamadas de *casamentos, famílias, sociedades, amizades, ligações*, que a virtude mantém e fortalece, mas que o vício afrouxa ou dissolve totalmente.

Quaisquer que sejam a natureza e as combinações dos seres, seus movimentos têm sempre uma direção ou uma tendência: sem direção, não podemos ter a ideia do movimento. Essa direção é regulada pelas propriedades de cada ser. A partir do momento que existem propriedades dadas, ele age necessariamente, quer dizer, segue a lei invariavelmente determinada por essas mesmas propriedades, que constituem o ser naquilo que ele é e na sua maneira de agir, sempre uma consequência da sua maneira de existir. Porém, qual é a direção ou tendência geral e comum que vemos em todos os seres? Qual é a finalidade visível e conhecida de todos os seus movimentos? É conservar a sua existência atual, é perseverar nela, é fortalecê-la, é atrair aquilo que lhe é favorável, é repelir aquilo que pode lhe causar dano, é resistir aos impulsos contrários à sua maneira de ser e à sua tendência natural.

Existir é estar submetido aos movimentos próprios de uma determinada essência. Conservar-se é dar e receber movimentos dos quais resulta a manutenção da existência, é atrair as matérias apropriadas para corroborar o seu ser e afastar aquelas que podem enfraquecê-lo ou danificá-lo. Assim, todos os seres que conhecemos tendem a se conservar, cada um à sua maneira. A pedra, pela forte adesão de suas partes, opõe resistência à sua destruição. Os seres organizados se conservam por meios mais complicados, mas que são apropriados para conservar a sua existência contra aquilo que poderia lhes causar dano. O homem, tanto físico quanto moral, ser vivente, sensível, pensante e agente, não tende a cada instante de sua duração senão a proporcionar para si aquilo que lhe agrada ou aquilo que está em conformidade com o seu ser, esforçando-se para afastar dele aquilo que pode lhe causar dano[3].

A conservação é, portanto, o objetivo comum para o qual todas as energias, as forças e as faculdades dos seres parecem continuamente direcionadas. Os físicos denominaram essa tendência ou direção de *gravitação sobre si*. Newton a chama de *força de inércia*. Os moralistas a denominaram no homem de *amor por si*, que nada mais é do que a tendência a se conservar o desejo da felicidade, o amor pelo bem-estar e pelo

---

3. Santo Agostinho admite, como nós, uma tendência à conservação em todos os seres, sejam organizados ou não organizados (cf. seu tratado *A cidade de Deus*, livro XI, cap. XXVIII).

prazer, a presteza em se apoderar de tudo aquilo que parece favorável ao seu ser e a aversão marcada por tudo aquilo que o perturba ou o ameaça: sentimentos primitivos e comuns de todos os seres da espécie humana, que todas as suas faculdades se esforçam para satisfazer, que todas as suas paixões, suas vontades e suas ações têm continuamente como objetivo e como finalidade. Essa *gravitação sobre si* é, portanto, uma disposição necessária no homem e em todos os seres que, por meios diversos, tendem a perseverar na existência que eles receberam, enquanto nada desarranja a ordem de sua máquina ou sua tendência primitiva.

Toda causa produz um efeito. Não pode existir efeito sem causa. Todo impulso é seguido de algum movimento mais ou menos perceptível, de alguma modificação mais ou menos notável, no corpo que o recebe. Porém, todos os movimentos, todas as maneiras de agir são, como já vimos, determinadas pelas suas naturezas, suas essências, suas propriedades, suas combinações. Portanto, como todos os movimentos ou todas as maneiras de agir dos seres são devidos a algumas causas, e essas causas só podem agir e se mover de acordo com a sua maneira de ser ou suas propriedades essenciais, é forçoso concluir daí que todos os fenômenos são necessários e que cada ser da natureza, em algumas circunstâncias e de acordo com as propriedades dadas, não pode agir de modo diferente do que ele faz.

A necessidade é a ligação infalível e constante das causas com os seus efeitos. O fogo queima necessariamente as matérias combustíveis que são colocadas na esfera de sua ação.

O homem deseja necessariamente aquilo que é ou que parece ser útil ao seu bem-estar. A natureza, em todos os seus fenômenos, age necessariamente de acordo com a essência que lhe é própria. Todos os seres que ela contém agem necessariamente de acordo com as suas essências particulares. É através do movimento que o todo tem relações com as suas partes, e estas com o todo: é assim que tudo está ligado no universo. Ele próprio nada mais é que uma imensa cadeia de causas e efeitos, que incessantemente decorrem uns dos outros. Por pouco que reflitamos, seremos pois forçados a reconhecer que tudo aquilo que vemos é *necessário* ou não pode ser diferente daquilo que é, que todos os seres que percebemos, assim como aqueles que escapam à nossa visão, agem por leis certas. De acordo com essas leis, os corpos graves caem, os corpos leves se elevam, as substâncias análogas se atraem, todos os seres tendem a se conservar, o homem quer a si mesmo, ele gosta daquilo que lhe é vantajoso logo que o conhece e detesta aquilo que pode lhe ser desfavorável. Enfim, somos forçados a reconhecer que não pode haver energia independente, causa isolada, ação desvinculada em uma natureza onde todos os seres agem sem interrupção uns sobre os outros, e que não passa ela própria de um círculo eterno de movimentos dados e recebidos segundo leis necessárias.

Dois exemplos servirão para tornar a nós mais perceptível o princípio que acaba de ser apresentado. Tomaremos um da física e outro da moral. Em um turbilhão de poeira levantado por um vento impetuoso, por mais confuso que ele pareça aos nossos olhos, na mais pavorosa tempestade provocada por ventos opostos que levantam as vagas, não existe uma única molécula de poeira ou de água que esteja colocada ao *acaso*, que não tenha sua causa suficiente para ocupar o lugar no qual ela se encontra e que não aja rigorosamente da maneira como deve agir. Um geômetra que conhecesse exatamente as diferentes forças que atuam nesses dois casos e as propriedades das moléculas que são movidas demonstraria que, de acordo com as causas dadas, cada molécula age precisamente como deve agir, e não poderia agir de modo diferente do que faz.

Nas terríveis convulsões que agitam algumas vezes as sociedades políticas – e que muitas vezes produzem a queda de um império – não existe uma única ação, uma única palavra, um único pensamento, uma única vontade, uma única paixão nos agentes que concorrem para a revolução – como destruidores ou como vítimas – que não sejam necessários, que não ajam como devem agir, que não realizem infalivelmente os efeitos que devem realizar, segundo o lugar ocupado por tais agentes nesse turbilhão moral. Isso pareceria evidente para uma inteligência que estivesse em condição de captar e de apreciar todas as ações e reações dos espíritos e dos corpos daqueles que contribuem para a revolução.

Enfim, se tudo na natureza está ligado, se todos os movimentos nela nascem uns dos outros, embora suas transmissões secretas escapem muitas vezes à nossa visão, devemos ficar seguros de que não existe nenhuma causa tão pequena ou tão afastada que não produza algumas vezes os maiores e mais imediatos efeitos sobre nós mesmos. Talvez seja nas planícies áridas da Líbia que se reúnam os primeiros elementos de uma tempestade que, levada pelos ventos, chegará até nós, tornará nossa atmosfera pesada, influirá sobre o temperamento e as paixões de um homem que, por suas circunstâncias, foi colocado em condições de influir sobre muitos outros e que decidirá, de acordo com as suas vontades, a sorte de várias nações.

O homem, com efeito, encontra-se na natureza e constitui uma parte dela. Nela ele age segundo leis que lhe são próprias e recebe de uma maneira mais ou menos marcante a ação ou o impulso dos seres que agem sobre ele de acordo com as leis próprias à sua essência. É assim que ele é diversamente modificado. Porém, suas ações estão sempre na razão composta de sua própria energia e da dos seres que agem sobre ele e que o modificam. Eis aquilo que determina tão diversamente e muitas vezes tão contraditoriamente os seus pensamentos, suas opiniões, suas vontades, suas ações, em poucas palavras, os movimentos – sejam visíveis ou ocultos – que se passam nele. Posteriormente teremos a oportunidade de esclarecer melhor essa verdade, hoje tão contestada. Aqui é o bastante provarmos, de modo geral, que tudo na natureza é necessário, e que nada daquilo que nela se encontra pode agir de modo diferente do que age.

É o movimento transmitido e recebido gradativamente que estabelece a ligação e as relações entre os diferentes sistemas dos seres. A atração os aproxima quando eles estão na esfera de sua ação recíproca. A repulsão os dissolve e os separa; uma os conserva e os fortalece, a outra os enfraquece e os destrói. Uma vez combinados, eles tendem a perseverar em sua maneira de existir, em virtude da sua *força de inércia*, mas não podem ter êxito nisso, porque estão sob a influência contínua de todos os outros seres que agem sucessiva e perpetuamente sobre eles. Suas mudanças de formas, suas dissoluções, são necessárias à vida, à conservação da natureza – conservação que é o único objetivo que podemos designar para ela, para a qual nós a vemos tender incessantemente, que ela segue sem interrupção pela destruição e a reprodução de todos os seres subordinados, forçados a suportarem suas leis e a colaborarem, à sua maneira, para a manutenção da existência ativa, essencial ao grande todo.

Assim, cada ser é um indivíduo que, na grande família, realiza sua tarefa necessária no trabalho geral. Todos os corpos agem segundo leis inerentes à sua própria essência, sem poderem afastar-se um único instante daquelas segundo as quais a própria natureza age: força central à qual todas as forças, todas as essências, todas as energias estão submetidas, ela regula os movimentos de todos os seres. Pela necessidade de sua própria essência, ela os faz colaborar de diferentes maneiras com o seu plano geral, e esse plano não pode ser senão a vida, a ação, a manutenção do todo pelas mudanças contínuas de suas partes. Ela cumpre esse objetivo fazendo que uns desloquem os outros, o que estabelece e destrói as relações que subsistem entre eles, o que lhes dá e lhes tira as formas, as combinações, as qualidades de acordo com as quais eles agem por algum tempo, e que lhes são arrebatadas logo depois, para fazer que ajam de uma maneira totalmente diferente. É assim que a natureza os acrescenta e os altera, os aumenta e os diminui, os aproxima e os afasta, os forma e os destrói, segundo aquilo que é necessário para a manutenção do seu conjunto (para a qual essa natureza tem essencialmente necessidade de tender).

Essa força irresistível, essa necessidade universal, essa energia geral nada mais é, portanto, do que uma consequência da natureza das coisas, em virtude da qual tudo age sem descanso de acordo com leis constantes e imutáveis. Essas leis não variam tanto para a natureza total como para os seres que ela contém. A natureza é um todo agente ou vivente do qual todas as partes colaboram necessária e inconscientemente para manter a ação, a existência e a vida: a natureza existe e age necessariamente, e tudo aquilo que ela contém conspira necessariamente para a perpetuação de seu ser agente[4]. Veremos, em seguida, o quanto a imaginação dos homens trabalhou para criar uma ideia da energia da natureza, que eles personificaram e distinguiram da própria natureza. Por fim, examinaremos as invenções ridículas e nocivas que, por falta de conhecer a natureza, eles imaginaram para deter o seu curso, para suspender as suas leis eternas e para impor obstáculos à necessidade das coisas.

---

4. Platão diz que "a matéria e a necessidade são a mesma coisa, e que essa necessidade é a mãe do mundo". Com efeito, a matéria age porque ela existe e ela existe para agir; não podemos ir além. E se nos perguntarem como ou por que a matéria existe? Diremos que ela existe necessariamente, ou contém a razão suficiente de sua existência. Se a supusermos produzida ou criada por um ser distinto dela própria e mais desconhecido do que ela, será sempre forçoso dizer que esse ser, seja ele qual for, é necessário ou contém a causa suficiente de sua própria existência. Ao substituirmos a matéria ou a natureza por esse ser, nada mais fazemos do que substituir um agente conhecido ou possível de conhecer – ao menos em certos aspectos – por um agente desconhecido, totalmente impossível de conhecer e cuja existência é impossível demonstrar.

Capítulo 5

Da ordem e da desordem, da inteligência, do acaso

A visão dos movimentos necessários, periódicos e regulares que ocorrem no universo fez nascer no espírito dos homens a ideia da *ordem*. Esta palavra, em sua significação primitiva, representa apenas uma maneira de considerar e de perceber com facilidade o conjunto e as diferentes relações de um todo, no qual nós encontramos, por sua maneira de ser e de agir, uma certa conveniência ou conformidade com a nossa. O homem, estendendo essa ideia, transportou para o universo as maneiras de considerar as coisas que lhe são particulares. Ele supôs que existiam realmente na natureza relações e conveniências, tais como aquelas que ele havia designado pelo nome de *ordem* – e, consequentemente, deu o nome de *desordem* a todas as relações que não lhe pareciam em conformidade com essas primeiras.

É fácil concluir dessa ideia de ordem e de desordem que elas não existem realmente em uma natureza onde tudo é necessário, que segue leis constantes, e que força todos os seres a seguirem, em cada instante da sua duração, as regras que decorrem de sua própria existência. Portanto, é apenas no nosso espírito que está o modelo daquilo que nós chamamos de *ordem* ou *desordem*. Como todas as ideias abstratas e metafísicas, ela não pressupõe nada fora de nós. Em poucas palavras, a ordem jamais será nada além da faculdade de nos coordenar com os seres que nos rodeiam ou com o todo do qual fazemos parte.

No entanto, se quisermos aplicar a ideia da ordem à natureza, essa ordem não será senão uma sequência de ações ou de movimentos que julgamos conspirar para uma finalidade comum. Assim, em um corpo que se move, a ordem é a série, a cadeia de ações ou de movimentos próprios para constituí-lo daquilo que ele é e para mantê-lo em sua existência atual. A ordem, com relação à natureza por inteiro, é a cadeia das causas e dos efeitos necessários à sua existência ativa e à manutenção do seu conjunto eterno. Porém, como acabamos de provar no capítulo precedente, todos os seres particulares, na posição que eles ocupam, são forçados a colaborar com esse objetivo, de onde somos obrigados a concluir que aquilo que chamamos de *ordem da natureza* nunca pode ser senão uma maneira de considerar a necessidade das coisas à qual tudo aquilo que conhecemos está submetido. Aquilo que chamamos de *desordem* não passa de um termo relativo criado para designar as ações ou os movimentos necessários pelos quais os seres particulares são necessariamente alterados e perturbados em sua maneira de existir instantânea e forçados a mudar a maneira de agir.

Porém, nenhuma dessas ações, nenhum desses movimentos, pode por um só instante contradizer ou desorganizar a ordem geral da natureza, da qual todos os seres recebem suas existências, suas propriedades, seus movimentos particulares. A desordem, para um ser, nunca é mais do que a sua passagem para uma ordem nova, para uma nova maneira de existir, que acarreta necessariamente uma nova sequência de ações ou de movimentos, diferentes daqueles em que esse ser se achava precedentemente suscetível.

Aquilo que chamamos de *ordem na natureza* é uma maneira de ser ou uma disposição de suas partes rigorosamente *necessária*. Em qualquer outra reunião de causas, de efeitos, de forças ou de universos além daquela que nós vemos, em qualquer outro sistema de matérias que fosse possível, se estabeleceria necessariamente uma ordenação qualquer. Suponhamos as substâncias mais heterogêneas e mais discordantes postas em ação e reunidas. Por um encadeamento de fenômenos necessários, será formada entre elas uma ordem total qualquer e eis aí a verdadeira noção de uma propriedade que podemos definir, uma aptidão a constituir um ser tal como ele é em si mesmo e no todo do qual faz parte.

Assim, repito, a *ordem* nada mais é do que a necessidade considerada relativamente à sequência das ações, ou a cadeia ligada das causas e dos efeitos que ela produz no universo. O que é, com efeito, a *ordem* em nosso sistema planetário – o único do qual temos alguma ideia – senão a sequência dos fenômenos que se efetuam segundo leis necessárias de acordo com as quais vemos agir os corpos que o compõem? Em consequência dessas leis, o Sol ocupa o centro, os planetas gravitam sobre ele e descrevem ao seu redor, em intervalos regulares, revoluções contínuas. Os satélites desses mesmos planetas gravitam sobre aqueles que estão no centro da sua esfera de ação e descrevem em torno deles suas rotas periódicas. Um desses planetas – a Terra em que habitamos – gira ao redor de si mesma e, pelas diferentes facetas que sua revolução anual a obriga a expor ao Sol, é submetida às variações regulares que chamamos de *estações*. Por uma consequência necessária da ação do Sol sobre diferentes partes de nosso globo, todas as suas produções experimentam algumas vicissitudes. As plantas, os animais e os homens ficam no inverno em uma espécie de letargia; na primavera, todos os seres parecem se reanimar e sair de um longo torpor. Em poucas palavras, a maneira como a Terra recebe os raios do Sol influi sobre todas as suas produções. Esses raios, dardejados obliquamente, não agem como se estivessem caindo em linha reta; sua ausência periódica, causada pela revolução de nosso globo sobre si mesmo, produz o dia e a noite. Em tudo isso, jamais veremos nada além de efeitos necessários, fundados na essência das coisas e que, enquanto elas permanecerem as mesmas, nunca podem ser desmentidos. Todos esses efeitos são devidos à gravitação, à atração, à força centrífuga etc.

Por outro lado, essa ordem, que nós admiramos como um efeito sobrenatural, chega algumas vezes a se perturbar ou a se transformar em desordem. Porém, essa própria desordem é sempre uma consequência das leis da natureza, na qual é necessário que algumas de suas partes, para a manutenção do todo, sejam desarranjadas em sua marcha ordinária. É desse modo que os cometas se oferecem inopinadamente aos nossos olhos surpresos. Sua trajetória excêntrica vem perturbar a tranquilidade do nosso sistema planetário. Eles despertam o terror do vulgo, para quem tudo é maravilha: a própria física conjectura que outrora esses cometas tenham caído na superfície do nosso globo e causado as maiores revoluções na Terra. Independentemente dessas desordens extraordinárias, existem algumas mais comuns às quais estamos expostos. Algumas vezes, as estações parecem deslocadas; outras vezes, os elementos em discórdia parecem disputar o domínio do nosso mundo. O mar sai dos seus limites, a terra sólida treme, as montanhas se incendeiam, o contágio destrói os homens e os animais, a esterilidade desola os campos. Então, os mortais apavorados clamam em altos brados pela ordem e erguem suas mãos trêmulas para o ser que eles supõem ser o seu autor: enquanto essas desordens aflitivas são efeitos necessários, produzidos por causas naturais, que agem de acordo com leis fixas, determinadas por suas próprias essências e pela essência universal de uma natureza na qual tudo deve se alterar, se mover, se dissolver e onde aquilo que chamamos de *ordem* deve ser algumas vezes perturbado e se transformar em uma nova maneira de ser, que para nós é uma desordem.

A ordem e a desordem da natureza não existem. Nós encontramos a *ordem* em tudo aquilo que está em conformidade com o nosso ser e a *desordem* em tudo aquilo que lhe é oposto. Entretanto, tudo está em ordem em uma natureza da qual nenhuma das partes pode jamais se afastar das regras certas e necessárias que decorrem da essência que elas receberam. Não existe nenhuma desordem em um todo para a manutenção do qual a desordem é necessária, cuja marcha geral não pode jamais ser desordenada, onde todos os efeitos são consequências de causas naturais que agem como devem infalivelmente agir.

Outra consequência disso é que não podem existir nem monstros, nem prodígios, nem maravilhas, nem milagres na natureza. Aquilo que chamamos de monstros são combinações com as quais os nossos olhos não estão familiarizados, e nem por isso elas deixam de ser efeitos necessários.

Aquilo que nós chamamos de *prodígios*, de *maravilhas*, de efeitos *sobrenaturais*, são fenômenos da natureza dos quais nossa ignorância não conhece os princípios nem a maneira de agir e que – na falta de conhecer as suas causas verdadeiras – atribuímos loucamente a causas fictícias que, assim como a ideia de ordem, só existem em nós mesmos, à medida que as colocamos fora de uma natureza para além da qual nada pode existir.

Quanto àquilo que é chamado de *milagres*, ou seja, efeitos contrários às leis imutáveis da natureza, percebe-se que tais obras são impossíveis e que nada poderia suspender por um instante a marcha necessária dos seres, sem que a natureza inteira fosse detida e perturbada em sua tendência. Não existem maravilhas e milagres na natureza a não ser para aqueles que não a estudaram suficientemente, ou que não percebem que suas leis não podem jamais ser desmentidas na menor de suas partes sem que o todo seja aniquilado, ou pelo menos mude de essência e de maneira de existir[1].

A ordem e a desordem nada mais são, portanto, que palavras pelas quais nós designamos estados nos quais os seres particulares se encontram. Um ser está em ordem quando todos os seus movimentos conspiram para a manutenção de sua existência atual e favorecem sua tendência a conservar-se nela. Ele está em desordem quando as causas que o movem perturbam ou destroem a harmonia ou o equilíbrio necessário à conservação de seu estado atual. No entanto, a desordem em um ser nada mais é, como já se viu, do que sua passagem para uma nova ordem. Quanto mais rápida é essa passagem maior é a desordem para o ser que é submetido a ela: aquilo que conduz o homem à morte é, para ele, a maior das desordens. No entanto, a morte não é para ele senão uma passagem para uma nova maneira de existir: ela está na ordem da natureza.

Dizemos que o corpo humano está em ordem quando as diferentes partes que o compõem agem de uma maneira que resulta na conservação do todo, sendo esse o objetivo de sua existência atual. Dizemos que ele é saudável quando os sólidos e os fluidos de seu corpo colaboram para esse objetivo

---

1. Um milagre, segundo alguns metafísicos, é um efeito que não é de modo algum devido às forças suficientes na natureza. *Miraculum vocamus effectum, qui nullas sui vires sufficientis in natura agnoscit* (cf. Bilfinger, *De Deo, anima et mundo*). Conclui-se daí que é necessário buscar a causa para além da natureza ou fora do seu círculo. No entanto, a razão nos sugere que não deveríamos recorrer a uma causa sobrenatural ou situada fora da natureza antes de conhecer perfeitamente todas as causas naturais ou as forças que a natureza contém.

e se prestam auxílios mútuos para consegui-lo. Dizemos que esse corpo está em desordem logo que sua tendência é perturbada, quando algumas de suas partes deixam de colaborar para a sua conservação e de realizar as funções que lhes são próprias. É aquilo que ocorre no estado de doença, no qual, todavia, os movimentos provocados na máquina humana são tão necessários, são regulados por leis tão certas, tão naturais e tão invariáveis quanto aqueles cuja colaboração produz a saúde: a doença nada mais faz que produzir no corpo uma nova sequência, uma nova ordem de movimentos e de coisas. Quando o homem vem a morrer – aquilo que nos parece a maior das desordens para ele –, seu corpo não é mais o mesmo, suas partes não colaboram mais para o mesmo objetivo, seu sangue não mais circula, ele não sente mais, não tem mais ideias, não pensa mais, não deseja mais, a morte é a época da cessação de sua existência humana. Sua máquina torna-se uma massa inanimada pela subtração dos princípios que a faziam agir de uma maneira determinada. Sua tendência é modificada e todos os movimentos que são despertados em seus restos conspiram para uma nova finalidade; quanto àqueles cuja ordem e harmonia produziam a vida, a sensibilidade, o pensamento, as paixões, a saúde, sucede uma sequência de movimentos de um outro gênero, que são executados segundo leis tão necessárias quanto as primeiras: todas as partes do homem morto conspiram para produzir os movimentos que são chamados de dissolução, fermentação, putrefação. E essas novas maneiras de ser e de agir são tão naturais no homem reduzido a esse estado quanto a sensibilidade, o pensamento, o movimento periódico do sangue etc. eram no homem vivo: como sua essência foi modificada, sua maneira de agir não pode ser a mesma. Aos movimentos regulares e necessários que conspiram para produzir o que chamamos de *vida*, sucedem-se movimentos determinados que colaboram para produzir a dissolução do cadáver, a dispersão de suas partes, a formação de novas combinações de onde resultam novos seres – aquilo que, como já vimos anteriormente, está na ordem imutável de uma natureza sempre atuante[2].

Nunca é demais repetir, portanto, que, com relação ao grande conjunto, todos os movimentos dos seres, todas as suas maneiras de agir, não podem senão estar em ordem e estão sempre em conformidade com a natureza. Em todos os estados pelos quais esses seres são forçados a passar, eles agem constantemente de uma maneira necessariamente subordinada ao conjunto universal. Além disso, cada ser particular age sempre na ordem. Todas as suas ações, todo o sistema de seus movimentos, são sempre uma consequência necessária de sua maneira de existir durável ou momentânea. A ordem em uma sociedade política é o efeito de uma sequência necessária de ideias, de vontades, de ações naqueles que a compõem, cujos

---

2. "Estamos acostumados – diz um autor anônimo – a pensar que a vida é o contrário da morte, que, aparecendo sob a ideia da destruição absoluta, fez que se apressassem a buscar razões para dela isentar a alma, como se a alma fosse essencialmente outra coisa que a vida... Porém, a simples percepção nos ensina que os opostos desse gênero são o *animado* e o *inanimado*. A morte é tão pouco oposta à vida que é o princípio dela: do corpo de um único animal que deixou de viver, formam-se milhares de outros viventes, tanto é evidente que a vida está na potência da natureza!" (cf. *Dissertações mescladas*, impressas em Amsterdã, em 1740, p. 252-253).

movimentos são regulados de maneira a colaborar para a manutenção do seu conjunto ou para a sua dissolução. O homem constituído ou modificado da maneira que cria aquilo que chamamos de *um homem virtuoso* age necessariamente de uma maneira da qual resulta o bem-estar de seus associados. Aquele que chamamos de *perverso* age necessariamente de uma maneira da qual resulta a sua infelicidade. Como as suas naturezas e as suas modificações são diferentes, eles devem agir diferentemente. O sistema de suas ações, ou sua *ordem relativa*, é desde então essencialmente diferente.

Assim, a ordem e a desordem nos seres particulares são apenas maneiras de considerar os efeitos naturais e necessários que eles produzem com relação a nós mesmos. Tememos o perverso e dizemos que ele leva a desordem para a sociedade, porque perturba a sua tendência e coloca obstáculos à sua felicidade. Evitamos uma pedra que cai porque ela desarranjaria em nós a ordem dos movimentos necessários à nossa conservação. No entanto, a ordem e a desordem são sempre, como já se viu, consequências igualmente necessárias do estado durável ou passageiro dos seres. Está na ordem que o fogo nos queime, porque é da sua essência queimar. Está na ordem que o perverso cause dano, porque é da sua essência causar dano; mas, por outro lado, está na ordem que um ser inteligente se afaste daquilo que pode lhe causar dano e se esforce para se livrar daquilo que pode perturbá-lo em sua maneira de existir. Um ser que a sua organização torna sensível deve, de acordo com a sua essência, fugir de tudo aquilo que pode danificar os seus órgãos e pôr a sua existência em perigo.

Chamamos de *inteligentes* os seres organizados à nossa maneira, nos quais vemos faculdades apropriadas para se conservarem, para se manterem na ordem que lhes convêm, para obterem os meios necessários para alcançar esse fim e com a consciência de seus próprios movimentos. De onde se vê que a faculdade que chamamos de *inteligência* consiste no poder de agir em conformidade com um objetivo que conhecemos no ser a quem nós a atribuímos. Consideramos como privados de inteligência os seres nos quais não encontramos nem a mesma conformação que em nós mesmos, nem os mesmos órgãos, nem as mesmas faculdades – em poucas palavras, dos quais ignoramos a essência, a energia, o objetivo e, consequentemente, a ordem que lhes convêm. O todo não pode ter nenhum objetivo, já que não existe fora dele nada para onde este possa tender. As partes que ele contém têm um objetivo. Se foi em nós mesmos que fomos buscar a ideia de *ordem*, foi também em nós mesmos que fomos buscar a de *inteligência*. Nós a recusamos a todos os seres que não agem à nossa maneira e a concedemos àqueles que supomos agir como nós. Chamamos esses últimos de *agentes inteligentes* e dizemos que os outros são *causas cegas*, agentes ininteligentes que agem ao *acaso* (palavra vazia de sentido que opomos sempre à inteligência, sem ligá-la a uma ideia segura).

Com efeito, atribuímos ao acaso todos os efeitos dos quais não vemos nenhuma ligação com as suas causas. Assim, nos servimos da palavra *acaso* para cobrir nossa ignorância da causa natural que produz os efeitos que vemos por meios dos quais não temos nenhuma ideia, ou que age de uma maneira na qual não vemos nenhuma ordem ou sistema consequente de ações semelhantes aos nossos. A partir do momento em que vemos ou acreditamos ver a ordem, atribuímos tal ordem a uma *inteligência*, qualidade igualmente tomada de empréstimo de nós mesmos e de nossa maneira própria de agir e de sermos afetados.

Um ser *inteligente* é um ser que pensa, que quer, que age para alcançar um fim. Ora, para pensar, para querer, para agir à nossa maneira é necessário ter órgãos e objetivo semelhantes aos nossos. Assim, dizer que a natureza é governada por uma inteligência é pretender que ela é governada por um ser provido de órgãos, já que sem órgãos não pode haver percepção, nem ideia, nem intuição, nem pensamento, nem vontade, nem plano, nem ação.

O homem sempre faz de si o centro do universo. É a si próprio que ele relaciona tudo aquilo que vê. A partir do momento em que acredita entrever uma maneira de agir que tem alguns pontos de conformidade com a sua, ou alguns fenômenos que o interessam, atribui-nos a uma causa que se parece com ele, que age como ele, que tem as suas mesmas faculdades, seus mesmos interesses, seus mesmos projetos, sua mesma tendência – em poucas palavras, ele faz de si o seu modelo. Foi assim que o homem, não vendo fora de sua espécie senão seres agindo diferentemente dele e acreditando, no entanto, observar na natureza uma ordem análoga às suas próprias ideias, intenções em conformidade com as suas, imaginou que essa natureza era governada por uma causa inteligente à maneira dele, à qual atribuiu essa ordem que acreditou ver e as intenções que ele próprio tinha. É verdade que o homem, sentindo-se incapaz de produzir os efeitos vastos e multiplicados que via se operarem no universo, foi forçado a colocar uma diferença entre ele e essa causa invisível que produzia tão grandes efeitos. Acreditou superar a dificuldade exagerando nela todas as faculdades que ele próprio possuía. Foi assim que, pouco a pouco, ele conseguiu formar uma ideia de causa inteligente que colocou acima da natureza para presidir a todos os seus movimentos, acreditando que ela fosse incapaz de fazer isso por si própria: obstinou-se sempre em considerá-la como um amontoado informe de matérias mortas e inertes, que não poderia produzir nenhum dos grandes efeitos, dos fenômenos regulares dos quais resulta aquilo que ele chama de *ordem do universo*[3].

De onde se vê que é por falta de conhecer as forças da natureza ou as propriedades da matéria que multiplicaram os seres sem necessidade, que supuseram o universo sob o domínio de uma causa inteligente da qual o homem foi e sempre será o modelo. Ele nada mais fará do que torná-la inconcebível quando quiser estender demais as suas faculdades. Ele a aniquilará ou a tornará inteiramente impossível quando, nessa inteligência, quiser supor qualidades incompatíveis, como

---

3. Dizem que Anaxágoras foi o primeiro que supôs o universo criado e governado por uma *inteligência* ou por um *entendimento*. Aristóteles criticava-o por utilizar essa inteligência para a produção das coisas como um *deus ex machina*, ou seja, quando todas as boas razões lhe faltavam (cf. o *Dicionário* de Bayle, artigo "Anaxágoras", nota E). Tem-se, sem dúvida, fundamento para fazer a mesma crítica a todos aqueles que se servem da palavra *inteligência* para resolver as dificuldades.

será forçado a fazer para dar a razão dos efeitos contraditórios e desordenados que são vistos no mundo: com efeito, vemos algumas desordens neste mundo, cuja bela ordem obriga – como nos dizem – a reconhecer a obra de uma inteligência soberana. No entanto, essas desordens desmentem o plano, o poder, a sabedoria, a bondade que supõem nela e a ordem maravilhosa que lhe atribuem.

Irão nos dizer, sem dúvida, que a natureza, contendo e produzindo seres inteligentes, ou deve ser ela própria inteligente ou deve ser governada por uma causa inteligente. Responderemos que a inteligência é uma faculdade própria dos seres organizados, ou seja, constituídos e combinados de uma maneira determinada, de onde resultam certas maneiras de agir que designamos por nomes particulares de acordo com os diferentes efeitos que esses seres produzem. O vinho não tem as qualidades que chamamos de *espírito* ou *coragem*; no entanto, vemos que ele algumas vezes as dá a alguns homens que supúnhamos totalmente desprovidos delas. Não podemos chamar a natureza de *inteligente* à maneira de alguns dos seres que ela contém, mas ela pode produzir seres inteligentes, reunindo matérias apropriadas para formar corpos organizados de uma maneira particular, de onde resulta a faculdade que chamamos de *inteligência* e as maneiras de agir que são consequências necessárias dessa propriedade. Repito: para ter inteligência, desígnios e intenções, é preciso ter ideias. Para ter ideias, é preciso ter órgãos e sentidos – o que de modo algum se dirá da natureza ou da causa que se supõe presidir os seus movimentos. Enfim, a experiência nos prova que as matérias, que nós consideramos como inertes e mortas, adquirem ação, inteligência e vida quando são combinadas de determinadas maneiras.

É forçoso concluir, de tudo o que acaba de ser dito, que a *ordem* nunca é senão o encadeamento uniforme e necessário das causas e dos efeitos, ou a consequência das ações que decorrem das propriedades dos seres enquanto eles permanecem em um dado estado. Que a *desordem* é a modificação desse estado; que tudo está necessariamente em ordem no universo, onde tudo age e se move de acordo com as propriedades dos seres. Que não pode haver nem desordem nem mal real em uma natureza na qual tudo segue as leis da sua própria existência. Que não existe *acaso* e nem nada de fortuito nessa natureza, onde não há nenhum efeito sem causa suficiente e onde todas as causas agem segundo leis fixas, seguras, dependentes de suas propriedades essenciais, assim como das combinações e das modificações que constituem o seu estado permanente ou passageiro. Que a inteligência é uma maneira de ser e de agir própria de alguns seres particulares, e que se quisermos atribuí-la à natureza, nesta ela nada mais seria do que a faculdade de se conservar pelos meios necessários em sua existência atuante. Recusando à natureza a inteligência de que nós mesmos desfrutamos; rejeitando a causa inteligente que se supõe ser o seu motor ou o princípio da ordem que nela encontramos, nós não deixamos nada ao acaso nem a uma força cega, mas atribuímos tudo aquilo que vemos a causas reais e conhecidas ou fáceis de conhecer. Reconhecemos que tudo aquilo que existe é uma consequência das propriedades inerentes à matéria eterna, que, por suas misturas, suas combinações e suas mudanças de formas, produz a ordem, a desordem e as variedades que vemos. Somos nós que somos cegos quando imaginamos causas cegas; nós ignoramos as forças e as leis da natureza quando atribuímos seus efeitos ao *acaso*. Não ficamos mais instruídos quando os entregamos a uma inteligência cuja ideia nunca é tomada de empréstimo a não ser de nós mesmos e que nunca se harmoniza com os efeitos que lhe atribuímos: imaginamos palavras para substituir as coisas e acreditamos nos entender à força de obscurecer algumas ideias que jamais ousamos definir nem analisar.

Capítulo 6

Do homem, de sua distinção em homem físico e em homem moral; de sua origem

Apliquemos agora aos seres da natureza que mais nos interessam as leis gerais que acabam de ser examinadas. Vejamos em que o homem pode diferir dos outros seres que o rodeiam; examinemos se com eles não têm alguns pontos gerais de conformidade que façam que, não obstante as diferenças subsistentes em certos aspectos, ele não deixe de agir segundo as regras universais às quais tudo está submetido. Enfim, vejamos se as ideias que ele faz de si mesmo, ao meditar sobre o seu próprio ser, são quiméricas ou fundamentadas.

O homem ocupa um lugar nessa multidão de seres dos quais a natureza é a reunião: sua essência, ou seja, a maneira de ser que o distingue, torna-o suscetível de diferentes maneiras de agir ou de movimentos, dos quais uns são simples e visíveis enquanto outros são complicados e ocultos. Sua vida nada mais é que uma longa sequência de movimentos necessários e ligados, que têm como princípios causas contidas dentro dele mesmo, tais como o seu sangue, seus nervos, suas fibras, suas carnes, seus ossos (em poucas palavras, as matérias tanto sólidas como fluidas das quais o seu conjunto ou o seu corpo é composto), ou causas exteriores que, ao atuarem sobre ele, o modificam diversamente, tais como o ar pelo qual ele está cercado, os alimentos com os quais se nutre e todos os objetos pelos quais seus sentidos são continuamente afetados e que, por conseguinte, operam nele mudanças contínuas.

Assim como todos os seres, o homem tende a conservar a existência que recebeu. Ele resiste à sua destruição: é submetido à força de inércia. Ele gravita sobre si mesmo; é atraído pelos objetos que lhe são análogos. Ele é repelido por aqueles que lhe são contrários; busca uns e foge ou esforça-se por se afastar dos outros. São essas diferentes maneiras de agir e de ser modificado, das quais o homem é suscetível, que foram designadas por diversos nomes. Logo teremos oportunidade de examiná-las em detalhes.

Por mais maravilhosas, por mais ocultas e por mais complicadas que pareçam ou sejam as maneiras de agir, tanto visíveis como interiores, da máquina humana, se nós as examinarmos de perto, veremos que todas as suas operações, seus movimentos, suas mudanças, seus diferentes estados, suas revoluções são regulados constantemente pelas mesmas leis que a natureza prescreve para todos os seres que ela faz nascer, que desenvolve, que enriquece de faculdades, que faz crescer, que conserva durante algum tempo e que ela termina por destruir ou decompor, fazendo que eles mudem de forma.

O homem, na sua origem, não passa de um ponto imperceptível, cujas partes são informes, cuja mobilidade e vida escapam aos nossos olhares – em poucas palavras, no qual não percebemos nenhum sinal das qualidades que chamamos de *sensibilidade, inteligência, pensamento, força, razão* etc. Colocado na matriz que lhe convém, esse ponto se desenvolve, se estende, cresce pela adição contínua de matérias análogas ao seu ser que ele atrai, que nele se combinam e que são por ele assimiladas. Saído desse lugar apropriado para conservar, desenvolver e fortificar, durante algum tempo, os frágeis rudimentos de sua máquina, ele se torna adulto. Seu corpo adquiriu, então, uma extensão considerável; seus movimentos são marcados, ele é sensível em todas as suas partes, tornou-se uma massa viva e atuante, ou seja, que sente, que pensa, que realiza as funções apropriadas aos seres da espécie humana. Essa massa só se tornou suscetível disso porque foi pouco a pouco acrescida, nutrida, reparada, com a ajuda da atração e da combinação contínua que nela se fez de matérias do gênero daquelas que julgamos inertes, insensíveis, inanimadas. Essas matérias, todavia, conseguiram formar um todo atuante, vivente, sensível, judicante, raciocinante, desejante, deliberante, selecionador, capaz de trabalhar mais ou menos eficazmente para a sua própria conservação, ou seja, para a manutenção da harmonia em sua própria existência.

Todos os movimentos ou modificações aos quais o homem é submetido no decorrer da sua vida, seja da parte dos objetos exteriores, seja da parte das substâncias contidas nele mesmo, são ou favoráveis ou nocivos ao seu ser, conservam-no em ordem ou atiram-no na desordem, ora são conformes, ora são contrários, à tendência essencial a essa maneira de existir –

em poucas palavras, são agradáveis ou importunos. Ele é forçado, pela sua natureza, a aprovar os primeiros e a desaprovar os outros; uns o tornam feliz, outros o tornam infeliz; uns se tornam os objetos de seus desejos e outros, de seus temores.

Em todos os fenômenos que o homem nos apresenta, desde o seu nascimento até o seu fim, não vemos senão uma sequência de causas e de efeitos necessários, em conformidade com as leis comuns a todos os seres da natureza. Todas as suas maneiras de agir, suas sensações, suas ideias, suas paixões, suas vontades e suas ações são consequências necessárias de suas propriedades e daquelas que se encontram nos seres que o agitam. Tudo aquilo que faz e tudo aquilo que nele se passa são efeitos da força da inércia, da gravitação sobre si, da virtude atrativa e repulsiva, da tendência a se conservar – em poucas palavras, da energia que ele tem em comum com todos os seres que nós vemos. Esta nada mais faz do que mostrar-se no homem de um modo particular, que é devido à sua natureza particular, pela qual ele é distinto dos seres de um sistema ou de uma ordem diferente.

A fonte dos erros nos quais o homem incorreu, quando considerou a si próprio, é proveniente, como logo teremos a oportunidade de mostrar, do fato de que ele acreditou se mover por si mesmo, agir sempre pela sua própria energia. Acreditou, em suas ações e vontades – que são os motores delas –, ser independente das leis gerais da natureza e dos objetos que, quase sempre sem o seu conhecimento e sempre contra a sua vontade, essa natureza faz agir sobre ele: se ele tivesse se examinado atentamente, teria reconhecido que todos os seus movimentos não são absolutamente espontâneos. Teria descoberto que seu nascimento depende de causas inteiramente fora do seu poder, que é sem o seu consentimento que ele entra no sistema no qual ocupa um lugar; que desde o momento em que nasce até aquele no qual morre, ele é continuamente modificado por causas que, contra a sua vontade, influem sobre a sua máquina, modificam o seu ser e dispõem de sua conduta. A mínima reflexão não seria suficiente para lhe provar que os sólidos e os fluidos dos quais seu corpo é composto, que seu mecanismo oculto, o qual ele acredita independente das causas exteriores, estão perpetuamente sob a influência dessas causas e estariam, sem ela, em uma total incapacidade de agir? Será que ele não vê que seu temperamento não depende de maneira alguma dele mesmo, que suas paixões são consequências necessárias desse temperamento, que suas vontades e suas ações são determinadas por essas mesmas paixões e por opiniões que ele não deu a si mesmo? Seu sangue mais ou menos abundante ou aquecido, seus nervos e suas fibras mais ou menos tensos ou relaxados, suas disposições duráveis ou passageiras não decidem a cada instante sobre suas ideias e seus movimentos, sejam eles visíveis ou ocultos? E o estado no qual se encontra não depende necessariamente do ar diversamente modificado, dos alimentos que o nutrem, das combinações secretas que se fazem nele próprio e que conservam a ordem ou levam a desordem para a sua máquina? Em poucas palavras, tudo deveria convencer o homem de que ele é, em cada instante da sua duração, um instrumento passivo nas mãos da necessidade.

Em um mundo onde tudo está ligado, onde todas as causas estão encadeadas umas nas outras, não pode haver energia ou força independente e isolada. É, pois, a natureza sempre atuante que assinala para o homem cada um dos pontos da linha que ele deve percorrer. É ela que elabora e combina os elementos pelos quais ele deve ser composto; é ela que lhe dá o seu ser, sua tendência, sua maneira particular de agir. É ela que o desenvolve, que o faz crescer, que o conserva por algum tempo, durante o qual ele é forçado a realizar a sua tarefa; é ela que coloca no seu caminho os objetos e os acontecimentos que o modificam de uma maneira ora agradável, ora nociva. É ela que, ao lhe dar a sensibilidade, o coloca em condições de selecionar os objetos e de tomar as medidas mais apropriadas para se conservar. É ela que, quando ele chegou ao fim do seu caminho, o conduz à sua perda e faz que ele seja submetido, assim, a uma lei geral e constante da qual nada está isento. É assim que o movimento faz nascer o homem, o sustenta durante algum tempo e, por fim, o destrói ou o obriga a retornar para o seio de uma natureza que logo o reproduzirá, esparso sob uma infinidade de novas formas, nas quais cada uma das suas partes percorrerá do mesmo modo os diferentes períodos, tão necessariamente quanto o todo havia percorrido os da sua existência precedente.

Os seres da espécie humana são, assim como todos os outros, suscetíveis de dois tipos de movimentos: uns são os movimentos em bloco através dos quais o corpo inteiro, ou algumas de suas partes, são visivelmente transferidos de um lugar para outro; os outros são movimentos internos e ocultos, dos quais alguns são perceptíveis para nós enquanto outros se realizam sem o nosso conhecimento e só se deixam adivinhar pelos efeitos que produzem no exterior. Em uma máquina muito composta, formada pela combinação de um grande número de matérias, variadas pelas propriedades, pelas proporções, pelas maneiras de agir, os movimentos tornam-se necessariamente muito complicados; tanto a sua lentidão quanto a sua rapidez muitas vezes os escondem das observações, mesmo daquele no qual eles ocorrem.

Não fiquemos, pois, surpresos se o homem encontrou tantos obstáculos quando quis se dar conta do seu ser e da sua maneira de agir e se imaginou tão estranhas hipóteses para explicar os funcionamentos ocultos de sua máquina – que viu mover-se de uma maneira que lhe pareceu tão diferente da dos outros seres da natureza. Ele viu bem que o seu corpo e as suas diferentes partes agiam, mas quase sempre não pôde ver aquilo que os levava à ação: acreditou, portanto, conter dentro de si mesmo um princípio motor, distinto de sua máquina, que dava secretamente o impulso às engrenagens, movia-se pela sua própria energia e agia seguindo leis totalmente diferentes daquelas que regulam os movimentos de todos os outros seres. Tinha a consciência de certos movimentos internos que nele se faziam sentir, mas como conceber que esses movimentos invisíveis pudessem muitas vezes produzir efeitos tão impressionantes? Como compreender que uma ideia fugidia, que um ato imperceptível do pensamento, pudesse muitas vezes levar a perturbação e a desordem para todo o seu ser? Em poucas palavras, ele acreditou perceber em si próprio uma substância distinta, dotada de uma força secreta, na qual supôs algumas características inteiramente diferentes daquelas das causas visíveis que agiam sobre os seus órgãos, ou daquelas dos seus próprios órgãos. Ele não prestou nenhuma atenção ao fato de que a causa primitiva que faz que uma pedra caia ou que o seu braço se mova talvez seja tão difícil de conceber ou de explicar quanto a do movimento interno do qual o pensamento e a vontade são os efeitos. Assim, por falta de refletir sobre a natureza, de considerá-la sob os seus verdadeiros pontos de vista, de observar a conformidade e a simultaneidade entre os movimentos desse pretenso motor e os do seu corpo ou dos seus órgãos materiais, ele julgou não somente que era de um ser à parte, mas também de uma natureza diferente de todos os seres da natureza, de uma essência mais simples e que não tinha nada em comum com tudo aquilo que ele via[1].

Foi daí que vieram sucessivamente as noções de *espiritualidade*, de *imaterialidade*, de *imortalidade* e todas as palavras vagas que foram inventadas pouco a pouco, à força de sofisticar, para marcar os atributos da substância desconhecida que o homem acreditava conter em si próprio e que julgava ser o princípio oculto das suas ações visíveis. Para coroar as

---

1. "Seria necessário" – diz um autor anônimo – "definir a vida antes de raciocinar sobre a alma. Mas isso é algo que considero impossível, porque, na natureza, existem algumas coisas únicas e tão simples que a imaginação não pode nem dividi-las nem reduzi-las a coisas mais simples do que elas próprias. Assim são a vida, a brancura e a luz, que só podem ser definidas pelos seus efeitos" (cf. *Dissertações mescladas*, p. 252). A vida é a reunião dos movimentos próprios do ser organizado, e o movimento não pode ser senão uma propriedade da matéria.

conjecturas arriscadas que haviam sido feitas sobre essa força motriz, supôs-se que, diferente de todos os outros seres e do corpo que lhe servia de invólucro, ela não devia sofrer como eles a dissolução, que sua perfeita simplicidade a impedia de poder se decompor ou mudar de formas – em poucas palavras, que ela era por sua essência isenta das revoluções às quais se via que o corpo estava sujeito, assim como todos os seres compostos dos quais a natureza está repleta.

Assim, o homem tornou-se duplo. Ele se considerou como um todo composto pela reunião inconcebível de duas naturezas diferentes, e que não tinham nenhuma analogia entre elas. Distinguiu duas substâncias em si próprio: uma, visivelmente submetida às influências dos seres grosseiros e composta de matérias grosseiras e inertes, foi chamada de *corpo*. A outra, que se supôs simples, de uma essência mais pura, foi considerada como agindo por si mesma e dando o movimento ao corpo com o qual se achava miraculosamente unida. Esta foi chamada de *alma* ou *espírito*; e as funções de uma foram chamadas de *físicas, corporais, materiais*; as funções da outra, de *espirituais* e *intelectuais*. O homem, considerado relativamente às primeiras, foi chamado de *homem físico*; considerado relativamente às últimas, foi designado pelo nome de *homem moral*.

Essas distinções, adotadas hoje em dia pela maioria dos filósofos, não são fundamentadas senão em suposições gratuitas. Os homens sempre acreditaram remediar a ignorância sobre as coisas inventando palavras às quais eles nunca puderam vincular um verdadeiro sentido. Imaginou-se que se conhecia a matéria, todas as suas propriedades, todas as suas faculdades, seus recursos e suas diferentes combinações, porque se havia entrevisto algumas das suas qualidades superficiais. Tudo o que fizeram realmente foi obscurecer as frágeis ideias que se pudera formar sobre isso, associando a ela uma substância muito menos inteligível do que ela própria. Foi assim que alguns especuladores, criando palavras e multiplicando os seres, nada mais fizeram do que mergulhar em complicações ainda maiores do que aquelas que queriam evitar, colocando obstáculos ao progresso dos conhecimentos. A partir do momento que os fatos lhes faltaram, recorreram a conjecturas que logo, para eles, se transformaram em realidades, e sua imaginação, que a experiência não mais guiava, enfiou-se sem retorno no labirinto de um mundo ideal e intelectual que ela sozinha havia gerado. Foi quase impossível tirá-la de lá para recolocá-la no bom caminho, do qual só a experiência pode dar o fio condutor. Ela nos mostrará que em nós mesmos, assim como em todos os objetos que atuam sobre nós, nunca existe nada além da matéria dotada de diferentes propriedades, diversamente combinada, diversamente modificada, e que age em razão de suas propriedades. Em poucas palavras, o homem é um todo organizado, composto de diferentes matérias. Do mesmo modo que todas as outras produções da natureza, ele segue algumas leis gerais e conhecidas, assim como algumas leis ou maneiras de agir que lhe são particulares e desconhecidas.

Assim, quando perguntarem o que é o homem, diremos que é um ser material, organizado ou conformado de maneira a sentir, a pensar, a ser modificado de certas maneiras apropriadas somente a ele, à sua organização, às combinações particulares das matérias que se acham reunidas nele. Se nos perguntam que origem nós atribuímos aos seres da espécie humana, diremos que, do mesmo modo que todos os outros, o homem é uma produção da natureza, que se parece com eles em alguns aspectos e se acha submetido às mesmas leis, e que difere deles em outros aspectos e segue algumas leis particulares, determinadas pela diversidade da sua conformação. Se perguntam de onde proveio o homem, responderemos que a experiência não nos coloca em condições de resolver essa questão, e que ela não pode verdadeiramente nos interessar. Basta-nos saber que o homem existe e que ele é constituído de maneira a produzir os efeitos dos quais o vemos suscetível.

Mas – dirão – o homem sempre existiu? A espécie humana foi produzida por toda a eternidade ou ela não passa de uma produção instantânea da natureza? Existiram em todos os tempos homens semelhantes a nós e sempre existirão? Existiram em todos os tempos os machos e as fêmeas? Houve um primeiro homem do qual todos os outros são descendentes? O animal foi anterior ao ovo ou o ovo precedeu o animal? As espécies sem começo também não terão fim? Essas espécies são indestrutíveis ou passageiras como os indivíduos? O homem terá sido sempre aquilo que é, ou então, antes de chegar ao estado no qual o vemos, ele foi obrigado a passar por uma infinidade de desenvolvimentos sucessivos? O homem pode, enfim, gabar-se de ter chegado a um estado fixo, ou então a espécie humana deve ainda se modificar? Se o homem é o produto da natureza, nos perguntarão se acreditamos que essa natureza possa produzir seres novos e fazer desaparecer as espécies antigas. Por fim, nessa suposição, desejarão saber por que a natureza não produz diante dos nossos olhos alguns seres novos ou espécies novas.

Parece ser possível tomar, sobre todas essas questões – indiferentes ao fundamento da coisa –, o partido que se quiser. Na falta da experiência, cabe à hipótese fixar uma curiosidade que se lança sempre para além dos limites prescritos ao nosso espírito. Isso posto, o contemplador da natureza dirá que não vê nenhuma contradição em supor que a espécie humana, tal como ela é hoje, foi produzida, seja no tempo ou em toda a eternidade. Ele não vê vantagem em supor que essa espécie tenha chegado, por diferentes passagens ou desenvolvimentos sucessivos, ao estado em que nós a vemos. A matéria é eterna e necessária, mas suas combinações e suas formas são passageiras e contingentes: e o homem será outra coisa além da matéria combinada, cuja forma varia a cada instante?

No entanto, algumas reflexões parecem tornar mais provável a hipótese de que o homem é uma produção feita no tempo, peculiar ao globo que nós habitamos, que, por conseguinte, não pode datar senão da formação desse próprio globo, que é um resultado das leis particulares que o dirigem. A existência é essencial ao universo ou à reunião total de matérias essencialmente diversas que nós vemos. Porém, as combinações e as formas não lhe são essenciais. Isso posto, embora as matérias que compõem a nossa Terra tenham sempre existido, essa Terra nem sempre teve a sua forma e as suas propriedades atuais. Talvez ela seja uma massa destacada no tempo de algum outro corpo celeste; talvez seja o resultado dessas manchas ou crostas que os astrônomos percebem sobre o disco do Sol, e que de lá puderam se espalhar pelo nosso sistema planetário. Talvez este globo seja um cometa extinto e deslocado, que ocupava outrora um outro lugar nas regiões do espaço e que, consequentemente, estava então em condições de produzir seres muito diferentes daqueles que agora encontramos nele – já que, nesse caso, sua posição e sua natureza deviam tornar todas as suas produções diferentes daquelas que ele nos oferece hoje em dia.

Qualquer que seja a suposição que adotemos, as plantas, os animais e os homens podem ser considerados como produções particularmente inerentes e próprias do nosso globo, na posição ou nas circunstâncias nas quais ele se encontra atualmente. Essas produções se modificariam se este globo, por alguma revolução, viesse a mudar de lugar. Aquilo que parece fortalecer essa hipótese é que, em nosso próprio mundo, todas as produções variam em razão de seus diferentes climas. Os homens, os animais, os vegetais e os minerais não são os mesmos em toda parte. Eles variam algumas vezes de uma maneira muito perceptível em uma distância pouco considerável. O elefante é nativo da zona tórrida; a rena é própria dos climas gelados do norte; o Hindustão é a pátria do diamante, que não é encontrado na nossa região; o ananás cresce na América ao ar livre, mas só se desenvolve nas nossas terras quando a arte lhe fornece um sol análogo ao que ele exige. Enfim, os homens variam nos diferentes climas pela cor, pelo tamanho, pela conformação, pela força, pela inteligência, pela coragem e pelas faculdades do espírito. Porém, o que constitui o clima? É a diferente posição das partes do mesmo globo com relação ao Sol – posição que é suficiente para impor uma variedade perceptível entre as suas produções.

É possível, portanto, conjecturar com bastante fundamento que, se por algum acidente nosso globo viesse a se deslocar, todas as suas produções seriam forçadas a se modificar, já que, como as causas não seriam mais as mesmas ou não agiriam mais da mesma maneira, os efeitos deveriam necessariamente mudar. Todas as produções, para poderem se conservar ou se manter na existência, têm necessidade de se coordenar com o todo do qual emanaram; sem isso elas não podem subsistir. É a essa faculdade de se coordenar, é a essa coordenação relativa, que chamamos de *ordem do universo*; é a sua falta que chamamos de *desordem*. As produções que tratamos como *monstruosas* são aquelas que não podem se coordenar com as leis gerais ou particulares dos seres que as rodeiam, ou do todo nos quais elas se encontram. Elas puderam, na sua formação, acomodar-se a essas leis, mas tais leis se opuseram à sua perfeição, o que faz que elas não subsistam. É assim que uma certa analogia de conformação entre animais de espécies diferentes produz muitas mulas, mas essas mulas não podem se reproduzir. O homem não pode viver senão no ar e o peixe na água: coloquem o homem na água e o peixe no ar e logo, por falta de poderem se coordenar com os fluidos que os cercam, esses animais serão destruídos. Transportem, na imaginação, um homem do nosso planeta para Saturno e logo o seu peito será dilacerado por um ar demasiado rarefeito, seus membros serão congelados pelo frio, e ele perecerá por falta de encontrar os elementos análogos à sua existência atual. Transportem um outro homem para Mercúrio e o excesso de calor logo o destruirá.

Assim, tudo parece nos autorizar a conjecturar que a espécie humana é uma produção própria do nosso globo, na posição em que ele se encontra; e que se essa posição viesse a mudar, a espécie humana mudaria ou seria forçada a desaparecer, já que só aquilo que pode se coordenar com o todo ou encadear-se com ele é capaz de subsistir. É essa capacidade do homem de se coordenar com o todo que não somente lhe dá a ideia da ordem, mas também lhe faz dizer que *tudo está bem*, enquanto tudo nada mais é do que aquilo que pode ser; enquanto esse tudo é necessariamente aquilo que é; enquanto ele não está *positivamente* nem bem nem mal. Não é preciso senão deslocar um homem para fazer que ele acuse o universo de desordem.

Essas reflexões parecem contrariar as ideias daqueles que quiseram conjecturar que os outros planetas eram habitados, como o nosso, por seres semelhantes a nós. Porém, se o lapão difere de uma maneira tão marcante do hotentote*, que diferença não devemos supor entre um habitante do nosso planeta e um habitante de Saturno ou de Vênus?

Seja como for, se nos obrigarem a remontar pela imaginação à origem das coisas e ao berço do gênero humano,

---

* Povo nativo da África do Sul. (N. T.)

diremos que é provável que o homem tenha sido uma consequência necessária da ordenação do nosso globo ou um dos resultados das qualidades, das propriedades e da energia das quais ele foi suscetível em sua posição presente, que ele nasceu macho e fêmea, que sua existência é coordenada com a deste globo e que, enquanto essa coordenação subsistir, a espécie humana se conservará, se propagará de acordo com o impulso e as leis primitivas que outrora a fizeram eclodir. Se essa coordenação viesse a cessar, ou se a Terra deslocada deixasse de receber os mesmos impulsos ou influências da parte das causas que agem atualmente sobre ela e que lhe dão energia, a espécie humana mudaria para dar lugar a novos seres, apropriados a se coordenar com o estado que sucederia àquele que vemos subsistir agora.

Supondo, portanto, modificações na posição do nosso globo, o homem primitivo talvez fosse mais diferente do homem atual do que o quadrúpede é diferente do inseto. Assim, o homem, do mesmo modo que tudo aquilo que existe no nosso globo e em todos os outros, pode ser considerado como estando em uma vicissitude contínua. Assim, o derradeiro termo da existência do homem é tão desconhecido e tão indiferente para nós quanto o primeiro. Assim, não existe nenhuma contradição em acreditar que as espécies variam incessantemente e é tão impossível para nós saber aquilo que elas se tornarão quanto saber aquilo que elas foram.

Com relação àqueles que perguntam por que a natureza não produz novos seres, perguntaremos, por nossa vez, com base em que fundamento eles supõem esse fato? O que os autoriza a acreditar nessa esterilidade da natureza? Sabem eles se, nas combinações que são feitas a cada instante, a natureza não está ocupada em produzir novos seres sem o conhecimento de seus observadores? Quem lhes disse que essa natureza não reúne atualmente em seu imenso laboratório os elementos apropriados para fazer eclodir gerações totalmente novas, que nada terão em comum com as das espécies existentes neste momento? Que absurdo ou que inconsequência existe, portanto, em imaginar que o homem, o cavalo, o peixe e o pássaro um dia não mais existirão? Esses animais seriam, portanto, uma necessidade indispensável da natureza, e será que, sem eles, ela não poderia continuar sua marcha eterna? Tudo não está mudando em torno de nós? Nós mesmos não nos modificamos? Não é evidente que o universo inteiro não foi, em sua eterna duração anterior, rigorosamente o mesmo que ele é, e que não é possível que, em sua eterna duração posterior, ele seja, com todo o rigor, por um instante o mesmo que é? Como, pois, pretender adivinhar aquilo que a sucessão infinita de destruições e de reproduções, de combinações e de dissoluções, de metamorfoses, de modificações e de transposições poderá trazer em seguida? Sóis se extinguem e se solidificam, planetas perecem e se dispersam nas planuras dos ares; outros sóis se acendem, novos planetas se formam para fazer suas revoluções e para percorrer novas rotas e o homem, porção infinitamente pequena de um globo, que não passa ele próprio de um ponto imperceptível na imensidão, crê que é para ele que o universo é feito, imagina que deve ser o confidente da natureza, gaba-se de ser eterno, diz-se o rei do universo!

Ó homem! Tu não conceberás jamais que não passas de um efêmero? Tudo muda no universo: a natureza não contém nenhuma forma constante, e tu tens a pretensão de que a tua espécie não pode desaparecer, que deve ser uma exceção à lei geral, que quer que tudo se altere! Ai, ai! Em teu ser atual tu não estás submetido a alterações contínuas? Tu, que em tua loucura adotas arrogantemente o título de *rei da natureza*! Tu, que medes a terra e os céus! Tu, para quem tua vaidade imagina que tudo foi feito, porque tu és inteligente. Não é preciso mais do que um leve acidente, nada além de um átomo deslocado, para te fazer perecer, para te degradar, para arrebatar de ti essa inteligência da qual tu pareces tão orgulhoso!

Se recusarem todas as conjecturas precedentes e se pretenderem que a natureza age através de uma certa soma de leis imutáveis e gerais. Se acreditarem que o homem, o quadrúpede, o peixe, o inseto, a planta etc. existiram por toda a eternidade e permanecem eternamente aquilo que são. Se quiserem que, por toda a eternidade, os astros tenham brilhado no firmamento; se disserem que é tão impossível perguntar por que o homem é assim como é quanto perguntar por que a natureza é assim como nós a vemos, ou por que o mundo existe, não nos oporemos a isso. Qualquer que seja o sistema que se adote, ele talvez responda igualmente bem às dificuldades nas quais nos embaraçamos e, consideradas de perto, veremos que elas nada fazem às verdades que apresentamos de acordo com a experiência. Não é dado ao homem saber tudo; não lhe é dado conhecer a sua origem; não lhe é dado penetrar na essência das coisas nem remontar aos primeiros princípios. Porém, lhe é dado ter razão, boa-fé, admitir candidamente que ele ignora aquilo que não pode saber e não substituir suas incertezas por palavras ininteligíveis e suposições absurdas. Assim, diremos àqueles que, para resolver as dificuldades, sustentam que a espécie humana descende de um primeiro homem e de uma primeira mulher, criados pela divindade, que nós temos algumas ideias sobre a natureza e que não temos nenhuma sobre a divindade nem sobre a criação, e que servir-se dessas palavras nada mais é que dizer com outros termos que se ignora a energia da natureza e que não se sabe como ela pôde produzir os homens que vemos[2].

Concluamos, portanto, que o homem não tem nenhuma razão para se acreditar um ser privilegiado na natureza. Ele está sujeito às mesmas vicissitudes que todas as suas outras produções. Suas pretensas prerrogativas são baseadas apenas em um erro. Que ele se eleve através do pensamento acima do globo que ele habita e verá a sua espécie com os mesmos olhos que todos os outros seres: verá que, do mesmo modo como cada árvore produz frutos em razão de sua espécie, cada homem age em razão de sua energia particular e

---

2. *Ut tragici poetae confugiunt ad Deum aliquem, cum aliter explicare argumenti exitum non possunt* (Cícero, *De divinatione*, livro II)[a]. Ele diz também: *Magna stultitia est earum rerum Deos facere effectores, causas rerum non quaerere*[b].

   (a) "Como os poetas trágicos recorrem aos deuses quando não conseguem criar um desfecho para as suas obras." A fonte indicada é incorreta. Esta, na verdade, é a versão de Michel de Montaigne (*Ensaios*, II, XVI) para uma frase de Cícero, no tratado *Da natureza dos deuses*, I, 20. (N. T.)

   (b) "É uma grande tolice fazer os deuses intervirem em vez de procurar as causas das coisas" (*Da adivinhação*, II, 26). (N. T.)

produz frutos, ações, obras igualmente necessárias. Perceberá que a ilusão que o predispõe em favor de si próprio provém do fato de que ele é espectador e, ao mesmo tempo, parte do universo. Reconhecerá que a ideia de excelência que ele liga ao seu ser não tem outro fundamento além do seu próprio interesse e da predileção que tem por si mesmo.

Capítulo 7

Da alma e do sistema da espiritualidade

Depois de ter suposto gratuitamente duas substâncias distintas no homem, pretendeu-se – como já vimos – que aquela que agia invisivelmente dentro dele próprio era essencialmente diferente daquela que agia fora. Designou-se a primeira – como já dissemos – pelo nome de *espírito* ou de *alma*. Mas, e se nos perguntarmos o que é um *espírito*? Os modernos nos respondem que o fruto de todas as suas investigações metafísicas se limitou a lhes ensinar que aquilo que faz o homem agir é uma substância de natureza desconhecida, de tal modo simples, indivisível, privada de extensão, invisível, impossível de captar pelos sentidos que suas partes não podem ser separadas nem mesmo pela abstração ou pelo pensamento. Mas como conceber uma semelhante substância que nada mais é que uma negação de tudo aquilo que nós conhecemos? Como formar uma ideia de uma substância privada de extensão e, no entanto, agindo sobre os nossos sentidos, ou seja, sobre órgãos materiais que têm extensão? Como um ser sem extensão pode ser móvel e pôr a matéria em movimento? Como uma substância desprovida de partes pode corresponder sucessivamente a diferentes partes do espaço?

Com efeito, como todo mundo reconhece, o movimento é a modificação sucessiva das relações de um corpo com diferentes pontos de um lugar ou do espaço, ou com outros corpos. Se aquilo que se chama de *espírito* é suscetível de receber ou de transmitir movimento, se ele age, se ele põe em funcionamento os órgãos do corpo, para produzir esses efeitos é necessário que esse ser modifique sucessivamente as suas relações, sua tendência, sua correspondência, a posição de suas partes relativamente aos diferentes pontos do espaço ou relativamente aos diferentes órgãos do corpo que ele põe em ação. Mas, para modificar suas relações com o espaço e os órgãos que ele move, é necessário que esse *espírito* tenha extensão, solidez e, por conseguinte, partes distintas. A partir do momento que uma substância tem essas qualidades, ela é aquilo que chamamos de *matéria*, e não pode ser considerada como um ser simples no sentido dos modernos[1].

---

1. Aqueles que sustentam que a alma é um ser simples não deixarão de nos dizer que os próprios materialistas e físicos admitem alguns elementos, os átomos, seres simples e indivisíveis pelos quais todos os corpos são compostos. Porém, esses seres simples ou átomos dos físicos não são a mesma coisa que as *almas* dos metafísicos modernos. Quando dizemos que os átomos são seres simples, indicamos por isso que eles são puros, homogêneos, sem misturas, mas que no entanto eles têm extensão e, por conseguinte, partes, separáveis pelo pensamento, embora nenhum agente natural possa separá-las: seres simples dessa espécie são suscetíveis de movimento, ao passo que é impossível conceber como os seres simples inventados pelos teólogos poderiam se mover por si próprios ou mover outros corpos.

Assim, vê-se que aqueles que supuseram no homem uma substância imaterial distinta do seu corpo não se entenderam de modo algum e nada mais fizeram do que imaginar uma qualidade negativa da qual eles não tiveram nenhuma ideia verdadeira. Só a matéria pode agir sobre os nossos sentidos, sem os quais é impossível que qualquer coisa se deixe conhecer por nós. Eles não viram que um ser privado de extensão não poderia mover-se por si próprio nem transmitir o movimento ao corpo, já que um tal ser, não tendo partes, está na impossibilidade de modificar suas relações de distância relativamente a outros corpos ou de provocar o movimento no corpo humano, que é material. Aquilo que se chama de nossa *alma* se move conosco. Ora, o movimento é uma propriedade da matéria. Essa *alma* faz mover o nosso braço, e nosso braço, movido por ela, produz uma impressão, um choque que segue a lei geral do movimento. De modo que, se a massa fosse duplicada, com a força permanecendo a mesma, o choque seria duplicado. Essa alma também se mostra material nos obstáculos invencíveis que ela experimenta da parte dos corpos. Se ela faz que meu braço se mova quando nada se opõe a isso, ela não fará mais esse braço se mover se ele está carregado com um peso muito grande. Eis aí, portanto, uma massa de matéria que aniquila o impulso dado por uma causa espiritual que, não tendo nenhuma analogia com a matéria, deveria encontrar tanta dificuldade para mover o mundo inteiro quanto para mover um átomo, e um átomo quanto o mundo inteiro. De onde podemos concluir que um tal ser é uma quimera, um ser de razão². No entanto, é de um tal ser simples ou de um espírito semelhante que fizeram o motor de toda a natureza!³

A partir do momento que percebo ou experimento o movimento, sou forçado a reconhecer a extensão, a solidez, a densidade e a impenetrabilidade na substância que vejo se mover ou da qual recebo o movimento. Assim, a partir do momento que se atribui a ação a uma causa qualquer, sou obrigado a considerá-la como material. Eu posso ignorar sua natureza particular e sua maneira de agir, mas não posso me enganar quanto às propriedades gerais e comuns a toda matéria. Aliás, essa ignorância não fará senão redobrar quando eu a supuser de uma natureza da qual não posso formar nenhuma ideia e que, além disso, a privaria totalmente da faculdade de se mover e de agir. Assim, uma substância espiritual que se move e que age implica contradição, de onde concluo que ela é totalmente impossível.

Os partidários da espiritualidade acreditam resolver as dificuldades que os atormentam dizendo que *a alma está por inteiro em cada ponto de sua extensão*. Mas é fácil perceber que isso não é resolver a dificuldade a não ser com uma resposta absurda. Porque é necessário, no fim das contas, que

---

2. Da *Suma Teológica* de São Tomás de Aquino: "Denominaremos ser de razão [...] aquilo que não tem realidade senão no espírito, sem fundamento na realidade [...]".
3. Imaginaram o *espírito universal* segundo a alma humana, a inteligência infinita segundo a inteligência finita; depois se serviram da primeira para explicar a ligação da alma humana com o corpo. Não conseguiram perceber que isso não passava de um círculo vicioso. E também não viram que o *espírito* ou a *inteligência*, quer os suponhamos finitos ou infinitos, nem por isso serão mais apropriados para mover a matéria.

esse ponto, por mais imperceptível e por menor que ele seja suposto, permaneça alguma coisa[4]. Porém, ainda que nessa resposta houvesse muita solidez, e existe pouca, de qualquer maneira que o meu *espírito* ou a minha *alma* se encontre em sua extensão, quando meu corpo se move para a frente, minha alma não fica para trás. Então, portanto, ela tem uma qualidade totalmente em comum com o meu corpo, e própria da matéria, já que ela é transferida conjuntamente com ele. Assim, mesmo que a alma fosse imaterial, o que poderíamos concluir disso? Submetida inteiramente aos movimentos do corpo, ela ficaria morta, inerte sem ele. Essa alma não seria senão uma dupla máquina necessariamente arrastada pelo encadeamento do todo: ela se pareceria com um pássaro que uma criança conduz para onde quer, por meio do fio pelo qual o mantém atado.

É por falta de consultar a experiência e de escutar a razão que os homens obscureceram suas ideias sobre o princí-

---

4. Vê-se que, segundo essa resposta, uma infinidade de inextensões ou a mesma inextensão repetida uma infinidade de vezes constituiria a extensão, o que é absurdo. Aliás, se provaria facilmente, de acordo com esse princípio, que a alma humana é tão infinita quanto deus, já que deus é um ser inextenso, que está uma infinidade de vezes por inteiro em cada parte do universo ou de sua extensão, do mesmo modo que a alma humana, de onde seríamos forçados a concluir que deus e a alma do homem são igualmente infinitos – a menos que se suponha inextensões de diferentes extensões, ou um deus inextenso mais extenso do que a alma humana. São, no entanto, semelhantes inépcias que gostariam que fossem admitidas por seres pensantes! Com a ideia de tornar a alma humana imortal, os teólogos fizeram dela um ser espiritual e ininteligível. Ah! Então que fizessem dela o último termo possível da divisão da matéria; pelo menos, nesse caso, ela seria inteligível. E ela também teria sido imortal, já que seria um *átomo*, um elemento indissolúvel.

pio oculto dos seus movimentos. Se, libertos de preconceitos, quisermos considerar nossa alma, ou o motor que age em nós mesmos, ficaremos convencidos de que ela faz parte do nosso corpo; de que ela não pode ser distinta dele, a não ser pela abstração; de que ela nada mais é do que o próprio corpo considerado relativamente a algumas das funções ou faculdades das quais a sua natureza e a sua organização particular o tornam suscetível. Veremos que essa alma é forçada a sofrer as mesmas modificações que o corpo, que ela nasce e se desenvolve com ele, que passa como ele por um estado de infância, de fragilidade, de inexperiência, que cresce e se fortalece na mesma progressão que ele, que é então que ela se torna capaz de executar certas funções, que desfruta da razão, que demonstra mais ou menos espírito, juízo, atividade. Ela está sujeita, como o corpo, às vicissitudes que lhe fazem sofrer as causas exteriores que influem sobre ele. Ela goza e sofre conjuntamente com ele, compartilha os seus prazeres e os seus sofrimentos. Ela é sã quando o corpo é são; é doente quando o corpo é acometido pela doença. Ela é, assim como ele, continuamente modificada pelos diferentes graus de peso do ar, pelas variedades das estações, pelos alimentos que entram no estômago. Enfim, não podemos nos impedir de reconhecer que, em alguns períodos, ela demonstra os sinais visíveis do entorpecimento, da decrepitude e da morte.

Apesar dessa analogia ou, antes, dessa identidade contínua entre os estados da alma e do corpo, quiseram distingui--los pela essência e fizeram dessa alma um ser inconcebível. Para formarem alguma ideia dela, no entanto, foram obrigados a recorrer aos seres materiais e à sua maneira de agir. Com efeito, a palavra *espírito* não nos apresenta outra ideia além das do sopro, da respiração, do vento. Assim, quando nos dizem que *a alma é um espírito*, isso significa que sua maneira de agir é semelhante à do sopro que, sendo ele próprio invisível, opera efeitos visíveis ou age sem ser visto. Mas o sopro é uma causa material, é o ar modificado. Não é de modo algum uma substância simples, tal como aquela que os modernos designam pelo nome de *espírito*[5].

Embora a palavra *espírito* seja muito antiga entre os homens, o sentido que ligam a ela é novo, e a ideia de espiritualidade que se admite hoje em dia é uma produção recente da imaginação. Não parece, com efeito, que Pitágoras ou Platão – por maiores que tenham sido, aliás, o calor do seu cérebro e o seu gosto pelo maravilhoso – tenham jamais entendido por *espírito* uma substância imaterial ou privada de extensão, tal como aquela com a qual os modernos compuseram a alma humana e o motor oculto do universo. Os antigos, pela palavra *espírito*, quiseram designar uma matéria muito sutil e mais pura do que aquela que age grosseiramente sobre os nossos sentidos. Como consequência, uns consideraram a alma

---

5. A palavra hebraica *Rovah* significa *spiritus, spiraculum vitae*, sopro, respiração. A palavra grega pneuma significa a mesma coisa e provém de *Pneuô, spiro*. Lactâncio afirma que a palavra latina *anima* vem do grego *anemos*, que significa vento. Sem dúvida, alguns filósofos, temendo ver demasiado claramente na natureza humana, a fizeram tripla e sustentaram que o homem era composto de corpo, alma e entendimento: *Sôma, Psykhé* e *Nous* (cf. Marco Antonino[a], livro III, no 16).

(a) Trata-se de outro nome do imperador romano Marco Aurélio (121-180), filósofo estoico cujos escritos foram reunidos em uma obra geralmente intitulada *Meditações* ou *Pensamentos*. (N. T.)

como uma substância aérea; outros fizeram dela uma matéria ígnea; outros a compararam à luz. Demócrito fazia que ela consistisse no movimento e, por conseguinte, fazia dela um modo. Aristóxeno*, ele próprio músico, fez dela uma harmonia. Aristóteles considerou a alma como uma força motriz da qual dependiam os movimentos dos corpos vivos.

É evidente que os primeiros doutores do cristianismo[6] não tiveram, do mesmo modo, senão ideias materiais sobre a alma: Tertuliano, Arnóbio, Clemente de Alexandria, Orígenes, Justino, Irineu etc., falaram dela como de uma substância corporal. Foi aos seus sucessores, muito tempo depois, que estava reservado fazer da alma humana e da divindade – ou da alma do mundo – *puros espíritos*, ou seja, substâncias imateriais das quais é impossível formar uma ideia verdadeira. Pouco a pouco, o dogma incompreensível da espiritualidade – mais conforme, sem dúvida, às intenções de uma teologia que tem como um princípio aniquilar a razão – sobrepujou todos os outros[7]; acreditaram que esse dogma era divino e sobrenatu-

---

* Filósofo da escola peripatética, nascido em Tarento. Quase nada mais resta de suas inúmeras obras, que tratavam principalmente da filosofia e da música. (N. T.)

6. Segundo Orígenes, *Asômatos incorporeus*, epíteto que é dado a deus, significa uma substância mais sutil que a dos corpos grosseiros. Tertuliano diz positivamente: *Quis autem negabit Deum esse corpus, et si Deus spiritus?* O mesmo Tertuliano diz: *Nos autem animam corporalem et hic profitemur, et in suo volumine probamus, habentem proprium genus substantiae, soliditatis, perquam quid et sentire et pati possit* (cf. *De resurrectione carnis*).

7. O sistema da espiritualidade, tal como é admitido hoje em dia, deve a Descartes todas as suas pretensas provas. Embora antes dele tivessem considerado a alma como espiritual, ele é o primeiro que estabeleceu que

ral porque ele era inconcebível para o homem. Consideraram como temerários e insensatos todos aqueles que ousaram crer que a alma ou a divindade podiam ser materiais.

Uma vez que os homens tenham renunciado à experiência e abjurado a razão, eles nada mais fazem que refinar dia a dia os delírios da sua imaginação. Eles se comprazem em afundar cada vez mais no erro; felicitam-se pelas suas descobertas e pelas suas pretensas luzes à medida que seu entendimento está mais rodeado por nuvens. Foi assim que, à força de raciocinar de acordo com princípios falsos, a alma ou o princípio motor do homem, do mesmo modo que o motor oculto da natureza, tornaram-se puras quimeras, puros espíritos, puros seres de razão[8].

---

aquilo que pensa deve ser distinto da matéria, de onde ele conclui que nossa alma, ou aquilo que pensa em nós, é um espírito, ou seja, uma substância simples e indivisível. Não teria sido mais natural concluir que, já que o homem, que é matéria e que não tem ideias a não ser da matéria, desfruta da faculdade de pensar, a matéria pode pensar ou é suscetível da modificação particular que nós chamamos de pensamento? (cf. o *Dicionário de Bayle*, nos artigos "Pomponazzi[a]" e "Simônides[b]").

(a) Pietro Pomponazzi (1462-1525), filósofo aristotélico italiano nascido em Mântua.
(b) Simônides de Ceos (556?-468? a. C.), poeta grego.

8. Se existe pouca razão e filosofia no sistema da espiritualidade, não se pode deixar de reconhecer que esse sistema seja o efeito de uma política muito profunda e muito interesseira dos teólogos. Era preciso imaginar um meio para subtrair uma porção do homem à dissolução, a fim de torná-la suscetível de recompensas e castigos. Daí se vê que esse dogma era muito útil aos padres para intimidar, governar e despojar os ignorantes, e mesmo para embaralhar as ideias das pessoas mais esclarecidas, que são igualmente incapazes de compreender alguma coisa daquilo que lhes dizem sobre a alma e sobre a divindade. No entanto, os padres asseguram que essa alma imaterial será queimada ou sofrerá a ação do fogo material no inferno ou no purgatório, e acreditam neles baseados na sua palavra!

O dogma da espiritualidade só nos oferece, com efeito, uma ideia vaga ou, antes, uma ausência de ideias. O que apresenta ao espírito uma substância que não é nada daquilo que os nossos sentidos nos colocam ao alcance de conhecer? Será portanto verdadeiro que seja possível figurar um ser que, não sendo matéria, age no entanto sobre a matéria sem ter pontos de contato ou analogia com ela e recebe os impulsos da matéria através dos órgãos materiais que o advertem da presença dos seres? Será possível conceber a união da alma com o corpo? E como esse corpo material pode ligar, conter, constranger e determinar um ser fugidio que escapa a todos os sentidos? Será de boa-fé resolver essas dificuldades dizendo que esses são mistérios, que são efeitos da onipotência de um ser ainda mais inconcebível que a alma humana e que sua maneira de agir? Resolver esses problemas por meio de milagres e fazer intervir a divindade não será confessar a sua ignorância ou o desígnio de nos enganar?

Portanto, não fiquemos surpreendidos com as hipóteses sutis, tão engenhosas quanto pouco satisfatórias, às quais os preconceitos teológicos forçaram os mais profundos investigadores modernos a recorrer, todas as vezes em que eles trataram de conciliar a espiritualidade da alma com a ação física dos seres materiais sobre essa substância incorporal, sua reação sobre esses seres, sua união com o corpo. O espírito humano não pode senão se perder quando, renunciando ao testemunho dos seus sentidos, se deixa guiar pelo entusiasmo e pela autoridade[9].

---

9. Se queremos fazer uma ideia dos entraves que a teologia opôs ao gênio dos filósofos cristãos, não temos senão que ler os romances metafísicos de

Se queremos ter ideias claras sobre a nossa alma, devemos submetê-la, pois, à experiência, renunciar aos nossos preconceitos, descartar as conjecturas teológicas, rasgar os véus sagrados, que só têm como objetivo cegar nossos olhos e confundir nossa razão. Que o físico, o anatomista e o médico reúnam suas experiências e suas observações para nos mostrar aquilo que devemos pensar de uma substância que se compraz em tornar incognoscível, que suas descobertas ensinem ao moralista os verdadeiros móveis que podem influir sobre as ações dos homens; aos legisladores, os motivos que eles devem pôr em uso para incitá-los a trabalhar para o bem-estar geral da sociedade; aos soberanos, os meios de tornar verdadeira e solidamente felizes as nações submetidas ao seu poder. Almas físicas e necessidades físicas exigem uma felicidade física e objetos reais e preferíveis às quimeras com as quais, há tantos séculos, se fartam os nossos espíritos. Trabalhemos pelo *físico* do homem, tornemo-lo agradável para ele e logo veremos sua *moral* se tornar melhor e mais afortunada; sua alma tornar-se pacífica e serena e sua vontade, determinada à virtude pelos motivos naturais e palpáveis que lhes serão apresentados. Os cuidados que o legislador dará ao físico formarão cidadãos sadios, robustos e bem constituídos que, achando-se felizes, se prestarão aos impulsos úteis que se quiser dar às suas almas. Essas almas serão sempre viciosas quando os corpos forem sofredores e as

---

Leibniz, de Descartes, de Malebranche, de Cudworth[a] etc., e examinar com sangue-frio as engenhosas quimeras conhecidas pelos nomes de sistemas da *harmonia preestabelecida*, das *causas ocasionais*, da *premoção física* etc.

(a) Ralph Cudworth (1617-1688), teólogo e filósofo inglês adepto do platonismo. (N. T.)

nações infelizes. *Mens sana in corpore sano**, eis aquilo que pode constituir um bom cidadão.

Quanto mais refletirmos, mais ficaremos convencidos de que a alma, bem longe de dever ser distinta do corpo, nada mais é que esse próprio corpo considerado relativamente a algumas das suas funções ou a algumas maneiras de ser e de agir das quais ele é suscetível enquanto desfruta da vida. Assim, a alma é o homem considerado relativamente à faculdade que ele tem de sentir, de pensar e de agir de uma maneira resultante da sua própria natureza, ou seja, das suas propriedades, da sua organização particular e das modificações duráveis ou transitórias que sua máquina sofre da parte dos seres que agem sobre ela.[10]

Aqueles que distinguiram a alma do corpo nada mais parecem ter feito do que distinguir seu cérebro de si mesmo. Com efeito, o cérebro é o centro comum aonde vêm dar e se confundir todos os nervos espalhados por todas as partes do corpo humano. É com a ajuda desse órgão interno que se

---

* Célebre frase do poeta romano Juvenal (*Sátiras*, X, 512). (N. T.)
10. Quando se pergunta aos teólogos, obstinados em admitir duas substâncias essencialmente diferentes, por que eles multiplicam os seres sem necessidade, eles dizem que é porque o pensamento não pode ser uma propriedade da matéria. Se lhes perguntamos, então, se deus não pode dar à matéria a faculdade de pensar, eles respondem que não, já que deus não pode fazer coisas impossíveis. Porém, nesse caso, os teólogos, de acordo com essas afirmações, se reconhecem como verdadeiros ateus. Com efeito, de acordo com os seus princípios, é tão impossível que o *espírito* ou o *pensamento* produzam a matéria quanto é impossível que a matéria produza o espírito ou o pensamento. E se concluirá disso, contra eles, que o mundo não foi feito por um espírito, tanto quanto um espírito não foi feito pelo mundo; que o mundo é eterno e que, se existe um espírito eterno, existem dois seres eternos segundo eles, o que seria absurdo. Ora, se existe apenas uma única substância eterna, é o mundo, já que o mundo existe, como não é possível duvidar.

realizam todas as operações que são atribuídas à alma; são as impressões, as mudanças, os movimentos transmitidos aos nervos que modificam o cérebro. Como consequência, ele reage e põe em funcionamento os órgãos do corpo, ou então age sobre si mesmo e se torna capaz de produzir no interior do seu próprio âmbito uma grande variedade de movimentos, que foram designados pelo nome de *faculdades intelectuais*.

De onde se vê que é desse cérebro que alguns pensadores quiseram fazer uma substância espiritual. É evidente que é a ignorância que fez nascer e deu crédito a esse sistema tão pouco natural. Foi por não ter estudado o homem que se supôs nele um agente de uma natureza diferente do seu corpo: examinando esse corpo, se descobrirá que, para explicar todos os fenômenos que ele apresenta, é muito inútil recorrer a hipóteses que nunca podem senão nos afastar do caminho reto. Aquilo que põe a obscuridade nessa questão é que o homem não pode ver a si próprio. Com efeito, seria necessário, para isso, que ele estivesse ao mesmo tempo nele e fora dele. Ele pode ser comparado a uma harpa sensível que produz sons por si mesma e que se pergunta o que é que fez que eles soassem nela; não vê que na sua qualidade de ser sensível ela dedilha a si própria, e que é dedilhada e tornada sonora por tudo aquilo que a toca.

Quanto mais fizermos experiências, mais teremos oportunidade de nos convencer de que a palavra *espírito* não apresenta nenhum sentido, mesmo para aqueles que a inventaram, não podendo ser de nenhuma utilidade nem na física nem na moral. Aquilo que os metafísicos modernos acreditam entender por essa palavra não é, na verdade, senão uma força *oculta*, imaginada para explicar as qualidades e as ações ocultas, e que, no fundo, não explica nada. As nações selvagens admitem espíritos para dar conta dos efeitos que elas não sabem a quem atribuir ou que lhes parecem maravilhosos. Atribuindo aos *espíritos* os fenômenos da natureza e os do corpo humano, fazemos outra coisa do que raciocinar como selvagens? Os homens encheram a natureza de *espíritos*, porque eles quase sempre ignoraram as verdadeiras causas. Por falta de conhecer as forças da natureza, acreditaram que ela era animada por um *grande espírito*: por falta de conhecer a energia da máquina humana, supuseram do mesmo modo que ela era animada por um *espírito*. De onde se vê que, por meio da palavra *espírito*, nada mais se quer do que indicar a causa ignorada de um fenômeno que não se sabe explicar de uma maneira natural. É de acordo com esses princípios que os americanos acreditaram que eram os seus *espíritos* ou *divindades* que produziam os efeitos terríveis da pólvora. De acordo com os mesmos princípios, acredita-se ainda hoje nos *anjos* e nos *demônios*, e nossos ancestrais acreditaram outrora nos deuses, nos manes, nos gênios; percorrendo os mesmos caminhos, devemos atribuir aos *espíritos* a gravitação, a eletricidade, os efeitos do magnetismo etc[11].

---

11. É evidente que a noção de *espíritos*, imaginada pelos selvagens e adotada por alguns ignorantes, é de natureza a retardar os nossos conhecimentos, já que ela nos impede de buscar as verdadeiras causas dos efeitos que vemos, e porque ela conserva o espírito humano na sua preguiça. Essa preguiça e a ignorância podem ser muito úteis aos teólogos, mas são muito prejudiciais à sociedade. Em todos os tempos, os sacerdotes perseguiram aqueles que foram os primeiros a dar explicações naturais para os fenômenos da natureza – testemunhos disso são Anaxágoras, Aristóteles, Galileu, Descartes etc. A verdadeira física não pode senão levar à ruína da teologia.

Capítulo 8

Das faculdades intelectuais; todas são derivadas da faculdade de sentir

Para nos convencer de que as faculdades que são chamadas de *intelectuais* nada mais são do que modos ou maneiras de ser e de agir, resultantes da organização do nosso corpo, temos apenas de analisá-las e veremos que todas as operações que são atribuídas à nossa alma não passam de modificações das quais uma substância inextensa ou imaterial não pode ser suscetível.

A primeira faculdade que vemos no homem vivo, e aquela de onde decorrem todas as outras, é a *sensibilidade*. Por mais inexplicável que essa faculdade pareça à primeira vista, se nós a examinarmos de perto, descobriremos que ela é uma consequência da essência e das propriedades dos seres organizados, do mesmo modo como a gravidade, o magnetismo, a elasticidade, a eletricidade etc. resultam da essência e da natureza de alguns outros, e veremos que esses últimos fenômenos não são menos inexplicáveis que os da sensibilidade. No entanto, se quisermos ter uma ideia precisa disso, descobriremos que *sentir* é essa maneira particular de ser afetado, própria de alguns órgãos dos corpos animados, ocasionada pela presença de um objeto material que age sobre tais órgãos, cujos movimentos ou abalos são transmitidos ao cérebro. Nós só sentimos com a ajuda dos nervos espalhados pelo nosso corpo, que não passa, por assim dizer, de um grande nervo ou que se parece com uma grande árvore, cujos galhos são submetidos à ação das raízes, transmitida pelo tronco. No homem, os nervos vão se reunir e se perder no cérebro. Essa víscera é a verdadeira sede da sensibilidade; ele, do mesmo modo que a aranha que vemos suspensa no centro de sua teia, é prontamente advertido de todas as modificações marcantes que ocorrem no corpo, até as extremidades, ao qual ele envia seus filamentos ou ramificações. A experiência nos mostra que o homem deixa de sentir nas partes de seu corpo cuja comunicação com o cérebro se acha interceptada. Ele sente imperfeitamente, ou não sente absolutamente nada, a partir do momento que esse órgão está desarranjado ou muito fortemente afetado[1].

---

1. As *Memórias da Academia Real de Ciências de Paris* nos fornecem provas daquilo que foi afirmado aqui. Elas nos falam de um homem cujo topo do crânio havia sido retirado, e cujo cérebro havia sido recoberto pela pele. À medida que pressionavam o seu cérebro com a mão, o homem caía em uma espécie de letargia que o privava de qualquer sensação. Essa experiência é devida ao sr. de La Peyronie. Borelli[a], em seu tratado *De motu animalium*, chama o cérebro de *regia animae*. Existem razões para crer que é sobretudo no cérebro que consiste a diferença que se encontra não somente entre o homem e os animais, mas também entre um homem de espírito e um tolo, entre um homem que pensa e um ignorante, entre um homem sensato e um louco. Bartholin[b] diz que o cérebro de um homem é duas vezes maior que o de um boi, observação que Aristóteles já

Seja como for, a sensibilidade do cérebro e de todas as suas partes é um fato. Se nos perguntam de onde vem essa propriedade, diremos que ela é o resultado de um arranjo, de uma combinação própria do animal, de modo que uma matéria bruta e insensível deixa de ser bruta para tornar-se sensível se *animalizando*, ou seja, se combinando e se identificando com o animal. É assim que o leite, o pão e o vinho se transformam na substância do homem, que é um ser sensível: essas matérias brutas se tornam sensíveis ao se combinarem com um todo sensível. Alguns filósofos pensam que a sensibilidade é uma qualidade universal da matéria. Nesse caso, seria inútil investigar de onde lhe vem essa propriedade que nós conhecemos pelos seus efeitos. Se

---

havia feito antes dele. Willis[c], dissecando o cadáver de um imbecil, descobriu que o cérebro dele era menor do que o normal. Ele diz que a maior diferença que observou entre as partes do corpo desse imbecil e as de um homem inteligente foi que o plexo do nervo intercostal (que ele diz ser o intermediário entre o coração e o cérebro, e exclusivo do homem) era muito pequeno, e acompanhado por um número menor de nervos que o habitual. Segundo o mesmo Willis, o macaco é, de todos os animais, aquele cujo cérebro é maior relativamente ao seu tamanho; ele também é, depois do homem, aquele que tem mais inteligência (cf. Willis, *Anatom. cerebri*, cap. XXVI, e *Nervor. descriptio*, cap. XXVI[d]). Além disso, tem-se observado que as pessoas acostumadas a fazer uso das suas faculdades intelectuais têm o cérebro mais extenso do que as outras, do mesmo modo como se tem observado que os remadores têm os braços mais grossos do que os dos outros homens.

(a) Giovanni Alfonso Borelli (1608-1679), filósofo e cientista italiano nascido em Nápoles. O tratado *De moto animalium* [Do movimento dos animais] é sua obra mais conhecida, e foi publicado logo após a sua morte. (N. T.)

(b) Rasmus Bartholin (1625-1698), médico e físico dinamarquês. (N. T.)

(c) Thomas Willis (1621-1675), médico e filósofo inglês que foi professor na Universidade de Oxford.

(d) É provável que as duas referências correspondam a uma única obra, *Cerebri anatome cui accessit nervorum descriptio et usus*, publicada em 1664. (N. T.)

admitimos tal hipótese, do mesmo modo como distinguimos na natureza duas espécies de movimentos – um conhecido pelo nome de força *viva* e o outro pelo nome de força *morta* –, distinguiremos duas espécies de sensibilidade: uma ativa ou viva e outra inerte ou morta. E, então, animalizar uma substância não será mais do que destruir os obstáculos que a impedem de ser ativa e sensível. Em poucas palavras, ou a sensibilidade é uma qualidade que se transmite como o movimento e que se adquire pela combinação, ou é uma qualidade inerente a toda matéria. E, em ambos os casos, um ser inextenso, tal como supõem que é a alma humana, não pode estar sujeito a ela[2].

A conformação, a ordenação, o tecido e a delicadeza dos órgãos tanto externos como internos que compõem o homem e os animais tornam suas partes muito móveis e fazem que sua máquina seja suscetível de ser afetada com uma

---

2. "Todas as partes da natureza podem chegar à animação; a oposição é somente de estado, e não de natureza [...] Se perguntam aquilo que é necessário para animar um corpo, respondo que não é preciso nada de estranho, e que basta o poder da natureza junto com a organização. A vida é a perfeição da natureza, ela não tem nenhuma parte que não tenda a isso e que não chegue a isso pelo mesmo caminho [...] O ato da vida é equívoco. Viver, em um inseto, um cão ou um homem, não significa nada de diferente. Porém, esse ato é mais perfeito (relativamente a nós) na proporção da estrutura dos órgãos, e essa estrutura está caracterizada nas sementes que contêm os princípios da vida, mais proximamente do que em qualquer outra parte da matéria. Portanto, é verdade que a sensibilidade, as paixões, a percepção dos objetos, das ideias, sua formação, sua comparação, a aquiescência ou a vontade são faculdades orgânicas, dependentes de uma disposição mais ou menos excelente das partes do animal" (cf. *Dissertações mescladas sobre diversos temas importantes*, impressas em Amsterdã, em 1740, p. 254).

presteza muito grande. Em um corpo que não passa de um amontoado de fibras e de nervos, reunidos em um centro comum, sempre prontos a funcionar, contíguos uns aos outros; em um todo composto de fluidos e de sólidos cujas partes estão, por assim dizer, em equilíbrio, cujas mais ínfimas moléculas se tocam, são ativas e rápidas em seus movimentos, transmitem umas às outras recíproca e gradualmente as impressões, as oscilações, as sacudidelas que lhes são dadas. Em um tal composto, digo, não é nada surpreendente que o menor movimento se propague com celeridade e que os abalos provocados nas partes mais afastadas se façam sentir muito prontamente no cérebro – que seu tecido delicado torna suscetível de ser muito facilmente modificado. O ar, o fogo e a água – esses agentes tão móveis – circulam continuamente nas fibras e nos nervos que eles penetram e contribuem, sem dúvida, para a incrível presteza com a qual o cérebro é advertido daquilo que se passa nas extremidades do corpo.

Apesar da grande mobilidade da qual sua organização torna o homem suscetível; embora causas tanto internas como externas atuem continuamente sobre si, ele nem sempre sente de uma maneira distinta ou marcante as impressões que são produzidas nos seus órgãos. Só as sente quando elas produziram uma mudança ou algum abalo no seu cérebro. É assim que, embora o ar nos cerque por todos os lados, só sentimos a sua ação quando ele é modificado de maneira a impressionar com bastante força os nossos órgãos e a nossa pele, para que o nosso cérebro seja advertido da sua presença. É assim que, em um sono profundo e tranquilo, que não é perturbado por nenhum sonho, o homem deixa de sentir. Enfim, é assim que, apesar dos movimentos contínuos que se realizam na máquina humana, o homem parece não sentir nada quando todos esses movimentos se realizam em uma ordem adequada. Ele não se apercebe do estado de saúde, mas se apercebe do estado de dor ou de doença, porque em um o seu cérebro não é muito fortemente afetado, enquanto que no outro os seus nervos são submetidos a contrações, sacudidelas, movimentos violentos e desordenados que o advertem de que alguma causa age fortemente sobre eles, e de uma maneira pouco análoga à sua natureza habitual. Eis aquilo que constitui a maneira de ser que nós chamamos de *dor*.

Por outro lado, ocorre algumas vezes que objetos exteriores produzam modificações muito consideráveis no nosso corpo, sem que nos apercebamos delas no momento que elas se realizam. Muitas vezes, no calor de um combate, um soldado não percebe um ferimento grave, porque então os movimentos impetuosos, multiplicados e rápidos pelos quais o seu cérebro é assaltado, impedem-no de distinguir as modificações particulares que se realizam em uma parte do seu corpo. Enfim, quando um grande número de causas age ao mesmo tempo e muito fortemente sobre o homem, ele sucumbe, cai desfalecido, perde a consciência, e é privado da sensibilidade.

Em geral, a sensação só acontece quando o cérebro pode distinguir as impressões produzidas sobre os órgãos; é a sacudidela distinta ou a modificação marcante a que ele é submetido que constitui a *consciência*³. De onde se vê que a sensibilidade é uma maneira de ser ou uma modificação marcante produzida no nosso cérebro por ocasião dos impulsos que nossos órgãos recebem, seja da parte das causas externas, seja da parte das causas internas, que os modificam de uma maneira durável ou momentânea. Com efeito, sem que nenhum objeto exterior venha afetar os órgãos do homem, ele sente a si mesmo, tem a consciência das modificações que nele se operam; seu cérebro é, então, modificado ou se renova das modificações anteriores. Não fiquemos espantados com isso; em uma máquina tão complicada quanto o corpo humano, cujas partes são, no entanto, todas contíguas ao cérebro, este deve ser necessariamente advertido dos choques, das complicações e das modificações que ocorrem em um todo cujas partes sensíveis de sua natureza estão em uma ação e uma reação contínuas e vêm todas se concentrar nele.

Quando um homem sente as dores da gota*, ele tem a consciência, ou seja, sente internamente que nele se realizam algumas modificações muito marcantes, sem que nenhuma causa exterior atue imediatamente. No entanto, remontando à verdadeira fonte dessas modificações, descobriremos que são causas exteriores que as produzem – tais como a organização e o temperamento recebidos de nossos antepassados, certos alimentos e mil causas inavaliáveis e leves que, acumulando-se

---

3. Segundo o dr. Clarke[a], "a consciência é o ato refletido por meio do qual eu sei que penso, e que meus pensamentos ou minhas ações estão em mim e não em um outro" (cf. sua *Carta contra Dodwel*).

(a) Samuel Clarke (1675-1729), teólogo, filósofo e físico inglês. (N. T.)

* Forma de artrite de caráter hereditário. (N. T.)

pouco a pouco, produzem o humor da gota, cujo efeito é se fazer sentir muito vivamente. A dor da gota faz nascer no cérebro uma ideia ou uma modificação que ele tem o poder de representar ou de reiterar, mesmo quando não tem mais a gota: seu cérebro, por uma série de movimentos, remete-se, então, para um estado análogo àquele no qual estava quando sentia realmente essa dor. Ele não teria nenhuma ideia dela se nunca a tivesse sentido.

Chamamos de *sensíveis* os órgãos visíveis do nosso corpo, por intermédio dos quais o cérebro é modificado. Diferentes nomes têm sido dado às modificações que ele recebe. Os termos *sensações*, *percepções* e *ideias* designam apenas algumas modificações produzidas no órgão interno por ocasião das impressões que produzem sobre os órgãos externos os corpos que atuam sobre eles. Essas modificações, consideradas em si mesmas, são chamadas de *sensações*. Elas são chamadas de *percepções* a partir do momento que o órgão interno as percebe ou é advertido sobre elas; são chamadas de *ideias* quando o órgão interno relaciona essas modificações com o objeto que as produziu.

Toda *sensação* não passa, portanto, de uma sacudidela dada em nossos órgãos; toda *percepção* é essa sacudidela propagada até o cérebro. Toda *ideia* é a imagem do objeto ao qual a sensação e a percepção são devidas. De onde se vê que se os nossos sentidos não são afetados, não podemos ter nem sensações, nem percepções, nem ideias, como teremos a oportunidade de provar àqueles que ainda poderiam duvidar de uma verdade tão evidente.

É a grande mobilidade da qual a organização do homem o torna capaz que o distingue dos outros seres a que chamamos insensíveis e inanimados. São os diferentes graus de mobilidade, dos quais a organização particular dos indivíduos da nossa espécie os torna suscetíveis, que impõem entre eles diferenças infinitas e variedades incríveis, tanto para as faculdades corporais como para aquelas que são chamadas de *mentais* ou *intelectuais*. Dessa maior ou menor mobilidade resulta o espírito, a sensibilidade, a imaginação, o gosto etc. Mas sigamos, por enquanto, as operações dos nossos sentidos e vejamos a maneira como os objetos exteriores atuam sobre eles e os modificam. Examinaremos em seguida a reação do órgão interno.

Os olhos são órgãos muito móveis e muito delicados, por meio dos quais sentimos a sensação da luz e da cor, que dá ao cérebro uma percepção distinta, em consequência da qual o corpo luminoso ou colorido faz nascer em nós uma ideia. A partir do momento que eu abro a minha pálpebra, minha retina é afetada de uma maneira particular; são provocados no licor das fibras e dos nervos, pelos quais meus olhos são compostos, alguns abalos que são transmitidos ao cérebro e que desenham nele a imagem do corpo que atua sobre os nossos olhos. Por aí, temos a ideia da cor desse corpo, da sua grandeza, da sua forma, da sua distância, e é assim que se explica o mecanismo da *visão*.

A mobilidade e a elasticidade, das quais as fibras e os nervos que formam o tecido da pele a tornam suscetível, fazem que esse invólucro do corpo humano, aplicado a um outro corpo, seja muito prontamente afetado por ele. Assim, ela adverte o cérebro da sua presença, da sua extensão, da sua aspereza ou da sua lisura, do seu peso etc. – qualidades que lhe dão percepções distintas e que fazem nascer nele ideias diversas; eis aí aquilo que constitui o *tato*.

A delicadeza da membrana que forra o interior das narinas a torna suscetível de ser irritada, mesmo por corpúsculos invisíveis e impalpáveis que emanam dos corpos odoríferos e levam sensações, percepções e ideias para o cérebro. Eis aí aquilo que constitui o sentido do *olfato*.

A boca, estando repleta de feixes nervosos, sensíveis, móveis, irritáveis, que contém sucos apropriados para dissolver as substâncias salinas, é muito prontamente afetada pelos alimentos que passam por ela e transmite ao cérebro as impressões que recebeu. É desse mecanismo que resulta o *paladar*.

Por fim, o ouvido, que, por sua conformação, se torna apropriado para receber as diferentes impressões do ar diversamente modificado, comunica ao cérebro os abalos e as sensações que fazem nascer a percepção dos sons e a ideia dos corpos sonoros: eis aquilo que constitui a *audição*.

Tais são as únicas vias pelas quais nós recebemos as sensações, as percepções e as ideias. As modificações sucessivas do nosso cérebro – que são efeitos produzidos pelos objetos que afetam os nossos sentidos – tornam-se elas próprias causas e produzem na alma novas modificações, que são chamadas de *pensamentos, reflexões, memória, imaginação, juízos, vontades, ações*, todas tendo a sensação como base.

Para que eu tenha uma noção precisa do pensamento, é necessário examinar passo a passo aquilo que ocorre em mim com a presença de um objeto qualquer. Suponhamos por um momento que esse objeto seja um pêssego; esse fruto produz primeiramente sobre meus olhos duas impressões diferentes, ou seja, produz neles duas modificações que são transmitidas até o cérebro. Nessa ocasião, este experimenta duas novas maneiras de ser ou percepções que eu designo pelos nomes de *cor* e de *redondez*; como consequência, eu tenho a ideia de um corpo redondo e colorido. Pondo a mão nesse fruto, aplico a ele o órgão do tato; logo minha mão experimenta três novas impressões que eu designo pelos nomes de *maciez*, de *frescor* e de *peso*, de onde resultam três novas percepções no cérebro e três novas ideias. Se eu aproximo esse fruto do órgão do olfato, este experimenta uma nova modificação, que transmite ao cérebro uma nova percepção e uma nova ideia, que é chamada de *odor*. Por fim, se eu levo esse fruto à minha boca, o órgão do paladar é afetado de uma nova maneira, seguida de uma percepção que faz nascer em mim a ideia de *sabor*. Reunindo todas essas diferentes impressões ou modificações dos meus órgãos, transmitidas ao meu cérebro, quer dizer, combinando nele todas as sensações, as percepções e as ideias que recebi, tenho a ideia de um todo que designo pelo nome de *pêssego*, do qual meu pensamento pode se ocupar ou do qual tenho uma noção[4].

---

4. O que foi dito prova que o pensamento tem um começo, uma duração e um fim. Ou então uma geração, uma sucessão e uma dissolução, como todos os outros modos da matéria. Como eles, o pensamento é incitado,

Aquilo que acaba de ser dito basta para nos mostrar a geração das sensações, das percepções e das ideias, e sua associação ou ligação no cérebro. Vê-se que essas diferentes modificações não passam de consequências dos impulsos sucessivos que nossos órgãos externos transmitem ao nosso órgão interno, que desfruta daquilo que nós chamamos de *faculdade de pensar*, ou seja, de perceber em si próprio e de sentir as diferentes modificações ou ideias que ele recebeu, de combiná-las e de separá-las, de estendê-las e de restringi-las, de compará-las, de renová-las etc. De onde se vê que o pensamento nada mais é do que a percepção das modificações que nosso cérebro recebeu da parte dos objetos exteriores, ou que ele dá a si próprio.

Com efeito, não somente o nosso órgão interno percebe as modificações que recebe de fora, mas também tem o poder de modificar a si próprio e de considerar as modificações ou os movimentos que se passam nele ou suas próprias operações – o que lhe dá novas percepções e novas ideias. É o exercício desse poder de dobrar-se sobre si mesmo que é chamado de *reflexão*.

De onde se vê que pensar e refletir é sentir ou perceber em nós mesmos as impressões, as sensações e as ideias que

---

determinado, aumentado, dividido, composto, simplificado etc. No entanto, se a alma – ou o princípio que pensa – é indivisível, como esta alma pode pensar sucessivamente, dividir, abstrair, combinar, estender suas ideias, retê-las e perdê-las, ter memória e esquecer? Como ela deixa de pensar? Se as formas parecem divisíveis na matéria, é apenas a considerando por abstração, à maneira dos geômetras. Porém, essa divisibilidade das formas não existe na natureza, onde não existe nem átomo nem forma perfeitamente regulares. É necessário, portanto, concluir disso que as formas da matéria não são menos indivisíveis do que o *pensamento*.

nos são dadas pelos objetos que atuam sobre nossos sentidos e as diversas modificações que o nosso cérebro ou órgão interno produz sobre si mesmo.

A *memória* é a faculdade que o órgão interno tem de renovar em si próprio as modificações que ele recebeu, ou de se remeter a um estado semelhante àquele no qual as percepções, as sensações e as ideias que os objetos exteriores produziram foram postas nele, na ordem em que as recebeu, sem uma nova ação da parte desses objetos, ou mesmo quando eesteses estão ausentes. Nosso órgão interno percebe que essas modificações são as mesmas que aquelas que ele antigamente havia experimentado na presença dos objetos com os quais ele as relaciona ou aos quais ele as atribui. A memória é fiel quando essas modificações são as mesmas, infiel quando elas diferem daquelas que o órgão anteriormente experimentou.

A *imaginação* nada mais é, em nós, que a faculdade que o cérebro tem de se modificar ou de formar percepções novas com base no modelo daquelas que ele recebeu pela ação dos objetos exteriores sobre os seus sentidos. Nosso cérebro nada mais faz, então, que combinar as ideias que recebeu e que evoca, para com isso formar um conjunto ou um amontoado de modificações que ele não viu, embora conheça as ideias particulares ou as partes com as quais compõe esse conjunto ideal que não existe senão nele mesmo. Foi assim que ele produziu as ideias dos centauros, dos hipogrifos, dos deuses e dos demônios etc. Através da memória, nosso cérebro renova as sensações, as percepções e as ideias que ele recebeu, e representa objetos que verdadeiramente afetaram os seus órgãos, ao passo que através da imaginação combina essas modificações para produzir com elas objetos ou totalidades que não afetaram os seus órgãos, embora conheça os elementos ou as ideias com as quais os compõe. Foi assim que os homens, combinando um grande número de ideias tiradas deles mesmos – tais como as de justiça, de sabedoria, de bondade, de inteligência etc. –, conseguiram, com a ajuda da imaginação, formar um todo ideal que eles chamaram de divindade.

Deram o nome de *juízo* à faculdade que o cérebro tem de comparar as modificações ou as ideias que recebe ou que tem o poder de despertar em si mesmo, a fim de descobrir as suas relações ou os seus efeitos.

A *vontade* é uma modificação do nosso cérebro pela qual ele é disposto à ação, ou seja, a mover os órgãos do corpo, de maneira a proporcionar a si próprio aquilo que o modifica de uma maneira análoga ao seu ser ou a afastar aquilo que lhe causa dano. *Querer* é estar disposto à ação. Os objetos exteriores ou as ideias internas que fazem nascer essa disposição em nosso cérebro são chamados de *motivos*, porque são os impulsos ou motores que o determinam à ação, ou seja, a pôr em funcionamento os órgãos do corpo. Assim, as *ações voluntárias* são os movimentos do corpo determinados pelas modificações do cérebro. A visão de uma fruta modifica meu cérebro de uma maneira que o dispõe a fazer que meu braço se mova para colher a fruta que vi e levá-la à boca.

Todas as modificações recebidas pelo cérebro, todas as sensações, percepções e ideias que os objetos que afetam os sentidos lhe dão ou que ele renova em si mesmo são agradáveis ou desagradáveis, são favoráveis ou nocivas à nossa maneira de ser habitual ou passageira, e dispõem o órgão interno a agir – aquilo que ele faz em razão da sua própria energia, que não é a mesma em todos os seres da espécie humana, e que depende dos seus temperamentos. Daí nascem as *paixões* mais ou menos fortes, que nada mais são do que movimentos da vontade determinada pelos objetos que a afetam na razão composta da analogia ou da discordância que existem entre eles e a nossa própria maneira de ser e da força do nosso temperamento. De onde se vê que as paixões são maneiras de ser ou modificações do órgão interno, atraído ou repelido pelos objetos e que, por conseguinte, está submetido à sua maneira às leis físicas da atração e da repulsão.

A faculdade de perceber ou de ser modificado tanto pelos objetos exteriores como por si próprio, de que desfruta o nosso órgão interno, é designada algumas vezes pelo nome de *entendimento*. Foi dado o nome de *inteligência* à reunião das diversas faculdades das quais esse órgão é suscetível. Deu-se o nome de *razão* à uma maneira determinada pela qual ele exerce as suas faculdades. Chamou-se de *espírito*, *sabedoria*, *bondade*, *prudência*, *virtude* etc. às disposições ou modificações constantes ou passageiras do órgão interno que faz agir os seres da espécie humana.

Em poucas palavras, como logo teremos a oportunidade de comprovar, todas as faculdades intelectuais, ou seja, todas as maneiras de agir que são atribuídas à alma, se reduzem a modificações, a qualidades, a maneiras de ser, a mudanças produzidas pelo movimento no cérebro, que é visivelmente em nós a sede da sensibilidade e o princípio de todas as ações. Essas modificações são devidas aos objetos que impressionam os nossos sentidos, cujos impulsos são transmitidos ao cérebro, ou então às ideias que esses objetos nele fizeram nascer e que ele tem o poder de reproduzir. O cérebro, portanto, move-se por sua vez, reage sobre si próprio e põe em funcionamento os órgãos que vêm se concentrar nele – ou, antes, que não passam de uma extensão da sua própria substância. É assim que os movimentos ocultos do órgão interno se tornam perceptíveis de fora por alguns sinais visíveis. O cérebro, afetado por uma modificação que chamamos de *temor*, provoca um tremor nos membros e espalha a palidez no rosto. Afetado por uma sensação de dor, faz sair lágrimas dos nossos olhos, mesmo sem que nenhum objeto o afete; uma ideia que ele lembra vivamente basta para que experimente modificações muito vivas, que influem visivelmente sobre toda a máquina.

Em tudo isso não vemos senão uma mesma substância que age diversamente em suas diferentes partes. Se se queixarem de que esse mecanismo não é suficiente para explicar o princípio dos movimentos ou das faculdades de nossa alma, diremos que ela está no mesmo caso que todos os corpos da natureza, nos quais os movimentos mais simples, os fenômenos mais ordinários, as maneiras de agir mais comuns são mistérios inexplicáveis, dos quais jamais conheceremos os primeiros princípios. Com efeito, como podemos nos vangloriar de conhecer o verdadeiro princípio da gravidade, em virtude do qual uma pedra cai? Conhecemos o mecanismo que produz a atração em algumas substâncias e a repulsão em outras? Estamos em condições de explicar a transmissão do movimento de um corpo para outro? Por outro lado, as dificuldades que temos sobre a maneira como a alma age serão suprimidas fazendo dela um *ser espiritual* do qual nós não temos nenhuma ideia e que, por conseguinte, deve desconcertar todas as noções que poderíamos formar sobre ele? Que nos seja suficiente, portanto, saber que a alma se move e que se modifica pelas causas materiais que agem sobre ela. De onde estamos autorizados a concluir que todas as suas operações e suas faculdades comprovam que ela é material.

Capítulo 9

Da diversidade das faculdades intelectuais; elas dependem de causas físicas, assim como suas qualidades morais. Princípios naturais da sociabilidade, da moral e da política

A natureza é forçada a diversificar todas as suas obras; matérias elementares, diferentes pela essência, devem formar seres diferentes por suas combinações e suas propriedades, por suas maneiras de ser e de agir. Não existe e não pode haver na natureza dois seres e duas combinações que sejam matematicamente e rigorosamente as mesmas, já que, como o lugar, as circunstâncias, as relações, as proporções e as modificações nunca são exatamente semelhantes, os seres que resultam delas não podem ter entre eles nenhuma semelhança perfeita, e suas maneiras de agir devem diferir em alguma coisa, mesmo quando acreditamos encontrar entre elas a máxima conformidade[1].

Em consequência desse princípio, que tudo conspira para nos provar, não existem dois indivíduos da espécie humana que tenham os mesmos traços, que sintam precisamente da mesma maneira, que pensem de uma maneira

---
1. Cf. o que foi dito no final do Capítulo VI.

conforme, que vejam as coisas com os mesmos olhos, que tenham as mesmas ideias e, por conseguinte, o mesmo sistema de conduta. Os órgãos visíveis dos homens, assim como seus órgãos ocultos, têm uma analogia ou alguns pontos gerais de semelhança e de conformidade que fazem que eles pareçam *grosso modo* afetados da mesma maneira por certas causas, mas suas diferenças são infinitas nos pormenores. As almas humanas podem ser comparadas com instrumentos musicais cujas cordas, já diversas por si mesmas ou pelas matérias com que foram confeccionadas, são também afinadas em diferentes tons: atingida por um mesmo impulso, cada corda reproduz o som que lhe é próprio, ou seja, que depende do seu tecido, da sua tensão, da sua grossura, do estado momentâneo em que a coloca o ar que a rodeia etc. Eis aí aquilo que produz o espetáculo tão variado que nos oferece o mundo moral. Daí que resulta essa diversidade tão impressionante que nós encontramos entre os espíritos, as faculdades, as paixões, as energias, os gostos, as imaginações, as ideias e as opiniões dos homens. Essa diversidade é tão grande quanto a das suas forças físicas e depende como elas dos seus temperamentos, tão variados quanto as suas fisionomias: dessa diversidade resulta a ação e a reação contínua que constitui a vida do mundo moral. Dessa discordância resulta a harmonia que mantém e conserva a raça humana.

A diversidade que se encontra entre os indivíduos da espécie humana impõe entre eles a desigualdade, e tal desigualdade constitui o sustentáculo da sociedade. Se todos os homens fossem os mesmos pelas forças do corpo e pelos talentos do espírito, eles não teriam nenhuma necessidade uns dos outros: é a diversidade das suas faculdades e a desigualdade que se impõem entre eles que tornam os mortais necessários uns aos outros. Sem isso eles viveriam isolados. De onde se vê que essa desigualdade – da qual muitas vezes nos lamentamos erradamente – e a impossibilidade em que cada um de nós se encontra de trabalhar eficazmente sozinho para se conservar e para se proporcionar o bem-estar nos impõem a feliz necessidade de nos associar, de depender dos nossos semelhantes, de merecer o seu auxílio, de torná-los favoráveis aos nossos desígnios, de atraí-los para nós para afastar, através dos esforços comuns, aquilo que poderia perturbar a ordem em nossa máquina. Em consequência da diversidade dos homens e da sua desigualdade, o fraco é forçado a se colocar sob a salvaguarda do mais forte. É ela que obriga esse último a recorrer às luzes, aos talentos e à habilidade do mais fraco, quando ele os julga úteis para si próprio; essa desigualdade natural faz que as nações distingam os cidadãos que lhes prestam serviços e, em razão das suas necessidades, homenageiem e recompensem as pessoas cujas luzes, benefícios, auxílios e virtudes lhes proporcionem vantagens reais ou imaginárias, prazeres e sensações agradáveis de todo gênero. É por ela que o gênio adquire ascendência sobre os homens e força povos inteiros a reconhecer o seu poder. Assim, a diversidade e a desigualdade das faculdades, tanto corporais como mentais ou intelectuais, tornam o homem necessário ao homem, tornam-no sociável, e lhe comprovam, evidentemente, a necessidade da moral.

De acordo com a diversidade das suas faculdades, os seres da nossa espécie se dividem em diferentes classes, segundo os efeitos que produzem e as diferentes qualidades neles observadas, que decorrem das propriedades individuais das suas almas ou das modificações particulares dos seus cérebros. É assim que o espírito, a sensibilidade, a imaginação, os talentos etc. impõem diferenças infinitas entre os homens. É assim que uns são chamados de *bons* e outros, de *maus, virtuosos* e *viciosos, sábios* e *ignorantes, sensatos* ou *insensatos* etc.

Se examinarmos todas as diferentes faculdades atribuídas à alma, veremos que, como as do corpo, elas são devidas a causas físicas, às quais será fácil remontar. Descobriremos que as forças da alma são as mesmas que as do corpo ou dependem sempre da sua organização, das suas propriedades particulares e das modificações constantes ou momentâneas que ele experimenta – em poucas palavras, do temperamento.

O *temperamento* em cada homem é o estado habitual em que se encontram os fluidos e os sólidos pelos quais seu corpo é composto. Os temperamentos variam em razão dos elementos ou matérias que predominam em cada indivíduo e das diferentes combinações e modificações a que essas matérias, diversas por si mesmas, são submetidas em sua máquina. É assim que em uns o sangue é abundante, em outros, a bile, e, em alguns, a fleuma etc.

É da natureza, dos nossos antepassados, das causas que incessantemente e desde o primeiro momento da nossa existência nos modificaram, que nós recebemos o nosso temperamento. É no seio de nossa mãe que cada um de nós foi buscar as matérias que influirão por toda a vida sobre as suas faculdades intelectuais, sobre a sua energia, sobre as suas paixões, sobre a sua conduta. A alimentação que nós ingerimos, a qualidade do ar que respiramos, o clima em que nós habitamos, a educação que nós recebemos, as ideias que nos apresentam e as opiniões que nos dão modificam esse temperamento: e, como essas circunstâncias não podem nunca ser rigorosamente as mesmas em todos os pontos para dois homens, não é surpreendente que exista entre eles uma tão grande diversidade, ou que existam tantos temperamentos diferentes quanto indivíduos da espécie humana.

Assim, embora os homens tenham entre si uma semelhança geral, eles diferem essencialmente, tanto pelo tecido e pelo arranjo das fibras e dos nervos como pela natureza, a qualidade, a quantidade das matérias que colocam essas fibras em funcionamento e lhes imprimem os movimentos. Um homem, já diferente de um outro homem pela textura e disposição de suas fibras, torna-se ainda mais diferente quando consome alimentos nutritivos, quando bebe vinho e quando faz exercícios; enquanto o outro só beberá água, consumirá uma alimentação pouco suculenta e definhará na inércia e na ociosidade.

Todas essas causas influem necessariamente sobre o espírito, sobre as paixões, sobre as vontades – em poucas palavras, sobre aquilo que se chama de faculdades intelectuais. É assim que nós vemos que um homem sanguíneo é comumente espirituoso, arrebatado, voluptuoso e empreendedor; enquanto um homem fleumático é de uma concepção lenta e difícil de comover, de uma imaginação pouco viva, pusilânime e incapaz de querer fortemente*.

Se consultassem a experiência em vez do preconceito, a medicina forneceria à moral a chave do coração humano e, curando o corpo, estaria algumas vezes assegurada de curar o espírito. Ao fazermos de nossa alma uma substância *espiritual*, contentamo-nos em administrar-lhe remédios espirituais que não influem em nada sobre o temperamento ou que nada mais fazem do que lhe causar dano. O dogma da espiritualidade da alma fez da moral uma ciência conjectural, que não nos faz de modo algum conhecer os verdadeiros móveis que devem ser empregados para agir sobre os homens. Ajudados pela experiência, se nós conhecêssemos os elementos que constituem a base do temperamento de um homem, ou da maioria dos indivíduos pelos quais um povo é composto, saberíamos aquilo que lhe convém, as leis que lhe são necessárias, as instituições que lhe são úteis. Em poucas palavras, a moral e a política poderiam tirar do *materialismo* algumas vantagens que o dogma da espiritualidade jamais

---

* Aqui, e em várias outras partes desta obra, o barão de Holbach revela-se partidário do *humoralismo*, uma antiga doutrina médica que atribuía a saúde física a um perfeito equilíbrio entre os quatro humores existentes em nosso organismo (o sangue, a fleuma, a bílis negra e a bílis amarela). Essa doutrina, originária da Grécia antiga e amplamente aceita até o final do século XVIII (e ainda presente na nossa linguagem, em expressões como "bem-humorado" e "mal-humorado"), também atribuía o temperamento de cada indivíduo à predominância de um desses humores, havendo os *sanguíneos* (geralmente reconhecidos pelo seu rosto avermelhado), os *fleumáticos*, os *biliosos* e os *melancólicos*. Práticas frequentes como as sangrias e os purgativos tinham como objetivo restabelecer o equilíbrio entre os humores. (N. T.)

lhes fornecerá e com as quais ele as impede até mesmo de sonhar. O homem será sempre um mistério para aqueles que se obstinarem a vê-lo com os olhos prevenidos da teologia ou que atribuírem suas ações a um princípio do qual eles jamais podem ter ideias. Quando quisermos conhecer o homem, tratemos portanto de descobrir as matérias que entram em sua combinação e que constituem o seu temperamento. Essas descobertas servirão para nos fazer adivinhar a natureza e a qualidade de suas paixões e de suas tendências e para pressentir a sua conduta em dadas ocasiões: elas nos indicarão os remédios que poderemos utilizar com sucesso para corrigir os defeitos de uma organização viciosa ou de um temperamento tão nocivo à sociedade quanto a quem o possui.

Com efeito, não é nada duvidoso que o temperamento do homem possa ser corrigido, alterado por causas tão físicas quanto aquelas que o constituem. Cada um de nós pode, de alguma maneira, formar um temperamento; um homem de um temperamento sanguíneo, consumindo alimentos menos suculentos ou em menor quantidade, abstendo-se de bebidas fortes etc., pode conseguir corrigir a natureza, a qualidade e a quantidade do movimento do fluido que nele predomina. Um bilioso ou um melancólico pode, com a ajuda de alguns remédios, diminuir a massa desse fluido e corrigir o vício do seu humor com a ajuda do exercício, da distração e da alegria que resultam do movimento. Um europeu transplantado para o Hindustão tornar-se-á pouco a pouco um homem totalmente diferente pelo humor, pelas ideias, pelo temperamento e pelo caráter.

Embora tenham sido feitas poucas experiências para conhecer aquilo que constitui os temperamentos dos homens, já teríamos um número suficiente se nos dignássemos a fazer uso delas. Parece, em geral, que o princípio ígneo, que os químicos designaram pelo nome de *flogístico* ou de *matéria inflamável*, é aquele que, no homem, lhe dá mais vida e energia, que proporciona mais elasticidade, mobilidade, atividade às suas fibras, tensão aos seus nervos, rapidez aos seus fluidos. Dessas causas materiais, vemos comumente resultar as disposições ou faculdades que chamamos de sensibilidade, espírito, imaginação, gênio, vivacidade etc., que dão o tom às paixões, às vontades e às ações morais dos homens. Nesse sentido, é com bastante justeza que se servem das expressões *calor de alma, imaginação ardente, fogo do gênio* etc[2].

É esse fogo, espalhado em diferentes doses nos seres da nossa espécie, que lhes dá o movimento, a atividade, o calor animal que, por assim dizer, os torna mais ou menos vivos. Esse fogo, tão móvel e tão sutil, se dissipa com facilidade, e nesse caso pede para ser restabelecido com a ajuda dos alimentos que o contêm e que, por isso, se acham apropriados para reanimar a nossa máquina, para reaquecer o cérebro, para lhe devolver a atividade necessária para realizar as funções que são chamadas de intelectuais. É esse fogo, contido no vinho e nas bebidas fortes, que dá aos homens mais embotados uma vi-

---

2. Eu estaria bastante tentado a crer que aquilo que os médicos chamam de *fluido nervoso*, ou essa matéria tão móvel que adverte tão prontamente o cérebro de tudo aquilo que se passa em nós, não é outra coisa que a matéria elétrica, e que é a diferença entre suas doses ou proporções uma das principais causas da diversidade dos homens e de suas faculdades.

vacidade da qual, sem ele, eles seriam incapazes, e que impele até mesmo os covardes ao combate. É esse fogo que, muito abundante em nós em certas doenças, nos lança no delírio e que, muito fraco em outras, nos mergulha no desfalecimento. Enfim, é esse fogo que diminui na velhice e que se dissipa totalmente na morte[3].

Se examinarmos, de acordo com os nossos princípios, as faculdades intelectuais dos homens ou suas qualidades morais, ficaremos convencidos de que elas são devidas a causas materiais que influem sobre a sua organização particular de uma maneira mais ou menos durável e marcante. Porém, de onde vem essa organização a não ser dos pais, dos quais nós recebemos os elementos de uma máquina necessariamente análoga à deles? De onde provém o mais ou o menos de matéria ígnea ou de calor vivificante que decide as nossas qualidades mentais? É da mãe que nos carregou em seu seio, que nos transmitiu uma porção do fogo pelo qual ela própria foi animada e que com o seu sangue circulava em suas veias. É dos alimentos que nos nutriram, é do clima em que nós vivemos, é da atmosfera que nos cerca. Todas essas causas influem sobre os nossos fluidos e nossos sólidos e determinam nossas disposições naturais. Examinando essas disposições, das quais dependem nossas faculdades, descobrimos que elas são sempre corporais e materiais.

---

3. Se quisermos ter boa-fé, acharemos que o calor é que é o princípio da vida. É com a ajuda do calor que os seres passam da inação ao movimento, do repouso à fermentação, do estado inanimado ao da vida: temos a comprovação disso no ovo, que o calor faz eclodir. Em poucas palavras, não existe geração sem calor.

A primeira dessas disposições é a *sensibilidade* física, da qual veremos decorrer todas as nossas outras qualidades intelectuais ou morais. Sentir, como dizem, é ser afetado e ter a consciência das modificações que se operam em nós. Ter sensibilidade não é, portanto, outra coisa que ser conformado de maneira a sentir muito prontamente e muito vivamente as impressões dos objetos que agem sobre nós. Uma alma sensível nada mais é, portanto, que o cérebro de um homem, disposto de maneira a receber com facilidade os movimentos que lhe são transmitidos. É desse modo que chamamos de *sensível* aquele que, com a visão de um desgraçado, com a narrativa de uma catástrofe ou com a ideia de um espetáculo torturante, é tocado bastante fortemente para derramar lágrimas, sinal através do qual reconhecemos os efeitos de uma grande perturbação na máquina humana. Dizemos sobre um homem em quem os sons da música provocam um grande prazer ou produzem efeitos muito marcantes que ele tem o *ouvido sensível*. Enfim, dizemos sobre um homem, no qual a eloquência, as belezas das artes, todos os objetos que o impressionam e provocam nele movimentos muito vivos, que ele tem a *alma sensível*[4].

O espírito é uma consequência dessa sensibilidade física. Com efeito, chamamos de *espírito* uma facilidade que alguns

---

4. Vê-se que a compaixão depende da sensibilidade física, que nunca é a mesma em todos os homens: erraram, portanto, em fazer da compaixão a fonte de nossas ideias morais e dos sentimentos que temos pelos nossos semelhantes. Não somente nem todos os homens são sensíveis, mas também existem muitos nos quais a sensibilidade não foi desenvolvida. Assim são os príncipes, os poderosos, os ricos etc.

seres da nossa espécie têm de apreender com presteza o conjunto e as diferentes relações entre os objetos. Chamamos de *gênio* a facilidade de apreender esse conjunto e essas relações nos objetos vastos, úteis, difíceis de conhecer. O espírito pode ser comparado a uma vista aguçada que percebe as coisas prontamente; o gênio é uma vista que apreende com uma olhada todos os pontos de um horizonte extenso. O espírito justo é aquele que percebe os objetos e as relações tais como eles são: o espírito falso é aquele que só apreende falsas relações (o que é proveniente de algum vício na organização). O espírito justo é uma faculdade que se parece com a destreza na mão.

Como a imaginação é a facilidade para combinar com presteza as ideias ou as imagens, consiste no poder de reproduzir facilmente as modificações do nosso cérebro e de uni-las ou vinculá-las a objetos aos quais elas convêm: é então que a imaginação nos agrada, é então que nós aprovamos suas ficções e que ela embeleza a natureza e a verdade. Nós a censuramos, pelo contrário, quando ela nos pinta fantasmas desagradáveis ou quando ela combina ideias que não são feitas para se associar. É assim que a poesia, feita para tornar a natureza mais comovente, nos agrada quando ornamenta os objetos que nos oferece com todas as belezas que podem lhes convir. Ela, então, faz deles seres ideais, mas que nos afetam agradavelmente: e nós perdoamos a ilusão que nos fizeram em consideração ao prazer que nos causaram. As hediondas quimeras da superstição nos desagradam porque elas não passam dos produtos de uma imaginação doente, que só despertam em nós ideias mortificantes.

A imaginação, quando se desvirtua, produz o fanatismo, os terrores religiosos, o zelo irrefletido, os frenesis, os grandes crimes. A imaginação regulada produz o entusiasmo pelas coisas úteis, a paixão forte pela virtude, o amor pela pátria, o calor da amizade – em poucas palavras, ela dá energia e vivacidade a todos os nossos sentimentos. Aqueles que são privados de imaginação são comumente homens nos quais a fleuma apaga o fogo sagrado, que é em nós o princípio da mobilidade, do calor do sentimento, que vivifica todas as nossas faculdades intelectuais. É preciso entusiasmo para as grandes virtudes, assim como para os grandes crimes. O entusiasmo põe nosso cérebro ou nossa alma em um estado semelhante ao da embriaguez. Ambos provocam em nós movimentos rápidos que os homens aprovam, quando deles resulta o bem; e que eles chamam de *loucura*, *delírio*, *crime* ou *furor*, quando deles resulta a desordem.

O espírito não é justo, ele não é capaz de julgar as coisas sensatamente. A imaginação não é regulada, a não ser quando a organização está disposta de maneira a realizar suas funções com precisão. A cada instante da sua vida o homem faz experiências; cada sensação que ele experimenta é um fato que consigna no seu cérebro uma ideia, que sua memória lhe recorda com maior ou menor exatidão ou fidelidade. Esses fatos se ligam, essas ideias se associam e sua cadeia constitui a *experiência* e a *ciência*. Saber é estar seguro – por experiências reiteradas e feitas com precisão – das ideias, das sensações e dos efeitos que um objeto pode produzir sobre nós mesmos ou sobre os outros. Toda ciência não pode ser fundamentada senão na verdade, e a própria verdade só se fundamenta na relação constante e fiel dos nossos sentidos. Assim, a *verdade* é a conformidade ou a conveniência perpétua que nossos sentidos bem constituídos nos mostram, com a ajuda da experiência, entre os objetos que conhecemos e as qualidades que atribuímos a eles. Em poucas palavras, a verdade é a associação justa e precisa das nossas ideias. Mas como, sem experiência, assegurar-se da justeza dessa associação? E se não reiteramos essas experiências, como constatá-las? Enfim, se nossos sentidos são viciados, como confiar nas experiências ou nos fatos que eles consignam em nosso cérebro? É por meio de experiências multiplicadas, diversificadas, repetidas, que será possível retificar os defeitos das primeiras.

Estamos errados todas as vezes em que os órgãos, já pouco sadios por sua natureza ou viciados pelas modificações duráveis ou passageiras que eles sofrem, nos colocam fora de condições de bem julgar os objetos. O *erro* consiste em uma associação falsa entre as ideias, pela qual atribuímos aos objetos qualidades que eles não têm. Estamos errados quando supomos como existentes seres que não existem, ou quando associamos a ideia de felicidade a objetos capazes de nos causar dano, seja imediatamente, seja por algumas consequências distantes, que somos incapazes de pressentir.

Mas como pressentir efeitos que ainda não experimentamos? É também com a ajuda da experiência. Sabemos, com o seu auxílio, que causas análogas ou semelhantes produzem efeitos análogos e semelhantes. A memória, ao nos recordar os efeitos que experimentamos, coloca-nos em condições de julgar aqueles que podemos esperar, seja das mesmas causas, seja das causas que têm relação com aquelas que agiram sobre nós. De onde se vê que a *prudência* e a *previdência* são faculdades que são devidas à experiência. Eu senti que o fogo provocava nos meus órgãos uma sensação dolorosa. Essa experiência basta para me fazer pressentir que o fogo aplicado a alguns dos meus órgãos provocará neles, consequentemente, a mesma sensação. Senti que uma ação da minha parte provocava o ódio ou o desprezo dos outros; essa experiência me faz pressentir que, todas as vezes em que eu agir da mesma maneira, serei odiado ou desprezado.

A faculdade que nós temos de fazer experiências, de nos lembrar delas, de pressentir os efeitos, a fim de afastar aqueles que podem nos causar dano ou de nos proporcionar aqueles que são úteis à conservação do nosso ser e à sua felicidade – único objetivo de todas as nossas ações, sejam corporais ou mentais –, constitui aquilo que, em poucas palavras, se designa pelo nome de *razão*. A sensibilidade, nossa natureza, nosso temperamento, podem nos desviar e nos enganar, mas a experiência e a reflexão nos devolvem ao bom caminho e nos ensinam aquilo que pode verdadeiramente nos conduzir à felicidade. De onde se vê que a razão é a nossa natureza modificada pela experiência, pelo juízo e pela reflexão: ela supõe um temperamento moderado, um espírito justo, uma imaginação regulada, o conhecimento da verdade fundamentado em experiências seguras, enfim, a prudência e a previdência – aquilo que nos prova que, embora nos repitam todos os dias que o homem *é um ser racional,* existe apenas um pequeníssimo número de indivíduos da espécie humana que desfrutam realmente da razão ou que têm as disposições e a experiência que a constituem.

Não fiquemos surpresos com isso: existem poucos homens em condições de fazer experiências verdadeiras. Todos trazem ao nascer órgãos suscetíveis de ser afetados ou de acumular experiências. Porém, seja pelo vício da sua organização, seja pelas causas que a modificam, suas experiências são falsas, suas ideias são confusas e mal associadas, seus juízos são errôneos, seu cérebro se enche de sistemas viciosos que influem necessariamente sobre toda a sua conduta e perturbam continuamente a razão.

Nossos sentidos, como já vimos, são os únicos meios que nós temos de conhecer se as nossas opiniões são verdadeiras, se nossa conduta é útil para nós mesmos e se os efeitos que dela resultarão nos serão vantajosos. Porém, para que os nossos sentidos nos façam relatos fiéis, ou levem ideias verdadeiras para o cérebro, é preciso que eles estejam sadios, ou seja, nas condições requeridas para manter o nosso ser na ordem apropriada para lhe proporcionar a sua conservação e a sua felicidade permanente. É preciso que o nosso cérebro esteja ele próprio sadio e na condição necessária para realizar as suas funções e para exercer as suas faculdades. É necessário que a memória lhe reproduza fielmente as suas sensações ou suas ideias anteriores, a fim de julgar ou de pressentir os efeitos que ele deve esperar ou temer das ações às quais sua vontade será levada. Se os nossos órgãos externos ou internos são viciados – seja pela sua conformação natural, seja pelas causas que os modificam –, só sentimos imperfeitamente e de uma maneira pouco distinta; nossas ideias são falsas ou suspeitas; julgamos mal; estamos em uma ilusão ou em uma embriaguez que nos impede de apreender as verdadeiras relações entre as coisas. Em poucas palavras, a memória é falha, a reflexão é nula, a imaginação se desvirtua, o espírito nos engana e a sensibilidade dos nossos órgãos – assaltados ao mesmo tempo por uma multidão de impressões – opõe-se à prudência, à previdência e ao exercício da razão. Por outro lado, se a conformação dos nossos órgãos só lhes permite se mover fracamente e com lentidão, como ocorre naqueles que são de temperamento fleumático, as experiências são tardias e quase sempre infrutíferas: a tartaruga e a borboleta são igualmente incapazes de evitar a sua destruição. O homem estúpido e o homem embriagado estão em uma igual impossibilidade de alcançar o seu objetivo.

Porém, qual é o objetivo do homem na esfera que ele ocupa? É se conservar e tornar sua existência feliz. É importante, portanto, que ele conheça os verdadeiros meios para isso através das experiências, das quais sua prudência e sua razão lhe ensinam a fazer uso para alcançar segura e constantemente o objetivo que ele se propõe. Esses meios são as suas próprias faculdades, seu espírito, seus talentos, seu engenho, suas ações determinadas pelas paixões das quais sua natureza o torna suscetível, e que dão maior ou menor atividade à sua vontade. A experiência e a razão lhe mostram também que os homens com os quais ele está associado lhe são necessários, que eles podem contribuir para a sua felicidade, para os seus prazeres, e ajudá-lo com as faculdades que lhes são próprias. A experiência lhe ensina de que maneira ele pode fazê-los contribuir para os seus desígnios, determiná-los a querer e a agir em seu favor. Ele vê as ações que eles aprovam e aquelas que lhes desagradam, a conduta que os atrai e aquela que os repele, os juízos que se fazem sobre elas, os efeitos vantajosos ou nocivos que resultam das diferentes maneiras de ser e de agir. Todas essas experiências lhe dão a ideia da virtude e do vício, do justo e do injusto, da bondade e da maldade, da decência e da indecência, da probidade e da velhacaria etc.; em poucas palavras, ele aprende a julgar os homens e as suas ações, a distinguir as sensações necessárias que são despertadas neles de acordo com a diversidade dos efeitos que lhes fizeram experimentar.

É sobre a diversidade necessária desses efeitos que é fundada a distinção entre o bem e o mal, o vício e a virtude. Distinção que, como alguns pensadores acreditaram, não é de maneira alguma fundada nas convenções entre os homens, menos ainda nas vontades quiméricas de um ser sobrenatural, mas nas relações eternas e invariáveis que subsistem entre os seres da espécie humana vivendo em sociedade, e que subsistirão tanto quanto o homem e a sociedade. Assim, a *virtude* é tudo aquilo que é verdadeiro e constantemente útil aos seres da espécie humana vivendo em sociedade; o *vício* é tudo aquilo que lhes é nocivo. As maiores virtudes são aquelas que lhes proporcionam as vantagens maiores e mais duráveis. Os maiores vícios são aqueles que mais perturbam sua tendência à felicidade e a ordem necessária à sociedade. O homem *virtuoso* é aquele cujas ações tendem constantemente ao bem-estar dos seus semelhantes; o homem *vicioso* é aquele cuja conduta tende à infelicidade daqueles com quem ele vive, de onde a sua própria infelicidade deve comumente resultar. Tudo aquilo que nos proporciona uma felicidade verdadeira e permanente é racional. Tudo aquilo que perturba a nossa própria felicidade ou a dos seres necessários à nossa felicidade é insensato ou irracional. Um homem que prejudica os outros é um perverso; um homem que prejudica a si próprio é um imprudente, que não conhece nem a razão, nem os seus próprios interesses, nem a verdade.

Nossos *deveres* são os meios dos quais a experiência e a razão nos mostram a necessidade para alcançar o fim a que nos propomos; esses deveres são uma consequência necessária das relações subsistentes entre homens que desejam igualmente a felicidade e a conservação do seu ser. Quando se diz que tais deveres *nos obrigam*, isso significa que, sem adotar esses meios, não podemos alcançar o fim a que nossa natureza se propõe. Assim, a *obrigação moral* é a necessidade de empregar os meios apropriados para tornar felizes os seres com quem nós vivemos, a fim de determiná-los a nos tornar felizes. Nossas obrigações para com nós mesmos são a necessidade de adotar os meios sem os quais não poderíamos nos conservar nem tornar nossa existência solidamente feliz. A moral está, como o universo, fundada na necessidade ou nas relações eternas entre as coisas.

A *felicidade* é uma maneira de ser da qual desejamos a duração, ou na qual queremos perseverar. Ela se mede pela sua duração e sua intensidade. A maior felicidade é aquela que é mais durável. A felicidade passageira ou de pouca duração chama-se *prazer*; quanto mais ele é vivo mais é fugidio, porque os nossos sentidos só são suscetíveis de uma certa quantidade de movimento. Todo prazer que excede a essa quantidade se transforma então em *dor* ou em uma maneira penosa de existir, da qual desejamos a cessação: eis por que o prazer e a dor se tocam às vezes tão de perto. O prazer imoderado é seguido de pesares, de aborrecimentos e de desgostos; a felicidade passageira se converte em uma infelicidade durável. De acordo com esse princípio, vê-se que o homem que, em cada instante da sua duração, busca necessariamente a felicidade, deve, quando é sensato, economizar os seus prazeres, recusar todos aqueles que poderiam se transformar em sofrimento e tratar de proporcionar a si próprio o bem-estar mais permanente.

A felicidade não pode ser a mesma para todos os seres da espécie humana; os mesmos prazeres não podem afetar igualmente homens diversamente conformados e modificados. Eis aí, sem dúvida, por que a maior parte dos moralistas estiveram tão pouco de acordo sobre os objetos nos quais eles fizeram consistir a felicidade, assim como sobre os meios de obtê--los. No entanto, a felicidade parece ser geralmente um estado durável ou momentâneo ao qual nós aquiescemos, porque o achamos em conformidade com o nosso ser. Esse estado resulta do acordo que existe entre o homem e as circunstâncias nas quais a natureza o colocou ou, se preferirem, a felicidade é a coordenação entre o homem e as causas que atuam sobre ele.

As ideias que os homens fazem da felicidade dependem não somente do seu temperamento ou da sua conformação particular, mas também dos hábitos que eles adquiriram. O *hábito* é no homem uma maneira de ser, de pensar e de agir que os nossos órgãos – tanto externos como internos – adquirem pela frequência dos mesmos movimentos, de onde resulta o poder de fazer esses movimentos com presteza e facilidade.

Se considerarmos atentamente as coisas, descobriremos que quase toda a nossa conduta, o sistema das nossas ações, nossas ocupações, nossas ligações, nossos estudos e nossos divertimentos, nossas maneiras e nossos costumes, nossas roupas e nossos alimentos, são efeitos do hábito. Devemos a ele, da mesma forma, o exercício fácil de nossas faculdades mentais, do pensamento, do juízo, do espírito, da razão, do gosto etc. É ao hábito que devemos a maior parte das nossas tendências, dos nossos desejos, das nossas opiniões, dos nossos preconceitos e das falsas ideias que fazemos do bem-estar – em poucas palavras, os erros nos quais tudo se esforça para nos fazer incorrer e nos reter neles. É o hábito que nos liga tanto ao vício quanto à virtude[5].

Somos de tal modo modificados pelo hábito que muitas vezes o confundimos com a nossa natureza. Daí, como logo veremos, essas opiniões ou essas ideias que são chamadas de *inatas*, porque não quiseram remontar à fonte que as tinha como que identificado com nosso cérebro. Seja como for, estamos presos muito fortemente a todas as coisas às quais

---

5. A experiência nos prova que um primeiro crime sempre custa mais que um segundo, este mais que um terceiro e assim por diante. Uma primeira ação é o começo de um hábito. À força de combater os obstáculos que nos desviam de cometer ações criminosas, conseguimos sobrepujá-los com mais facilidade. É assim que nos tornamos, muitas vezes, perversos por hábito.

estamos habituados. Nosso espírito é submetido a uma espécie de violência ou de revulsão incômoda todas as vezes em que se quer fazer que ele mude o curso das suas ideias; uma inclinação fatal quase sempre o reconduz a elas, a despeito da razão.

É por um puro mecanismo que podemos explicar os fenômenos tanto físicos como morais do hábito: nossa alma, apesar da sua pretensa espiritualidade, modifica-se tal como o corpo. O hábito faz que os órgãos da voz aprendam a expressar prontamente as ideias consignadas no cérebro, por meio de certos movimentos que, na infância, nossa língua adquire o poder de executar com facilidade. Nossa língua, uma vez habituada ou treinada a se mover de uma certa maneira, tem muita dificuldade para se mover de uma outra; é com dificuldade que a faringe adquire as inflexões exigidas por um idioma diferente daquele ao qual estamos acostumados. Ocorre a mesma coisa com as nossas ideias. Nosso cérebro, nosso órgão interno, nossa alma, acostumada desde cedo a ser modificada de uma determinada maneira, a vincular determinadas ideias aos objetos, a constituir um sistema coerente de opiniões verdadeiras ou falsas, experimenta uma sensação dolorosa quando se pretende dar um novo impulso ou direção aos seus movimentos habituais. É quase tão difícil fazer que mudemos de opiniões quanto de idioma[6].

---

6. Hobbes diz: "Que é da natureza de todo ser corporal, que quase sempre foi movido da mesma maneira, receber continuamente uma maior aptidão ou mais facilidade para produzir os mesmos movimentos". Eis aí aquilo que constitui o hábito, tanto na moral como no físico (cf. Hobbes, *Ensaio sobre a natureza humana*).

Eis aí, sem dúvida, a causa do apego quase invencível que tantas pessoas nos mostram por alguns usos, preconceitos e instituições dos quais, em vão, a razão, a experiência e o bom senso lhes provam a inutilidade, ou mesmo os perigos. O hábito resiste às demonstrações mais claras. Elas nada podem contra as paixões e os vícios enraizados, contra os sistemas mais ridículos, contra os costumes mais bizarros, sobretudo quando vinculamos a eles a ideia da utilidade, do interesse comum, do bem da sociedade. Tal é a fonte da teimosia que os homens comumente demonstram pelas religiões, pelos seus usos antigos e seus costumes insensatos, pelas suas leis tão pouco justas, pelos seus abusos, que eles muitas vezes suportam, pelos seus preconceitos – dos quais algumas vezes se reconhece o absurdo, sem querer se desfazer deles. Eis por que as nações consideram como perigosas as novidades mais úteis e se acreditariam perdidas se fossem remediados alguns males que elas se habituam a considerar como necessários ao seu repouso e como perigosos de curar[7].

A educação nada mais é do que a arte de fazer que os homens adquiram logo cedo, quando os seus órgãos são muito flexíveis, os hábitos, as opiniões e as maneiras de ser adotadas pela sociedade onde viverão. Os primeiros momentos da nossa infância são empregados em fazer experiências. Aqueles que

---

7. *Assiduitate quotidiana et consuetudine oculorum assuescunt animi, neque requirunt rationes earum rerum quas vident*[a] (Cícero, *De natura deorum*, livro II, cap. 2).

(a) "Com a presença cotidiana de certos objetos, o costume dos olhos faz que nós os contemplemos sem surpresa e que não sintamos a necessidade de explicá-los" (Cícero, *Da natureza dos deuses*, livro II, cap. XXXVIII). (N. T.)

estão encarregados do cuidado de nos educar nos ensinam a aplicá-las ou desenvolvem em nós a razão. Os primeiros impulsos que eles nos dão determinam comumente a nossa sorte, as nossas paixões, as ideias que fazemos da felicidade, os meios que empregamos para obtê-la para nós, os nossos vícios e as nossas virtudes. Sob os olhos de seus mestres, a criança adquire ideias, aprende a associá-las, a pensar de uma certa maneira, a julgar bem ou mal. São mostrados diferentes objetos que ela é acostumada a amar ou odiar, a desejar ou fugir, a estimar ou desprezar. É assim que as opiniões são transmitidas dos pais, das mães, das amas e dos professores às crianças: é assim que o espírito se enche pouco a pouco de verdades ou de erros, de acordo com os quais cada um regula a sua conduta, que o torna feliz ou infeliz, virtuoso ou vicioso, estimável ou detestável para os outros, contente ou descontente com o seu destino, segundo os objetos para os quais foram direcionadas as suas paixões e a energia do seu espírito, ou seja, nos quais lhe mostraram o seu interesse ou a sua felicidade. Como consequência, ele ama e busca aquilo que lhe disseram para amar e para buscar; tem gostos, inclinações, fantasias que, no decorrer da sua vida, ele se apressa a satisfazer, em razão da atividade da qual a natureza o muniu e que foi exercida nele.

A *política* deveria ser a arte de regular as paixões dos homens e de direcioná-las para o bem da sociedade. Mas não passa quase sempre da arte de armar as paixões dos membros da sociedade para a sua destruição mútua e para a da associação que deveria fazer sua felicidade. Ela só é comumente tão viciosa porque não é fundamentada na natureza, na experiência, na utilidade geral, mas sim nas paixões, nos caprichos e na utilidade particular daqueles que governam a sociedade.

A política, para ser útil, deve fundamentar seus princípios na natureza, ou seja, conformar-se à essência e ao objetivo da sociedade: como esta não passa de um todo formado pela reunião de um grande número de famílias e de indivíduos reunidos para obter com mais facilidade suas necessidades recíprocas, as vantagens que eles desejam, os auxílios mútuos e, sobretudo, a faculdade de desfrutar em segurança dos bens que a natureza e a indústria podem fornecer, resulta daí que a política destinada a manter a sociedade deve entrar nesses desígnios, facilitar os seus meios e afastar todos os obstáculos que poderiam entravá-los.

Os homens, ao se aproximarem uns dos outros para viver em sociedade, fizeram, seja formal ou tacitamente, um *pacto*, pelo qual eles se comprometeram a prestar serviços e a não causar nenhum dano uns aos outros. Mas como a natureza de cada homem o leva a buscar a todo momento o seu bem-estar, na satisfação das suas paixões ou dos seus caprichos passageiros, sem nenhum respeito pelos seus semelhantes, foi necessária uma força que o reconduzisse ao seu dever, que o obrigasse a conformar-se a ele e lhe recordasse os seus compromissos, que muitas vezes a paixão podia fazê-lo esquecer. Essa força é a *lei*; ela é a soma das vontades da sociedade, reunidas para fixar a conduta dos seus membros ou para direcionar suas ações de maneira a contribuir para o objetivo da associação.

Porém, como a sociedade – sobretudo quando ela é numerosa – só poderia com muita dificuldade se reunir e, sem tumulto, fazer conhecer as suas intenções, ela é obrigada a escolher alguns cidadãos a quem ela concede a sua confiança. Faz deles os intérpretes das suas vontades, torna-os depositários do poder necessário para fazer que elas sejam executadas. Tal é a origem de todo *governo*, que, para ser legítimo, só pode ser fundamentado no livre consentimento da sociedade, sem o qual ele não passa de uma violência, uma usurpação, uma pilhagem. Aqueles que são encarregados do cuidado de governar são chamados de *soberanos, chefes, legisladores* e, segundo a forma que a sociedade quis dar ao seu governo, esses soberanos são chamados de *monarcas, magistrados, representantes* etc. O governo não tira o seu poder senão da sociedade, e, tendo sido estabelecido apenas para o seu bem, é evidente que ela pode revogar esse poder quando o seu interesse o exige, modificar a forma do seu governo e ampliar ou limitar o poder que ela confia aos seus chefes, sobre os quais conserva sempre uma autoridade suprema, pela lei imutável da natureza que quer que a parte esteja subordinada ao todo.

Assim, os soberanos são os ministros da sociedade, seus intérpretes, os depositários de uma porção mais ou menos grande do seu poder, e não os seus senhores absolutos nem os proprietários das nações. Por um pacto, seja expresso ou tácito, esses soberanos se comprometem a zelar pela manutenção e a se ocupar do bem-estar da sociedade. É somente sob essas condições que essa sociedade consente em obedecer. Nenhuma sociedade sobre a Terra pôde ou quis conferir irrevogavelmente aos seus chefes o direito de lhe causar dano: uma tal concessão seria anulada pela natureza, que deseja que cada sociedade, assim como cada indivíduo da espécie humana, tenda a se conservar, e não possa consentir na sua infelicidade permanente.

As leis, para serem justas, devem ter como objetivo invariável o interesse geral da sociedade, ou seja, devem assegurar ao maior número de cidadãos as vantagens pelas quais eles se associaram. Essas vantagens são a liberdade, a propriedade e a segurança. A *liberdade* é a faculdade de fazer, para a sua própria felicidade, tudo aquilo que não cause dano à felicidade dos seus associados. Ao se associar, cada indivíduo renunciou ao exercício da porção da sua liberdade natural que poderia prejudicar a dos outros. O exercício da liberdade nocivo à sociedade chama-se *licença*. A *propriedade* é a faculdade de desfrutar das vantagens que o trabalho e a inteligência proporcionaram a cada membro da sociedade. A *segurança* é a certeza que cada membro deve ter de desfrutar da sua pessoa e dos seus bens, sob a proteção das leis, enquanto respeitar fielmente os seus compromissos com a sociedade.

A *justiça* assegura a todos os membros da sociedade a posse das vantagens ou os direitos que acabaram de ser relacionados. De onde se vê que sem justiça a sociedade está fora de condições de proporcionar qualquer felicidade. A justiça também é chamada de *equidade*, porque, com a ajuda das leis feitas para comandar a todos, ela iguala todos os membros da sociedade, ou seja, impede-os de se prevalecerem uns contra os outros da desigualdade que a natureza ou a inteligência pode ter imposto entre as suas forças.

Os *direitos* são tudo aquilo que as leis equitativas da sociedade permitem que os seus membros façam pela sua própria felicidade. Esses direitos são evidentemente limitados pelo objetivo invariável da associação. A sociedade, por seu lado, tem direitos sobre todos os seus membros, em virtude das vantagens que lhes proporciona, e todos os seus membros estão no direito de exigir dela ou de seus ministros tais vantagens em favor das quais eles vivem em sociedade e renunciam a uma porção da sua liberdade natural. Uma sociedade cujos chefes e leis não proporcionem nenhum bem aos seus membros perde, evidentemente, os seus direitos sobre eles. Os chefes que causam dano à sociedade perdem o direito de comandá-la. Não existe nenhuma pátria sem bem-estar; uma sociedade sem equidade não contém senão inimigos, uma sociedade oprimida contém apenas opressores e escravos. Escravos não podem ser cidadãos; é a liberdade, a propriedade e a segurança que tornam a pátria querida, e é o amor pela pátria que faz o cidadão[8].

Por falta de conhecerem essas verdades, ou de aplicá-las, as nações tornaram-se infelizes, e não contêm senão um vil amontoado de escravos, separados uns dos outros e isolados da sociedade que não lhes proporciona nenhum bem. Por uma consequência da imprudência dessas nações ou da astúcia e da violência daqueles a quem elas haviam confiado o poder de fazer as leis e de pô-las em execução, os soberanos tornaram-se os senhores absolutos das sociedades. Desconhecendo a verdadeira fonte do seu poder, pretenderam tê-lo recebido do céu, não ter de prestar contas senão a ele de suas

---

8. *Servorum nulla est unquam civitas*[(a)], disse um antigo poeta.
 (a) "Um amontoado de escravos não constitui uma cidade." (N. T.)

ações e não dever nada à sociedade – em poucas palavras, serem deuses sobre a Terra e governá-la arbitrariamente como os deuses do empíreo. Desde então, a política se corrompeu e não passou de um banditismo. As nações foram aviltadas e não ousaram resistir às vontades de seus chefes; as leis nada mais foram do que a expressão de seus caprichos. O interesse público foi sacrificado a seus interesses privados; a força da sociedade foi voltada contra ela mesma. Seus membros a abandonaram para se ligar aos seus opressores que, para seduzi-los, permitiram que eles lhe causassem dano e se aproveitassem das suas desgraças. Assim, a liberdade, a justiça, a segurança e a virtude foram banidas das nações. A política nada mais foi do que a arte de servir-se das suas forças e dos seus tesouros para subjugar aos próprios súditos e de dividi-los por interesses para triunfar sobre eles. Por fim, um hábito estúpido e maquinal fez que gostassem das suas correntes.

Todo homem que não tem nada a temer logo se torna perverso; aquele que acredita não ter necessidade de ninguém se persuade de que pode, sem comedimento, seguir todas as inclinações do seu coração. O temor é, portanto, o único obstáculo que a sociedade pode opor às paixões dos seus chefes – que, sem isso, corromperão a si próprios e não tardarão a se servir dos meios que a sociedade coloca em suas mãos para conseguirem cúmplices para as suas iniquidades. Para prevenir esses abusos é necessário, portanto, que a sociedade limite o poder que confia aos seus chefes e reserve para si uma porção suficiente desse poder para impedir que eles lhe causem dano. É preciso que, prudentemente, ela divida as forças que, reunidas, infalivelmente a oprimirão. Além disso, a mais simples reflexão fará que ela sinta que o fardo da administração é demasiado grande para ser levado por um único homem, que a extensão e a multiplicidade de seus deveres o tornarão sempre negligente e que a extensão de seu poder o tornará sempre perverso. Enfim, a experiência de todas as eras convencerá as nações de que o homem é sempre tentado a abusar do poder, que o soberano deve estar submetido à lei, e não a lei ao soberano.

O governo influi necessária e igualmente sobre o físico e o moral das nações. Do mesmo modo como os seus cuidados produzem o trabalho, a atividade, a abundância e a salubridade, sua negligência e suas injustiças produzem a preguiça, o desencorajamento, a escassez, o contágio, os vícios e os crimes. Depende dele fazer eclodir ou sufocar os talentos, a inteligência, a virtude. Com efeito, o governo, dispensador das grandezas, das riquezas, das recompensas e dos castigos, em poucas palavras, senhor dos objetos sobre os quais os homens aprenderam desde a infância a depositar sua felicidade, adquire uma influência necessária sobre a sua conduta. Ele acende as paixões dos homens, desvia-os para o lado que lhe agrada, modifica-os e determina os seus *costumes*, que nada mais são – nos povos inteiros, assim como nos indivíduos – do que a conduta ou o sistema geral de vontades e de ações que resulta necessariamente da sua educação, do seu governo, das suas leis, das suas opiniões religiosas, das suas instituições sensatas ou insensatas. Os costumes são os hábitos dos povos: tais costumes são bons desde que deles resulte uma felicidade sólida e verdadeira para a sociedade. E, apesar da sanção das leis, do uso, da religião, da opinião pública e do exemplo, esses costumes podem ser detestáveis aos olhos da razão, quando só têm a seu favor o sufrágio do hábito e do preconceito, que raramente consultam a experiência e o bom senso. Não há ação abominável que não receba ou que não tenha recebido aplausos em alguma nação. O parricídio, o sacrifício de crianças, o roubo, a usurpação, a crueldade, a intolerância e a prostituição foram ações lícitas e até mesmo louváveis e meritórias entre alguns povos da Terra. A religião, sobretudo, consagrou os usos mais revoltantes e mais insensatos.

Como as paixões são os movimentos de atração e de repulsão pelos quais a natureza torna o homem suscetível dos objetos que lhe pareçam úteis ou nocivos, elas podem ser contidas pelas leis e direcionadas pelo governo, que tem o ímã apropriado para fazê-las agir. Todas as paixões se limitam sempre a amar ou a odiar, a buscar ou a fugir, a desejar ou a temer. Essas paixões necessárias à conservação do homem são uma consequência da sua organização e se mostram com maior ou menor energia segundo o seu temperamento. A educação ou o hábito as desenvolvem e as modificam, e o governo as desvia para os objetos que ele está interessado em fazer que sejam desejados pelos súditos que lhe estão submetidos. Os diferentes nomes que são dados às paixões são relativos aos diferentes objetos que as despertam, tais como os prazeres, a grandeza e as riquezas, que produzem a volúpia, a ambição, a vaidade e a avareza. Se examinarmos atentamente a fonte das paixões dominantes nas nações, nós a encontraremos comumente nos seus governos. São os impulsos dos seus chefes que as tornam ora guerreiras, ora supersticiosas; ora ávidas de glória, ora ávidas de dinheiro; ora sensatas, ora insensatas. Se os soberanos, para esclarecerem e tornarem felizes os seus Estados, empregassem a décima parte das despesas que fazem e dos cuidados que têm para embrutecer, enganar e afligir seus súditos, estes logo seriam tão sábios e tão afortunados quanto são cegos e miseráveis.

Assim, que se renuncie ao vão projeto de destruir as paixões nos corações dos homens; que eles sejam direcionados para os objetos úteis para si mesmos e para os seus associados. Que a educação, o governo e as leis os habituem a contê-las nos justos limites fixados pela experiência e pela razão. Que o ambicioso tenha honrarias, títulos, distinções e poder, quando servir utilmente sua pátria; que sejam dadas riquezas àquele que as deseja, quando ele se tornar necessário aos seus concidadãos; que se encoraje com louvores aquele que amar a glória. Em poucas palavras, que as paixões humanas tenham um livre curso, quando delas resultarem vantagens reais e duráveis para a sociedade. Que a educação e a política só acendam e favoreçam àquelas que são vantajosas para o gênero humano e necessárias para a sua manutenção. As paixões dos homens só são tão perigosas porque tudo conspira para mal direcioná-las.

A natureza não faz os homens bons nem maus[9]; ela faz deles máquinas mais ou menos ativas, móveis, enérgicas.

---

9. Sêneca disse, com razão: *Erras enim si existimas nobiscum vitia nasci: supervenerunt, ingesta sunt* (cf. Sêneca, *Epist.*, 91, 95, 224)[a].
   (a) "É um engano acreditar que os vícios nascem conosco: eles sobrevêm a nós, eles nos foram inculcados" (Sêneca, *Cartas a Lucílio*, XIV, 94, 55). (N. T.)

Ela lhes dá corpos, órgãos e temperamentos dos quais as suas paixões e os seus desejos mais ou menos impetuosos são consequências necessárias. Essas paixões têm sempre a felicidade como objeto; por conseguinte, elas são legítimas e naturais, e não podem ser chamadas de boas ou de más, a não ser de acordo com a sua influência sobre os seres da espécie humana. A natureza nos dá pernas apropriadas para nos sustentar e necessárias para nos transportar de um lugar para o outro; os cuidados daqueles que nos educam as fortificam, habituam-nos a servir-se delas, a fazer delas um uso bom ou mau. O braço que recebi da natureza não é bom nem mau; ele é necessário a um grande número de ações da vida, mas o uso desse braço se torna uma coisa criminosa se eu adquiri o hábito de me servir dele para roubar ou para assassinar, no intuito de conseguir o dinheiro que desde a infância me ensinaram a desejar, que a sociedade em que vivo torna necessário para mim, mas que a minha inteligência poderia me fazer obter sem causar dano ao meu semelhante.

O coração do homem é um terreno que, segundo a sua natureza, é igualmente apropriado para produzir espinheiros ou grãos úteis, venenos ou frutos agradáveis, em razão das sementes que nele forem lançadas e do cultivo que lhe for dado. Na nossa infância, mostram-nos os objetos que devemos estimar ou desprezar, buscar ou evitar, amar ou odiar. São os nossos pais e os nossos professores que nos tornam bons ou maus, sábios ou insensatos, estudiosos ou dissipados, sólidos ou levianos e vãos. Seus exemplos e seus discursos nos modificam para toda a vida, ensinando-nos quais são as coisas que devemos desejar ou temer. Nós as desejamos e tratamos de obtê-las segundo a energia do nosso temperamento, que define sempre a força das nossas paixões. É portanto a educação que, inspirando em nós opiniões ou ideias verdadeiras ou falsas, nos dá os impulsos primitivos, de acordo com os quais nós agimos de uma maneira vantajosa ou nociva para nós mesmos e para os outros. Nós só trazemos, ao nascer, a necessidade de nos conservar e de tornar a nossa existência feliz. A instrução, o exemplo, a conversação e os usos do mundo nos apresentam os meios reais ou imaginários para isso. O hábito proporciona-nos a facilidade de utilizá-los e liga-nos fortemente àqueles que julgamos mais apropriados para nos conseguir a posse dos objetos que aprendemos a desejar. Quando a nossa educação, os exemplos que nos são dados e os meios que nos fornecem são aprovados pela razão, tudo colabora para nos tornar virtuosos. O hábito fortifica em nós essas disposições e nos tornamos membros úteis da sociedade, à qual tudo deveria nos provar que nosso bem-estar durável está necessariamente ligado. Se, ao contrário, nossa educação, nossas instituições, os exemplos que nos dão e as opiniões que nos são sugeridas desde a infância nos mostram a virtude como inútil ou contrária, e o vício como útil e favorável à nossa própria felicidade, então nos tornaremos viciosos e acreditaremos ter interesse em causar dano aos nossos associados. Seguiremos a torrente geral; renunciaremos a essa virtude que nada mais será, para nós, do que um ídolo vão que nunca seremos tentados a seguir ou a adorar, quando ela exigir que lhe sejam imolados os objetos que constantemente nos fizeram considerar como os mais preciosos e os mais desejáveis.

Para que o homem fosse virtuoso, seria preciso que ele tivesse interesse em sê-lo ou que achasse vantagens em praticar a virtude. Seria necessário, para isso, que a educação lhe desse ideias sensatas, que a opinião pública e o exemplo lhe mostrassem a virtude como o objeto mais digno de estima, que o governo a recompensasse fielmente, que a glória sempre a acompanhasse, que o vício e o crime fossem constantemente desprezados e punidos. Será que a virtude está nessa situação, entre nós? Será que a educação nos dá ideias bem verdadeiras sobre a felicidade, noções justas sobre a virtude, disposições verdadeiramente favoráveis para com os seres com quem nós vivemos? Será que os exemplos que temos diante dos olhos são bem apropriados para nos fazer respeitar a decência, a probidade, a boa-fé, a equidade, a inocência dos costumes, a fidelidade conjugal, a exatidão ao cumprir nossos deveres? Será que a religião, que pretende regular sozinha os nossos costumes, torna-nos sociáveis, pacíficos, humanos? Será que os árbitros das sociedades são bem fiéis em recompensar aqueles que melhor servem a sua pátria e em punir aqueles que a pilham, a dividem e a arruínam? Será que a justiça segura sua balança com uma mão bem firme entre todos os cidadãos? Será que as leis não favorecem o poderoso contra o fraco, o rico contra o pobre, o afortunado contra o miserável? Enfim, será que não vemos o crime, muitas vezes justificado ou coroado pelo sucesso, triunfar insolentemente sobre o mérito que ele desdenha e sobre a virtude que ele ultraja? Pois bem! Nas sociedades assim constituídas, a virtude só pode ser ouvida por um pequeno número de cidadãos pacíficos, que conhecem o seu valor e desfrutam dela em segredo. Ela não passa de um objeto desagradável para os outros, que não veem nela senão a inimiga da sua felicidade ou a censura da sua própria conduta.

Se o homem, de acordo com sua natureza, é forçado a desejar seu bem-estar, ele é forçado a amar os meios para isso. Seria inútil e talvez injusto pedir a um homem para ser virtuoso se ele não pode sê-lo sem se tornar infeliz. A partir do momento que o vício o torna feliz, ele deve amar o vício. A partir do momento que a inutilidade e o crime são homenageados e recompensados, que interesse ele encontraria em ocupar-se com a felicidade dos seus semelhantes ou em conter o ímpeto das suas paixões? Enfim, a partir do momento que o seu espírito está repleto de ideias falsas e de opiniões perigosas, é forçoso que a sua conduta se torne uma longa série de desvarios e de ações depravadas.

Dizem-nos que alguns selvagens, para achatar a cabeça de seus filhos, a comprimem entre duas pranchas e a impedem com isso de assumir a forma que a natureza lhe destinava. Ocorre quase a mesma coisa com todas as nossas instituições; elas conspiram comumente para contrariar a natureza, para estorvar, para desviar, para amortecer os impulsos que ela nos dá e para substituí-los por outros que são as fontes de nossas infelicidades. Em quase todos os países da Terra, os povos estão privados da verdade, estão repletos de mentiras ou de maravilhosas quimeras. Eles são tratados como essas crianças cujos membros, pelos cuidados imprudentes de suas amas, são comprimidos com faixas que lhes tiram o livre uso desses membros, opondo-se ao seu crescimento, à sua atividade e à sua saúde.

As opiniões religiosas dos homens não têm como objetivo senão lhes mostrar a suprema felicidade em algumas ilusões, para as quais se acendem as suas paixões. E como os fantasmas que lhes são apresentados nunca podem ser vistos com os mesmos olhos por todos aqueles que os contemplam, há perpetuamente disputa com relação a eles. Os homens se odeiam, se perseguem e acreditam muitas vezes estar agindo bem ao cometerem crimes para sustentar as suas opiniões. É assim que a religião os embriaga, desde a infância, com a vaidade, o fanatismo e os furores, se eles têm uma imaginação ardente. Se, ao contrário, são fleumáticos e covardes, ela faz deles homens inúteis à sociedade; se eles têm atividade, faz deles frenéticos, quase sempre tão cruéis para si próprios quanto incômodos para os outros.

A opinião pública nos dá a cada instante falsas ideias da glória e da honra. Ela vincula nossa estima não somente a vantagens frívolas, mas também a ações nocivas que o exemplo autoriza, que o preconceito consagra e que o hábito nos impede de ver com o horror e o desprezo que merecem. Com efeito, o hábito domestica o nosso espírito com as ideias mais absurdas, os usos mais insensatos, as ações mais censuráveis, os preconceitos mais contrários a nós mesmos e à sociedade em que nós vivemos. Nós só acharemos estranhas, singulares, desprezíveis e ridículas as opiniões e os objetos com os quais não estamos acostumados. Existem países onde as ações mais louváveis parecem muito censuráveis e muito ridículas, e onde as ações mais negras são consideradas honestas e sensatas[10].

A autoridade se acha comumente interessada em manter as opiniões recebidas. Os preconceitos e os erros que ela julga necessários para assegurar o seu poder são sustentados pela força, que jamais raciocina. Os príncipes – eles próprios repletos de falsas ideias de felicidade, de poder, de grandeza e de glória – estão cercados por cortesãos aduladores, interessados em jamais desenganar os seus senhores. Esses homens envilecidos não conhecem a virtude a não ser para ultrajá-la, e pouco a pouco eles corrompem o povo, que se vê obrigado a se prestar aos vícios da grandeza e que transforma em um mérito imitá-la em seus desregramentos. As cortes são os verdadeiros focos da corrupção dos povos.

Eis aí a verdadeira fonte do mal moral. É assim que tudo conspira para tornar os homens viciosos, para dar às suas almas alguns impulsos fatais, de onde resulta uma desordem geral na sociedade, que se torna infeliz pela infelicidade de quase todos os membros que a compõem. Os motores mais fortes conciliam-se para nos inspirar paixões por alguns objetos fúteis ou indiferentes para nós mesmos, e eles se tornam

---

10. Em algumas nações, os velhos são mortos a pancadas e os filhos estrangulam seus pais. Os fenícios e os cartagineses sacrificavam os filhos ao seu deus. Os europeus aprovam os duelos e consideram aquele que se recusa a degolar um outro como um homem desonrado. Os espanhóis e os portugueses acham honestíssimo queimar um herético. Os cristãos pensam que é muito legítimo degolar por causa das opiniões. Em alguns países, as mulheres se prostituem sem desonra etc. etc. etc.

perigosos para os nossos semelhantes pelos meios que somos forçados a utilizar para obtê-los. Aqueles que são encarregados de nos guiar, ou impostores ou enganados pelos seus preconceitos, proíbem-nos de ouvir a razão. Eles nos mostram a verdade como perigosa e o erro como necessário ao nosso bem-estar neste mundo e no outro. Enfim, o hábito nos liga fortemente a nossas opiniões insensatas, a nossas inclinações perigosas, a nossas paixões cegas por objetos inúteis ou perigosos. Eis aí como a maior parte dos homens se encontra necessariamente determinada ao mal. Eis aí como as paixões inerentes à nossa natureza e necessárias à nossa conservação tornam-se os instrumentos da nossa destruição e da destruição da sociedade que elas deveriam conservar. Eis aí como a sociedade se torna um estado de guerra e nada mais faz do que confrontar inimigos, invejosos, rivais sempre em conflito. Encontram-se entre nós alguns seres virtuosos, e não devemos procurá-los senão no pequeno número daqueles que, nascidos com um temperamento fleumático e paixões pouco fortes, não desejam ou desejam fracamente os objetos com os quais seus associados estão continuamente embriagados.

Nossa natureza, diversamente cultivada, define nossas faculdades tanto corporais como intelectuais, nossas qualidades tanto físicas como morais. Um homem sanguíneo e robusto deve ter paixões fortes; um homem bilioso e melancólico terá paixões bizarras e sombrias; um homem com uma imaginação jovial terá paixões alegres. Um homem no qual a fleuma é abundante terá paixões suaves e pouco arrebatadas. É do equilíbrio dos humores que parece depender o estado daqueles que nós chamamos de *virtuosos*. O seu temperamento parece produzi-los com uma combinação na qual os elementos ou princípios se contrabalançam com bastante precisão para que nenhuma paixão cause mais perturbação do que alguma outra na máquina. O hábito – como já vimos – é a natureza do homem modificada. Esta fornece a matéria. A educação, os costumes nacionais e domésticos, os exemplos etc. lhe dão a forma, e do temperamento que a natureza lhes apresenta eles fazem homens sensatos ou insensatos, fanáticos ou heróis, entusiastas do bem público ou estúpidos, sábios enamorados das vantagens da virtude ou libertinos mergulhados no vício. Todas as variedades do homem moral dependem das ideias diversas que se arranjam e se combinam diversamente nos diversos cérebros, por intermédio dos sentidos. O temperamento é o produto de substâncias físicas. O hábito é o efeito de modificações físicas. As opiniões boas ou más, verdadeiras ou falsas que se organizam no espírito humano nunca passam de efeitos dos impulsos físicos que ele recebeu pelos seus sentidos.

Capítulo 10

Nossa alma não extrai suas ideias de si própria. Não existem ideias inatas

Tudo o que precede basta para nos provar que o órgão interno, que chamamos de nossa *alma*, é puramente material. Foi possível nos convencermos dessa verdade pela maneira como ele adquire as suas ideias de acordo com as impressões que os objetos materiais produzem sucessivamente sobre nossos órgãos, eles próprios materiais. Vimos que todas as faculdades que são chamadas de *intelectuais* são devidas à faculdade de sentir. Enfim, acabamos de explicar – de acordo com as leis necessárias de um mecanismo muito simples – as diferentes qualidades dos seres que são chamados de *morais*. Resta-nos ainda responder àqueles que se obstinam em fazer da alma uma substância distinta do corpo, ou de uma essência totalmente diferente da dele. Eles se baseiam no fato de que o órgão interno tem o poder de extrair ideias do seu próprio fundo; querem que, mesmo ao nascer, o homem traga algumas ideias, que eles chamaram de *inatas*, de acordo com essa noção maravilhosa[1]. Acreditaram, portanto, que a alma, por um privilégio especial, desfrutava, em uma natureza na qual tudo está ligado, da faculdade de se mover por conta própria, de criar ideias, de pensar em algum objeto sem ser determinada a isso por nenhuma causa exterior que, afetando os seus órgãos, lhe forneça a imagem do objeto de seus pensamentos. Em consequência dessas pretensões – que basta expor para refutar –, alguns especuladores muito hábeis, mas predispostos pelos seus preconceitos religiosos, chegaram até a dizer que, sem modelo ou protótipo que agisse sobre os seus sentidos, a alma estaria em condições de pintar para si o universo inteiro e todos os seres que ele contém. Descartes e seus discípulos asseguraram que o corpo não tinha absolutamente nenhuma participação nas sensações ou ideias de nossa alma, e que ela cheiraria, veria, escutaria, saborearia e tocaria ainda que não existisse nada de material ou de corporal fora de nós.

O que diremos de um Berkeley, que se esforça para nos provar que tudo neste mundo não passa de uma ilusão

---

1. Alguns antigos filósofos imaginaram que a alma continha originariamente os princípios de diversas noções ou doutrinas: é aquilo que os estoicos chamavam de *prolepsis* e os matemáticos gregos de *koinas ennoias*. Scaliger[(a)] as chama de *Zopyra, semina aeternitatis*. Os judeus têm uma doutrina semelhante, que tomaram dos caldeus: seus rabinos ensinam que cada alma, antes de ser unida à semente que deve formar uma criança no útero de uma mulher, é confiada a um anjo, que faz que ela veja o céu, a terra e o inferno; tudo com a ajuda de uma lâmpada que se apaga no momento em que a criança vem ao mundo (cf. Gaulmin[(b)], *De vita et morte Mosis*).

(a) Julius Caesar Scaliger (1484-1558), filósofo e humanista nascido em Veneza e radicado na França. (N. T.)

(b) Gilbert Gaulmin (1585-1665), político e estudioso de línguas antigas nascido na França. *De vita et morte Mosis* é uma obra anônima, que ele editou e traduziu para o latim em 1629. (N. T.)

quimérica; que o universo inteiro não existe a não ser em nós mesmos e em nossa imaginação, que torna a existência de todas as coisas problemática com a ajuda de sofismas insolúveis para todos aqueles que sustentam a espiritualidade da alma?[2]

Para justificar opiniões tão monstruosas, dizem-nos que as ideias são os únicos objetos do pensamento. Porém, em última análise, essas ideias só podem nos vir dos objetos exteriores, que, agindo sobre os nossos sentidos, modificaram o nosso cérebro, ou dos seres materiais contidos no interior de nossa máquina, que fazem que algumas partes do nosso

---

2. Cf. as *Conversações entre Hylas e Philonous*[(a)]. No entanto, não se pode negar que a ideia extravagante do bispo de Cloyne, assim como o sistema do padre Malebranche (que via tudo em deus, ou que sustentava as ideias inatas), não se ligam muito bem com a noção extravagante da espiritualidade da alma. Quando os teólogos imaginaram uma substância totalmente heterogênea ao corpo do homem, à qual eles atribuíram todos os seus pensamentos, o corpo tornou-se supérfluo. Foi preciso ver tudo em si; foi preciso ver em deus; foi preciso que deus se tornasse o intermediário, o laço comum entre a alma e o corpo. Foi preciso que o universo inteiro, sem excetuar o nosso próprio corpo, não passasse de um sonho variado e necessário, o sonho de um único homem; foi preciso que cada homem se considerasse como o todo, como o único ser existente e necessário, como o próprio Deus. Enfim, foi preciso que o mais extravagante dos sistemas (o de Berkeley) fosse o mais difícil de combater. *Abyssus abyssum invocat*[(b)]. Mas se o homem vê tudo em si próprio, ou se ele vê tudo em Deus, se Deus é o laço comum entre a alma e o corpo, de onde vêm tantas ideias falsas, tantos erros com os quais o espírito humano se enche? De onde vêm essas opiniões que, segundo os teólogos, são tão desagradáveis a deus? Não seria possível perguntar ao padre Malebranche se foi em Deus que Espinosa pôde ver o seu sistema?

(a) *Three dialogues between Hylas and Philonous in opposition to sceptics and atheists* (1713). (N. T.)

(b) "O abismo chama o abismo", *Salmos*, 42: 7. (N. T.)

corpo experimentem sensações das quais nos apercebemos, e que nos forneçem ideias que, bem ou mal, relacionamos à causa que nos afeta. Cada ideia é um efeito. Porém, por mais difícil que possa ser remontar à causa, podemos supor que ele não seja devido a uma outra causa? Se nós só podemos ter ideias de substâncias materiais, como podemos supor que a causa de nossas ideias seja imaterial? Pretender que o homem, sem o auxílio dos objetos exteriores e dos sentidos, pode ter ideias do universo é o mesmo que dizer que um cego de nascença pode ter a ideia verdadeira de um quadro representando algum fato do qual ele nunca ouviu falar.

É fácil ver a fonte dos erros nos quais alguns homens, profundos e muito esclarecidos em outros pontos, incorreram quando quiseram falar de nossa alma e de suas operações. Forçados por seus preconceitos ou pelo temor de combater as opiniões de uma teologia imperiosa, eles partiram do princípio de que a alma era um *puro espírito*, uma substância imaterial, de uma essência muito diferente dos corpos ou de tudo aquilo que vemos. Isso posto, eles jamais puderam conceber como objetos materiais (órgãos grosseiros e corpóreos) podiam agir sobre uma substância que não era de maneira alguma análoga a eles e modificá-la levando para ela algumas ideias. Na impossibilidade de explicar esse fenômeno, e vendo que a alma tinha ideias, concluíram que esta devia extraí-las de si própria e não dos seres – cuja ação sobre ela, segundo sua hipótese, eles não podiam conceber. Imaginaram, portanto, que todas as modificações dessa alma eram devidas à sua própria energia, impressas nela desde o momento da sua formação pelo autor da natureza, imaterial como ela, e não dependiam de modo algum dos seres que conhecemos ou que agem sobre nós pela via grosseira dos sentidos.

Existem, no entanto, alguns fenômenos que, encarados superficialmente, pareceriam apoiar a opinião desses filósofos e anunciar na alma humana a faculdade de produzir ideias em si mesma, sem nenhum auxílio externo. São os *sonhos*, nos quais nosso órgão interno, privado de objetos que o afetem visivelmente, não deixa de ter ideias, de ser posto em ação e de ser modificado de uma maneira bastante perceptível para influir até mesmo sobre o corpo. Porém, por pouco que reflitamos, encontraremos a solução dessa dificuldade: veremos que, durante o próprio sono, nosso cérebro está povoado por uma multidão de ideias que a vigília lhe forneceu. Essas ideias foram levadas a ele pelos objetos exteriores e corporais, que o modificaram. Descobriremos que essas modificações se renovam nele não por algum movimento espontâneo ou voluntário de sua parte, mas por uma série de movimentos involuntários que se passam na máquina e que determinam ou provocam aqueles que se efetuam no cérebro. Essas modificações se renovam com maior ou menor exatidão ou conformidade com aquelas que ele havia experimentado anteriormente. Algumas vezes, ao sonhar, nós temos memória e reproduzimos, nesse caso, fielmente os objetos que nos impressionaram. Outras vezes, essas modificações se renovam sem ordem, sem ligação ou diferentemente daquelas que os objetos reais provocaram antes em nosso órgão interno. Se, em um sonho, eu creio ver um amigo, meu cérebro renova as modificações ou as ideias que este amigo provocou nele, na mesma ordem em que elas se organizaram quando meus olhos o viram, o que não passa de um efeito da memória. Se, em um sonho, eu vejo um monstro que não tem nenhum modelo na natureza, meu cérebro é modificado da mesma maneira como era por algumas ideias particulares e isoladas, com as quais ele nada mais faz, então, do que compor um todo ideal, aproximando ou associando ridiculamente algumas ideias esparsas que haviam sido consignadas nele. Então, eu estou sonhando com a imaginação.

Os sonhos desagradáveis, bizarros, descosidos, são comumente efeitos de alguma desordem em nossa máquina, tais como uma digestão difícil, um sangue muito aquecido, uma fermentação nociva etc.; e essas causas materiais provocam em nosso corpo alguns movimentos desordenados que impedem que o cérebro seja modificado da mesma maneira como havia sido durante a vigília. Como consequência desses movimentos pouco regulados, o próprio cérebro fica perturbado, não representando suas ideias a não ser confusamente e sem ligação. Quando ao sonhar creio ver uma esfinge, ou vi a representação dela quando desperto, ou então a irregularidade dos movimentos do meu cérebro é a causa dele combinar algumas ideias ou partes de ideias das quais resulta um todo sem modelo, ou cujas partes não são feitas para serem reunidas. É assim que meu cérebro combina a cabeça de uma mulher, da qual ele tem a ideia, com o corpo de uma leoa, da qual ele tem do mesmo modo a ideia. Nisso, minha cabeça age da mesma maneira como quando, por algum vício no órgão, minha imaginação desregulada me pinta alguns objetos enquanto estou desperto. Nós sonhamos muitas vezes sem estar adormecidos: nossos sonhos nunca produzem nada tão estranho que não tenha alguma semelhança com os objetos que agiram sobre os nossos sentidos ou que levaram ideias ao nosso cérebro. Os teólogos acordados compuseram à vontade os fantasmas dos quais se servem para assombrar os homens. Eles nada mais fizeram do que reunir os traços esparsos que encontraram nos seres mais terríveis de nossa espécie. Exagerando o poder e os direitos dos tiranos que nós conhecemos, fizeram deles os deuses diante dos quais trememos.

Vê-se portanto que os sonhos, longe de provarem que nossa alma age pela sua própria energia, ou extrai ideias do seu próprio fundo, provam que ao contrário no sono ela é totalmente passiva, e que não renova as suas modificações a não ser de acordo com a desordem involuntária que algumas causas físicas produzem em nosso corpo, do qual tudo nos mostra a identidade e a consubstancialidade com a alma. Aquilo que parece ter enganado aqueles que sustentaram que a alma extrai suas ideias de si mesma é que consideraram suas ideias como seres reais, enquanto não passam de modificações produzidas em nós por objetos estranhos ao nosso cérebro. São esses objetos os verdadeiros modelos ou arquétipos aos quais seria preciso remontar; eis aí a fonte dos seus erros.

No homem que sonha, a alma não age mais por si própria tanto quanto no homem embriagado, modificado por algum licor espirituoso, ou no doente em delírio, modificado por algumas causas físicas que perturbam sua máquina em suas funções ou, enfim, naquele cujo cérebro está desarranjado. Os sonhos, assim como esses diferentes estados, não anunciam senão uma desordem física na máquina humana, segundo a qual o cérebro não age de uma maneira regular e precisa: essa desordem é devida a causas físicas, tais como os alimentos, os humores, as combinações e as fermentações pouco análogas ao estado salubre do homem, cujo cérebro é necessariamente perturbado a partir do momento que seu corpo é agitado de uma maneira extraordinária.

Assim, não acreditemos que nossa alma aja por si própria ou sem causa em nenhum dos instantes de nossa duração. Ela está, conjuntamente com o nosso corpo, submetida às impressões dos seres que atuam em nós necessariamente e de acordo com as suas propriedades. O vinho tomado em grande quantidade perturba necessariamente nossas ideias e põe a desordem em nossas funções corporais e intelectuais. Se existisse na natureza um ser verdadeiramente capaz de se mover pela sua própria energia, quer dizer, de produzir movimentos independentes de todas as outras causas, semelhante ser teria o poder de parar a si próprio ou de suspender o movimento no universo, que nada mais é do que uma cadeia imensa e ininterrupta de causas ligadas umas às outras, agindo e reagindo por leis necessárias e imutáveis, leis que não podem ser alteradas ou suspensas sem que as essências e as propriedades de todas as coisas sejam modificadas ou mesmo aniquiladas. No sistema geral do mundo, não vemos senão uma longa série de movimentos recebidos e transmitidos sucessivamente pelos seres postos em condição de agir uns sobre os outros. É assim que todo corpo é movido por algum corpo que o atinge: os movimentos ocultos da nossa alma são devidos a causas ocultas dentro de nós mesmos. Acreditamos que ela se move por si própria porque não vemos os impulsos que a afetam, ou porque supomos que esses móveis são incapazes de produzir os efeitos que nós admiramos. Porém, será que concebemos muito melhor como uma faísca, inflamando a pólvora, é capaz de produzir os terríveis efeitos que percebemos? A fonte dos nossos erros vem do fato de que consideramos o corpo como matéria bruta e inerte, enquanto esse corpo é uma máquina sensível, que tem necessariamente a consciência momentânea no instante em que ela recebe uma impressão, e que tem a consciência do *eu* pela memória das impressões sucessivamente experimentadas – memória que, ressuscitando uma impressão anteriormente recebida, ou a detendo como fixa, ou fazendo durar uma impressão que recebemos enquanto a associamos a uma outra, depois a uma terceira etc., fornece todo o mecanismo do *raciocínio*.

Uma ideia, que não passa de uma modificação imperceptível do nosso cérebro, põe em funcionamento o órgão da palavra ou se mostra através dos movimentos que ela provoca na língua. Isso faz, por sua vez, que nasçam ideias, pensamentos e paixões nos seres providos de órgãos suscetíveis de receber movimentos análogos, em consequência dos quais as vontades de um grande número de homens fazem que os seus esforços combinados produzam uma revolução em um Estado, ou mesmo influam sobre todo o nosso globo. É assim que um Alexandre decide a sorte da Ásia. É assim que Maomé muda a face da Terra; é assim que algumas causas imperceptíveis produzem os efeitos mais terríveis e mais extensos, por uma consequência necessária dos movimentos impressos nos cérebros dos homens.

A dificuldade de compreender os efeitos da alma do homem o fez atribuir a ela as qualidades incompreensíveis que foram examinadas. Com a ajuda da imaginação e do pensamento, essa alma parece sair de nós mesmos, dirigir-se com a maior facilidade para os objetos mais afastados, percorrer e aproximar em um piscar de olhos todos os pontos do universo: acreditaram, portanto, que um ser suscetível de movimentos tão rápidos devia ser de uma natureza muito diferente da de todos os outros. Persuadiram-se de que essa alma fazia realmente todo o imenso caminho necessário para lançar-se até esses diversos objetos; não viram que, para fazer isso em um instante, ela tinha apenas de percorrer a si própria, e aproximar as ideias consignadas nela por meio dos seus sentidos.

Com efeito, nunca é senão pelos nossos sentidos que os seres nos são conhecidos ou produzem ideias em nós; é apenas em consequência dos movimentos impressos em nosso corpo que o nosso cérebro se modifica ou que a nossa alma pensa, quer e age. Se, como disse Aristóteles há mais de dois mil anos, *nada entra em nosso espírito a não ser pela via dos sentidos*, tudo aquilo que sai do nosso espírito deve encontrar[3]

---

3. Esse princípio tão verdadeiro, tão luminoso, tão importante, pelas consequências que dele decorrem necessariamente, foi desenvolvido e exposto com toda a sua clareza pelo anônimo[a] que forneceu à *Enciclopédia* os ar-

algum objeto sensível ao qual possa vincular as suas ideias, seja imediatamente como *homem, árvore, pássaro* etc., seja em última análise ou decomposição como *prazer, felicidade, vício* e *virtude* etc. Ora, todas as vezes em que uma palavra ou sua ideia não fornece nenhum objeto sensível com o qual seja possível compará-las, elas são provenientes do nada, são vazias de sentido. É preciso banir a ideia do seu espírito e a palavra da língua, já que não significam nada. Esse princípio nada mais é que o inverso do axioma de Aristóteles: o direito é evidente, é necessário portanto que o avesso também o seja.

Como será que o profundo Locke – que, para grande lástima dos teólogos, expôs o princípio de Aristóteles com toda a sua evidência – e todos aqueles que, assim como ele, reconheceram o absurdo do sistema das *ideias inatas* não tiraram as consequências imediatas e necessárias disso? Como será que eles não tiveram a coragem de aplicar esse princípio tão claro a todas as quimeras com as quais o espírito humano por tanto tempo e tão inutilmente tem se ocupado? Será que não viram que o seu princípio solapava os fundamentos dessa teologia que nunca faz outra coisa além de ocupar os homens com objetos inacessíveis aos sentidos, e dos quais, por conseguinte, era impossível que eles constituíssem ideias? Mas o preconceito, sobretudo quando ele é sagrado, impede

---

tigos "Incompreensível" e "Locke (Filosofia de)". Não se pode ler nada de mais sensato, de mais filosófico e de mais apropriado a estender à esfera das ideias e do verdadeiro do que aquilo que esse sábio anônimo diz a esse respeito nos dois artigos que acabo de indicar, e aos quais remeto o leitor para não multiplicar excessivamente as citações (*nota do editor*).
(a) O autor dos artigos citados é Denis Diderot. (N. T.)

de ver as aplicações mais simples dos princípios mais evidentes. Em matéria de religião, os maiores homens quase sempre não passam de crianças, incapazes de pressentir e de extrair as consequências de seus princípios!

Locke e todos aqueles que adotaram seu sistema tão demonstrado, ou o axioma de Aristóteles, deveriam ter concluído daí que todos os seres maravilhosos dos quais se ocupa a teologia são puras quimeras, que o *espírito* ou a substância inextensa e imaterial não passa de uma ausência de ideias. Enfim, eles deveriam ter percebido que essa inteligência inefável que foi colocada no leme do mundo – e da qual nossos sentidos não podem constatar nem a existência nem as qualidades – é um ser de razão.

Os moralistas deveriam, pela mesma razão, ter concluído que aquilo que eles chamam de *sentimento moral, instinto moral*, ideias *inatas* da virtude, anteriores a toda experiência ou aos efeitos bons ou maus que dela resultam para nós, são noções quiméricas que, como muitas outras, têm apenas a teologia como fiadora e como base[4]. Antes de julgar é preciso sentir, é preciso comparar antes de poder distinguir o bem do mal.

---

4. Foi sobre essa base teológica ou imaginária que um grande número de filósofos pretenderam fundar a moral – que, como provaremos no capítulo XV, só pode ser fundada sobre o interesse, as necessidades e o bem-estar do homem, conhecidos pela experiência, da qual a natureza nos tornou suscetíveis. A moral é uma ciência de fatos; fundamentá-la em hipóteses das quais os nossos sentidos não podem constatar a realidade e sobre as quais os homens discutirão infindavelmente (porque eles nunca se entenderão) é torná-la incerta. Dizer que as ideias da moral são *inatas* ou efeito de um *instinto* é o mesmo que sustentar que um homem sabe ler antes de conhecer as letras do alfabeto.

Para nos desenganar das ideias *inatas* ou das modificações impressas em nossa alma no momento do nascimento, basta apenas remontar à sua fonte, e nós veremos, nesse caso, que aquelas que nos são familiares e que são como que identificadas conosco chegaram através de alguns dos nossos sentidos, foram gravadas algumas vezes com muita dificuldade no nosso cérebro, nunca foram fixas e variaram permanentemente em nós. Veremos que essas pretensas ideias, inerentes à nossa alma, são efeitos da educação, do exemplo e sobretudo do hábito – que, através dos movimentos reiterados, faz que o nosso cérebro se familiarize com alguns sistemas e associe de uma determinada maneira suas ideias claras ou confusas. Em poucas palavras, tomamos por ideias inatas aquelas das quais esquecemos a origem. Não nos lembramos mais nem da época precisa nem das circunstâncias sucessivas em que essas ideias foram consignadas na nossa cabeça: chegados a uma certa idade, acreditamos ter tido sempre as mesmas noções. Nossa memória – carregada, nesse caso, com uma multidão de experiências ou de fatos – não nos lembra mais ou não pode mais distinguir as circunstâncias particulares que contribuíram para conferir ao nosso cérebro sua maneira de ser e de pensar, suas opiniões atuais. Nenhum de nós se lembra da primeira vez em que a palavra *deus*, por exemplo, feriu nossos ouvidos, das primeiras ideias que formamos sobre isso, dos primeiros pensamentos que esse som produziu: no entanto, é certo que desde então temos buscado na natureza algum ser a quem relacionar as ideias que formamos ou que nos foram sugeridas. Acostumadas, depois, a sempre ouvir falar de deus, as pessoas

– mesmo as mais esclarecidas em outros aspectos – consideram algumas vezes sua ideia como infundida pela natureza, quando ela é visivelmente devida às descrições que nossos pais ou nossos professores dele nos fizeram, e que nós depois modificamos de acordo com a nossa organização e nossas circunstâncias particulares. É assim que cada um faz para si um deus de quem é o próprio modelo ou que modifica à sua maneira[5].

Nossas ideias em moral, embora mais reais do que as da teologia, não são, tanto quanto as desta, ideias *inatas*. Os sentimentos morais, ou os juízos que nós emitimos sobre as vontades e as ações dos homens, são fundamentados na experiência, que é a única capaz de nos fazer conhecer aquelas que são úteis ou nocivas, virtuosas ou viciosas, honestas ou desonestas, dignas de estima ou de censura. Nossos sentimentos morais são os frutos de uma multidão de experiências quase sempre muito longas e muito complicadas. Nós os colhemos com o tempo; eles são mais ou menos exatos em razão da nossa organização particular e das causas que a modificam. Por fim, aplicamos essas experiências com maior ou menor facilidade, o que é devido ao hábito de julgar. A celeridade com a qual aplicamos nossas experiências ou julgamos as ações morais dos homens é aquilo que foi chamado de *instinto moral*.

Aquilo que é chamado de *instinto*, no físico, nada mais é do que o efeito de alguma necessidade do corpo, de alguma atração ou repulsa nos homens ou nos animais. A criança que acaba de nascer mama pela primeira vez; põem na sua boca

---

5. Cf. a segunda parte, capítulo IV.

a ponta do mamilo. Pela analogia natural que existe entre as terminações nervosas com as quais sua boca é forrada e o leite que escorre do seio da nutriz pelo mamilo, a criança aperta essa parte para dela espremer o líquido apropriado para alimentá-la na tenra idade: de tudo isso resulta uma experiência para a criança. Logo, as ideias do seio, do leite e do prazer se associam em seu cérebro, e todas as vezes em que ela percebe o seio, agarra-o por instinto e faz dele, com presteza, o uso para o qual está destinado.

Aquilo que acaba de ser dito pode também nos fazer julgar esses sentimentos instantâneos e súbitos que foram designados pelo nome de *força do sangue*. Os sentimentos de amor que os pais e as mães têm pelos seus filhos, e que as crianças bem nascidas têm pelos seus pais, não são de maneira alguma sentimentos inatos. Eles são efeitos da experiência, da reflexão e do hábito nos corações sensíveis. Esses sentimentos não subsistem em um grande número de seres da espécie humana. Quase sempre tudo o que nós vemos são pais tirânicos ocupados em transformar em inimigos os filhos, que eles parecem ter tido apenas para serem vítimas dos seus caprichos insensatos.

Desde o instante em que começamos até aquele em que deixamos de existir, nós sentimos, somos agradável ou desagradavelmente afetados, recolhemos fatos, fazemos experiências que produzem ideias aprazíveis ou desagradáveis em nosso cérebro: nenhum de nós tem essas experiências presentes na memória ou representa toda sua sequência. São, no entanto, essas experiências que nos dirigem maquinalmente ou, sem que saibamos, em todas as nossas ações; foi para designar a facilidade com a qual nós aplicamos essas experiências – das quais muitas vezes perdemos a ligação e das quais algumas vezes não podemos nos dar conta por nós mesmos – que imaginaram a palavra *instinto*. Ele parece o efeito de um poder mágico e sobrenatural para a maioria dos homens e é uma palavra vazia de sentido para muitos outros. Porém, para o filósofo, é o efeito de uma sensação muito viva e consiste na faculdade de combinar uma multidão de experiências e de ideias muito complicadas. Foi a necessidade que constituiu o instinto inexplicável que vemos nos animais, que, sem razão, foram privados de uma alma, quando eles são suscetíveis de uma infinidade de ações que provam que eles pensam, que julgam, que têm memória, que são suscetíveis de experiência, que combinam ideias, que as aplicam com maior ou menor facilidade para satisfazer as necessidades que sua organização particular lhes dá, enfim, que têm paixões e que são capazes de ser modificados[6].

Sabemos os embaraços que os animais criaram para os partidários da *espiritualidade*: com efeito, ao conceder-lhes uma alma espiritual, temeram elevá-los à condição humana. Por outro lado, ao recusá-la, autorizariam seus adversários a recusá-la da mesma forma ao homem, que se acharia assim rebaixado à condição do animal. Os teólogos nunca puderam se safar dessa dificuldade. Descartes acreditou resolvê-la di-

---

6. É o cúmulo da loucura recusar as faculdades intelectuais aos animais; eles sentem, têm ideias, julgam e comparam, escolhem e deliberam. Eles têm memória; eles demonstram o amor e o ódio, e muitas vezes seus sentidos são bem mais refinados do que os nossos. Os peixes retornam periodicamente ao lugar onde costumam lhes atirar pão.

zendo que os animais não têm almas e são puras máquinas. É fácil perceber o absurdo desse princípio. Quem quer que encare a natureza sem preconceito reconhecerá facilmente que não existe outra diferença entre o homem e o animal além daquela que é devida à diversidade da sua organização.

Em alguns seres da nossa espécie, que parecem dotados de uma sensibilidade de órgãos maior do que a dos outros, vemos um *instinto* com a ajuda do qual eles julgam muito prontamente as disposições mais ocultas das pessoas apenas com a inspeção das suas feições. Aqueles que são chamados de *fisionomistas* nada mais são do que homens de um tato mais refinado que os outros, que fizeram algumas experiências das quais os outros, seja pela grosseria dos seus órgãos, seja pela sua pouca atenção ou por algum defeito nos seus sentidos, são completamente incapazes. Esses últimos não acreditam na ciência das fisionomias, que lhes parece totalmente imaginária. No entanto, é certo que os movimentos dessa alma, que foi tornada espiritual, causam impressões muito marcantes no corpo. Como tais impressões são continuamente reiteradas, suas marcas devem permanecer. Assim, as paixões habituais dos homens estão pintadas nos seus rostos e colocam um homem atento e dotado de um tato refinado em condições de julgar muito prontamente a sua maneira de ser e até mesmo de pressentir as suas ações, suas inclinações, suas tendências, sua paixão predominante etc. Embora a ciência das fisionomias pareça uma quimera para muita gente, existem poucas pessoas que não tenham ideias claras sobre o que é um olhar comovido, um olhar duro, um ar austero, uma aparência falsa e dissimulada, um rosto franco etc. Olhos refinados e exercitados adquirem, sem dúvida, a faculdade de reconhecer os movimentos ocultos da alma pelos traços visíveis que deixam em um rosto que continuamente modificaram. Nossos olhos, sobretudo, sofrem modificações muito rápidas de acordo com os movimentos que são provocados em nós. Esses órgãos tão delicados se alteram visivelmente pelos menores abalos experimentados pelo nosso cérebro. Olhos serenos nos anunciam uma alma tranquila; olhos esgazeados nos indicam uma alma inquieta; olhos inflamados nos anunciam um temperamento colérico e sanguíneo; olhos movediços nos fazem suspeitar de uma alma alarmada ou dissimulada. São essas diferentes nuanças que são captadas por um homem sensível e exercitado, e imediatamente ele combina uma multidão de experiências adquiridas para formular seu juízo sobre as pessoas que ele vê. Seu julgamento não tem nada de sobrenatural e maravilhoso. Um tal homem se distingue apenas pelo refinamento dos seus órgãos e pela rapidez com a qual o seu cérebro cumpre suas funções.

Ocorre o mesmo com alguns seres da nossa espécie nos quais encontramos algumas vezes uma sagacidade extraordinária, que parece divina e miraculosa para o vulgo[7]. Com efeito, vemos alguns homens suscetíveis de avaliar, em um piscar de olhos, uma multidão de circunstâncias e de pressentir, algumas vezes, acontecimentos muito distanciados.

---

7. Parece que os mais hábeis práticos na medicina foram homens dotados de um tato refinadíssimo, semelhante ao dos fisionomistas, com a ajuda do qual eles julgavam muito prontamente as doenças e faziam facilmente seus prognósticos.

Essa espécie de talentos *proféticos* não tem nada de sobrenatural; ela indica apenas a experiência e uma organização muito delicada que os colocam em condições de julgar com facilidade as causas e de prever os seus efeitos com muita antecipação. Essa faculdade se encontra do mesmo modo nos animais, que, muito melhor do que os homens, pressentem as variações do clima e as mudanças do tempo. Os pássaros foram durante muito tempo os profetas e os guias de diversas nações que se acreditavam muito esclarecidas.

Portanto, é à sua organização particular, exercitada, que devemos atribuir as faculdades maravilhosas que distinguem alguns seres. *Ter instinto* significa apenas julgar prontamente e sem ter necessidade de fazer longos raciocínios. Nossas ideias sobre o vício e a virtude não são de maneira alguma ideias *inatas*; elas são adquiridas como todas as outras, e os juízos que fazemos sobre isso são baseados em experiências verdadeiras ou falsas que dependem da nossa conformação e dos hábitos que nos modificaram. A criança não tem nenhuma ideia sobre a divindade ou sobre a virtude. É daquele que a instrui que ela recebe essas ideias, fazendo delas um uso mais ou menos rápido conforme a sua organização natural ou suas disposições tenham sido mais ou menos exercitadas. A natureza nos dá pernas, a ama nos ensina a nos servir delas, sua agilidade depende da sua conformação natural e da maneira como nós as exercitamos.

Aquilo que é chamado de *gosto* nas belas-artes é devido apenas, do mesmo modo, ao refinamento de nossos órgãos exercitados pelo hábito de ver, de comparar e de julgar certos objetos. De onde resulta, em alguns homens, a faculdade de julgá-los muito prontamente ou de captar em um piscar de olhos as suas relações e o seu conjunto. É à força de ver, de sentir e de colocar os objetos em experiência que aprendemos a conhecê-los. É à força de reiterar essas experiências que adquirimos o poder e o hábito de julgá-las com celeridade. Mas essas experiências não são *inatas* em nós; não fizemos nenhuma antes de nascer. Não podemos pensar, nem julgar, nem ter ideias antes de ter sentido. Não podemos amar nem odiar, aprovar nem censurar antes de termos sido agradável ou desagradavelmente afetados. Todavia, é isso que devem supor aqueles que querem nos fazer admitir as noções *inatas*, as opiniões infundidas pela natureza, seja na moral, na teologia ou em que ciência for. Para que o nosso espírito pense e se ocupe com um objeto, é necessário que ele conheça as suas qualidades; para que exista o conhecimento dessas qualidades, é necessário que alguns dos nossos sentidos tenham sido afetados por elas. Os objetos dos quais não conhecemos nenhuma qualidade são nulos ou não têm nenhuma existência para nós.

Talvez nos digam que o consentimento universal dos homens sobre algumas proposições, como a de que *o todo é maior do que a sua parte*, e como todas as demonstrações geométricas, parece supor neles algumas noções primárias, inatas, não adquiridas. É possível responder que essas noções são sempre adquiridas e são frutos de uma experiência mais ou menos rápida: é preciso ter comparado o todo com a sua parte antes de ficar convencido de que uma é maior do que a outra. O homem não traz ao nascer a ideia de que dois e dois somam quatro, mas é muito prontamente convencido disso. É preciso ter comparado antes de emitir um juízo qualquer.

É evidente que aqueles que supuseram ideias inatas ou noções inerentes ao nosso ser confundiram a organização do homem ou suas disposições naturais com o hábito que o modifica e com a maior ou menor aptidão que ele tem para fazer experiências e para aplicá-las em seus juízos. Um homem que tem bom gosto em pintura trazia ao nascer, sem dúvida, olhos mais refinados e mais penetrantes do que os dos outros. Porém, esses olhos não o farão julgar com presteza se ele não tiver nenhuma oportunidade para exercitá-los. Além disso, em certos aspectos, mesmo as disposições que chamamos de *naturais* não podem ser consideradas como *inatas*. O homem não é aos vinte anos o mesmo que ele era quando veio ao mundo; as causas físicas que atuam continuamente sobre ele influem necessariamente sobre a sua organização e fazem que as suas disposições naturais não sejam elas próprias em um momento aquilo que foram em um outro[8]. Vemos todos os dias algumas crianças demonstrarem até uma certa idade

---

8. "Nós pensamos" – diz La Mothe Le Vayer[a] – "em um momento de um modo bem diferente do que em outro: quando somos jovens e quando somos velhos, quando estamos famintos e quando estamos saciados, quando é noite e quando é dia, quando estamos aborrecidos e quando estamos contentes; variando assim a todo instante por mil outras circunstâncias que nos mantêm em uma perpétua inconstância e instabilidade" (cf. *O banquete cético*, p. 17).

(a) François de La Mothe Le Vayer (1588-1672), historiógrafo e erudito francês, autor de diversas obras, entre as quais *De la vertu des payens* [Da virtude dos pagãos] e *Considérations sur l'éloquence françoise de ce tems* [Considerações sobre a moderna eloquência francesa]. *O banquete cético* é uma das partes da obra *Cinq dialogues faits à l'imitation des anciens* [Cinco diálogos escritos no estilo dos antigos], publicada postumamente com o pseudônimo de Oratius Tubero. (N. T.)

muito espírito, facilidade, aptidão para as ciências, e terminarem por cair na estupidez. Vemos outras que, depois de terem mostrado na infância disposições pouco favoráveis, se desenvolvem em seguida e nos surpreendem com qualidades das quais as havíamos julgado pouco suscetíveis. Chega um momento em que o seu espírito faz uso de uma multidão de experiências que ele havia acumulado sem se aperceber disso e, por assim dizer, à sua revelia.

Assim, nunca é demais repetir que todas as ideias, noções, maneiras de ser e de pensar dos homens são adquiridas. Nosso espírito só pode agir e se exercitar sobre aquilo que ele conhece, e ele só pode conhecer – bem ou mal – as coisas que sentiu. As ideias que não supõem fora de nós nenhum objeto material que seja o seu modelo, ou com o qual seja possível relacioná-las, e que foram chamadas de *ideias abstratas* não passam de maneiras como o nosso órgão interno encara suas próprias modificações, das quais ele escolhe algumas sem levar as outras em consideração. As palavras que utilizamos para designar essas ideias – tais como *bondade, beleza, ordem, inteligência, virtude* etc. – não nos oferecem nenhum significado, a não ser que as relacionemos ou que as apliquemos a objetos que nossos sentidos nos mostraram suscetíveis dessas qualidades ou a maneiras de ser e de agir que nos são conhecidas. O que representa para mim a vaga palavra *beleza* se eu não a vinculo a algum objeto que impressionou os meus sentidos de uma maneira particular e ao qual, como consequência, atribuí essa qualidade? O que representa para mim a palavra *inteligência* se eu não a vinculo a uma maneira de ser e de agir determinada? A palavra *ordem* significa alguma coisa se eu não a relaciono a uma série de ações ou de movimentos que me afetam de uma certa maneira? A palavra *virtude* não será vazia de sentido se eu não a aplico a algumas disposições nos homens que produzem alguns efeitos conhecidos, diferentes daqueles que partem de outras disposições contrárias? O que as palavras *dor* e *prazer* oferecem ao meu espírito no momento que os órgãos não sofrem nem gozam senão algumas maneiras de ser pelas quais fui afetado, das quais meu cérebro conserva a reminiscência ou a impressão e que a experiência me mostrou como úteis ou nocivas? Porém, quando escuto pronunciar as palavras *espiritualidade, imaterialidade, incorporeidade, divindade* etc., nem meus sentidos nem minha memória me são de qualquer ajuda; eles não me fornecem nenhum meio de ter ideia dessas qualidades e nem dos objetos aos quais eu devo aplicá-las. Naquilo que não tem nenhuma matéria, não vejo senão o nada e o vazio, que não pode ser suscetível de nenhuma qualidade.

Todos os erros e disputas entre os homens provêm do fato de que eles renunciaram à experiência e ao testemunho dos seus sentidos para se deixarem guiar por algumas noções que eles acreditaram *infundidas* ou *inatas*, embora não passassem realmente dos efeitos de uma imaginação perturbada, dos preconceitos pelos quais sua infância foi impregnada, com os quais o hábito os familiarizou, e que a autoridade os forçou a conservar. As línguas se encheram de palavras abstratas, às quais estão ligadas ideias vagas e confusas e das quais, quando queremos examiná-las, não encontramos nenhum modelo na natureza nem objetos aos quais seja possível vinculá-las. Quando nos damos ao trabalho de analisar as coisas, ficamos surpresos ao ver que as palavras que estão continuamente na boca dos homens nunca apresentam uma ideia fixa e determinada: nós os vemos incessantemente falar do *espírito*, da *alma* e de suas faculdades, da *divindade* e de seus atributos, de *espaço*, de *duração*, de *imensidão*, de *infinitude*, de *perfeição*, de *virtude*, de *razão*, de *sentimento*, de *instinto*, de *gosto* etc., sem que eles possam nos dizer precisamente aquilo que entendem por essas palavras. No entanto, as palavras não parecem ter sido inventadas senão para serem as imagens das coisas ou para descreverem, com a ajuda dos sons, objetos conhecidos que o espírito possa julgar, apreciar, comparar e meditar.

Pensar em objetos que não agiram sobre nenhum dos nossos sentidos é pensar com palavras, é sonhar com sons; é buscar na sua imaginação objetos aos quais seja possível vinculá-los. Designar algumas qualidades para esses mesmos objetos é, sem dúvida, redobrar a extravagância. A palavra *deus* está destinada a representar para mim um objeto que não pode agir sobre nenhum dos meus órgãos e do qual, por conseguinte, para mim, não é possível constatar a existência nem as qualidades: no entanto, para suprir as ideias que me faltam, minha imaginação, à força de aprofundar-se em si mesma, comporá um quadro qualquer com as ideias ou cores que ela é sempre forçada a extrair dos objetos que conheço através dos meus sentidos. Por conseguinte, pintarei esse deus com os traços de um ancião venerável, ou com os de um monarca poderoso, ou com os de um homem irritado etc. Vemos que é evidentemente o homem e algumas das suas qualidades que serviram de modelo para esse quadro. Porém, se me dizem que esse deus é um puro espírito, que ele não tem corpo, que ele não tem extensão, que ele não está contido no espaço, que ele está fora da natureza que ele move etc., eis-me novamente mergulhado no nada. Meu espírito não sabe mais sobre o que ele medita, não tem mais nenhuma ideia. Eis, como veremos em seguida, a fonte das noções informes que os homens sempre elaborarão sobre a divindade; eles próprios a aniquilam à força de unir nela qualidades incompatíveis e atributos contraditórios[9]. Ao dar-lhe algumas qualidades morais e conhecidas, fazem dela um homem. Ao designar-lhe os atributos negativos da teologia, fazem dela uma quimera; destróem todas as ideias antecedentes e fazem dela um puro nada. De onde se vê que as ciências sublimes que são chamadas de *teologia*, *psicologia* e *metafísica* se tornam puras ciências de palavras. A moral e a política – que elas quase sempre infectam – tornam-se para nós enigmas inexplicáveis, dos quais apenas o estudo da natureza pode nos livrar.

Os homens têm necessidade da verdade. Ela consiste em conhecer as verdadeiras relações que eles têm com as coisas que podem influir sobre o seu bem-estar. Essas relações só são conhecidas com a ajuda da experiência; sem experiência não existe razão. Sem razão, não passamos de cegos que se conduzem ao acaso. Mas como adquirir experiência sobre

---

9. Cf. parte II, capítulo IV.

objetos ideais que nossos sentidos jamais podem conhecer ou examinar? Como nos assegurar da existência e das qualidades de seres que não podemos sentir? Como julgar se esses objetos nos são favoráveis ou nocivos? Como saber aquilo que devemos amar ou odiar, buscar ou fugir, evitar ou fazer? No entanto, é desses conhecimentos que depende a nossa sorte neste mundo, o único do qual temos ideia; é sobre esses conhecimentos que toda a moral está fundada. De onde se vê que, fazendo intervir na moral – ou na ciência das relações certas e invariáveis que subsistem entre os seres da espécie humana – as noções vagas da teologia ou fundando essa moral sobre seres quiméricos que existem apenas na nossa imaginação, a tornamos incerta e arbitrária, a abandonamos aos caprichos da imaginação, não lhe damos nenhuma base sólida.

Seres essencialmente diferentes pela organização natural, pelas modificações a que são submetidos, pelos hábitos que contraem e pelas opiniões que adquirem devem pensar diferentemente. O temperamento, como já vimos, define algumas qualidades mentais dos homens, e esse próprio temperamento é diversamente modificado neles: de onde se deduz necessariamente que sua imaginação não pode ser a mesma nem pode criar para eles os mesmos fantasmas. Cada homem é um todo coeso, do qual todas as partes têm uma correspondência necessária. Olhos diferentes devem ver de modo diferente e apresentar ideias muito variadas sobre os objetos, mesmo reais, que eles veem. Como será, portanto, se os objetos não agirem sobre nenhum dos sentidos! Todos os indivíduos da espécie têm, *grosso modo*, as mesmas ideias das substâncias que agem vivamente sobre os seus órgãos. Todos eles estão bastante de acordo sobre algumas qualidades que eles percebem quase da mesma maneira. Eu disse *quase*, porque a compreensão, a noção e a convicção de qualquer proposição – por mais simples, evidente e clara que a suponhamos – não são e nem podem ser rigorosamente as mesmas em dois homens. Com efeito, como um homem não é um outro homem, o primeiro não pode ter rigorosa e matematicamente a mesma noção de unidade, por exemplo, que o segundo – já que um efeito idêntico não pode ser o resultado de duas causas diferentes. Assim, quando os homens estão de acordo nas suas ideias, suas maneiras de pensar, seus juízos, suas paixões, seus desejos e seus gostos, seu consenso não é proveniente do fato de que eles veem ou sentem os mesmos objetos precisamente da mesma maneira, mas quase da mesma maneira, e do fato de que a sua linguagem não é nem pode ser bastante abundante em nuanças para designar as diferenças imperceptíveis que se encontram entre as suas maneiras de ver e de sentir. Cada homem tem, por assim dizer, uma língua só para ele, e essa língua é incomunicável aos outros. Que acordo pode, portanto, existir entre eles, quando falam de seres que só conhecem através da sua imaginação? Essa imaginação em um indivíduo pode ser a mesma que em um outro? Como eles podem se entender quando designam para os mesmos seres algumas qualidades que são devidas apenas à maneira como o seu cérebro é afetado?

Exigir de um homem que ele pense como nós é exigir que ele seja organizado como nós, que ele tenha sido modificado como nós em todos os instantes da sua duração, que ele tenha recebido o mesmo temperamento, a mesma alimentação, a mesma educação – em poucas palavras, é exigir que ele seja nós mesmos. Por que não exigir que ele tenha as mesmas feições? Ele continuará sendo o dono das suas opiniões? Suas opiniões não são consequências necessárias da sua natureza e das circunstâncias particulares que, desde a infância, necessariamente influíram sobre a sua maneira de pensar e de agir? Se o homem é um todo coeso, a partir do momento que um único dos seus traços difere dos nossos, não deveríamos concluir daí que o seu cérebro não pode nem pensar, nem associar ideias, nem imaginar ou sonhar da mesma maneira que o nosso?

A diversidade dos temperamentos dos homens é a fonte natural e necessária da diversidade das suas paixões, dos seus gostos, de suas ideias de felicidade, de suas opiniões de todos os tipos. Assim, essa mesma diversidade será a fonte fatal das suas disputas, dos seus ódios e das suas injustiças, todas as vezes que eles raciocinarem sobre objetos desconhecidos, aos quais derem a máxima importância. Eles jamais se entenderão ao falarem de uma alma espiritual ou de um deus imaterial distinto da natureza. A partir daí, deixarão de falar a mesma língua e jamais ligarão as mesmas ideias às mesmas palavras. Qual será a medida comum para decidir qual é aquele que pensa com mais justeza, cuja imaginação está mais bem regulada e cujos conhecimentos são mais garantidos, quando se trata de objetos que a experiência não pode examinar, que escapam a todos os nossos sentidos, que não têm nenhum modelo e que estão acima da razão? Cada homem, cada legislador, cada especulador, cada povo, sempre formaram ideias diversas sobre essas coisas, e cada um acreditou que as suas próprias divagações deviam ter preferência sobre as dos outros, que lhe pareciam tão absurdas, tão ridículas e tão falsas quanto as suas poderiam parecer a eles. Cada um está preso às suas opiniões, porque cada um está preso à sua própria maneira de ser e acredita que a sua felicidade depende do seu apego aos seus preconceitos, que ele nunca adota senão porque acredita que são úteis ao seu bem-estar. Proponhais a um homem adulto que ele troque a sua religião pela vossa, e ele acreditará que sois um insensato. Vós não fareis mais do que provocar a sua indignação e o seu desprezo; ele vos proporá, por sua vez, que adoteis as suas próprias opiniões. Depois de muitos raciocínios, ambos se tratarão como pessoas absurdas e teimosas, e o menos louco será aquele que ceder primeiro. Porém, se os dois adversários se acalorarem na disputa (o que sempre ocorre quando se supõe a matéria importante ou quando se quer defender a causa do seu amor-próprio), nesse caso as paixões se aguçam, a querela se anima, os disputantes se odeiam e terminam por causar dano um ao outro. É assim que, por causa de algumas opiniões fúteis, vemos o brâmane desprezar e odiar o maometano que o oprime e dele desdenha; vemos o cristão perseguir e queimar o judeu, ao qual ele deve a sua religião; vemos os cristãos coligados contra o incrédulo e suspendendo, para combatê-lo, as disputas sangrentas e cruéis que sempre subsistem entre eles.

Se a imaginação dos homens fosse a mesma, as quimeras que ela geraria seriam as mesmas em toda parte. Não haveria nenhuma discussão, se todos sonhassem da mesma maneira. Eles se poupariam de um grande número de disputas se o seu espírito só se ocupasse com os seres possíveis de conhecer, cuja existência fosse constatada e dos quais estivessem em condições de descobrir as qualidades verdadeiras por meio de experiências seguras e reiteradas. Os sistemas da física não estão sujeitos à discussão, a não ser quando os princípios dos quais se parte não são bastante constatados. Pouco a pouco a experiência, demonstrando a sua verdade, põe fim a essas querelas. Não existe nenhuma discussão entre os geômetras acerca dos princípios da sua ciência. Eles só se insurgem quando as suposições são falsas ou os objetos, muito complicados. Os teólogos só têm tanta dificuldade para concordarem uns com os outros porque, nas suas disputas, eles partem incessantemente não de proposições conhecidas e examinadas, mas dos preconceitos dos quais eles se imbuíram na educação, na escola, nos livros etc.: raciocinam continuamente não sobre objetos reais ou cuja existência esteja demonstrada, mas sobre seres imaginários, dos quais eles jamais examinaram a realidade. Fundamentam-se não sobre fatos constatados, sobre experiências averiguadas, mas sobre suposições desprovidas de solidez. Encontrando essas ideias estabelecidas de longa data e que pouquíssimas pessoas se recusam a admitir, eles as tomam por verdades incontestáveis, que devem ser aceitas sem discussão. E quando eles dão a elas uma grande importância, irritam-se com a temeridade daqueles que têm a audácia de duvidar delas, ou mesmo de examiná-las.

Se tivessem posto os preconceitos de lado, teriam descoberto que os objetos que fizeram nascer as mais medonhas e as mais sangrentas disputas entre os homens são quimeras, teriam descoberto que lutavam e se degolavam por palavras vazias de sentido ou pelo menos teriam aprendido a duvidar e teriam renunciado a esse tom imperioso e dogmático que quer forçar os homens a coadunar suas opiniões. A reflexão mais simples teria mostrado a necessidade da diversidade de opiniões e de imaginações dos homens, que dependem necessariamente da sua conformação natural diversamente modificada e que influem necessariamente sobre os seus pensamentos, suas vontades e suas ações. Enfim, se consultassem a moral e a justa razão, tudo deveria provar a seres que se dizem racionais que eles são feitos para pensar diversamente, sem deixar por isso de viverem pacificamente, de se amarem e de se prestarem socorros mútuos, quaisquer que sejam as suas opiniões sobre seres impossíveis de conhecer ou de ver com os mesmos olhos. Tudo deveria convencer da tirânica insensatez, da injusta violência e da inútil crueldade desses homens sanguinários, que perseguem os seus semelhantes para forçá-los a se dobrarem às suas opiniões. Tudo deveria reconduzir os mortais à doçura, à indulgência e à tolerância – virtudes, sem dúvida, mais evidentemente necessárias à sociedade do que as especulações maravilhosas que a dividem e a levam muitas vezes a degolar os pretensos inimigos de suas opiniões veneradas.

Vê-se, portanto, de que importância é, para a moral, examinar as ideias às quais estão convictos de atribuir tanto valor, e às quais, pelas ordens fantasiosas e cruéis dos seus guias, os mortais sacrificam continuamente a sua própria felicidade e a tranquilidade das nações. Que o homem, entregue à experiência, à natureza e à razão, não se ocupe mais, portanto, senão com objetos reais e úteis à sua felicidade. Que ele estude a natureza e estude a si próprio, que aprenda a conhecer os laços que o unem aos seus semelhantes, que rompa os laços fictícios que o acorrentam a fantasmas. Se, todavia, sua imaginação tem necessidade de se nutrir com ilusões, se ele está preso às suas opiniões, se esses preconceitos lhe são caros, que ele permita ao menos que os outros errem à sua maneira ou que busquem a verdade, e que ele se lembre sempre de que todas as opiniões, as ideias, os sistemas, as vontades e as ações dos homens são consequências necessárias do seu temperamento, da sua natureza e das causas que os modificam constantemente ou de forma passageira, verdade que iremos provar também no capítulo seguinte: o homem não é livre tanto para pensar quanto para agir.

Capítulo 11

Do sistema da liberdade do homem

Aqueles que sustentaram que a alma era distinta do corpo, era imaterial, extraía suas ideias do seu próprio fundo, agia por si mesma e sem o auxílio dos objetos exteriores, libertaram-na – por uma consequência do seu sistema – das leis físicas segundo as quais todos os seres que nós conhecemos são obrigados a agir. Eles acreditaram que essa alma era senhora da sua sorte, podia regular as suas próprias operações, determinar suas vontades pela sua própria energia. Em poucas palavras, eles afirmavam que o homem era livre.

Nós já provamos suficientemente que a alma nada mais é do que o corpo considerado relativamente a algumas das suas funções mais ocultas do que as outras. Mostramos que essa alma, ainda que a suponhamos imaterial, é perpetuamente modificada conjuntamente com esse corpo e submetida a todos os seus movimentos, sem os quais ela permaneceria inerte e morta. Por conseguinte, ela está submetida à influência das causas materiais e físicas que afetam esse corpo, cuja maneira de ser, habitual ou passageira, depende dos elementos materiais que formam o seu tecido, que constituem o seu temperamento, que entram nele por meio dos alimentos, que o penetram e que o rodeiam. Explicamos de uma maneira puramente física e natural o mecanismo que constitui as faculdades que são chamadas de *intelectuais* e as qualidades que são chamadas de *morais*. Nós provamos, em último lugar, que todas as nossas ideias, nossos sistemas, nossas afecções e as noções verdadeiras ou falsas que formamos são devidos aos nossos sentidos materiais e físicos. Assim, o homem é um ser físico. De qualquer maneira que o consideremos, ele está ligado à natureza universal e submetido às leis necessárias e imutáveis que ela impõe a todos os seres que abrange, segundo a essência particular ou as propriedades que lhes confere sem consultá-los. Nossa vida é uma linha que a natureza nos ordena percorrer na superfície da Terra, sem jamais podermos nos afastar por um instante dela. Nascemos sem o nosso consentimento, nossa organização não depende de nenhum modo de nós, nossas ideias nos chegam involuntariamente, nossos hábitos são de responsabilidade daqueles que nos fizeram adquiri-los, somos incessantemente modificados por causas – sejam visíveis ou ocultas – que regulam necessariamente nossa maneira de ser, de pensar e de agir. Estamos bem ou mal, felizes ou infelizes, somos sábios ou insensatos, racionais ou irracionais sem que a nossa vontade tenha nenhuma participação nesses diferentes estados. No entanto, apesar dos entraves contínuos que nos prendem, sustentam que somos livres ou que determinamos as nossas ações e o nosso destino independentemente das causas que nos afetam.

Por menos fundamentada que seja essa opinião, da qual tudo deveria nos desenganar, ela é considerada hoje em dia, no espírito de um grande número de pessoas (muito esclarecidas em outros aspectos), como uma verdade incontestável. Ela é a base da religião que, supondo relações entre o homem e o ser desconhecido que ela coloca acima da natureza, não pôde imaginar ter méritos ou deméritos com relação a esse ser se não fosse livre nas suas ações. Acreditaram que a sociedade tinha interesse nesse sistema, porque supuseram que se todas as ações dos homens fossem consideradas como necessárias, não se teria mais o direito de punir aquelas que causam dano aos seus associados. Por fim, a vaidade humana acomodou-se, sem dúvida, a uma hipótese que parecia distinguir o homem de todos os outros seres físicos, designando para a nossa espécie o apanágio especial de uma independência total com relação às outras causas – da qual, por menos que reflitamos, perceberemos a impossibilidade.

Parte subordinada de um grande todo, o homem é forçado a se submeter às suas influências. Para ser livre, seria necessário que ele sozinho fosse mais forte do que a natureza inteira, ou seria necessário que ele estivesse fora dessa natureza que, estando sempre ela própria em ação, obriga todos os seres que ela abrange a atuarem e a concorrerem para a sua ação geral ou – como se disse em outra parte – a conservar sua vida ativa por meio das ações ou dos movimentos que todos os seres produzem em razão das suas energias particulares submetidas a leis fixas, eternas e imutáveis. Para que o homem fosse livre, seria necessário que todos os seres perdessem suas essências para ele. Seria necessário que ele não tivesse mais sensibilidade física, que não conhecesse mais nem o bem nem o mal, nem o prazer nem a dor. Mas desde esse momento ele não estaria mais em condição de se conservar nem de tornar sua existência feliz. Todos os seres se tornariam indiferentes a ele, e ele não teria mais escolha, não saberia mais aquilo que deve amar ou temer, buscar ou evitar. Em poucas palavras, o homem seria um ser desnaturado ou totalmente incapaz de agir da maneira que nós conhecemos.

Se é da essência atual do homem tender ao bem-estar ou a querer se conservar, se todos os movimentos da sua máquina são consequências necessárias desse impulso primitivo, se a dor o adverte daquilo que ele deve evitar, se o prazer lhe anuncia aquilo que deve lhe apetecer, faz parte da sua essência gostar daquilo que provoca ou daquilo de que ele espera sensações agradáveis e odiar aquilo que lhe proporciona ou lhe faz temer impressões contrárias. É preciso, necessariamente, que ele seja atraído ou que a sua vontade seja determinada pelos objetos que ele julga úteis e repelida por aqueles que ele acredita serem nocivos à sua maneira permanente ou passageira de existir. É apenas com a ajuda da experiência que o homem adquire a faculdade de conhecer aquilo que ele deve amar ou temer. Seus órgãos estão sadios? Então suas experiências serão verdadeiras; ele terá razão, prudência e previdência. Pressentirá efeitos muitas vezes bastante distantes. Saberá que aquilo que ele julga algumas vezes ser um bem pode tornar-se um mal pelas suas consequências necessárias ou prováveis, e que aquilo que ele sabe ser um mal passageiro pode lhe proporcionar em seguida um bem sólido e durável. É assim que a experiência nos faz conhecer que a amputação de um membro deve causar uma sensação dolorosa. Por conseguinte, somos forçados a temer essa operação ou a evitar a dor: porém, se a experiência nos mostrou que a dor passageira caudada por essa amputação pode nos salvar a vida, como nossa conservação nos é preciosa, somos forçados a nos submeter a essa dor momentânea visando a um bem que a ultrapassa.

A vontade, como já foi dito em outra parte, é uma modificação no cérebro pela qual ele é disposto à ação ou preparado para pôr em funcionamento os órgãos que pode mover. Essa vontade é necessariamente determinada pela qualidade boa ou má, agradável ou desagradável do objeto ou do motivo que atua sobre os nossos sentidos, ou cuja ideia permanece em nós e nos é fornecida pela memória. Por conseguinte, agimos necessariamente – nossa ação é uma consequência do impulso que recebemos desse motivo, desse objeto ou dessa ideia, que modificaram o nosso cérebro ou dispuseram-no a nossa vontade. Quando não agimos, é porque sobrevém alguma nova causa, algum novo motivo, alguma nova ideia que modifica o nosso cérebro de uma maneira diferente, dando-lhe um novo impulso, uma nova vontade, segundo a qual ou ela age ou sua ação é suspensa. É assim que a visão de um objeto agradável ou sua ideia determina nossa vontade a agir para obtê-lo. Porém, um novo objeto ou uma nova ideia aniquilam o efeito dos primeiros e impedem que atuemos para obtê-lo. Eis aí como a reflexão, a experiência e a razão detêm ou suspendem necessariamente os atos da nossa vontade. Sem isso, ela teria necessariamente seguido os primeiros impulsos que a conduziam para um objeto desejável. Em tudo isso, nós agimos sempre de acordo com leis necessárias.

Quando, atormentado por uma sede ardente, represento a ideia ou percebo realmente uma fonte cujas águas puras poderiam me saciar, sou senhor de desejar ou de não desejar o objeto que pode satisfazer uma necessidade tão forte no estado em que estou? Reconhecerão, sem dúvida, que me é impossível não querer satisfazê-la, mas dir-me-ão que se me anunciarem nesse momento que a água que desejo está envenenada, apesar da minha sede não deixarei de me abster dela, e disso concluirão falsamente que sou livre. Com efeito, da mesma forma que a sede me determinava necessariamente a beber antes de saber que a água estava envenenada, essa nova descoberta me determina necessariamente a não beber. Então, o desejo de me conservar aniquila ou suspende o impulso primitivo que a sede dava à minha vontade. Esse segundo motivo se torna mais forte que o primeiro, o temor da morte suplanta necessariamente a sensação penosa que a sede me fazia sofrer. Porém, direis vós, se a sede é muito ardente, sem levar em consideração o perigo, um imprudente poderá se arriscar a beber essa água. Nesse caso, o primeiro impulso retomará a vantagem e o fará agir necessariamente, já que se encontrará mais forte do que o segundo. No entanto, em ambos os casos, quer se beba da água ou não, essas duas ações serão igualmente necessárias, elas serão efeitos do motivo que for mais poderoso e que agir mais fortemente sobre a vontade.

Esse exemplo pode servir para explicar todos os fenômenos da vontade. A vontade, ou, antes, o cérebro, encontra-se então no mesmo caso que uma bola que, embora tenha recebido um impulso que a empurra em linha reta, é desviada de sua trajetória a partir do momento que uma força maior que a primeira a obriga a modificá-la. Aquele que bebe a água que lhe dizem estar envenenada nos parece um insensato, mas as ações dos insensatos são tão necessárias quanto as das pessoas mais prudentes. Os motivos que determinam o voluptuoso e o devasso a arriscarem a sua saúde são tão poderosos e suas ações são tão necessárias quanto aqueles que determinam o homem sábio a poupar a sua. Porém, insistireis vós, é possível conseguir convencer um devasso a mudar de conduta. Isso significa não que ele é livre, mas que é possível encontrar motivos bastante poderosos para aniquilar o efeito daqueles que antes atuavam sobre ele. E, nesse caso, os novos motivos determinarão sua vontade tão necessariamente quanto os primeiros à nova conduta que ele adotará.

Quando a ação da vontade é suspensa, dizem que *nós deliberamos*, aquilo que acontece quando dois motivos atuam alternadamente sobre nós. *Deliberar* é amar e odiar alternadamente. É ser sucessivamente atraído e repelido; é ser afetado, ora por um motivo, ora por outro. Nós só deliberamos quando não conhecemos bastante as qualidades dos objetos que nos afetam, ou quando a experiência não nos ensinou suficientemente os efeitos mais ou menos distantes que as nossas ações produzirão sobre nós mesmos. Eu quero sair para tomar ar, mas o tempo está incerto: por conseguinte, eu delibero, eu peso os diferentes motivos que impelem alternadamente a minha vontade a sair ou a não sair. Eu sou, por fim, determinado pelo motivo mais provável, aquele que me tira da minha indecisão e leva necessariamente minha vontade a sair ou a ficar: esse motivo é sempre a vantagem presente ou distante que encontro na ação pela qual me resolvo.

Nossa vontade fica muitas vezes suspensa entre dois objetos, cuja presença ou ideia nos afetam alternadamente. Então, nós esperamos para agir que tenhamos contemplado os objetos que nos convidam a ações diferentes ou a ideias que eles deixarem em nosso cérebro. Comparamos, então, esses objetos: porém, mesmo no tempo da deliberação, durante a comparação dessas alternativas de amor ou de ódio, que algumas vezes se sucedem com a maior rapidez, nós não somos livres nem por um instante. O bem ou o mal que acreditamos encontrar sucessivamente nos objetos são os motivos necessários dessas vontades momentâneas, desses movimentos rápidos de amor ou de temor a que somos submetidos enquanto dura a nossa incerteza. De onde se vê que a deliberação é necessária, que a incerteza é necessária e que qualquer posição que adotemos depois da deliberação será sempre, necessariamente, aquela que tivermos bem ou mal julgado ser a mais vantajosa para nós.

Quando a alma é impressionada por dois motivos que agem alternadamente sobre ela, ou que a modificam sucessivamente, ela delibera. O cérebro está em uma espécie de equilíbrio, acompanhado de oscilações perpétuas, ora para um objeto, ora para outro, até que o objeto que o arrebata mais fortemente o tira dessa suspensão, que constitui a indecisão da nossa vontade. Porém, quando o cérebro é compelido ao mesmo tempo por causas igualmente fortes que o movem a seguir direções opostas, de acordo com a lei geral de todos os corpos – quando são impressionados igualmente por forças contrárias –, ele se detém, ele está *in nisu*, não pode nem querer, nem agir. Ele espera que uma das duas causas que o movem tenha adquirido bastante força para determinar a sua vontade, para atraí-lo de uma maneira que suplante os esforços da outra causa.

Esse mecanismo tão simples e tão natural basta para nos fazer conhecer porque a incerteza é penosa e a suspensão é sempre um estado violento para o homem. O cérebro, esse órgão tão delicado e tão móvel, é submetido então a modificações muito rápidas que o fatigam, ou, quando é impelido em sentidos contrários por causas igualmente fortes, ele sofre uma espécie de compressão que o impede de atuar com a atividade que lhe convém para a conservação do conjunto e para obter aquilo que é vantajoso. Esse mecanismo explica também a irregularidade, a inconsequência e a inconstância dos homens, e nos dá a razão da sua conduta, que parece muitas vezes um mistério inexplicável – e que o é, com efeito, nos sistemas aceitos. Consultando a experiência, descobriremos que nossas almas estão submetidas às mesmas leis físicas que os corpos materiais. Se a vontade de cada indivíduo fosse, em um dado tempo, movida apenas por uma única causa ou paixão, nada seria mais fácil do que pressentir as suas ações. Porém, seu coração é muitas vezes assaltado por forças ou motivos contrários, que atuam ao mesmo tempo ou sucessivamente sobre ele. É então que o seu cérebro é puxado em direções opostas que o fatigam, ou está em um estado de compressão que o incomoda e que o priva de toda a atividade. Ora ele está em uma inação incômoda e total, ora é o joguete dos abalos alternados aos quais ele é forçado a se submeter. Tal é, sem dúvida, o estado em que parece se encontrar aquele que uma paixão viva convida ao crime, enquanto o temor lhe mostra os seus perigos. Tal é também o estado daquele cujos remorsos da sua alma dilacerada o impedem de desfrutar dos objetos que o crime fez que ele obtivesse através de trabalhos contínuos etc.

Se as forças ou causas, sejam externas ou internas, que agem sobre o espírito do homem tendem para pontos diferentes, sua alma ou seu cérebro, assim como todos os corpos, tomará uma direção intermediária entre uma e outra força. E, em razão da violência com a qual a alma é impelida, o estado do homem é algumas vezes tão doloroso que sua existência se torna inoportuna para ele. Ele não tende mais a conservar o seu ser; ele vai buscar a morte como um asilo contra si próprio e como o único remédio para o desespero. É assim que vemos alguns homens infelizes e descontentes consigo mesmos se destruírem voluntariamente, quando a vida se torna insuportável para eles. O homem só pode apreciar a sua existência quando ela tem para ele alguns encantos; mas quando ele é trabalhado por sensações penosas ou impulsos contrários, sua tendência natural é desordenada. Ele é forçado a seguir um caminho novo que o conduz ao seu fim e que até mesmo lhe mostra esse fim como um bem desejável. Eis como podemos explicar a conduta desses melancólicos, que o seu temperamento viciado, que a sua consciência atormentada, que o desgosto e o tédio determinam algumas vezes a renunciar à vida[1].

As forças diversas e quase sempre complicadas que atuam sucessiva ou simultaneamente sobre o cérebro dos homens, e que os modificam tão diversamente nos diferentes períodos de sua duração, são as verdadeiras causas da obscuridade da moral e das dificuldades que encontramos quando queremos esclarecer os mecanismos ocultos de sua conduta enigmática. O coração do homem só é um labirinto para nós porque raramente temos os dados necessários para julgá-lo. Veríamos, então, que as suas inconstâncias, suas inconsequências, a conduta bizarra e inopinada que o vemos adotar não passam dos efeitos dos motivos que determinam sucessivamente as suas vontades, dependem das variações frequentes a que sua máquina é submetida e são consequências necessárias das modificações que se operam nele. De acordo com essas variações, os mesmos motivos não têm sempre a mesma influência sobre a sua vontade, os mesmos objetos não têm mais o direito de lhe agradar: seu temperamento mudou por um instante ou para sempre. É necessário, por conseguinte, que os seus gostos, os seus desejos e as suas paixões mudem e

---

1. Cf. o capítulo XIV. Os sofrimentos do espírito determinam muito mais que os sofrimentos do corpo a que nos mantemos. Mil causas distraem das dores do corpo; enquanto, nos sofrimentos do espírito, o cérebro está como que absorto nas ideias que ele traz dentro de si mesmo. Pela mesma razão, os prazeres que são chamados de *intelectuais* são os maiores de todos.

que não exista nenhuma uniformidade na sua conduta nem certeza nos efeitos que podemos esperar dela.

A escolha não prova de maneira alguma a liberdade do homem. Ele não delibera senão quando ainda não sabe qual escolher entre vários objetos que o afetam. Ele fica, então, em um embaraço que só termina quando a vontade é decidida pela ideia da vantagem maior que ele acredita encontrar no objeto que escolhe ou na ação que realiza. De onde se vê que a sua escolha é necessária, já que ele não se determinaria por um objeto ou por uma ação se não acreditasse encontrar nele alguma vantagem para si. Para que o homem pudesse agir livremente, seria necessário que ele pudesse querer ou escolher sem motivos ou que pudesse impedir que os motivos agissem sobre a sua vontade. Como a ação é sempre um efeito da vontade, uma vez determinada, e como a vontade não pode ser determinada senão pelo motivo que não está em nosso poder, deduz-se que nunca somos os senhores das determinações de nossa própria vontade e que, por conseguinte, nunca agimos livremente. Acreditaram que éramos livres porque tínhamos a vontade e o poder de escolher; mas não prestaram atenção em que a nossa vontade é movida por causas independentes de nós, inerentes à nossa organização ou que estão ligadas à natureza dos seres que nos afetam[2]. Será que tenho o poder de

---

2. O homem passa uma grande parte da sua vida sem nem mesmo querer. Sua vontade espera motivos que a determinem. Se um homem fizesse uma conta exata de tudo aquilo que ele faz a cada dia, desde que se levanta até a hora que vai se deitar, descobriria que todas as suas ações não foram nem um pouco voluntárias, e que elas foram maquinais, habituais, determinadas por causas que ele não pôde prever e às quais foi forçado ou

não querer retirar a minha mão quando temo me queimar? Ou será que eu tenho o poder de tirar do fogo a propriedade que faz que eu o tema? Será que tenho o poder de não escolher preferencialmente uma comida que eu sei ser agradável ou análoga ao meu paladar, e de não preferi-la àquela que sei ser desagradável ou perigosa? É sempre de acordo com as minhas sensações e minhas próprias experiências ou suposições que julgo as coisas bem ou mal. Porém, qualquer que seja o meu julgamento, ele depende necessariamente da minha maneira de sentir habitual ou momentânea e das qualidades que encontro e que existem a despeito de mim na causa que me afeta ou que o meu espírito supõe.

Todas as causas que atuam sobre a vontade devem ter agido sobre nós de uma maneira bastante marcante para nos dar alguma sensação, alguma percepção, alguma ideia, seja completa ou incompleta, verdadeira ou falsa. A partir do momento que a minha vontade se determina, devo ter sentido forte ou fracamente, sem o que eu seria determinado sem motivo. Assim, para falar com exatidão, não existem para a vontade causas verdadeiramente *indiferentes*: por mais fracos que sejam os impulsos que recebemos – seja da parte dos próprios objetos, seja da parte das suas imagens ou ideias –, a partir do momento que a nossa vontade age, esses impulsos foram causas suficientes para determiná-la. Em consequência de um impulso leve e fraco, nós queremos fracamente; é essa

---

induzido a aquiescer. Ele descobriria que o motivo do seu trabalho, dos seus divertimentos, dos seus discursos, dos seus pensamentos etc. foram necessários e, evidentemente, seduziram-no ou arrastaram-no.

fraqueza na vontade que é chamada de *indiferença*. Nosso cérebro mal percebe o movimento que recebeu; ele age por conseguinte com pouco vigor para obter ou afastar o objeto ou a ideia que o modificaram. Se o impulso tivesse sido forte, a vontade seria forte, e ela nos faria agir fortemente para obter ou para afastar o objeto que nos parecesse muito agradável ou muito incômodo.

Acreditaram que o homem era livre porque imaginaram que a sua alma podia se lembrar à vontade das ideias, que algumas vezes são suficientes para pôr um freio aos seus desejos mais arrebatados[3]. É assim que a ideia de um mal distante nos impede algumas vezes de nos entregar a um bem atual e presente. É assim que uma lembrança, uma modificação imperceptível e leve do nosso cérebro, aniquila a cada instante a ação dos objetos reais que agem sobre a nossa vontade. Porém, nós não temos o poder de nos lembrar à vontade das nossas ideias; sua associação é independente de nós. Elas estão à nossa revelia organizadas no nosso cérebro. Elas causaram nele uma impressão mais ou menos profunda; nossa memória depende ela própria da nossa organização, sua fidelidade depende do estado habitual ou momentâneo no qual nos encontramos. E quando a nossa vontade é fortemente determinada por algum objeto ou ideia que provoca em nós uma paixão muito viva, os objetos ou as ideias que poderiam nos deter desaparecem

---

3. Santo Agostinho diz: *Non enim cuiquam in potestate est quid veniat in mentem*[a].

   (a) "Ninguém é senhor daquilo que entra em sua cabeça" (*De ordine*, livro I, 5, 14). [N. T.]

do nosso espírito. Fechamos, então, os olhos para os perigos presentes que nos ameaçam, ou cuja ideia deveria nos conter, e marchamos às cegas para o objeto que nos arrebata. A reflexão nada pode fazer por nós; não vemos senão o objeto de nossos desejos. As ideias salutares que poderiam nos deter não se apresentam a nós, ou só se apresentam muito fracamente ou demasiado tarde para nos impedir de agir. Tal é o estado de todos aqueles que, cegos por alguma paixão forte, não estão em condições de se recordar dos motivos, dos quais somente a ideia deveria contê-los. A perturbação na qual estão os impede de julgar sadiamente, de pressentir as consequências das suas ações, de aplicar suas experiências e de fazer uso da sua razão; operações que pressupõem uma justeza na maneira de associar as ideias da qual o nosso cérebro é tão incapaz – por causa do delírio momentâneo a que está submetido – quanto a nossa mão é incapaz de escrever enquanto estamos realizando um exercício violento.

Nossa maneira de pensar é necessariamente determinada por nossa maneira de ser; ela depende, portanto, da nossa organização natural e das modificações que nossa máquina recebe independentemente da nossa vontade. De onde somos forçados a concluir que nossos pensamentos, nossas reflexões, nossa maneira de ver, de sentir, de julgar e de combinar as ideias não podem ser nem voluntárias nem livres. Em poucas palavras, nossa alma não é senhora dos movimentos que lhe são provocados nem pode representar quando necessário as imagens ou as ideias que poderiam contrabalançar os impulsos que ela recebe de outras partes. Eis por que, na paixão, deixamos de raciocinar. Nela, a razão é tão impossível de ser escutada quanto no êxtase ou na embriaguez. Os perversos nunca passam de homens embriagados ou em delírio. Se eles raciocinam, é apenas quando a tranquilidade foi restabelecida em sua máquina e, nesse caso, as ideias tardias que se apresentam no seu espírito lhes deixam ver as consequências das suas ações, ideias que causam neles a perturbação que foi designada pelo nome de *vergonha*, de *arrependimento* e de *remorso*.

Os erros dos filósofos sobre a liberdade do homem são provenientes do fato de que eles consideraram a sua vontade como o primeiro motor das suas ações e que, por falta de remontar mais longe, não viram as causas multiplicadas e complicadas independentes dele que põem essa própria vontade em movimento ou que dispõem e modificam o cérebro, ao passo que ele é puramente passivo nas impressões que recebe. Será que tenho o poder de não desejar um objeto que me pareça desejável? "Não, sem dúvida" – direis vós –, "porém vós tendes o poder de resistir ao vosso desejo, se refletirdes sobre as consequências". Mas será que tenho o poder de refletir sobre essas consequências quando a minha alma está dominada por uma paixão muito forte que depende da minha organização natural e das causas que a modificam? Estará em meu poder acrescentar a essas consequências todo o peso necessário para contrabalançar o meu desejo? Será que tenho o poder de impedir que as qualidades que tornam um objeto desejável para mim residam nele? "Vós devíeis" – dizem-me – "aprender a resistir às vossas paixões e adquirir o hábito de pôr um freio em vossos desejos." Concordarei com isso sem dificuldade. Porém – replicarei – será que a minha natureza foi suscetível de ser assim modificada? Meu sangue ardente, minha imaginação fogosa, o fogo que circula em minhas veias me permitiram fazer e aplicar algumas experiências bem verdadeiras no momento que eu tinha necessidade delas? E, ainda que o meu temperamento me tornasse capaz disso, a educação, o exemplo, as ideias que me foram inspiradas desde cedo teriam sido bem apropriadas para me fazer adquirir o hábito de reprimir os meus desejos? Todas essas coisas não terão, de preferência, contribuído para me fazer querer e desejar os objetos aos quais vós dizeis que eu devia resistir? "Vós quereis" – dirá o ambicioso – "que eu resista à minha paixão! Não me repetiram incessantemente que a posição social, as honrarias e o poder são vantagens desejáveis? Não vi meus concidadãos invejá-las, os grandes do meu país sacrificarem tudo para obtê-las? Na sociedade em que vivo não sou forçado a sentir que, se estou privado dessas vantagens, devo estar preparado para me arrastar no desprezo e para rastejar sob a opressão?" "Vós me proibis" – dirá o avarento – "de amar o dinheiro e de buscar os meios para adquiri-lo! Ah! Tudo neste mundo não me diz que o dinheiro é o maior dos bens; que ele basta para nos tornar felizes? No país em que habito não vejo todos os meus concidadãos ávidos de riquezas e pouco escrupulosos com relação aos meios para obtê-la? A partir do momento que eles enriqueceram, pelas vias que vós censurais, eles não são queridos, considerados, respeitados? Com que direito vós me proibis, pois, de acumular tesouros pelas mesmas vias que vejo serem aprovadas pelo soberano, enquanto vós as chamais de sórdidas e criminosas? Vós quereis, pois, que eu renuncie à felicidade?" "Vós pretendeis" – dirá o voluptuoso – "que eu resista às minhas inclinações! Mas será que sou senhor do meu temperamento, que incessantemente me convida ao prazer? Vós chamais os meus prazeres de vergonhosos? Porém, na nação onde eu vivo, vejo os homens mais desregrados desfrutarem muitas vezes das posições mais distintas: só vejo ficar ruborizado com o adultério o esposo que foi ultrajado. Vejo alguns homens transformarem em troféu a sua devassidão e a sua libertinagem." "Vós me aconselhais a pôr um freio em meus arrebatamentos" – dirá o homem colérico – "e a resistir ao desejo de me vingar! Mas não posso vencer a minha natureza! E, além disso, na sociedade, eu ficaria infalivelmente desonrado se não lavasse no sangue do meu semelhante as injúrias que dele recebi." "Vós me recomendais a doçura e a indulgência para com as opiniões dos meus semelhantes!" – dirá o entusiasta zeloso. – "Mas meu temperamento é violento, e eu amo muito fortemente o meu deus; asseguram-me que o zelo lhe agrada e que alguns perseguidores desumanos e sanguinários foram seus amigos. Eu quero, pelos mesmos meios, tornar-me agradável aos seus olhos."

Em poucas palavras, as ações dos homens jamais são livres; elas são sempre consequências necessárias do seu temperamento, das suas ideias recebidas, das noções verdadeiras ou falsas que eles têm da felicidade. Enfim, de suas opiniões fortalecidas pelo exemplo, pela educação e pela experiência cotidiana. Só vemos tantos crimes sobre a Terra porque tudo conspira para tornar os homens criminosos e viciosos. Suas religiões, seus governos, sua educação, os exemplos que eles têm diante dos olhos os impelem irresistivelmente para o mal: enquanto isso, a moral prega-lhes em vão a virtude, que não seria senão um sacrifício doloroso da felicidade em sociedades onde o vício e o crime são perpetuamente premiados, estimados, recompensados, e onde as desordens mais terríveis só são punidas naqueles que são fracos demais para terem o direito de cometê-las impunemente. A sociedade castiga nos pequenos os excessos que ela respeita nos grandes, e muitas vezes comete a injustiça de decretar a morte contra aqueles que os preconceitos públicos que ela conserva tornaram criminosos.

O homem não é, portanto, livre em nenhum instante da sua vida. Ele é necessariamente guiado a cada passo pelas vantagens reais ou fictícias que vincula aos objetos que despertam suas paixões. Essas paixões são necessárias em um ser que tende incessantemente para a felicidade; sua energia é necessária, já que ela depende do seu temperamento. Seu temperamento é necessário, já que ele depende dos elementos físicos que entram em sua composição: as modificações desse temperamento são necessárias, já que elas são consequências infalíveis e inevitáveis da maneira como os seres físicos e morais atuam incessantemente sobre nós.

Apesar das provas tão claras da não liberdade do homem, talvez ainda insistam e nos digam que se propomos a alguém que mova ou não mova a mão – ações que estão entre aquelas que são chamadas de *indiferentes* – esse alguém parece evidentemente ter o poder de escolher, o que prova que ele é livre. Respondo que, nesse exemplo, o homem, por qualquer ação a que ele se determine, não provará de modo algum a sua liberdade. O desejo de demonstrar sua liberdade, provocado pela disputa, se tornará nesse caso um motivo necessário que decidirá sua vontade por um ou outro desses movimentos. Aquilo que o faz deixar-se enganar ou que o persuade de que ele é livre nesse instante é que ele não distingue o verdadeiro motivo que o faz agir, que é o desejo de me convencer. Se, no calor da disputa, ele insiste e pergunta: "será que eu não tenho o poder de me atirar pela janela?", eu lhe direi que não e que, enquanto ele conservar a razão, não há aparência de que o desejo de me provar a sua liberdade se torne um motivo bastante forte para fazer que ele sacrifique a sua própria vida. Se meu adversário, apesar disso, se atirar pela janela para me provar que é livre, nem por isso concluirei que ele agia livremente ao fazer isso, mas que foi a violência do seu temperamento que o levou a essa loucura. A demência é um estado que depende do ardor do sangue, e não da vontade. Um fanático ou um herói afrontam a morte tão necessariamente quanto um homem mais fleumático ou covarde fogem dela[4].

---

4. Não existe nenhuma diferença entre um homem que cai de uma janela e um que se atira dela por conta própria, a não ser que o impulso que age sobre o primeiro vem de fora e o impulso que determina a queda do segundo vem de dentro da sua própria máquina. Mutius Scevola[a], que manteve a sua mão sobre um braseiro, estava tão necessitado pelos motivos internos que o impeliram a esta estranha ação como se alguns homens vigorosos estivessem segurando o seu braço. O orgulho, o desejo de desafiar seu inimigo, de espantá-lo, de intimidá-lo, de levá-lo ao desespero etc. etc. eram as correntes invisíveis que o mantinham atado ao braseiro. O amor pela glória, o entusiasmo pela pátria, forçaram do mesmo modo Codrus[b] e Decius[c] a se sacrificarem pelos seus concidadãos. O indiano

Dizem-nos que a liberdade é a ausência dos obstáculos que podem se opor às nossas ações ou ao exercício de nossas faculdades: se pretenderá que somos livres todas as vezes em que, fazendo uso dessas faculdades, elas realizem o efeito a que nos havíamos proposto. Porém, para responder a essa objeção, basta considerar que não depende de nós impor ou remover os obstáculos que nos determinam ou nos detêm; o motivo que nos faz agir não está em nosso poder tanto quanto o obstáculo que nos detém, quer eles estejam em nós mesmos ou fora de nós. Não sou o senhor do pensamento que vem ao meu espírito e que determina a minha vontade;

Calanus[d] e o filósofo Peregrinus[e] foram igualmente forçados a se cremar, pelo desejo de provocar o espanto da Grécia reunida.

(a) Vendo Roma sitiada por Porsena, rei da Etrúria (no século III a. C.), o jovem Mutius ofereceu-se ao senado para assassiná-lo. Introduzindo-se no campo inimigo, Mutius matou por engano um simples oficial, sendo detido. Para castigar-se pelo seu erro, ele colocou a mão assassina sobre um braseiro, despertando a admiração de Porsena, que percebeu a tenacidade de seus inimigos e apressou-se a fazer a paz com os romanos. (N. T.)

(b) Durante uma guerra entre os trácios e os atenienses, no século XII a. C., o oráculo havia prometido a vitória aos primeiros, desde que estes poupassem a vida de Codrus, o rei de Atenas. Ao saber disso, Codrus disfarçou-se de camponês e lançou-se contra os inimigos, sendo morto e assegurando a vitória dos atenienses. (N. T.)

(c) Segundo conta Aristides de Mileto, Publius Decius comandava o exército romano em um combate contra os latinos, no século IV a. C. Sonhando que sua morte daria a vitória aos romanos, ele lançou-se contra os inimigos e pereceu. Conta-se que seu exemplo foi seguido, anos mais tarde, por um de seus filhos e um de seus netos. (N. T.)

(d) Calanus foi um brâmane indiano que acompanhou durante algum tempo Alexandre, o Grande, em suas expedições de conquista. Cansado de carregar o fardo da existência, ele mandou erguer uma grande fogueira, na qual se incinerou, diante de todo o exército macedônio. (N. T.)

(e) Peregrinus (c. 95-165), filósofo da escola cínica nascido na Ásia Menor. Suicidou-se por cremação durante os jogos olímpicos de 165, cumprindo uma promessa que fizera na Olimpíada anterior. (N. T.)

este pensamento foi provocado, eventualmente, por alguma causa independente de mim mesmo.

Para se desenganar do sistema da liberdade do homem, trata-se simplesmente de remontar ao motivo que determina a sua vontade e nós descobrimos sempre que esse motivo está fora do seu poder. Vós direis que, em consequência de uma ideia que nasce em vosso espírito, vós agireis livremente se não encontrardes nenhum obstáculo. Porém, o que é que fez nascer essa ideia em vosso cérebro? Tínheis vós o poder de impedir que ela se apresentasse ou se renovasse? Será que essa ideia não depende dos objetos que vos impressionam, a despeito de vós, de fora ou das causas que, sem o vosso conhecimento, atuam dentro de vós mesmos e modificam o vosso cérebro? Podeis impedir que vossos olhos, dirigidos sem intenção para um objeto qualquer, vos deem a ideia desse objeto? Vós não sois o senhor dos obstáculos. Eles são efeitos necessários das causas existentes dentro ou fora de vós; essas causas agem sempre em razão das suas propriedades. Um homem insulta um covarde, este se irrita necessariamente contra ele, mas sua vontade não pode sobrepujar o obstáculo que sua covardia impõe à realização dos seus desejos, porque a sua conformação natural, que não depende dele, impede-o de ter coragem. Nesse caso, o covarde é insultado a despeito dele e forçado, a despeito dele, a engolir o insulto que lhe é feito.

Os partidários do sistema da liberdade parecem ter sempre confundido a coação com a necessidade. Acreditamos agir livremente todas as vezes em que não vemos nada impor obstáculo às nossas ações. Nós não percebemos que o motivo que nos faz querer é sempre necessário e independente de nós. Um prisioneiro cheio de correntes é coagido a ficar na prisão, mas não é livre para não desejar fugir. Suas correntes o impedem de agir, mas não o impedem de querer. Ele fugirá, se quebrarem suas correntes: mas ele não fugirá livremente. O temor ou a ideia do suplício são para ele os motivos necessários.

O homem pode, portanto, deixar de ser coagido sem ser livre por isso; de qualquer maneira que ele aja, ele age necessariamente de acordo com os motivos que o determinam. Ele pode ser comparado a um corpo pesado que é detido em sua queda por um obstáculo qualquer; afastem esse obstáculo e o corpo prosseguirá o seu movimento ou continuará a cair. Se dirá que esse corpo é livre para cair ou não cair? Sua queda não é um efeito necessário do seu peso específico? Sócrates, homem virtuoso e submisso às leis, mesmo injustas, de sua pátria, não quer fugir da sua prisão, cuja porta foi aberta para ele. Mas nisso ele não age livremente; as cadeias invisíveis da opinião, da decência, do respeito pelas leis – mesmo quando elas são iníquas – e o temor de macular a sua glória o retêm na sua prisão e são motivos bastante fortes sobre esse entusiasta da virtude para fazê-lo esperar a morte com tranquilidade*. Não está em seu poder fugir, porque ele não pode se resolver a se desmentir nem por um instante nos princípios aos quais o seu espírito se acostumou.

Os homens – dizem-nos – agem muitas vezes contra a sua inclinação, de onde se conclui que eles são livres. Essa

---

* Sobre os acontecimentos que marcam os últimos dias de Sócrates, cf. o *Fédon*, de Platão. (N. T.)

consequência é muitíssimo falsa. Quando eles parecem agir contra a sua inclinação, eles são determinados a isso por alguns motivos necessários bastante fortes para vencerem as suas inclinações. Um doente, com o objetivo de se curar, consegue vencer sua repugnância pelos remédios mais desagradáveis; o temor da dor ou da morte torna-se então um motivo necessário. Por conseguinte, esse doente não age livremente.

Quando dizemos que o homem não é livre, não pretendemos de maneira alguma compará-lo a um corpo movido simplesmente por uma causa impulsiva. Ele contém em si próprio algumas causas inerentes ao seu ser, é movido por um órgão interno que tem suas leis próprias e que é determinado, necessariamente, em consequência das ideias, das percepções e das sensações que recebe dos objetos exteriores. Como o mecanismo dessas percepções, dessas sensações e a maneira como essas ideias são gravadas em nosso cérebro não são conhecidos por nós, por falta de poder distinguir todos esses movimentos, por falta de perceber a cadeia das operações de nossa alma ou por princípio motor que atua em nós, nós o supomos livre: aquilo que, traduzido literalmente, significa que ele se move por si mesmo, se determina sem causa – ou, antes, quer dizer que ignoramos como e por que ele age da forma que age. É verdade que nos dizem que a alma desfruta de uma atividade que lhe é própria: admito isso. Mas é certo que essa atividade nunca se manifestará se algum motivo ou causa não a puserem em condição de se exercer – a menos que se pretenda que a alma pode amar ou odiar sem ter sido afetada, sem conhecer os objetos, sem ter alguma ideia das suas qualidades. A pólvora, sem dúvida, tem uma atividade particular, mas ela nunca se manifestará se não for aproximada do fogo que a força a se exercer.

É a grande complicação dos nossos movimentos, é a variedade das nossas ações e é a multiplicidade das causas que nos afetam – seja ao mesmo tempo, seja sucessivamente e sem interrupção – que nos persuadem de que somos livres. Se todos os movimentos do homem fossem simples, se as causas que nos afetam não se confundissem, fossem distintas, se nossa máquina fosse menos complicada, nós veríamos que todas as nossas ações são necessárias, porque remontaríamos imediatamente à causa que nos faz agir. Um homem, que fosse sempre forçado a ir para o ocidente, gostaria sempre de ir para esse lado, mas ele perceberia muito bem que não vai para lá livremente. Se tivéssemos um sentido a mais, como as nossas ações ou os nossos movimentos – aumentados em um sexto –, seriam ainda mais variados e mais complicados, nós nos acreditaríamos ainda mais livres do que fazemos com os cinco sentidos.

Portanto, é por falta de remontar às causas que nos afetam, é por falta de poder analisar e decompor os movimentos complicados que se passam em nós mesmos que nos acreditamos livres. Não é senão sobre a nossa ignorância que se fundamenta esse sentimento tão profundo e, no entanto, tão ilusório que temos de nossa liberdade e que nos alegam como uma prova contundente dessa pretensa liberdade. Por pouco que cada homem queira examinar suas próprias ações, buscando os seus verdadeiros motivos, descobrindo o seu encadeamento, ele ficará convencido de que essa sensação que tem da sua própria liberdade é uma quimera que a experiência logo deve destruir.

No entanto, é preciso reconhecer que a multiplicidade e a diversidade das causas que agem sobre nós, quase sempre sem o nosso conhecimento, fazem que nos seja impossível ou, pelo menos, muito difícil remontar aos verdadeiros princípios das nossas próprias ações, e ainda menos das ações dos outros. Elas dependem muitas vezes de causas tão fugidias, tão afastadas dos seus efeitos, que parecem ter tão pouca analogia e relações com eles que é necessário uma sagacidade singular para poder descobri-las. Eis aquilo que torna o estudo do homem moral tão difícil: eis por que o seu coração é um abismo do qual quase sempre não podemos sondar as profundezas. Somos, portanto, obrigados a nos contentar em conhecer as leis gerais e necessárias que regulam o coração humano. Nos indivíduos da nossa espécie, elas são as mesmas, e não variam nunca, a não ser em razão da organização que lhes é particular e das modificações a que são submetidas, que não são e não podem ser rigorosamente as mesmas. É suficiente sabermos que, por sua essência, todo homem tende a se conservar e a tornar sua existência feliz. Isso posto, quaisquer que sejam as suas ações, nunca nos enganaremos sobre os seus motivos quando remontarmos a esse primeiro princípio, a esse motor geral e necessário de todas as nossas vontades. O homem, por falta de experiência e de razão, engana-se muitas vezes, sem dúvida, sobre os meios de chegar a este fim, ou então os meios que ele emprega nos desagradam, porque nos causam danos. Ou, enfim, esses meios nos parecem insensatos, porque eles algumas vezes o afastam do objetivo do qual queria se aproximar. Porém, quaisquer que sejam esses meios, eles têm sempre necessária e invariavelmente como objeto uma felicidade existente ou imaginária, duradoura ou passageira, análoga à sua maneira de ser, de sentir e de pensar. É por terem ignorado essa verdade que a maior parte dos moralistas fizeram muito mais o romance do que a história do coração humano. Eles atribuíram suas ações a causas fictícias, e não conheceram os motivos necessários da sua conduta. Os políticos e os legisladores ficaram na mesma ignorância, ou então alguns impostores acharam mais simples empregar os motores imaginários do que os motores existentes. Eles preferiram fazer os homens tremerem diante de fantasmas incômodos a guiá-los à virtude pelo caminho da felicidade, tão conforme à tendência necessária de suas almas. Tanto é verdadeiro que o erro não pode jamais ser útil ao gênero humano!

Seja como for, na física, vemos ou acreditamos ver bem mais distintamente a ligação necessária entre os efeitos e as suas causas do que no coração humano. Pelo menos vemos nela causas perceptíveis produzirem constantemente efeitos perceptíveis, sempre os mesmos quando as circunstâncias são semelhantes. De acordo com isso, nós não titubeamos em considerar os efeitos físicos como necessários, enquanto nos recusamos a reconhecer a necessidade nos atos da vontade humana que foram, sem fundamento, atribuídos a um motor agindo por sua própria energia, capaz de se modificar sem a colaboração das causas exteriores e distinto de todos os seres físicos e materiais. A agricultura está fundada na segurança que a experiência nos dá de poder forçar a terra cultivada e semeada de uma certa maneira – quando ela tem, além disso, as qualidades requeridas – a nos fornecer os grãos ou os frutos necessários à nossa subsistência ou apropriados para agradar os nossos sentidos. Se considerassem as coisas sem preconceito, veriam que, na moral, a educação não é outra coisa que a *agricultura do espírito* e que, semelhante à terra, em razão das suas disposições naturais, do cultivo que lhe for dado, dos frutos que nela forem semeados e das estações mais ou menos favoráveis que os conduzam à maturidade, estamos assegurados de que a alma produzirá vícios ou virtudes, *frutos morais* úteis ou nocivos à sociedade. A moral é a ciência das relações que existem entre os espíritos, as vontades e as ações dos homens da mesma forma que a geometria é a ciência das relações que existem entre os corpos. A moral seria uma quimera, e não teria nenhum princípio seguro se ela não se fundamentasse no conhecimento dos motivos que devem necessariamente influir sobre as vontades humanas e determinar as suas ações.

Se no mundo moral, assim como no mundo físico, uma causa cuja ação não é perturbada é necessariamente seguida pelo seu efeito, uma educação racional e fundada sobre a verdade das leis sábias, dos princípios honestos inspirados na juventude, dos exemplos virtuosos; a estima e as recompensas concedidas ao mérito e às belas ações, a vergonha, o desprezo e os castigos rigorosamente vinculados ao vício e ao crime são causas que atuariam necessariamente sobre as vontades dos homens e determinariam a maioria deles a mostrar virtudes. Porém, se a religião, a política, o exemplo e a opinião pública trabalham para tornar os homens malvados e viciosos, se eles sufocam e tornam inúteis os bons princípios que a sua educação lhes deu; se essa própria educação não serve senão para enchê-los de vícios, de preconceitos, de opiniões falsas e perigosas, se ela só acende neles paixões incômodas a eles próprios e aos outros, será forçoso com toda a necessidade que as vontades da maioria se determinem ao mal[5]. Eis, sem dúvida, de onde provém realmente a corrupção universal, da qual os moralistas se lamentam com razão, sem jamais mostrarem as suas causas tão verdadeiras quanto necessárias. Eles se prendem à natureza humana, dizem que ela está corrompida[6]. Censuram o homem por amar a si próprio e por buscar a sua felicidade; sustentam que ele tem necessidade de *socorros sobrenaturais* para fazer o bem e, apesar da liberdade que lhe atribuem, asseguram que ele tem necessidade nada menos que do próprio autor da natureza para destruir as más tendências do seu coração. Porém, ai, ai!, esse agente tão po-

---

5. Muitos autores perceberam a importância de uma boa educação. Porém, eles não perceberam que uma boa educação era incompatível e totalmente impossível com as superstições dos homens, que começam por tornar o seu espírito falso; com os governos arbitrários, que os tornam vis e rasteiros, e que temem que eles sejam esclarecidos; com as leis que quase sempre são contrárias à equidade; com os costumes recebidos que são contrários ao bom senso; com a opinião pública desfavorável à virtude; com a incapacidade dos mestres, que não estão em condições de transmitir aos seus alunos senão as ideias falsas com as quais eles próprios estão infectados.

6. É uma doutrina nociva aquela que nos mostra nossa natureza como corrompida e que sustenta que é necessário uma graça do céu para fazer o bem. Ela tende necessariamente a desencorajar os homens, a atirá-los na inércia ou no desespero, enquanto esperam essa graça. Os homens teriam sempre a graça se eles fossem bem educados e bem governados. É uma estranha moral a desses teólogos que atribuem todo o mal moral ao pecado original, e todo o bem que nós fazemos à graça! Não é preciso ficar surpreso ao ver que uma moral fundada sobre hipóteses tão ridículas não tem nenhuma eficácia (cf. a segunda parte desta obra, cap. VIII).

deroso nada pode por si mesmo contra as tendências infelizes que, na fatal constituição das coisas, os motores mais fortes dão às vontades dos homens e contra as direções deploráveis que fazem que sigam as suas paixões naturais. Repetem-nos incessantemente para resistir a essas paixões; dizem-nos para sufocá-las e para aniquilá-las em nosso coração: será que não veem que elas são necessárias, inerentes à nossa natureza, úteis à nossa conservação, já que não têm outro objeto além de evitar aquilo que nos causa dano e de nos proporcionar o que pode nos ser vantajoso? Enfim, será que não veem que essas paixões bem orientadas, ou seja, voltadas para objetos verdadeiramente interessantes para nós mesmos e para os outros, contribuiriam necessariamente para o bem-estar real e duradouro da sociedade? As paixões do homem são como o fogo, que é igualmente necessário às necessidades da vida e capaz de produzir os mais horrorosos estragos[7].

Tudo se torna um impulso para a vontade; uma palavra basta muitas vezes para modificar um homem por todo o decorrer da sua vida e para definir para sempre as suas tendências. Se uma criança queimou o dedo por tê-lo aproximado demais de uma vela, ela é advertida para sempre de que deve abster-se de uma semelhante tentativa. Um homem, uma vez punido e desprezado por ter cometido uma ação desonesta, não é tentado a continuar. Sob qualquer ponto de vista que

---

7. Alguns dos próprios teólogos sentiram a necessidade das paixões (cf. um livro do padre Senault[a], que tem como título *Do uso das paixões*).

(a) Jean-François Senault (1601-1672), célebre teólogo e pregador cuja obra mais importante, *De l'usage des passions*, foi publicada em 1641. Terminou sua vida como superior-geral da congregação do Oratório. (N. T.)

consideremos o homem, jamais o veremos agir a não ser de acordo com os impulsos dados à sua vontade, seja por causas físicas, seja por outras vontades. A organização particular define a natureza desses impulsos. As almas atuam sobre almas análogas: imaginações abrasadas atuam sobre as paixões fortes e sobre as imaginações fáceis de inflamar. Os progressos surpreendentes do entusiasmo, o contágio do fanatismo, a propagação hereditária da superstição, a transmissão dos terrores religiosos de raça para raça, o ardor com o qual se agarra o maravilhoso são efeitos tão necessários quanto aqueles que resultam da ação e da reação dos corpos.

Apesar das ideias tão gratuitas que os homens têm sobre a sua pretensa liberdade; apesar das ilusões desse pretenso *sentido íntimo*, que, a despeito da experiência, os persuade de que eles são senhores das suas vontades, todas as suas instituições se fundamentam realmente na necessidade. Nisso, como em uma infinidade de ocasiões, a prática afasta-se da especulação. Com efeito, se não supusermos em alguns motivos que são apresentados aos homens o poder necessário para determinar as suas vontades, para deter as suas paixões, para direcioná-los para um objetivo, para modificá-los, para que serviria a palavra? Que fruto seria possível esperar da educação, da legislação, da moral e da própria religião? O que faz a educação senão dar os primeiros impulsos às vontades dos homens, fazer que eles adquiram alguns hábitos, forçá-los a persistir neles, fornecer a eles motivos verdadeiros ou falsos para agir de uma determinada maneira? Quando um pai ameaça punir o seu filho, ou lhe promete uma recompensa, será que ele não está convencido de que essas coisas agirão sobre a sua vontade? O que faz a legislação senão apresentar aos cidadãos pelos quais uma nação é composta alguns motivos que ela supõe necessários para determiná-los a realizar algumas ações e a abster-se de algumas outras? Qual é o objeto da moral senão mostrar aos homens que o seu interesse exige que eles reprimam as suas paixões momentâneas, visando a um bem-estar mais duradouro e mais verdadeiro do que aquele que lhes seria proporcionado pela satisfação passageira dos seus desejos? A religião, em todos os países, não supõe o gênero humano e a natureza inteira submetidos às vontades irresistíveis de um ser necessário, que regula a sua sorte de acordo com as leis eternas de sua sabedoria imutável? Esse deus que os homens adoram não é o senhor absoluto dos seus destinos? Não será ele quem escolhe e quem reprova? As ameaças e as promessas pelas quais a religião substitui os verdadeiros motores que uma política racional deveria empregar não serão elas próprias fundamentadas na ideia dos efeitos que essas quimeras devem necessariamente produzir sobre homens ignorantes, temerosos e ávidos pelo maravilhoso? Enfim, essa divindade benfazeja que convoca suas criaturas à existência não as força, sem que elas saibam, a jogar um jogo de onde pode resultar a sua felicidade ou a sua infelicidade eterna?[8]

---

8. Toda religião é visível e incontestavelmente fundamentada no fatalismo. Entre os gregos, ela supunha que os homens eram punidos pelas suas faltas necessárias, como se pode ver em Orestes, em Édipo etc., que não cometeram senão crimes preditos pelos oráculos. Os cristãos fizeram esforços vãos para justificar a divindade, assacando as faltas dos homens sobre o *livre-arbítrio*, que não pode se conciliar com a *predestinação* – dogma

A educação nada mais é, portanto, que a necessidade mostrada às crianças. A legislação é a necessidade mostrada aos membros de um corpo político. A moral é a necessidade das relações que subsistem entre os homens mostrada aos seres racionais. Enfim, a religião é a lei de um ser necessário ou a necessidade mostrada aos homens ignorantes e pusilânimes. Em poucas palavras, em tudo aquilo que fazem, os homens supõem a *necessidade*, quando acreditam ter a seu favor experiências seguras, e a *probabilidade*, quando eles não conhecem a ligação necessária das causas com seus efeitos. Eles não agiriam como fazem se não estivessem convictos ou se não presumissem que certos efeitos se seguirão necessariamente das ações que eles praticam. O moralista prega a razão porque ele a crê necessária aos homens. O filósofo escreve porque ele presume que a verdade deve necessariamente prevalecer cedo ou tarde sobre a mentira. O teólogo e o tirano odeiam e perseguem necessariamente a razão e a verdade, porque eles as julgam nocivas aos seus interesses. O soberano que, através das suas leis, atemoriza o crime – e que, na maioria das vezes, também o torna útil e necessário – presume que os móbeis que ele emprega são suficientes para conter os seus súditos.

---

pelo qual os cristãos entram no sistema da fatalidade. O sistema da *graça* não pode tirá-los dessa dificuldade, já que deus só dá a sua graça a quem ele quer. A religião, em todos os países, não tem outros fundamentos além dos decretos fatais de um ser irresistível que decide arbitrariamente o destino das suas criaturas. Todas as hipóteses teológicas giram em torno desse ponto, e os teólogos, que consideram o sistema do fatalismo como falso ou perigoso, não veem que a queda dos anjos, o pecado original, o sistema da predestinação e da graça, o pequeno número dos eleitos etc. provam invencivelmente que a religião é um verdadeiro fatalismo.

Todos contam igualmente com a força ou com a necessidade dos motivos que eles colocam em uso e se vangloriam, com ou sem razão, de influir sobre a conduta dos homens. Sua educação só é comumente tão ruim ou tão pouco eficaz porque ela é regulada pelo preconceito. Ou, quando é boa, ela é logo contradita e aniquilada por tudo aquilo que se passa na sociedade. A legislação e a política são quase sempre iníquas. Elas acendem nos corações dos homens algumas paixões que não podem mais reprimir. A grande arte do moralista seria mostrar aos homens e àqueles que regulam as suas vontades que os seus interesses são os mesmos, que a sua felicidade recíproca depende da harmonia de suas paixões e que a segurança, a potência e a duração dos impérios dependem necessariamente do espírito que é difundido nas nações, das virtudes que são semeadas e cultivadas nos corações dos cidadãos. A religião só seria admissível se ela fortalecesse verdadeiramente esses motivos e se fosse possível que a mentira pudesse prestar auxílios reais à verdade. Porém, no estado lastimável em que alguns erros universais mergulharam a espécie humana, os homens, na sua maioria, são forçados a serem perversos ou a causarem dano aos seus semelhantes. Todos os motivos que lhes são fornecidos os convidam a fazer o mal. A religião os torna inúteis, abjetos e trêmulos, ou então faz deles fanáticos cruéis, desumanos, intolerantes. O poder supremo os esmaga e os força a serem servis e viciosos. A lei só pune o crime quando ele é muito frágil e não pode reprimir os excessos que o governo faz nascer. Enfim, a educação, negligenciada e desprezada, depende de sacerdotes impostores, ou de parentes sem luzes e sem modos, que transmitem aos seus alunos os vícios pelos quais eles próprios são atormentados e as opiniões falsas que eles têm interesse em fazê-los adotar.

Tudo isso nos prova, portanto, a necessidade de remontar às fontes primitivas dos desvios dos homens, se quisermos ministrar-lhes os remédios convenientes. É inútil pensar em corrigi-los enquanto não se tiver isolado as verdadeiras causas que movem as suas vontades e enquanto os móbeis ineficazes ou perigosos que sempre foram empregados não forem substituídos por móbeis mais reais, mais úteis e mais seguros. Cabe àqueles que são os senhores das vontades humanas, cabe àqueles que regulam a sorte das nações, buscar esses móbeis que a razão lhes fornecerá. Um bom livro, tocando o coração de um grande príncipe, pode tornar-se uma causa poderosa, que influirá necessariamente sobre a conduta de todo um povo e sobre a felicidade de uma porção do gênero humano.

De tudo aquilo que acaba de ser dito neste capítulo resulta que o homem não é livre em nenhum dos instantes da sua duração. Ele não é senhor de sua conformação, que ele recebe da natureza. Ele não é senhor das suas ideias ou das modificações do seu cérebro, que são devidas a causas que, contra a sua vontade, atuam continuamente sobre ele. Ele não tem o poder de não amar ou desejar aquilo que ele acha amável e desejável. Ele não tem o poder de não deliberar quando está incerto dos efeitos que os objetos produzirão sobre ele. Ele não tem o poder de não escolher aquilo que crê ser mais vantajoso. Ele não tem o poder de agir de modo diferente do que faz no momento que a sua vontade é determinada pela sua escolha. Em que momento, portanto, o homem será o senhor ou livre nas suas ações?[9]

Aquilo que o homem vai fazer é sempre uma consequência daquilo que ele foi, daquilo que ele é e daquilo que ele fez até o momento da ação. Nosso ser atual e total, considerado em todas as suas circunstâncias possíveis, contém a soma de todos os motivos da ação que iremos realizar, princípio do qual nenhum ser pensante pode recusar a verdade. Nossa vida é uma sequência de instantes necessários, e nossa conduta –

---

9. Eis como é possível reduzir a questão da liberdade do homem. A liberdade não pode se relacionar a nenhuma das funções conhecidas da nossa alma, porque a alma, no momento que age, não pode agir de outro modo. No momento que ela escolhe, não pode escolher de outro modo; no momento que ela delibera, não pode deliberar de outro modo; no momento que ela quer, não pode querer de outro modo, porque uma coisa não pode existir e não existir ao mesmo tempo. Ora, é a minha vontade tal como é que me faz deliberar; é a minha deliberação tal como é que me faz escolher; é a minha escolha tal como é que me faz agir; é a minha determinação tal como é que me faz executar aquilo que a minha deliberação me fez escolher, e eu só deliberei porque tive motivos que me fizeram deliberar e porque não era possível que eu não quisesse deliberar. Assim, a liberdade não se encontra nem na vontade, nem na deliberação, nem na escolha e nem na ação. É forçoso que os teólogos não relacionem a liberdade a nenhuma dessas operações da alma, porque de outro modo haveria contradição nas ideias. Se a alma não é livre, nem quando ela quer, nem quando ela delibera, nem quando ela escolhe e nem quando ela age, quando ela pode pois exercer a liberdade? Cabe aos teólogos nos dizer.

É evidente que é para justificar a divindade por todo o mal que se comete neste mundo que foi imaginado o sistema da liberdade. No entanto, esse sistema não a justifica de modo algum. Com efeito, se foi de deus que o homem recebeu a sua liberdade, foi de deus que ele recebeu a faculdade de escolher o mal e de se afastar do bem. Assim, foi de deus que ele recebeu a determinação ao pecado, ou então a liberdade deveria ser essencial ao homem e independente de deus (cf. o *Tratado dos sistemas*[a], p. 124).

(a) O *Traité des systèmes*, publicado em 1749, é uma obra na qual o filósofo francês Étienne Bonnot de Condillac (1714-1780) critica os sistemas elaborados por Descartes, Malebranche, Leibniz e Espinosa. (N. T.)

boa ou má, virtuosa ou viciosa, útil ou nociva a nós mesmos ou aos outros – é um encadeamento de ações tão necessárias quanto todos os instantes de nossa duração. *Viver* é existir de uma maneira necessária durante os pontos da duração que se sucedem necessariamente. *Querer* é consentir ou não consentir em permanecer aquilo que nós somos; *ser livre* é ceder aos motivos necessários que trazemos em nós mesmos.

Se nós conhecêssemos o funcionamento dos nossos órgãos, se pudéssemos nos lembrar de todos os impulsos ou modificações que eles receberam e dos efeitos que eles produziram, veríamos que todas as nossas ações estão submetidas à fatalidade, que regula o nosso sistema particular assim como todo o sistema do universo. Nenhum efeito em nós, assim como na natureza, se produz ao *acaso* – que, como já foi provado, é uma palavra vazia de sentido. Tudo aquilo que se passa em nós ou aquilo que se faz por nós, assim como tudo aquilo que ocorre na natureza ou que nós atribuímos a ela, é devido a causas necessárias, que agem de acordo com leis necessárias e que produzem alguns efeitos necessários, de onde decorrem outros.

A *fatalidade* é a ordem eterna, imutável, necessária, estabelecida na natureza, ou a ligação indispensável entre as causas que agem e os efeitos que elas operam. De acordo com essa ordem, os corpos pesados caem, os corpos leves se elevam, as matérias análogas se atraem, as contrárias se repelem. Os homens se associam, modificam-se uns aos outros, tornam-se bons ou maus, tornam-se mutuamente felizes ou infelizes, amam-se ou se odeiam necessariamente de acordo com a maneira como eles agem uns sobre os outros. De onde se vê que a necessidade que regula os movimentos do mundo físico regula também todos os do mundo moral, onde tudo está, por conseguinte, submetido à fatalidade. Percorrendo, sem o nosso conhecimento e muitas vezes contra a nossa vontade, o caminho que a natureza traçou para nós, assemelhamo-nos a nadadores forçados a seguir a corrente que os carrega. Acreditamos ser livres porque ora consentimos, ora não consentimos em seguir a maré que sempre nos arrasta. Nós nos acreditamos os senhores do nosso destino porque somos forçados a mexer os braços no temor de ir para o fundo.

Volentem ducunt fata, nolentem trahunt* (Sêneca).

As ideias falsas que elaboramos sobre a liberdade são, geralmente, fundamentadas no fato de que existem alguns acontecimentos que julgamos necessários, porque vemos que eles são efeitos constante e invariavelmente ligados a certas causas, sem que nada possa impedi-los. Nós acreditamos entrever a cadeia das causas e dos efeitos que provocam esses acontecimentos, enquanto consideramos como *contingentes* os acontecimentos dos quais ignoramos as causas, o encadeamento e a maneira de agir. Porém, em uma natureza onde tudo está ligado, não existe nenhum efeito sem causa e, no mundo físico, assim como no mundo moral, tudo aquilo que ocorre é uma consequência necessária das causas visíveis ou ocultas, que são forçadas a agir de acordo com as suas próprias essências. No homem, a liberdade nada mais é do que a necessidade contida dentro dele mesmo.

---

* "O destino conduz aqueles que o aceitam e arrasta aqueles que resistem a ele" (*Cartas a Lucílio*, CVII). (N. T.)

Capítulo 12

Exame da opinião que sustenta que o sistema do fatalismo é perigoso

Para os seres que são obrigados, por sua essência, a tender constantemente a se conservarem e a se tornarem felizes, a experiência é indispensável. Eles não podem, sem ela, descobrir a verdade, que nada mais é, como dissemos, que o conhecimento das relações constantes que subsistem entre o homem e os objetos que agem sobre ele. De acordo com as nossas experiências, chamamos de úteis aqueles que nos proporcionam um bem-estar permanente e chamamos de agradáveis aqueles que nos proporcionam um prazer mais ou menos duradouro. A própria verdade só constitui o objeto de nossos desejos porque acreditamos que ela seja útil. Nós a tememos a partir do momento que presumimos que ela pode nos causar dano. Porém, a verdade pode realmente causar dano? Será possível que pudesse resultar em mal para o homem um conhecimento exato das relações ou das coisas que, para a sua felicidade, ele é interessado em conhecer? Não, sem dúvida. É sobre a sua utilidade que a verdade funda o seu valor e os seus direitos. Ela pode, algumas vezes, ser desagradável para alguns indivíduos e contrária aos seus interesses, mas será sempre útil a toda a espécie humana, cujos interesses nunca são os mesmos que os dos homens que, enganados pelas suas próprias paixões, acreditam-se interessados em mergulhar os outros no erro. A utilidade é, pois, a pedra de toque dos sistemas, das opiniões e das ações dos homens. Ela é a medida da estima e do amor que devemos à própria verdade: as verdades mais úteis são as mais estimáveis. Chamamos de grandes as verdades mais interessantes para o gênero humano; as que chamamos de estéreis ou que desdenhamos são aquelas cuja utilidade se limita ao divertimento de alguns homens que não têm ideias, maneiras de sentir e necessidades análogas às nossas.

É de acordo com essa medida que devem ser julgados os princípios que acabam de ser estabelecidos nesta obra. Aqueles que conhecerem a vasta cadeia dos males que os sistemas errôneos da superstição produziram sobre a Terra reconhecerão a importância de opor a eles sistemas mais verdadeiros, buscados na natureza, fundamentados na experiência. Aqueles que se acreditam interessados nas mentiras estabelecidas verão com horror as verdades que lhes apresentamos. Enfim, aqueles que não perceberem, ou que perceberem apenas fracamente, as desgraças causadas pelos preconceitos teológicos, considerarão todos os nossos princípios como inúteis ou como verdades estéreis, feitas quando muito para entreter a ociosidade de alguns especuladores.

Não fiquemos espantados com os diferentes julgamentos que vemos os homens fazerem: como seus interesses nunca são os mesmos, do mesmo modo como suas noções de utilidade, eles condenam ou desdenham tudo aquilo que não concorda com as suas próprias ideias. Isso posto, examinemos se, aos olhos do homem isento, liberto dos preconceitos ou sensível à felicidade da sua espécie, o dogma do fatalismo é útil ou perigoso. Vejamos se é uma especulação estéril, que não tenha nenhuma influência sobre a felicidade do gênero humano. Nós já vimos que ele deveria fornecer à moral e à política motores verdadeiros e reais para fazer agir as vontades dos homens. Já vimos do mesmo modo que ele serviria para explicar de uma maneira simples o mecanismo das ações e os fenômenos do coração humano. Por outro lado, se nossas ideias não passam de especulações estéreis, elas não podem interessar à felicidade do homem. Seja porque ele se acredite livre, seja porque reconheça a necessidade das coisas, ele sempre seguirá igualmente as tendências impressas em sua alma. Uma educação sensata, hábitos honestos, sistemas sábios, leis equitativas, recompensas e penas justamente distribuídas tornarão o homem bom, e não algumas especulações espinhosas que só podem, quando muito, influir sobre as pessoas acostumadas a pensar.

De acordo com essas reflexões, será fácil para nós transpor as dificuldades que são incessantemente opostas ao sistema do fatalismo – que tantas pessoas, cegas pelos seus sistemas religiosos, desejariam fazer ser visto como perigoso, como digno de castigo, como apropriado para perturbar a ordem pública, para desencadear as paixões e para confundir as ideias que se deve ter sobre o vício e a virtude.

Dizem-nos, com efeito, que se todas as ações dos homens são necessárias, não se tem o direito de punir aqueles que cometem más ações, e nem mesmo de se zangar com eles, que não é possível lhes imputar nada, que as leis seriam injustas se lhes pronunciassem penas. Em poucas palavras, que o homem, nesse caso, não pode ter mérito nem demérito. Respondo que imputar uma ação a alguém é atribuí-la a ele, é reconhecê-lo como seu autor. Assim, ainda que supuséssemos que essa ação fosse o efeito de um agente necessário, a imputação pode acontecer. O mérito ou o demérito que atribuímos a uma ação são ideias fundamentadas nos efeitos favoráveis ou perniciosos que delas resultam para aqueles que as experimentam, e ainda que supuséssemos que o agente era necessário, nem por isso é menos certo que a sua ação será boa ou má, estimável ou desprezível para todos aqueles que sentirem as suas influências, enfim, apropriadas para despertar o seu amor ou a sua cólera. O amor ou a cólera são em nós maneiras de ser apropriadas para modificar os seres da nossa espécie: quando me irrito com alguém, pretendo provocar nele o temor e desviá-lo daquilo que me desagrada, ou mesmo puni-lo por isso. Além disso, minha cólera é necessária, ela é uma consequência da minha natureza e do meu temperamento. A sensação penosa que produz em mim a pedra que cai sobre o meu braço não deixa de ser uma sensação que me desagrada, embora parta de uma causa privada de vontade e que age pela necessidade da sua natureza. Considerando os homens como agindo necessariamente, não podemos nos dispensar de distinguir neles uma maneira de ser e de agir que nos convém, ou que somos forçados a aprovar, de uma maneira de ser e de agir que nos aflige e nos irrita, que nossa natureza nos força a censurar e a impedir. De onde se vê que o sistema do fatalismo não modifica em nada o estado das coisas, e não é apropriado para confundir as ideias de vício e de virtude[1].

As leis são feitas apenas para manter a sociedade e para impedir os homens associados de causarem dano uns aos outros. Elas podem, portanto, punir aqueles que a perturbam ou que cometem ações nocivas aos seus semelhantes. Quer esses associados sejam agentes necessários, quer atuem livremente, é o bastante saber que eles podem ser modificados. As leis penais são motivos que a experiência nos mostra como capazes de conter ou de aniquilar os impulsos que as paixões dão às vontades dos homens. De qualquer causa necessária que tais paixões lhes venham, o legislador se propõe a deter o seu efeito e, quando ele se dedica a isso de uma maneira adequada, está seguro do sucesso. Ao promulgar patíbulos, suplícios e castigos de qualquer tipo para os crimes, ele não faz outra coisa do que aquele que, ao construir uma casa, nela coloca calhas para impedir que as águas da chuva degradem os alicerces de sua moradia.

---

1. Nossa natureza sempre se revolta contra aquilo que a contraria. Existem alguns homens tão coléricos que se põem em furor mesmo contra objetos insensíveis e inanimados. Porém, a reflexão sobre a impotência que temos para modificá-los deveria nos reconduzir à razão. Os pais cometem muitas vezes um grande erro ao punirem seus filhos com cólera. São seres que ainda não foram modificados, ou que eles próprios modificaram muito mal. Nada é mais comum na vida do que ver homens punirem faltas das quais eles próprios são as causas.

Qualquer que seja a causa que faz agir os homens, se está no direito de deter os efeitos das suas ações, do mesmo modo como aquele que poderia ter o seu campo arrastado por um rio, está no direito de conter as suas águas por meio de um dique – ou mesmo, se puder, de desviar o seu curso. É em virtude desse direito que a sociedade pode atemorizar e punir, visando à sua conservação, aqueles que estariam tentados a lhe causar dano, ou que cometem ações que ela reconhece como verdadeiramente nocivas ao seu repouso, à sua segurança e à sua felicidade.

Nos dirão, sem dúvida, que a sociedade não pune normalmente as faltas nas quais a vontade não teve nenhuma participação. É essa vontade apenas que é punida; é ela quem define o crime e a sua atrocidade: e se essa vontade não é livre, não se deve puni-la. Respondo que a sociedade é uma reunião de seres sensíveis, suscetíveis de razão, que desejam o bem-estar e que temem o mal. Essas disposições fazem que as suas vontades possam ser modificadas ou determinadas a adotar a conduta que os conduza aos seus fins. A educação, a lei, a opinião pública, o exemplo, o hábito e o temor são causas que devem modificar os homens, influir sobre as suas vontades, fazê-los colaborar para o bem geral, regular suas paixões e conter aquelas que podem causar dano ao objetivo da associação. Essas causas são de natureza a impressionar todos os homens que, pela sua organização e sua essência, são colocados em condições de adquirir os hábitos, as maneiras de pensar e de agir que querem lhes inspirar. Todos os seres da nossa espécie são suscetíveis de temor. A partir disso, o temor de um castigo, ou da privação da felicidade que eles desejam, é um motivo que deve necessariamente influir mais ou menos sobre as suas vontades e suas ações. Seriam encontrados alguns homens bastante mal constituídos para resistirem ou para serem insensíveis aos motivos que agem sobre todos os outros? Eles não são apropriados para viver em sociedade, contrariam o objetivo da associação, são seus adversários, põem obstáculos à sua tendência, e como as suas vontades rebeldes e insociáveis não puderam ser modificadas adequadamente aos interesses dos seus concidadãos, estes se reúnem contra os seus inimigos. E a lei, que é a expressão da vontade geral, inflige penas a esses seres, sobre os quais os motivos que lhes haviam sido apresentados não tiveram nenhum dos efeitos que deles se podia esperar. Por conseguinte, esses homens insociáveis são punidos, são tornados infelizes e, segundo a natureza dos seus crimes, são excluídos da sociedade como seres pouco adequados para colaborar com os seus desígnios.

Se a sociedade tem o direito de se conservar, ela tem o direito de adotar os meios para isso. Esses meios são as leis, que apresentam às vontades dos homens os motivos mais apropriados para desviá-los das ações nocivas. Esses motivos nada podem sobre eles? A sociedade, para o seu próprio bem, é forçada a lhes tirar o poder de lhe causar dano. De qualquer fonte que partam as suas ações – quer elas sejam livres, quer sejam necessárias –, ela os pune quando, depois de ter apresentado a eles alguns motivos bastante poderosos para agir sobre seres racionais, vê que esses motivos não puderam vencer os impulsos de sua natureza depravada. Ela os pune com justiça quando as ações das quais os desvia são verdadeiramente nocivas à sociedade. Ela tem direito de puni-los quando não lhes ordena ou proíbe senão coisas conformes ou contrárias à natureza dos seres associados para o seu bem recíproco. Mas, por outro lado, a lei não está no direito de punir aqueles a quem ela não apresentou os motivos necessários para influírem sobre as suas vontades. Ela não tem direito de punir aqueles que a negligência da sociedade privou dos meios de subsistir, de exercer o seu ofício e os seus talentos, de trabalhar para ela. Ela é injusta quando pune aqueles a quem não deu nem educação nem princípios honestos, a quem não fez adquirir os hábitos necessários à manutenção da sociedade. Ela é injusta quando os pune por faltas que as necessidades da sua natureza e que a constituição da sociedade lhes tornaram necessárias. Ela é injusta e insensata quando os castiga por terem seguido algumas tendências que a própria sociedade, que o exemplo, que a opinião pública e que as instituições conspiram para lhes dar. Por fim, a lei é iníqua quando não proporciona a punição ao mal real que foi feito à sociedade. O último grau de injustiça e de loucura é quando ela é cega a ponto de infligir penas àqueles que a servem utilmente.

Assim, as leis penais, ao mostrarem alguns objetos assustadores a homens que elas devem supor suscetíveis de temor, apresentam a eles motivos apropriados para influir sobre as suas vontades. A ideia da dor, da privação da liberdade e da morte são, para seres bem constituídos e gozando de suas faculdades, obstáculos poderosos que se opõem fortemente aos impulsos dos seus desejos desregulados. Aqueles que não são detidos por isso são insensatos, frenéticos, seres mal organizados, contra os quais os outros estão no direito de se garantir e de se pôr em segurança. A loucura é, sem dúvida, um estado involuntário e necessário. No entanto, ninguém acha que seja injusto privar da liberdade os loucos, embora suas ações não possam ser imputadas senão ao desarranjo de seu cérebro. Os perversos são homens cujo cérebro está contínua ou transitoriamente perturbado; é preciso, portanto, puni-los, em razão do mal que eles fazem, e pô-los para sempre na impotência de causar dano, se não se tem nenhuma esperança de algum dia reconduzi-los à uma conduta mais conforme ao objetivo da sociedade.

Eu não examino aqui até onde podem ir os castigos que a sociedade inflige àqueles que a ofendem. A razão parece indicar que a lei deve mostrar pelos crimes necessários dos homens toda a indulgência compatível com a conservação da sociedade. O sistema da fatalidade não deixa, como vimos, os crimes impunes, mas pelo menos é apropriado para moderar a barbárie com a qual um grande número de nações punem as vítimas de sua cólera. Essa crueldade se torna ainda mais absurda quando a experiência mostra sua inutilidade; o hábito de ver suplícios atrozes familiariza os criminosos com sua ideia. Se é bem verdade que a sociedade tenha o direito de tirar a vida dos seus membros; se é bem verdade que a morte do criminoso, inútil doravante para ele, seja vantajosa para a sociedade – o que precisaria ser examinado –, a humanidade exigiria ao menos que essa morte não fosse acompanhada por tormentos inúteis, com os quais muitas vezes as leis demasiado rigorosas se comprazem em sobrecarregá-la. Tal crueldade só serve para fazer sofrer – sem fruto por si mesma – a vítima que é imolada à vindita pública, comovendo o espectador e o interessando em favor do infeliz que geme. Com isso, ela não se impõe de modo algum ao perverso, cuja visão das crueldades que lhe são destinadas torna quase sempre mais feroz, mais cruel, mais inimigo dos seus associados. Se o exemplo da morte fosse menos frequente, mesmo sem ser acompanhado de dores, seria por isso mais impositivo[2].

O que diremos da injusta crueldade de algumas nações, onde as leis que deveriam ser feitas para a vantagem de todos não parecem ter como objeto senão a segurança particular dos mais fortes, e onde castigos pouco proporcionais aos crimes tiram impiedosamente a vida de homens que a mais urgente necessidade forçou a serem culpados? É assim que, na maioria das nações civilizadas, a vida de um cidadão é posta na

---

2. A maior parte dos criminosos considera a morte apenas como *um mau pedaço*. Um ladrão, vendo um de seus camaradas que mostrava pouca firmeza em meio ao suplício, lhe disse: "Será que eu não te disse que, na nossa profissão, nós temos uma moléstia a mais do que o resto dos homens?". Rouba-se todos os dias ao próprio pé do cadafalso onde se pune os culpados. Nas nações onde se inflige tão levianamente a pena de morte, será que se prestou bastante atenção ao fato de que se privava a sociedade, todos os anos, de um grande número de homens que poderiam, por seus trabalhos forçados, prestar a ela alguns serviços úteis, e indenizá-la assim pelo mal que lhe fizeram? A facilidade com a qual se tira a vida dos homens comprova a tirania e a incapacidade da maioria dos legisladores: eles acham bem mais fácil destruir os cidadãos do que buscar os meios de torná-los melhores.

mesma balança que o dinheiro. O infeliz que perece de fome e de miséria é morto por ter tirado alguma porção mesquinha do supérfluo de um outro, que ele vê nadar na abundância! Eis aí aquilo que, nas sociedades esclarecidas, é chamado de *justiça*, ou de proporcionar o castigo ao crime.

Essa horrenda iniquidade não se torna ainda mais gritante quando as leis e os costumes pronunciam penas cruéis contra os crimes que as más instituições fazem brotar e multiplicar? Os homens, como nunca é bastante repetir, só são tão levados ao mal porque tudo parece empurrá-los para ele. Sua educação é nula na maior parte dos Estados. O homem do povo neles não recebe outros princípios senão os de uma religião ininteligível, que não passa de uma frágil barreira contra as inclinações do seu coração. Em vão a lei lhe clama a abster-se dos bens dos outros; suas necessidades lhe clamam mais forte porque é preciso viver à custa da sociedade que nada fez por ele e que o condena a gemer na indigência e na miséria. Privado muitas vezes do necessário, ele se vinga através dos roubos, dos latrocínios, dos assassinatos. Com o risco de sua vida, busca satisfazer suas necessidades reais ou imaginárias que tudo conspira para provocar em seu coração. A educação, que ele não recebeu, não lhe ensinou a conter o ímpeto do seu temperamento. Sem ideias de decência, sem princípios de honra, ele se permite causar dano a uma pátria que não passa de uma madrasta para ele. Em seus arroubos, não vê mais nem mesmo o patíbulo que o espera. Além disso, suas inclinações se tornaram muito fortes, seus hábitos inveterados não podem mais se modificar, a preguiça o entorpece, o desespero o cega, ele corre para a morte, e a sociedade o pune com rigor pelas disposições fatais e necessárias que ela fez nascer nele, ou pelo menos que não desenraizou adequadamente e combateu através dos motivos mais apropriados para dar ao seu coração inclinações honestas. Assim, a sociedade pune muitas vezes as tendências que ela faz nascer, ou que a sua negligência faz brotar nos espíritos. Ela age como esses pais injustos que castigam os seus filhos pelos defeitos que eles mesmos lhes fizeram adquirir.

Por mais injusta e irracional que essa conduta seja, ela nem por isso é menos necessária. A sociedade, tal como é, quaisquer que sejam a sua corrupção e os vícios das suas instituições, quer subsistir e tende a se conservar. Por conseguinte, ela é forçada a punir os excessos que a sua má constituição a força a produzir: apesar dos seus próprios preconceitos e dos seus vícios, ela sente que a sua segurança exige que destrua os complôs daqueles que lhe declaram guerra. Se estes, levados por algumas tendências necessárias, a perturbam e lhe causam dano, ela – forçada, por seu lado, pelo desejo de se conservar – os afasta do seu caminho e os pune com maior ou menor rigor, segundo os objetos aos quais dá maior importância, ou que ela supõe serem mais úteis ao seu próprio bem-estar. Ela se engana, sem dúvida, muitas vezes, sobre esses objetos e sobre os meios, mas se engana, então, necessariamente, por falta de ter as luzes que poderiam esclarecê-la sobre os seus verdadeiros interesses, ou pela falta de vigilância, de talentos e de virtudes naqueles que regulam os seus movimentos. De onde se vê que as injustiças de uma sociedade cega e mal constituída são tão necessárias quanto os crimes daqueles que a perturbam e a atormentam³. Um corpo político, quando está em demência, não pode mais agir em conformidade com a razão, do mesmo modo como um de seus membros cujo cérebro está perturbado.

Dizem-nos ainda que essas máximas, ao submeterem tudo à necessidade, devem confundir ou mesmo destruir as noções que temos do justo e do injusto, do bem e do mal, do mérito e do demérito. Eu o nego; embora o homem aja necessariamente em tudo aquilo que faz, suas ações são justas, boas e meritórias todas as vezes que elas tendem à utilidade real dos seus semelhantes e da sociedade em que ele vive. E não podemos nos impedir de distingui-los daqueles que prejudicam realmente o bem-estar dos seus associados. A sociedade é justa, boa, digna do nosso amor quando proporciona a todos os seus membros as suas necessidades físicas, a segurança, a liberdade, a posse dos seus direitos naturais. É nisso que consiste toda a felicidade da qual o Estado social é suscetível. Ela é injusta, má, indigna do nosso amor quando é parcial para um pequeno número e cruel para o maior. É então que, necessariamente, ela multiplica os seus inimigos e os obriga a se vingar através de ações criminosas que ela é forçada a punir. Não é dos caprichos de uma sociedade política que dependem as noções verdadeiras do justo e do injusto,

---

3. Uma sociedade que pune os excessos que ela faz nascer pode ser comparada àqueles que são acometidos pela *moléstia pedicular*. Eles são forçados a matar os insetos pelos quais são atormentados, embora seja a sua constituição viciosa que os produza a cada instante[a].

   (a) Nesta nota, Holbach parece acreditar que a "moléstia pedicular" – que hoje chamamos de uma simples infestação de piolhos – tem origem congênita. (N. T.)

do bem e do mal moral, do mérito e do demérito reais. É da utilidade, é da necessidade das coisas que forçarão sempre os homens a sentir que existe uma maneira de agir que eles são obrigados a amar e a aprovar nos seus semelhantes ou na sociedade, enquanto existe uma outra que eles são obrigados pela sua natureza a odiar e a censurar. É em nossa própria essência que estão fundamentadas nossas ideias do prazer e da dor, do justo e do injusto, do vício e da virtude: a única diferença é que o prazer e a dor se fazem sentir imediata e instantaneamente em nosso cérebro, ao passo que as vantagens da justiça e da virtude só se mostram quase sempre a nós através de uma série de reflexões e de experiências multiplicadas e complicadas – que o vício de sua conformação e das suas circunstâncias impedem quase sempre muitos homens de fazer, ou pelo menos de fazer exatamente.

Por uma consequência necessária dessa mesma verdade, o sistema do fatalismo não tende a nos estimular ao crime e a fazer desaparecerem os remorsos, como muitas vezes o acusam. Nossas tendências são devidas à nossa natureza. O uso que fazemos das nossas paixões depende dos nossos hábitos, das nossas opiniões, das ideias que nós recebemos em nossa educação e nas sociedades onde vivemos. São, necessariamente, essas coisas que definem a nossa conduta. Assim, quando o nosso temperamento nos tornar suscetíveis de paixões fortes, seremos arrebatados em nossos desejos, quaisquer que sejam as nossas especulações. Os remorsos são sentimentos dolorosos provocados pelo pesar que nos causam os efeitos presentes ou futuros das nossas paixões: se esses efeitos nos são sempre úteis, não sentimos nenhum remorso. Porém, a partir do momento que estamos seguros de que as nossas ações nos tornarão odiosos ou desprezíveis aos outros, ou a partir do momento que tememos ser punidos por elas de uma maneira ou de outra, ficamos inquietos e descontentes com nós mesmos, censuramos a nossa conduta, ficamos envergonhados por ela no fundo do coração, ficamos apreensivos pelos julgamentos dos seres em cuja estima, benevolência e afeição sentimos que estamos interessados. Nossa própria experiência nos prova que o perverso é um homem odioso para todos aqueles sobre os quais suas ações influem. Se essas ações são ocultas, sabemos que é raro que elas possam sê-lo para sempre. A menor reflexão nos prova que não existe nenhum perverso que não esteja envergonhado com a sua conduta, que esteja verdadeiramente contente consigo mesmo, que não inveje a sorte de um homem de bem, que não seja forçado a reconhecer que pagou bem caro pelas vantagens que ele jamais pode desfrutar sem fazer reflexões muito incômodas sobre sua própria conduta. Ele sente vergonha, ele se despreza, ele se odeia, sua consciência está sempre alarmada. Para se convencer desse princípio, é preciso apenas considerar até que ponto os tiranos ou os celerados bastante poderosos para não temerem os castigos dos homens temem, no entanto, a verdade, e exageram as precauções e a crueldade contra aqueles que poderiam expô-los aos julgamentos do público. Portanto, eles têm consciência das suas iniquidades; portanto, sabem que são odiosos e desprezíveis; portanto, eles têm remorsos. Sua sorte não é, portanto, lastimável?

As pessoas bem criadas adquirem esses sentimentos na educação. Eles são fortalecidos ou enfraquecidos pela opinião pública, pelo costume, pelos exemplos que se tem diante dos olhos. Em uma sociedade depravada, os remorsos não existem ou logo desaparecem, porque, em todas as suas ações, são sempre os julgamentos dos seus semelhantes que os homens são forçados a considerar. Nós nunca temos vergonha nem remorso das ações que vemos serem aprovadas ou praticadas por todo mundo. Sob um governo corrompido, algumas almas venais, ávidas e mercenárias não sentem vergonha da baixeza, do roubo e da rapina autorizados pelo exemplo. Em uma nação licenciosa ninguém sente vergonha de um adultério. Em um país supersticioso não se sente vergonha de assassinar por causa das opiniões. Vemos, portanto, que os nossos remorsos, assim como as ideias verdadeiras ou falsas que temos sobre a decência, a virtude, a justiça etc., são consequências necessárias do nosso temperamento modificado pela sociedade em que vivemos. Os assassinos e os ladrões, quando convivem entre si, não têm vergonha nem remorso.

Assim – repito – todas as ações dos homens são necessárias. Aquelas que são sempre úteis, ou que contribuem para a felicidade real e duradoura da nossa espécie, são chamadas de virtudes e agradam necessariamente a todos aqueles que as aprovam, a menos que suas paixões ou suas opiniões falsas os forcem a julgá-las de uma maneira pouco condizente com a natureza das coisas. Cada um age e julga necessariamente de acordo com sua própria maneira de ser e de acordo com as ideias verdadeiras ou falsas que tem da felicidade. Existem algumas ações necessárias que somos forçados a aprovar; existem outras que somos, a despeito de nós mesmos, forçados a censurar, e cuja ideia nos obriga a enrubescer quando a nossa imaginação faz que as vejamos com os olhos dos outros. O homem de bem e o perverso agem por motivos igualmente necessários. Eles diferem simplesmente pela organização e pelas ideias que têm da felicidade. Nós amamos o primeiro necessariamente e detestamos o outro pela mesma necessidade. Como a lei da nossa natureza queria que um ser sensível trabalhasse constantemente para se conservar, não pôde deixar aos homens o poder de escolher ou a liberdade de preferir a dor ao prazer, o vício à utilidade, o crime à virtude. É, portanto, a própria essência do homem que o obriga a distinguir as ações vantajosas para ele próprio daquelas que lhe são nocivas.

Essa distinção subsiste mesmo nas sociedades mais corrompidas, nas quais as ideias de virtude, embora o mais completamente apagadas da conduta, permanecem as mesmas nos espíritos. Com efeito, suponhamos um homem decidido pela perversidade que tivesse dito a si próprio que é um engano ser virtuoso em uma sociedade pervertida. Suponhamos ainda que ele tenha bastante habilidade e sorte para escapar durante uma longa série de anos à censura e aos castigos. Eu digo que, apesar das circunstâncias tão vantajosas, tal homem não esteve nem feliz, nem contente consigo mesmo. Ele esteve em transes, em combates, em agitações perpétuas. Quantas precauções, embaraços, esforços, cuidados e preocupações não foram necessários que ele empregasse nessa luta contínua contra os seus associados, dos quais ele temia os olhares! Perguntemos a ele o que pensa de si mesmo. Aproximemo-nos do leito desse celerado moribundo e perguntemos se ele gostaria de recomeçar, ao mesmo preço, uma vida tão agitada. Se ele for de boa-fé, confessará que não tem experimentado nem repouso, nem bem-estar, que cada crime lhe custou algumas inquietações e insônias, que este mundo não passou para ele de um palco contínuo de alarmes e de sofrimentos do espírito; que viver pacificamente de pão e água lhe parece uma sorte mais doce do que adquirir riquezas, reputação e honrarias nas mesmas condições. Se esse celerado, apesar de todos os seus sucessos, acha a sua sorte deplorável, o que pensaremos nós daqueles que não tiveram os mesmos recursos nem as mesmas vantagens para triunfar em seus projetos?

Assim, o sistema da necessidade é não somente verdadeiro e fundamentado em experiências seguras, mas também estabelece a moral sobre uma base inquebrantável. Longe de solapar os fundamentos da virtude, ele mostra a sua necessidade. Faz ver os sentimentos invariáveis que ela deve provocar em nós, sentimentos tão necessários e tão fortes que todos os preconceitos e vícios de nossas instituições jamais puderam aniquilá-los nos corações. Quando desconhecemos as vantagens da virtude, é aos nossos erros infusos, às nossas instituições insensatas que devemos nos prender. Todos os nossos desvirtuamentos são consequências fatais e necessárias dos erros e dos preconceitos que se identificam conosco. Portanto, não acusemos mais a nossa natureza de nos tornar perversos. São as opiniões funestas que somos forçados a sugar junto com o leite que nos tornam ambiciosos, ávidos, invejosos, orgulhosos, depravados, intolerantes, obstinados em nossos preconceitos, incômodos para os nossos semelhantes e nocivos para nós mesmos. É a educação que inocula em nós o germe dos vícios que nos atormentarão necessariamente durante todo o transcurso da nossa vida.

Acusam o fatalismo de desencorajar os homens, de arrefecer suas almas, de mergulhá-los na apatia, de romper os nós que deveriam ligá-los à sociedade. "Se tudo é necessário" – dizem-nos –, "é preciso deixar as coisas acontecerem e não se comover com nada." Mas depende de mim ser sensível ou não? Será que tenho o poder de sentir ou de não sentir a dor? Se a natureza me deu uma alma terna e humana, será possível não me interessar vivamente pelos seres que eu sei serem necessários para a minha própria felicidade? Meus sentimentos são necessários, eles dependem da minha própria natureza que a educação cultivou. Minha imaginação pronta a se comover faz que meu coração fique apertado e estremeça com a visão dos males que sofrem os meus semelhantes, do despotismo que os esmaga, da superstição que os desvirtua, das paixões que os dividem, das loucuras que os põem perpetuamente em guerra. Embora eu saiba que a morte é o termo fatal e necessário de todos os seres, minha alma nem por isso deixa de ser menos vivamente tocada pela perda de uma esposa querida, de um filho apropriado para consolar minha velhice, de um amigo que se tornou necessário ao meu coração. Embora não ignore que é da essência do fogo queimar, não me acreditarei dispensado de empregar todos os meus esforços para apagar um incêndio. Embora esteja intimamente convencido de que os males dos quais sou testemunha são consequências necessárias dos erros primitivos dos quais os meus concidadãos estão imbuídos, se a natureza me deu a coragem de fazê-lo, ousarei lhes mostrar a verdade. Se eles a escutam, ela se tornará pouco a pouco o remédio seguro para os seus sofrimentos. Produzirá os efeitos que está na sua essência realizar.

Se as especulações dos homens influíam sobre a sua conduta ou modificavam os seus temperamentos, não é possível duvidar que o sistema da necessidade deva ter sobre eles a influência mais vantajosa; não somente ela seria apropriada para acalmar a maior parte das suas inquietações, mas contribuiria também para lhes inspirar uma submissão útil, uma resignação sensata aos decretos da sorte – com os quais, muitas vezes, a sua enorme sensibilidade faz que fiquem acabrunhados. Esta feliz apatia seria, sem dúvida, desejável para os seres que uma alma demasiado terna transforma muitas vezes em deploráveis joguetes do destino ou cujos órgãos, demasiado frágeis, se expõem incessantemente a serem quebrados pelos golpes da adversidade.

Porém, de todas as vantagens que o gênero humano poderia extrair do dogma da fatalidade – se o aplicasse à sua conduta –, não existe nenhuma que seja maior do que essa indulgência, essa tolerância universal que deveria ser uma consequência da opinião de que *tudo é necessário*. Como consequência desse princípio, o fatalista, se tivesse a alma sensível, lamentaria os seus semelhantes, gemeria pelos seus desvarios, buscaria desenganá-los, sem jamais se irritar com eles nem insultar a sua miséria. Com que direito, com efeito, odiar ou desprezar os homens? Sua ignorância, seus preconceitos, suas fraquezas, seus vícios e suas paixões não são consequências inevitáveis das suas más instituições? Será que eles não deixam de ser muito rigorosamente punidos por isso, por uma multidão de males que os assediam por todos os lados? Os déspotas que os oprimem sob um cetro de ferro não são as vítimas contínuas das suas próprias inquietações e das suas desconfianças? Será que existe um perverso que goze de uma felicidade bem pura? As nações não sofrem incessantemente com os seus preconceitos e as suas loucuras? A ignorância dos chefes e o ódio que eles têm pela razão e pela verdade não são punidas com o enfraquecimento e a ruína dos Estados que eles governam? Em poucas palavras, o fatalista gemerá ao ver a necessidade exercer a todo momento os seus julgamentos severos sobre os mortais que não reconhecem o seu poder ou que sentem os seus golpes sem querer reconhecer a mão com a qual eles são desferidos. Ele verá que a ignorância é necessária, que a credulidade é a sua consequência necessária; que a subserviência é uma consequência necessária da ignorância crédula; que a corrupção dos costumes é uma consequência necessária da subserviência. Enfim, que as infelicidades das sociedades e dos seus membros são consequências necessárias dessa corrupção.

O fatalista coerente com essas ideias não será, portanto, nem um misantropo incômodo nem um cidadão perigoso. Ele perdoará os seus irmãos pelos desvarios que a sua natureza viciada por mil causas tornou necessários para eles. Ele os consolará, lhes inspirará coragem, os desenganará das suas vãs quimeras. Porém, ele jamais lhes mostrará esse azedume mais apropriado para revoltá-los do que para atraí-los para a razão. Ele não perturbará de maneira alguma o repouso da sociedade, não sublevará os povos contra o poder soberano. Ele perceberá que a perversidade e a cegueira de tantos condutores dos povos são consequências necessárias das adulações com as quais nutriram sua infância, da malícia necessária daqueles que os assediam e os corrompem para tirar proveito das suas fraquezas. Enfim, que são os efeitos inevitáveis da ignorância profunda dos seus verdadeiros interesses na qual tudo se esforça para mantê-los.

O fatalista não tem o direito de ter vaidade pelos seus próprios talentos ou pelas suas virtudes. Ele sabe que essas qualidades não passam das consequências da sua organização natural, modificada por algumas circunstâncias que de nenhuma forma dependeram dele. Ele não terá nem ódio nem desprezo por aqueles que a natureza e as circunstâncias não tiverem favorecido como a ele. É o fatalista que deve ser humilde e modesto por princípio; será que ele não é forçado a reconhecer que não possui nada que ele não tenha recebido?

Em poucas palavras, tudo reduz à indulgência aquele que a experiência convenceu da necessidade das coisas. Ele vê com dor que faz parte da essência de uma sociedade mal constituída, mal governada, subserviente aos preconceitos e aos usos irracionais, submetida a leis insensatas, degradada pelo despotismo, corrompida pelo luxo, embriagada com falsas opiniões, encher-se de cidadãos viciosos e levianos, de escravos rastejantes e orgulhosos das suas correntes, de ambiciosos sem ideias de verdadeira glória, de avarentos e de pródigos, de fanáticos e de libertinos. Convencido da ligação necessária entre as coisas, ele não ficará surpreso ao ver a negligência ou a opressão levar o desencorajamento para os campos, guerras sangrentas os despovoarem, despesas inúteis empobrecê-los, e todos esses excessos reunidos fazerem que as nações não contenham em toda parte senão homens sem felicidade, sem luzes, sem costumes e sem virtudes. Ele não verá em tudo isso senão a ação e a reação necessárias do físico sobre o moral e do moral sobre o físico. Em poucas palavras, todo homem que reconhece a fatalidade ficará persuadido de que uma nação mal governada é um solo fértil em plantas venenosas; ali, elas crescem em tal abundância que se comprimem e sufocam umas às outras. É em um terreno cultivado pelas mãos de um Licurgo* que se vê nascer cidadãos intrépidos, altivos, desprendidos, estranhos aos prazeres; em um campo cultivado por um Tibério** não se encontrarão senão celerados, almas vis, delatores e traidores. É o solo, são as circunstâncias nas quais os homens se acham colocados que fazem deles objetos úteis ou nocivos: o sábio evita os últimos como se fossem esses répteis perigosos cuja natureza é morder e transmitir o seu veneno. Ele se liga aos outros e os ama como a esses frutos deliciosos com os

---

* Embora tenha uma existência histórica duvidosa, Licurgo é considerado como o legislador que criou a maioria das instituições de Esparta. (N. T.)
** Tibério foi imperador de Roma entre os anos 14 e 37, exercendo um reinado tirânico e cruel. (N. T.)

quais o seu paladar se acha agradavelmente afagado. Ele vê os perversos sem cólera, ele adora os corações benfazejos. Ele sabe que a árvore definhando sem cuidado, em um deserto árido e arenoso, que a tornou disforme e tortuosa, talvez tivesse estendido a sua folhagem ao longe, tivesse fornecido frutos deleitáveis, tivesse proporcionado uma sombra fresca, se a sua semente tivesse sido colocada em um terreno mais fértil ou se tivesse sido submetida aos cuidados atentos de um cultivador hábil.

Que não venham nos dizer que é degradar o homem reduzir as suas funções a um puro mecanismo; que é aviltá-lo vergonhosamente compará-lo a uma árvore, a uma vegetação abjeta... O filósofo isento de preconceitos nada entende dessa linguagem inventada pela ignorância daquilo que constitui a verdadeira dignidade do homem. Uma árvore é um objeto que, em sua espécie, une o útil ao agradável. Ela merece nossa afeição quando produz frutos doces e uma sombra favorável. Toda máquina é preciosa, a partir do momento que é verdadeiramente útil e exerce fielmente as funções para as quais é destinada. Sim – eu o digo com coragem –, o homem de bem, quando tem talentos e virtudes, é, para os seres da sua espécie, uma árvore que lhes fornece frutos e sombra. O homem de bem é uma máquina cujas engrenagens estão adaptadas de maneira a exercer as suas funções de um modo que deve agradar. Não, não terei vergonha de ser uma máquina desse gênero, e meu coração vibraria de alegria se pudesse pressentir que um dia os frutos das minhas reflexões serão úteis e consoladores para os meus semelhantes.

A natureza não será ela própria uma vasta máquina, da qual a nossa espécie é uma frágil engrenagem? Não vejo nada de vil nela nem nas suas produções. Todos os seres que saem das suas mãos são bons, nobres e sublimes, a partir do momento em que cooperem para produzir a ordem e a harmonia na esfera onde eles devem atuar. De qualquer natureza que seja a alma – quer a façam mortal, quer a suponham imortal, quer a considerem como um espírito, quer a considerem como uma porção do corpo –, eu acharei essa alma nobre, grande e sublime em Sócrates, Aristides* e Catão**. Eu a chamarei de uma alma de lama em Cláudio***, em Sejano**** e em Nero. Admirarei sua energia e seu funcionamento em Corneille, em Newton e em Montesquieu. Gemerei com a sua baixeza vendo alguns homens vis que incensam a tirania ou que rastejam servilmente aos pés da superstição.

Tudo aquilo que vem sendo dito no decorrer desta obra nos prova claramente que tudo é necessário. Tudo está sempre em ordem relativamente à natureza, na qual todos os seres nada mais fazem que seguir as leis que lhes são impostas. Fazia parte do seu plano que algumas terras produziriam

---

* Estadista e general ateniense do século V a. C., cognominado "o justo" devido ao seu caráter e à sua integridade. (N. T.)

** Marcus Portius Catão, também conhecido como "Catão, o Censor" (234-149 a. C.), estadista e orador romano cujo nome se tornou sinônimo de homem austero, de moralidade rígida e de sólida sabedoria. (N. T.)

*** Imperador romano entre os anos de 41 e 54. O fato de ser sucessor de Calígula, de ter sido casado com Messalina e de ter deixado seu trono para Nero deve justificar sua escolha por Holbach. (N. T.)

**** Lucius Aelius Sejanus, administrador do império romano durante o reinado de Tibério. Foi executado por ter organizado um complô para tomar o lugar do imperador. (N. T.)

frutos deliciosos, enquanto outras forneceriam apenas sarças, espinheiros, vegetais perigosos. Ela quis que algumas sociedades produzissem sábios, heróis, grandes homens; dispôs que outras só fariam nascer homens abjetos, sem energia e sem virtudes. Os furacões, os vendavais, as tempestades, as doenças, as guerras, as pestes e a morte são tão necessários à sua marcha quanto o calor benfazejo do sol, quanto a serenidade do ar, quanto as suaves chuvas da primavera, quanto os anos férteis, quanto a saúde, a paz e a vida. Os vícios e as virtudes, as trevas e a luz, a ignorância e o conhecimento são igualmente necessários; uns não são bens e outros não são males a não ser para alguns seres particulares, dos quais eles favorecem ou perturbam a maneira de existir: o todo não pode ser infeliz, mas pode conter infelizes.

A natureza distribui, portanto, com a mesma mão, aquilo que chamamos de *ordem* e aquilo que chamamos de *desordem*, aquilo que chamamos de *prazer* e aquilo que chamamos de *dor*. Em poucas palavras, ela espalha, pela necessidade do seu ser, o bem e o mal no mundo em que habitamos. Não a acusemos por isso de bondade ou de malícia; não imaginemos que as nossas preces e as nossas juras possam deter sua força sempre atuante de acordo com leis imutáveis. Submetamo-nos à nossa sorte, e quando sofrermos, não recorramos às quimeras que a nossa imaginação criou. Busquemos na própria natureza os remédios que ela nos oferece para os males que nos causa. Se ela nos manda doenças, procuremos no seu seio as produções salutares que faz nascer para nós. Se ela nos dá erros, fornece-nos, na experiência e na verdade, os contravenenos apropriados para destruir os seus funestos efeitos. Se ela suporta que a raça humana gema por tanto tempo sob o peso dos seus vícios e das suas loucuras, mostra-lhe na virtude o remédio seguro para as suas enfermidades. Se os males que algumas sociedades experimentam são necessários, quando eles tiverem se tornado muito incômodos elas serão irresistivelmente forçadas a buscar os remédios que a natureza sempre lhes fornecerá. Se esta natureza tornou a existência insuportável para alguns seres desafortunados, que ela parece ter escolhido para torná-los suas vítimas, a morte é uma porta que lhes deixa sempre aberta e que os livra dos seus males, quando eles os julgam impossíveis de curar.

Não acusemos a natureza de ser inexorável para nós. Não existem nela males para os quais não forneça o remédio, para aqueles que têm a coragem de procurá-lo e de aplicá-lo. Esta natureza segue leis gerais e necessárias em todas as suas operações. O mal físico e o mal moral não são devidos à sua perversidade, mas sim à necessidade das coisas. O mal físico é o desarranjo produzido em nossos órgãos pelas causas físicas que vemos agir; o mal moral é o desarranjo produzido por causas físicas cujo funcionamento é um segredo para nós. Essas causas terminam sempre por produzir efeitos perceptíveis ou capazes de impressionar os nossos sentidos. Os pensamentos e as vontades dos homens não se mostram senão pelos efeitos marcantes que eles produzem neles mesmos, ou sobre os seres que sua natureza torna suscetíveis de senti-los. Nós sofremos porque é da essência de alguns seres desorganizar a economia de nossa máquina; nós gozamos porque as propriedades de alguns seres são análogas à nossa maneira de existir. Nós nascemos porque é da natureza de algumas matérias se combinarem sob uma forma determinada. Nós vivemos, agimos e pensamos porque é da essência de certas combinações agir e se manter na existência por alguns meios dados, durante uma duração fixada. Por fim, nós morremos porque uma lei necessária prescreve a todas as combinações que são feitas que se destruam ou se dissolvam. De tudo isso resulta que a natureza é imparcial para todas as suas produções. Ela nos submete, como a todos os outros seres, a leis eternas das quais não pode nos isentar. Se ela as suspendesse por um instante, é nesse caso que a desordem se introduziria e que a sua harmonia seria perturbada.

Só aqueles que estudam a natureza tomando a experiência como guia podem adivinhar os seus segredos e deslindar pouco a pouco a trama, quase sempre imperceptível, das causas de que ela se serve para realizar os seus grandes fenômenos. Com a ajuda da experiência, descobrimos nela muitas vezes novas propriedades e novas maneiras de agir desconhecidas dos séculos que nos precederam. Aquilo que eram maravilhas, milagres, efeitos sobrenaturais para os nossos antepassados se tornam hoje em dia efeitos simples e naturais, dos quais conhecemos o mecanismo e as causas. O homem, sondando a natureza, conseguiu descobrir as causas dos tremores de terra, do movimento periódico dos mares, dos incêndios subterrâneos, dos meteoros que eram para os nossos ancestrais – e que ainda são para o vulgo ignorante – sinais indubitáveis da cólera do céu. Nossa posteridade, seguindo e retificando as experiências feitas por nós e pelos nossos pais, irá ainda mais longe e descobrirá efeitos e causas que estão totalmente veladas aos nossos olhos. Os esforços reunidos do gênero humano conseguirão talvez um dia penetrar até no santuário da natureza, para descobrir vários dos mistérios que ela pareceu até aqui recusar a todas as nossas investigações.

Considerando o homem sob o seu verdadeiro aspecto; deixando a autoridade para seguir a experiência e a razão; submetendo-o por inteiro às leis da física, às quais a imaginação quis subtraí-lo, veremos que os fenômenos do mundo moral seguem as mesmas regras que os do mundo físico, e que a maioria dos grandes efeitos, que a nossa ignorância e os nossos preconceitos nos fazem considerar como inexplicáveis e maravilhosos, tornar-se-ão simples e naturais para nós. Descobriremos que a erupção de um vulcão e o nascimento de um Tamerlão* são, para a natureza, a mesma coisa. Remontando às causas primeiras dos acontecimentos mais impressionantes que vemos, com horror, se realizarem sobre a Terra, dessas revoluções terríveis, dessas convulsões pavorosas que dilaceram e assolam as nações, descobriremos que as vontades que realizam neste mundo as modificações mais surpreendentes e mais extensas são movidas, em seu princípio, por causas físicas, que sua pequenez nos faz julgar desprezíveis e pouco capazes de produzir fenômenos que achamos tão grandes.

---

* Tamerlão, ou Timur Lang (1336-1405), foi um conquistador tártaro nascido nos arredores de Samarcanda, que empreendeu a reconstrução do antigo império de Gengis Khan. Tornou-se célebre pelo seu talento militar e pela sua crueldade. (N. T.)

Se julgarmos as causas pelos seus efeitos, não existem causas pequenas no universo. Em uma natureza onde tudo está ligado, onde tudo age e reage, onde tudo se move e se altera, se compõe e se decompõe, se forma e se destrói, não existe nenhum átomo que não desempenhe um papel importante e necessário. Não existe nenhuma molécula imperceptível que, colocada em circunstâncias adequadas, não opere efeitos prodigiosos. Se estivéssemos em condição de seguir a cadeia que liga todas as causas aos efeitos que nós vemos, sem perder nenhum dos seus elos de vista, se pudéssemos distinguir a ponta dos fios imperceptíveis que movimentam os pensamentos, as vontades e as paixões desses homens que, de acordo com as suas ações, chamamos de poderosos, descobriríamos que são verdadeiros átomos, que são as alavancas secretas das quais a natureza se serve para mover o mundo moral. É o encontro inopinado e, no entanto, necessário dessas moléculas indiscerníveis à visão, é a sua agregação, sua combinação, sua proporção, sua fermentação, que modificam o homem pouco a pouco, quase sempre à sua revelia, o fazem pensar, querer, agir de uma maneira determinada e necessária. Se as suas vontades e as suas ações influem sobre muitos outros homens, eis o mundo moral na maior combustão. Muita acidez na bile de um fanático, um sangue muito inflamado no coração de um conquistador, uma digestão difícil no estômago de um monarca, uma fantasia que passa no espírito de uma mulher, são causas suficientes para fazer empreender guerras, para enviar alguns milhões de homens para o matadouro, para derrubar muralhas, para reduzir cidades a cinzas, para mergulhar nações no luto e na miséria, para fazer brotar a fome e o contágio, para propagar a desolação e as calamidades durante uma longa série de séculos pela superfície de nosso globo.

A paixão de um único indivíduo da nossa espécie, quando ele dispõe das paixões de um grande número de outros, consegue combinar e reunir as suas vontades e os seus esforços e define assim a sorte dos habitantes da Terra. É assim que um árabe ambicioso, velhaco e voluptuoso dá aos seus compatriotas um impulso cujo efeito é subjugar ou desolar vastas regiões na Ásia, na África e na Europa, e mudar o sistema religioso, as opiniões e os usos de uma parcela considerável dos habitantes de nosso mundo. Porém, remontando à fonte primitiva dessas estranhas revoluções, quais são as causas ocultas que influíam sobre esse homem, que despertavam as suas próprias paixões, que constituíam o seu temperamento? Quais são as matérias de cuja combinação resulta um voluptuoso, um velhaco, um ambicioso, um entusiasta, um homem eloquente – em poucas palavras, um personagem capaz de se impor aos seus semelhantes e de fazê-los cooperar para os seus desígnios? São as partículas imperceptíveis do seu sangue, é o tecido imperceptível das suas fibras, são os sais mais ou menos ácidos que fazem formigar os seus nervos, é mais ou menos a matéria ígnea que circula nas suas veias. De onde vêm esses próprios elementos? É do seio de sua mãe, é dos alimentos que o nutriram, do clima que o viu nascer, das ideias que ele recebeu, do ar que ele respirou, sem contar mil causas inavaliáveis e passageiras que, em dados instantes, modificaram e determinaram as paixões desse importante personagem que se tornou capaz de mudar a face do nosso globo.

Se tivessem, na origem, imposto os menores obstáculos a causas tão frágeis em seu princípio, os acontecimentos tão maravilhosos com os quais ficamos surpreendidos não teriam ocorrido. Um acesso de febre, causada por um pouco de bile muito inflamada, poderia ter feito abortar todos os projetos do legislador dos muçulmanos. Uma dieta, um copo d´água, uma sangria talvez tivessem sido suficientes para salvar alguns reinos.

Vê-se, portanto, que a sorte do gênero humano, assim como a de cada um dos indivíduos que o compõem, depende a cada instante de causas imperceptíveis, que circunstâncias quase sempre fugidias fazem nascer, desenvolvem e põem em ação. Atribuímos ao acaso os seus efeitos e os consideramos como fortuitos, enquanto essas causas operam necessariamente e seguem regras seguras. Quase sempre não temos nem a sagacidade nem a boa-fé de remontar aos verdadeiros princípios. Nós encaramos motores tão frágeis com desprezo, porque os julgamos incapazes de produzir tão grandes coisas. São, no entanto, esses motores, tais como eles são, são essas engrenagens tão débeis que, nas mãos da natureza e de acordo com as suas leis necessárias, bastam para movimentar o nosso universo. A conquista de um Gengis Khan não tem nada de mais estranho que a explosão de uma mina, causada em seu princípio por uma frágil faísca, que começa primeiramente por incendiar um único grão de pólvora, mas cujo fogo logo se transmite a vários milhares de outros grãos contíguos, cujas forças reunidas e multiplicadas terminam por derrubar muralhas, cidades e montanhas.

A sorte da raça humana e a de cada homem dependem, portanto, a todo momento, de causas imperceptíveis, ocultas no seio da natureza até que sua ação se manifeste. A felicidade ou a infelicidade, a prosperidade ou a miséria de cada um de nós e de nações inteiras estão ligadas a forças das quais nos é impossível prever, avaliar ou deter a ação. Talvez, neste instante, estejam se acumulando e se combinando as moléculas imperceptíveis cuja reunião formará um soberano que será o flagelo ou o salvador de um vasto império. Nós mesmos não podemos responder um instante pelo nosso destino. Não conhecemos aquilo que se passa em nós – as causas que agem no nosso interior – nem as circunstâncias que colocarão as causas em ação e que desenvolverão a sua energia. É, no entanto, dessas causas impossíveis de identificar que depende nosso destino por toda a vida. Muitas vezes, um encontro imprevisto faz brotar em nossa alma uma paixão cujas consequências influirão necessariamente sobre nossa felicidade. É assim que o homem mais virtuoso pode, pela combinação bizarra de circunstâncias inopinadas, transformar-se em um instante no homem mais criminoso.

Acharão, sem dúvida, essa verdade assustadora e terrível. Mas, no fundo, o que ela tem de mais revoltante do que aquela que nos ensina que esta vida, à qual estamos tão fortemente ligados, pode ser perdida a cada instante por uma infinidade de acidentes tão irremediáveis quanto imprevistos? O fatalismo convence facilmente o homem de bem a morrer, ele o faz encarar a morte como um meio seguro de se furtar à perversidade: esse sistema mostrará essa morte, ao próprio homem feliz, como um meio de escapar da infelicidade que termina muitas vezes por envenenar a vida mais afortunada.

Submetamo-nos, pois, à necessidade. Contra a nossa vontade, ela nos arrastará sempre. Resignemo-nos à natureza; aceitemos os bens que ela nos apresenta; oponhamos aos males necessários aos quais ela nos submete os remédios necessários que ela consente em nos conceder. Não perturbemos nosso espírito com inquietações inúteis. Desfrutemos com moderação, porque a dor é a companheira necessária de todo excesso; sigamos o caminho da virtude, porque tudo nos prova que, mesmo neste mundo forçado a ser perverso, ela é necessária para nos tornar estimáveis aos olhos dos outros e contentes com nós mesmos.

Homem frágil e vão! Tu pretendes ser livre! Ai, ai! Tu não vês todos os fios que te encadeiam? Tu não vês que são os átomos que te formam, que são os átomos que te movem, que são as circunstâncias independentes de ti que modificam o teu ser e que regem a tua sorte? Em uma natureza poderosa que te rodeia, tu serias pois o único ser que pôde resistir ao seu poder? Tu crês que as tuas frágeis preces a forçarão a se deter em sua eterna marcha ou a mudar o seu curso?

Capítulo 13

Da imortalidade da alma; do dogma da vida futura; dos temores da morte

As reflexões apresentadas nesta obra contribuem para nos mostrar claramente aquilo que devemos pensar da alma humana, assim como das suas operações ou faculdades: tudo nos prova da maneira mais convincente que ela age e se move segundo leis semelhantes às dos outros seres da natureza, que ela não pode ser distinta do corpo, que ela nasce, cresce e se modifica na mesma progressão que ele. Enfim, tudo deveria nos fazer concluir que ela perece com ele. Essa alma, assim como o corpo, passa por um estado de fraqueza e de infância: é então que ela é assaltada por uma multidão de modificações e de ideias que recebe dos objetos exteriores pela via dos seus órgãos; ela acumula fatos; ela faz experiências verdadeiras ou falsas; ela elabora um sistema de conduta, de acordo com o qual pensa e age de uma maneira da qual resulta a sua felicidade ou a sua infelicidade, sua razão ou seu delírio, suas virtudes e seus vícios. Chegando com o corpo à sua força e à sua maturidade, ela não cessa um instante de partilhar com ele as suas sensações agradáveis ou desagradáveis, seus prazeres e seus sofrimentos. Por conseguinte, ela aprova ou desaprova o seu estado. Está sadia ou doente, ativa ou inerte, desperta ou adormecida. Na velhice o homem se extingue por inteiro, suas fibras e seus nervos se enrijecem, seus sentidos tornam-se obtusos, sua visão se turva, seus ouvidos se endurecem, suas ideias se desconectam, sua memória desaparece, sua imaginação se amortece. No que se torna, então, a sua alma? Ai, ai! Ela se desfaz ao mesmo tempo que o corpo, ela se entorpece junto com ele, ela só cumpre, como ele, as suas funções com dificuldade, e essa substância, que tinham querido distinguir, sofre as mesmas revoluções que ele.

Apesar de tantas provas tão convincentes da materialidade da alma ou da sua identidade com o corpo, alguns pensadores supuseram que, embora este fosse perecível, sua alma não perecia; que essa porção dele próprio desfrutava do privilégio especial de ser *imortal* ou isenta da dissolução e das mudanças de formas que vemos sofrer todos os corpos que a natureza compôs. Por conseguinte, nos persuadimos de que essa alma privilegiada não morria. Sua imortalidade parece indubitável, sobretudo, para aqueles que a supuseram espiritual: depois de terem feito dela um ser simples, inextenso, desprovido de partes, totalmente diferente de tudo aquilo que nós conhecemos, eles sustentaram que ela não estava sujeita às leis que encontramos em todos os seres, dos quais a experiência nos mostra a contínua decomposição.

Os homens, sentindo neles mesmos uma força oculta que dirigia e produzia de uma maneira invisível os movimentos das suas máquinas, acreditaram que a natureza inteira – da qual ignoravam a energia e a maneira de agir – devia os seus movimentos a um agente análogo à sua alma, que agia sobre a grande máquina como a sua alma sobre o seu corpo. O homem, supondo-se duplo, também fez a natureza dupla. Ele a distinguiu da sua própria energia; ele a separou do seu motor, que pouco a pouco ele fez espiritual. Esse ser distinto da natureza foi considerado como a alma do mundo e as almas dos homens, como porções emanadas dessa alma universal. Essa opinião sobre a origem de nossas almas é de uma antiguidade muito remota. Ela foi a dos egípcios, dos caldeus e dos hebreus[1], assim como da maioria dos sábios do Oriente. Foi nas suas escolas que os Ferécides*, os Pitágoras e os Platões foram buscar uma doutrina lisonjeira para a vaidade e para a imaginação dos mortais. O homem se acredita

---

1. Parece que Moisés acreditava, como os egípcios, na emanação divina das almas. "Deus" – segundo ele – "formou o homem com a lama da terra e espalhou sobre o seu rosto um sopro de vida; e o homem tornou-se vivo e animado" (cf. Gênesis, II, 7). No entanto, os cristãos rejeitam hoje em dia o sistema da *emanação divina*, já que ele suporia a divindade divisível. Além disso, como a sua religião tinha necessidade de um inferno para atormentar a alma dos réprobos, teria sido preciso danar uma porção da divindade conjuntamente com as almas das vítimas que ela sacrificava à sua própria vingança. Embora Moisés, pelas palavras que acabam de ser citadas, pareça indicar que a alma seja uma porção da divindade, não vemos, no entanto, que o dogma da imortalidade da alma esteja estabelecido em nenhum dos livros que são atribuídos a ele. Parece que foi durante o cativeiro da Babilônia que os judeus aprenderam o dogma das recompensas e dos castigos futuros, ensinado por Zoroastro aos persas, mas que o legislador hebreu não conheceu, ou pelo menos deixou que o seu povo ignorasse.

* Ferécides de Siro, filósofo grego do século VI a. C., foi mestre de Pitágoras. (N. T.)

assim uma porção da divindade, imortal, como ela, em uma parcela de si mesmo. No entanto, as religiões inventadas em seguida renunciaram a essas vantagens, que elas julgaram incompatíveis com outras partes dos seus sistemas. Afirmaram que o soberano da natureza, ou o seu motor, não era a sua alma, mas que – em virtude da sua onipotência – ele criava as almas humanas à medida que produzia os corpos que elas deviam animar e ensinaram que essas almas, uma vez produzidas por um efeito da mesma onipotência, desfrutavam da imortalidade.

Quaisquer que sejam essas variações sobre a origem das almas, aqueles que as supunham emanadas do próprio deus acreditavam que, depois da morte do corpo, que lhes servia de invólucro ou de prisão, elas retornavam por *refusão* à sua fonte primária. Aqueles que, sem adotar o ponto de vista da emanação divina, admiram a espiritualidade e a imortalidade da alma, foram obrigados a supor uma região, uma morada para as almas, que a sua imaginação lhes pintava de acordo com as suas esperanças, seus temores, seus desejos e seus preconceitos.

Nada é mais popular que o dogma da imortalidade da alma. Nada é mais universalmente difundido do que a espera por uma outra vida. Como a natureza inspirou em todos os homens o amor mais vivo pela sua existência, o desejo de nela perseverar sempre foi uma consequência necessária disso. Esse desejo logo se converteu para eles em certeza; e o fato de que a natureza havia impresso neles o desejo de sempre existir foi transformado em um argumento para provar que o homem jamais deixaria de existir. "Nossa alma" – diz Abbadie* – "não tem nenhum desejo inútil; ela deseja naturalmente uma vida eterna", e, por uma lógica bem estranha, ele conclui que esse desejo não poderia deixar de ser realizado². Seja como for, os homens assim dispostos escutarão avidamente aqueles que lhes anunciarem sistemas tão conformes aos seus desejos. No entanto, não consideremos como uma coisa sobrenatural o desejo de existir, que foi e será sempre da essência do homem. Não fiquemos surpresos se ele recebeu com desvelo uma hipótese que o lisonjeava, prometendo-lhe que o seu desejo seria um dia satisfeito. Porém, nos abstenhamos de concluir que esse desejo seja uma prova indubitável da realidade desta vida futura, com a qual os homens, para a sua felicidade presente, não estão muito ocupados. A paixão pela existência nada mais é, em nós, do que uma consequência natural da tendência de um ser sensível, cuja essência é querer se conservar. Esse desejo segue nos homens a energia de suas almas

---

* Jacques Abbadie (1654-1727), teólogo e pregador protestante francês. Esta citação está na sua obra mais conhecida, o *Tratado da verdade da religião cristã*, publicado em 1684 (vol. I, p. 64). (N. T.)

2. Cícero havia dito, antes de Abbadie: *Naturam ipsam de immortalitate animorum tacitam iudicare; nescio quo modo inhaeret in mentibus quasi saeclorum quoddam augurium. Permanere animos arbitramur consensu nationum omnium*⁽ᵃ⁾. Eis aí a ideia da imortalidade da alma já transformada em uma ideia inata: no entanto, o mesmo Cícero considera Ferécides como o inventor desse dogma (*Tusculanos*, livro I).

(a) Na verdade, existem aí três citações do primeiro livro dos *Tusculanos*:
Naturam ipsam de inmortalitate animorum tacitam iudicare [A própria natureza decide tacitamente pela nossa imortalidade] (I, 14).
Nescio quo modo inhaeret in mentibus quasi saeclorum quoddam augurium [Temos dentro de nós um indefinido pressentimento dos séculos futuros] (I, 15).
Permanere animos arbitramur consensu nationum omnium [O consenso entre todos os povos vai apenas nos ensinar a imortalidade das almas] (I, 16). (N. T.)

ou a força da sua imaginação, sempre pronta a realizar aquilo que eles desejam fortemente. Nós desejamos a vida do corpo e, no entanto, esse desejo é frustrado: por que o desejo da vida de nossa alma não seria frustrado como o primeiro?[3]

As mais simples reflexões sobre a natureza de nossa alma deveriam nos convencer de que a ideia da sua imortalidade não passa de uma ilusão. O que é, com efeito, a nossa alma senão o princípio da sensibilidade? O que é pensar, gozar, sofrer senão sentir? O que é a vida senão o conjunto dessas modificações ou movimentos próprios do ser organizado? Assim, a partir do momento que o corpo cessa de viver, a sensibilidade não pode mais ser exercida. Portanto, ele não pode mais ter ideias nem, por conseguinte, pensamentos. As ideias, como foi provado, só podem vir a nós através dos sentidos: ora, como querem que, uma vez privados dos sentidos, nós tenhamos ainda percepções, sensações, ideias? Já que fizeram da alma um ser separado do corpo animado, por que não fizeram da vida um ser distinto do corpo vivo? A vida é a soma dos movimentos de todo o corpo. A percepção e o pensamento são uma parte desses movimentos: assim, no homem morto, esses movimentos cessarão como todos os outros.

Com efeito, por qual raciocínio pretenderiam nos provar que essa alma, que não pode sentir, pensar e querer agir, a não ser com a ajuda dos seus órgãos, possa ter dor e prazer, ou mes-

---

3. Eis como raciocinam os partidários do dogma da imortalidade da alma: *Todos os homens desejam viver para sempre; portanto, eles viverão para sempre.* Não seria possível retrucar ao seu argumento, dizendo: *Todos os homens desejam naturalmente ser ricos; portanto, todos os homens serão ricos um dia?*

mo possa ter a consciência de sua existência, quando os órgãos que a advertem disso estiverem decompostos ou destruídos? Não será evidente que a alma depende da organização das partes do corpo e da ordem segundo a qual essas partes conspiram para realizar as suas funções ou movimentos? Assim, uma vez a estrutura orgânica destruída, não podemos duvidar de que a alma também o seja. Será que não vemos, durante todo o transcurso da nossa vida, que essa alma é alterada, desarranjada, perturbada por todas as mudanças experimentadas pelos nossos órgãos? E querem que ela aja, pense, subsista quando esses mesmos órgãos tiverem desaparecido inteiramente!

O ser organizado pode ser comparado a um relógio que, uma vez quebrado, não é mais apropriado para os usos aos quais era destinado. Dizer que a alma sentirá, pensará, gozará e sofrerá depois da morte do corpo é pretender que um relógio, quebrado em mil pedaços, possa continuar a bater ou a marcar as horas. Aqueles que nos dizem que nossa alma pode subsistir, não obstante a destruição do corpo, sustentam evidentemente que a modificação de um corpo poderá se conservar depois que o seu sujeito tiver sido destruído – o que é completamente absurdo.

Não deixarão de nos dizer que a conservação das almas depois da morte do corpo é um efeito do poder divino: mas seria apoiar um absurdo por meio de uma hipótese gratuita. O poder divino, de qualquer natureza que o suponham, não pode fazer que uma coisa exista e não exista ao mesmo tempo. Ele não pode fazer que uma alma sinta ou pense sem os intermediários necessários para ter os pensamentos.

Que parem, portanto, de nos dizer que a razão não é ferida pelo dogma da imortalidade da alma ou pela expectativa de uma vida futura. Essas noções, elaboradas unicamente para iludir ou para perturbar a imaginação do vulgo que não raciocina, não podem parecer nem convincentes nem mesmo prováveis para os espíritos esclarecidos. A razão isenta das ilusões do preconceito é, sem dúvida, ferida pela suposição de uma alma que sente, que pensa, que se aflige ou se regozija, que tem ideias sem ter órgãos, ou seja, destituída dos únicos meios naturais e conhecidos pelos quais lhe seja possível ter percepções, sensações e ideias. Se nos replicarem que podem existir outros meios *sobrenaturais* ou *desconhecidos*, responderemos que esses meios de transmitir ideias à alma separada do corpo não são mais conhecidos nem estão mais ao alcance daqueles que os supõem do que de nós. É pelo menos muito evidente que todos aqueles que rejeitam as ideias inatas não podem, sem contradizer os seus princípios, admitir o dogma tão pouco fundamentado da imortalidade da alma.

Apesar dos consolos que tantas pessoas afirmam encontrar na noção de uma existência eterna; apesar da firme persuasão que tantos homens nos asseguram ter de que as suas almas sobreviverão aos seus corpos, nós os vemos muito alarmados com a dissolução desses corpos, e não encarando o seu fim, que eles deveriam desejar como o término de muitos sofrimentos, a não ser com muita inquietude. Tanto é verdadeiro que o real, o presente – mesmo acompanhado de sofrimentos –, influi bem mais sobre os homens do que as mais belas quimeras de um porvir que eles jamais veem, a não ser através das nuvens da incerteza! Com efeito, apesar da pretensa convicção de que os homens mais religiosos têm de uma eternidade bem-aventurada, essas esperanças tão agradáveis não os impedem de modo algum de temer e de tremer quando eles pensam na dissolução necessária dos seus corpos. A morte sempre foi, para aqueles que se chamam de *mortais*, o ponto de vista mais assustador. Eles a consideram como um fenômeno estranho, contrário à ordem das coisas, oposto à natureza. Em poucas palavras, como um efeito da vingança celeste, como *o soldo do pecado*. Embora tudo lhes provasse que essa morte é inevitável, eles jamais puderam se familiarizar com a sua ideia; não pensaram nisso, a não ser tremendo, e a garantia de possuir uma alma imortal só os compensou fracamente do desgosto de serem privados dos seus corpos perecíveis. Duas causas contribuíram também para fortalecer e alimentar os seus alarmes: uma foi que essa morte, comumente acompanhada de dores, arrancava-lhes uma existência que lhes agrada, que eles conhecem, à qual eles estão acostumados; a outra foi a incerteza sobre o estado que devia suceder à sua existência atual.

O ilustre Bacon disse que "os homens temem a morte pela mesma razão que as crianças têm medo da escuridão"[4]. Nós desconfiamos naturalmente de tudo aquilo que não conhecemos; queremos ver claramente, a fim de nos garantir

---

4. *Nam veluti pueri trepidant, atque omnia caecis*
   In tenebris metuunt; sic nos in luce timemus
   Interdum, nihilo quae sunt metuenda magis...[a]
   (Lucrécio, livro III, v. 87 e seguintes).

   (a) "Porque, semelhantes às crianças, que tremem e se assustam com tudo nas trevas cegas, é em plena luz que nós mesmos, às vezes, tememos perigos tão pouco temíveis." (N. T.)

contra os objetos que podem nos ameaçar ou para estar em condição de obter aqueles que podem nos ser úteis. O homem que existe não pode fazer ideia da não existência; como esse estado o inquieta, sua imaginação põe-se a trabalhar na falta da experiência, para pintar-lhe bem ou mal esse estado incerto. Acostumado a pensar, a sentir, a ser posto em ação, a desfrutar da sociedade, ele vê a maior das desgraças em uma dissolução que o privará dos objetos e das sensações que a sua natureza presente tornou necessários para ele, que o impedirá de ser advertido do seu ser, que lhe arrebatará os seus prazeres para mergulhá-lo no nada. Mesmo supondo-o isento de sofrimentos, ele encara sempre esse nada como uma solidão desoladora, como um acúmulo de trevas profundas. Ele ali se vê em um abandono generalizado, destituído de todo socorro e sentindo o rigor dessa horrorosa situação. Porém, o sono profundo não bastaria para nos dar uma verdadeira ideia do nada? Será que ele não nos priva de tudo? Ele não parece nos aniquilar para o universo e aniquilar este universo para nós? A morte será outra coisa que um sono profundo e duradouro? É por falta de poder elaborar uma ideia da morte que o homem a teme. Se ele elaborasse uma ideia verdadeira sobre ela, deixaria a partir daí de receá-la. Porém, ele não pode conceber um estado no qual não se sinta nada; portanto, ele acredita que, quando não mais existir, terá a sensação e a consciência dessas coisas que lhe parecem hoje tão tristes e tão lúgubres. Sua imaginação lhe pinta o seu enterro, esse túmulo que foi cavado para ele, esses cânticos lastimosos que o acompanharão à sua derradeira morada. Ele se persuade de que esses objetos horrendos o afetarão, mesmo depois do seu falecimento, tão penosamente quanto no estado presente em que ele goza dos seus sentidos[5].

Mortal perturbado pelo temor! Depois da tua morte teus olhos não mais verão, teus ouvidos não mais escutarão. Do fundo de teu ataúde tu não serás testemunha desta cena que tua imaginação te representa hoje com cores tão escuras; tu não tomarás mais parte naquilo que será feito neste mundo, tu não estarás mais ocupado com aquilo que será feito com os teus restos inanimados, do mesmo modo como não podias fazê-lo na véspera do dia que te colocou entre os seres da espécie humana. Morrer é deixar de pensar e de sentir, de gozar e de sofrer; tuas ideias perecerão contigo[*]; teus sofrimentos não te seguirão na tumba. Pense na morte não para alimentar teus temores e tua melancolia, mas para te acostumares a encará-la com um olhar tranquilo e para te sossegares contra os falsos terrores que os inimigos do teu repouso trabalham para inspirar em ti.

Os temores da morte são vãs ilusões que deveriam desaparecer logo que se encarasse esse acontecimento necessário sob o seu verdadeiro ponto de vista. Um grande homem[**] de-

---

5. *Nec videt in vera nullum fore morte alium Se*
   Qui possit vivus sibi Se lugere peremptum,
   Stansque jacentem, se lacerari urive dolere.[(a)]
   (Lucrécio, livro III, v. 885 e seguintes).
   (a) "Ele não vê que na morte verdadeira não haverá mais um outro ele que ficará vivo para chorar pelo seu fim e, estando de pé, gemer ao ver os seus despojos serem pasto das chamas." (N. T.)

[*] Nem sempre, como podemos ver pelo próprio exemplo do barão de Holbach. (N. T.)

[**] Erasmo de Roterdã. (N. T.)

finiu a filosofia como uma *meditação sobre a morte*[6]. Ele não quer, com isso, nos fazer entender que devemos nos ocupar tristemente com o nosso fim, com vistas a alimentar nossos pavores; quer, sem dúvida, convidar-nos a nos familiarizar com um objeto que a natureza tornou necessário para nós e nos acostumar a esperá-la com uma fronte serena. Se a vida é um bem, se é necessário amá-la, não é menos necessário deixá-la. E a razão deve nos ensinar a resignação aos decretos do destino. Nosso bem-estar exige, pois, que adquiramos o hábito de contemplar sem alarmes um acontecimento que a nossa essência torna inevitável para nós. Nosso interesse exige que não envenenemos, por meio de temores contínuos, uma vida que não pode ter encantos para nós se nunca vemos o seu término sem estremecer. A razão e o nosso interesse cooperam para nos assegurar contra os terrores vagos que a imaginação nos inspira a esse respeito. Se os chamamos em nosso auxílio, eles nos acalmarão com um objeto que só nos assusta porque não o conhecemos, ou porque ele só nos foi mostrado desfigurado pelos acompanhamentos hediondos que a superstição lhe dá. Despojemos, portanto, a morte dessas vãs ilusões e veremos que ela não é senão o sono da vida, que esse sono não será perturbado por nenhum sonho desagradável e que nunca será sucedido por um despertar incômodo. Morrer é dormir, é voltar a esse estado de insensibilidade no qual estivemos antes de nascer, antes de ter sentidos, antes de ter a consciência da nossa existência atual. Algumas leis tão

---

6. *Melete tou thanatou*. Lucano diz: *Scire mori sors prima viris*[a].
   (a) "A maior sorte para os homens é saber morrer" (cf. *Farsália*, IX, 211). (N. T.)

necessárias quanto aquelas que nos fizeram nascer nos farão voltar para o seio da natureza, de onde ela havia nos tirado para nos reproduzir em seguida sob alguma forma nova, que nos seria inútil conhecer. Sem nos consultar, ela nos coloca por algum tempo na categoria dos seres organizados. Sem o nosso consentimento, ela nos obrigará a sair dela para ocupar uma outra categoria. Não nos queixemos do seu rigor; ela nos submete a uma lei da qual não excetua nenhum dos seres que ela contém[7]. Se tudo nasce e perece, se tudo se modifica e se destrói; se o nascimento de um ser nunca é mais do que o primeiro passo em direção ao seu fim, como teria sido possível que o homem – cuja máquina é tão frágil, cujas partes são tão móveis e tão complicadas – ficasse isento de uma lei comum que quer que a Terra sólida que habitamos se modifique, se altere e talvez se destrua! Frágil mortal, tu pretenderias existir para sempre! Queres, pois, que, só para ti, a natureza mude o seu curso? Será que não vês, nesses cometas excêntricos que vêm maravilhar os teus olhares, que os próprios planetas estão sujeitos à morte? Vive, portanto, em paz, enquanto a natureza o permite, e morre sem susto, se teu espírito está esclarecido pela razão.

Apesar da simplicidade destas reflexões, não há nada mais raro que os homens verdadeiramente fortalecidos con-

---

7. *Quid de rerum natura querimur? Illa se benigne gessit; vita, si ut scias, longa est*[(a)] (cf. Sêneca, *Da brevidade da vida*, II). Todo mundo se queixa da brevidade da vida e da rapidez do tempo, e os homens – na sua maior parte – não sabem o que fazer nem do tempo nem da vida.
(a) "Por que essas queixas contra a natureza? Ela se mostra tão benevolente! Para quem sabe empregá-la, a vida é bastante longa." (N. T.)

tra os temores da morte; o próprio sábio empalidece com a sua aproximação. Ele tem necessidade de recolher todas as forças do seu espírito para esperá-la com serenidade. Não fiquemos, portanto, surpresos se a ideia do falecimento revolta tanto o comum dos mortais; ela assusta o jovem; ela redobra os pesares e a tristeza da velhice abatida pelas enfermidades: ela chega a temê-la bem mais do que faz a juventude no vigor de sua idade. O velho está bem mais acostumado à vida; além disso, seu espírito é mais frágil e tem menos energia. Enfim, o doente devorado por tormentos e o desgraçado mergulhado no infortúnio ousam raramente recorrer à morte, que eles deveriam considerar como o fim dos seus sofrimentos.

Se nós buscarmos a fonte dessa pusilanimidade, encontramo-na na nossa natureza que nos liga à vida e na falta de energia da nossa alma que, bem longe de fortalecer, tudo se esforça para enfraquecer e quebrar. Todas as instituições humanas, todas as nossas opiniões conspiram para aumentar os nossos temores e para tornar nossas ideias da morte mais terríveis e mais revoltantes. Com efeito, a superstição se compraz em mostrar a morte sob os traços mais horrorosos. Ela nos representa a morte como um momento temível que não somente põe fim aos nossos prazeres, mas também nos entrega sem defesa aos rigores inusitados de um déspota impiedoso, do qual nada abrandará as sentenças. Segundo ela, o homem mais virtuoso nunca está seguro de agradá-lo, ele tem motivo para tremer com a severidade dos seus julgamentos; suplícios medonhos e sem fim punirão as vítimas do seu capricho, das fraquezas involuntárias ou das faltas necessárias que tiverem acendido o seu furor. Esse tirano implacável se vingará das suas enfermidades, dos seus delitos momentâneos, das inclinações que ele deu ao seu coração, dos erros do seu espírito, das opiniões, das ideias, das paixões que eles tiverem recebido nas sociedades em que os fez nascer. Ele nunca os perdoará, sobretudo, por terem podido ignorar um ser inconcebível, por terem podido se enganar acerca dele, por terem ousado pensar por si próprios, por terem se recusado a escutar alguns guias entusiastas ou enganadores e por terem tido a audácia de consultar a razão que, no entanto, ele havia lhes dado para regular a sua conduta no caminho da vida.

Tais são os temas torturantes com os quais a religião ocupa seus infelizes e crédulos seguidores. Tais são os temores que os tiranos do pensamento dos homens nos mostram como *salutares*. Apesar do pouco efeito que elas produzem sobre a conduta da maioria daqueles que dizem isso, ou se creem persuadidos disso, gostariam que essas noções fossem consideradas como o dique mais forte que se possa opor aos desregramentos dos homens. No entanto, como logo faremos ver, esses sistemas – ou, antes, essas quimeras tão terríveis – não influem em nada sobre a grande maioria, que só pensa nisso raramente e jamais no momento que a paixão, o interesse, o prazer ou o exemplo a arrastam. Se esses temores agissem, seria sempre sobre aqueles que não teriam nenhuma necessidade deles para se absterem do mal ou para fazerem o bem. Eles fazem tremer os corações honestos e não fazem nada aos perversos; eles atormentam as almas ternas e deixam em repouso as almas empedernidas. Eles infestam um espírito dócil e doce e não causam nenhuma perturbação nos espíritos rebeldes. Assim, só alarmam aqueles que já estão bastante alarmados, só contêm aqueles que já estão contidos.

Essas noções não iludem, portanto, de nenhum modo os malvados. Quando, por acaso, agem sobre eles, é apenas para redobrar a maldade do seu caráter natural, para justificá-la aos seus próprios olhos, para fornecer a eles pretextos para exercê-la sem temor e sem escrúpulo. Com efeito, a experiência de um grande número de séculos nos mostra a quais excessos a maldade e as paixões dos homens são levadas, quando elas foram autorizadas ou deflagradas pela religião, ou ao menos quando puderam se cobrir com o seu manto. Os homens nunca foram mais ambiciosos, mais ávidos, mais velhacos, mais cruéis e mais sediciosos do que quando estavam persuadidos de que a religião lhes permitia ou lhes ordenava sê-lo. Essa religião nada mais fazia, nesse caso, do que dar uma força invencível às suas paixões naturais, que eles puderam, sob os seus sagrados auspícios, exercer impunemente e sem nenhum remorso. Além disso, os maiores celerados, dando um livre curso às inclinações detestáveis de sua natureza perversa, acreditaram merecer o céu (na causa do qual se mostravam zelosos) e isentar-se, através de alguns delitos, dos castigos de um deus do qual eles pensavam ter merecido a cólera.

Eis aí, portanto, os efeitos que as noções salutares da teologia produzem sobre os mortais! Essas reflexões podem nos fornecer algumas respostas para aqueles que nos dizem que *se a religião prometesse igualmente o céu tanto para os maus quanto para os bons, não haveria nenhum incrédulo na outra vida.* Responderemos, pois, que a religião, efetivamente, concede o céu aos malvados. Ela coloca ali quase sempre os mais inúteis e os mais perversos dos homens[8]. Aguça, como acabamos de ver, as paixões dos perversos, legitimando alguns crimes que, sem ela, teriam medo de cometer, ou pelos quais teriam vergonha e remorso. Enfim, os ministros da religião fornecem aos mais perversos dos homens alguns meios de desviarem o raio de cima das suas cabeças e de alcançarem a felicidade eterna.

Com relação aos incrédulos, podem existir, sem dúvida, alguns malvados entre eles, assim como entre os mais crédulos. Porém, a incredulidade não pressupõe a maldade, assim como a credulidade não pressupõe a bondade. Pelo contrário, o homem que pensa e medita conhece os motivos para ser bom melhor do que aquele que se deixa guiar como cego por alguns motivos incertos ou pelos interesses dos outros. Todo homem sensato tem o máximo interesse em examinar as opiniões que afirmam dever influir sobre a sua felicidade eterna: se as acha falsas ou nocivas para a vida presente, ele nunca chegará à conclusão – pelo fato de não haver outra vida a temer ou a esperar – de que pode, nesta vida,

---

8. Assim são Moisés, Samuel e Davi, entre os judeus; Maomé, entre os muçulmanos; entre os cristãos, Constantino, São Cirilo, Santo Atanásio, São Domingos e tantos outros bandidos religiosos e perseguidores zelosos que a Igreja reverencia. Podemos ainda juntar a eles os *cruzados*, os *ligueurs*[a] etc.

(a) Partidários da "Liga", confederação criada na França pelo duque de Guise, em 1576, com a finalidade aparente de defender a religião católica contra o calvinismo e a finalidade oculta de apoderar-se do trono do rei Henrique III. (N. T.)

entregar-se impunemente aos vícios que causarão dano a ele próprio ou que atrairão para ele o desprezo ou a cólera da sociedade. Por isso, o homem que não espera uma outra vida está mais interessado em prolongar a existência e em se tornar querido pelos seus semelhantes na única vida que conhece. Ele deu um grande passo para a felicidade ao se desvencilhar dos terrores que afligem os outros.

Com efeito, a superstição tem prazer em tornar o homem covarde, crédulo, pusilânime. Ela adotou o princípio de afligi-lo sem descanso; assumiu o dever de redobrar para ele os horrores da morte. Engenhosa para atormentá-lo, ela estende as suas inquietações mesmo para além da sua existência conhecida, e seus ministros, para disporem dele mais seguramente neste mundo, inventaram as regiões do porvir, reservando-se o direito de lá fazer recompensar os escravos que tiverem sido submissos às suas leis arbitrárias e de fazer serem punidos pela divindade aqueles que tiverem sido rebeldes às suas vontades. Longe de consolar os mortais, longe de formar a razão do homem, longe de ensiná-lo a dobrar-se sob a mão da necessidade, a religião em mil regiões esforçou-se para tornar a sua morte mais amarga, para tornar mais pesado o seu jugo, para tornar o seu cortejo acompanhado de uma multidão de fantasmas hediondos e para tornar a sua proximidade mais assustadora do que própria morte. Foi assim que a superstição conseguiu encher o universo de entusiastas que ela seduz com promessas vagas e de escravos envilecidos que retém pelo temor dos males imaginários pelos quais o seu fim será seguido. Ela chegou ao cúmulo de persuadi-los de que a sua vida atual não é mais do que uma passagem para chegar a uma vida mais importante. O dogma insensato de uma vida futura os impede de ocupar-se com a sua verdadeira felicidade, de pensar em aperfeiçoar as suas instituições, suas leis, sua moral e suas ciências. Vãs quimeras absorveram toda a sua atenção. Eles consentem em gemer sob a tirania religiosa e política, em atolar-se no erro, em definhar no infortúnio, na esperança de serem algum dia mais felizes, na firme confiança de que as suas calamidades e a sua estúpida paciência os conduzirão a uma felicidade sem fim. Eles se acreditam submetidos a uma divindade cruel que gostaria de fazer que eles comprassem o bem-estar futuro ao preço de tudo aquilo que eles têm de mais caro aqui embaixo. Seu deus lhes foi pintado como o inimigo jurado da raça humana e lhes fizeram entender que o céu irritado contra eles gostaria de ser apaziguado e os puniria eternamente pelos esforços que fizessem para se livrar dos seus sofrimentos. É assim que o dogma da vida futura foi um dos erros mais fatais pelos quais o gênero humano foi infectado. Esse dogma mergulha as nações no entorpecimento, na apatia, na indiferença sobre o seu bem-estar, ou então as precipita em um entusiasmo furioso, que as leva muitas vezes a dilacerarem a si próprias para merecer o céu.

Perguntar-se-á, talvez, por quais caminhos os homens foram conduzidos para terem as ideias tão gratuitas e tão bizarras que eles têm sobre o outro mundo. Eu respondo que é verdade que não temos nenhuma ideia do futuro, que não existe para nós; são as nossas ideias do passado e do presente que fornecem à nossa imaginação os materiais dos quais ela se serve para construir o edifício das regiões futuras. "*Nós acreditamos*" – diz Hobbes – "*que aquilo que é, sempre será, e que as mesmas causas terão os mesmos efeitos*"[9]. O homem, em seu estado atual, tem duas maneiras de sentir, uma que ele aprova e outra que ele desaprova. Assim, persuadido de que essas duas maneiras de sentir deviam segui-lo até mesmo além da sua existência presente, ele coloca nas regiões da eternidade duas moradas distintas: uma foi destinada à felicidade e a outra, ao infortúnio, uma devia conter os amigos do seu deus, a outra foi uma prisão destinada à vingá-lo dos ultrajes que lhe faziam os seus desgraçados súditos.

Tal é a verdadeira origem das ideias sobre a vida futura, tão difundidas entre os homens. Vemos em toda parte um *elísio* e um *tártaro*, um *paraíso* e um *inferno*; em poucas palavras, duas regiões distintas, construídas de acordo com a imaginação dos entusiastas ou dos velhacos que as inventaram, e acomodadas aos preconceitos, às ideias, às esperanças e aos temores dos povos que acreditam neles. Os indianos imaginam a primeira dessas moradas como a da inação e a de um repouso permanente, porque – habitantes de um clima abrasador – eles viram no repouso a felicidade suprema. Os muçulmanos prometeram ali prazeres corporais, semelhantes àqueles que são atualmente os objetos dos seus desejos; os cristãos esperam, por atacado,

---

9. Quando nós raciocinamos por analogia, fundamentamos sempre os nossos raciocínios sobre a persuasão – quase sempre muito falsa – de que aquilo que já foi feito será feito ainda na sequência e consideramos como uma coisa indubitável que aquilo que ocorrerá será sempre semelhante àquilo que ocorreu.

prazeres inefáveis e espirituais – em poucas palavras, uma felicidade da qual eles não tiveram nenhuma ideia.

De qualquer natureza que fossem esses prazeres, os homens compreenderam que seria preciso um corpo para que sua alma pudesse usufruir deles ou para ser submetida às penas reservadas aos inimigos da divindade. Daí o dogma da *ressurreição*, pelo qual se supôs que esse corpo que viam diante dos seus olhos apodrecer, se decompor, se dissolver, se recomporia um dia por um efeito da onipotência divina, para constituir novamente um invólucro para a alma, a fim de receber conjuntamente com ela as recompensas e os castigos que ambos teriam merecido durante sua união primitiva[10]. Essa incompreensível opinião, inventada – dizem – pelos magos, encontra ainda um grande número de adeptos, que nunca a examinaram seriamente. Por fim, outros, incapazes de se elevar a essas noções sublimes, acreditaram que sob diversas formas o homem animaria sucessivamente diferentes animais de espécies variadas, e não deixaria jamais de habitar a Terra onde ele se encontra. Tal foi a opinião daqueles que acreditaram na *metempsicose*.

Quanto à morada desgraçada das almas, a imaginação dos impostores que quiseram governar os povos esforçou-se

---

10. O dogma da *ressurreição* parece, no fundo, inútil para todos aqueles que acreditam na existência das almas que sentem, pensam, sofrem ou gozam depois da sua separação do corpo. Eles devem supor, como Berkeley, que a alma não tem necessidade nem de um corpo nem de nenhum ser exterior para experimentar sensações e ter ideias. Os malebranchistas devem supor que as almas réprobas *verão o inferno em deus* e se sentirão queimar, sem ter necessidade dos seus corpos para isso.

para reunir as imagens mais assustadoras para torná-la mais terrível. O fogo é, de todos os seres, aquele que produz em nós a sensação mais pungente. Supôs-se, portanto, que a onipotência divina não podia inventar nada mais cruel do que o fogo para punir os seus inimigos. O fogo foi, portanto, o termo no qual a imaginação do homem foi forçada a se deter, e geralmente reconheceram bastante que o fogo vingaria um dia a divindade ultrajada, assim como, pela crueldade e demência dos homens, esse elemento a vinga muitas vezes neste mundo[11]. Assim, pintam-se as vítimas da sua cólera trancadas em calabouços incendiados, rolando perpetuamente em turbilhões de chamas, mergulhadas em mares de enxofre e de piche, e fazendo ressoar suas abóbadas infernais com seus gemidos inúteis e seus rangidos.

Porém – dirão talvez – como os homens puderam se convencer de crer em uma existência acompanhada por tormentos eternos, sobretudo havendo aí vários dentre eles que, de acordo com seus sistemas religiosos, teriam motivo de temê-los para si próprios? Diversas causas puderam contribuir para fazer que eles adotassem uma opinião tão revoltante. Em primeiro lugar, pouquíssimos homens sensatos puderam acre-

---

11. Foi, sem dúvida, daí que vieram as expiações pelo fogo, usadas por um grande número de povos orientais e praticadas ainda hoje por alguns sacerdotes do *deus de paz*, que têm a crueldade de fazer perecer pelas chamas aqueles que não têm sobre a divindade as mesmas ideias que eles. Por uma consequência do mesmo delírio, os magistrados civis condenam ao fogo os sacrílegos, os blasfemadores e os ladrões de igreja, ou seja, aqueles que não causam dano a ninguém, enquanto se contentam em punir com um suplício mais brando aqueles que causam um dano real à sociedade. É assim que a religião reverte todas as ideias!

ditar em tal absurdo, quando se dignaram a fazer uso da sua razão. Ou então, se acreditaram, a atrocidade dessa noção foi sempre contrabalançada pela ideia da misericórdia e da bondade que eles atribuíram ao seu deus[12]. Em segundo lugar, os povos cegos pelo temor nunca se deram conta dos dogmas mais estranhos que eles receberam dos seus legisladores ou que lhes foram transmitidos pelos seus pais. Em terceiro lugar, cada homem nunca vê o objeto dos seus terrores, a não ser a uma distância favorável, e a superstição lhe promete, além disso, meios de escapar aos suplícios que ele acredita ter merecido. Enfim, semelhante a esses doentes que nós vemos ligados mesmo à existência mais dolorosa, o homem prefere a ideia de uma existência desgraçada e conhecida à de uma não existência, que ele considera como o mais horroroso dos males, porque não pode ter ideia dela ou porque sua imaginação faz que ele considere esse nada como a reunião confusa de todos os males juntos. Um mal conhecido, por maior que possa ser, alarma menos os homens – sobretudo quando lhes resta a esperança de evitá-lo – do que um mal que eles não conhecem, sobre o qual, por conseguinte, sua imaginação se crê forçada a trabalhar, e ao qual ela não sabe opor nenhum remédio.

---

12. Se, como pretendem os cristãos, os tormentos do porvir devem ser infinitos pela duração e pela intensidade, sou forçado a concluir daí que o homem, que é um ser finito, não pode sofrer infinitamente. O próprio deus não pode lhe transmitir a infinitude, apesar dos esforços que faria para puni-lo eternamente pelas suas faltas – que, elas próprias, só têm efeitos finitos ou limitados pelo tempo. O mesmo raciocínio pode ser aplicado às alegrias do paraíso, onde um ser finito não compreenderá um deus infinito assim como faz neste mundo. Por outro lado, se, como ensina o cristianismo, deus perpetua a existência dos danados, ele perpetua a existência do pecado – o que não está de acordo com o amor pela ordem que nele supõem.

Vemos, portanto, que a superstição, longe de consolar os homens sobre a necessidade de morrer, nada mais faz do que redobrar os seus terrores por meio dos males que ela sustenta que se seguirão ao seu falecimento. Esses terrores são tão fortes que os desgraçados que acreditam nesses dogmas temíveis, quando são consequentes, passam os seus dias na amargura e nas lágrimas. O que diremos nós dessa opinião destruidora de toda a sociedade e, no entanto, adotada por tantas nações, que lhes anuncia que um deus severo pode a qualquer instante, *como um ladrão*, pegá-los desprevenidos e vir exercer sobre a Terra os seus rigorosos julgamentos? Que ideias mais apropriadas para assustar, para desencorajar os homens, para lhes tirar o desejo de melhorar a sua sorte, do que a perspectiva torturante de um mundo sempre prestes a se dissolver e de uma divindade sentada sobre os escombros da natureza para julgar os humanos? Tais são, no entanto, as funestas opiniões com as quais o espírito das nações se farta há alguns milhares de anos: elas são tão perigosas que, se por uma feliz inconsequência, essas nações não abolissem na sua conduta essas ideias desoladoras, elas cairiam no embrutecimento mais vergonhoso. Como elas se ocupariam de um mundo perecível, que pode a cada instante desabar? Como pensar em se tornarem felizes em uma terra que não passa do vestíbulo de um reino eterno? Será, pois, surpreendente que as superstições, às quais semelhantes dogmas servem de base, tenham prescrito aos seus seguidores um desligamento total das coisas aqui de baixo, uma renúncia completa aos prazeres mais inocentes, uma inércia, uma pusilanimidade, uma abjeção de alma, uma insociabilidade que os torna inúteis para si próprios e perigosos para os outros? Se a necessidade não forçasse os homens a se desviarem, na prática, dos seus sistemas insensatos, se as suas necessidades não os reconduzissem à razão a despeito dos seus dogmas religiosos, o mundo inteiro logo se tornaria um vasto deserto, habitado por alguns selvagens isolados, que não teriam nem mesmo a coragem de se multiplicar. O que são essas noções que é preciso necessariamente deixar de lado para fazer subsistir a associação humana?

No entanto, o dogma de uma vida futura, acompanhada de recompensas e de castigos, é, há um grande número de séculos, considerado como o mais poderoso ou mesmo como o único motivo capaz de conter as paixões dos homens e obrigá-los a ser virtuosos. Pouco a pouco, esse dogma se tornou a base de quase todos os sistemas religiosos e políticos, e parece hoje em dia que não seria possível atacar esse preconceito sem romper absolutamente os laços da sociedade. Os fundadores das religiões fizeram uso disso para prenderem seus seguidores crédulos. Os legisladores o consideraram como o freio mais capaz de reter os seus súditos sob o jugo. Até mesmo diversos filósofos acreditaram de boa-fé que esse dogma era necessário para assustar os homens e desviá-los do crime[13].

---

13. Quando o dogma da imortalidade da alma, saído da escola de Platão, foi espalhar-se entre os gregos, ele causou os maiores estragos e convenceu uma multidão de homens, insatisfeitos com a sua sorte, a darem fim aos seus dias. Ptolomeu Filadelfo, rei do Egito, vendo os efeitos que esse dogma – que se considera hoje em dia como tão salutar – produzia nos cérebros dos seus súditos, proibiu que ele fosse ensinado, sob pena de morte (cf. o *argumento* do *Diálogo de Fédon*, na tradução de Dacier).

Não se pode, com efeito, deixar de reconhecer que esse dogma tenha sido da maior utilidade para aqueles que deram religiões às nações e que se fizeram os seus ministros. Ele foi o fundamento do seu poder, a fonte das suas riquezas e a causa permanente da cegueira e dos terrores nos quais o seu interesse quis que o gênero humano fosse nutrido. É por ele que o sacerdote se torna o êmulo e o mestre dos reis: as nações se enchem de entusiastas embriagados de religião, sempre bem mais dispostos a escutar as suas ameaças do que os conselhos da razão, do que as ordens do soberano, do que os clamores da natureza e do que as leis da sociedade. A política foi ela própria escravizada aos caprichos do sacerdote. O monarca temporal foi obrigado a se curvar ao jugo do monarca eterno; um não dispunha senão deste mundo perecível, o outro estendia o seu poder até um mundo do futuro, mais importante para os homens do que a Terra, na qual eles não passam de peregrinos e passageiros. Assim, o dogma da outra vida pôs o próprio governo na dependência do sacerdote. Ele não passou do seu primeiro súdito, e jamais foi obedecido, a não ser quando ambos estiveram de acordo para oprimir o gênero humano. A natureza clama em vão aos homens que pensem na sua felicidade presente; o sacerdote lhes ordena que sejam infelizes na expectativa de uma felicidade futura. A razão lhes diz em vão que eles deviam ser pacíficos; o sacerdote lhes insufla o fanatismo e o furor, e os força a perturbar a tranquilidade pública todas as vezes em que estiverem em questão os interesses do monarca invisível da outra vida ou dos seus ministros nesta aqui.

Tais são os frutos que a política colheu do dogma da vida futura; as regiões do porvir ajudaram o sacerdócio a conquistar o mundo. A expectativa de uma felicidade celeste e o temor dos suplícios futuros não serviram senão para impedir os homens de pensarem em se tornar felizes cá embaixo. O erro, sob qualquer aspecto em que seja considerado, nunca será senão uma fonte de males para o gênero humano. O dogma de uma outra vida, apresentando aos mortais uma felicidade ideal, fará deles entusiastas. Sobrecarregando-os de temores, fará deles seres inúteis, covardes, atrabiliários, furiosos, que perderão de vista a sua morada presente para não se ocuparem senão de um futuro imaginário e dos males quiméricos que eles devem temer depois da sua morte.

Se nos dizem que o dogma das recompensas e dos sofrimentos vindouros é o freio mais poderoso para reprimir as paixões dos homens, responderemos apelando para a experiência cotidiana. Por pouco que olhemos em torno de nós, veremos essa asserção ser desmentida e descobriremos que essas maravilhosas especulações, incapazes de modificar os temperamentos dos homens, de aniquilar as paixões que os vícios da própria sociedade contribuem para fazer brotar em todos os corações, não diminuem de maneira alguma o número dos perversos. Nas nações que parecem mais fortemente convencidas disso, nós vemos assassinos, ladrões, patifes, opressores, adúlteros, voluptuosos: todos estão persuadidos da realidade de uma outra vida. Porém, no turbilhão da dissipação e dos prazeres, no ímpeto das suas paixões, eles não veem mais esse futuro temível, que não influi de modo algum sobre a sua conduta presente.

Em poucas palavras, nos países onde o dogma da outra vida está tão fortemente estabelecido que todos se irritariam contra qualquer um que tivesse a temeridade de combatê-lo, ou mesmo de duvidar dele, nós vemos que ele é perfeitamente incapaz de se impor aos príncipes injustos, negligentes e devassos, aos cortesãos ávidos e desregrados, aos concussionários que se nutrem insolentemente da substância dos povos, às mulheres sem pudor, a uma multidão de crápulas e de viciosos e até mesmo a vários desses sacerdotes cuja função é anunciar as vinganças do céu. Se vós lhes perguntais por que, pois, eles ousaram se entregar a algumas ações que sabiam ser apropriadas para atrair-lhes os castigos eternos, eles vos responderão que o ímpeto das paixões, a torrente do hábito, o contágio do exemplo ou mesmo a força das circunstâncias os arrastaram e lhes fizeram esquecer as consequências terríveis que a sua conduta podia ter para eles. Além disso, eles vos dirão que os tesouros da misericórdia divina são infinitos e que um arrependimento é suficiente para apagar os crimes mais negros e mais acumulados[14]. Nessa multidão de celerados que – cada um à sua maneira – desolam a sociedade, vós não en-

---

14. A ideia da misericórdia divina tranquiliza os perversos e lhes faz esquecer a justiça divina. Com efeito, como se supõe que esses dois atributos são igualmente infinitos em deus, eles devem se contrabalançar de maneira a que nem um nem outro possam agir. Seja como for, os perversos contam com um deus *imóvel*, ou se gabam, com a ajuda da misericórdia, de escapar dos efeitos de sua justiça. Os bandoleiros, que veem que mais cedo ou mais tarde perecerão no cadafalso, dizem que com isso eles estarão livres para *acabar bem*. Os cristãos acreditam que *um bom peccavi*[a] apaga todos os pecados. Os indianos atribuem as mesmas virtudes às águas do Ganges.
(a) A confissão que um pecador faz das suas faltas. (N. T.)

contrareis senão um pequeno número de homens bastante intimidados pelos temores de um futuro desgraçado para resistir às suas inclinações. O que estou dizendo! Essas inclinações é que são demasiado fracas para arrastá-los, e sem o dogma de uma outra vida, a lei e o temor da censura teriam sido motivos suficientes para impedi-los de se tornarem criminosos.

Existem, com efeito, algumas almas temerosas e timoratas sobre as quais os terrores de uma outra vida causam uma profunda impressão. Os homens dessa espécie nasceram com paixões moderadas, uma organização débil, uma imaginação pouco ardente. Não é portanto nada surpreendente que nesses seres, já contidos por sua natureza, o temor do futuro contrabalance os fracos esforços das suas fracas paixões. Porém, não ocorre o mesmo com esses celerados determinados, com esses viciosos habituais dos quais nada pode deter os excessos, e que, nos seus arrebatamentos, fechando os seus olhos para o temor das leis deste mundo, desprezarão ainda mais as do outro.

No entanto, quantas pessoas se dizem e mesmo se acreditam contidas pelos temores de uma outra vida! Porém, ou elas nos enganam ou estão iludindo a si próprias: elas atribuem a esses temores aquilo que nada mais é do que o efeito de motivos mais presentes, tais como a fraqueza da sua máquina, a disposição do seu temperamento, a pouca energia de suas almas, sua timidez natural, as ideias da educação, o temor das consequências imediatas e físicas dos seus desregramentos ou das suas más ações. Esses são os verdadeiros motivos que as contêm, e não as noções vagas do futuro – que os homens, aliás, que estão mais persuadidos delas esquecem a cada instante, desde que um interesse poderoso os solicite a pecar. Por pouco que prestassem atenção a isso, veriam que se atribui ao temor do seu deus aquilo que não passa realmente do efeito da sua própria fraqueza, da sua pusilanimidade, do pouco interesse que se tem em fazer o mal. Não se agiria de outro modo, ainda que não se tivesse esse temor. E, se refletissem, perceberiam que é sempre a necessidade que faz os homens agirem como agem.

O homem não pode ser contido quando não encontra em si mesmo motivos bastante fortes para retê-lo ou devolvê-lo à razão. Não existe nada neste mundo nem no outro que possa tornar virtuoso aquele que uma organização infeliz, um espírito mal cultivado, uma imaginação arrebatada, alguns hábitos inveterados, alguns exemplos funestos e alguns interesses poderosos convidam ao crime por todos os lados. Não existe nenhuma especulação capaz de reprimir aquele que afronta a opinião pública, que despreza a lei, que está surdo aos clamores da sua consciência e cujo poder o coloca neste mundo acima do castigo ou da censura[15]. Em seus

---

15. Não se deixará de dizer que o temor de uma outra vida é um freio, pelo menos útil, para conter os príncipes e os poderosos, que não têm nenhum outro, e que um freio qualquer vale mais do que freio nenhum. Provamos suficientemente que esse freio da outra vida não deteve de nenhum modo os soberanos: existe um freio mais real e mais apropriado para contê-los e para impedi-los de causar dano à sociedade; é submetê-los às leis da sociedade, é lhes tirar o direito ou o poder de abusar das suas forças para escravizá-la aos seus próprios caprichos. Uma boa constituição política, fundada na equidade natural, e uma boa educação são os melhores freios para os chefes das nações.

arroubos, ele temerá bem menos ainda um futuro distante, cuja ideia sempre cederá àquilo que ele julgar necessário à sua felicidade imediata e presente. Toda paixão forte nos cega sobre tudo aquilo que não é o seu objeto. Os terrores da vida futura, dos quais as nossas paixões têm sempre o segredo de diminuir a probabilidade para nós, nada podem sobre um perverso que não teme os castigos bem mais vizinhos da lei e o ódio assegurado dos seres que o rodeiam. Todo homem que se entrega ao crime não vê nada de certo a não ser a vantagem que ele espera do crime; o resto lhe parece sempre falso ou problemático.

Por pouco que abramos os olhos, veremos que não é possível esperar que o temor de um deus vingador e dos seus castigos – que o amor próprio nunca nos mostra a não ser suavizados pela distância – possa algo sobre corações empedernidos no crime. Aquele que chegou a se persuadir de que não pode ser feliz sem o crime se entregará sempre ao crime, não obstante as ameaças da religião: qualquer um que seja bastante cego para não ler a infâmia no próprio coração, a sua própria condenação nos rostos dos seres que o rodeiam, a indignação e a cólera nos olhos dos juízes estabelecidos para puni-lo pelos delitos que ele quer cometer, um tal homem – eu digo – não verá jamais as impressões que os seus crimes causarão no rosto de um juiz que ele não vê, ou que só vê longe dele. O tirano que, com os olhos secos, pode escutar os gritos e ver correr as lágrimas de um povo inteiro do qual ele faz a infelicidade não verá os olhos inflamados de um senhor mais poderoso. Quando um monarca orgulhoso pretende só ser obrigado a prestar contas a deus sobre as suas ações, é porque ele teme mais a sua nação do que o seu deus.

Porém, por outro lado, a própria religião não aniquila os efeitos dos temores que ela anuncia como salutares? Ela não fornece aos seus discípulos meios de se subtrair aos castigos com os quais ela tantas vezes os tem ameaçado? Não lhes diz que um arrependimento estéril pode, no instante da morte, desarmar a cólera celeste e purificar as almas das nódoas do pecado? Em algumas superstições, os sacerdotes não se apropriam do direito de perdoar os moribundos pelos delitos que eles cometeram durante o decorrer de uma vida desregrada? Enfim, os homens mais perversos, consolidados na iniquidade, na devassidão e no crime, não contam até o último momento com os socorros de uma religião que lhes promete meios infalíveis de se reconciliar com o deus que eles irritaram e de evitar os seus rigorosos castigos?

Como consequência dessas noções tão favoráveis para os malvados, tão apropriadas para tranquilizá-los, vemos que a esperança das expiações fáceis, longe de corrigi-los, convida-os a persistirem até a morte nas desordens mais gritantes. Com efeito, apesar das vantagens sem número que asseguram decorrer do dogma da outra vida, apesar da sua pretensa eficácia para reprimir as paixões dos homens, os ministros da religião, tão interessados na manutenção desse sistema, não se queixam eles próprios todos os dias da sua insuficiência? Eles reconhecem que os mortais que eles imbuíram, desde a infância, com essas ideias nem por isso são menos arrastados pelas suas inclinações, aturdidos pela dissipação, escravos dos seus prazeres, encadeados pelo hábito, carregados pela torrente do mundo, seduzidos por alguns interesses presentes que fazem que esqueçam igualmente as recompensas e os castigos da vida futura. Em poucas palavras, os ministros do céu reconhecem que os seus discípulos, na sua maioria, se conduzem neste mundo como se não tivessem nada a esperar ou a temer em um outro.

Enfim, suponhamos por um instante que o dogma da outra vida seja de alguma utilidade, e que ele contenha verdadeiramente um pequeno número de indivíduos. O que são essas frágeis vantagens comparadas à multidão de males que vemos decorrer dele! Para um homem tímido que essa ideia contém existem milhões que ela não pode conter; existem milhões que ela torna insensatos, ferozes, fanáticos, inúteis e malvados; existem milhões que ela desvia dos seus deveres para com a sociedade; existe uma infinidade que ela aflige e que ela perturba sem nenhum benefício real para os seus associados.

Muitas pessoas, persuadidas da utilidade do dogma da outra vida, consideram aqueles que ousam combatê-lo como inimigos da sociedade. No entanto, é fácil se convencer de que os homens mais esclarecidos e mais sábios da Antiguidade acreditaram não somente que a alma era material e perecia com o corpo, mas também atacaram sem rodeios a opinião dos castigos do futuro. Esse ponto de vista não era exclusivo dos epicuristas. Nós o vemos ser adotado por filósofos de todas as seitas, pelos pitagóricos, pelos estoicos, enfim, pelos homens mais santos e mais virtuosos da Grécia e de Roma. Eis como Ovídio faz Pitágoras falar:

> *O Genus attonitum gelidae formidine mortis,*
> *Quid Styga, quid tenebras, et nomina vana timetis*
> *Materiem vatum, falsi terricula mundi?*[16]

Timeu de Locres, que era pitagórico, reconhece que a doutrina dos castigos futuros era fabulosa, puramente destinada ao vulgo imbecil, e pouco feita para aqueles que cultivam a sua razão.

Aristóteles diz formalmente que *o homem não tem nem bem a esperar nem mal a temer depois da morte*.

No sistema dos platônicos, que faziam a alma imortal, não podia haver castigos a temer para ela depois da morte, já que essa alma retornava então para se juntar à divindade, da qual ela era uma porção: ora, uma porção da divindade não podia estar sujeita a sofrer.

Cícero diz de Zenão que ele supunha a alma de uma substância ígnea, de onde conclui que ela devia ser destruída. *Zenoni stoico animus ignis videtur. Si sit ignis, extinguetur; interibit cum reliquo corpore**.

Esse orador filósofo, que era da seita acadêmica, nem sempre está de acordo consigo mesmo. No entanto, em di-

---
16. "Ó, frágeis mortais, que o pavor da morte congela, por que temer o Estige e o império das sombras, fábulas inventadas pelos poetas, vãs expiações de um mundo imaginário?" (*Metamorfoses*, XV, 153-155).

* Zenão, o Estoico, diz que a alma é fogo. Se ela é fogo, esse fogo se apagará; perecerá com o resto do corpo.

versas ocasiões ele trata abertamente como fábulas os tormentos do inferno e considera a morte como o fim de tudo para o homem (cf. *Tusculanos*, 1, 38).

Sêneca está repleto de passagens nas quais faz considerar a morte como um estado de aniquilamento total. *Mors est non esse. Id quale sit jam scio; hoc erit post me quod ante me fuit. Si quid in hac re tormenti est, necesse est et fuisse antequam prodiremus in lucem; atqui nullam sensimus tunc vexationem.* Falando da morte de seu irmão, ele diz: *Quid itaque ejus desiderio maceror, qui aut beatus, aut nullus est?* Mas nada é mais decisivo do que aquilo que Sêneca escreve a Márcia para consolá-la (cap. 19):

Cogita nullis defunctum malis affici: illa quae nobis inferos faciunt terribiles, fabulam esse: nulla simminere mortuis tenebras, nec carcerem, nec flumina flagrantia igne, nec oblivionis amnem, nec tribunalia, et reos et in illa libertate tam laxa iterum tyrannos: luserunt ista poetae et vanis nos agitavere terroribus. Mors omnium dolorum et solutio est et finis: ultra quam mala nostra non exeunt, quae nos in illam tranquillitatem, in qua antequam nasceremur jacuimus, reponit*.

Por fim, eis aqui uma passagem decisiva desse filósofo; ela merece muita atenção do leitor: *Si animus fortuita*

---

* "Fora desta vida, assegurai-vos bem disso, não se sente mais o mal, e as assustadoras narrativas que se fazem dos infernos são puras fábulas. Os mortos não têm a temer nem tenebrosas prisões, nem lagos de fogo, e nem o rio do esquecimento. E, nessa morada de independência, não existem nem tribunais, nem réus, e nem novos tiranos: isso são jogos de poetas, que nos agitaram com vãos terrores. A morte é a libertação, o fim de todas as nossas dores, o limite onde a infelicidade se detém; ela nos mergulha novamente no tranquilo repouso onde nós estávamos sepultados antes de nascer." (N. T.)

contempsit; si deorum hominumque formidinem ejecit, et scit non multum ab homine timendum, a Deo nihil: si contemptor omnium, quibus torquetur vita, eo perductus est ut illi liqueat, mortem nullius mali esse materiam, multorum finem (cf. *Dos benefícios*, VII, 1)*.

Sêneca, o trágico, explica-se da mesma maneira que o filósofo:

> *Post mortem nihil est, ipsaque mors nihil,*
> *Velocis spatii meta novissima.*
> *Quaeris quo jaceas post obitum loco?*
> *Que non nata jacent.*
> *Mors individua est noxia corpori,*
> *Nec parcens animae*[17]. (*Troades*)

Epicteto tem as mesmas ideias, em uma passagem muito digna de nota relatada por Arriano. Ei-la aqui fielmente traduzida: "Mas para onde vais? Não pode ser para um lugar de sofrimentos; vós não fazeis mais do que retornar ao lugar de onde viestes. Vós ireis estar de novo pacificamente associado

---

* "Se o homem sabe desprezar os golpes da sorte; se, banindo todo o medo dos homens e dos deuses, ele sabe que não se tem quase nada a temer dos homens, e nada dos deuses; desdenhando todos os objetos que constituem tanto o tormento quanto o ornamento da vida, ele chega a ver claramente que a morte não é de maneira alguma um mal, mas o fim de muitos males." (N. T.)

17. Não existe nada depois da morte, a própria morte não é nada/ É o ponto final de uma rápida corrida./ Tu te perguntas onde repousarás depois da tua morte?/ Lá onde se encontram aqueles que não nasceram./ A morte do indivíduo é nociva ao corpo,/ Sem poupar a alma.

com os elementos de onde vós saístes. Aquilo que em vossa composição era da natureza do fogo, retornará ao elemento fogo; aquilo que era da natureza da terra, vai se juntar novamente à terra; aquilo que era ar, vai se reunir ao ar; aquilo que era água, vai se dissolver na água. Não existe nenhum inferno, nem Aqueronte, nem Cócito, nem Flegetonte*" (cf. Arriano, livro III, cap. 13). Em um outro trecho, o mesmo filósofo diz: "A hora da morte se aproxima, mas não ireis agravar os vossos males, nem tornar as coisas piores do que elas são. Imaginai-as sob o seu verdadeiro ponto de vista. Chegou a hora em que os materiais pelos quais vós sois composto vão se dissolver nos elementos de onde foram originariamente extraídos. O que há de terrível ou de incômodo nisso? Existe alguma coisa neste mundo que pereça totalmente?" (cf. Arriano, livro IV, cap. 7, parágrafo 1).

Enfim, o sábio e piedoso Antonino** diz: "Aquele que teme a morte, ou teme ser privado de toda a sensibilidade, ou teme experimentar sensações diferentes. Se vós perderdes toda a sensibilidade, não estareis mais sujeito aos sofrimentos e à miséria. Se vós fordes provido de outros sentidos de uma natureza diferente, vós vos tornareis uma criatura de uma espécie diferente".

Esse grande imperador diz em outra parte que é preciso esperar a morte com tranquilidade, "já que ela não passa da dissolução dos elementos pelos quais cada animal é composto"

---

* Rios do inferno, na mitologia grega. (N. T.)
** Mais conhecido como Marco Aurélio. (N. T.)

(cf. as *Reflexões morais de Marco Antonino*, livro II, parágrafo 17, e livro VIII, parágrafo 58).

Podemos juntar a esses testemunhos de tantos grandes homens da Antiguidade pagã o do autor do *Eclesiastes*, que fala da morte e do destino da alma humana como um epicurista: *Unus interitus est hominis et jumentorum, et aequa utriusque conditio: sicut moritur homo, sic et illa moriuntur: similiter spirant omnia, et nihil habet homo jumento amplius* etc.* (cf. *Eclesiastes*, cap. III, v. 19).

Enfim, como os cristãos podem conciliar a utilidade ou a necessidade do dogma da outra vida com o silêncio profundo que o legislador dos judeus, inspirado pela divindade, guardou sobre um artigo que se crê tão importante?

---

* "Porque o que sucede aos filhos dos homens, isso mesmo também sucede aos animais, e lhes sucede a mesma coisa. Como morre um, assim morre o outro; e todos têm o mesmo fôlego, e a vantagem dos homens sobre os animais não é nenhuma [...]" (N. T.)

Capítulo 14

A educação, a moral e as leis são suficientes para conter os homens. Do desejo da imortalidade; do suicídio

Não é, portanto, em um mundo ideal, que existe apenas na imaginação dos homens, que é preciso ir buscar motivos para fazê-los agir neste aqui. É neste mundo visível que encontraremos os motores para desviá-los do crime e incitá-los à virtude. É na natureza, na experiência e na verdade que é preciso buscar remédios para os males da nossa espécie e motores apropriados para dar ao coração humano as inclinações verdadeiramente úteis ao bem das sociedades.

Se prestaram atenção àquilo que foi dito no decorrer desta obra, verão que é, sobretudo, a educação que poderá fornecer os verdadeiros meios de remediar os nossos extravios. É ela que deve semear os nossos corações, cultivar as sementes que neles tiver lançado, tirar proveito das disposições e das faculdades que dependem das diferentes organizações, conservar o fogo da imaginação, acendê-lo para certos objetos, abafá-lo ou apagá-lo para outros, enfim, fazer que as almas adquiram hábitos vantajosos para o indivíduo e para a sociedade. Educados dessa maneira, os homens não terão nenhuma necessidade das recompensas celestes para conhecer o valor da virtude. Eles não terão necessidade de ver abismos incendiados debaixo dos seus pés para sentirem horror pelo crime. A natureza sem essas fábulas lhes ensinará bem melhor aquilo que eles devem a si mesmos, e a lei lhes mostrará o que devem aos corpos dos quais são membros. É assim que a educação formará cidadãos para o Estado. Os depositários do poder distinguirão aqueles que a educação terá formado em razão das vantagens que eles proporcionarão à pátria. Eles punirão aqueles que lhe serão nocivos; farão ver aos cidadãos que as promessas que a educação e a moral lhes fazem não são vãs, que em um Estado bem constituído a virtude e os talentos são o caminho para o bem-estar e que a inutilidade ou o crime conduzem ao infortúnio e ao desprezo.

Um governo justo, esclarecido, virtuoso e vigilante, que se propuser de boa-fé ao bem público, não tem necessidade de fábulas ou de mentiras para governar súditos racionais. Ele teria vergonha de se servir de prodígios para enganar cidadãos instruídos dos seus deveres, submissos por interesse a leis equitativas, capazes de perceber o bem que querem lhes fazer. Ele sabe que a estima pública tem mais força sobre os homens bem nascidos do que o terror das leis. Ele sabe que o hábito é suficiente para inspirar o horror, mesmo pelos crimes ocultos que escapam aos olhos da sociedade. Ele sabe que os castigos visíveis deste mundo se impõem bem mais aos homens grosseiros do que os de um futuro incerto e distante. Enfim, ele sabe que os bens perceptíveis que o poder soberano tem condições de distribuir tocam bem mais a imaginação dos mortais do que essas recompensas vagas que lhes prometem no futuro.

Os homens só são tão perversos, tão corrompidos e tão rebeldes à razão porque em parte alguma eles são governados conforme a sua natureza ou instruídos das suas leis necessárias. Eles são alimentados com inúteis quimeras; em toda parte, eles são submetidos a senhores que negligenciam a instrução dos povos ou não procuram senão enganá-los. Não vemos sobre a face deste globo senão soberanos injustos, incapazes, amolecidos pelo luxo, corrompidos pela adulação, depravados pela licenciosidade e pela impunidade, desprovidos de talentos, de modos e de virtudes. Indiferentes sobre os seus deveres, que quase sempre ignoram, eles praticamente não se ocupam do bem-estar dos seus povos. Sua atenção é absorvida por guerras inúteis ou pelo desejo de encontrar a cada instante meios de satisfazer a sua insaciável avidez. Seu espírito não se dirige para os objetos mais importantes para a felicidade dos seus Estados. Interessados em manter os preconceitos recebidos, eles não se preocupam em pensar nos meios de curá-los. Enfim, privados eles próprios das luzes que fazem que o homem reconheça que o seu interesse é ser bom, justo e virtuoso, só recompensam ordinariamente os vícios que lhes são úteis e punem as virtudes que contrariam as suas paixões imprudentes. Submetidas a tais senhores, será, pois, surpreendente que as sociedades sejam assoladas por homens perversos que oprimem sem trégua os fracos que gostariam de imitá-los? O estado de sociedade é um estado de guerra do soberano contra todos e de cada um dos membros contra os outros[1]. O homem é perverso não porque ele tenha nascido perverso, mas porque o tornaram assim. Os grandes e os poderosos esmagam impunemente os indigentes, os desgraçados e aqueles que, com o risco da sua vida, procuram lhes devolver todo o mal que receberam deles; atacam abertamente ou em segredo uma pátria madrasta que dá tudo a alguns dos seus filhos e que tira tudo dos outros. Eles a punem pela sua parcialidade e lhe mostram que os motores extraídos da outra vida são impotentes contra as paixões e os furores que uma administração corrompida fez nascer nesta aqui, e que o terror dos suplícios deste mundo é ele próprio muito fraco contra a necessidade, contra os hábitos criminosos, contra uma organização perigosa que a educação não retificou.

Em todos os países a moral dos povos é totalmente negligenciada, e o governo não se ocupa senão com o cuidado de torná-los tímidos e infelizes. Quase em toda parte o homem é escravo. É preciso, portanto, que ele seja abjeto, interesseiro, dissimulado, sem honra – em poucas palavras, que ele tenha os vícios do seu Estado. Em toda parte o enganam,

---
1. É preciso observar aqui que eu não digo, como Hobbes, que o estado de natureza é um estado de guerra: eu digo que os homens, por sua natureza, não são nem bons nem maus. Eles são igualmente dispostos a se tornar bons ou malvados conforme são modificados ou conforme lhes façam ter interesse em ser uma coisa ou outra. Os homens só estão tão dispostos a prejudicar uns aos outros porque tudo conspira para dividir os seus interesses. Cada um vive, por assim dizer, isolado na sociedade, e seus chefes se aproveitam das suas divisões para subjugá-los uns pelos outros. *Divide et impera*, é a máxima que seguem por instinto todos os maus governantes. Os tiranos não tirariam seu proveito se tivessem sob as suas ordens apenas homens virtuosos.

conservam-no na ignorância, impedem-no de cultivar a sua razão. É forçoso, portanto, que ele seja estúpido, insensato e perverso. Ele vê que o crime e o vício são homenageados; disso ele conclui que o vício é um bem, e a virtude não pode ser senão um sacrifício de si mesmo. Em toda parte ele é infeliz; assim, em toda parte ele causa dano aos seus semelhantes para se livrar do sofrimento. Em vão, para contê-lo, mostram-lhe o céu; seus olhares logo recaem sobre a terra. Ele quer ser feliz aqui a qualquer preço, e as leis que não cuidaram nem da sua instrução, nem dos seus costumes, nem da sua felicidade o ameaçam inutilmente e o punem pela negligência injusta dos legisladores. Se a política, ela mesma mais esclarecida, se ocupasse seriamente com a instrução e com o bem-estar do povo, se as leis fossem mais equitativas, se cada sociedade menos parcial desse a cada um dos seus membros os cuidados, a educação e os auxílios que ele está no direito de exigir, se os governos menos ávidos e mais vigilantes se propusessem a tornar seus súditos mais felizes, não veríamos de modo algum um tão grande número de malfeitores, de ladrões e de assassinos infectar a sociedade. Não seríamos obrigados a lhes tirar a vida para puni-los por uma maldade que só se deve, comumente, aos vícios das suas instituições. Não seria necessário procurar em uma outra vida quimeras sempre forçadas a fracassar contra as suas paixões e as suas necessidades reais. Em poucas palavras, se o povo fosse mais instruído e mais feliz, a política não teria de enganá-lo para contê-lo nem destruir tantos desafortunados por terem obtido o necessário à custa do supérfluo dos seus concidadãos insensíveis.

Quando quisermos esclarecer o homem, mostremos a ele sempre a verdade. Em vez de acender a sua imaginação com a ideia desses pretensos bens que o futuro lhe reserva, que lhe deem alívio, que o socorram, ou, ao menos, que lhe permitam gozar do fruto do seu trabalho, que não lhe arrebatem os seus bens por meio de impostos cruéis, que não o desencorajem do trabalho, que não o forcem à ociosidade, que o conduziria ao crime. Que ele pense na sua existência presente sem dirigir seus olhares para aquela que o espera depois de sua morte. Que se incentive a sua habilidade, que se recompense os seus talentos, que o tornem ativo, laborioso, benfazejo e virtuoso neste mundo, que lhe mostrem que as suas ações podem influir sobre os seus semelhantes, e não sobre seres imaginários que foram colocados em um mundo ideal. Que não lhe falem dos suplícios com os quais a divindade o ameaça em um tempo em que ele não existir mais, que lhe façam ver a sociedade armada contra aqueles que a perturbam, que lhe mostrem as consequências do ódio dos seus associados e que ele aprenda a sentir o valor da sua afeição. Que ele aprenda a estimar a si próprio, que tenha a ambição de merecer a estima dos outros, que saiba que para obtê-la é necessário ter virtude, e que o homem virtuoso em uma sociedade bem constituída não tem nada a temer nem dos homens nem dos deuses.

Se queremos formar cidadãos honestos, corajosos, industriosos, úteis ao seu país, tomemos cuidado para não inspirar-lhes desde a infância temores mal fundados da morte. Não distraiamos a sua imaginação com fábulas maravilhosas; não ocupemos o seu espírito com um futuro inútil de conhecer e que não tem nada em comum com a sua felicidade real. Falemos da imortalidade para as almas corajosas e nobres: mostremo-la – como prêmio pelos seus esforços – a esses espíritos enérgicos que se lançam para além dos limites da sua existência atual e que, pouco contentes em provocar a admiração e o amor dos seus contemporâneos, querem também suscitar as homenagens das raças futuras. Com efeito, existe uma imortalidade à qual o gênio, os talentos e as virtudes estão no direito de pretender. Não censuremos, não sufoquemos uma paixão nobre fundada na nossa natureza e da qual a sociedade colhe os frutos mais vantajosos.

A ideia de ser, depois da sua morte, sepultado em um total esquecimento, de não ter nada em comum com os seres da nossa espécie, de perder toda a possibilidade de influir ainda sobre eles, é um pensamento doloroso para todo homem. Ele é, sobretudo, muito inquietante para aqueles que têm uma imaginação ardente. O desejo da imortalidade ou de viver na memória dos homens sempre foi a paixão das grandes almas. Ela foi o motor das ações de todos aqueles que desempenharam um grande papel sobre a Terra. Os heróis – virtuosos ou criminosos – e os filósofos, assim como os conquistadores, os homens de gênio e os homens de talento, esses personagens sublimes que fizeram a honra da sua espécie, assim como esses ilustres celerados que a aviltaram e assolaram, almejaram a posteridade em todos os seus empreendimentos e se ufanaram com a esperança de agir sobre as almas dos homens quando eles próprios não mais existissem. Se o homem comum não leva tão longe os seus desígnios, ele ao menos é sensível à ideia de se ver renascer nos seus filhos, que ele sabe estarem destinados a sobreviver a ele, a transmitir o seu nome, a conservar a sua memória, a representá-lo na sociedade. É para eles que reconstrói a sua cabana, é para eles que planta uma árvore que jamais verá plenamente crescida, é para que eles sejam felizes que trabalha. O desgosto que perturba esses poderosos – quase sempre tão inúteis ao mundo – quando eles perdem a esperança de dar continuidade à sua raça não provém senão do temor de serem inteiramente esquecidos. Eles sentem que o homem inútil morre por inteiro. A ideia de que o seu nome estará na boca dos homens, o pensamento de que ele será pronunciado com carinho, de que despertará nos corações sentimentos favoráveis, são ilusões úteis e apropriadas para contentar mesmo aqueles que sabem que disso nada resultará para eles. O homem gosta de pensar que terá poder, que terá alguma importância no universo, mesmo depois do término da sua existência humana. Ele toma parte – em ideia – nas ações, nos discursos e nos projetos das raças futuras, e ficaria muito infeliz se se acreditasse excluído do seu círculo. As leis, em quase todas as nações, penetraram nesses desígnios. Elas quiseram consolar os cidadãos da necessidade de morrer dando-lhes meios de exercerem suas vontades por um longo tempo, mesmo depois da morte. Essa condescendência chega tão longe que os mortos muitas vezes regulam a sorte dos vivos durante uma longa série de anos.

Tudo nos prova no homem o desejo de sobreviver a si mesmo. As pirâmides, os mausoléus, os monumentos, os epitáfios, tudo nos mostra que ele quer prolongar a sua existência mesmo para além do falecimento. Ele não é nada insensível aos julgamentos da posteridade; é para ela que o sábio escreve, é para maravilhá-la que o monarca constrói edifícios, são os seus louvores que o grande homem já escuta ressoar nos seus ouvidos, é para o seu julgamento que o cidadão virtuoso apela, quando os seus contemporâneos são injustos ou preconceituosos. Feliz quimera! Ilusão tão doce que se realiza para as imaginações ardentes e que é apropriada para fazer nascer e para sustentar o entusiasmo do gênio, a coragem, a grandeza de alma, os talentos, e que pode servir algumas vezes para conter os excessos dos homens poderosos, quase sempre muito preocupados com os julgamentos da posteridade, porque eles sabem que mais cedo ou mais tarde ela vingará os vivos dos males injustos que lhes fizeram sofrer.

Nenhum homem pode, portanto, consentir em ser totalmente apagado da lembrança dos seus semelhantes. Poucos homens têm a coragem de se pôr acima dos julgamentos do gênero humano futuro e de se degradar aos seus olhos. Qual é o ser insensível ao prazer de arrancar lágrimas daqueles que sobreviverão a ele, de agir ainda sobre as suas almas, de ocupar o seu pensamento, de exercer sobre eles o seu poder do próprio fundo do túmulo! Imponhamos, pois, um silêncio eterno a esses supersticiosos melancólicos que têm a audácia de censurar um sentimento do qual resultam tantas vantagens para a sociedade. Não escutemos esses filósofos indiferentes que querem que sufoquemos esse grande impulso das nossas almas; não nos deixemos seduzir pelos sarcasmos desses voluptuosos, que desprezam uma imortalidade para a qual eles não têm força de se encaminhar. O desejo de comprazer a posteridade e de tornar o seu nome agradável às raças vindouras é um motor respeitável quando ele faz empreender coisas cuja utilidade pode influir sobre homens e nações que ainda não existem. Não tratemos de insensato o entusiasmo desses gênios vastos e benfazejos, cujos olhares penetrantes nos previram no seu tempo, que se ocuparam conosco, que desejaram os nossos sufrágios, que escreveram para nós, que nos enriqueceram com as suas descobertas, que nos curaram dos nossos erros. Prestemos a eles as homenagens que esperavam de nós, quando seus contemporâneos injustos as recusavam. Paguemos ao menos às suas cinzas um tributo de reconhecimento pelos prazeres e os benefícios que eles nos proporcionaram. Reguemos com o nosso pranto as urnas dos Sócrates, dos Fócions*; lavemos com as nossas lágrimas a mancha que o seu suplício causou no gênero humano. Expiemos com os nossos pesares a ingratidão ateniense; aprendamos, com o seu exemplo, a recear o fanatismo religioso e político e temamos perseguir o mérito e a virtude ao perseguir aqueles que combatem os nossos preconceitos.

Espalhemos flores sobre os túmulos de Homero, de Tasso e de Milton. Reverenciemos as sombras imortais desses gênios felizes cujos cantos ainda despertam em nossas almas os mais doces sentimentos. Bendigamos a memória de todos

---

* Fócion (402-317 a. C.), general e orador ateniense que, tal como Sócrates, foi injustamente condenado a beber cicuta, sob a acusação de traição à pátria. (N. T.)

esses benfeitores dos povos que foram as delícias do gênero humano. Adoremos as virtudes dos Titos, dos Trajanos, dos Antoninos, dos Julianos. Mereçamos, em nossa esfera, os elogios do porvir, e nos lembremos sempre de que para provocar, ao morrer, os pesares dos nossos semelhantes, é preciso lhes mostrar talentos e virtudes. Os enterros dos monarcas mais poderosos raramente são regados pelas lágrimas dos povos. Eles comumente as esgotaram quando estavam vivos. Os nomes dos tiranos provocam o horror daqueles que os escutam pronunciar. Estremecei, pois, reis cruéis, que mergulhais vossos súditos na miséria e nas lágrimas, que assolais as nações, que transformais a Terra em um cemitério árido. Estremecei com os traços de sangue com os quais a história irritada vos pintará para as raças futuras. Nem os vossos monumentos suntuosos, nem as vossas vitórias imponentes, nem os vossos exércitos inumeráveis impedirão a posteridade de insultar os vossos males odiosos e de vingar os seus antepassados dos vossos manifestos crimes!

Não somente todo homem prevê a sua dissolução com pena, mas também deseja que sua morte seja um acontecimento interessante para os outros. Porém, como acabamos de dizer, são necessários talentos, benefícios e virtudes para que aqueles que nos rodeiam se interessem pela nossa sorte e sintam pesar diante das nossas cinzas. Será, pois, surpreendente se a maioria dos homens, ocupados unicamente consigo mesmos, com a sua vaidade, com os seus projetos pueris, com o cuidado de satisfazer as suas paixões, à custa do contentamento e das necessidades de uma esposa, de uma família, dos seus filhos, dos seus amigos, da sociedade, não provoquem nenhum pesar com a sua morte, ou sejam logo esquecidos? Existe uma infinidade de monarcas dos quais a história não nos informa nada, a não ser que eles viveram. Apesar da inutilidade na qual a maior parte dos homens vive, o pouco cuidado que eles tomam para se tornarem queridos pelos seres que os rodeiam e as ações que eles fazem para desagradá-los não impedem que o amor-próprio de cada mortal lhe persuada de que sua morte deve ser um acontecimento e lhe mostre, por assim dizer, a ordem das coisas revertida pelo seu falecimento. Homem fraco e vão! Tu não vês que os Sesóstris*, os Alexandres e os Césares estão mortos? A marcha do universo não se deteve por isso. A morte desses famosos vencedores, aflitiva para alguns escravos favorecidos, foi um motivo de alegria para todo o gênero humano. Ela devolveu ao menos às nações a esperança de respirar. Tu acreditas que os teus talentos devem interessar ao gênero humano e pô-lo de luto pela tua morte? Ai, ai! Os Corneilles, os Lockes, os Newtons, os Bayles e os Montesquieus morreram lastimados por um pequeno número de amigos, que logo foram consolados pelas distrações necessárias. Sua morte foi indiferente para a maior parte dos seus concidadãos. E tu ousas te vangloriar de que o teu prestígio, os teus títulos, as tuas riquezas, os teus banquetes suntuosos e os teus prazeres diversificados façam

---

* Sesóstris é o nome de três faraós da 12ª dinastia. Porém, nos tempos do barão de Holbach, a precariedade dos conhecimentos de egiptologia fazia que esse nome fosse atribuído a Ramsés II – cognominado Ramsés, o Grande –, que governou o Egito no século XIII a. C. (N. T.)

da tua morte um acontecimento memorável? Vão falar nela durante dois dias, e não fique surpreso com isso. Saiba que morreu outrora na Babilônia, em Sardes*, em Cartago e em Roma uma multidão de cidadãos mais ilustres, mais poderosos, mais opulentos e mais voluptuosos do que tu, dos quais ninguém, no entanto, pensou em te transmitir os nomes. Sê, pois, virtuoso, ó homem! Em qualquer lugar que o destino te designe, tu serás feliz enquanto viveres. Faça o bem e tu serás querido; adquira talentos e tu serás considerado. A posteridade te admirará se esses talentos úteis para ela lhe fizerem conhecer o nome pelo qual era designado outrora o teu ser aniquilado. Porém, o universo não será desarranjado com a tua perda; e quando tu morreres, teu vizinho mais próximo talvez fique alegre, enquanto tua mulher, teus filhos e teus amigos estarão ocupados com o triste cuidado de fechar os teus olhos.

Não nos ocupemos, portanto, com a nossa sorte vindoura, a não ser para nos tornar úteis àqueles com quem vivemos. Tornemo-nos, para a nossa própria felicidade, objetos agradáveis para os nossos pais, para os nossos filhos, para os nossos próximos, para os nossos amigos, para os nossos servidores. Tornemo-nos estimáveis aos olhos dos nossos concidadãos; sirvamos fielmente uma pátria que assegura o nosso bem-estar. Que o desejo de agradar à posteridade nos incentive a trabalhos que arranquem os seus elogios; que um amor legítimo por nós mesmos nos faça saborear de antemão

---

* Capital da antiga Lídia, célebre pela sua riqueza e pelo seu luxo. (N. T.)

o encanto dos louvores que queremos merecer. E quando somos dignos disso, aprendamos a nos amar, a estimar a nós mesmos. Não consintamos nunca que alguns vícios ocultos, que alguns crimes secretos nos aviltem aos nossos próprios olhos e nos forcem a ter vergonha de nós mesmos.

Assim dispostos, encaremos o nosso falecimento com a mesma indiferença com a qual ele será visto pela maioria dos homens; esperemos a morte com constância, aprendamos a nos desfazer dos vãos terrores com os quais querem nos oprimir. Deixemos ao entusiasta as suas vagas esperanças; deixemos ao supersticioso os temores com os quais ele alimenta a sua melancolia. Mas que os corações fortalecidos pela razão não tenham mais receio de uma morte que destruirá toda a sensação.

Qualquer que seja o apego que os homens têm à vida e seu temor da morte, vemos todos os dias que o hábito, a opinião e o preconceito são bastante fortes para aniquilar essas paixões em nós, para nos fazer enfrentar o perigo e arriscar os nossos dias. A ambição, o orgulho, a vaidade, a avareza, o amor, a inveja, o desejo de glória, essa deferência pela opinião que se adorna com o nome de *ponto de honra*, são suficientes para fechar os nossos olhos para os perigos e para nos impelir para a morte. Os desgostos, os sofrimentos do espírito, as desgraças, a falta de sucesso suavizam para nós os seus traços tão revoltantes e fazem que a encaremos como um porto que pode nos pôr ao abrigo das injustiças dos nossos semelhantes. A indigência, o desassossego, a adversidade nos familiarizam com essa morte tão terrível para os felizes.

O pobre, condenado ao trabalho e privado das doçuras da vida, a vê chegar com indiferença. O desafortunado, quando é infeliz, sem recurso, a abraça no seu desespero; ele acelera a sua marcha, a partir do momento que julga que o bem-estar não é mais feito para ele.

Os homens, em diferentes épocas e em diferentes países, fizeram julgamentos bem diversos sobre aqueles que tiveram a coragem de se matar. Suas ideias sobre esse assunto, assim como sobre todos os outros, foram modificadas por suas instituições políticas e religiosas. Os gregos, os romanos e outros povos, que tudo conspirava para os tornar corajosos e magnânimos, consideravam como heróis e deuses aqueles que cortavam voluntariamente o curso da sua vida. O brâmane sabe ainda, no Indostão, dar mesmo às mulheres bastante firmeza para se queimarem sobre o cadáver dos seus esposos. O japonês, pelo menor motivo, não tem nenhuma dificuldade para mergulhar a faca no ventre.

Entre os povos das nossas regiões, a religião tornou os homens menos pródigos com a sua vida: ela lhes ensinou que o seu deus, que queria que eles sofressem e que se comprazia com os seus tormentos, consentia que eles trabalhassem para se destruir aos poucos, que eles fizessem de modo a perpetuar os seus suplícios, mas não podia aprovar que cortassem com um só golpe o fio dos seus dias ou dispusessem da vida que ele lhes havia dado.

Os moralistas, fazendo abstração das ideias religiosas, acreditaram que jamais era permitido ao homem romper os compromissos do pacto que fez com a sociedade. Outros consideraram o suicídio como uma covardia. Eles pensaram que havia fraqueza e pusilanimidade em se deixar abater pelos golpes do destino e sustentaram que haveria bem mais coragem e grandeza de alma em suportar seus sofrimentos e em resistir aos golpes da sorte.

Se nós consultarmos acerca disso a natureza, veremos que todas as ações dos homens, esses frágeis joguetes na mão da necessidade, são indispensáveis e dependentes de uma causa que os move à revelia, contra a sua vontade, e que lhes faz cumprir a cada instante algum dos seus decretos. Se a mesma força que obriga todos os seres inteligentes a adorar sua existência torna a de um homem tão penosa e tão cruel que ele a acha odiosa e insuportável, ele sai da sua espécie. A ordem é destruída para ele e, ao se privar da vida, ele cumpre uma sentença da natureza, que quer que ele não mais exista. Esta natureza trabalhou durante milhares de anos para formar no seio da terra o ferro que deve cortar os seus dias. Se examinarmos as relações do homem com a natureza, veremos que os seus compromissos não foram nem voluntários do lado do primeiro nem recíprocos do lado da natureza ou do seu autor. A vontade do homem não teve nenhuma participação no seu nascimento; é comumente a contragosto que ele é forçado a terminar; e suas ações não são, como foi provado, senão efeitos necessários de causas ignoradas que determinam as suas vontades. Ele é, nas mãos da natureza, o que uma espada é na sua própria mão. Ela pode cair sem que se possa acusá-la de romper os seus compromissos ou de marcar com a ingratidão aquele que a segura. O homem só pode amar o seu ser com a condição de ser feliz: a partir do momento que a natureza inteira lhe recusa a felicidade, a partir do momento que tudo aquilo que o cerca se torna incômodo, a partir do momento que suas ideias lúgubres não oferecem senão quadros aflitivos à sua imaginação, ele pode sair de uma posição que não mais lhe convém, já que lá não encontra nenhum apoio. Ele não existe mais. Ele está suspenso no vazio: não pode ser útil nem a si mesmo nem aos outros.

Se considerarmos o pacto que une o homem à sociedade, veremos que todo pacto é condicional e recíproco, ou seja, supõe vantagens mútuas entre as partes contratantes. O cidadão não pode estar ligado à sociedade, à pátria, aos seus associados, a não ser pelo laço do bem-estar. Esse laço foi rompido? Então ele é posto novamente em liberdade. A sociedade, ou aqueles que a representam, tratam-no com dureza, com injustiça, e tornam a sua existência penosa? A indigência e a vergonha vêm ameaçá-lo no meio de um mundo desdenhoso e insensível? Amigos pérfidos lhe dão as costas na adversidade? Uma mulher infiel ultraja o seu coração? Filhos ingratos e rebeldes afligem a sua velhice? Ele pôs a sua felicidade exclusivamente em algum objeto que lhe seja impossível de obter? Enfim, por qualquer causa que seja, o desgosto, o remorso, a melancolia, o desespero desfiguraram para ele o espetáculo do universo? Se ele não pode suportar os seus males, que deixe um mundo que doravante não é mais para ele senão um pavoroso deserto. Que se afaste para sempre de uma pátria desumana que não quer mais contá-lo no número dos seus filhos; que saia de uma casa que ameaça desabar sobre a sua cabeça. Que renuncie à sociedade, pela felicidade da qual não pode mais trabalhar, só a sua própria felicidade podendo ser cara a ele. Censurariam um homem que, achando-se inútil e sem recursos na cidade onde a sorte o fez nascer, fosse, no seu desgosto, mergulhar na solidão? Pois bem! Com que direito censurar aquele que se mata por desespero? O homem que morre faz, pois, outra coisa do que se isolar? A morte é o único remédio para o desespero. É então que um ferro é o único amigo, o único consolador que resta ao desgraçado. Enquanto a esperança permanece nele, enquanto seus males lhe parecem suportáveis, enquanto ele está persuadido de vê-los acabar um dia, enquanto ele ainda encontra alguma doçura em existir, não consente de maneira alguma em se privar da vida. Porém, quando nada mais sustenta nele o amor pelo seu ser, viver é o maior dos males, e morrer é um dever para quem quer subtrair-se a ele².

Uma sociedade que não pode ou não quer nos proporcionar nenhum bem perde todos os seus direitos sobre nós. Uma natureza que se obstina em tornar a nossa existência infeliz nos ordena que saiamos dela. Morrendo, cumprimos um dos seus decretos, assim como fizemos ao entrar na vida. Para quem consente em morrer, não existem males sem re-

---

2. *Malum est in necessitate vivere: sed in necessitate vivere, necessitas nulla est. Quidni nulla sit? Patent undique ad libertatem viae multae, breves, faciles, Agamus deo gratias, quod nemo in vita teneri potest*[a] (cf. Sêneca, *Cartas a Lucílio*, XII).

(a) "É duro viver sob o jugo da necessidade, mas haverá alguma necessidade de viver assim? E como seria isso? Por todos os lados se abrem à liberdade vias numerosas, curtas, fáceis. Temos de dar graças a deus: não se pode reter ninguém na vida." (N. T.)

médios. Para quem se recusa a morrer, existem alguns bens que o prendem ao mundo. Nesse caso, que ele convoque as suas forças e que oponha ao destino que o oprime a coragem e os recursos que a natureza ainda lhe fornece. Ela não o abandonou totalmente enquanto lhe deixa a sensação do prazer e a esperança de ver o fim das suas aflições. Quanto ao supersticioso, não existe nenhum término para os seus sofrimentos. Não lhe é permitido pensar em abreviá-los[3]. Sua religião lhe ordena que continue a gemer. Ela o proíbe de recorrer à morte, que não seria para ele senão a entrada para uma existência desgraçada. Ele seria eternamente punido por ter ousado antecipar as ordens lentas de um deus cruel, que se compraz em vê-lo reduzido ao desespero e que não quer que o homem tenha a audácia de abandonar sem o seu consentimento o posto que lhe foi designado.

Os homens não regulam os seus julgamentos senão pela sua própria maneira de sentir. Eles chamam de fraqueza ou delírio as ações violentas que creem pouco proporcionais às suas causas, ou que parecem privar da felicidade para a qual se supõe que um ser gozando dos seus sentidos não pode deixar de tender. Chamamos um homem de fraco quando o vemos vivamente afetado por aquilo que nos toca muito

---

3. O cristianismo e as leis civis dos cristãos, ao censurar o *suicídio*, são muito inconsequentes. O Antigo Testamento fornece exemplos disso em Sansão e Eleazar, ou seja, em homens muito agradáveis a deus. O *messias*, ou o filho do deus dos cristãos, se é verdade que ele tenha morrido pela sua plena vontade, foi evidentemente um *suicida*. É possível dizer o mesmo de um grande número de mártires, que se apresentaram voluntariamente ao suplício, assim como dos penitentes que consideram um mérito se destruir pouco a pouco.

pouco ou quando ele é incapaz de suportar alguns males que nós nos gabamos de aguentar com mais firmeza do que ele. Nós acusamos de loucura, de furor, de frenesi quem quer que sacrifique a sua vida – que consideramos indistintamente como o maior dos bens – por objetos que não nos parecem merecer um sacrifício tão custoso. É assim que sempre nos erigimos em juízes da felicidade, da maneira de ver e de sentir dos outros! Um avarento que se mata após a perda do seu tesouro parece um insensato aos olhos daquele que está menos ligado às riquezas. Ele não percebe que sem dinheiro a vida não é mais do que um suplício contínuo para um avarento e que nada neste mundo pode distraí-lo da sua dor. Ele vos dirá que, no seu lugar, não teria feito a mesma coisa. Porém, para estar exatamente no lugar de um outro homem, seria necessário ter a sua organização, o seu temperamento, as suas paixões, as suas ideias. Seria necessário ser ele e se colocar nas mesmas circunstâncias, ser movido pelas mesmas causas – e, nesse caso, qualquer homem, como o avarento, teria tirado a vida, após ter perdido a única fonte da sua felicidade.

Aquele que se priva da vida só é levado a esse extremo – tão contrário à sua tendência natural – quando nada neste mundo é capaz de alegrá-lo ou de distraí-lo da sua dor. Sua desgraça, qualquer que ela seja, é real para ele. Sua organização, forte ou fraca, é a sua, e não a de um outro. Um doente imaginário sofre muito realmente, e os sonhos desagradáveis nos colocam muito verdadeiramente em uma posição incômoda. Assim, a partir do momento em que um homem se mata, devemos concluir que a vida, em vez de ser um bem, tornou-se um enorme mal para ele, que a existência perdeu todos os seus encantos para os seus olhos, que a natureza inteira não tem mais nada que o seduza, que essa natureza foi desencantada para ele e que, segundo a comparação que o seu juízo perturbado fez entre a existência e a não existência, essa última lhe pareceu preferível à primeira.

Muitas pessoas não deixarão de considerar como perigosas as máximas que, contra os preconceitos recebidos, autorizam os infelizes a cortar o fio dos seus dias. Porém, não são algumas máximas que determinam os homens a tomar uma resolução tão violenta; é um temperamento azedado pelos desgostos, é uma constituição biliosa e melancólica, é um vício na organização, é um desarranjo na máquina. É a necessidade, e não as especulações racionais, que faz nascer no homem o propósito de se destruir. Nada o convida a esse procedimento, enquanto lhe resta a razão ou enquanto ele ainda tem esperança, esse bálsamo soberano para todos os males. Quanto ao desafortunado que não pode perder de vista os seus aborrecimentos e os seus sofrimentos, que tem sempre os seus males presentes no espírito, ele é forçado a aconselhar-se somente com eles. Aliás, que vantagens ou que auxílios a sociedade poderia esperar de um desgraçado reduzido ao desespero, de um misantropo oprimido pela tristeza, atormentado pelos remorsos, que não tem mais motivos para se tornar útil aos outros, e que abandona a si mesmo e não encontra mais interesse em conservar os seus dias? Essa sociedade não seria mais feliz se fosse possível conseguir persuadir os perversos a tirarem da frente dos nossos olhos alguns objetos incômodos, objetos que as leis, pelo seu defeito, são forçadas a destruir? Esses perversos não seriam mais felizes se eles evitassem a vergonha e os suplícios que lhes estão destinados?

Como a vida é comumente para o homem o maior de todos os bens, é de se presumir que aquele que se desfaz dela é arrastado por uma força invencível. É o excesso de infelicidade, o desespero, o desarranjo da máquina causado pela melancolia que levam o homem a se matar. Agitado, nesse caso, por impulsos contrários, ele é, como foi dito mais acima, forçado a seguir um caminho intermediário que o conduz ao seu falecimento: se o homem não é livre em nenhum instante da sua vida, ele é ainda bem menos no ato que a termina[4].

Vê-se, portanto, que aquele que se mata não comete, como se pretende, um ultraje à natureza – ou, se preferirem, ao seu autor. Ele segue o impulso dessa natureza, tomando o único caminho que ela lhe deixa para sair dos seus sofrimentos. Ele sai da existência por uma porta que ela lhe deixou aberta; não pode ofendê-la cumprindo a lei da necessidade. A mão de ferro dessa última, quebrando a engrenagem que tornava a vida desejável para ele e que o impelia a se conservar, mostra-lhe que ele deve sair da posição ou do sistema no qual se acha muito mal para querer permanecer. A pátria ou a família não tem nenhum direito de se queixar de um membro que ela não pode tornar feliz, e do qual não tem mais nada a esperar para si própria. Para ser útil à sua pátria ou à sua

---

4. O suicídio é – dizem – muito comum na Inglaterra, cujo clima leva os habitantes à melancolia. Aqueles que se matam nesse país são qualificados de *lunáticos*. Sua doença não parece mais censurável que o delírio.

família, é preciso que o homem adore a sua própria existência, tenha interesse em conservá-la, ame os laços que o unem aos outros e seja capaz de se ocupar da sua felicidade. Enfim, para que o suicida fosse punido na outra vida e se arrependesse do seu passo precipitado, seria necessário que ele sobrevivesse a si próprio e que, por conseguinte, levasse para a sua morada futura os seus órgãos, seus sentidos, sua memória, suas ideias, sua maneira atual de existir e de pensar.

Em poucas palavras, nada é mais útil do que inspirar aos homens o desprezo pela morte e banir dos seus espíritos as falsas ideias que lhes dão das suas consequências. O temor da morte nunca fará senão covardes; o temor das suas pretensas consequências não fará senão fanáticos ou devotos melancólicos, inúteis para si mesmos e para os outros. A morte é um recurso que não se pode tirar da virtude oprimida, que a injustiça dos homens reduz muitas vezes ao desespero. Se os homens temessem menos a morte, eles não seriam nem escravos nem supersticiosos. A verdade encontraria defensores mais zelosos, os direitos do homem seriam mais audaciosamente sustentados, os erros seriam mais fortemente combatidos e a tirania seria banida para sempre das nações. A covardia a alimenta e o temor a perpetua. Em poucas palavras, os homens não podem ser nem contentes nem felizes enquanto as suas opiniões os forçarem a tremer.

Capítulo 15

Dos interesses dos homens, ou das ideias que eles têm da felicidade. O homem não pode ser feliz sem a virtude

A utilidade, como já foi dito em outra parte, deve ser a única medida dos julgamentos do homem. Ser útil é contribuir para a felicidade dos seus semelhantes. Ser nocivo é contribuir para a infelicidade deles. Isso posto, vejamos se os princípios que estabelecemos até aqui são vantajosos ou nocivos, úteis ou inúteis para os seres da espécie humana. Se o homem busca a sua felicidade em todos os instantes da sua vida, não deve aprovar senão aquilo que a proporciona ou lhe fornece os meios de obtê-la.

Aquilo que nós dissemos antes já pôde servir para fixar as nossas ideias sobre o que constitui a felicidade: nós já fizemos ver que essa felicidade nada mais era do que o prazer continuado[1]. Porém, para que um objeto nos dê prazer, é necessário que as impressões que ele cause em nós, as percepções que ele nos dê, as ideias que ele nos deixe – em poucas palavras, que os movimentos que ele provoque em nós – sejam análogas à

---

1. Cf. o Capítulo IX.

nossa organização, ao nosso temperamento, à nossa natureza individual, modificada pelo hábito e por uma infinidade de circunstâncias ou de causas que nos dão maneiras de ser mais ou menos permanentes ou passageiras. É necessário que a ação do objeto que nos afeta ou do qual nos resta a ideia, longe de se enfraquecer ou de se aniquilar, vá sempre aumentando. É necessário que, sem fatigar, esgotar ou desarranjar os nossos órgãos, esse objeto dê à nossa máquina o grau de atividade do qual ela tem continuamente necessidade. Qual é o objeto que reúne todas essas qualidades? Qual é o homem cujos órgãos sejam suscetíveis de uma agitação contínua sem se prostrar, sem se fatigar, sem ser submetido à uma sensação penosa? O homem quer sempre ser advertido da sua existência o mais vivamente possível, enquanto ele pode sê-lo sem dor. O que estou dizendo! Ele consente muitas vezes em sofrer de preferência a não sentir nada. Ele se acostuma a mil coisas que, na origem, devem tê-lo afetado de uma maneira desagradável e que terminam muitas vezes por se transformar em necessidades ou por não afetá-lo de maneira alguma[2]. Onde encontrar, com efeito, na natureza objetos capazes de nos fornecer o tempo todo uma dose de atividade proporcional ao estado da nossa organização, que sua mobilidade torna

---

2. Temos exemplos disso no tabaco, no café e, sobretudo, na aguardente, com a ajuda da qual os europeus escravizaram os negros e domesticaram os selvagens. Eis talvez por que também acorramos às tragédias, e o povo, às execuções dos criminosos, que são tragédias para ele. Em poucas palavras, o desejo de sentir ou de ser fortemente afetado parece ser o princípio da curiosidade e desta avidez com a qual agarramos o maravilhoso, o sobrenatural, o incompreensível e tudo aquilo que faz nossa imaginação trabalhar muito. Os homens estão presos à sua religião como os selvagens à aguardente.

sujeita a perpétuas variações? Os prazeres mais vivos são sempre os menos duráveis, já que são aqueles que nos causam os maiores esgotamentos.

Para ser feliz sem interrupção, seria necessário que as forças do nosso ser fossem infinitas; seria necessário que à sua mobilidade ele juntasse um vigor, uma solidez que nada pudesse alterar. Ou seria necessário que os objetos que lhe transmitissem movimentos pudessem adquirir ou perder qualidades, segundo os diferentes estados pelos quais nossa máquina é forçada a passar sucessivamente. Seria necessário que as essências dos seres cambiassem na mesma proporção que as nossas disposições, submetidas à influência contínua de mil causas que nos modificam à nossa revelia e contra a nossa vontade. Se a nossa máquina é submetida a todo instante a modificações mais ou menos marcantes, devidas aos diferentes graus de elasticidade, de peso, de serenidade no ar, de calor e de fluidez no nosso sangue, de ordem ou de harmonia entre as diferentes partes do nosso corpo; se, em cada instante da nossa duração, nós não temos a mesma tensão nos nervos, a mesma elasticidade nas fibras, a mesma atividade no espírito, o mesmo calor na imaginação etc., é evidente que as mesmas causas, não conservando sempre as mesmas qualidades, não podem o tempo todo nos afetar da mesma maneira. Eis por que os objetos que nos agradavam outrora nos desagradam hoje: esses objetos não se modificaram sensivelmente, mas os nossos órgãos, nossas disposições, nossas ideias, nossas maneiras de ver e de sentir mudaram. Tal é a fonte da nossa inconstância.

Se os mesmos objetos não estão em condições de fazer constantemente a felicidade de um mesmo indivíduo, é fácil perceber que eles podem ainda menos agradar a todos os homens, ou que uma mesma felicidade não pode convir a todos. Seres variados pelo temperamento, pelas forças, pela organização, pela imaginação, pelas ideias, pelas opiniões e pelos hábitos, e que uma infinidade de circunstâncias, sejam físicas ou morais, modificaram diversamente, devem ter, necessariamente, noções muito diferentes da felicidade. A de um avarento não pode ser a mesma que a de um pródigo. A de um voluptuoso não pode ser a mesma que a de um homem fleumático. A de um intemperante não pode ser a mesma que a de um homem sensato que poupa a sua saúde. A felicidade de cada homem está na razão composta da sua organização natural e das circunstâncias, dos hábitos e das ideias verdadeiras ou falsas que o modificaram. Como essa organização e essas circunstâncias jamais são as mesmas, segue-se daí que aquilo que é o objeto dos desejos de um deve ser indiferente ou até mesmo desagradar o outro, e que, como foi dito antes, ninguém pode ser o juiz daquilo que pode contribuir para a felicidade do seu semelhante.

Chama-se de *interesse* o objeto ao qual cada homem, de acordo com o seu temperamento e as ideias que lhe são próprias, vincula o seu bem-estar, de onde se vê que o *interesse* nunca é senão aquilo que cada um de nós considera como necessário à sua felicidade. É forçoso também concluir daí que nenhum homem neste mundo é totalmente desprendido. O interesse do avarento é acumular riquezas; o do pródigo é dissipá-las.

O interesse do ambicioso é obter poder, títulos, dignidades; o do sábio modesto é desfrutar da tranquilidade. O interesse do devasso é entregar-se sem discernimento a todos os tipos de prazeres; o do homem prudente é abster-se daqueles que poderiam lhe causar dano. O interesse do perverso é satisfazer as suas paixões a qualquer preço; o do homem virtuoso é merecer, pela sua conduta, o amor e a aprovação dos outros, e não fazer nada que possa degradá-lo aos seus próprios olhos.

Assim, quando dizemos que *o interesse é o único motor das ações humanas*, queremos indicar com isso que cada homem trabalha à sua maneira pela sua própria felicidade, que ele deposita em algum objeto visível ou oculto, real ou imaginário, e que todo o sistema da sua conduta tende a obter. Isso posto, nenhum homem pode ser chamado de desprendido. Esse nome só é dado àquele de quem ignoramos os motores, ou de quem nós aprovamos o interesse. É assim que chamamos de generoso, fiel e desprendido aquele que é bem mais tocado pelo prazer de socorrer seu amigo no infortúnio do que pelo de conservar em seu cofre tesouros inúteis. Chamamos de desprendido todo homem a quem o interesse na sua glória é mais precioso do que o na sua fortuna. Enfim, chamamos de desprendido todo homem que faz pelo objeto ao qual ele vincula a sua felicidade alguns sacrifícios que julgamos custosos, porque não damos de forma alguma o mesmo valor a esse objeto.

Julgamos quase sempre muito mal os interesses dos outros, seja porque os motores que os animam são muito complicados para que nós possamos conhecê-los, seja porque, para julgá-los como eles, seria necessário ter os mesmos olhos, os mesmos órgãos, as mesmas paixões, as mesmas opiniões. No entanto, forçados a julgar as ações dos homens de acordo com os seus efeitos sobre nós, aprovamos o interesse que os anima todas as vezes que disso resulta alguma vantagem para a espécie humana. É assim que admiramos o valor, a generosidade, o amor à liberdade, os grandes talentos, a virtude etc.; nada mais fazemos, então, do que aprovar os objetos nos quais os seres que enaltecemos colocaram a sua felicidade. Nós aprovamos as suas disposições, mesmo que não estejamos em condições de sentir os seus efeitos. Porém, nesse julgamento, nós mesmos não somos nada desprendidos. A experiência, a reflexão, o hábito e a razão nos deram o gosto moral, e nós encontramos tanto prazer em ser as testemunhas de uma ação grande e generosa quanto um homem de bom gosto encontra na visão de um belo quadro do qual ele não é o proprietário. Aquele que adotou o hábito de praticar a virtude é um homem que tem incessantemente diante dos olhos o interesse de merecer a afeição, a estima e os auxílios dos outros, assim como a necessidade de se amar e de estimar a si próprio. Repleto dessas ideias que nele se tornaram habituais, abstém-se até mesmo dos crimes ocultos que o aviltariam aos seus próprios olhos. Ele se parece com um homem que, tendo adquirido desde a infância o hábito da limpeza, fosse penosamente afetado por se ver sujo, mesmo que ninguém fosse testemunha disso. O homem de bem é aquele a quem algumas ideias verdadeiras mostraram o seu interesse ou a sua felicidade em uma maneira de agir que os outros são forçados a amar e a aprovar pelo seu próprio interesse.

Esses princípios, devidamente desenvolvidos, são a verdadeira base da moral. Nada é mais quimérico do que aquela que se fundamenta sobre alguns motores imaginários que foram colocados fora da natureza, ou sobre alguns sentimentos inatos, que alguns especuladores consideraram como anteriores a toda experiência e independentes das vantagens que deles resultam para nós. É da essência do homem amar a si mesmo, querer se conservar, procurar tornar a sua existência feliz[3]. Assim, o interesse ou o desejo da felicidade é o único motor de todas as suas ações; esse interesse depende da sua organização natural, das suas necessidades, das suas ideias adquiridas e dos hábitos que ele assimilou. Ele está, sem dúvida, errado quando uma organização viciada ou algumas opiniões falsas lhe mostram o seu bem-estar em objetos inúteis ou nocivos para ele mesmo, assim como para os outros. Ele caminha com passo firme para a virtude quando algumas ideias verdadeiras lhe fazem colocar sua felicidade em uma conduta útil à sua espécie, aprovada pelos outros, e que o torna um objeto interessante para eles. A moral seria uma ciência vã se ela não provasse aos homens que o seu maior interesse é ser virtuoso. Toda a obrigação só pode estar fundamentada na probabilidade ou na certeza de obter um bem ou de evitar um mal.

---

3. Sêneca diz: *Modus ergo diligendi praecipiendus est homini, id est quomodo se diligat aut prosit sibi; quin autem diligat aut prosit sibi, dubitare dementis est*[a].

(a) [É preciso, pois, prescrever ao homem a medida do seu amor, ou seja, a maneira como ele deve se amar, para que este amor lhe seja proveitoso, porque seria loucura duvidar que ele ama a si mesmo]. A citação parece ser, na verdade, de Santo Agostinho (cf. *De doctrina christiana*, I, 25). (N. T.)

Com efeito, em nenhum dos instantes da sua duração um ser sensível e inteligente pode perder de vista a sua conservação e o seu bem-estar. Ele deve, portanto, a felicidade a si mesmo; porém, logo a experiência e a razão lhe provam que, desprovido de auxílios, ele não pode sozinho se proporcionar todas as coisas necessárias à sua felicidade. Ele vive com seres sensíveis, inteligentes, ocupados como ele com a sua própria felicidade, mas capazes de ajudá-lo a obter os objetos que ele deseja para si mesmo. Ele se apercebe de que esses seres não lhe serão favoráveis a não ser quando o seu bem-estar estiver interessado nisso, concluindo daí que para a sua felicidade é necessário que ele se conduza o tempo todo de uma maneira apropriada a granjear o apego, a aprovação, a estima e a assistência dos seres com maiores condições de colaborar com os seus desígnios. Ele vê que é o homem o mais necessário ao bem-estar do homem, e que para fazê-lo abraçar os seus interesses ele deve fazê-lo encontrar algumas vantagens reais em secundar os seus projetos. Mas proporcionar algumas vantagens reais aos seres da espécie humana é ter virtude; o homem racional é, portanto, obrigado a perceber que é do seu interesse ser virtuoso. A virtude nada mais é do que a arte de tornar feliz a si mesmo com a felicidade dos outros. O homem virtuoso é aquele que transmite a felicidade aos seres capazes de devolvê-la para si, necessários à sua conservação, em condições de lhe proporcionar uma existência feliz.

Tal é, portanto, o verdadeiro fundamento de toda a moral. O mérito e a virtude são fundamentados na natureza do homem, nas suas necessidades. É somente pela virtude que ele pode se tornar feliz[4]. Sem virtudes a sociedade não pode ser útil nem subsistir; ela só pode ter vantagens reais quando reúne seres animados pelo desejo de se agradarem, e dispostos a trabalhar em sua utilidade recíproca. Não existe nenhuma doçura nas famílias se os membros que as compõem não estão com a ditosa vontade de se prestarem auxílios mútuos, de se "entre-ajudarem" a suportar as dores da vida e de afastarem, pelos esforços reunidos, os males aos quais a natureza os sujeita. O laço conjugal só é doce quando ele identifica os interesses de dois seres reunidos pela necessidade de um prazer legítimo, do qual resulta a manutenção da sociedade política, capaz de lhe formar cidadãos. A amizade só tem encantos quando ela associa mais particularmente alguns seres virtuosos, ou seja, animados pelo desejo sincero de conspirar para a sua felicidade recíproca. Por fim, não é senão demonstrando virtude que nós podemos merecer a benevolência, a confiança e a estima de todos aqueles com quem temos relações: em poucas palavras, nenhum homem pode ser feliz sozinho.

Com efeito, a felicidade de cada indivíduo da espécie humana depende dos sentimentos que ele faz nascer e que alimenta nos seres entre os quais seu destino o colocou. A grandeza bem pode deslumbrá-los, o poder e a força bem podem

---

4. *Est autem virtus nihil aliud quam in se perfecta et ad summum perducta natura*[a] (Cícero, *De legibus*, I, 8). Ele diz em outra parte: *Virtus rationis absolutio definitur*[b].

   (a) "A virtude não é outra coisa que uma natureza acabada em si mesma e chegada à sua perfeição." (N. T.)

   (b) A citação correta é: *Ex qua virtus est, quae rationis absolutio definitur* [É da razão que vem a virtude, que pode ser definida como a efetuação da razão] (cf. *De finibus*, 5, XIV). (N. T.)

arrancar deles algumas homenagens involuntárias, a opulência pode seduzir algumas almas rasteiras e venais, mas só a humanidade, a beneficência, a compaixão e a equidade podem obter sem esforço os sentimentos tão doces da ternura, do apego e da estima dos quais todo homem racional sente a necessidade. Ser virtuoso é, portanto, colocar o seu interesse naquilo que se harmoniza com o interesse dos outros; é gozar dos benefícios e dos prazeres que se espalham sobre eles. Aquele que a sua natureza, sua educação, suas reflexões e seus hábitos tornaram suscetível dessas disposições, e que as suas circunstâncias põem em condições de as satisfazer, torna-se um objeto interessante para todos aqueles que dele se aproximam. Ele goza a cada instante; lê com prazer o contentamento e a alegria em todos os rostos. Sua mulher, seus filhos, seus amigos e seus servidores lhe mostram uma face aberta e serena, representando para ele o contentamento e a paz nos quais reconhece a sua obra. Tudo aquilo que o rodeia está pronto a compartilhar os seus prazeres e as suas dores: querido, respeitado, considerado pelos outros, tudo faz que ele se volte agradavelmente sobre si mesmo. Ele conhece os direitos que adquiriu sobre todos os corações; congratula-se por ser a fonte de uma felicidade pela qual todo mundo está ligado à sua sorte. Os sentimentos de amor que temos por nós mesmos tornam-se cem vezes mais deliciosos quando os vemos compartilhados por todos aqueles a quem nosso destino nos liga. O hábito da virtude nos gera necessidades que a virtude é suficiente para satisfazer. É assim que esta é sempre a sua própria recompensa, e paga a si mesma com as vantagens que proporciona aos outros.

Não deixarão de nos dizer, e mesmo de nos provar, que, na presente constituição das coisas, a virtude, longe de proporcionar o bem-estar àqueles que a praticam, mergulha-os quase sempre no infortúnio e impõe obstáculos contínuos à sua felicidade. Por toda parte ela é vista privada de recompensas. O que estou dizendo! Mil exemplos podem nos convencer de que em quase todos os países ela é odiada, perseguida, forçada a gemer pela ingratidão e pela injustiça dos homens. Respondo reconhecendo que, por uma consequência necessária dos extravios do gênero humano, a virtude raramente conduz aos objetos nos quais o vulgo faz consistir a felicidade. A maioria das sociedades, governadas quase sempre por homens que a ignorância, a adulação, o preconceito, o abuso do poder e a impunidade colaboram para tornar inimigos da virtude, não prodigalizam comumente a sua estima e os seus benefícios senão a alguns súditos indignos, não recompensam senão algumas qualidades frívolas e nocivas, e não fazem ao mérito a justiça que lhe é devida. Porém, o homem de bem não ambiciona nem as recompensas nem os sufrágios de uma sociedade tão mal constituída: contente com uma felicidade doméstica, ele não procura multiplicar relações que nada mais fariam do que multiplicar os seus perigos. Ele sabe que uma sociedade viciosa é um turbilhão com o qual o homem honesto não pode se coordenar: coloca-se, portanto, à parte, fora do caminho batido, no qual ele seria infalivelmente esmagado. Ele faz o bem tanto quanto pode na sua esfera; deixa o campo livre para os perversos que querem descer para a arena. Ele geme com os golpes que eles trocam, e se felicita pela sua mediocridade que o põe em segurança. Ele lamenta as nações infelizes pelos seus erros e pelas paixões que são suas consequências fatais e necessárias. Elas não contêm senão cidadãos infelizes; estes, longe de pensar nos seus verdadeiros interesses, longe de trabalhar pela sua felicidade mútua, longe de perceber o quanto a virtude devia lhes ser cara, nada mais fazem do que se combater abertamente ou se causar dano surdamente, detestando uma virtude que estorvaria as suas paixões desordenadas.

Quando dizemos que a virtude é a sua própria recompensa, queremos, portanto, simplesmente anunciar que em uma sociedade cujos objetivos fossem guiados pela verdade, pela experiência e pela razão, cada homem conheceria os seus verdadeiros interesses, perceberia a finalidade da associação, encontraria vantagens ou motivos reais para cumprir os seus deveres. Em poucas palavras, estaria convencido de que, para se tornar solidamente feliz, deveria se ocupar do bem-estar dos seus semelhantes e merecer a sua estima, o seu carinho e os seus auxílios. Enfim, em uma sociedade bem constituída, o governo, a educação, as leis, o exemplo e a instrução deveriam conspirar para provar a cada cidadão que a nação da qual ele faz parte é um conjunto que não pode ser feliz e subsistir sem virtudes. A experiência deveria a cada instante convencê-lo de que o bem-estar das partes não pode resultar senão do bem-estar do corpo; a justiça lhe faria perceber que a sociedade, para ser vantajosa, deveria ser um sistema de vontades, no qual aqueles que agissem de uma maneira conforme aos interesses do todo experimentariam infalivelmente uma reação vantajosa.

Porém – infelizmente! –, pela inversão que os erros dos homens puseram nas suas ideias, a virtude desvalida, banida, perseguida não encontra nenhuma das vantagens que ela está no direito de esperar. Somos forçados a lhe mostrar no futuro as recompensas das quais ela é quase sempre privada no mundo atual. Acreditamo-nos obrigados a enganar, a seduzir, a intimidar os mortais para convencê-los a seguir uma virtude que tudo torna incômoda para eles; os alimentamos de esperanças distantes, os alarmamos com terrores funestos para solicitá-los à virtude que tudo lhes torna odiosa ou para desviá-los do mal que tudo torna amável e necessário. É assim que a política e a superstição, à força de quimeras e de interesses fictícios, pretendem assumir o lugar dos motores reais e verdadeiros que a natureza, que a experiência, que um governo esclarecido, que a lei, que a instrução, que o exemplo e que as opiniões sensatas poderiam fornecer aos homens. Estes, levados pelo exemplo, autorizados pelo uso, cegos por algumas paixões não menos perigosas do que necessárias, não têm nenhum respeito pelas promessas e ameaças incertas que lhes são feitas. O interesse atual dos seus prazeres, das suas paixões, dos seus hábitos prevalece sempre sobre o interesse que lhes mostram em obter um bem-estar futuro ou em evitar algumas desgraças, que lhes parecem duvidosas todas as vezes em que eles as comparam com as vantagens presentes.

É assim que a superstição, longe de fazer os homens virtuosos por princípios, nada mais faz do que lhes impor um jugo tão duro quanto inútil: ele só é suportado por alguns entusiastas ou por alguns pusilânimes que suas opiniões tornam infelizes ou perigosos e que, sem se tornarem melhores, roem tremendo o frágil freio que lhes colocam na boca. Com efeito, a experiência nos prova que a religião é um dique incapaz de resistir à torrente da corrupção à qual tantas causas acumuladas dão uma força irresistível. Além do mais, essa religião não aumenta ela mesma a desordem pública através das paixões perigosas que desencadeia e que santifica? A virtude não é, em quase todos os lugares, o apanágio senão de algumas almas bastante fortes para resistirem à torrente dos preconceitos. Contentes em pagarem a si próprias pelos bens que elas espalham sobre a sociedade, bastante moderadas para se satisfazerem com os sufrágios de um pequeno número de aprovadores e, enfim, desligadas das fúteis vantagens que as sociedades injustas concedem muito comumente à baixeza, à intriga e aos crimes.

Apesar da injustiça que reina no mundo, existem, no entanto, alguns homens virtuosos. Existem, no próprio seio das nações mais viciosas, alguns seres benfazejos, instruídos do valor da virtude, que sabem que ela arranca homenagens mesmo dos seus inimigos. Existem alguns desses que se contentam ao menos com as recompensas interiores e ocultas, das quais nenhum poder sobre a Terra é capaz de privá-los. Com efeito, o homem de bem adquire alguns direitos sobre a estima, a veneração, a confiança e o amor mesmo daqueles cuja conduta é oposta à sua. O vício é forçado a ceder à virtude, da qual, ruborizando-se, ele reconhece a superioridade. Independentemente dessa ascendência tão doce, tão grande, tão segura, ainda que o universo inteiro fosse injusto com o homem de bem, resta-lhe a vantagem de se amar, de estimar-se, de entrar com prazer no fundo do seu coração, de contemplar as suas ações com os mesmos olhos que os outros deveriam ter caso não estivessem cegos. Nenhuma força pode lhe arrebatar a merecida estima de si mesmo. Essa estima não é um sentimento ridículo, a não ser quando ela não tem nenhum fundamento. Esse sentimento não deve ser censurado, a não ser quando ele se mostre de uma maneira humilhante e desagradável para os outros. É então que nós o chamamos de *orgulho*. Ele se apoia em coisas fúteis? Nós o chamamos de *vaidade*. Quando não podemos condená-lo, quando o consideramos legítimo e fundamentado, o chamamos de *elevação*, *grandeza de alma*, *nobre altivez*, quando ele se apoia em virtudes e em talentos verdadeiramente úteis à sociedade, mesmo que ela seja incapaz de apreciá-los.

Paremos, portanto, de escutar as declamações dessas superstições que, inimigas da nossa felicidade, quiseram destruí-la até no fundo dos nossos corações. Que nos prescreveram o ódio e o desprezo por nós mesmos, que pretendem arrancar do homem de bem a recompensa, muitas vezes única, que resta à virtude neste mundo perverso. Aniquilar nele o sentimento tão justo de um amor-próprio fundamentado seria quebrar a mais poderosa das molas que o impulsionam a fazer o bem. Que motor lhe restaria, com efeito, na maioria das sociedades humanas? Não vemos nelas a virtude desprezada e desencorajada? O crime audacioso e o vício astuto recompensados? O amor ao bem público taxado de loucura, a exatidão em cumprir seus deveres encarada como uma trapaça, a compaixão, a sensibilidade, a ternura, a fidelidade conjugal, a amizade sincera e inviolável desprezadas e tratadas como ridículas? É necessário ao homem motivos para agir. Ele não age bem ou mal senão visando à sua felicidade. Aquilo que ele julga sua felicidade é o seu interesse; ele não faz nada gratuitamente. E quando o salário das suas ações úteis é retido, ele fica reduzido a tornar-se tão perverso quanto os outros ou a se pagar com as suas próprias mãos.

Isso posto, o homem de bem não pode nunca ser completamente infeliz, ele não pode ser totalmente privado da recompensa que lhe é devida. A virtude pode ocupar o lugar de todos os bens ou felicidades de opiniões, mas não existe nada que possa substituí-la. Não é que o homem honesto seja isento de aflições. Assim como o perverso, ele está sujeito aos males físicos. Ele pode estar na indigência, ele muitas vezes serve de alvo para a calúnia, a injustiça, a ingratidão e o ódio. Porém, em meio aos seus revezes, aos seus sofrimentos e aos seus desgostos, ele encontra em si mesmo um sustentáculo; está contente consigo mesmo. Ele se respeita, sente a sua própria dignidade, conhece a bondade dos seus direitos e se consola pela confiança que tem na justiça da sua causa. Esses apoios não são feitos para o perverso: sujeito, assim como o homem de bem, às enfermidades e aos caprichos da sorte, ele não encontra no fundo do seu coração senão preocupações, queixas, remorsos. Ele sucumbe sobre si mesmo; não é sustentado pela sua consciência. Seu espírito e seu corpo se acham oprimidos por todos os lados ao mesmo tempo. O homem de bem não é de forma alguma um estoico insensível;

a virtude não proporciona a impassibilidade. Porém, se está enfermo, ele é menos queixoso do que o perverso doente; se está indigente, ele é menos infeliz do que o perverso na sua miséria; se está em desgraça, ele fica menos abatido do que o perverso desgraçado.

A felicidade de cada homem depende do seu temperamento cultivado. A natureza os faz felizes; a cultura, a instrução e a reflexão fazem valer o terreno que a natureza formou e o colocam em condições de produzir frutos úteis. Ter nascido ditosamente por si mesmo é ter recebido da natureza um corpo sadio, órgãos agindo com precisão, um espírito justo e um coração cujas paixões e desejos são análogos e conformes às circunstâncias nas quais a sorte nos colocou. A natureza, portanto, fez tudo por nós quando ela nos deu a dose de vigor e de energia que nos basta para obter as coisas que nosso estado, nossa maneira de pensar e nosso temperamento nos fazem desejar. Essa natureza nos fez um presente funesto quando nos deu um sangue muito ardente, uma imaginação demasiado ativa, desejos impetuosos por objetos impossíveis de obter em nossas circunstâncias, ou pelo menos que nós não podemos nos proporcionar sem incríveis esforços, capazes de pôr o nosso bem-estar em perigo e de perturbar o repouso da sociedade. Os homens mais felizes são comumente aqueles que possuem uma alma pacífica, que não deseja senão as coisas que ela pode obter por um trabalho apropriado a manter sua atividade, sem lhe causar abalos demasiado importunos e demasiado violentos. Um filósofo, cujas necessidades são facilmente satisfeitas, alheio à ambição, contente no círculo de um pequeno número de amigos, é, sem dúvida, um ser mais felizmente constituído do que um conquistador ambicioso, cuja imaginação esfaimada está reduzida ao desespero de ter apenas um mundo para assolar. Aquele que nasceu ditosamente, ou que a natureza tornou suscetível de ser convenientemente modificado, não é de modo algum um ser nocivo à sociedade: ela só é comumente perturbada por homens mal nascidos, turbulentos, descontentes com a sua sorte, embriagados pelas paixões, enamorados de objetos difíceis, que a fazem entrar em combustão para obterem os bens imaginários nos quais eles fazem consistir a sua felicidade. É necessário a um Alexandre alguns impérios destruídos, algumas nações banhadas em sangue, algumas cidades reduzidas a cinzas para contentar essa paixão pela glória da qual ele tinha uma falsa ideia e pela qual a sua imaginação foi alterada. Não é necessário a Diógenes senão um barril e a liberdade de parecer bizarro; não é necessário a Sócrates senão o prazer de formar alguns discípulos para a virtude.

O homem, sendo pela sua organização um ser a quem o movimento é sempre necessário, deve sempre desejar. Eis porque uma facilidade grande demais para obter os objetos logo os torna insípidos para ele. Para sentir a felicidade são necessários esforços para obtê-la; para achar encantos no gozo, é preciso que o desejo seja excitado por alguns obstáculos. Nós perdemos imediatamente o gosto pelos bens que não nos custaram nada. À espera da felicidade, o trabalho necessário para obtê-la, as pinturas variadas e multiplicadas que a imaginação dela nos faz dão ao nosso cérebro o movimento do qual ele tem necessidade, fazem que ele exerça as suas faculdades, põem todos os seus mecanismos em funcionamento – em poucas palavras, lhe dão uma atividade agradável, da qual o próprio gozo da felicidade não pode nos compensar. A ação é o verdadeiro elemento do espírito humano. A partir do momento que ele cessa de agir, cai no tédio. Nossa alma tem necessidade de ideias como o nosso estômago tem necessidade de alimentos[5].

Assim, o impulso que o desejo nos dá é ele próprio um grande bem. Ele é para o espírito aquilo que o exercício é para o corpo; sem ele, nós não encontramos nenhum prazer nos alimentos que nos são apresentados. É a sede que torna o prazer de beber tão agradável para nós; a vida é um círculo perpétuo de desejos renascentes e de desejos satisfeitos. O repouso não é um bem a não ser para aquele que trabalha; ele é uma fonte de aborrecimento, de tristeza e de vício para aquele que não trabalhou. Ter prazer sem interrupção é não ter prazer nenhum; o homem que não tem nada a desejar é seguramente mais infeliz do que aquele que sofre.

Essas reflexões, fundamentadas na experiência, devem nos provar que o mal – assim como o bem – depende da essência

---

5. A vantagem que os sábios e os letrados têm sobre os ignorantes e as pessoas desocupadas ou não habituadas a pensar ou a estudar não é devida senão à multiplicidade e à variedade das ideias que fornecem ao espírito o estudo e a reflexão. O espírito de um homem que pensa encontra mais alimento em um bom livro do que o espírito de um ignorante em todos os prazeres que as suas riquezas lhe proporcionam. Estudar é acumular uma provisão de ideias. É a multiplicidade e a combinação das ideias que impõem tanta diferença entre os homens e que lhes dão vantagem sobre os outros animais.

das coisas. A felicidade, para ser sentida, não pode ser contínua. O trabalho é necessário ao homem para impor um intervalo entre os seus prazeres. Seu corpo tem necessidade de exercício; seu coração tem necessidade de desejos; só o mal-estar pode nos fazer saborear o bem-estar. É ele que forma as sombras no quadro da vida humana. Por uma lei irrevogável do destino, os homens são forçados a estarem descontentes com a sua sorte, a fazerem esforços para modificá-la, a se invejarem reciprocamente por uma felicidade da qual nenhum deles usufrui perfeitamente. É assim que o pobre inveja a opulência do rico, enquanto este é muitas vezes bem menos feliz do que ele. É assim que o rico inveja as vantagens de uma pobreza que ele vê ativa, sadia e muitas vezes sorridente no próprio seio da miséria.

Se todos os homens estivessem perfeitamente contentes, não existiria mais atividade neste mundo. É preciso desejar, agir, trabalhar para ser feliz. Tal é a ordem de uma natureza cuja vida está na ação. As sociedades humanas só podem subsistir por uma troca contínua das coisas nas quais os homens fazem consistir a sua felicidade. O pobre é forçado a desejar e a trabalhar para obter aquilo que ele sabe ser necessário à conservação do seu ser: se alimentar, se vestir, se abrigar e se propagar são as primeiras necessidades que a natureza lhe dá. Ele as satisfez? Então é logo forçado a criar para si necessidades novas ou, antes, sua imaginação nada mais faz do que refinar as primeiras. Ela busca diversificá-las, quer torná-las mais intensas. Quando, uma vez chegado à opulência, ele percorreu todo o ciclo das necessidades e de suas combinações, cai no fastio. Dispensado do trabalho, seu corpo acumula os humores; desprovido de desejos, seu coração cai na apatia. Privado de atividade, ele é forçado a entregar uma parte das suas riquezas a seres mais ativos, mais laboriosos do que ele. Estes, pelo seu próprio interesse, se encarregam do cuidado de trabalhar para ele, de prover as suas necessidades, de tirá-lo do seu langor, de contentar as suas fantasias. É assim que os ricos e os poderosos incentivam a energia, a atividade e a indústria do indigente. Este trabalha pelo seu próprio bem-estar trabalhando para os outros; é assim que o desejo de melhorar a sua sorte torna o homem necessário ao homem. É assim que os desejos sempre renascentes e jamais saciados são o princípio da vida, da saúde, da atividade e da sociedade. Se cada homem se bastasse a si mesmo, não haveria nenhuma necessidade de viver em sociedade. Nossas necessidades, nossos desejos, nossas fantasias nos colocam na dependência dos outros e fazem que cada um de nós, pelo seu próprio interesse, seja forçado a ser útil aos seres capazes de lhe proporcionar os objetos que ele próprio não tem. Uma nação nada mais é do que a reunião de um grande número de homens ligados uns aos outros pelas suas necessidades ou pelos seus prazeres. Nela, os mais felizes são aqueles que têm menos necessidades e que têm mais meios de satisfazê-las.

Nos indivíduos da espécie humana, assim como nas sociedades políticas, a progressão das necessidades é uma coisa indispensável. Ela está fundamentada na essência do homem; é preciso que as necessidades naturais, uma vez satisfeitas, sejam substituídas por algumas necessidades que chamamos de *imaginárias* ou *necessidades de opiniões*. Estas se tornam tão necessárias à nossa felicidade quanto as primeiras. O hábito que permite ao selvagem da América andar completamente nu força o habitante civilizado de uma nação europeia a se vestir. O homem pobre se contenta com uma roupa muito simples, que lhe serve o ano inteiro; o homem rico quer um traje adequado para cada estação. Ele sofreria se não tivesse a comodidade de trocá-lo; ficaria aflito se o seu traje não anunciasse aos outros a sua opulência, sua posição, sua superioridade. É assim que as vestimentas multiplicam as necessidades do rico. É assim que sua vaidade se torna ela mesma uma necessidade que põe em jogo mil braços solícitos para satisfazê-la. Enfim, essa vaidade proporciona aos homens indigentes os meios de subsistir. Aquele que se habituou ao fausto, ao luxo nas vestimentas, quando é privado desses sinais de opulência – aos quais vincula uma ideia de felicidade –, acha-se tão desgraçado quanto o pobre que não tem com o que se vestir. As nações, hoje em dia civilizadas, começaram por ser selvagens, errantes e vagabundas, ocupadas com a caça e com a guerra, forçadas a buscar sua subsistência com dificuldade: pouco a pouco, elas se fixaram, entregaram-se à agricultura e, em seguida, ao comércio. Refinaram as suas primeiras necessidades, ampliaram a sua esfera, imaginaram mil meios para contentá-las: progressão natural e necessária nos seres ativos que têm necessidade de sentir e que, para serem felizes, devem variar as suas sensações.

À medida que as necessidades dos homens se multiplicam, eles se tornam mais difíceis de satisfazer; são forçados a depender de um maior número de seus semelhantes. Para provocar sua atividade, para convencê-los a colaborar com os seus objetivos, são obrigados, portanto, a obter os objetos capazes de induzi-los a contentar os seus desejos. Um selvagem tem apenas de estender a mão para colher o fruto que basta para a sua alimentação; o cidadão opulento de uma sociedade florescente é obrigado a fazer que milhares de braços se movam para criar o banquete suntuoso e as iguarias rebuscadas que se tornaram necessárias para despertar o seu apetite mórbido ou para satisfazer a sua vaidade. De onde se vê que, na mesma proporção que as nossas necessidades se multiplicam, somos forçados a multiplicar os meios de satisfazê-las. As riquezas não são outra coisa que meios de convenção com a ajuda dos quais estamos em condições de fazer um grande número de homens cooperarem para contentar os nossos desejos ou de induzi-los, pelo seu próprio interesse, a contribuir para os nossos prazeres. O que faz o homem rico a não ser anunciar aos indigentes que ele pode lhes fornecer os meios de subsistir, se eles consentem em se prestar às suas vontades? O que faz o homem que tem poder a não ser mostrar aos outros que ele está em condições de lhes fornecer os meios de se tornarem felizes? Os soberanos, os poderosos e os ricos só nos parecem felizes porque eles possuem meios ou motivos suficientes para determinar um grande número de homens a se ocupar com a sua felicidade.

Quanto mais considerarmos as coisas, mais nos convenceremos de que as falsas opiniões dos homens são as verdadeiras fontes das suas desgraças: a felicidade só é tão rara entre eles porque a vinculam a objetos indiferentes ou inúteis ao seu bem-estar ou que se transformam em males reais para eles. As riquezas são indiferentes em si mesmas; é somente o uso que se sabe fazer delas que as torna úteis ou nocivas. O dinheiro, indiferente para o selvagem – que não saberia o que fazer com ele –, é acumulado pelo avarento, para quem ele se torna inútil, e gasto pelo pródigo e pelo voluptuoso, que só se servem dele para comprar pesares e enfermidades. Os prazeres não são nada para quem é incapaz de senti-los; eles se tornam males reais quando, destrutivos para nós mesmos, desarranjam a nossa máquina, fazem-nos negligenciar os nossos deveres e nos tornam desprezíveis aos olhos dos outros. O poder não é nada em si mesmo; ele nos é inútil, se nós não nos servimos dele para a nossa própria felicidade. Torna-se funesto para nós, a partir do momento que dele abusamos. Torna-se odioso, a partir do momento que o empregamos para fazer alguns infelizes. Por falta de serem esclarecidos sobre os seus verdadeiros interesses, aqueles dentre os homens que desfrutam de todos os meios para se tornarem felizes quase nunca descobrem o segredo de fazê-los servirem à sua própria felicidade. A arte de gozar é a mais ignorada. Ela seria aquela que se precisaria aprender antes de desejar; a Terra está repleta de homens que só se ocupam com o cuidado de obter os meios, sem jamais conhecerem a sua finalidade. Todo mundo deseja a fortuna e o poder, e vemos pouquíssimas pessoas a quem esses objetos as tornam felizes.

É natural, muito necessário e muito sensato desejar as coisas que podem contribuir para aumentar a soma da nossa felicidade. Os prazeres, as riquezas e o poder são objetos dignos da nossa ambição e dos nossos esforços, quando sabemos fazer uso deles para tornar nossa existência mais agradável. Não podemos censurar aquele que os deseja nem desprezar ou odiar aquele que os possui, a não ser quando, para obtê-los, ele emprega meios odiosos ou quando, depois de tê-los obtido, faz deles um uso pernicioso para si mesmo ou para os outros. Desejemos o poder, a grandeza, a reputação, quando pudermos aspirar a isso, sem comprá-los à custa do nosso repouso ou do repouso dos seres com quem vivemos. Desejemos as riquezas, quando soubermos fazer delas um uso verdadeiramente vantajoso para nós mesmos e para os outros. Porém, não nos sirvamos jamais, para obtê-las, de caminhos pelos quais seríamos forçados a nos censurar ou que atrairiam para nós o ódio dos nossos associados. Lembremo-nos sempre de que a nossa felicidade sólida deve se fundamentar na estima de nós mesmos e nas vantagens que proporcionamos aos outros, e que, de todos os projetos, o mais impraticável para um ser que vive em sociedade é o de querer se tornar feliz exclusivamente.

Capítulo 16

Os erros dos homens sobre aquilo que constitui a felicidade são a verdadeira fonte dos seus males. Dos vãos remédios que lhes quiseram aplicar

A razão não proíbe o homem de conceber vastos desejos. A ambição é uma paixão útil ao gênero humano, quando ela tem a sua felicidade como objeto. As grandes almas querem agir em uma grande esfera. Os gênios poderosos, esclarecidos e benfazejos, colocados em conjunturas propícias, espalham ao longe as suas influências favoráveis. Eles precisam, para a sua própria felicidade, fazer um grande número de pessoas felizes. Tantos príncipes gozam tão raramente de uma verdadeira felicidade porque as suas almas fracas e estreitas são forçadas a agir em uma esfera demasiado extensa para a sua pouca energia. É assim que pela inação, pela indolência e pela incapacidade dos seus chefes, as nações definham muitas vezes na miséria e estão submetidas a senhores tão pouco capazes de fazer a sua própria felicidade quanto a dos seus súditos. Por outro lado, algumas almas muito arrebatadas, muito ardentes e muito ativas estão elas mesmas pouco acomodadas na esfera que as contém, e o seu calor deslocado faz delas flagelos do gênero humano[1]. Alexandre foi um monarca tão nocivo à Terra e tão descontente com a sua sorte quanto o déspota indolente que ele conseguiu destronar. As almas de ambos foram pouco proporcionais às suas esferas.

A felicidade do homem nunca resultará senão da concordância entre os seus desejos e as suas circunstâncias. O poder soberano não é nada para aquele que o possui se ele não sabe usá-lo para a sua própria felicidade. Ele é um mal real, se o torna infeliz: é um abuso detestável se produz o infortúnio de uma porção do gênero humano. Os príncipes mais poderosos só são ordinariamente tão alheios à felicidade, e seus súditos só estão tão comumente no infortúnio, porque os primeiros possuem todos os meios de se tornarem felizes, sem jamais usá-los, ou então só sabem abusar deles. Um sábio no trono seria o mais afortunado dos mortais. Um monarca é um homem, a quem todo o seu poder não pode proporcionar outros órgãos e outras maneiras de sentir, assim como ao último dos seus súditos. Se ele tem algumas vantagens sobre esse último, é pela grandeza, a variedade e a multiplicidade dos objetos com os quais pode se ocupar, que, dando uma ação permanente ao seu espírito, o impedem de murchar e de cair no tédio. Se a sua alma é virtuosa e grande, sua ambição se satisfaz a cada instante com a visão do poder

---

1. *Aestuat infelix angusto limite mundi*[a]. Sêneca diz de Alexandre: *Post Dareum et Indos pauper est Alexander*[b]; *inventus est qui concupisceret aliquid post omnia*[c] (cf. *Cartas a Lucílio*, 119).
    (a) "O infeliz sufoca em seu estreito universo" (cf. Juvenal, *Sátiras*, X, 169). (N. T.)
    (b) "Depois de ter vencido Dario e subjugado as Índias, Alexandre ainda é pobre." (N. T.)
    (c) "Encontra-se quem ainda deseje depois de ter tudo." (N. T.)

de reunir as vontades dos seus súditos à sua, de interessá-los pela sua conservação, de merecer a sua afeição e de arrancar o respeito e os elogios de todas as nações. Tais são as conquistas que a razão propõe a todos aqueles que a sorte destina a governar impérios. Elas são bastante grandes para satisfazer a imaginação mais viva e a ambição mais vasta. Os reis só são os mais felizes dos homens quando eles têm a faculdade de fazer um maior número de felizes e de multiplicar, assim, as causas do contentamento legítimo deles próprios.

Essas vantagens do poder soberano são compartilhadas por todos aqueles que contribuem para o governo dos Estados. Assim, a grandeza, a posição e a reputação são objetos desejáveis para aqueles que conhecem os meios de fazer que eles sirvam à sua própria felicidade. Eles são inúteis para esses homens medíocres que não têm a energia nem a capacidade de empregá-los de uma maneira vantajosa para si mesmos. São detestáveis quando, para obtê-los, comprometem a sua felicidade e a da sociedade. Essa última está errada todas as vezes que respeita alguns homens que empregam apenas para a sua destruição um poder que ela só deve aprovar quando colhe os seus frutos.

As riquezas, inúteis para o avarento – que não passa do seu triste carcereiro – e nocivas para o devasso, a quem elas não proporcionam senão algumas enfermidades, tédios e desgostos, podem pôr nas mãos do homem de bem mil meios de aumentar a soma da sua felicidade. Porém, antes de desejar as riquezas, é preciso saber usá-las; o dinheiro nada mais é que o signo representativo da felicidade. Desfrutar dele, servir-se dele para fazer alguns felizes, eis aí a realidade. O dinheiro, segundo as convenções dos homens, proporciona todos os bens que se possa desejar; existe apenas um único que ele nunca proporciona: é o de saber usá-lo. Ter dinheiro sem saber como desfrutá-lo é possuir a chave de um confortável palácio do qual se interdita a entrada. Desperdiçá-lo é atirar essa chave no rio; fazer um mal uso dele é servir-se dela para se ferir. Dai ao homem de bem esclarecido os mais amplos tesouros e ele não ficará acabrunhado com isso. Se tiver a alma grande e nobre, ele nada mais fará do que estender ao longe os seus benefícios. Merecerá a afeição de um grande número de homens; atrairá para si o amor e as homenagens daqueles que o rodeiam. Será contido nos seus prazeres, a fim de poder desfrutar deles. Saberá que o dinheiro não restabelecerá uma alma gasta pelo gozo, órgãos enfraquecidos pelos excessos, um corpo debilitado e que se tornou doravante incapaz de se sustentar a não ser à força de privações. Saberá que o abuso sufoca o prazer na sua fonte, e que todos os tesouros do mundo não podem restaurar os sentidos.

Vê-se, portanto, que nada é mais frívolo do que as declamações de uma sombria filosofia contra o desejo do poder, da grandeza, das riquezas e dos prazeres. Esses objetos são desejáveis para nós, a partir do momento em que a nossa sorte nos permite aspirar a eles, ou quando nós sabemos a maneira de fazê-los se converter em nossa vantagem real. A razão não pode censurá-los ou desprezá-los quando, para obtê-los, não ferimos ninguém. Ela os estima quando nós nos servimos deles para tornar a nós mesmos e aos outros felizes.

O prazer é um bem, é da nossa essência amá-lo. Ele é racional quando torna querida a nossa existência, quando não causa dano nenhum a nós mesmos, quando as suas consequências não são incômodas para os outros. As riquezas são o símbolo da maioria dos bens deste mundo; elas tornam-se uma realidade quando estão nas mãos de um homem que sabe usá-las. O poder é o maior dos bens quando aquele que é o seu depositário recebeu da natureza e da educação uma alma bastante grande, bastante nobre e bastante forte para estender as suas felizes influências sobre nações inteiras, que ele coloca por esse meio em uma dependência legítima, e que ele cativa pelos seus benefícios. Não se adquire o direito de comandar os homens a não ser tornando-os felizes.

Os direitos do homem sobre o seu semelhante só podem ser fundamentados na felicidade que ele lhe proporciona ou que ele lhe dá a oportunidade de esperar. Sem isso, o poder que um exerce sobre o outro seria uma violência, uma usurpação, uma tirania manifesta. Não é senão na faculdade de nos tornar felizes que toda a autoridade legítima está fundamentada. Nenhum mortal recebe da natureza o direito de comandar um outro. Mas nós o concedemos voluntariamente àquele de quem nós esperamos o nosso bem-estar. O governo nada mais é do que o direito de comandar a todos, conferido ao soberano para a vantagem daqueles que são governados. Os soberanos são os defensores e os guardiões da pessoa, dos bens e da liberdade dos seus súditos: é apenas com essa condição que esses últimos consentem em obedecer. O governo não passa de um banditismo, a partir do momento que se serve das forças que lhe são confiadas para tornar a sociedade infeliz. O império da religião não é fundamentado senão na opinião que se tem de que ela tem o poder de tornar as nações felizes. Os deuses não passariam de fantasmas odiosos se eles tornassem os homens infelizes[2]. O governo e a religião só são instituições racionais enquanto ambos contribuem para a felicidade dos homens. Seria loucura se submeter a um jugo do qual não resultaria senão o mal; haveria injustiça em forçar os mortais a renunciarem aos seus direitos sem vantagem para eles.

A autoridade que um pai exerce sobre a sua família não é fundamentada senão nas vantagens que ele supostamente lhe proporciona. As classes nas sociedades políticas não têm como base senão a utilidade real ou imaginária de alguns cidadãos, em favor da qual os outros consentem em distingui-los, respeitá-los e obedecê-los. O rico só adquire direitos sobre o indigente em virtude do bem-estar que ele está em condições de lhe fazer experimentar. O gênio, os talentos do espírito, as ciências e as artes só têm direitos sobre nós em razão da utilidade, dos encantos e das vantagens que eles proporcionam à sociedade. Em poucas palavras, é a felicidade, é a expectativa da felicidade, é a sua imagem que queremos

---

2. Cícero diz: *Nisi homini deus placuerit, deus non erit*[(a)]. "Deus não pode obrigar os homens a lhe obedecer senão fazendo que eles saibam que está em seu poder torná-los felizes ou infelizes" (cf. *Défense de la religion*, tomo I, p. 433). É forçoso concluir desses princípios que o homem está no direito de julgar a religião e os deuses de acordo com as vantagens e as desvantagens que eles proporcionam à sociedade.
(a) "Se o deus não agrada ao homem, ele não será deus". Todas as fontes consultadas atribuem essa frase a Tertuliano (cf. *Apologética*, 5). (N. T.)

bem, que estimamos, que adoramos sem cessar. Os deuses, os monarcas, os ricos e os poderosos bem podem nos enganar, nos fascinar, nos intimidar com o seu poder, mas eles jamais obterão a submissão voluntária dos nossos corações – que são os únicos que podem conferir direitos legítimos – a não ser pelos benefícios reais e pelas virtudes. A utilidade não é outra coisa que a felicidade verdadeira. Ser útil é ser virtuoso; ser virtuoso é fazer alguns felizes.

A felicidade que nos proporcionam é a medida invariável e necessária dos nossos sentimentos pelos seres da nossa espécie, pelos objetos que desejamos, pelas opiniões que abraçamos, pelas ações que julgamos. Nós somos enganados pelos nossos preconceitos todas as vezes em que deixamos de nos servir dessa medida para regular os nossos julgamentos. Nós nunca correremos o risco de nos enganar quando examinarmos qual é a utilidade real que resulta para a nossa espécie das religiões, dos governos, das leis, de todas as instituições, das invenções e das ações dos homens.

Uma olhada superficial pode muitas vezes nos seduzir, mas algumas experiências refletidas nos devolvem à razão, que não pode nos enganar. Ela nos ensina que o prazer é uma felicidade momentânea, mas que muitas vezes ele se torna um mal, e que o mal é um sofrimento passageiro que muitas vezes se torna um bem. Ela nos faz conhecer a verdadeira natureza dos objetos e pressentir os efeitos que podemos esperar deles. Ela nos faz distinguir as inclinações às quais o nosso bem-estar permite que nos entreguemos daquelas a cuja sedução devemos resistir. Enfim, ela nos convencerá sempre de que o interesse dos seres inteligentes, amantes da sua felicidade e que desejam tornar a sua existência feliz, quer que sejam destruídos todos os fantasmas, as quimeras e os preconceitos que impõem obstáculos à sua felicidade neste mundo.

Se consultarmos a experiência, veremos que é nas ilusões e nas opiniões sagradas que devemos buscar a verdadeira fonte dessa multidão de males pelos quais nós vemos em toda parte o gênero humano oprimido. A ignorância das causas naturais criou-lhe os deuses; a impostura os tornou terríveis: sua ideia funesta perseguiu o homem sem torná-lo melhor, fez que ele tremesse sem fruto, encheu o seu espírito de quimeras, opôs-se aos progressos da sua razão, impediu-o de buscar a sua felicidade. Seus temores o tornaram escravo daqueles que o enganaram sob o pretexto do seu bem. Ele fez o mal quando lhe disseram que os seus deuses exigiam crimes; ele viveu no infortúnio porque lhe deram a entender que os seus deuses o condenavam a ser miserável. Ele nunca ousou resistir a eles nem se desvencilhar dos seus grilhões, porque lhe deram a entender que a estupidez, a renúncia à razão, o embotamento do espírito e a abjeção da sua alma eram meios seguros de obter a felicidade eterna.

Alguns preconceitos não menos perigosos cegaram os homens acerca dos seus governos. As nações não conheceram os verdadeiros fundamentos da autoridade; não ousaram exigir a felicidade desses reis, encarregados de proporcioná-la. Elas acreditaram que os soberanos, travestidos de deuses, recebiam ao nascer o direito de comandar o resto dos mortais, podiam dispor à vontade da felicidade dos povos e não tinham nenhuma responsabilidade pelos desgraçados que eles faziam. Por uma consequência necessária dessas opiniões, a política degenerou na arte fatal de sacrificar a felicidade de todos ao capricho de um só, ou de alguns perversos privilegiados. Apesar dos males a que foram submetidas, as nações ficaram em adoração diante dos ídolos que elas haviam criado e respeitaram loucamente os instrumentos das suas misérias. Obedeceram às suas vontades injustas; arriscaram sua vida, seu sangue e seus tesouros para satisfazerem a sua ambição, sua avidez insaciável, suas fantasias renascentes. Elas tiveram uma veneração estúpida por todos aqueles que possuíram, como o soberano, o poder de causar dano. Ficaram de joelhos diante da reputação, da posição, dos títulos, da opulência e do fausto: enfim, vítimas dos seus preconceitos, elas esperaram inutilmente o seu bem-estar de alguns homens que, desgraçados eles próprios pelos seus vícios e pela incapacidade de gozar, tiveram muito pouca disposição para se ocupar com o bem-estar dos povos. Sob tais chefes, sua felicidade física e moral foi igualmente negligenciada, ou mesmo aniquilada.

Encontramos a mesma cegueira na ciência dos costumes. A religião, que nunca teve senão a ignorância como base e a imaginação como guia, não fundamentou a moral na natureza do homem, nas suas relações com os homens e nos deveres que decorrem necessariamente dessas relações. Preferiu fundamentá-la nas relações imaginárias que supunha subsistirem entre o homem e algumas potências invisíveis que ela havia gratuitamente imaginado e falsamente feito falar.

Foram esses deuses invisíveis – que a religião pintava sempre como tiranos perversos – os árbitros e os modelos da conduta do homem. Ele foi perverso, insociável, inútil, turbulento e fanático quando quis imitar esses tiranos divinizados ou se conformar às lições dos seus intérpretes. Estes foram os únicos a tirar proveito da religião e das trevas que ela espalhou sobre o espírito humano. As nações não conheceram nem a natureza, nem a razão, nem a verdade: elas tiveram apenas religiões, sem ter nenhuma ideia certa da moral ou da virtude. Quando o homem fez mal aos seus semelhantes, acreditou ter ofendido o seu deus, acreditou ter pago a sua pena humilhando-se diante dele, dando-lhe alguns presentes, fazendo o seu sacerdote ocupar-se com os seus interesses. Assim, a religião, longe de dar uma base segura, natural e conhecida para a moral, não lhe deu senão uma base vacilante, ideal, impossível de conhecer. O que estou dizendo! Ela a corrompeu, e suas expiações acabaram de arruiná-la. Quando quis combater as paixões dos homens, ela o fez em vão. Sempre entusiasta e privada da experiência, ela nunca conheceu os verdadeiros remédios para isso; seus remédios foram repugnantes e próprios para revoltar os doentes. Ela os fez passar por divinos, porque eles não foram feitos para os homens; foram ineficazes, porque algumas quimeras nada podem contra as paixões que os motivos mais reais e mais fortes concorriam para fazer nascer e para nutrir nos corações. A voz da religião ou dos deuses não pôde se fazer ouvir no tumulto das sociedades, onde tudo clamava ao homem que ele não podia se tornar feliz sem causar dano aos seus semelhantes: esses vãos clamores nada mais fizeram do que tornar a virtude odiosa, porque eles a representaram sempre como inimiga da felicidade e dos prazeres dos humanos. Não fizeram os mortais verem, no cumprimento dos seus deveres, mais do que o cruel sacrifício daquilo que eles têm de mais caro, e jamais lhes deram motivos reais para fazer esse sacrifício. O presente levou a melhor sobre o futuro, o visível sobre o invisível, o conhecido sobre o desconhecido, e o homem foi perverso porque tudo lhe disse que era necessário ser assim para obter a felicidade.

É assim que a soma das infelicidades do gênero humano não foi diminuída, mas, pelo contrário, acrescida pelas suas religiões, pelos seus governos, pela sua educação, pelas suas opiniões – em poucas palavras, por todas as instituições que lhe fizeram adotar, sob o pretexto de tornar a sua sorte mais doce. Nunca é demais repetir: é no erro que encontraremos a verdadeira fonte dos males pelos quais a raça humana é afligida. Não foi a natureza que a tornou infeliz; não foi um deus irritado que quis que ela vivesse em lágrimas; não foi uma depravação hereditária que tornou os mortais perversos e infelizes. É unicamente ao erro que se devem esses efeitos deploráveis.

O soberano do bem, tão procurado por alguns sábios e anunciado por outros com tanta ênfase, não pode ser considerado senão como uma quimera, semelhante a essa *panaceia* maravilhosa que alguns adeptos quiseram fazer passar pelo remédio universal. Todos os homens estão doentes; o nascimento os entrega logo ao contágio do erro. Mas cada um, por uma consequência da sua organização natural e das suas circunstâncias particulares, é diversamente afetado por ele. Se existe um remédio geral que se possa aplicar às doenças diversificadas e complicadas dos homens, existe apenas um, sem dúvida. E esse remédio é a verdade, que é preciso ir buscar na natureza.

Ao ver os erros que cegam a maior parte dos mortais, e que eles são forçados a sugar com o leite; ao ver os desejos pelos quais eles são perpetuamente agitados, as paixões que os atormentam, as inquietações que os corroem, os males tanto físicos como morais que os assediam por todos os lados, seríamos tentados a crer que a felicidade não foi feita para este mundo e que seria uma vã empreitada querer curar alguns espíritos que tudo conspira para envenenar. Quando se considera essas superstições que os alarmam, os dividem e os tornam insensatos, esses governos que os oprimem, essas leis que os incomodam, as injustiças multiplicadas sob as quais se vê gemer quase todos os povos da Terra, enfim, esses vícios e esses crimes que tornam o estado de sociedade tão odioso para quase todos aqueles que nele se encontram, temos dificuldade para nos defender da ideia de que o infortúnio é o apanágio do gênero humano, de que este mundo não é feito senão para reunir alguns desgraçados, de que a felicidade é uma quimera ou, pelo menos, um ponto tão fugidio que é impossível de fixar.

Alguns supersticiosos atrabiliários e nutridos pela melancolia viram, portanto, incessantemente a natureza ou o seu autor encarniçados contra a espécie humana. Eles supuseram que o homem, objeto constante da cólera do céu, irritava-o até mesmo pelos seus desejos, tornando-se criminoso ao buscar uma felicidade que não era feita para ele. Impressionados por verem que os objetos que mais vivamente desejamos nunca são capazes de preencher o nosso coração, eles desacreditaram esses objetos como nocivos, como odiosos, como abomináveis. Prescreveram que se fugisse deles; criticaram indistintamente todas as paixões mais úteis a nós mesmos e aos seres com quem vivemos. Quiseram que o homem se tornasse insensível, se tornasse inimigo de si mesmo, se separasse dos seus semelhantes, renunciasse a todo o prazer, recusasse a felicidade – em poucas palavras, se desnaturasse. "Mortais!" – disseram eles. – "Vós nascestes para a infelicidade. O autor da vossa existência vos destinou para o infortúnio; entrai, pois, em seus desígnios e vos tornai infeliz. Combatei esses desejos rebeldes que têm a felicidade como objeto. Renunciai a esses prazeres que é da vossa essência amar. Não vos ligai a nada aqui debaixo. Fugi de uma sociedade que não serve senão para inflamar vossa imaginação por alguns bens que vós deveis recusar. Quebrai o motor de vossa alma. Reprimi essa atividade que busca pôr um fim às vossas penas. Sofrei, vos afligi, gemei: tal é para vós o caminho da felicidade."

Médicos cegos, que tomaram por uma doença o estado natural do homem! Eles não viram que as suas paixões e os seus desejos lhe são essenciais, que lhe proibir de amar e de desejar é querer lhe tirar o seu ser, que a atividade é a vida da sociedade, que nos dizer para odiar e desprezar a nós mesmos é nos tirar o móbil mais apropriado para nos conduzir à virtude. É assim que, pelos seus remédios sobrenaturais, a religião, longe de curar os homens dos seus males, nada mais fez do que os irritar e os desesperar. Em vez de acalmar suas paixões, ela tornou mais incuráveis, mais perigosas e mais venenosas aquelas que a sua natureza só lhe havia dado para a sua conservação e sua felicidade. Não é de modo algum extinguindo as nossas paixões que nos tornarão felizes. É direcionando-as para objetos verdadeiramente úteis a nós mesmos e aos outros.

Apesar dos erros pelos quais o gênero humano está cegado, apesar da extravagância das suas instituições religiosas e políticas, apesar dos lamentos e das queixas que fazemos continuamente contra a sorte, existem alguns felizes sobre a Terra. Vemos nela, algumas vezes, soberanos animados pela nobre ambição de tornar as nações florescentes e afortunadas. Nela encontramos os Antoninos, os Trajanos, os Julianos, os Henriques*. Nela encontramos algumas almas elevadas que põem sua glória e sua felicidade em encorajar o mérito, em socorrer a indigência, em estender a mão à virtude oprimida. Nela encontramos alguns gênios ocupados com o desejo de arrancar a admiração dos seus concidadãos servindo-os utilmente e desfrutando da felicidade que eles proporcionam aos outros.

---

* É provável que Holbach esteja se referindo a Henrique IV, rei da França entre 1589 e 1610. Em seu reinado foi assinado o célebre Édito de Nantes (1598), promovendo a pacificação religiosa do país após décadas de guerra civil. (N. T.)

Não acreditamos que o pobre esteja excluído da felicidade. A mediocridade e a indigência lhe proporcionam muitas vezes algumas vantagens que a opulência e a grandeza são forçadas a reconhecer e a invejar. A alma do pobre, sempre em ação, não cessa de formar desejos, enquanto o rico e o poderoso estão muitas vezes no triste embaraço de não saber o que desejar ou de desejar objetos impossíveis de obter[3]. Seu corpo habituado ao trabalho conhece as doçuras do repouso. Esse repouso é a mais rude das fadigas para aquele que se entedia da sua ociosidade. O exercício e a frugalidade proporcionam a um o vigor e a saúde; a intemperança e a inércia dos outros não lhes dão senão desgostos e enfermidades. A indigência estende toda a energia da alma, ela é a mãe da indústria. É do seu seio que se vê sair o gênio, os talentos e o mérito aos quais a opulência e a grandeza são forçadas a prestar homenagem. Por fim, os golpes da sorte encontram no pobre um caniço flexível que cede sem se quebrar.

Assim, a natureza não foi uma madrasta para a maior parte dos seus filhos. Aquele que a fortuna colocou em uma condição obscura ignora a ambição que devora o cortesão, as inquietações do intrigante, os remorsos, o tédio e o fastio do homem enriquecido com os despojos das nações dos quais ele não sabe tirar proveito. Quanto mais o corpo trabalha mais a imaginação repousa. É a diversidade dos objetos que ela percorre que a inflama; é a saciedade desses objetos que lhe causa o fastio. A imaginação do indigente é circunscrita pela

---

3. Petrônio diz: *Nescio quomodo bonae mentis soror est paupertas*[a].
   (a) "A pobreza é irmã da boa mente" (*Satiricon*, 84). (N. T.)

necessidade; ele recebe poucas ideias, ele conhece poucos objetos; por conseguinte, ele tem poucos desejos. Ele se contenta com pouco, ao passo que a natureza inteira mal basta para contentar os desejos insaciáveis e as necessidades imaginárias do homem mergulhado no luxo, que percorreu ou esgotou todos os objetos necessários. Aqueles que o preconceito faz considerarmos os mais desgraçados dos homens desfrutam muitas vezes de vantagens mais reais e maiores que aqueles que os oprimem, que os desprezam e que, às vezes, ficam reduzidos a invejá-los. Os desejos limitados são um bem muito real: o homem do povo, na sua humilde fortuna, deseja apenas o pão. Ele o obtém com o suor do seu rosto, e o comeria com alegria, se a injustiça não o tornasse comumente amargo para ele. Pelo delírio dos governos, aqueles que nadam na abundância – sem, por isso, serem mais felizes – disputam com o cultivador os próprios frutos que os seus braços fazem sair da terra. Os príncipes sacrificam a sua felicidade verdadeira e a dos seus Estados a paixões, a caprichos que desencorajam os povos, que mergulham suas províncias na miséria, que fazem milhões de infelizes sem nenhum proveito para eles próprios. A tirania obriga seus súditos a maldizerem a existência, a abandonarem o trabalho, e lhes tira a coragem de dar à luz filhos que seriam tão miseráveis quanto seus pais. O excesso de opressão os força algumas vezes a se revoltar ou a se vingar, por meio de alguns atentados, das injustiças que lhes fazem. A injustiça, reduzindo a indigência ao desespero, obriga-os a buscarem no crime os recursos contra as suas desgraças. Um governo iníquo produz o desencorajamento nas almas; suas vexações despovoam os campos, as terras permanecem sem cultivo. Daí nasce a horrorosa fome que faz eclodir as epidemias e as pestes. As infelicidades dos povos produzem as revoluções. Azedados pelo infortúnio, os espíritos entram em fermentação, e as quedas dos impérios são os efeitos necessários disso. É assim que o físico e o moral estão sempre ligados – ou, antes, são a mesma coisa.

Se a iniquidade dos chefes nem sempre produz efeitos tão marcantes, ao menos ela produz a preguiça, cujo efeito é encher as sociedades de mendigos e de malfeitores que nem a religião nem o terror das leis podem deter, e que nada pode convencer a permanecerem como espectadores desgraçados de um bem-estar no qual não lhes é permitido tomar parte. Eles buscam a felicidade passageira, mesmo à custa da sua vida, quando a injustiça lhes fechou o caminho do trabalho e da indústria, que os teria tornado úteis e honestos.

Que não venham nos dizer que nenhum governo pode tornar todos os seus súditos felizes. Ele não pode, sem dúvida, se gabar de contentar as fantasias insaciáveis de alguns cidadãos ociosos, que não sabem senão imaginar para acalmar o seu tédio, mas ele pode e deve ocupar-se em satisfazer as necessidades reais da multidão. Uma sociedade desfruta de toda a felicidade de que ela é suscetível a partir do momento que a maioria dos seus membros estão alimentados, vestidos e alojados – em poucas palavras, podem, sem um trabalho excessivo, obter as necessidades que a natureza lhes tornou indispensáveis. Sua imaginação está satisfeita a partir do momento que eles têm a segurança de que nenhuma força poderá lhes arrebatar os frutos da sua indústria e que eles trabalham para si próprios. Por uma consequência das loucuras humanas, nações inteiras são forçadas a trabalhar, a suar, a regar a terra com lágrimas para manter o luxo, as fantasias e a corrupção de um pequeno número de insensatos, de alguns homens inúteis cuja felicidade se tornou impossível porque a sua imaginação desvirtuada não conhece mais limites. É assim que os erros religiosos e políticos transformaram o universo em um vale de lágrimas.

Por falta de consultar a razão, de conhecer o valor da verdade, de ser instruídos sobre os seus verdadeiros interesses, de saber em que consiste a felicidade sólida e real, os príncipes e os povos, os ricos e os pobres, os grandes e os pequenos estão, sem dúvida, quase sempre muito distantes de serem felizes. No entanto, se lançarmos uma mirada imparcial sobre a raça humana, encontraremos nela um maior número de bens do que de males. Nenhum homem é feliz em bloco, mas ele o é no pormenor. Aqueles que se queixam mais amargamente do rigor do destino estão, no entanto, ligados à sua existência por alguns fios, muitas vezes imperceptíveis, que os impedem de sair dela. Com efeito, o hábito torna os nossos sofrimentos mais leves. A dor suspensa torna-se um verdadeiro gozo; cada necessidade é um prazer no momento que ela é satisfeita. A ausência do pesar e da doença é um estado ditoso no qual gozamos surdamente e sem nos apercebermos disso. A esperança, que raramente nos abandona por completo, ajuda-nos a suportar os males mais cruéis. O prisioneiro ri nos grilhões, o camponês fatigado volta cantando para a sua cabana. Enfim, o homem que se diz o mais desafortunado não vê a chegada da morte sem pavor, a menos que o desespero tenha desfigurado totalmente a natureza aos seus olhos[4].

Enquanto desejamos a continuação do nosso ser, não estamos no direito de nos dizer completamente desgraçados; enquanto a esperança nos sustenta, desfrutamos ainda de um enorme bem. Se fôssemos mais justos, ao fazer o balanço dos nossos prazeres e das nossas dores, reconheceríamos que a soma dos primeiros excede em muito a dos últimos. Nós veríamos que temos um registro muito exato do mal e pouco exato do bem. Com efeito, admitiríamos que existem poucos dias totalmente infelizes em todo o decorrer da nossa vida. Nossas necessidades periódicas nos proporcionam o prazer de satisfazê-las; nossa alma é permanentemente afetada por mil objetos cuja variedade, multiplicidade e novidade nos alegram, suspendem os nossos sofrimentos, distraem-nos das nossas tristezas. Os males físicos são violentos? Eles não são de longa duração, conduzem-nos logo ao nosso término. Os males do nosso espírito nos conduzem igualmente a isso. Ao mesmo tempo que a natureza nos recusa toda a felicidade, ela nos abre uma porta para sair da vida. Nos recusamos a atravessá-la? É que ainda encontramos prazer em existir. As nações reduzidas ao desespero são completamente desgraçadas? Elas recorrem às armas e, com o risco de perecerem, fazem os seus esforços para acabar com seus sofrimentos.

Do fato de que tantos homens se mantenham ligados à vida, devemos, portanto, concluir que eles não são tão infe-

---

4. Cf. aquilo que foi dito sobre o suicídio no capítulo XIV.

lizes quanto se pensa. Assim, não exageremos mais os males da espécie humana. Imponhamos silêncio ao humor negro que nos persuade de que seus males não têm remédio; diminuamos pouco a pouco o número de nossos erros e nossas calamidades diminuirão na mesma proporção. Do fato de que o coração do homem não cessa de formar desejos, não concluamos de modo algum que ele é infeliz; do fato de que o seu corpo tem necessidade a cada dia de alimentação, concluamos que ele é sadio e que cumpre as suas funções. Do fato de que o seu coração deseja, é forçoso concluir que ele tem necessidade a cada instante de ser afetado, que as paixões são essenciais para a felicidade de um ser que sente, que pensa, que recebe ideias e que necessariamente deve amar e desejar aquilo que lhe proporciona ou lhe promete uma maneira de existir análoga à sua energia natural. Enquanto vivemos, enquanto a engrenagem da nossa alma subsiste em sua força, esta alma deseja. Enquanto deseja, ela é submetida à atividade que lhe é necessária. Enquanto age, ela vive. A vida pode ser comparada a um rio, cujas águas são impelidas, sucedem-se e correm sem interrupção: forçadas a rolar sobre um leito desigual, elas encontram de tempos em tempos alguns obstáculos que impedem a sua estagnação. Elas não param de jorrar, de saltar e de correr, até que sejam devolvidas ao oceano da natureza.

Capítulo 17

As ideias verdadeiras ou fundamentadas na natureza são os únicos remédios para os males dos homens. Recapitulação desta primeira parte

Todas as vezes que deixamos de tomar a experiência como guia, incorremos no erro. Nossos erros tornam-se ainda mais perigosos e mais incuráveis quando eles têm a seu favor a sanção da religião. É então que não consentimos jamais em voltar atrás; nós nos acreditamos interessados em não mais ver, em não mais ouvir, e supomos que a nossa felicidade exige que fechemos os olhos para a verdade. Se a maior parte dos moralistas desconheceram o coração humano, se eles se enganaram sobre as suas doenças e sobre os remédios que podiam lhe convir, se os remédios que lhe administraram foram ineficazes ou mesmo perigosos, é porque eles abandonaram a natureza, eles resistiram à experiência, eles não ousaram consultar a sua razão, eles renunciaram ao testemunho dos seus sentidos e não seguiram senão os caprichos de uma imaginação ofuscada pelo entusiasmo ou perturbada pelo temor. Preferiram as ilusões que ela lhes mostrava às realidades de uma natureza que não engana nunca.

É por falta de ter querido perceber que um ser inteligente não pode perder de vista por nenhum instante a sua própria conservação, seu interesse real ou fictício, seu bem-estar sólido ou passageiro – em poucas palavras, sua felicidade verdadeira ou falsa –, é por falta de ter considerado que os desejos e as paixões são movimentos essenciais, naturais, necessários à nossa alma, que os doutores dos homens supuseram causas sobrenaturais para os seus desvios, e não aplicaram aos seus males senão alguns medicamentos utópicos inúteis ou perigosos. Ao lhes dizer para sufocarem os seus desejos, para combaterem as suas inclinações, para aniquilarem as suas paixões, eles nada mais fizeram do que lhes dar alguns preceitos estéreis, vagos, impraticáveis. Essas vãs lições não influíram sobre ninguém; elas, no máximo, só contiveram alguns mortais que uma imaginação pacífica não convidava a não ser fracamente ao mal. Os erros pelos quais elas estavam acompanhadas perturbaram a tranquilidade de algumas pessoas moderadas pela sua natureza, sem jamais deterem os temperamentos indomáveis daqueles que foram embriagados pelas suas paixões ou arrastados pela torrente do hábito. Enfim, as promessas e as ameaças da superstição não fizeram senão fanáticos, entusiastas, seres inúteis ou perigosos, sem jamais fazerem homens verdadeiramente virtuosos, ou seja, úteis aos seus semelhantes.

Esses empíricos, guiados por uma cega rotina, não viram que o homem, enquanto vive, é feito para sentir, para desejar, para ter paixões e para satisfazê-la em razão da energia que a sua organização lhe dá. Eles não se aperceberam de que o hábito enraizava essas paixões, de que a educação as semeava nos corações, de que os vícios do governo as fortaleciam, de que a opinião pública as aprovava, de que a experiência as tornava necessárias e de que dizer aos homens assim constituídos para destruírem as suas paixões era lançá-los no desespero, ou então lhes receitar remédios demasiado repugnantes para que eles consentissem em tomá-los. No estado atual de nossas sociedades opulentas, dizer a um homem que sabe, pela experiência, que as riquezas proporcionam todos os prazeres, que ele não deve desejá-las, que ele não deve fazer esforços para obtê-las, que ele deve desprender-se delas, é persuadi-lo a se tornar infeliz. Dizer a um ambicioso para não desejar o poder e a grandeza, que tudo conspira para lhe mostrar como o cúmulo da felicidade, é lhe ordenar que inverta de uma só vez o sistema habitual de suas ideias, é falar a um surdo. Dizer a um amante de um temperamento impetuoso para sufocar a sua paixão pelo objeto que o encanta é fazê-lo entender que ele deve renunciar à sua felicidade. Opor a religião a interesses tão poderosos é combater realidades com especulações quiméricas.

Com efeito, se examinarmos as coisas sem prevenção, descobriremos que a maior parte dos preceitos que a religião – ou que a sua moral fanática e sobrenatural – dá aos homens são tão ridículos quanto impossíveis de praticar. Proibir as paixões aos homens é lhes proibir de ser homens. Aconselhar uma pessoa de uma imaginação arrebatada a moderar os seus desejos é aconselhá-la a mudar a sua organização, é ordenar ao seu sangue que corra mais lentamente. Dizer a um homem para renunciar aos seus hábitos é querer que um cidadão acostumado a se vestir consinta em andar completamente nu. Tanto valeria lhe dizer para mudar os traços do seu rosto, para destruir o seu temperamento, para apagar a sua imaginação, para alterar a natureza dos seus fluidos quanto lhe ordenar que não tenha paixões análogas à sua energia natural ou que renuncie àquelas que o hábito e as suas circunstâncias lhe fizeram adquirir e converteram em necessidades[1]. Tais são, no entanto, os remédios tão celebrados que a maior parte dos moralistas opõe à depravação humana. Será, portanto, surpreendente que eles não produzam nenhum efeito, ou que eles nada mais façam do que reduzir o homem ao desespero pelo combate contínuo que eles incitam entre as paixões do seu coração, seus vícios, seus hábitos e os temores quiméricos com os quais a superstição quis oprimi-lo? Os vícios da sociedade, os objetos dos quais ela se serve para açular os nossos desejos, os prazeres, as riquezas, as grandezas que o governo nos mostra como iscas sedutoras, os bens que a educação, o exemplo e a opinião nos tornam caros, atraem-nos por um lado, enquanto a moral nos solicita em vão por um outro, e a religião, pelas suas ameaças assustadoras, lança-nos na perturbação e produz em nós um conflito violento, sem

---

1. Vê-se que esses conselhos, por mais extravagantes que sejam, foram sugeridos aos homens por todas as religiões. Os indianos, os japoneses, os maometanos, os cristãos e os judeus, de acordo com as suas superstições, fazem que a perfeição consista em jejuar, se mortificar, se abster dos prazeres mais honestos, fugir da sociedade, se infligir mil tormentos voluntários e trabalhar sem descanso para contrariar a natureza. Entre os pagãos, os gauleses e os sacerdotes da deusa da Síria não eram mais sensatos: eles se mutilavam por devoção.

jamais alcançar a vitória. Quando, por acaso, ela leva vantagem sobre tantas forças reunidas, ela nos torna infelizes, quebrando inteiramente a engrenagem de nossa alma.

As paixões são os verdadeiros contrapesos das paixões. Não procuremos destruí-las, mas tratemos de direcioná-las. Contrabalancemos aquelas que são nocivas com aquelas que são úteis à sociedade. A razão, fruto da experiência, nada mais é do que a arte de selecionar as paixões que devemos escutar para a nossa própria felicidade. A educação é a arte de semear e de cultivar nos corações dos homens paixões vantajosas. A legislação é a arte de conter as paixões perigosas e de suscitar aquelas que podem ser vantajosas para o bem público. A religião nada mais é do que a arte de semear e de alimentar nas almas dos mortais algumas quimeras, ilusões, prodígios e incertezas, de onde nascem algumas paixões funestas para eles mesmos tanto quanto para os outros. Não é senão combatendo-as que o homem pode ser posto no caminho da felicidade.

A razão e a moral nada poderão sobre os mortais, se elas não mostrarem a cada um deles que o seu interesse verdadeiro está ligado a uma conduta útil a ele mesmo. Essa conduta, para ser útil, deve granjear para ele a benevolência dos seres necessários a sua própria felicidade. É, portanto, para o interesse ou a utilidade do gênero humano, é para a estima, o amor, as vantagens que resultam disso que a educação deve acender desde cedo a imaginação dos cidadãos. São os meios de obter essas vantagens que o hábito deve lhes tornar familiares, que a opinião deve lhes tornar caros, que o exemplo deve incitá-los a buscar. O governo, com a ajuda das recompensas, deve encorajá-los a seguir esse plano. Com a ajuda dos castigos, ele deve assustar aqueles que gostariam de perturbá-lo. É assim que a esperança de um bem-estar verdadeiro e o temor de um mal real serão paixões apropriadas para contrabalançar aquelas que causariam dano à sociedade. Essas últimas se tornariam ao menos muito raras se, em vez de alimentarem os homens com especulações ininteligíveis e palavras vazias de sentido, lhes falassem de coisas reais e lhes mostrassem os seus verdadeiros interesses.

O homem muitas vezes só é tão perverso porque ele se sente quase sempre interessado em sê-lo. Que tornem os homens mais esclarecidos e mais felizes, e os tornarão melhores. Um governo equitativo e vigilante encheria logo o seu estado de cidadãos honestos. Ele lhes daria motivos presentes, reais e palpáveis para agir bem. Faria que eles fossem instruídos, faria que eles fossem submetidos aos seus cuidados, os seduziria com a garantia da sua própria felicidade. Suas promessas e suas ameaças, fielmente executadas, teriam, sem dúvida, bem mais peso do que as da superstição, que nunca propõe senão bens ilusórios ou castigos dos quais os perversos empedernidos duvidarão todas as vezes que tiverem interesse em duvidar. Alguns motivos presentes os tocarão bem mais que motivos incertos e longínquos. Os viciosos e os perversos são tão comuns sobre a Terra, tão teimosos, tão apegados aos seus desregramentos, porque não existe nenhum governo que lhes faça encontrar vantagem em serem justos, honestos e benfazejos. Pelo contrário, em toda parte os interesses mais poderosos os convidam ao crime, favorecendo as inclinações de uma organização viciosa que nada retificou nem conduziu para o bem[2]. Um selvagem que, na sua horda, não conhece o valor do dinheiro, não dará certamente nenhuma importância a ele. Se vocês o transplantarem para as nossas sociedades civilizadas, ele logo aprenderá a desejá-lo, fará alguns esforços para obtê-lo e, se puder – sem perigo –, terminará por roubar, sobretudo se não aprendeu a respeitar a propriedade dos seres que o rodeiam. O selvagem e a criança estão precisamente no mesmo caso: somos nós que tornamos ambos perversos. O filho de um poderoso aprende desde a infância a desejar o poder, torna-se um ambicioso na idade madura e, se tem a felicidade de cair nas boas graças, tornar-se-á perverso, e o será impunemente. Não é, portanto, a natureza quem faz os perversos; são as nossas instituições que determinam a sê-lo. A criança educada entre bandidos não pode deixar de se tornar um malfeitor. Se ela tivesse sido criada entre pessoas honestas, teria se tornado um homem de bem.

Se procurarmos a fonte da ignorância profunda que temos sobre a moral e os móbeis que podem influir sobre as vontades dos homens, nós a encontraremos nas ideias falsas que a maioria dos especuladores tiveram da natureza humana. É por ter feito o homem duplo, é por ter distinguido a sua alma do seu corpo, é por ter tirado a sua alma do domínio da física, a fim de submetê-la a leis fantásticas emanadas

---

2. Salústio diz: *Nemo gratuito malus est*[a]. Pode-se dizer do mesmo modo: *Nemo gratuito bonus*.

   (a) A frase correta é: *Nemo omnium gratuito malus est* [Ninguém neste mundo fará o mal a troco de nada] (*Cartas a Júlio César*, I, 8). (N. T.)

dos espaços imaginários, é por tê-lo suposto de uma natureza em tudo diferente da dos seres conhecidos que a ciência dos costumes se tornou um enigma impossível de decifrar. Essas suposições deram lugar a que lhe fossem atribuídas uma natureza, maneiras de agir e propriedades totalmente diferentes daquelas que são vistas em todos os corpos. Alguns metafísicos se apoderaram dela e, à força de sutilizar, tornaram-na totalmente irreconhecível. Eles não se aperceberam de que o movimento era essencial à alma assim como ao corpo vivo. Eles não viram que as necessidades de um se renovavam incessantemente, assim como as necessidades do outro. Eles não quiseram acreditar que essas necessidades da alma, assim como as do corpo, são puramente físicas, e que ambos nunca eram afetados a não ser por objetos físicos e materiais. Eles não prestaram atenção à ligação íntima e contínua entre a alma e o corpo – ou, antes, não quiseram reconhecer que os dois não passam de uma mesma coisa, encarada sob diferentes pontos de vista. Obstinados em suas opiniões sobrenaturais ou ininteligíveis, recusaram-se a abrir os olhos para ver que o corpo, ao sofrer, tornava a alma infeliz, e que a alma aflita minava o corpo e fazia que ele definhasse. Não consideraram que os prazeres e os sofrimentos do espírito influíam sobre esse corpo e o mergulhavam na prostração ou lhe conferiam atividade. Acreditaram que a alma extraía os seus pensamentos – ora risonhos, ora lúgubres – do seu próprio fundo, enquanto as suas ideias lhe vêm apenas dos objetos materiais que agem ou que agiram materialmente sobre os seus órgãos, enquanto ela não é determinada, seja à alegria ou à tristeza, a não ser pelo estado duradouro ou passageiro no qual se encontram os sólidos e os fluidos do nosso corpo. Em poucas palavras, eles não reconheceram que essa alma, puramente passiva, sofria as mesmas transformações que eram experimentadas pelo corpo e não era afetada senão por seu intermédio, não agia senão com o seu auxílio, e recebia quase sempre, à revelia e contra a sua vontade, da parte dos objetos físicos que a afetam, suas ideias, suas percepções, suas sensações, sua felicidade ou sua infelicidade.

Por uma consequência dessas opiniões, ligadas a sistemas maravilhosos ou inventadas para justificá-los, supuseram que a alma humana era livre, ou seja, tinha a faculdade de se mover por si mesma e desfrutava do poder de agir independentemente dos impulsos que os seus órgãos recebiam dos objetos que estão fora deles. Pretenderam que ela podia resistir a esses impulsos e, sem levá-los em consideração, seguir as direções que ela desse a si mesma pela sua própria energia. Em poucas palavras, sustentaram que a alma, livre, tinha o poder de agir sem ser determinada por nenhuma força exterior.

Assim, essa alma, que haviam suposto de uma natureza diferente da de todos os seres que conhecemos no universo, teria também uma maneira de agir à parte. Ela foi, por assim dizer, um ponto isolado que não foi submetido a essa cadeia ininterrupta de movimentos que – em uma natureza cujas partes estão sempre ativas – os corpos transmitem uns aos outros. Apaixonados pelas suas noções sublimes, esses especuladores não viram que, ao distinguirem a alma do corpo e de todos os seres que conhecemos, eles se colocavam na impossibilidade de formar uma ideia verdadeira sobre ela. Não quiseram se aperceber da perfeita analogia que existia entre a sua maneira de agir e aquela pela qual o corpo era afetado tampouco da correspondência necessária e contínua que existia entre a alma e ele. Recusaram-se a ver que, semelhante a todos os corpos da natureza, ela estava sujeita a movimentos de atração e repulsão (devidos às qualidades inerentes às substâncias que põem os seus órgãos em ação) que suas vontades, suas paixões e seus desejos nunca eram senão uma consequência desses movimentos, produzidos por objetos físicos que não estão de modo algum em seu poder. Esses objetos a tornavam feliz ou infeliz, ativa ou inerte, contente ou aflita, a despeito dela mesma e de todos os esforços que ela podia fazer para se encontrar de outro modo. Buscaram nos céus alguns motores fictícios para afetá-la; não apresentaram aos homens senão interesses imaginários. Sob o pretexto de fazê-los obter uma felicidade ideal, impediram-nos de trabalhar pela sua felicidade verdadeira, que se abstiveram de fazê-los conhecer; fixaram os seus olhares no empíreo para não mais verem a terra, esconderam-lhes a verdade e pretenderam torná-los felizes à força de terrores, de fantasmas e de quimeras. Enfim, cegos eles próprios, não foram guiados senão por cegos nas sendas da vida, onde uns e outros nada mais fizeram do que se perder.

Conclusão

De tudo aquilo que foi dito até aqui, resulta evidente que todos os erros do gênero humano, em todos os gêneros, provêm de terem renunciado à experiência, ao testemunho dos sentidos, à justa razão, para se deixarem guiar pela imaginação quase sempre enganosa e pela autoridade sempre suspeita. O homem desconhecerá sempre a sua verdadeira felicidade enquanto não cuidar de estudar a natureza, de instruir-se sobre as suas leis imutáveis, de buscar apenas nela os verdadeiros remédios para os males que são consequências necessárias dos seus erros atuais. O homem será sempre um enigma para si mesmo enquanto se acreditar duplo e movido por uma força inconcebível, da qual ignora a natureza e as leis. Suas faculdades, que ele chama de intelectuais, e suas qualidades morais lhe serão ininteligíveis, se ele não as encara com os mesmos olhos que as suas qualidades ou faculdades corporais, não as vendo submetidas em tudo às mesmas regras. O sistema da sua pretensa liberdade não está apoiado em nada. Ele é a todo instante desmentido pela experiência; ela lhe prova que ele nunca deixa de estar, em todas as suas ações, nas mãos da necessidade – verdade que, longe de ser perigosa para os homens ou destrutiva para a moral, lhe fornece a sua verdadeira base, já que ela faz perceber a necessidade das relações subsistentes entre os seres sensíveis e reunidos em sociedade com o intuito de trabalharem, por esforços comuns, para a sua felicidade recíproca. Da necessidade dessas relações nasce a necessidade dos seus deveres e a necessidade dos sentimentos de amor que eles concedem à conduta que chamam de virtuosa, ou da aversão que eles têm por aquela que é chamada de viciosa e criminosa. De onde se vem os verdadeiros fundamentos da *obrigação moral*, que nada mais é do que a necessidade de adotar os meios para obter o fim que o homem se propõe na sociedade, onde cada um de nós, pelo seu próprio interesse, sua própria felicidade, sua própria segurança, é forçado a ter e a mostrar as disposições necessárias à sua própria conservação e capazes de provocar em seus associados os sentimentos necessários para que ele próprio seja feliz. Em poucas palavras, é na ação e na reação necessárias das vontades humanas, na atração e na repulsão necessárias de suas almas, que toda a moral se fundamenta. É o acordo ou a combinação das vontades e das ações dos homens que mantém a sociedade. É a sua discordância que a dissolve ou a torna infeliz.

Foi possível concluir, de tudo aquilo que dissemos, que os nomes com os quais os homens designaram as causas ocultas que agem na natureza e os seus diversos efeitos jamais foram outra coisa que a necessidade encarada sob diferentes pontos de vista. Nós descobrimos que a *ordem* é uma sequência necessária de causas e efeitos, dos quais vemos ou acreditamos ver o conjunto, a ligação e a marcha, e que nos agrada, quando a achamos conforme ao nosso ser. Vimos do mesmo modo que aquilo que chamamos de *desordem* é uma sequência de causas e efeitos necessários que julgamos desfavoráveis a nós mesmos e pouco convenientes ao nosso ser. Designou-se com o nome de *inteligência* a causa necessária que operava necessariamente a série de eventos que compreendemos sob o nome de *ordem*. Chamou-se de *divindade* a causa necessária e invisível que punha em ação uma natureza na qual tudo age segundo leis imutáveis e necessárias. Chamou-se de *destino* ou *fatalidade* a ligação necessária entre as causas e os efeitos desconhecidos que vemos neste mundo. Serviram-se da palavra *acaso* para designar os efeitos que não podemos pressentir ou dos quais ignoramos a ligação necessária com as suas causas. Por fim, chamaram de faculdades *intelectuais* e *morais* os efeitos e as modificações necessárias do ser organizado que supuseram afetado por um agente inconcebível, que acreditaram distinto do seu corpo ou de uma natureza diferente da dele, e que designaram com o nome de *alma*.

Por conseguinte, acreditaram que esse agente era imortal e não dissolúvel como o corpo. Nós fizemos ver que o dogma maravilhoso da outra vida não está fundamentado senão em suposições gratuitas, desmentidas pela reflexão. Provamos que essa hipótese é não somente inútil aos costumes dos homens, mas também que ela só é apropriada para entorpecê-los, para desviá-los do cuidado de trabalharem pela sua felicidade real, para perturbá-los com desvarios e com opiniões nocivas à sua tranquilidade. Enfim, para iludir a vigilância dos legisladores, dispensando-os de dar à educação, às instituições e às leis da sociedade toda a atenção que lhes é devida. Fizemos perceber que a política se assentou erradamente em uma opinião pouco capaz de conter algumas paixões que tudo se esforça para acender nos corações dos homens, que deixam de ver o futuro a partir do momento que o presente os seduz ou os arrasta. Fizemos ver que o desprezo pela morte é um sentimento vantajoso, apropriado para dar aos espíritos a coragem de empreender aquilo que é verdadeiramente útil para a sociedade. Por fim, fizemos conhecer aquilo que poderia conduzir o homem à felicidade e mostramos os obstáculos que o erro opõe à essa última.

Que não nos acusem, pois, de demolir sem edificar, de combater os erros sem substituí-los por verdades, de solapar ao mesmo tempo os fundamentos da religião e da moral sadia. Essa última é necessária aos homens, ela está fundamentada na sua natureza, seus deveres são certos e devem durar tanto quanto a raça humana. Ela nos obriga porque, na sua ausência, nem os indivíduos nem as sociedades podem subsistir ou usufruir das vantagens que a sua natureza os força a desejar.

Escutemos, portanto, essa moral estabelecida na experiência e na necessidade das coisas. Não escutemos a superstição fundamentada em sonhos, em imposturas e nos caprichos da imaginação. Sigamos as lições dessa moral humana e doce que nos conduz à virtude pela via da felicidade. Fechemos nossos ouvidos para os clamores ineficazes da religião, que nunca poderá nos fazer amar uma virtude que ela torna horrenda e detestável, e que nos torna realmente infelizes neste mundo na expectativa das quimeras que ela nos promete em um outro. Enfim, vejamos se a razão, sem o auxílio de uma rival que a desacredita, não nos conduzirá mais seguramente do que ela ao objetivo para o qual tendem todos os nossos desejos.

Que frutos, com efeito, o gênero humano extraiu até aqui dessas noções sublimes e sobrenaturais com as quais a teologia, há tantos séculos, tem fartado os mortais? Todos esses fantasmas criados pela ignorância e pela imaginação, todas essas hipóteses tão insensatas quanto sutis das quais a experiência foi banida, todas essas palavras vazias de sentido com as quais as línguas se encheram, todas essas esperanças fanáticas e esses terrores pânicos dos quais se serviram para agir sobre as vontades dos homens, os tornaram melhores, mais esclarecidos sobre os seus deveres, mais fiéis em cumpri--los? Todos esses sistemas maravilhosos e as invenções sofisticadas nas quais eles estão apoiados levaram a luz para os nossos espíritos, a razão para a nossa conduta, a virtude para o nosso coração? Ai, ai! Todas essas coisas nada mais fizeram do que mergulhar o entendimento humano em trevas das quais ele não pode se libertar, semear em nossas almas erros perigosos, fazer brotar em nós paixões funestas, nas quais encontraremos a verdadeira fonte dos males pelos quais a nossa espécie é afligida.

Cessa, pois, ó homem, de te deixar perturbar pelos fantasmas que a tua imaginação ou que a impostura criaram.

Renuncia às esperanças vagas. Liberta-te dos teus temores opressivos; siga sem inquietude a rota necessária que a natureza traçou para ti. Semeie-a com flores, se teu destino permitir. Afasta, se puderes, os espinhos espalhados por ela. Não mergulhe teus olhares em um futuro impenetrável. Sua obscuridade basta para provar que ele é inútil ou perigoso de sondar. Pensa, pois, unicamente em te tornar feliz na existência que te é conhecida. Sê temperante, moderado e sensato, se tu queres te conservar. Não sejas pródigo no prazer, se tu buscas torná-lo duradouro. Abstém-te de tudo aquilo que pode causar dano a ti mesmo e aos outros. Sê verdadeiramente inteligente, ou seja, aprende a te amar, a te conservar, a cumprir o objetivo que a cada instante tu te propões. Sê virtuoso, a fim de te tornar solidamente feliz, a fim de desfrutar da afeição, da estima e do auxílio dos seres que a natureza tornou necessários à tua própria felicidade. Se eles são injustos, torna-te digno de te aplaudir e de te amar por ti mesmo. Tu viverás contente, tua serenidade não será perturbada. O fim da tua jornada, isento de remorsos, assim como a tua vida, não a caluniará. A morte será para ti a porta para uma nova existência em uma nova ordem: tu serás submisso, assim como és agora, às leis eternas do destino, que quer que, para viver feliz cá embaixo, tu faças alguns felizes. Deixa-te, pois, arrastar suavemente pela natureza, até que tu adormeças pacificamente no seio que te fez nascer.

Para ti, perverso desafortunado, que te encontras incessantemente em contradição contigo mesmo! Máquina desordenada, que não podes te harmonizar nem com a tua própria natureza nem com a dos teus associados! Não tema em uma outra vida o castigo dos teus crimes: tu já não és cruelmente punido? Tuas loucuras, teus hábitos vergonhosos e teus desregramentos não deterioram a tua saúde? Não arrastas no fastio uma vida fatigada pelos teus excessos? O tédio não te pune pelas tuas paixões saciadas? O vigor e a alegria já não deram lugar à fraqueza, às enfermidades e aos pesares? Teus vícios, a cada dia, não cavam o túmulo para ti? Todas as vezes em que tu te manchaste com algum crime, ousaste entrar sem pavor dentro de ti mesmo? Não encontraste o remorso, o terror e a vergonha estabelecidos em teu coração? Não receaste os olhares dos teus semelhantes? Não tremeste sozinho e incessantemente apreensivo de que a terrível verdade desvelasse os teus crimes tenebrosos? Não tema, pois, mais o futuro, ele porá fim aos merecidos tormentos que tu infliges a ti mesmo. A morte, ao livrar a Terra de um fardo incômodo, te livrará de ti, teu mais cruel inimigo.

Parte II

Da divindade, das provas de sua existência, de seus atributos; da maneira como ela influi sobre a felicidade dos homens

Capítulo 1

Origem das nossas ideias sobre a divindade

Se os homens tivessem a coragem de remontar à fonte das opiniões mais profundamente gravadas em seu cérebro e se dessem uma conta exata das razões que os fazem respeitá-las como sagradas; se eles examinassem, com sangue-frio, os motivos das suas esperanças e dos seus temores, descobririam que muitas vezes os objetos ou as ideias com o poder de afetá-los mais fortemente não têm nenhuma realidade, não passando de palavras vazias de sentido, de fantasmas criados pela ignorância e modificados por uma imaginação doente. Seu espírito trabalha às pressas e sem nexo no meio da desordem das suas faculdades intelectuais, perturbadas por paixões que as impedem de raciocinar com justeza ou de consultar a experiência em seus julgamentos. Coloquem um ser sensível em uma natureza da qual todas as partes estão em movimento e ele sentirá diversamente em razão dos efeitos agradáveis ou desagradáveis que será forçado a experimentar. Como consequência, ele se achará feliz ou infeliz e, segundo as qualidades das sensações que serão provocadas nele, amará ou temerá, buscará ou fugirá das causas reais ou supostas dos efeitos que se operarão na sua máquina. Porém, se é ignorante ou privado de experiência, ele se enganará sobre essas causas, não poderá remontar até elas, não conhecerá nem a sua energia nem a sua maneira de agir. Até que algumas experiências reiteradas tenham fixado o seu julgamento, ele estará na perturbação e na incerteza.

O homem é um ser que não traz, ao nascer, senão a aptidão a sentir mais ou menos fortemente, de acordo com a sua conformação individual. Ele não conhece nenhuma das causas que vêm agir sobre ele. Pouco a pouco, à força de senti-las, ele descobre as suas diferentes qualidades, aprende a julgá-las, familiariza-se com elas, vincula ideias a elas, de acordo com a maneira pela qual ele se acha afetado. E essas ideias são verdadeiras ou falsas segundo os seus órgãos são bem ou mal constituídos e capazes de fazer experiências seguras e reiteradas.

Os primeiros instantes do homem são marcados por algumas necessidades, ou seja, para conservar o seu ser, ele precisa necessariamente da colaboração de diversas causas análogas a ele, sem as quais não poderia se manter na existência que recebeu. Essas necessidades, em um ser sensível, se manifestam por uma desordem, um abatimento, um langor em sua máquina que lhe dão a consciência de uma sensação penosa: esse desarranjo subsiste e aumenta até que a causa necessária para fazê-lo cessar venha restabelecer a ordem adequada à máquina humana. A necessidade é o primeiro dos males que o homem experimenta. No entanto, esse mal é necessário para a manutenção do seu ser, que ele não seria alertado para conservar se a desordem do seu corpo não o obrigasse a dar-lhe um remédio. Sem necessidades, nós não seríamos mais do que máquinas insensíveis, semelhantes aos vegetais e incapazes, como eles, de nos conservar ou de adquirir os meios de perseverar na existência que nós recebemos. É às nossas necessidades que se devem as nossas paixões, nossos desejos, o exercício das nossas faculdades corporais e intelectuais. São as nossas necessidades que nos forçam a pensar, a querer, a agir. É para satisfazê-las ou para pôr fim às sensações penosas que elas nos causam que, segundo a nossa sensibilidade natural e a energia que nos é própria, nós desdobramos as forças do nosso corpo ou do nosso espírito. Como as nossas necessidades são contínuas, somos obrigados a trabalhar sem descanso para nos proporcionar os objetos capazes de satisfazê-las. Em poucas palavras, é pelas suas necessidades multiplicadas que a energia do homem está em uma ação permanente. A partir do momento que não tem mais necessidades, ele cai na inação, na apatia, no tédio, em uma lassidão incômoda e nociva para o seu ser, estado que dura até que novas necessidades venham reanimá-lo ou despertá-lo dessa letargia.

De onde se vê que o *mal* é necessário ao homem; sem ele, o homem não poderia nem conhecer aquilo que lhe causa dano, nem evitá-lo, nem proporcionar a si mesmo o bem-estar. Ele não diferiria em nada dos seres insensíveis e não organizados se o mal momentâneo – que chamamos de necessidade – não o forçasse a pôr em funcionamento as suas faculdades, a fazer experiências, a comparar e distinguir os objetos que podem lhe causar dano daqueles favoráveis ao seu ser. Enfim, sem o mal, o homem não conheceria o bem e estaria continuamente exposto a perecer. Semelhante a uma criança desprovida de experiência, a cada passo ele correria para a sua perda certa, não julgaria nada, não teria nenhuma escolha, não teria vontades, paixões, desejos, não se revoltaria contra os objetos desagradáveis, não poderia afastá-los dele, não teria motivos para amar nada ou temer nada. Ele seria um autômato insensível; não seria mais um homem.

Se não existisse nenhum mal neste mundo, o homem jamais teria pensado na divindade. Se a natureza lhe tivesse permitido satisfazer facilmente todas as suas necessidades renascentes, ou não experimentar senão sensações agradáveis, seus dias teriam corrido em uma perpétua uniformidade, ele não teria tido nenhum motivo para procurar as causas desconhecidas das coisas. Meditar é um sofrimento; o homem sempre contente não se ocuparia senão em satisfazer as suas necessidades, em desfrutar do presente, em perceber os objetos que o advertiriam incessantemente da sua existência de uma maneira que ele necessariamente aprovaria. Nada alarmaria o seu coração, tudo seria conforme ao seu ser, ele não sentiria nem temor, nem desconfiança, nem inquietação pelo futuro. Esses movimentos não podem ser senão as consequências de alguma sensação desagradável que o teria anteriormente afetado ou que, perturbando a ordem da sua máquina, teria interrompido o curso da sua felicidade.

Independentemente das necessidades que se renovam a cada instante no homem e que, muitas vezes, ele se encontra na impossibilidade de satisfazer, todo homem sentiu uma multidão de males. Ele sofreu com a inclemência das estações, com a escassez, as epidemias, os acidentes, as doenças etc. Eis por que todo homem é temeroso e desconfiado. A experiência da dor nos alarma sobre todas as causas desconhecidas, das quais ainda não experimentamos os efeitos. Essa experiência faz que subitamente – ou, se preferirem, por instinto – nós nos ponhamos em guarda contra todos os objetos dos quais ignoramos as consequências para nós mesmos. Nossas inquietações e nossos temores aumentam em razão da grandeza da desordem que esses objetos produzem em nós, da sua raridade – ou seja, da nossa inexperiência com relação a eles –, da nossa sensibilidade natural e do calor da nossa imaginação. Quanto mais o homem é ignorante ou desprovido de experiência, mais ele é suscetível de pavor: a solidão, a obscuridade das florestas, o silêncio e as trevas da noite, o assobio dos ventos, os ruídos súbitos e confusos são, para todo homem que não está acostumado com essas coisas, objetos de terror. O homem ignorante é uma criança que tudo assusta e faz tremer. Seus alarmes desaparecem ou se acalmam à medida que a experiência mais ou menos o familiarizou com os efeitos da natureza. Ele se sente seguro a partir do momento que conhece, ou acredita conhecer, as causas que ele vê agir, e a partir do momento que ele sabe os meios de evitar os seus efeitos. Porém, se não pode conseguir identificar as causas que o perturbam ou que o fazem sofrer, ele não sabe como se arranjar: suas inquietações redobram; sua imaginação se perde; ela lhe exagera ou lhe pinta na desordem o objeto desconhecido do seu terror. Ela o faz análogo a alguns dos seres já conhecidos; ela lhe sugere meios semelhantes àqueles que ele utiliza comumente para desviar os efeitos e desarmar a potência da causa oculta que fez nascer as suas inquietações e os seus temores. É assim que a sua ignorância e a sua fraqueza o tornam supersticioso.

Poucos homens, mesmo em nossos dias, estudaram suficientemente a natureza, ou se puseram a par das causas físicas e dos efeitos que elas devem produzir. Essa ignorância era, sem dúvida, ainda maior nos tempos mais remotos, onde o espírito humano na sua infância não havia feito as experiências e os progressos que vemos atualmente. Alguns selvagens dispersos não conheceram senão imperfeitamente, ou de modo nenhum, os caminhos da natureza. Só a sociedade aperfeiçoa os conhecimentos humanos. São necessários esforços multiplicados e combinados para adivinhar a natureza. Isso posto, todas as causas devem ter sido mistérios para os nossos selvagens ancestrais. A natureza inteira foi um enigma para eles; todos os seus fenômenos devem ter sido maravilhosos e terríveis para seres desprovidos de experiência. Tudo aquilo que eles viam devia lhes parecer inusitado, estranho, contrário à ordem das coisas.

Portanto, não fiquemos surpresos ao ver os homens tremerem ainda hoje com a visão dos objetos que outrora fizeram tremer os seus pais. Os eclipses, os cometas e os meteoros eram antigamente motivos de alarme para todos os povos da Terra. Esses efeitos, tão naturais aos olhos da sã filosofia, que pouco a pouco identificou as suas verdadeiras causas, estão ainda no direito de alarmar a parcela mais numerosa e menos instruída das nações modernas. O povo, assim como os seus ignorantes ancestrais, encontra o maravilhoso e o sobrenatural em todos os objetos com os quais os seus olhos não estão acostumados, ou em todas as causas desconhecidas que agem com uma força da qual ele não imagina que os agentes conhecidos possam ser capazes. O vulgo vê maravilhas, prodígios e milagres em todos os efeitos surpreendentes dos quais ele não pode se dar conta. Ele chama de *sobrenaturais* todas as causas que os produzem, o que significa simplesmente que ele não está familiarizado com elas, que não as conhece, ou que nunca viu na natureza agentes cuja energia fosse capaz de produzir efeitos tão raros quanto aqueles pelos quais os seus olhos são impressionados. Além dos fenômenos naturais e ordinários dos quais as nações foram testemunhas sem adivinhar as suas causas, elas foram submetidas, em tempos muito afastados de nós, a calamidades, sejam gerais ou particulares, que devem tê-las mergulhado na consternação e nas inquietações mais cruéis. Os anais e as tradições de todos os povos do mundo lhes recordam ainda hoje alguns acontecimentos físicos, desastres e catástrofes que devem ter espalhado o terror no espírito de seus ancestrais. Se a história não nos informasse essas grandes revoluções, nossos olhos não bastariam para nos convencer de que todas as partes do nosso globo foram – e, segundo o curso das coisas, devem ter sido e serão ainda sucessivamente e em tempos diferentes – sacudidas, reviradas, alteradas, inundadas, incendiadas? Vastos continentes foram engolidos pelas águas; os mares saídos dos seus limites usurparam o domínio da terra. Retiradas, em seguida, essas águas nos deixaram provas impressionantes da sua permanência através das conchas, dos despojos de peixes, dos restos de corpos marinhos que o observador atento encontra a cada passo nas férteis regiões que hoje habitamos. Os fogos subterrâneos abriram, em diferentes lugares, respiradouros assustadores. Em poucas palavras, os elementos desencadeados, em diversas ocasiões, disputaram o império do nosso globo. Este não nos mostra em toda parte senão um vasto amontoado de escombros e de ruínas. Qual deve ter sido o pavor do homem, que em todas as regiões viu a natureza inteira armada contra ele e ameaçando destruir a sua morada! Quais foram as inquietações dos povos apanhados desprevenidos, quando viram uma natureza tão cruelmente trabalhada, um mundo prestes a desabar, uma terra dilacerada que serviu de túmulo para cidades, províncias, para nações inteiras! Que ideias os mortais esmagados pelo terror devem ter formado sobre a causa irresistível que produzia efeitos tão extensos! Eles não puderam, sem dúvida, atribuí-los à natureza. Não suspeitaram que ela fosse a autora ou cúmplice da desordem a que ela mesma era submetida; não viram que essas revoluções e essas desordens eram efeitos necessários das suas leis imutáveis e contribuíam para a ordem que a faz subsistir.

Foi nessas circunstâncias fatais que as nações, não vendo sobre a terra agentes bastante poderosos para operar os efeitos que a perturbavam de uma maneira tão marcante, levantaram os seus olhares inquietos e os seus olhos banhados de lágrimas para o céu, onde elas supuseram que deviam residir alguns agentes desconhecidos cuja inimizade destruía cá embaixo a sua felicidade.

É no seio da ignorância, dos alarmes e das calamidades que os homens sempre foram buscar as suas primeiras noções sobre a divindade: de onde se vê que elas devem ter sido suspeitas ou falsas, e sempre aflitivas. Com efeito, sobre qualquer parte do nosso globo para onde dirijamos os nossos olhares, nos climas gelados do norte, nas regiões abrasadoras do sul, sob as zonas mais temperadas, vemos que por toda parte os povos tremeram, e que foi em consequência dos seus temores e das suas desgraças que eles criaram deuses nacionais ou que adoraram aqueles que lhes eram trazidos de outros lugares. A ideia desses agentes tão poderosos esteve sempre associada à do terror. Seu nome lembra sempre ao homem as suas próprias calamidades ou a dos seus pais. Nós tremeram hoje em dia porque os nossos antepassados tremeram há milhares de anos. A ideia da divindade desperta sempre em nós ideias aflitivas: se nós remontássemos à fonte dos nossos temores atuais, e dos pensamentos lúgubres que se elevam em nosso espírito todas as vezes em que ouvimos pronunciar o seu nome, nós a encontraríamos nos dilúvios, nas revoluções e nos desastres que destruíram uma parcela do gênero humano e consternaram os desgraçados escapados da destruição da Terra. Estes nos transmitiram até hoje os seus pavores e as ideias sombrias que eles formaram das causas ou dos deuses que os haviam alarmado[1].

---

1. Um autor inglês disse, com razão, que o dilúvio universal talvez tenha desarranjado tanto o mundo moral quanto o mundo físico, e que os cérebros humanos ainda conservam a impressão dos choques que eles então receberam (cf. *Philémon et Hydaspes*[a], p. 355).

 É pouco verossímil que o dilúvio do qual falam os livros sagrados dos judeus e dos cristãos tenha sido universal; mas existem todos os motivos

Se os deuses das nações foram gerados no seio dos alarmes, foi também no da dor que cada homem fabricou a potência desconhecida que ele criou para si próprio. Por falta de conhecer as causas naturais e suas maneiras de agir, quando ele experimenta algum infortúnio ou alguma sensação desagradável, ele não sabe em que se agarrar. Os movimentos que contra a sua vontade são provocados dentro dele próprio, suas doenças, seus sofrimentos, suas paixões, suas inquietações, as alterações dolorosas que sua máquina experimenta sem identificar as suas verdadeiras fontes, enfim, a morte, cujo aspecto é tão temível para um ser fortemente apegado à vida, são efeitos que ele considera como sobrenaturais, porque eles são contrários à sua natureza atual. Ele os atribui, portanto, a alguma causa poderosa que, apesar de todos os seus esforços, dispõe a cada instante dele. Sua imaginação, desesperada com os males que ela acha inevitáveis, cria-lhe imediatamente algum fantasma, sob o qual a consciência da sua própria fraqueza o obriga a estremecer. É então que, gelado pelo terror, ele medita tristemente sobre os seus sofrimentos e procura tremulante os meios de afastá-los, desarmando a cólera da quimera que o

---

para crer que todas as partes da Terra foram, em diferentes tempos, submetidas a dilúvios. É o que nos prova a tradição uniforme de todos os povos do mundo, e mais ainda os vestígios dos corpos marinhos que são encontrados em todas as regiões, enterrados em maior ou menor profundidade nas camadas da terra: no entanto, seria possível que um cometa, vindo se chocar fortemente com o nosso globo, tivesse produzido um abalo bastante forte para submergir ao mesmo tempo os continentes. O que pode ter acontecido sem milagre.
(a) Esta obra, cujo título original é *Philemon to Hydaspes*, é da autoria de Henry Coventry e foi publicada pela primeira vez em 1736. (N. T.)

persegue. Portanto, foi sempre na oficina da tristeza que o homem desgraçado fabricou o fantasma do qual ele fez seu deus.

Nós sempre julgamos os objetos que ignoramos de acordo com aqueles que estamos ao alcance de conhecer. O homem, de acordo com ele próprio, atribui vontade, inteligência, intenção, projetos, paixões – em poucas palavras, qualidades análogas às suas – a toda causa desconhecida que sente agir sobre ele. A partir do momento que uma causa visível ou suposta o afeta de uma maneira agradável ou favorável ao seu ser, ele a julga boa e bem intencionada para com ele. Ao contrário, ele julga que toda causa que lhe faz experimentar sensações incômodas é má por sua natureza e na intenção de lhe causar dano. Ele atribui objetivos, um plano, um sistema de conduta a tudo aquilo que parece produzir por si mesmo alguns efeitos ligados, agir com ordem e sequência, operar constantemente as mesmas sensações sobre ele. De acordo com essas ideias, que o homem extrai sempre de si mesmo e da sua própria maneira de agir, ele ama ou teme os objetos que o afetaram. Aproxima-se deles com confiança ou com temor, busca-os ou foge deles quando acredita poder se subtrair ao seu poder. Sem demora ele lhes fala, ele os invoca, ele roga que lhe concedam a sua assistência ou que cessem de afligi-lo. Trata de conquistá-los por meio de submissões, por meio de baixezas, por meio de presentes, aos quais ele mesmo é sensível. Enfim, exerce a hospitalidade com relação a eles, dá-lhes um asilo, constrói-lhes uma morada e lhes fornece as coisas que julga dever agradá-los mais, porque ele próprio dá a elas um enorme valor. Essas disposições servem para nos dar conta da formação desses deuses *tutelares*, que cada homem fez para si nas nações selvagens e grosseiras. Vemos que alguns homens simples consideram como árbitros da sua sorte os animais, as pedras, as substâncias informes e inanimadas, fetiches que eles transformam em divindades, atribuindo-lhes inteligência, desejos e vontades.

Existe também uma disposição que serviu para enganar o homem selvagem e que enganará todos aqueles que a razão não tiver desiludido das aparências: é a colaboração fortuita de alguns efeitos com causas que não os produziram, ou a coexistência desses efeitos com algumas causas que não têm nenhuma ligação verdadeira com eles. É assim que o selvagem atribuirá a bondade ou a vontade de lhe fazer o bem a algum objeto, seja inanimado ou animado – tal como uma pedra de um certo formato, uma rocha, uma montanha, uma árvore, uma serpente, um animal etc. –, se todas as vezes em que ele encontrou esses objetos as circunstâncias quiseram que ele tivesse um bom sucesso na caça, na pesca, na guerra ou em qualquer outro empreendimento. O mesmo selvagem, também gratuitamente, vinculará a ideia de malícia ou de maldade a um objeto qualquer que terá encontrado nos dias em que sofrer algum acidente desagradável. Incapaz de raciocinar, ele não vê que esses efeitos diversos são devidos a causas naturais, a circunstâncias necessárias. Ele acha mais fácil atribuí-los a algumas causas incapazes de influir sobre ele, ou de lhe querer bem e mal. Consequentemente, sua ignorância e a preguiça do seu espírito as *divinizam*, ou seja, lhes atribuem inteligência, paixões, objetivos, e lhes supõem um poder sobrenatural. O selvagem nunca passa de uma criança. Esta bate no objeto que lhe desagrada, do mesmo modo como o cão morde a pedra que o fere sem remontar à mão que a atirou nele.

Tal é também, no homem sem experiência, o fundamento da fé que ele tem nos presságios felizes ou infelizes. Ele os considera como advertências dadas por esses deuses ridículos, aos quais ele atribui uma sagacidade e uma previdência de que ele próprio é desprovido. A ignorância e a perturbação fazem que o homem creia que uma pedra, um réptil ou um pássaro sejam muito mais instruídos do que ele próprio. As poucas observações que foram feitas pelo homem ignorante nada mais fizeram do que torná-lo mais supersticioso. Ele viu que certos pássaros anunciavam pelo seu voo e pelos seus gritos as mudanças do tempo, o frio, o calor, o bom tempo, as tempestades. Ele viu que em certas ocasiões saíam vapores do fundo de algumas cavernas. Não lhe foi necessário mais do que isso para lhe fazer acreditar que esses seres conheciam o futuro e desfrutavam do dom da profecia.

Se, pouco a pouco, a experiência e a reflexão conseguiram desenganar o homem quanto ao poder, a inteligência e as virtudes que ele inicialmente havia consignado a alguns objetos insensíveis, ele os supõe acionados pelo menos por alguma causa secreta, por algum agente invisível, do qual eles são os instrumentos. É, então, a esse agente oculto que ele se dirige. Ele lhe fala, procura conquistá-lo, implora a sua assistência, quer aplacar a sua cólera. E, para conseguir isso, emprega os mesmos meios dos quais se serviria para apaziguar ou para atrair a simpatia dos seres da sua espécie.

As sociedades, na sua origem, vendo-se muitas vezes afligidas e maltratadas pela natureza, supuseram nos elementos ou nos agentes ocultos que os regulavam uma vontade, intenções, necessidades, desejos semelhantes aos do homem. Daí os sacrifícios imaginados para alimentá-los, as libações para matar a sua sede, a fumaça e o incenso para deleitar o seu olfato. Acreditaram que os elementos ou seus motores irritados eram apaziguados, como o homem irritado, por meio de preces, de baixezas, de presentes. A imaginação trabalhou para adivinhar quais podiam ser os presentes e as oferendas mais agradáveis a esses seres mudos e que não faziam conhecer as suas inclinações. Primeiramente, foram-lhes oferecidos os frutos da terra, o feixe de trigo; serviram-lhes em seguida as carnes, imolaram-lhes cordeiros, novilhas, touros. Como os viam quase sempre irritados com o homem, sacrificaram-lhes, pouco a pouco, as crianças, os homens. Enfim, o delírio da imaginação, que vai sempre aumentando, fez que acreditassem que o agente soberano que preside a natureza desdenhava as oferendas extraídas da terra e só podia ser apaziguado pelo sacrifício de um deus. Presumiram que um ser infinito não podia ser reconciliado com a raça humana a não ser através de uma vítima infinita.

Os anciãos, tendo mais experiência, foram comumente encarregados da reconciliação com a potência irritada[2].

---

2. A palavra grega *presbus*, de onde provém a palavra *prêtre* [sacerdote], significa ancião. Os homens sempre foram penetrados de respeito por tudo aquilo que trazia o caráter da antiguidade. Eles sempre associaram a isso a ideia de uma sabedoria e de uma experiência consumada. É, segundo as aparências, por uma consequência desse preconceito que os homens, quando estão embaraçados, preferem comumente a autoridade da

Estes a acompanharam com cerimônias, ritos, precauções e fórmulas. Contaram aos seus concidadãos as noções transmitidas pelos ancestrais, as observações feitas por eles, as fábulas que deles haviam recebido. Foi assim que se estabeleceu o sacerdócio. Foi assim que se formou o culto. Foi assim que, pouco a pouco, ele constituiu para si um corpo de doutrina, adotado em cada sociedade e transmitido de raça para raça. Em poucas palavras, tais são os elementos informes e precários dos quais se serviram em toda parte para compor a religião. Ela foi sempre um sistema de conduta inventado pela imaginação e pela ignorância para tornar favoráveis as potências desconhecidas às quais supuseram que a natureza estava submetida: alguma divindade irascível e implacável lhe serviu sempre de base. Foi nessa noção pueril e absurda que o sacerdócio fundamentou os seus direitos, os seus templos, os seus altares, as suas riquezas, a sua autoridade e os seus dogmas. Em poucas palavras, são nesses fundamentos grosseiros que se assentam todos os sistemas religiosos do mundo: inventados na origem por selvagens, eles ainda têm o poder de regular a sorte das nações mais civilizadas. Esses sistemas, tão ruinosos em seus princípios, foram diversamente modificados pelo espírito humano, cuja essência é trabalhar sem descanso sobre os objetos desconhecidos aos quais ele come-

---

antiguidade e as decisões dos seus ancestrais às do bom senso e da razão. É aquilo que se vê sobretudo nas matérias que tangem à religião: imagina-se que a antiguidade recebeu a religião em primeira mão, e que é na sua infância ou no seu berço que se deve encontrá-la em toda a sua sabedoria e pureza. Vou deixar que pensem o quanto essa ideia é fundamentada!

ça sempre por dar uma enorme importância, e que ele não ousa nunca, em seguida, examinar com sangue-frio.

Tal foi a marcha da imaginação nas ideias sucessivas que ela formou ou que lhe foram dadas sobre a divindade. A primeira teologia do homem fez que inicialmente ele temesse e adorasse os próprios elementos, objetos materiais e grosseiros. Ele prestou em seguida suas homenagens aos agentes que presidiam os elementos, aos gênios poderosos, aos gênios inferiores, aos heróis ou aos homens dotados de grandes qualidades. À força de refletir, acreditou simplificar as coisas submetendo a natureza inteira a um único agente, a uma inteligência soberana, a um espírito, a uma alma universal que punha essa natureza e as suas partes em movimento. Remontando de causas em causas, os mortais acabaram por nada ver, e é nessa obscuridade que eles colocaram o seu deus. São nesses abismos tenebrosos que a sua imaginação inquieta trabalhou sempre fabricando quimeras, que os afligirão até que o conhecimento da natureza os desengane dos fantasmas que eles sempre tão inutilmente adoraram.

Se quisermos nos dar conta das nossas ideias sobre a divindade, seremos obrigados a reconhecer que, pela palavra *deus*, os homens jamais puderam designar senão a causa mais oculta, mais distante e mais desconhecida dos efeitos que eles viam: eles não fazem uso dessa palavra a não ser quando o funcionamento das causas naturais e conhecidas deixa de ser visível para eles. A partir do momento que perdem o fio dessas causas, ou a partir do momento que o seu espírito não pode mais seguir a sua cadeia, eles resolvem a dificuldade e terminam suas investigações chamando de *deus* a última das causas, ou seja, aquela que está além de todas as causas que eles conhecem. Assim, eles nada mais fazem do que consignar uma denominação vaga a uma causa ignorada, na qual a sua preguiça ou os limites dos seus conhecimentos os forçam a se deter. Todas as vezes que nos dizem que deus é o autor de algum fenômeno, isso significa que ignoram como um tal fenômeno pôde se operar com o auxílio das forças ou das causas que conhecemos na natureza. É assim que o comum dos homens, cujo apanágio é a ignorância, atribui à divindade não somente os efeitos inusitados que o afetam, mas também os acontecimentos mais simples cujas causas são as mais fáceis de conhecer para quem quer que possa meditar sobre elas[3]. Em poucas palavras, o homem tem sempre respeitado

---

3. Parece que foi por falta de conhecer as verdadeiras causas das paixões, dos talentos, da verve poética, da embriaguez etc. que esses seres foram divinizados com os nomes de *Cupido*, de *Apolo*, de *Esculápio* e das *Fúrias*. O terror e a febre tiveram da mesma maneira altares. Em poucas palavras, o homem acreditou que devia atribuir a alguma divindade todos os efeitos dos quais ele não podia se dar conta. Eis aí, sem dúvida, por que consideraram os sonhos, os vapores histéricos[(a)] e as vertigens como efeitos divinos. Os maometanos têm ainda um grande respeito pelos loucos. Os cristãos consideram os êxtases como favores do céu; eles chamam de *visões* aquilo que outros chamariam de loucura, vertigem, desarranjo do cérebro. As mulheres histéricas e sujeitas aos vapores são as mais sujeitas aos êxtases e às visões. Os penitentes e os monges que jejuam são os mais expostos a receber os favores do altíssimo ou a sonhar com coisas quiméricas. Os germanos, segundo Tácito, acreditavam que as mulheres tinham alguma coisa de divino. São as mulheres que, entre os selvagens, os incitam à guerra. Os gregos tiveram as suas *pítias*, suas *sibilas*, suas *profetisas*.

(a) A antiga medicina acreditava que a histeria podia ser causada por vapores mórbidos que emanavam do estômago e do baixo-ventre e iam para o cérebro. (N. T.)

as causas desconhecidas dos efeitos surpreendentes que a sua ignorância o impediu de identificar.

Resta, portanto, indagar se podemos nos ufanar de conhecer perfeitamente as forças da natureza, as propriedades dos seres que ela contém, os efeitos que podem resultar das suas combinações. Sabemos por que o ímã atrai o ferro? Estamos em condições de explicar os fenômenos da luz, da eletricidade, da elasticidade? Conhecemos o mecanismo que faz que a modificação do nosso cérebro – que chamamos de vontade – ponha os nossos braços em ação? Podemos nos dar conta de como o nosso olho vê, nosso ouvido ouve, nosso espírito concebe? Se somos incapazes de dar a razão dos fenômenos mais corriqueiros que a natureza nos apresenta, com que direito lhe recusaríamos o poder de produzir por si própria – e sem o auxílio de um agente estranho, mais desconhecido do que ela mesma – outros efeitos incompreensíveis para nós? Estaremos mais instruídos quando, todas as vezes que virmos um efeito do qual não pudermos identificar a verdadeira causa, nos disserem que esse efeito é produzido pelo poder ou a vontade de deus, ou seja, provém de um agente que não conhecemos e do qual, até aqui, só puderam nos dar bem menos ideias do que de todas as causas naturais? Um som ao qual nós não podemos vincular nenhum sentido fixo bastaria, portanto, para esclarecer os problemas? A palavra deus pode significar outra coisa que a causa impenetrável dos efeitos que nos espantam e que nós não podemos explicar? Quando estivermos de boa-fé com nós mesmos, seremos sempre forçados a reconhecer que é unicamente a ignorância que se teve das causas naturais e das forças da natureza que deu origem ao nascimento aos deuses. É também a impossibilidade em que a maioria dos homens se encontra de sair dessa ignorância, de constituir ideias simples da formação das coisas, de descobrir as verdadeiras fontes dos acontecimentos que eles admiram ou que eles temem que lhes faz acreditar que a ideia de um deus é uma ideia necessária para dar conta de todos os fenômenos dos quais não é possível remontar às verdadeiras causas. Eis por que consideram como insensatos todos aqueles que não veem a necessidade de admitir um agente desconhecido ou uma energia secreta que, por falta de conhecer a natureza, colocam fora dela mesma.

Todos os fenômenos da natureza fazem nascer necessariamente nos homens sentimentos diversos. Uns lhes são favoráveis e outros, nocivos. Uns despertam o seu amor, a sua admiração, o seu reconhecimento; outros provocam neles a perturbação, a aversão, o desespero. De acordo com as sensações variadas que experimentam, eles amam ou temem as causas às quais atribuem os efeitos que produzem neles essas diferentes paixões. Proporcionam esses sentimentos à extensão dos efeitos que sentem; sua admiração e seus temores aumentam à medida que os fenômenos pelos quais são atingidos são mais vastos, mais irresistíveis, mais incompreensíveis, mais inusitados e mais interessantes para eles. O homem necessariamente faz de si o centro de toda a natureza. Ele só pode, com efeito, julgar as coisas pela maneira como ele próprio é afetado por elas. Só pode amar aquilo que acha favorável ao seu ser; odeia e teme necessariamente tudo aquilo que o faz sofrer. Enfim, como vimos, ele chama de desordem tudo aquilo que desarranja a sua máquina e acredita que tudo está em ordem a partir do momento que não é submetido a nada que não convenha à sua maneira de existir. Por uma consequência necessária dessas ideias, o gênero humano persuadiu-se de que a natureza inteira era feita apenas para ele; que era apenas ele que ela tinha em vista nas suas obras ou então que as causas poderosas a que essa natureza era subordinada só tinham como objeto o homem em todos os efeitos que elas operavam no universo.

Se existissem na Terra outros seres pensantes além do homem, eles provavelmente incorreriam no mesmo preconceito. Ele está fundamentado na predileção que cada indivíduo concede necessariamente a si mesmo; predileção que subsiste até que a reflexão e a experiência a tenham retificado.

Assim, a partir do momento que o homem está contente, a partir do momento que tudo está em ordem, ele admira ou ama a causa à qual acredita dever o seu bem-estar. A partir do momento que está descontente com a sua maneira de existir, ele odeia e teme a causa que supõe ter produzido esses efeitos aflitivos. Porém, o bem-estar se confunde com a nossa existência, ele deixa de se fazer sentir quando é habitual e contínuo. Nós o julgamos então inerente à nossa essência; nós concluímos daí que somos feitos para ser sempre felizes. Nós achamos natural que tudo colabore para a manutenção do nosso ser. Não acontece a mesma coisa quando somos submetidos a maneiras de ser que nos desagradam; o homem que sofre fica totalmente espantado com a modificação que se realiza nele. Ele a julga contra a natureza, porque ela é contra a sua própria natureza. Ele imagina que os acontecimentos que o ferem são opostos à ordem das coisas; crê que a natureza está desarranjada todas as vezes que não lhe proporciona a maneira de sentir que lhe convém, e conclui dessas suposições que essa natureza ou o agente que a move estão irritados com ele.

É assim que o homem, quase insensível ao bem, sente muito vivamente o mal. Ele acredita que um é natural e acredita que o outro é contrário à natureza: ele ignora ou esquece que faz parte de um todo, formado pelo conjunto de substâncias, das quais umas são análogas e outras contrárias, que os seres pelos quais a natureza é composta são dotados de propriedades diversas, em virtude das quais eles agem diversamente sobre os corpos que se encontram em condições de ser submetidos à sua ação. Ele não vê que esses seres, desprovidos de bondade ou de malícia, agem segundo as suas essências e as suas propriedades, sem poder agir de modo diferente do que fazem. É, pois, por falta de conhecer essas coisas que ele considera o autor da natureza como a causa dos males que experimenta e que o julga perverso, ou seja, animado contra ele.

Em poucas palavras, o homem considera o bem-estar como uma dívida da natureza e os males como uma injustiça que ela lhe faz. Persuadido de que essa natureza não foi feita senão para ele, não pode conceber que ela o fizesse sofrer, a não ser que fosse movida por uma força inimiga da sua felicidade, que tivesse razões para afligi-lo e puni-lo. De onde se vê que o mal foi, mais ainda do que o bem, o motivo das investigações que os homens fizeram sobre a divindade, das ideias que formaram sobre ela e da conduta que mantiveram a seu respeito. Somente a admiração das obras da natureza e o reconhecimento dos seus benefícios jamais teriam determinado o gênero humano a remontar penosamente, pelo pensamento, à fonte dessas coisas. Familiarizados, instantaneamente, com os efeitos favoráveis ao nosso ser, não nos damos ao mesmo trabalho tanto para buscar as suas causas quanto para descobrir aquelas que nos inquietam ou nos afligem. Assim, ao refletir sobre a divindade, foi sempre sobre a causa dos seus males que o homem meditou. Suas meditações foram sempre vãs, porque os seus males, assim como os seus bens, são efeitos igualmente necessários das causas naturais, às quais o seu espírito deveria ter se atido, antes de inventar causas fictícias, das quais ele só pôde ter ideias falsas, já que as tirou sempre da sua própria maneira de ser e de sentir. Obstinado em ver apenas a si mesmo, ele jamais conheceu a natureza universal, da qual não constitui senão uma débil parte.

Um pouco de reflexão bastaria, no entanto, para desenganar dessas ideias. Tudo nos prova que o bem e o mal são em nós maneiras de ser dependentes das causas que nos afetam e que um ser sensível é forçado a experimentar. Em uma natureza composta de seres infinitamente variados, é preciso necessariamente que o choque ou o encontro de matérias discordantes perturbe a ordem e a maneira de existir dos seres que não têm nenhuma analogia com elas. Ela age, em tudo aquilo que faz, de acordo com leis certas. Os bens e os males que experimentamos são consequências necessárias das qualidades inerentes aos seres em cuja esfera de ação nos encontramos. Nosso nascimento, que chamamos de um benefício, é um efeito tão necessário quanto a nossa morte, que consideramos como uma injustiça do destino. É da natureza de todos os seres análogos se unir para formar um todo; é da natureza de todos os seres compostos se destruir ou se dissolver, uns antes e os outros mais tarde. Todo ser, ao se dissolver, faz eclodir novos seres. Estes são destruídos, por sua vez, para executar eternamente as leis imutáveis de uma natureza que não existe senão pelas modificações contínuas que sofrem todas as suas partes. Essa natureza não pode ser considerada nem como boa nem como perversa; tudo aquilo que nela se faz é necessário. Essa mesma matéria ígnea, que é em nós o princípio da vida, torna-se muitas vezes o princípio da nossa destruição, do incêndio de uma cidade, da explosão de um vulcão. Essa água que circula em nossos fluidos, tão necessária à nossa existência atual – quando se torna muito abundante nos sufoca –, é a causa dessas inundações que, muitas vezes, vêm engolir a terra e seus habitantes. Esse ar, sem o qual não podemos respirar, é a causa desses furacões e dessas tempestades que tornam inúteis os trabalhos dos mortais. Os elementos são forçados a se desencadear contra nós quando são combinados de uma certa maneira, e suas consequências necessárias são esses estragos, essas epidemias, essas fomes, essas doenças, esses flagelos diversos pelos quais nós imploramos, em altos brados, às potências surdas, às nossas vozes. Elas nunca escutam as nossas preces, a não ser quando a necessidade que nos aflige repõe as coisas na ordem que achamos conveniente à nossa espécie – ordem relativa que foi e que sempre será a medida de todos os nossos julgamentos.

Os homens não fizeram, portanto, reflexões tão simples. Eles não viram que tudo na natureza agia por leis inalteráveis: consideraram os bens que eles experimentavam como favores e seus males como sinais de cólera nessa natureza que supuseram animada pelas mesmas paixões que eles ou, pelo menos, governada por algum agente secreto que lhe fazia executar as suas vontades favoráveis ou nocivas à espécie humana. Foi a esse suposto agente que eles dirigiram as suas preces: muito pouco ocupados com ele no seio do bem-estar, eles lhe agradeciam, no entanto, pelos seus benefícios, no temor de que a sua ingratidão provocasse o seu furor. Mas eles o invocaram com fervor sobretudo nas suas calamidades, nas suas doenças, nos desastres que assustavam os seus olhares. Eles lhe pediram então que mudasse em seu favor a essência e a maneira de agir dos seres. Cada um deles pretendeu que, para fazer cessar o menor mal que o afligia, a cadeia eterna das coisas fosse interrompida ou quebrada.

Foram em pretensões tão ridículas que se fundamentaram as preces fervorosas que os mortais, quase sempre descontentes com a sua sorte e nunca de acordo sobre os seus desejos, dirigem à divindade. Incessantemente de joelhos diante da potência imaginária que julgam no direito de comandar a natureza, eles a supõem bastante forte para desarranjar o seu curso, para fazê-la servir aos objetivos particulares e obrigá-la a contentar os desejos discordantes dos seres da espécie humana. O doente expirando no seu leito lhe pede que os humores acumulados em seu corpo percam instantaneamente as propriedades que os tornam nocivos ao seu ser, e que por um ato do seu poder o seu deus renove ou crie novamente as engrenagens de uma máquina gasta pelas enfermidades. O cultivador de um terreno úmido e baixo se queixa a ele da abundância das chuvas pelas quais o seu campo está inundado, enquanto o habitante de uma colina elevada lhe agradece pelos seus favores e solicita a continuação daquilo que faz o desespero do seu vizinho. Enfim, cada homem quer um deus unicamente para ele e pede que, em seu favor, segundo as suas fantasias momentâneas e as suas necessidades cambiantes, a essência invariável das coisas seja continuamente mudada.

De onde se vê que os homens pedem a todo instante milagres. Não fiquemos, pois, surpreendidos com a sua credulidade, ou pela facilidade com a qual eles adotam as narrativas das obras maravilhosas que lhes são anunciadas como atos do poder e da benevolência da divindade e como provas do seu domínio sobre a natureza inteira – à qual, conquistando a simpatia da divindade, eles tomaram a decisão de comandar por si mesmos[4]. Por uma consequência de tais ideias,

---

4. Os homens se aperceberam bem de que a natureza era surda ou nunca interrompia a sua marcha. Por conseguinte, eles, por interesse, a submeteram a um agente inteligente, que supuseram, por sua analogia com eles, mais disposto a escutá-los do que uma natureza insensível que não podiam deter. Resta, portanto, saber se o interesse do homem pode ser considerado como uma prova indubitável da existência de um agente dotado de inteligência e se do fato de que a coisa convém ao homem, é possível concluir que ela existe. Enfim, seria preciso ver se realmente o homem, com a ajuda desse agente, conseguiu alguma vez modificar a marcha da natureza.

essa natureza se achou totalmente despojada de qualquer poder. Ela não foi mais encarada senão como um instrumento passivo, cego por si mesmo, que só agia seguindo as ordens variáveis dos agentes onipotentes aos quais acreditavam que ela estava subordinada. Foi assim que, por falta de considerarem a natureza sob o seu verdadeiro ponto de vista, a desconheceram inteiramente, desprezaram-na, acreditaram que ela era incapaz de produzir algo por si mesma e atribuíram todas as suas obras – fossem vantajosas ou nocivas para a espécie humana – a potências fictícias, às quais o homem empresta sempre as suas próprias disposições, não fazendo com isso senão aumentar o seu poder. Em poucas palavras, foi sobre os escombros da natureza que os homens ergueram o colosso imaginário da divindade.

Se a ignorância sobre a natureza deu nascimento aos deuses, o conhecimento da natureza é feito para destruí-los. À medida que o homem se instrui, suas forças e seus recursos aumentam com as suas luzes. As ciências, as artes conservadoras e a indústria lhe fornecem auxílios, a experiência o tranquiliza ou lhe proporciona os meios de resistir aos esforços de muitas causas que deixam de alarmá-lo a partir do momento que ele as conheceu. Em poucas palavras, seus terrores se dissipam na mesma proporção que o seu espírito se esclarece. O homem instruído deixa de ser supersticioso.

Capítulo 2

Da mitologia e da teologia

A natureza e os elementos foram, como acabamos de ver, as primeiras divindades dos homens. Eles sempre começaram por adorar os seres materiais, e cada indivíduo, como se disse e como se pode ver nas nações selvagens, faz um deus particular de todo objeto físico que supõe ser a causa dos acontecimentos que o interessam. Jamais ele vai buscar fora da natureza visível a fonte daquilo que lhe acontece ou dos fenômenos dos quais é testemunha. Como não vê por toda parte senão efeitos materiais, ele os atribui a causas do mesmo gênero. Incapaz, na sua simplicidade primitiva, dessas divagações profundas e dessas especulações sutis – que são os frutos do ócio –, ele não imagina uma causa distinta dos objetos que o tocam nem de uma essência totalmente diferente de tudo aquilo que ele percebe.

A observação da natureza foi o primeiro estudo daqueles que tiveram tempo disponível para meditar. Eles não puderam se impedir de ser tocados pelos fenômenos do mundo visível. O nascimento e o ocaso dos astros, o retorno periódico das estações, as variações do clima, a fertilidade e a esterilidade dos campos, as vantagens e os danos causados pelas águas, os efeitos, ora úteis, ora terríveis do fogo, foram objetos apropriados para fazê-los pensar. Eles devem naturalmente ter acreditado que os seres que viam se mover por si mesmos agiam pela sua própria energia. De acordo com as suas influências boas ou más sobre os habitantes da Terra, supuseram que eles tinham o poder e a vontade de lhes fazer o bem ou de lhes causar dano. Aqueles que primeiro souberam preponderar sobre os homens selvagens, grosseiros, dispersos pelos bosques, ocupados com a caça ou a pesca, errantes e vagabundos, pouco apegados ao solo do qual eles ainda não sabiam tirar partido, foram sempre observadores mais experimentados, mais instruídos sobre os caminhos da natureza do que os povos, ou, antes, do que os indivíduos esparsos, que eles encontraram ignorantes e desprovidos de experiência. Seus conhecimentos superiores os puseram em condições de lhes fazer o bem, de lhes descobrir invenções úteis, de atrair a confiança dos infelizes a quem eles vinham estender uma mão compassiva. Os selvagens nus, esfaimados, expostos às injúrias do clima e aos ataques das feras, dispersos em cavernas e florestas, ocupados com o cuidado penoso de caçar ou de trabalhar sem descanso para obter uma subsistência incerta, não tinham tido tempo disponível para fazer descobertas apropriadas para facilitar os seus trabalhos. Essas descobertas são sempre frutos da sociedade; seres isolados e separados uns dos outros não encontram nada e mal pensam em procurar. O selvagem é um ser que permanece em uma infância perpétua, e que de maneira alguma sairia dela se não viessem tirá-lo da sua miséria. Inicialmente feroz, deixa-se domar pouco a pouco por aqueles que lhe fazem o bem. Uma vez conquistado pelos seus benefícios, ele lhes dá a sua confiança; por fim, chega até a lhes sacrificar a sua liberdade.

É comumente do seio das nações civilizadas que saíram todos os personagens que levaram a sociabilidade, a agricultura, as artes, as leis, os deuses, os cultos e as opiniões religiosas às famílias ou hordas ainda esparsas e não reunidas em corpos de nação. Eles abrandaram os seus costumes, eles os reuniram, eles lhes ensinaram a tirar partido das suas forças, se ajudaram mutuamente para prover as suas necessidades com mais facilidade. Tornando assim a sua existência mais feliz, eles atraíram o seu amor e a sua veneração, adquiriram o direito de lhes prescrever opiniões, fizeram-nos adotar aquelas que eles mesmos haviam inventado ou ido buscar nos países civilizados de onde tinham saído. A história nos mostra os mais famosos legisladores como homens que, enriquecidos com os conhecimentos úteis que se encontram no seio das nações civilizadas, levaram para os selvagens privados de indústria e de recursos as artes que até então eles haviam ignorado. Tais foram os Bacos, os Orfeus, os Triptólemos*, os Moisés, os Numas**,

---

* Fundador da agricultura, na mitologia grega. Triptólemo foi também o primeiro sacerdote de Deméter e o criador dos mistérios de Elêusis. (N. T.)

** Numa Pompílio, o segundo dos sete reis lendários de Roma, é considerado o principal responsável pela codificação dos costumes, pela organização da justiça, da administração e das instituições religiosas dos romanos. Também é atribuída a ele a criação do calendário de doze meses. (N. T.)

os Zamólxis* – em poucas palavras, os primeiros que deram às nações a agricultura, as ciências, as divindades, os cultos, os mistérios, a teologia, a jurisprudência.

Perguntarão talvez se as nações que vemos hoje em dia reunidas estiveram todas dispersas na origem. Diremos que essa dispersão pode ter sido produzida em diversas ocasiões pelas terríveis revoluções, das quais, como se viu anteriormente, nosso globo foi mais de uma vez o palco, em tempos tão recuados que a história não pôde nos transmitir os seus detalhes. Talvez as aproximações de mais de um cometa tenham produzido sobre a nossa Terra diversas devastações universais, que a cada vez aniquilaram a porção mais considerável da espécie humana. Aqueles que puderam escapar à ruína do mundo, mergulhados na consternação e na miséria, praticamente não tiveram condições de conservar para a sua posteridade os conhecimentos apagados pelas desgraças das quais tinham sido as vítimas e as testemunhas: abatidos pelo pavor, eles não puderam nos comunicar, a não ser com a ajuda de uma tradição obscura, as suas horrorosas aventuras, nem nos transmitir as opiniões, os sistemas e as artes anteriores às revoluções da Terra. Talvez tenha havido por toda a eternidade homens sobre a Terra, mas em diferentes períodos eles foram aniquilados, assim como os seus monumentos e

---

* Segundo o mito, Zamólxis (ou Zalmóxis) teria realizado importantes reformas sociais e religiosas entre os dácios (povo que habitava a Trácia), que acabaram por divinizá-lo. De acordo com Heródoto, esse mesmo personagem seria um ex-escravo de Pitágoras, que teria retornado para a Trácia e transmitido aos seus conterrâneos as doutrinas do seu antigo senhor e os valores da civilização grega. (N. T.)

as suas ciências. Aqueles que sobreviveram a essas revoluções periódicas formaram a cada vez uma nova raça de homens, que à força de tempo, de experiência e de trabalhos tiraram, pouco a pouco, do esquecimento as invenções das raças primitivas. Talvez seja a essas renovações periódicas do gênero humano que se deva a ignorância profunda na qual nós ainda o vemos mergulhado sobre os objetos mais interessantes para ele. Eis aí, talvez, a verdadeira fonte da imperfeição dos nossos conhecimentos, dos vícios das nossas instituições políticas e religiosas às quais o terror sempre presidiu, dessa inexperiência e desses preconceitos pueris que fazem que o homem esteja ainda em toda parte em um estado de infância – em poucas palavras, tão pouco suscetível de consultar a sua razão e de escutar a verdade. Julgando pela fraqueza e pela lentidão dos seus progressos em tantos aspectos, diríamos que a raça humana não acabou senão de sair do seu berço, ou que ela foi destinada a jamais atingir a idade da razão ou da virilidade[1].

---

1. Essas hipóteses parecerão, sem dúvida, arriscadas para aqueles que ainda não meditaram bastante sobre a natureza. Pode ter havido não somente um *dilúvio universal*, mas ainda um enorme número de outros dilúvios desde que o nosso globo existe. Esse próprio globo pode ser uma produção nova na natureza e nem sempre ter ocupado o lugar que ele ocupa agora (cf. parte I, capítulo VI). Seja qual for a ideia que adotemos acerca disso, independentemente das causas exteriores que podem modificar totalmente a sua face – como o impulso de um cometa pode fazer –, é certo que esse globo contém em si mesmo uma causa que pode modificá-lo totalmente. Com efeito, além do movimento diurno e perceptível da Terra, ela tem um outro muito lento e quase imperceptível pelo qual tudo nela deve se modificar. É o movimento do qual dependem as precessões dos equinócios observadas por Hiparco e por outros matemáticos. Através desse movimento a Terra deve, ao fim de vários milhares de anos, mudar totalmente, e os mares devem, com o tempo, acabar por ocupar o lugar

Quaisquer que sejam essas conjecturas, quer a raça humana tenha sempre existido sobre a Terra, quer ela seja uma produção recente e passageira da natureza, é fácil para nós remontar até a origem de várias nações existentes. Nós as vemos sempre no estado selvagem, ou seja, compostas de famílias dispersas. Estas se aproximam pelo impulso de alguns legisladores ou missionários dos quais elas recebem os benefícios, as leis, as opiniões e os deuses. Esses personagens, dos quais os povos reconheceram a superioridade, fixaram as divindades nacionais, deixando para cada indivíduo os deuses que ele havia formado de acordo com as suas próprias ideias, ou substituindo-os por novos, trazidos das regiões de onde eles próprios tinham vindo.

Para melhor imprimir as suas lições nos espíritos, esses homens, transformados em doutores, em guias e em mestres das sociedades nascentes, falaram à imaginação dos seus ouvintes. A poesia, pelas suas imagens, pelas suas ficções, pelas suas cadências, sua harmonia e seu ritmo, impressionou o espírito

---

que ocupam agora as terras do continente. De onde se vê que o nosso globo está em uma contínua disposição à mudança, assim como todos os seres da natureza. Os antigos conheceram esse movimento da Terra do qual eu falo: parece que foi aquilo que deu lugar à ideia do seu *grande ano*, que se fixou em 36.525 anos, entre os egípcios; em 36.425, entre os sabianos etc.; enquanto outros fixaram esse período em 100.000 anos e até em 753.200 anos (cf. o tomo XXIII das *Memórias da Academia das Inscrições*).

Às revoluções gerais às quais nossa Terra foi submetida em diferentes tempos é possível ainda juntar as revoluções particulares – tais como as inundações dos mares, os tremores de terra e os incêndios subterrâneos – que puderam afetar nações particulares a ponto de dispersá-las e de fazer que elas esquecessem todas as ciências que antes conheciam.

dos povos e gravou na sua memória as ideias que quiseram lhes dar. Pela sua voz, a natureza inteira foi animada, ela foi personificada, assim como todas as suas partes. A terra, os ares, as águas e o fogo adquiriram inteligência, pensamento, vida; os elementos foram divinizados. O céu, esse imenso espaço que nos cerca, tornou-se o primeiro dos deuses. O tempo – seu filho –, que destrói as suas próprias obras, foi uma divindade inexorável, que temeram e que reverenciaram sob o nome de *Saturno*. A matéria etérea, esse fogo invisível que vivifica a natureza, que penetra e fecunda todos os seres, que é o princípio do movimento e do calor, foi chamada de *Júpiter*. Ele desposou *Juno*, a deusa dos ares; suas combinações com todos os seres da natureza foram expressas pelas suas metamorfoses e seus frequentes adultérios. Armaram-no com o raio, por onde quiseram indicar que ele produzia os meteoros. Seguindo as mesmas ficções, o Sol, este astro benfazejo que influi de uma maneira tão marcante sobre a Terra, tornou-se um *Osíris*, um *Belus*, um *Mitra*, um *Adônis*, um *Apolo*. A natureza entristecida pelo seu afastamento periódico foi uma *Ísis*, uma *Astarte*, uma *Vênus*, uma *Cibele*. Enfim, todas as partes da natureza foram personificadas. O mar ficou sob o império de *Netuno*; o fogo foi adorado pelos egípcios sob o nome de *Serapis*, sob o de *Ormus* ou *Oromaze* pelos persas, sob os nomes de *Vesta* e de *Vulcano* entre os romanos.

Tal é, portanto, a verdadeira origem da mitologia. Filha da física, embelezada pela poesia, ela não foi destinada senão a pintar a natureza e as suas partes. Por pouco que nos dignemos a consultar a Antiguidade, nos aperceberemos sem dificuldade de que esses sábios famosos, esses legisladores, esses sacerdotes, esses conquistadores que instruíram as nações na infância, adoravam ou faziam que o vulgo adorasse a natureza agente ou o grande todo, considerado segundo as suas diferentes operações ou qualidades[2]. É esse grande todo que eles divinizaram. São as suas partes que eles personificaram; é da necessidade das suas leis que eles fizeram o *Destino*. A alegoria mascara sua maneira de agir: e, enfim, foram as partes desse grande todo que a idolatria representou por símbolos e figuras[3].

---

2. Os gregos chamavam a natureza de uma divindade que tinha mil nomes (*murionoma*). Todas as divindades do paganismo não eram outra coisa que a natureza considerada segundo as suas diferentes funções e sob os seus diferentes pontos de vista. Os emblemas com os quais ornavam essas divindades também comprovam essa verdade. Essas diferentes maneiras de considerar a natureza fizeram nascer o politeísmo e a idolatria (cf. as *Observações críticas contra Toland*, de Benoist, p. 258[(a)]).

(a) Trata-se do livro *Mélanges de remarques critiques, historiques, philosophiques et théologiques sur les deux Dissertations de M. Toland* [Coletânea de observações críticas, históricas, filosóficas e teológicas sobre as duas Dissertações do sr. Toland], escrito por Élie Benoist e publicado na Holanda, em 1712. (N. T.)

3. Para nos convencermos dessa verdade, não temos senão que abrir os autores antigos. "Eu creio" – diz Varrão – "que deus é a alma do universo, que os gregos chamaram de *cosmos*, e que o próprio universo é deus." Cícero diz: *Eos qui dii appellantur rerum naturas esse*[(a)] (cf. *Da natureza dos deuses*, livro III, cap. 24). O mesmo Cícero diz que nos mistérios da Samotrácia, de Lemnos e de Elêusis, era bem mais a natureza que os deuses que se explicava aos iniciados. *Rerum magis natura cognoscitur quam deorum*[(b)]. Juntem a essas autoridades o *Livro da sabedoria*, cap. XIII, v. 10[(c)] e cap. XIV, vv. 15[(d)] e 22[(e)]. Plínio diz, com um tom muito dogmático: "É preciso acreditar que o mundo, ou aquilo que está contido sob a vasta extensão dos céus, é a própria *divindade*, eterna, imensa, sem começo nem fim" (cf. Plínio, *História natural*, livro II, cap. I, início).

(a) "Visto que os pretensos deuses são fatos da natureza." (N. T.)
(b) "Explicavam mais as coisas da natureza do que o que são os deuses" (*Da natureza dos deuses*, I, 42). (N. T.)

Para complementar a prova daquilo que acaba de ser dito e para fazer ver que era o grande todo, o universo, a natureza das coisas que era o verdadeiro objeto do culto da Antiguidade pagã, apresentamos aqui o começo do hino de Orfeu, dirigido ao deus Pã.

"Ó Pã! Eu te invoco, ó deus poderoso, ó natureza universal! Os céus, os mares, a terra que tudo alimenta e o fogo eterno; porque esses são os teus membros, ó Pã onipotente! etc."

Nada é mais apropriado para confirmar essas ideias do que a explicação engenhosa que um autor moderno nos apresenta para a fábula de Pã, assim como para a figura pela qual o haviam representado.

> "Pã, segundo a significação do seu nome, é o emblema pelo qual os antigos designaram o conjunto das coisas: ele representa o universo e, no espírito dos mais sábios filósofos da Antiguidade, ele era considerado como o primeiro e o mais antigo dos deuses. Os traços sob os quais ele foi pintado formam o retrato da natureza e do estado selvagem no qual ela se encontrava no começo. A pele man-

---

(c) "Porém, são bem infelizes e depositam a sua esperança em objetos sem vida aqueles que chamaram de Deus as obras da mão dos homens, o ouro e a prata trabalhados com arte, figuras de animais ou uma pedra inútil, obra de uma mão antiga" (*Livro da sabedoria*, XIII, 10). (N. T.)

(d) "Um pai, prostrado de dor pela morte prematura de seu filho, mandou fazer uma imagem da criança tão cedo levada. Ele se pôs então a honrar como um deus aquele que não era mais que um cadáver e transmitiu aos seus alguns ritos e práticas secretas" (*Livro da sabedoria*, XIV, 15).

(e) Embora a nota do barão de Holbach mencione o versículo 22, o sentido do seu texto corresponde bem mais ao 21, que optamos por reproduzir: "Foi uma armadilha mortal para os humanos, porque, vítimas da desgraça ou do poder, eles atribuíram a objetos de pedra ou de madeira o nome que não pertence senão a um só" (*Livro da sabedoria*, XIV, 21).

chada do leopardo, com a qual esse deus se cobria, era a imagem dos céus repletos de estrelas e de constelações. Sua pessoa era composta de partes, das quais umas convinham ao animal racional – ou seja, ao homem – e outras ao animal desprovido de razão, tal como é o bode. É assim que o universo é composto de uma inteligência que governa tudo e dos elementos fecundos e prolíficos do fogo, da água, da terra e do ar. Pã gosta de perseguir as ninfas, o que anuncia a necessidade que a natureza tem da umidade para todas as suas produções e que esse deus, como a natureza, é fortemente inclinado à geração. Segundo os egípcios e os mais antigos sábios da Grécia, Pã não tinha pai nem mãe; ele havia saído de Demogorgon* no mesmo instante que as Parcas, suas fatais irmãs: bela maneira de exprimir que o universo era obra de um poder desconhecido e que ele havia sido formado de acordo com as relações invariáveis e as leis eternas da necessidade! Porém, seu símbolo mais significativo e o mais apropriado para expressar a harmonia do universo é a sua flauta misteriosa, composta de sete tubos desiguais, mas apropriados para produzir os acordes mais justos e mais perfeitos. As órbitas que descrevem os sete planetas** em nosso sistema solar têm diâmetros diferentes e são percorridas em tempos diversos por corpos desiguais quanto à

---

* Demogorgon é o nome dado a um deus-demônio primordial que governaria o submundo. Essa entidade não parece ter sido conhecida pelos gregos e romanos da Antiguidade, e sua ligação com Pã é provavelmente uma invenção da Idade Média. (N. T.)
** Nos tempos do barão de Holbach, o sistema solar conhecido era composto por sete planetas, aos quais se juntaram, mais tarde, Netuno e Plutão. (N. T.)

massa. No entanto, é da ordem dos seus movimentos que resulta a harmonia que vemos nas esferas etc.⁴

Eis, portanto, o grande todo, o conjunto das coisas adorado e divinizado pelos sábios da Antiguidade, ao passo que o vulgo se detinha no emblema, no símbolo pelo qual lhe era mostrada a natureza, suas partes e suas funções personificadas. Seu espírito limitado nunca lhe permitiu remontar mais acima; foram apenas aqueles julgados dignos de serem iniciados nos mistérios que conheceram a realidade mascarada sob esses emblemas.

---

4. Essa passagem me foi fornecida por um amigo; ela foi tirada de um livro inglês intitulado *Letters concerning mytholog*⁽ᵃ⁾. É difícil duvidar de que os mais sábios dentre os pagãos tenham adorado a natureza, que a mitologia ou a teologia pagã designava por uma infinidade de nomes e de emblemas diferentes. Apuleio, por mais platônico que fosse, e acostumado às noções místicas e ininteligíveis de seu mestre, chama a natureza de *rerum naturae parens, elementorum omnium domina saeculorum progenies initialis*⁽ᵇ⁾ [...] *matrem siderum, parentem temporum, orbisque totius dominam*⁽ᶜ⁾. É essa natureza que alguns adoravam com o nome de a mãe dos deuses, e outros com o nome de *Vênus*, de *Ceres*, de *Minerva* etc. Enfim, o politeísmo dos pagãos está perfeitamente comprovado por essas notáveis palavras de Máximo de Madaura, que, falando da natureza, diz: *Ita fit ut, dum ejus quasi membra carptim, variis supplicationibus prosequimur, totum colere profecto videamur*⁽ᵈ⁾.

(a) *Letters concerning mythology* [Cartas sobre a mitologia] é uma obra do inglês Thomas Blackwell, publicada em 1757. (N. T.)

(b) "Natureza, mãe de todas as coisas, senhora dos elementos, princípio original dos séculos" (*Metamorfoses*, XI, 5, 1). (N. T.)

(c) "Mãe dos astros, criadora dos séculos, senhora do universo inteiro" (*Metamorfoses*, XI, 7, 4). (N. T.)

(d) "Quando dirigimos nossas invocações aos deuses, é como se prestássemos um culto ao grande Todo, do qual eles são os membros." Máximo de Madaura – orador e gramático latino do século IV – foi colega de escola do futuro Santo Agostinho e, embora tenha permanecido fiel ao paganismo, nunca rompeu relações com ele. Esse trecho se encontra em uma carta a Santo Agostinho (*Cartas*, XVI). (N. T.)

Com efeito, os primeiros preceptores das nações e seus sucessores na autoridade não lhes falaram a não ser através das fábulas, dos enigmas e das alegorias que eles se reservaram o direito de lhes explicar. Esse tom misterioso era necessário, seja para mascarar a sua própria ignorância, seja para conservar o seu poder sobre um vulgo que só respeita ordinariamente aquilo que ele não pode compreender. Suas explicações foram sempre ditadas pelo interesse, pela impostura ou pela imaginação em delírio. Elas nada mais fizeram, ao longo dos séculos, do que tornar mais irreconhecíveis a natureza e as suas partes, que na origem se tinha desejado pintar. Elas foram substituídas por uma multidão de personagens fictícios, sob os traços dos quais tinham sido representadas. Os povos os adoraram sem penetrar no verdadeiro sentido das fábulas emblemáticas que eram contadas sobre eles. Esses personagens ideais e suas figuras materiais, nas quais acreditaram que residia uma virtude divina e misteriosa, foram os objetos do seu culto, dos seus temores, das suas esperanças. Suas ações espantosas e incríveis foram uma fonte inesgotável, de admiração e de devaneios, que se transmitiram através das eras e que, necessárias à existência dos ministros dos deuses, não fizeram senão redobrar a cegueira do vulgo. Ele não adivinhou que era a natureza, suas partes, suas operações, as paixões do homem e suas faculdades que haviam sido cobertas com um amontoado de alegorias[5]. Ele não teve olhos senão para os

---

5. As paixões dos homens e as suas faculdades foram divinizadas porque os homens não puderam adivinhar as suas causas verdadeiras. Como as paixões fortes parecem arrastar o homem contra a sua vontade, essas paixões

personagens emblemáticos que lhe serviam de véu; atribuiu-lhes os seus bens e os seus males; incorreu em todos os tipos de loucuras e de furores para torná-los propícios aos seus desejos. Assim, por falta de conhecer a realidade das coisas, seu culto degenerou muitas vezes nas mais cruéis extravagâncias e nas loucuras mais ridículas.

Tudo nos prova, portanto, que a natureza e suas diversas partes foram em todos os lugares as primeiras divindades dos homens. Os físicos as observaram bem ou mal e apreenderam algumas das suas propriedades e das suas maneiras de agir; os poetas pintaram-nas para a imaginação e lhes emprestaram o corpo e o pensamento; o escultor executou as ideias dos poetas; os sacerdotes ornaram essas divindades com mil atributos maravilhosos e terríveis; o povo as adorou: ele se prosternou diante desses seres tão pouco suscetíveis de amor ou de ódio, de bondade ou de maldade e, como veremos a seguir, tornou-se malvado e perverso para agradar a essas potências, que sempre lhe foram pintadas com traços odiosos.

À força de raciocinar e de meditar sobre essa natureza assim adornada, ou, antes, desfigurada, os especuladores subsequentes não reconheceram mais a fonte aonde seus predecessores tinham ido buscar os deuses e os ornamentos fantásticos com os quais eles os haviam ataviado. Os físicos e os poetas – transformados, pelo ócio e por vãs investigações,

---

foram atribuídas a um deus ou foram divinizadas. Foi assim que o amor se tornou um deus. A eloquência, a poesia, a indústria foram divinizadas sob os nomes de *Hermes*, de *Mercúrio* e de *Apolo*. Os remorsos foram chamados de *Fúrias*. Entre os cristãos, a razão ainda é divinizada sob o nome de *Verbo Eterno*.

em metafísicos ou em teólogos – acreditaram ter feito uma importante descoberta ao distinguirem sutilmente a natureza dela mesma, da sua própria energia, da sua faculdade de agir. Eles fizeram, pouco a pouco, dessa energia um ser incompreensível que eles personificaram, que eles chamaram de motor da natureza, que eles designaram pelo nome de *deus*, e do qual eles jamais puderam formar ideias seguras. Esse ser abstrato e metafísico, ou, antes, essa palavra, foi o objeto das suas perpétuas contemplações[6]. Eles o consideraram não somente como um ser real, mas ainda como o mais importante dos seres e, à força de divagar e sutilizar, a natureza desapareceu, foi despojada dos seus direitos, foi considerada como uma massa privada de força e de energia, como um amontoado ignóbil de matéria puramente passiva que, incapaz de agir por si mesma, não pôde mais ser concebida atuando sem a colaboração do motor que haviam associado a ela. Assim, preferiram uma força desconhecida àquela que estariam em condições de conhecer se tivessem se dignado a consultar a experiência. Porém, o homem logo deixa de respeitar aquilo que ele entende e de estimar os objetos que lhe são familiares. Ele supõe o maravilhoso em tudo aquilo que não conhece. Seu espírito trabalha, sobretudo, para apreender aquilo que parece escapar aos seus olhares, e, na falta da experiência, não consulta mais do que a sua imaginação, que o alimenta de quimeras.

Por conseguinte, os especuladores, que haviam sutilmente distinguido a natureza da sua força, trabalharam sucessiva-

---

6. A palavra grega *theos* vem de *tithemi*, *pono*, *facio*, ou, antes, de *theaomai*, *specto*, *contemplor*.

mente para revestir essa força com mil qualidades incompreensíveis. Como eles não viram esse ser, que não passa de um modo, fizeram dele um espírito, uma inteligência, um ser incorporal, ou seja, uma substância totalmente diferente de tudo aquilo que conhecemos[7]. Eles nunca se aperceberam de que todas as suas invenções e as palavras que haviam imaginado só serviam de máscara para a sua ignorância real, e que toda a sua pretensa ciência se limitava a dizer por mil rodeios que eles se encontravam na impossibilidade de compreender como a natureza agia. Sempre nos enganamos por falta de estudar a natureza; nos desencaminhamos todas as vezes em que queremos sair dela. Porém, logo somos forçados a voltar ou a substituir por palavras que não entendemos as coisas que conheceríamos bem melhor se quiséssemos vê-las sem preconceitos.

Um teólogo pode, de boa-fé, se acreditar mais esclarecido por ter substituído palavras inteligíveis como matéria, natureza, mobilidade e necessidade por palavras vagas como *espírito, substância incorporal, divindade* etc.? Seja como for, uma vez imaginadas essas palavras obscuras, é necessário vincular ideias a elas. Não se pode ir buscá-las senão nos seres dessa natureza desdenhada, que são sempre os únicos que podemos conhecer. Os homens vão buscá-las, portanto, em si mesmos; sua alma serviu de modelo para a alma universal. Seu espírito foi o modelo do espírito que regula a natureza. Suas paixões e seus desejos foram o protótipo dos dele; sua inteligência foi o molde da dele. Aquilo que convinha a eles

---

7. Cf. aquilo que foi dito sobre o sistema da espiritualidade na primeira parte desta obra, e cf. a segunda nota do capítulo VI desta segunda parte.

próprios foi chamado de ordem da natureza. Essa pretensa ordem foi a medida da sua sabedoria. Enfim, as qualidades que os homens chamam de *perfeições* neles mesmos foram os modelos em miniatura das perfeições divinas. Assim, apesar de todos os seus esforços, os teólogos foram e serão sempre *antropomorfistas* ou não poderão se impedir de fazer do homem o modelo único da sua divindade[8].

Com efeito, o homem não viu e jamais verá no seu deus senão um homem. Por mais que ele sutilize, por mais que ele estenda o seu poder e as suas perfeições, ele nunca fará dele senão um homem gigantesco, exagerado, que ele tornará quimérico à força de amontoar sobre ele qualidades incompatíveis: ele nunca verá em deus senão um ser da espécie humana, do qual se esforçará para aumentar as proporções até o ponto de fazer dele um ser totalmente inconcebível. É de acordo com essas disposições que se atribui a inteligência, a sabedoria, a bondade, a justiça, a ciência e a potência à divindade, porque o próprio homem é inteligente, porque ele tem a ideia da sabedoria em alguns seres da sua espécie, porque

---

8. "O homem" – diz Montaigne – "não pode ser senão aquilo que é, nem imaginar senão segundo o seu alcance; por mais que ele se esforce, ele não conhece outra alma além da sua[(a)]." Diziam a um homem muito célebre que deus havia feito o homem à sua imagem: "O homem o reproduziu bem", replicou esse filósofo. Xenófanes dizia que se o boi ou o elefante soubessem esculpir ou pintar, eles não deixariam de representar a divindade sob a sua própria forma, e que nisso eles teriam tanta razão quanto Policleto ou Fídias, ao lhe darem a forma humana. "Nós vemos – diz La Mothe Le Vayer – que a teantropia serve de fundamento para todo o cristianismo."

(a) A primeira parte dessa citação se encontra no capítulo XII do segundo livro dos *Ensaios*. (N. T.)

gosta de encontrar neles algumas disposições favoráveis para si mesmo, porque estima aqueles que mostram equidade, porque ele próprio tem alguns conhecimentos que vê mais extensos em alguns indivíduos do que nele. Enfim, porque ele desfruta de certas faculdades que dependem da sua organização. Logo, ele estende ou exagera todas essas qualidades. A visão dos fenômenos da natureza, que ele se sente incapaz de produzir ou de imitar, força-o a impor uma diferença entre seu deus e ele. Porém, ele não sabe onde se deter; teria medo de se enganar se ousasse fixar os limites das qualidades que lhe consigna. A palavra *infinito* é o termo abstrato e vago do qual ele se serve para caracterizá-las. Ele diz que o seu poder é *infinito*: o que significa que ele não concebe onde esse poder pode se deter em vista dos grandes efeitos de que ele o faz autor. Ele diz que a sua bondade, sua sabedoria, sua ciência, sua clemência são *infinitas*: o que quer dizer que ele ignora até onde as suas perfeições podem ir em um ser cuja potência ultrapassa tanto a sua. Ele diz que esse deus é eterno, quer dizer, infinito quanto à duração, porque ele não compreende que ele tenha podido começar nem que algum dia possa deixar de existir – o que ele considera um defeito nos seres transitórios que vê se dissolverem e estarem sujeitos à morte. Ele presume que a causa dos efeitos dos quais ele é testemunha é necessária, imutável, permanente, e não sujeita a mudar como todas as suas obras passageiras, que ele conhece submetidas à dissolução, à destruição, à modificação de formas. Como esse pretenso motor é sempre invisível para o homem, agindo de uma maneira impenetrável e oculta, ele acredita que, semelhante ao princípio oculto que anima o seu próprio corpo, esse deus é o motor do universo. Por conseguinte, ele faz desse deus a alma, a vida, o princípio do movimento da natureza. Enfim, quando, à força de sutilizar, ele chega a acreditar que o princípio que move o seu corpo é um *espírito*, uma substância *imaterial*, faz o seu deus espiritual ou imaterial. Ele o faz imenso, embora privado de extensão; ele o faz imutável, embora capaz de mover a natureza, embora o suponha o autor de todas as modificações que nela ocorrem.

A ideia da unidade de deus foi uma consequência da opinião de que esse deus era a alma do universo: no entanto, ela não pode ser senão o fruto tardio das meditações humanas[9]. A visão dos efeitos opostos e muitas vezes contraditórios que se operavam no mundo deve ter persuadido de que devia existir nele um grande número de potências ou de causas distintas e independentes umas das outras. Os homens não puderam imaginar que os efeitos tão diversos que eles viam partissem de uma única e mesma causa. Admitiram, portanto, diversas causas ou diversos deuses agindo sobre princípios diferentes. Uns foram considerados como potências amigas, outros como potências inimigas do gênero humano. Tal é a origem do dogma tão anti-

---

9. A ideia da unidade de deus, como se sabe, custou a vida a Sócrates. Os atenienses trataram como ateu um homem que não acreditava senão em um deus. Platão não ousou romper inteiramente com o politeísmo. Ele conservou *Vênus* criadora, *Palas* deusa do país, um *Júpiter* onipotente[(a)]. Os cristãos foram considerados como ateus pelos pagãos, porque não adoravam senão um único deus.

(a) É curioso observar que, referindo-se ao grego Platão, Holbach utiliza as denominações dos deuses romanos, quando deveria mencionar Afrodite (Vênus), Atena (Palas ou Minerva) e Zeus (Júpiter). (N. T.)

go e tão universal que supõe na natureza dois princípios ou potências de interesses opostos e perpetuamente em guerra, com a ajuda das quais acreditaram explicar essa mistura constante de bens e de males, de prosperidades e de infortúnios – em poucas palavras, essas vicissitudes às quais o gênero humano está sujeito neste mundo. Eis aí a fonte dos combates que toda a Antiguidade supôs entre os deuses bons e maus, entre *Osíris* e *Tifon**, *Orosmade* e *Ariman*, *Júpiter* e os *Titãs*, *Jeová* e *Satã*. No entanto, pelo seu próprio interesse, os homens sempre prometeram toda a vantagem dessa guerra à divindade benfazeja. Esta, segundo eles, devia no final ficar de posse do campo de batalha; foi do interesse dos homens que a vitória ficasse com ela.

Ainda que os homens não reconhecessem senão um único deus, eles sempre supuseram que os diferentes departamentos da natureza eram por ele confiados a potências submissas às suas ordens supremas, através das quais o soberano dos deuses se aliviava dos cuidados da administração do mundo. Esses deuses subalternos foram multiplicados ao infinito. Cada homem, cada cidade, cada região tiveram suas divindades locais e tutelares; cada acontecimento feliz ou infeliz teve uma causa divina e foi a consequência de um decreto soberano. Cada efeito natural, cada operação, cada paixão dependeram de uma divindade que a imaginação teológica – disposta a ver deuses em toda parte e a sempre ignorar a natureza – embelezou ou desfigurou, que a poesia exagerou e animou nas suas pinturas, que a ignorância ávida recebeu com zelo e submissão.

---

* Divindade egípcia mais conhecida como Seth. (N. T.)

Tal é a origem do politeísmo. Tais são os fundamentos e os títulos da hierarquia que os homens estabeleceram entre os deuses, porque eles sempre se sentiram incapazes de se elevar até o ser incompreensível que eles haviam reconhecido como o soberano único da natureza, sem jamais terem ideias bem distintas sobre ele. Tal é a verdadeira genealogia desses deuses de uma ordem inferior, que os povos colocaram como intermediários proporcionais entre eles e a causa primeira de todas as outras causas. Entre os gregos e os romanos, vemos, por conseguinte, os deuses divididos em duas classes: uns foram chamados de *grandes deuses*[10] e formaram uma ordem aristocrática que se distinguiu dos *pequenos deuses*, ou da multidão das divindades pagãs. No entanto, tanto os primeiros como os últimos foram submetidos ao *fatum*, ou seja, ao destino, que visivelmente nada mais é do que a natureza agindo por leis necessárias, rigorosas, imutáveis: esse destino foi considerado como o deus dos próprios deuses. Vê-se que ele não é outra coisa que a necessidade personificada e que havia inconsequência nos pagãos em fatigarem com os seus sacrifícios e com as suas preces divindades que eles acreditavam estar submetidas elas mesmas ao destino inexorável, do qual não lhes era jamais possível infringir os decretos. Porém, os homens

---

10. Os gregos chamavam os grandes deuses de *Theoi Cabioroi, cabiri*. Os romanos os chamavam *dii majorum gentium*, ou *dii consentes*, porque todas as nações eram unânimes em divinizar as partes mais impressionantes e as mais atuantes da natureza, como o sol, o fogo, o mar, o tempo etc., enquanto que os outros deuses eram puramente locais, ou seja, eram reverenciados apenas em algumas regiões particulares ou por alguns particulares. Sabe-se que em Roma cada cidadão tinha alguns deuses apenas para si, que ele adorava sob o nome de *penates*, de *lares* etc.

sempre param de raciocinar a partir do momento que as suas noções teológicas estão em questão.

Aquilo que acaba de ser dito nos mostra também a fonte comum de uma multidão de potências intermediárias, subordinadas aos deuses mas superiores aos homens, com as quais encheram o universo[11]. Elas foram veneradas sob os nomes de *ninfas*, de *semideuses*, de *anjos*, de *demônios*, de bons e de maus *gênios*, de *espíritos*, de *heróis*, de *santos* etc. Esses seres constituíram diferentes classes de divindades intermediárias que se tornaram os objetos das esperanças e dos temores, das consolações e dos pavores dos mortais. Estes só os inventaram na impossibilidade de conceber o ser incompreensível que governava o mundo como chefe e na desesperança de poder tratar diretamente com ele.

Todavia, à força de meditar, alguns pensadores chegaram a não admitir no universo senão uma única divindade, cujo poder e a sabedoria bastavam para governá-lo. Esse deus foi considerado como o monarca ciumento da natureza. Persuadiram-se de que seria ofendê-lo dar rivais e associados ao soberano, único a quem eram devidas as homenagens da terra. Acreditaram que ele não podia se acomodar com um império dividido; supuseram que um poder infinito e que uma sabedoria sem limites não tinham necessidade nem de compartilhamento nem de auxílio. Assim, alguns pensado-

---

11. Esses são os deuses que os romanos chamavam de *dii medioxumi*; eles os consideravam como intercessores, mediadores, potências que era preciso reverenciar para obter seus favores ou para desviar sua cólera ou suas intenções malignas.

res mais sutis que os outros não admitiram senão um único deus e se vangloriaram de ter feito com isso uma descoberta muito importante. Entretanto, desde o primeiro passo, o seu espírito deve ter sido lançado nos maiores embaraços pelas contrariedades das quais seria preciso supor que esse deus era o autor. Por conseguinte, foram forçados a admitir nesse deus monarca algumas qualidades contraditórias, incompatíveis, discordantes, que se excluíam umas às outras, visto que lhe viam produzir a cada instante efeitos muito opostos e desmentir, evidentemente, as qualidades que lhe haviam consignado. Supondo um deus, único autor de todas as coisas, não é possível se dispensar de atribuir a ele uma bondade, uma sabedoria, um poder sem limites, de acordo com os seus benefícios, de acordo com a ordem que acreditaram ver reinar no mundo, de acordo com os efeitos maravilhosos que ele ali operava: mas, por outro lado, como se impedir de atribuir a ele a malícia, a imprudência, o capricho, vendo as desordens frequentes e os males sem número dos quais o gênero humano é tantas vezes vítima e dos quais este mundo é o palco? Como evitar taxá-lo de imprudente, ao vê-lo continuamente ocupado em destruir as suas próprias obras? Como não suspeitar que ele é impotente, vendo a inexecução perpétua dos projetos que nele supõem?

Acreditaram resolver essas dificuldades criando para ele alguns inimigos que, embora subordinados ao deus supremo, não deixavam de perturbar o seu império e de frustrar os seus desígnios: tinham feito dele um rei. Deram-lhe alguns adversários que, apesar da sua impotência, quiseram disputar com ele a sua coroa. Tal é a origem da fábula dos *titãs* ou dos *anjos rebeldes* que seu orgulho fez mergulhar em um abismo de misérias e que foram transformados em demônios ou gênios malfazejos: estes não tiveram outras funções além de tornar inúteis os projetos do todo-poderoso, de seduzir e de sublevar contra ele os homens, seus súditos[12].

Em consequência dessa fábula tão ridícula, o monarca da natureza esteve perpetuamente às voltas com os inimigos que ele havia criado para si mesmo. Apesar do seu poder infinito, ele não quis ou não pôde subjugá-los totalmente: ele nunca teve súditos bastante submissos. Ele esteve continuamente ocupado em lutar, em recompensar seus súditos quando eles obedeciam às suas leis, em puni-los quando eles tinham a infelicidade de entrar nos complôs dos inimigos da sua glória. Por uma consequência dessas ideias, tiradas do estado de guerra em que estão quase sempre os reis sobre a terra, acharam-se alguns homens que se apresentaram como os ministros de deus, que o fizeram falar, que desvelaram suas intenções ocultas, que mostraram a violação das suas leis como o mais horroroso dos crimes. Os povos ignorantes

---

12. A fábula dos *titãs* ou dos *anjos rebeldes* é muito antiga e muito difundida pelo mundo: ela serve de fundamento para a teologia dos brâmanes do Indostão, assim como para a dos sacerdotes europeus. Segundo os brâmanes, todos os corpos vivos são animados por anjos decaídos que, sob essas formas, expiam sua rebelião. Esta fábula, assim como a dos *demônios*, faz que a divindade desempenhe um papel bem ridículo. Com efeito, ela supõe que a divindade cria adversários para se exercitar, não se deixar descansar e para manifestar o seu poder. No entanto, esse poder não se manifesta de maneira alguma, já que, segundo as noções teológicas, o *diabo* tem bem mais adeptos do que a divindade.

receberam esses decretos sem exame; eles não viram que era o homem, e não o deus, quem lhes falava. Eles não perceberam que devia ser impossível para frágeis criaturas agir contra a vontade de um deus que supunham o criador de todos os seres e que não podia ter como inimigos, na natureza, senão aqueles que ele próprio havia criado. Pretenderam que o homem, apesar da sua própria dependência e da onipotência do seu deus, podia ofendê-lo, era capaz de contrariá-lo, de lhe declarar guerra, de subverter os seus desígnios, de perturbar a ordem que ele havia estabelecido. Supuseram que esse deus, para fazer alarde e não deixar dúvida da sua potência, havia criado inimigos para si mesmo, a fim de ter o prazer de combatê-los, sem querer destruí-los ou mudar as suas disposições infelizes. Enfim, acreditaram que ele havia concedido aos seus inimigos rebeldes, assim como aos homens, a liberdade de violar as suas ordens, de aniquilar os seus projetos, de inflamar a sua bile, de fazer calar a sua bondade para armar* a sua justiça. A partir daí, consideram-se todos os bens desta vida como recompensas e os males como merecidos castigos. O sistema da liberdade do homem não parece inventado senão para pô-lo em condições de ofender o seu deus e para justificar esse último pelo mal que fez ao homem por ter usado da liberdade funesta que ele havia lhe dado.

Essas noções ridículas e contraditórias serviram, no entanto, de base para todas as superstições deste mundo, que

---

* A edição de 1780 (assim como a de 1821) traz "amar". Corrigimos o termo de acordo com a edição de 1775, que parece concordar muito mais com o sentido do texto. (N. T.)

acreditaram, por meio delas, dar conta da origem do mal e indicar a causa pela qual o gênero humano experimentava misérias. No entanto, os homens não puderam esconder de si mesmos que, muitas vezes, sofriam aqui embaixo sem que nenhum crime por parte deles, sem que nenhuma transgressão conhecida tivesse provocado a cólera do seu deus. Eles viram que mesmo aqueles que mais fielmente cumpriam as suas pretensas ordens eram muitas vezes envolvidos em uma ruína comum com os temerários violadores das suas leis. Acostumados a se dobrar sob a força, a considerá-la como dando direitos, a tremer diante dos seus soberanos terrestres, a supor neles a faculdade de serem iníquos, a jamais discutir os seus títulos, a não criticar a conduta daqueles que têm o poder nas mãos, os homens ousaram ainda bem menos criticar a conduta do seu deus ou acusá-lo de uma crueldade não motivada. Além disso, os ministros do monarca celeste inventaram meios para desculpá-lo e para fazer recair sobre os próprios homens a causa dos males ou dos castigos a que eles eram submetidos. Em consequência da liberdade que eles pretenderam ter sido dada às criaturas, eles supuseram que o homem havia pecado, que a sua natureza havia se pervertido, que toda a raça humana suportava a pena acarretada pelas faltas dos seus ancestrais, dos quais o monarca implacável ainda se vingava sobre a sua inocente posteridade. Acharam essa vingança muito legítima, porque, de acordo com alguns preconceitos vergonhosos, os homens proporcionam bem mais os castigos ao poder e à dignidade do ofendido do que à grandeza ou à realidade da ofensa. Em consequência desse princípio, pensaram que um deus tinha indubitavelmente o direito de vingar, sem medida e sem termo, os ultrajes feitos à sua majestade divina. Em poucas palavras, o espírito teológico torturou-se para achar os homens culpados e para desculpar a divindade pelos males que a natureza lhes faz necessariamente experimentar. Inventaram mil fábulas para dar a razão da maneira como o mal havia entrado neste mundo e as vinganças do céu pareceram sempre muito motivadas, porque acreditaram que as faltas cometidas contra um ser infinitamente grande e poderoso deviam ser infinitamente punidas.

Aliás, vemos que as potências da Terra, mesmo quando elas cometem as injustiças mais gritantes, não suportam que as taxem de serem injustas, que duvidem da sua sabedoria, que reclamem da sua conduta. Evita-se, portanto, acusar de injustiça o déspota do universo, duvidar dos seus direitos, queixar-se dos seus rigores. Acreditaram que um deus podia se permitir tudo contra as frágeis obras das suas mãos, que ele não devia nada às suas frágeis criaturas, que ele tinha o direito de exercer sobre elas um império absoluto e ilimitado. Foi assim que, usando os tiranos da Terra, sua conduta arbitrária serviu de modelo para aquela que atribuíram à divindade. Foi com base na sua maneira absurda e insensata de governar que fizeram para deus uma jurisprudência particular. De onde se vê que os mais perversos dos homens serviram de modelos para deus, e que o mais injusto dos governos foi o modelo da sua administração divina. Apesar da sua crueldade e da sua insensatez, nunca cessaram de dizer que ele era muito justo e cheio de sabedoria.

Em todos os países, os homens adoraram deuses bizarros, injustos, sanguinários e implacáveis, dos quais eles jamais ousaram examinar os direitos. Esses deuses foram em toda parte cruéis, dissolutos, parciais. Eles se assemelharam a esses tiranos desenfreados que se divertem impunemente com seus súditos infelizes, muito fracos ou muito cegos para resistir a eles ou para se subtrair ao jugo que os oprime. É um deus desse horroroso caráter que, mesmo hoje em dia, nos fazem adorar. O deus dos cristãos, como os dos gregos e dos romanos, nos pune neste mundo e nos punirá no outro pelas faltas das quais a natureza que ele nos deu nos tornou suscetíveis. Semelhante a um monarca inebriado pelo seu poder, ele faz uma vã ostentação da sua potência, e não parece ocupado senão com o prazer pueril de mostrar que ele é o senhor e que não está submetido a nenhuma lei. Ele nos pune por ignorar sua essência inconcebível e suas vontades obscuras. Ele nos pune pelas transgressões dos nossos pais. Seus caprichos despóticos decidem a nossa sorte eterna; é de acordo com os seus decretos fatais que nós nos tornamos seus amigos ou seus inimigos, a despeito de nós mesmos: ele não nos faz livres senão para ter o prazer bárbaro de nos castigar pelo abuso necessário que nossas paixões ou nossos erros fazem de nossa liberdade. Enfim, a teologia nos mostra em todos os tempos os mortais punidos por faltas inevitáveis e necessárias, e como os joguetes desafortunados de um deus tirânico e perverso[13].

---

13. A teologia pagã não mostrava aos povos, na pessoa dos seus deuses, senão homens dissolutos, injustos, adúlteros, vingativos, punindo com rigor os crimes necessários e preditos pelos oráculos. A teologia judaica e cristã

Foi nessas noções irracionais que os teólogos, por toda a Terra, fundamentaram os cultos que os homens deviam prestar à divindade, que, sem estar presa a eles, tinha o direito de prendê-los: seu poder supremo a dispensou de qualquer dever para com as suas criaturas. Elas se obstinaram em se considerar como culpadas todas as vezes em que experimentaram algumas calamidades. Não fiquemos, portanto, espantados se o homem religioso esteve em pavores e transes contínuos; a ideia de deus lhe recordou incessantemente a de um tirano impiedoso, que brincava com a infelicidade dos seus súditos. Estes, mesmo sem saber, podiam a todo instante cair em desgraça com ele. No entanto, eles jamais ousaram acusá-lo de injustiça, porque acreditaram que a justiça não era feita para regular as ações de um monarca onipotente que sua condição elevada colocava infinitamente acima da espécie humana – ao mesmo tempo que, no entanto, imaginavam que ele havia formado o universo unicamente para ela.

Foi, portanto, por falta de considerar os bens e os males como efeitos igualmente necessários, foi por falta de atri-

---

nos mostra um deus parcial que escolhe ou rejeita, que ama ou que odeia segundo o seu capricho. Em poucas palavras, um tirano que se diverte com as suas criaturas, que pune neste mundo todo o gênero humano pela falta de um único homem, que *predestina* a maioria dos mortais a serem seus inimigos, a fim de puni-los durante a eternidade por terem recebido dele a liberdade de se declarar contra ele. Todas as religiões do mundo têm como base a onipotência de deus sobre o homem, o despotismo de deus sobre o homem e a insensatez divina. Daí, entre os cristãos, o dogma do *pecado original*. Daí as opiniões teológicas sobre a graça, sobre a necessidade de um mediador. Em poucas palavras, daí este oceano de absurdos dos quais a teologia cristã está repleta. Parece, de modo geral, que um deus racional não conviria de forma alguma aos interesses dos padres.

buí-los às suas verdadeiras causas, que os homens criaram causas fictícias, divindades malfazejas, das quais nada pôde desiludi-los. Entretanto, considerando a natureza, eles poderiam ter visto que o mal físico é uma consequência necessária das propriedades particulares de alguns seres. Eles teriam reconhecido que as pestes, as epidemias, as doenças são devidas a causas físicas, a circunstâncias peculiares, a combinações que, embora muito naturais, são funestas à sua espécie, e teriam buscado na própria natureza os remédios apropriados para diminuir ou fazer cessar os efeitos que os faziam sofrer. Eles teriam visto do mesmo modo que o mal moral não passava de uma consequência necessária das suas más instituições, que não eram de maneira alguma aos deuses do céu, mas à injustiça dos príncipes da Terra que se deviam as guerras, a escassez, as fomes, os reveses, as calamidades, os vícios e os crimes pelos quais eles tantas vezes gemem. Assim, para afastar esses males, eles não teriam estendido inutilmente as suas mãos trêmulas para alguns fantasmas incapazes de aliviá-los e que não são os autores dos seus sofrimentos. Eles teriam buscado em uma administração mais sensata, em leis mais equitativas, em instituições mais racionais os remédios para esses infortúnios, que eles atribuem falsamente à vingança de um deus que lhes é pintado como um tirano, ao mesmo tempo que lhes proíbem de duvidar da sua justiça e da sua bondade.

Com efeito, não cessam de repetir aos homens que o seu deus é infinitamente bom, que ele não quer senão o bem das suas criaturas, que ele fez tudo apenas para elas. Apesar dessas garantias tão lisonjeiras, a ideia da sua perversidade será necessariamente a mais forte. Ela é bem mais apropriada para fixar a atenção dos mortais que a da sua bondade: essa ideia negra é sempre aquela que se apresenta primeiramente ao espírito, todas as vezes em que ele se ocupa da divindade. A ideia do mal causa necessariamente no homem uma impressão bem mais viva do que a do bem. Por conseguinte, o deus benfazejo será sempre eclipsado pelo deus temível. Assim, quer se admita diversas divindades com interesses opostos, quer não se reconheça senão um único monarca no universo, o sentimento do temor levará necessariamente vantagem sobre o do amor. Não se adora o deus bom senão para impedi-lo de exercer os seus caprichos, as suas fantasias, a sua malícia. É sempre a inquietude e o terror que colocam o homem a seus pés: é o seu rigor e a sua severidade que ele procura desarmar. Em poucas palavras, embora em toda parte nos assegurem de que a divindade está repleta de misericórdia, de clemência e de bondade, é sempre a um gênio malfazejo, a um senhor caprichoso, a um demônio temível que se prestam em toda parte homenagens servis e um culto ditado pelo temor.

Essas disposições não têm nada que deva nos surpreender; nós não podemos sinceramente conceder a nossa confiança e o nosso amor a não ser àqueles em quem encontramos uma vontade permanente de nos fazer o bem. A partir do momento que temos motivo para suspeitar neles a vontade, o poder ou o direito de nos causar dano, sua ideia nos aflige, nós os temamos e ficamos desconfiados deles. Nós os odiamos no fundo do coração, mesmo sem ousar reconhecer isso. Se a divindade deve ser considerada como a fonte comum dos bens e dos males que ocorrem neste mundo, se ela tem ora a vontade de tornar os homens felizes, ora a de mergulhá-los na miséria ou de puni-los com rigor, os homens devem necessariamente recear os seus caprichos ou a sua severidade e ficarem bem mais ocupados com isso do que com a sua benevolência, que eles veem tantas vezes ser desmentida. Assim, a ideia do seu monarca celeste deve sempre inquietá-los; a severidade dos seus julgamentos deve fazê-los tremer bem mais do que os seus benefícios podem consolá-los ou tranquilizá-los.

Se prestarmos atenção a essa verdade, perceberemos por que todas as nações da Terra tremeram diante dos deuses e lhes prestaram cultos bizarros, insensatos, lúgubres e cruéis. Eles as serviram como déspotas pouco de acordo consigo mesmos, não conhecendo outras regras além das suas fantasias, ora favoráveis, ora, na maioria das vezes, nocivas aos seus súditos. Em poucas palavras, como senhores inconstantes, menos amáveis pelos seus benefícios do que temíveis pelos seus castigos, pela sua malícia e pelos seus rigores, que nunca se ousou achar injustos ou excessivos. Eis por que vemos os adoradores de um deus que é mostrado incessantemente como o modelo da bondade, da equidade e de todas as perfeições entregarem-se às mais cruéis extravagâncias contra eles mesmos, com o intuito de se punirem e de prevenir a vingança celeste, cometendo contra os outros os crimes mais hediondos quando acreditam com isso desarmar a cólera, apaziguar a justiça e evocar a clemência do seu deus. Todos os sistemas religiosos dos homens, seus sacrifícios, suas preces, suas práticas e suas cerimônias nunca tiveram como objetivo senão desviar o furor da divindade, prevenir os seus caprichos e incitar nela o sentimento da bondade, do qual a viam afastar-se a todo momento. Todos os esforços, todas as sutilezas da teologia não tiveram como finalidade senão conciliar no soberano da natureza as ideias discordantes que ela mesma havia feito nascer no espírito dos mortais. Seria possível defini-la com justiça como a arte de compor quimeras combinando qualidades impossíveis de conciliar.

Capítulo 3

Ideias confusas e contraditórias da teologia

Tudo aquilo que acaba de ser dito nos prova que, apesar de todos os esforços da sua imaginação, os homens jamais puderam se impedir de ir buscar na sua própria natureza as qualidades que consignaram ao ser que governava o universo. Nós já entrevimos as contradições necessariamente resultantes da mistura incompatível dessas qualidades humanas, que não podem convir a um mesmo sujeito, já que elas se destroem umas às outras. Os próprios teólogos perceberam as dificuldades insuperáveis que as suas divindades apresentavam à razão. Eles só puderam livrar-se delas proibindo de raciocinar, desorientando os espíritos, embaralhando cada vez mais as ideias já tão confusas e tão discordantes que eles apresentavam do seu deus. Por esse meio, eles o encobriram com nuvens, eles o tornaram inacessível e se tornaram responsáveis por explicar, de acordo com a sua fantasia, os caminhos do ser enigmático que eles faziam adorar. Para esse efeito, eles o exageraram cada vez mais. Nem o tempo, nem o espaço, nem a natureza inteira puderam conter a sua imensidão: tudo nele se tornou um mistério impenetrável. Embora o homem, na origem, tivesse tirado de si mesmo as cores e os traços primitivos com os quais ele compôs o seu deus, embora ele tivesse feito dele um monarca poderoso, ciumento e vingativo, que podia ser injusto sem ferir a sua justiça – em poucas palavras, semelhante aos príncipes mais perversos –, a teologia, à força de divagações, perdeu, como se diz, a natureza humana de vista. E para tornar a divindade mais diferente das suas criaturas, consignou-lhe, além disso, algumas qualidades tão maravilhosas, tão estranhas, tão distantes de tudo aquilo que o nosso espírito pode conceber que ela perdeu a si própria. Ela se persuadiu, sem dúvida, de que, por isso mesmo, essas qualidades eram divinas. Acreditou que elas eram dignas de deus porque nenhum homem pode fazer nenhuma ideia delas. Conseguiram persuadir os homens de que era necessário crer naquilo que eles não podiam conceber, de que era necessário acatar com submissão alguns sistemas improváveis e conjecturas contrárias à razão; de que essa razão era o sacrifício mais agradável que poderia ser feito a um senhor extravagante, que não queria que fizessem uso dos seus dons. Em poucas palavras, fizeram que os mortais acreditassem que eles não haviam sido feitos para compreender a coisa mais importante para eles[1]. Por outro lado, o homem se persuadiu de que

---

1. É evidente que toda religião está fundada no princípio absurdo de que o homem é obrigado a acreditar firmemente naquilo que ele está na impossibilidade mais total de compreender. Segundo as noções da própria teologia, o homem, por sua natureza, deve estar em uma *ignorância invencível* com relação a deus.

os atributos gigantescos e verdadeiramente incompreensíveis que eram consignados ao seu monarca celeste punham entre ele e os seus escravos um intervalo bastante grande para que esse senhor soberbo não ficasse ofendido com a comparação. Ele prometeu a si mesmo que o seu déspota orgulhoso lhe seria grato pelos esforços que ele faria para torná-lo maior, mais maravilhoso, mais poderoso, mais arbitrário, mais inacessível aos olhares dos seus frágeis súditos. Os homens têm sempre a ideia de que aquilo que eles não podem conceber é bem mais nobre e mais respeitável do que aquilo que eles estão ao alcance de compreender: imaginam que o seu deus, como os tiranos, não quer ser visto de muito perto.

São esses preconceitos que parecem ter feito eclodir as qualidades maravilhosas, ou, antes, ininteligíveis, que a teologia pretende convir exclusivamente ao soberano do mundo. O espírito humano, que sua ignorância invencível e seus temores reduziam ao desespero, gerou as noções obscuras e vagas com as quais ornou o seu deus. Ele acreditou não poder desagradá-lo, desde que o tornasse totalmente incomensurável ou impossível de comparar com aquilo que ele conhece de mais sublime e de maior. Daí essa multidão de atributos negativos com os quais os sonhadores engenhosos sucessivamente embelezaram o fantasma da divindade, a fim de formar com isso um ser distinto de todos os outros, ou que não tivesse nada em comum com aquilo que o espírito humano tem a faculdade de conhecer.

Os atributos teológicos ou metafísicos de deus não são, com efeito, senão puras negações das qualidades que se encontram no homem ou em todos os seres que ele conhece: esses atributos supõem a divindade isenta daquilo que ele chama em si mesmo, ou em todos os seres que o rodeiam, de fraquezas e imperfeições. Dizer que *deus é infinito* é, como já pudemos ver, afirmar que ele não está – como o homem, ou como todos os seres que nós conhecemos – circunscrito pelos limites do espaço[2]. Dizer que deus é *eterno* significa que ele não teve – como nós, ou como tudo aquilo que existe – um começo, e que não terá fim. Dizer que deus é *imutável* é pretender que ele não é – como nós, ou como tudo aquilo que nos rodeia – sujeito à mudança. Dizer que deus é *imaterial* é afirmar que a sua substância ou a sua essência é de uma natureza que nós não concebemos, mas que deve ser, desde então, totalmente diferente de tudo aquilo que conhecemos.

É do amontoado confuso dessas qualidades negativas que resulta o deus teológico, esse todo metafísico do qual será sempre impossível que o homem tenha alguma ideia. Nesse ser abstrato tudo é infinidade, imensidade, espiritua-

---

2. Hobbes diz que "tudo aquilo que imaginamos é finito, e que, assim, a palavra *infinito* não pode formar nenhuma ideia nem nenhuma noção" (cf. *Leviatã*, cap. III).

Um teólogo fala no mesmo tom: "A própria palavra *infinito* confunde nossas ideias sobre deus e torna o mais perfeito dos seres perfeitamente desconhecido para nós: a palavra *infinito* não passa de uma negação, que significa aquilo que não tem nem fim, nem limites, nem medida e, por conseguinte, aquilo que não tem nenhuma natureza positiva e determinada – e, portanto, absolutamente nada". Ele acrescenta que foi apenas o hábito que fez que se adotasse essa palavra, que sem isso nos pareceria vazia de sentido e uma contradição (cf. Sherlock, *Vindication of trinity*, p. 77[(a)].

(a) Holbach refere-se ao inglês William Sherlock (1641?-1707) e à sua polêmica obra *Vindication of the doctrine of the Trinity*, publicada em 1690. (N. T.)

lidade, onisciência, ordem, sabedoria, inteligência, potência sem limites. Combinando essas palavras vagas ou essas modificações, acreditaram fazer alguma coisa estendendo essas qualidades através do pensamento e acreditando ter feito um deus, quando não tinham feito mais do que uma quimera. Imaginaram que essas perfeições ou qualidades deviam convir a esse deus porque elas não convinham a nada daquilo que conhecemos. Acreditaram que um ser incompreensível devia ter qualidades inconcebíveis: eis aí os materiais dos quais a teologia se serve para compor o fantasma inexplicável diante do qual ela ordena ao gênero humano que caia de joelhos.

No entanto, um ser tão vago, tão impossível de conceber ou de definir, tão distante de tudo aquilo que os homens podem conhecer ou perceber, é pouco apropriado para fixar os seus olhares inquietos. Seu espírito tem necessidade de ser determinado por qualidades que ele esteja ao alcance de conhecer e de julgar. Assim, depois de ter sutilizado esse deus metafísico e de tê-lo traduzido em uma ideia tão diferente de tudo aquilo que age sobre os sentidos, a teologia achou-se forçada a aproximá-lo do homem, do qual ela tanto o havia afastado. Ela torna a fazer dele um homem pelas qualidades *morais* que lhe consigna. Ela percebe que sem isso não seria possível persuadir os mortais de que pudessem existir relações entre eles e o ser vago, aéreo, fugidio e incomensurável que lhes fizeram adorar. Ela se apercebe de que esse deus maravilhoso só é apropriado para exercitar a imaginação de alguns pensadores cujo cérebro se acostumou a trabalhar com quimeras ou a tomar as palavras como realidades. Enfim, ela vê que é necessário à maioria dos filhos materiais da Terra um deus mais análogo a eles, mais perceptível, mais cognoscível. Por conseguinte, a divindade, apesar da sua essência inefável ou divina, revestiu-se de qualidades humanas e jamais perceberam sua incompatibilidade com um ser que haviam feito ser essencialmente diferente do homem, e que não pode, por conseguinte, ter as suas propriedades nem ser modificado como ele. Não viram que um deus imaterial e desprovido de órgãos corporais não podia agir ou pensar como um ser material, que sua organização particular torna suscetível das qualidades, dos sentimentos, das vontades e das virtudes que nele encontramos. A necessidade de aproximar deus das suas criaturas fez que passassem por cima dessas contradições palpáveis, e a teologia obstina-se sempre em atribuir a ele algumas qualidades que o espírito humano tentaria em vão conceber ou conciliar. Segundo ela, um puro espírito é o motor do mundo material. Um ser imenso pode preencher o espaço sem, no entanto, excluir dele a natureza. Um ser imutável é a causa das mudanças contínuas que se realizam no mundo. Um ser onipotente não pode impedir o mal que o desagrada; a fonte da ordem é forçada a permitir a desordem. Em poucas palavras, as qualidades maravilhosas do deus teológico são a todo instante desmentidas.

Nós não encontramos menos contradições e incompatibilidades nas perfeições ou qualidades humanas que acreditaram dever atribuir a ele, para que o homem fizesse uma ideia dele. Essas qualidades, que nos dizem que deus possui *eminentemente*, se desmentem a cada instante. Asseguram-nos de que ele é bom: a bondade é uma qualidade conhecida, já que ela é encontrada em alguns seres da nossa espécie. Nós desejamos, sobretudo, encontrá-la naqueles de quem dependemos. Sustentam que a bondade de deus se mostra em todas as suas obras; no entanto, nós só damos o título de bom àqueles dentre os homens cujas ações não produzem sobre nós senão efeitos que aprovamos. O senhor da natureza tem, pois, essa bondade? Ele não é o autor de todas as coisas? Nesse caso, não somos forçados a atribuir-lhe igualmente as dores da gota, os ardores da febre, as epidemias, as fomes e as guerras que desolam a espécie humana? Quando eu estou tomado pelas dores mais agudas, quando definho na indigência e nas enfermidades, quando gemo sob a opressão, onde está a bondade de deus para comigo? Quando governos negligentes ou perversos produzem e multiplicam a miséria, a esterilidade, o despovoamento e os estragos em minha pátria, onde está a bondade de deus para com ela? Quando revoluções terríveis, dilúvios e tremores de terra transtornam uma grande parte do globo que eu habito, onde está a bondade desse deus, onde está a bela ordem que a sua sabedoria pôs no universo? Como identificar as provas da sua providência benfazeja, quando tudo parece anunciar que ela zomba da espécie humana? O que pensar da ternura de um deus que nos aflige, que nos faz sofrer, que se compraz em contristar seus filhos? O que acontece com essas *causas finais*, tão falsamente supostas e que nos apresentam como as provas mais fortes da existência de um deus sábio e onipotente que, no entanto, não pode conservar sua obra a não ser destruindo-a, e que não pôde instantaneamente dar a ela o grau de perfeição e de consistência de que ela era suscetível? Asseguram-nos de que deus não criou o universo senão para o homem, que ele quis que abaixo dele fosse o rei da natureza. Frágil monarca! Do qual um grão de areia, do qual alguns átomos de bile, do qual alguns humores deslocados destroem a existência e o reinado, tu tens a pretensão de que um deus bom tudo fez para ti? Tu queres que a natureza inteira seja teu domínio e não podes te defender contra os mais leves dos seus golpes! Tu fazes um deus para ti somente, tu supões que ele zela pela tua conservação, tu crês que ele se ocupa com a tua felicidade, tu imaginas que ele tudo criou para ti. E, de acordo com essas ideias presunçosas, tu sustentas que ele é bom! Tu não vês que a todo instante a sua bondade para contigo se desmente? Tu não vês que essas bestas que tu crês submissas ao teu império devoram muitas vezes os teus semelhantes, que o fogo os consome, que o oceano os engole, que esses elementos, cuja ordem tu admiras, os tornam vítimas das suas medonhas desordens? Tu não vês que essa força, que tu chamas de teu deus, que tu pretendes que trabalha só para ti, que tu supões ocupada unicamente com a tua espécie, lisonjeada com as tuas homenagens, tocada pelas tuas preces, não pode ser chamada de boa, visto que ela age necessariamente? Com efeito, mesmo nas tuas ideias, esse deus não será uma causa universal que deve cuidar da manutenção do grande todo do qual tu tão loucamente o distinguiste? Esse ser não será, portanto, segundo tu mesmo, o deus da natureza, o deus dos mares, dos rios, das montanhas, desse globo do qual tu não ocupas senão uma tão ínfima parcela, de todos esses outros globos que tu vês girar no espaço ao redor do Sol que te ilumina? Deixa, pois, de te obstinar em não ver senão a ti na natureza. Não te vanglories de que o gênero humano, que se renova e desaparece como as folhas das árvores, possa absorver todos os cuidados e a ternura do agente universal que, segundo tu, regula os destinos de todas as coisas.

O que é a raça humana comparada com a Terra? O que é esta Terra comparada com o Sol? O que é o nosso sol comparado com esta multidão de sóis que, a imensas distâncias, enchem a abóbada do firmamento, não para regozijar os teus olhares, não para provocar a tua admiração, como tu imaginas, mas para ocupar o lugar que a necessidade lhes consigna? Ó, homem, frágil e vão! Ponha-te novamente, pois, no teu lugar; reconheça em toda parte os efeitos da necessidade. Reconheça nos teus bens e nos teus males as diferentes maneiras de agir dos seres dotados de propriedades diversas dos quais a natureza é o conjunto, e não suponhas mais em seu pretenso motor uma bondade ou uma malícia incompatíveis, qualidades humanas, ideias e intenções que não existem senão em ti mesmo.

A despeito da experiência, que desmente a todo instante os desígnios benfazejos que os homens supõem no seu deus, eles não cessam de chamá-lo de bom. Quando nos lamentamos das desordens e das calamidades, das quais somos tantas vezes as vítimas e as testemunhas, asseguram-nos de que esses males são apenas aparentes. Dizem-nos que se o nosso espírito limitado pudesse sondar as profundezas da sabedoria divina e os tesouros da sua bondade, nós veríamos sempre os maiores bens resultarem daquilo que chamamos de males. Apesar dessas respostas frívolas, nós nunca podemos encontrar o bem a não ser nos objetos que nos afetam de uma maneira favorável à nossa existência atual. Nós seremos sempre forçados a encontrar a desordem e o mal em tudo aquilo que nos afetar, mesmo de passagem, de uma maneira dolorosa. Se deus é o autor das causas que produzem em nós essas duas maneiras de sentir tão opostas, seremos obrigados a concluir disso que ele ora é bom, ora é perverso, a menos que se quisesse reconhecer que ele não é nem um nem outro e que age necessariamente. Um mundo no qual o homem experimenta tantos males não pode estar submetido a um deus perfeitamente bom. Um mundo no qual o homem experimenta tantos bens não pode ser governado por um deus malvado. É preciso, pois, admitir dois princípios igualmente poderosos, opostos um ao outro, ou então é preciso convir que o mesmo deus é alternadamente bom e mau. Ou, enfim, é necessário reconhecer que esse deus não pode agir de modo diferente do que age. Nesse caso, não seria inútil adorá-lo ou rezar para ele, já que ele seria então apenas o *destino*, a necessidade das coisas ou, pelo menos, estaria submetido às regras invariáveis que ele teria imposto a si mesmo?

Para justificar esse deus pelos males aos quais ele submete o gênero humano, dizem-nos que ele é justo e que esses males são castigos que inflige pelas injúrias que recebeu dos homens. Assim, o homem tem o poder de fazer o seu deus sofrer! Mas, para ofender alguém, é preciso supor algumas relações entre nós e aquele que nós ofendemos. Quais são as relações que podem subsistir entre os frágeis mortais e o ser infinito que criou o mundo? Ofender alguém é diminuir a soma da sua felicidade, é afligi-lo, é privá-lo de alguma coisa, é fazê-lo experimentar um sentimento doloroso. Como é possível que o homem possa alterar o bem-estar do soberano onipotente da natureza, do qual a felicidade é inalterável? Como as ações físicas de um ser material podem influir sobre uma substância imaterial e fazer que ela experimente sensações incômodas? Como uma frágil criatura que recebeu de deus o seu ser, a sua organização e o seu temperamento, dos quais resultam as suas paixões, a sua maneira de agir e de pensar, pode agir contra a vontade de uma força irresistível, que nunca consente na desordem ou no pecado?

Por outro lado, a justiça, de acordo com as únicas ideias que possamos formar sobre ela, supõe uma disposição permanente de dar a cada um aquilo que lhe é devido. Ora, a teologia nos repete incessantemente que deus não nos deve nada, que os bens que ele nos concede são efeitos gratuitos da sua bondade e que, sem ferir a sua equidade, ele pode dispor à vontade das obras de suas mãos e mesmo mergulhá-las, se lhe agradar, no abismo da miséria. Porém, nisso eu não vejo nem a sombra da justiça. Vejo aí apenas a mais hedionda das tiranias; encontro aí o mais revoltante abuso de poder. Com efeito, não vemos a inocência sofrer, a virtude em lágrimas, o crime triunfante e recompensado sob o império desse deus do qual exaltam a justiça³? "Esses males são passageiros" – dizeis vós – "eles só durarão um tempo." Ainda bem! Mas vosso deus é, pois, injusto ao menos por algum tempo? "É" – direis vós – "para o bem deles que ele castiga os seus amigos." Porém, se ele é bom, como pode consentir em deixá-los sofrer, mesmo por um tempo? Se ele sabe tudo, que necessidade tem de experimentar os seus favoritos, dos quais ele não tem nada a temer? Se ele é verdadeiramente onipotente, não poderia lhes poupar esses infortúnios passageiros e lhes proporcionar imediatamente uma felicidade duradoura? Se sua potência é inabalável, que necessidade tem ele de inquietar-se com os vãos complôs que quiserem fazer contra ele?

Qual é o homem cheio de bondade e de humanidade que não desejaria de todo o seu coração tornar os seus semelhantes felizes? Se deus ultrapassa em bondade todos os seres da espécie humana, por que ele não faz uso do seu poder infinito para torná-los todos felizes? No entanto, nós vemos

---

3. *Dies deficiet, si velim numerare quibus bonis male evenerit; nec minus si commemorem quibus malis optime* (Cícero, *Da natureza dos deuses*, livro V)⁽ᵃ⁾.

Se um rei virtuoso possuísse o anel de Giges⁽ᵇ⁾, ou seja, tivesse a faculdade de se tornar invisível, não se serviria dele para remediar os abusos, para recompensar os bons, para prevenir os complôs dos malvados – em poucas palavras, para fazer reinar a ordem e a felicidade nos seus Estados? Deus é um monarca invisível e onipotente. No entanto, seus Estados são palco do crime e da desordem e ele não remedia nada.

(a) A citação correta é *Dies deficiat, si velim enumerare, quibus bonis male evenerit, nec minus, si commemorem, quibus improbis optime* [Um dia não me bastaria se eu quisesse enumerar os bons que foram atingidos pela desgraça e citar os perversos que tiveram sorte] (*Da natureza dos deuses*, III, 81). (N. T.)

(b) De acordo com a mitologia, Giges era um jovem pastor lídio que possuía um anel mágico de ouro que lhe dava o poder de ficar invisível. Graças ao anel, ele conseguiu tornar-se o primeiro-ministro do rei Candaulo, assassinando-o para apoderar-se do trono. (N. T.)

que na Terra quase ninguém tem motivo para estar satisfeito com a sua sorte. Para um mortal que goza, vê-se milhares que sofrem; para um rico que vive na abundância, existem milhões de pobres que carecem do necessário; nações inteiras gemem na indigência para satisfazer as paixões de alguns príncipes, de alguns poderosos, que todas as suas vexações só tornam mais afortunados. Em poucas palavras, no reinado de um deus onipotente, cuja bondade não tem limites, a terra é em toda parte regada pelas lágrimas dos miseráveis. O que respondem a tudo isso? Dizem-nos, friamente, que *os julgamentos de deus são impenetráveis*. Nesse caso – perguntarei – com que direito quereis raciocinar sobre eles? Com base em que fundamento vós lhe atribuís uma virtude que não podeis penetrar? Que ideia vós formais de uma justiça que não se parece nunca com a do homem?

Dizem-nos que a justiça de deus é contrabalançada pela sua clemência, sua misericórdia e sua bondade. Mas o que entendemos por clemência? Ela não é uma revogação das regras severas de uma justiça exata e rigorosa, que faz que seja adiado para alguém o castigo que ele tinha merecido? Em um príncipe, a clemência é uma violação da justiça ou a isenção de uma lei demasiado dura. As leis de um deus infinitamente bom, equitativo e sábio podem, pois, ser demasiado severas? E, se ele é verdadeiramente imutável, pode aboli-las por um só instante? Nós aprovamos, todavia, a clemência em um soberano, quando sua facilidade muito grande não se torna nociva à sociedade. Nós a estimamos, porque ela anuncia nele a humanidade, a brandura, uma alma compassiva e nobre

– qualidades que, em nossos senhores, preferimos ao rigor, à dureza e à inflexibilidade. Além disso, as leis humanas são defeituosas. Elas são quase sempre demasiado severas; não podem prever todas as circunstâncias e todos os casos. Os castigos que ordenam nem sempre são justos e proporcionais aos delitos. Não ocorre o mesmo com as leis de um deus que nós supomos perfeitamente justo e sábio. Suas leis devem ser tão perfeitas que jamais possam tolerar exceções. A divindade jamais pode, por conseguinte, aboli-las sem ferir a sua imutável equidade.

A vida futura foi inventada para salvaguardar a justiça da divindade e para desculpá-la pelos males aos quais ela muitas vezes submete, neste mundo, os seus maiores favoritos: é lá, nos dizem, que o monarca celeste deve proporcionar aos seus eleitos um bem-estar inalterável, que ele lhes recusara na Terra. É lá que ele indenizará aqueles que ele ama pelas injustiças passageiras, pelas provações aflitivas que ele lhes havia feito suportar aqui embaixo. No entanto, essa invenção é adequada para nos dar ideias bem claras e bem apropriadas para justificar a providência? Se deus não deve nada às suas criaturas, com que fundamento elas poderiam esperar, no futuro, uma felicidade mais real e mais constante do que aquela que elas desfrutam no presente? "Será" – dizem – "fundamentada nas suas promessas, contidas em seus oráculos revelados." Porém, será bem garantido que esses oráculos emanaram dele? Por outro lado, o sistema da outra vida não justifica esse deus por uma injustiça nem ao menos passageira. Ora, uma injustiça, mesmo passageira, não destrói a imutabilidade que é atribuída à divindade? Enfim, um ser onipotente, do qual fazem o autor de todas as coisas, não será ele próprio a causa primeira ou o cúmplice das ofensas que lhe fazem? Não será ele o verdadeiro autor do mal ou do pecado que ele permite, quando poderia impedi-lo? E, nesse caso, ele pode, com justiça, punir aqueles que se tornam culpados disso?

Já entrevemos a multidão de contradições e de hipóteses extravagantes às quais os atributos que a teologia empresta ao seu deus devem necessariamente dar lugar. Um ser revestido ao mesmo tempo de tantas qualidades discordantes será sempre indefinível, não apresentará senão noções que se destruirão umas às outras, e será, por conseguinte, um ser de razão. Esse deus – dizem – criou o céu, a terra e todos os seres que os habitam visando a sua própria glória. Porém, um monarca superior a todos os seres, que não tem rivais nem iguais na natureza, que não pode ser comparado a nenhuma das suas criaturas, poderia ser animado pelo desejo de glória? Ele pode temer ser aviltado aos olhos dos seus semelhantes? Ele tem necessidade da estima, das homenagens e da admiração dos homens? O amor pela glória nada mais é, em nós, do que o desejo de dar aos nossos semelhantes uma elevada ideia de nós mesmos. Essa paixão é louvável quando ela nos determina a fazer coisas úteis e grandes, porém, na maioria das vezes, ela não passa de uma fraqueza ligada à nossa natureza, não passa de um desejo de nos distinguir dos seres com os quais nos comparamos. O deus do qual nos falam deve ser isento dessa paixão. Ele não tem semelhantes, não tem nenhum êmulo, não pode ser ofendido pelas ideias que se tem sobre ele, sua potência não pode sofrer nenhuma diminuição, nada pode perturbar a sua eterna felicidade. Não é forçoso concluir daí que ele não pode ser nem suscetível de desejar a glória nem sensível aos louvores e à estima dos homens? Se esse deus é ciumento das suas prerrogativas, dos seus títulos, da sua posição, da sua glória, por que ele tolera que tantos homens possam ofendê-lo? Por que ele permite que tantos outros tenham opiniões tão desfavoráveis sobre ele? Por que se encontram alguns que têm a temeridade de recusar-lhe o incenso com o qual o seu orgulho fica tão satisfeito? Como ele permite que um mortal como eu ouse atacar os seus direitos, os seus títulos e a sua própria existência? "É para te punir" – dizeis vós – "por ter abusado das suas graças." Mas por que ele permite que eu abuse das suas graças? Ou por que as graças que ele me deu não são suficientes para me fazer agir segundo os seus desígnios? "É porque ele te fez livre." Por que ele me concedeu uma liberdade da qual ele podia prever que eu poderia abusar? Será, portanto, um presente bem digno da sua bondade uma faculdade que me coloca em condições de afrontar a sua onipotência, de corromper os seus adoradores, de tornar a mim mesmo eternamente desgraçado? Não teria sido mais vantajoso para mim jamais ter nascido ou, pelo menos, ter sido posto na condição dos brutos ou das pedras, do que ser – contra a minha vontade – colocado entre os seres inteligentes, para aí exercer o fatal poder de me perder irremediavelmente, ultrajando ou ignorando o árbitro da minha sorte? Deus não teria mostrado bem melhor a sua bondade onipotente com relação a mim e não teria trabalhado mais eficazmente pela sua própria glória se tivesse me forçado a prestar-lhe as minhas homenagens e, através disso, a merecer uma felicidade inefável?

O sistema tão pouco fundamentado da liberdade do homem, que destruímos anteriormente, foi visivelmente imaginado para livrar o autor da natureza da acusação que deve lhe ser feita de ser ele o autor, a fonte, a causa primitiva dos crimes das suas criaturas. Como consequência desse presente funesto, dado por um deus bom, os homens, segundo as ideias sinistras da teologia, serão na sua maioria eternamente punidos pelas suas faltas neste mundo. Alguns suplícios esmerados e sem fim estão, pela justiça de um deus misericordioso, reservados a seres frágeis, por alguns delitos passageiros, por raciocínios falsos, por erros involuntários, por algumas paixões necessárias que dependem do temperamento que esse deus lhes deu, das circunstâncias em que ele os colocou ou, se preferirem, do abuso dessa pretensa liberdade que um deus previdente jamais deveria ter concedido a seres capazes de abusar dela. Chamaríamos de bom, de sensato, de justo, de clemente e de misericordioso um pai que armasse a mão de um filho petulante, do qual ele conhecesse a imprudência, com uma faca perigosa e afiada, e que o punisse durante toda a sua vida por ter ferido a si próprio com ela? Chamaríamos de justo, de clemente e de misericordioso um príncipe que, não proporcionando o castigo à ofensa, não pusesse fim aos tormentos de um súdito que, na embriaguez, tivesse passageiramente ferido a sua vaidade, sem, no entanto, causar-lhe nenhum prejuízo real, sobretudo depois dele mesmo ter tido o cuidado de embriagá-lo? Consideraríamos como onipotente um monarca cujos Estados estivessem em uma tal anarquia que, com exceção de um pequeno número de súditos fiéis, todos os outros pudessem a todo instante ignorar as suas leis, insultar a ele próprio, frustrar as suas vontades? Ó, teólogos! Reconhecei que o vosso deus não passa de um amontoado de qualidades que formam um todo tão incompreensível para o vosso espírito quanto para o meu. À força de sobrecarregá-lo de atributos incompatíveis, vós haveis feito dele uma verdadeira quimera, que todas as vossas hipóteses não podem manter na existência que quereis lhe dar.

Responde-se, todavia, a essas dificuldades que a bondade, a sabedoria e a justiça são em deus qualidades tão eminentes, ou tão pouco semelhantes às nossas, que elas não têm nenhuma relação com essas mesmas qualidades quando encontradas nos homens. Porém – replicarei – como formar uma ideia dessas perfeições divinas se elas não se parecem em nada com essas virtudes que encontro nos meus semelhantes ou com as disposições que sinto em mim mesmo? Se a justiça de deus não é a dos homens, se ela opera da maneira que os homens chamam de injustiça, se sua bondade, sua clemência, sua sabedoria não se manifestam pelos sinais que podemos reconhecer, se todas as suas qualidades divinas são contrárias às ideias aceitas e se, na teologia, todas as noções humanas são obscurecidas ou invertidas, como alguns mortais, semelhantes a mim, pretendem anunciá-las, conhecê-las, explicá-las aos outros? A teologia daria ao espírito o dom inefável de conceber aquilo que nenhum homem está ao alcance de compreender?

Ela proporcionaria aos seus agentes a faculdade maravilhosa de ter ideias precisas sobre um deus composto de tantas qualidades contraditórias? Em poucas palavras, o teólogo seria ele próprio um deus?

Fecham a nossa boca dizendo que o próprio deus falou, que ele se fez conhecer pelos homens. Mas quando e a quem esse deus falou? Onde estão os seus divinos oráculos? Cem vozes elevam-se ao mesmo tempo, cem mãos os mostram a mim em algumas coletâneas absurdas e discordantes: eu as folheio e em toda parte descubro que o deus da sabedoria falou em uma linguagem obscura, insidiosa, insensata. Eu vejo que o deus da bondade foi cruel e sanguinário, que o deus da justiça foi injusto e parcial, ordenando a iniquidade, que o deus da misericórdia destina os mais atrozes castigos às infelizes vítimas da sua cólera. Além disso, quantos obstáculos se apresentam quando se trata de verificar as pretensas revelações de uma divindade que em dois recantos da Terra jamais manteve a mesma linguagem, que falou em tantos lugares, tantas vezes e sempre tão diversamente que parece não ter mostrado em toda parte senão a intenção deliberada de lançar o espírito humano na mais estranha perplexidade!

As relações que são supostas entre os homens e o seu deus só podem estar fundamentadas nas qualidades morais desse ser. Se essas qualidades morais não são conhecidas pelos homens, elas não podem lhes servir de modelo. Seria necessário que essas qualidades fossem de natureza a ser conhecidas por eles para que pudessem ser imitadas. Como é que posso imitar um deus cuja bondade e a justiça não se parecem em nada com as minhas – ou, antes, são diretamente contrárias àquilo que eu chamo de justiça ou de bondade? Se deus não é nada daquilo que somos, como podemos, mesmo de longe, nos propor a imitá-lo, a nos parecer com ele, a seguir a conduta necessária para agradá-lo nos conformando a ele? Quais podem ser, com efeito, os motivos do culto, das homenagens e da obediência que nos dizem para prestar ao ser supremo, se nós não os estabelecemos sobre a sua bondade, sobre a sua veracidade, sobre a sua justiça, em poucas palavras, sobre algumas qualidades que podemos conhecer? Como ter ideias claras sobre elas, se essas qualidades em deus não são da mesma natureza que em nós?

Sem dúvida, irão nos dizer que não pode haver proporções entre o criador e a sua obra, que a argila não tem o direito de perguntar ao oleiro que a fabricou: "Por que me fizeste assim?" Porém, se não existe nenhuma proporção entre o artífice e a sua obra, se não existe nenhuma analogia entre os dois, quais podem ser as relações que subsistirão entre eles? Se deus é incorporal, como ele age sobre os corpos, ou como alguns seres corporais podem agir sobre ele, ofendê-lo, perturbar o seu repouso, provocar nele movimentos de cólera? Se o homem não passa, com relação a deus, de um *vaso de argila*, esse *vaso* não deve nem preces nem ações de graças ao seu oleiro pela forma que ele quis lhe dar. Se esse oleiro se irrita com o seu *vaso*, por tê-lo fabricado mal ou por tê-lo tornado incapaz dos usos aos quais ele o havia destinado, o oleiro, se não for um insensato, deveria culpar a si próprio pelos defeitos que nele se encontram. Ele bem pode quebrá-lo, mas o *vaso* não poderá impedi-lo de fazer isso; ele não terá nem motivos nem meios para aplacar a sua cólera. Ele será forçado a suportar a sua sorte, e o oleiro estaria completamente privado de razão se quisesse punir o seu vaso, em vez de refazê-lo para dar-lhe uma forma mais condizente com os seus objetivos.

Vemos que, de acordo com essas noções, os homens têm tantas relações com deus quanto com as pedras. Porém, se deus não deve nada aos homens, se ele não é obrigado a lhes mostrar nem justiça nem bondade, os homens, por seu lado, não podem dever nada a ele. Não conhecemos entre os seres relações que não sejam recíprocas, os deveres dos homens entre eles são fundamentados nas suas necessidades mútuas; se deus não tem necessidade deles, não pode lhes dever nada, e os homens não podem ofendê-lo. No entanto, a autoridade de deus só pode estar fundamentada no bem que ele faz aos homens, e os deveres desses últimos para com deus não podem ter outros motivos além da esperança da felicidade que esperam dele. Se ele não lhes deve essa felicidade, todas as suas relações são aniquiladas, e seus deveres não existem mais. Assim, de qualquer maneira como se encare o sistema teológico, ele destrói a si mesmo. Será que a teologia jamais perceberá que quanto mais ela se esforça para exaltar o seu deus, para exagerar a sua grandeza, mais ela o torna incompreensível para nós? Que quanto mais ela o distancia do homem – ou quanto mais ela deprime esse último –, mais ela enfraquece as relações que havia suposto entre esse deus e ele? Se o soberano da natureza é um ser infinito e totalmente diferente da nossa espécie, e se o homem nada mais é, aos seus olhos, do que um piolho ou um pouco de lama, está claro que não pode haver *relações morais* entre seres tão pouco análogos, e é ainda mais evidente que o *vaso* que ele fabricou não pode raciocinar por conta própria.

É, no entanto, nas relações subsistentes entre o homem e o seu deus que todo o culto se fundamenta. Todavia, todas as religiões do mundo têm como base um deus déspota. Mas o despotismo não será um poder injusto e insensato? Atribuir à divindade o exercício de um tal poder não será solapar igualmente sua bondade, sua justiça e sua sabedoria infinitas? Os homens, ao verem os males pelos quais muitas vezes se acham atacados neste mundo, sem poderem adivinhar por onde eles puderam atrair a cólera divina, serão sempre tentados a acreditar que o senhor da natureza é um sultão que não deve nada aos seus súditos, que não é obrigado a lhes dar nenhuma satisfação, que não é obrigado a se conformar às leis, que não está ele próprio submetido às regras que prescreve aos outros, que pode, por conseguinte, ser injusto, que tem o direito de levar a sua vingança para além de todos os limites. Enfim, alguns teólogos afirmaram que deus seria capaz de destruir e de mergulhar novamente no caos o universo, que sua sabedoria dele havia tirado, enquanto esses mesmos teólogos nos citam a ordem e o arranjo maravilhosos desse universo como a prova mais convincente da existência de deus[4].

---

4. "Nós concebemos, ao menos" – diz o dr. Gastrell[(a)] – "que deus poderia subverter o universo e mergulhá-lo novamente no caos" (cf. *Defesa da religião, tanto natural como revelada*).

(a) Trata-se de Francis Gastrell, bispo de Chester (1662-1725). A obra citada, cujo título original é *A defence of natural and revealed religion*, é uma coletânea de textos publicada em 1737 (o texto de Gastrell intitula-se "Certainty and necessity of religion in general"). (N. T.)

Em poucas palavras, a teologia coloca no número das qualidades de deus o privilégio intransmissível de agir contra todas as leis da natureza e da razão, ao passo que é sobre a sua razão, a sua justiça, a sua sabedoria e a sua fidelidade em cumprir com os seus pretensos compromissos que se quer estabelecer o culto que lhe devemos e os deveres da moral. Que mar de contradições! Um ser que tudo pode e que não deve nada a ninguém, que em seus decretos eternos pode escolhê-los ou rejeitá-los, predestiná-los à felicidade ou à infelicidade, que tem o direito de fazer que eles sirvam de joguetes aos seus caprichos e de afligi-los sem razão, que poderia chegar ao ponto de destruir e aniquilar o universo, não será um tirano ou um demônio? Será que existe algo de mais horrendo do que as consequências imediatas que se pode tirar dessas ideias revoltantes que nos dão sobre o seu deus aqueles que nos dizem para amá-lo, para servi-lo, para imitá-lo, para obedecer às suas ordens? Não seria mil vezes melhor depender da matéria cega, de uma natureza privada de inteligência, do acaso ou do nada, de um deus de pedra ou de madeira, do que de um deus que supõem fazer armadilhas para os homens, convidá-los a pecar, permitir que eles cometam crimes que ele poderia impedir, a fim de ter o bárbaro prazer de puni-los sem medida, sem utilidade para si próprio, sem correção para eles mesmos, sem que o seu exemplo possa servir para corrigir os outros? Um sombrio terror deve necessariamente resultar da ideia de um tal ser. Seu poder arrancará de nós muitas homenagens servis; nós o chamaremos de bom para adulá-lo ou para desarmar sua malícia. Porém, sem subverter a essência das coisas, um semelhante deus não poderá se fazer amar por nós, quando refletirmos que ele não nos deve nada, que ele tem o direito de ser injusto, que ele pode punir as suas criaturas por terem abusado da liberdade que ele lhes concedeu ou por não terem tido as graças que ele quis recusar-lhes.

Assim, supondo que deus não está comprometido conosco por nenhuma regra, solapa-se visivelmente os fundamentos de todo o culto. Uma teologia que assegura que deus pôde criar os homens para torná-los eternamente infelizes nada mais nos mostra do que um gênio malfazejo, cuja malícia é um abismo inconcebível e que ultrapassa infinitamente a crueldade dos seres mais depravados da nossa espécie. Assim é, todavia, o deus que se tem a audácia de propor como modelo para o gênero humano! Tal é a divindade que adoram até mesmo algumas nações que se gabam de ser as mais esclarecidas do mundo!

É, no entanto, sobre o caráter moral da divindade, ou seja, sobre a sua bondade, sua sabedoria, sua equidade e seu amor pela ordem que pretendem fundar a nossa moral ou a ciência dos deveres que nos ligam aos seres da nossa espécie. Porém, como suas perfeições e suas bondades se desmentem muitas vezes para dar lugar às perversidades, às injustiças, às severidades cruéis, somos forçados a achá-la cambiante, caprichosa, desigual na sua conduta, em contradição consigo mesma, de acordo com as maneiras de agir tão diversas que são atribuídas a ela. Com efeito, vemo-la ora favorável, ora disposta a causar dano ao gênero humano; ora amiga da razão e da felicidade da sociedade, ora interditando o uso da razão, agindo como inimiga de toda a virtude, e ficando satisfeita ao ver a sociedade abalada. No entanto, como vimos, os mortais esmagados pelo temor quase não ousam reconhecer que o seu deus seja injusto ou perverso nem se persuadir de que ele os autorize a sê-lo. Eles somente concluem disso que tudo aquilo que fazem de acordo com as suas pretensas ordens ou com a intenção de agradá-lo está sempre muito bem, por mais nocivo que parece, aliás, aos olhos da razão. Eles supõem que ele seja capaz de criar o justo e o injusto, de transformar o bem em mal, e o mal em bem, o verdadeiro em falso e a falsidade em verdade. Em poucas palavras, eles lhe dão o direito de alterar a essência eterna das coisas; eles fazem esse deus superior às leis da natureza, da razão e da virtude. Eles acreditam nunca poder agir mal ao seguirem os seus preceitos mais absurdos, mais contrários à moral, mais opostos ao bom senso, mais nocivos ao repouso das sociedades. Com tais princípios, não podemos ficar surpresos ao ver os horrores que a religião faz cometer sobre a Terra. A religião mais atroz foi a mais consequente[5].

---

5. A religião moderna da Europa visivelmente causou mais estragos e perturbações do que qualquer outra superstição conhecida: nisso, ela foi muito consequente com os seus princípios. Em vão se pregou a tolerância e a brandura em nome de um deus despótico, que é o único a ter direito às homenagens da Terra, que é muito ciumento, que quer que sejam admitidos alguns dogmas, que pune cruelmente pelas opiniões errôneas, que exige zelo dos seus adoradores. Um tal deus deve fazer de qualquer homem consequente um fanático perseguidor. A teologia de hoje é um veneno destilado, apropriado para infectar tudo pela importância que lhe conferem. À força de metafísica, os teólogos modernos se tornaram absurdos e perversos por sistema: uma vez admitindo as ideias odiosas que eles apresentam sobre a divindade, foi impossível fazê-los entender que eles deviam ser humanos,

Ao fundar a moral sobre o caráter pouco moral de um deus que muda de conduta, o homem jamais pode saber a que ater-se nem sobre aquilo que ele deve a deus, nem sobre aquilo que ele deve a si próprio, nem sobre aquilo que ele deve aos outros. Nada foi, portanto, mais perigoso do que persuadi-lo de que existia um ser superior à natureza, diante de quem a razão devia se calar, a quem – para ser feliz – se devia sacrificar tudo aqui embaixo. Suas pretensas ordens e o seu exemplo devem necessariamente ter sido mais fortes do que os preceitos de uma moral humana. Os adoradores desse deus não puderam escutar a natureza e o bom senso, a não ser quando eles coincidiam, por acaso, com os caprichos do seu deus, em quem supuseram o poder de aniquilar as relações invariáveis entre os seres, de transformar a razão em desrazão, a justiça em injustiça, o próprio crime em virtude. Por uma consequência dessas ideias, o homem religioso nunca examina as vontades e a conduta do déspota celeste de acordo com as regras ordinárias. Qualquer inspirado que lhe seja enviado por ele e que se pretenda encarregado de interpretar os seus oráculos, terá o direito de torná-lo insensato e criminoso. Seu primeiro dever será sempre o de obedecer a deus sem reclamar.

Tais são as consequências fatais e necessárias do caráter moral que se dá à divindade e da opinião que persuade os mortais de que eles devem obedecer cegamente ao soberano

---

equitativos, pacíficos, indulgentes, tolerantes. Eles pretenderam e comprovaram que essas virtudes humanas e sociais não eram oportunas na causa da religião, e seriam traições e crimes aos olhos do monarca celeste, a quem tudo devia ser sacrificado.

absoluto cujas vontades arbitrárias e cambiantes regulam todos os deveres. Aqueles que primeiro tiveram a audácia de dizer aos homens que em matéria de religião não lhes era permitido consultar nem a sua razão nem os interesses da sociedade, evidentemente, se propuseram a fazer deles os joguetes ou os instrumentos da sua própria perversidade. Foi, portanto, desse erro radical que partiram todas as extravagâncias que as diferentes religiões trouxeram para a Terra, os furores sagrados que a ensanguentaram, as perseguições desumanas que tantas vezes desolaram as nações – em poucas palavras, todas essas horríveis tragédias das quais o nome do altíssimo foi a causa e o pretexto aqui embaixo. Todas as vezes que quiseram tornar os homens insociáveis, clamaram-lhes que deus assim o queria. Assim, os próprios teólogos tiveram o cuidado de caluniar e de difamar o fantasma que eles ergueram, pelo seu interesse, sobre os escombros da razão humana e de uma natureza bastante desconhecida, mas mil vezes preferível a um deus tirânico, que eles tornam odioso para toda a alma honesta, acreditando exaltá-lo e cobri-lo de glória. Esses teólogos são os verdadeiros destruidores do seu próprio ídolo, pelas qualidades contraditórias que acumulam sobre ele: são eles que, como também provaremos na sequência, tornam a moral incerta e flutuante, fundando-a sobre um deus cambiante, caprichoso, muito mais vezes injusto e cruel do que cheio de bondade. Foram eles que a subverteram e a aniquilaram, ao ordenarem o crime, a carnificina, a barbárie em nome do soberano do universo, e ao nos interditarem o uso da razão, a única que deveria regular as nossas ações e as nossas ideias.

Seja como for, mesmo admitindo – se quiserem – por um instante que deus possui todas as virtudes humanas em um grau de perfeição infinita, nós logo seremos forçados a reconhecer que ele não pode aliá-las com os atributos metafísicos, teológicos e negativos dos quais já falamos. Se deus é um puro espírito, como ele poderia agir como o homem, que é um ser corpóreo? Um puro espírito nada vê. Ele não ouve nem as nossas preces nem os nossos gritos, ele não pode se comover com as nossas misérias, sendo desprovido dos órgãos por intermédio dos quais os sentimentos da piedade podem ser despertados em nós, ele não é imutável, se as suas disposições podem mudar, ele não é infinito, se a natureza inteira, sem ser ele, pode existir conjuntamente com ele. Ele não é onipotente, se permite ou não previne o mal e as desordens no mundo. Ele não está em toda parte, se não está no homem que peca, ou se ele se retira dele no momento que comete o pecado. Assim, de qualquer maneira que se considere esse deus, as qualidades humanas que lhe são consignadas necessariamente se destroem umas às outras, e essas mesmas qualidades não podem de maneira alguma se combinar com os atributos sobrenaturais que a teologia lhe confere.

Com relação à pretensa *revelação* das vontades de deus, longe de ser uma prova da sua bondade ou da sua ternura pelos homens, ela não seria senão uma prova da sua malícia. Com efeito, toda revelação supõe que a divindade pôde deixar faltar ao gênero humano durante um longo tempo o conhecimento das verdades mais importantes para a sua felicidade. Essa revelação, feita a um pequeno número de homens escolhidos, anunciaria além do mais, nesse ser, uma parcialidade, uma predileção injusta, pouco compatíveis com a bondade do pai comum da raça humana. Essa revelação também causaria dano à imutabilidade divina, já que deus teria permitido em um tempo que os homens ignorassem as suas vontades e teria desejado em um outro tempo que eles fossem instruídos sobre elas. Isso posto, toda a revelação é contrária às noções que nos são dadas da justiça e da bondade de um deus que nos dizem ser imutável e que, sem ter necessidade de se revelar ou de se fazer conhecer através de milagres, poderia instruir e convencer os homens, inspirar-lhes as ideias que deseja – em poucas palavras, dispor dos seus espíritos e dos seus corações. Como seria se nós quiséssemos examinar detalhadamente todas as pretensas revelações que asseguram terem sido feitas aos mortais! Veríamos que, nelas, esse deus não recita senão algumas fábulas indignas de um ser sábio, não age senão de uma maneira contrária às noções naturais de equidade, não anuncia senão enigmas e oráculos impossíveis de compreender, pinta a si mesmo com alguns traços incompatíveis com as suas perfeições infinitas, exige algumas puerilidades que o degradam aos olhos da razão, desarranja a ordem que ele havia estabelecido na natureza para convencer algumas criaturas – às quais ele nunca consegue fazer adotar as ideias, os sentimentos e a conduta que queria lhes inspirar. Enfim, descobriremos que deus jamais se manifestou a não ser para anunciar alguns mistérios inexplicáveis, dogmas ininteligíveis, práticas ridículas, para lançar o espírito humano no temor, na desconfiança e na perplexidade, e sobretudo para fornecer uma fonte inesgotável para as disputas entre os mortais[6].

Vê-se, portanto, que as ideias que a teologia nos dá sobre a divindade serão sempre confusas, incompatíveis e terminarão necessariamente por causar dano ao repouso dos humanos. Essas noções obscuras e essas especulações vagas seriam bastante indiferentes se os homens não considerassem como importantes as suas divagações sobre o ser desconhecido do qual eles acreditam depender e se não tirassem disso algumas induções perniciosas para eles próprios. Como eles jamais terão uma medida comum e fixa para julgar esse ser, gerado por imaginações variadas e diversamente modificadas, jamais poderão se entender nem estar de acordo sobre as ideias que formarão sobre ele. Daí essa diversidade necessária nas opiniões religiosas, que em todos os tempos deram motivo para querelas insensatas, que sempre foram consideradas como muito essenciais e que, consequentemente, sempre interessaram à tranquilidade das nações. Um homem de sangue ardente não se acomodará ao deus de um homem fleumático e tranquilo; um homem enfermo, bilioso e descontente não verá esse deus com os mesmos olhos que aquele que goza de um temperamento mais sa-

---

6. É evidente que toda a revelação que não é clara ou que ensina *mistérios* não pode ser obra de um ser inteligente e sábio: a partir do momento que ele fala, deve-se presumir que é para ser entendido por aqueles a quem ele quer se manifestar. Falar para não ser entendido não anuncia senão a loucura ou a má-fé. Está, portanto, bastante demonstrado que tudo aquilo que os sacerdotes chamaram de *mistérios* são invenções feitas para lançar um espesso véu sobre as suas próprias contradições e sua própria ignorância sobre a divindade. Eles resolveram todas as dificuldades dizendo: *É um mistério*. Além disso, seu interesse quis que os homens nada entendessem da pretensa ciência da qual eles se haviam feito os depositários.

dio, do qual resultam comumente a alegria, o contentamento e a paz. Um homem bom, equitativo, compassivo e brando não fará dele o mesmo retrato que aquele que é de um caráter duro, inflexível e perverso. Cada indivíduo sempre modificará o seu deus de acordo com a sua própria maneira de ser, de pensar e de sentir. Um homem sábio, honesto e sensato jamais poderá imaginar que um deus possa ser cruel e insensato.

No entanto, como o temor presidiu necessariamente a formação dos deuses, como a ideia da divindade foi continuamente associada à do terror, seu nome sempre fez tremerem os mortais, despertou em seu espírito ideias lúgubres e desoladoras. Ora ele os lançou na inquietude, ora pôs a imaginação deles em fogo. A experiência de todos os séculos nos prova que esse nome vago, transformado para o gênero humano no mais importante dos assuntos, espalha por toda parte a consternação ou a embriaguez e produz nos espíritos os mais pavorosos estragos. É bem difícil que um temor habitual, que é incontestavelmente a mais incômoda das paixões, não seja um fermento fatal, capaz de azedar ao longo do tempo os temperamentos mais moderados.

Se um misantropo, com ódio da raça humana, tivesse elaborado o projeto de lançar os homens na maior perplexidade, será que ele poderia ter imaginado um meio mais eficaz do que ocupá-los sem descanso com um ser não somente desconhecido, mas também totalmente impossível de conhecer, que ele no entanto teria lhes anunciado como o centro de todos os seus pensamentos, como o modelo e o objetivo único das suas ações, como o objeto de todas as suas investigações, como uma coisa mais importante que a vida, já que a sua felicidade presente e futura devia necessariamente depender dela? O que aconteceria se a essas ideias, já tão apropriadas a perturbar-lhes o cérebro, ele juntasse ainda a de um monarca absoluto que não segue nenhuma regra em sua conduta, que não está preso por nenhum dever, que pode punir por toda a eternidade as ofensas que lhe são feitas no tempo, do qual é muito fácil provocar o furor, que se irrita com as ideias e os pensamentos dos homens e com o qual, mesmo sem saber, se pode cair em desgraça? O nome de um semelhante ser bastaria seguramente para levar a perturbação, a desolação e a consternação para as almas de todos aqueles que o ouvissem ser pronunciado. Sua ideia os perseguiria por toda parte, ela os afligiria incessantemente, ela os lançaria no desespero. À que tortura o seu espírito não se submeteria para procurar adivinhar esse ser tão temível, para descobrir o segredo de agradá-lo, para imaginar aquilo que pode desarmá-lo? Que pavores não se teria de não ter feito a descoberta exata! Quantas discussões sobre a natureza, sobre as qualidades de um ser igualmente desconhecido de todos os homens e visto diversamente por cada um deles! Quanta variedade nos meios que a imaginação elaboraria para encontrar a graça perante os seus olhos ou para afastar a sua cólera!

Tal é, palavra por palavra, a história dos efeitos que o nome de deus produziu sobre a Terra. Os homens sempre ficaram assustados com ele, porque jamais tiveram ideias fixadas sobre o ser que esse nome podia representar. As qualidades que alguns especuladores, à força de esvaziar o cérebro, acreditaram encontrar nele nada mais fizeram do que perturbar o repouso das nações e de cada um dos cidadãos que as compõem, alarmá-los sem motivo, enchê-los de azedumes e de animosidades, tornar a sua existência infeliz, fazê-los perder de vista as realidades necessárias à sua felicidade. Pelo encanto mágico dessa palavra temível, o gênero humano permaneceu como que entorpecido e estupefato ou, então, um fanatismo cego tornou-o furioso. Logo, abatido pelo temor, ele rastejou como um escravo que se curva sob o açoite de um senhor inexorável, sempre pronto a bater. Ele acreditou não ter nascido senão para servir a esse senhor que ele nunca conheceu e do qual lhe deram as ideias mais terríveis, para tremer sob o seu jugo, para trabalhar para apaziguá-lo, para recear as suas vinganças, para viver no pranto e na miséria. Se ele ergueu seus olhos banhados de lágrimas para o seu deus, foi no excesso da sua dor. No entanto, ele sempre desconfiou desse deus, porque acreditou que era injusto, severo, caprichoso e implacável. Ele não pôde trabalhar pela sua felicidade, nem tranquilizar seu coração, nem consultar sua razão, porque sempre soluçou e porque jamais lhe foi permitido perder de vista os seus temores. Tornou-se inimigo de si mesmo e dos seus semelhantes, porque o persuadiram de que o bem-estar lhe era proibido aqui embaixo. Todas as vezes em que tratou do seu tirano celeste, ele não teve mais juízo, ele não raciocinou mais, ele recaiu em um estado de infância ou de delírio que o submeteu à autoridade. O homem foi destinado à servidão desde o ventre de sua mãe, e a opinião tirânica o forçou a carregar seus ferros pelo resto dos seus dias. Tomado pelo terror-pânico que nunca pararam de lhe inspirar, ele não pareceu ter vindo para a Terra senão para divagar, gemer, suspirar, causar dano a si próprio, privar-se de todo o prazer, tornar a sua vida amarga ou perturbar a felicidade dos outros. Perpetuamente infestado pelas terríveis quimeras que a sua imaginação em delírio incessantemente lhe apresentou, ele foi abjeto, estúpido, insensato e, muitas vezes, tornou-se perverso para honrar o deus que lhe propuseram como modelo ou que lhe disseram para vingar.

É assim que os mortais se prosternam, de povo para povo, perante os vãos fantasmas que o temor, na origem, fez brotar no seio da ignorância e das calamidades da Terra. É assim que eles adoram tremendo os ídolos vãos que eles erguem nas profundezas do seu próprio cérebro, do qual fizeram um santuário: nada pode desenganá-los, nada pode fazê-los perceber que é a si mesmos que eles adoram, que eles caem de joelhos diante da sua própria obra, que se assustam com o quadro bizarro que eles mesmos desenharam. Eles se obstinam em se prosternar, em se inquietar, em tremer. Eles transformam em crime o próprio desejo de dissipar os seus temores; eles não reconhecem a ridícula produção da sua própria demência. Comportam-se como crianças que causam medo a si mesmas, quando encontram em um espelho as suas próprias feições que elas desfiguraram. Suas extravagâncias, tão incômodas para eles próprios, têm como ponto inicial neste mundo a noção funesta de um deus. Elas continuarão e se renovarão até o momento que essa noção ininteligível não for mais considerada como importante e necessária à felicidade das sociedades. Enquanto se espera, é evidente que aquele que conseguisse destruir essa noção fatal ou ao menos diminuir as suas terríveis influências seria, seguramente, amigo do gênero humano.

Capítulo 4

Exame das provas da existência de deus apresentadas por Clarke*

A unanimidade dos homens em reconhecer um deus é comumente considerada como a prova mais forte da existência desse ser. Não existe – nos dizem – povo sobre a Terra que não tenha ideias verdadeiras ou falsas sobre um agente onipotente que governa o mundo. Os selvagens mais grosseiros, assim como as nações mais civilizadas, são igualmente forçados a remontar através do pensamento a uma causa primeira de tudo aquilo que existe. Assim – nos asseguram – o clamor da própria natureza deve nos convencer da existência de um deus, do qual ela teve o cuidado de gravar a noção no espírito de todos os homens, concluindo-se daí que a ideia de deus é uma ideia inata.

Se, libertos de preconceitos, nós analisarmos esta prova, que parece tão triunfante para muita gente, veremos que

---
* Neste capítulo, Holbach se dedicará a analisar as ideias do filósofo e teólogo protestante inglês Samuel Clarke (1675-1729). Combatendo o pensamento de Hobbes, Espinosa, Leibniz e Locke, Clarke ficou célebre pela sua demonstração da existência de Deus. (N. T.)

o consenso universal dos homens sobre um objeto, que nenhum dentre eles jamais pôde conhecer, não prova nada. Ele nos prova somente que eles foram ignorantes e insensatos todas as vezes que tentaram formar alguma ideia de um ser oculto que não podiam submeter à experiência ou raciocinar sobre sua natureza, que jamais puderam apreender sob nenhum aspecto. As deploráveis noções da divindade que vemos espalhadas pela Terra anunciam-nos unicamente que os homens de todas as regiões suportaram terríveis adversidades, foram submetidos a desastres e a revoluções, sentiram pesares, tristezas e dores dos quais ignoraram as causas físicas e naturais. Os acontecimentos dos quais eles foram as vítimas ou as testemunhas provocaram a sua admiração ou o seu pavor. Por falta de conhecer as forças e as leis da natureza, seus recursos infinitos, os efeitos que ela deve necessariamente produzir em determinadas circunstâncias, acreditaram que esses fenômenos eram devidos a algum agente secreto, do qual eles não tiveram senão algumas vagas ideias ou que supuseram se conduzir de acordo com os mesmos motivos e segundo as mesmas regras que eles próprios tinham.

O consenso dos homens em reconhecer um deus não prova, portanto, nada, a não ser que no seio da ignorância eles admiraram ou tremeram, e que a sua imaginação perturbada buscou meios de fixar as suas incertezas sobre a causa desconhecida dos fenômenos que impressionavam os seus olhares ou que os obrigavam a estremecer. Sua imaginação diversa trabalhou diferentemente sobre essa causa sempre incompreensível para eles. Todos reconhecem que não podem conhecer nem definir essa causa. Todos dizem, no entanto, que estão seguros da sua existência e, quando insistimos com eles, falam-nos de um *espírito*, palavra que nada nos informa além da ignorância daquele que a pronuncia, sem poder ligar a ela nenhuma ideia segura.

Não fiquemos espantados com isso; o homem não pode ter ideias reais a não ser das coisas que agem ou que agiram precedentemente sobre os seus sentidos: ora, somente os objetos materiais, físicos ou naturais podem afetar os nossos órgãos e nos dar ideias – verdade que foi bastante e claramente provada no início desta obra, para nos impedir de insistir mais sobre isso. Portanto, diremos somente que aquilo que acaba de demonstrar que a ideia de deus é uma noção adquirida – e não uma *ideia inata* – é a própria natureza dessa noção, que varia de um século para outro, de uma região para outra, de um homem para outro homem. O que estou dizendo! Que jamais é constante no mesmo indivíduo. Essa diversidade, essa flutuação, essas modificações sucessivas têm as verdadeiras características de um conhecimento ou, antes, de um erro adquirido. Por outro lado, a prova mais forte de que a ideia da divindade não está fundamentada senão em um erro é que os homens, pouco a pouco, conseguiram aperfeiçoar todas as ciências que tinham como objeto alguma coisa real, ao passo que a ciência de deus é a única que eles jamais aperfeiçoaram. Ela está em toda parte no mesmo ponto; todos os homens ignoram igualmente qual é o objeto que eles adoram, e aqueles que se ocuparam mais seriamente com isso nada mais fizeram do que obscurecer cada vez mais as ideias primitivas que os mortais haviam formado.

A partir do momento em que se pergunta qual é o deus diante do qual se vê os homens prosternados, logo se vê os sentimentos divididos. Para que suas opiniões estivessem de acordo, seria necessário que ideias, sensações e percepções uniformes tivessem feito nascer em toda parte as opiniões sobre a divindade – o que pressuporia órgãos perfeitamente semelhantes, afetados ou modificados por acontecimentos perfeitamente análogos. Ora, como isso não pôde ocorrer, como os homens – essencialmente diferentes pelos seus temperamentos – se encontravam em circunstâncias muito diferentes, foi necessariamente preciso que as suas ideias não fossem de maneira alguma as mesmas sobre uma causa imaginária que eles viram tão diversamente. De acordo sobre alguns pontos gerais, cada um fez um deus à sua maneira, ele o temeu, ele o serviu à sua maneira. Assim, o deus de um homem ou de uma nação quase nunca foi o deus de um outro homem ou de uma outra nação. O deus de um povo selvagem e grosseiro é comumente um objeto material sobre o qual o espírito foi muito pouco exercido. Esse deus parece muito ridículo aos olhos de um outro povo mais civilizado, ou seja, cujo espírito trabalhou bem mais. Um deus espiritual, cujos adoradores desprezam o culto que um selvagem presta a um objeto material, é a produção sutil do cérebro de diversos pensadores que por muito tempo meditaram em uma sociedade civilizada onde se está vivamente e há muito tempo ocupado com isso. O deus teológico que as nações mais civilizadas admitem hoje em dia sem compreendê-lo é, por assim dizer, o derradeiro esforço da imaginação humana.

Ele é, comparado com o deus de um selvagem, aquilo que um habitante das nossas cidades onde reina o fausto, vestido com um traje de púrpura artisticamente bordado, é comparado com um homem completamente nu ou coberto simplesmente com peles de animais. É apenas nas sociedades civilizadas, onde o ócio e o conforto proporcionam a faculdade de divagar e de raciocinar, que alguns pensadores ociosos meditam, discutem e fazem metafísica: a faculdade de pensar é quase nula nos selvagens ocupados com a caça, a pesca e com o cuidado de obter uma subsistência incerta por meio de muito trabalho. Entre nós, o homem do povo tem ideias tão elevadas da divindade e a analisa tanto quanto o selvagem. Um deus espiritual, imaterial, é feito apenas para ocupar o ócio de alguns homens sutis, que não têm necessidade de trabalhar para subsistir. A teologia, essa ciência tão importante e tão exaltada, só é útil para aqueles que vivem às custas dos outros, ou que se arrogam o direito de pensar por todos aqueles que trabalham. Essa ciência fútil, ocupada com quimeras, se torna nas sociedades civilizadas – que nem por isso são mais esclarecidas – um ramo de comércio muito vantajoso para os sacerdotes e muito nocivo para os seus concidadãos, sobretudo quando eles cometem a loucura de querer tomar parte nas suas opiniões ininteligíveis.

Que distância infinita entre uma pedra informe, um animal, um astro, uma estátua, e o deus tão abstrato que a teologia moderna revestiu de atributos nos quais ela mesma se perde! O selvagem se engana, sem dúvida, quanto ao objeto ao qual ele dirige as suas preces; semelhante a uma criança, ele se enamora do primeiro ser que afeta vivamente a sua visão, ou tem medo daquele do qual acredita ter recebido alguma desgraça. Porém, ao menos as suas ideias são fixadas por um ser real que ele tem diante dos olhos. O lapão, que adora uma rocha, o negro que se prosterna diante de uma serpente monstruosa, pelo menos veem aquilo que eles adoram: o idólatra põe-se de joelhos diante de uma estátua, na qual ela acredita que reside uma virtude oculta, que ele julga útil ou nociva para ele mesmo. Porém, o raciocinador sutil que é chamado de teólogo nas nações civilizadas e que, em virtude da sua ciência ininteligível, se acredita no direito de zombar do selvagem, do lapão, do negro, do idólatra, não vê que ele próprio está de joelhos diante de um ser que só existe no seu próprio cérebro e do qual lhe é impossível ter qualquer ideia – a menos que, como o selvagem ignorante, ele entre prontamente na natureza visível para conferir-lhe algumas qualidades possíveis de conceber.

Assim, as noções da divindade que nós vemos espalhadas por toda a Terra não provam de maneira alguma a existência desse ser; elas não passam de um erro generalizado, diversamente adquirido e modificado no espírito das nações, que receberam de seus ancestrais ignorantes e trementes os deuses que elas adoram hoje em dia. Esses deuses foram sucessivamente alterados, adornados, sutilizados pelos pensadores, pelos legisladores, pelos sacerdotes e pelos inspirados que meditaram sobre eles, que prescreveram cultos ao vulgo, que se serviram dos seus preconceitos para submetê-lo ao seu domínio ou para tirar partido dos seus erros, dos seus temores e da sua credulidade; essas disposições serão sempre uma consequência necessária da sua ignorância e da perturbação do seu coração.

Se é verdade – como asseguram – que não existe sobre a Terra nenhuma nação tão feroz e tão selvagem que não tenha um culto religioso ou que não adore algum deus, disso não resultará nada em prol da realidade desse ser. A palavra *deus* nunca designará mais do que a causa desconhecida dos efeitos que os homens admiraram ou temeram. Assim, essa noção tão geralmente difundida não provará nada, a não ser que todos os homens e todas as gerações ignoraram as causas naturais dos efeitos que provocaram a sua surpresa e os seus temores. Se não encontramos hoje nenhum povo que não tenha um deus, um culto, uma religião, uma teologia mais ou menos sutil, é porque não existe nenhum povo que não tenha sofrido desgraças pelas quais os seus ancestrais ignorantes foram alarmados, e que eles atribuíram a uma causa desconhecida e poderosa que eles transmitiram à sua posteridade – que, de acordo com eles, nada mais examinou.

Além disso, a universalidade de uma opinião não prova nada em favor de sua verdade. Será que não vemos um grande número de preconceitos e de erros grosseiros desfrutarem, mesmo hoje em dia, da sanção quase universal do gênero humano? Será que não vemos todos os povos da Terra imbuídos das ideias de magia, de adivinhações, de encantamentos, de presságios, de sortilégios e de assombrações? Se as pessoas mais instruídas se curaram desses preconceitos, eles encontram ainda partidários muito zelosos na grande maioria dos homens, que acreditam neles pelo menos tão firmemente quanto na existência de um deus. Será possível concluir daí que essas quimeras, apoiadas pelo consenso quase unânime da espécie humana, têm alguma realidade? Antes de Copérnico não havia ninguém que não acreditasse que a Terra era imóvel, e que o Sol girava em torno dela; essa opinião universal deixava de ser um erro por causa disso? Cada homem tem seu deus; todos esses deuses existem ou não existirá nenhum? Porém, nos dirão: "Cada homem tem sua ideia do Sol, todos esses sóis existem?". É fácil responder que a existência do Sol é um fato constatado pelo uso cotidiano dos sentidos, enquanto a existência de um deus não é constatada pelo uso de nenhum sentido. Todo mundo vê o Sol, mas ninguém vê deus. Eis aí a única diferença entre a realidade e a quimera: a realidade é quase tão diversa na cabeça dos homens quanto a quimera, mas uma existe e a outra não existe. Existem, de um lado, algumas qualidades sobre as quais não se discute; do outro lado, discute-se sobre todas as qualidades. Ninguém jamais disse: *O Sol não existe*, ou *o Sol não é luminoso e quente*, ao passo que vários homens sensatos disseram: *deus não existe*. Aqueles que acham essa proposição atroz e insensata, e que afirmam que deus existe, não nos dizem, ao mesmo tempo, que eles jamais o viram nem sentiram, e que não se conhece nada sobre isso? A teologia é um mundo onde tudo segue leis inversas às daquele em que nós habitamos!

O que acontece, portanto, com essa concordância, tão exaltada, de todos os homens em reconhecer um deus e a necessidade do culto que se deve prestar a ele? Ela prova que eles, ou seus antepassados ignorantes, experimentaram algumas desgraças sem poder relacioná-las com as suas verdadeiras causas[1]. Se tivéssemos a coragem de examinar as coisas com sangue-frio e deixar de lado os preconceitos que tudo conspira para tornar tão duradouros quanto nós, logo seríamos forçados a reconhecer que a ideia da divindade não nos é de forma alguma infundida pela natureza, que houve um tempo no qual ela não existia em nós, e veríamos que nós a conservamos pela tradição daqueles que nos educaram, que por sua vez a haviam recebido dos seus ancestrais e que, em última instância, ela é proveniente dos selvagens ignorantes que foram nossos primeiros antepassados ou, se preferirem, dos legisladores habilidosos que souberam tirar proveito dos temores, da ignorância e da credulidade dos nossos antecessores para submetê-los ao seu jugo.

No entanto, existiram alguns mortais que se gabaram de ter visto a divindade: o primeiro que ousou dizê-lo aos homens foi evidentemente um mentiroso, cujo objetivo foi o de tirar partido da sua simplicidade crédula, ou um entusiasta, que narrou como verdades as divagações da sua imaginação.

---

1. Quando se quiser examinar com sangue-frio a prova da existência de deus, extraída do consenso entre todos os homens, se reconhecerá que dela nada é possível concluir a não ser que todos os homens adivinharam que existiam na natureza algumas forças motrizes desconhecidas, algumas causas desconhecidas – verdade da qual ninguém jamais duvidará, já que é impossível supor efeitos sem causas. Assim, a única diferença que existiu entre os ateus e os teólogos ou deícolas é que os primeiros consignam para todos os fenômenos causas materiais, naturais, perceptíveis e conhecidas, enquanto os últimos lhes consignam causas espirituais, sobrenaturais, ininteligíveis e desconhecidas. Será que o deus dos teólogos é, com efeito, outra coisa que uma *força oculta*?

Nossos ancestrais nos transmitiram as divindades que eles haviam, assim, recebido daqueles que os tinham enganado, e cujas velhacarias, depois modificadas através dos tempos, pouco a pouco, adquiriram a sanção pública e a solidez que nós vemos. Por conseguinte, o nome de deus é uma das primeiras palavras que fazem ressoar em nossos ouvidos; nos falam disso incessantemente; fazem que a balbuciemos com respeito e temor; fizeram que fosse um dever para nós dirigir nossas preces e dobrar os joelhos diante de um fantasma que era representado por esse nome, mas que nunca nos foi permitido examinar. À força de nos repetirem essa palavra vazia de sentido, à força de nos ameaçarem com essa quimera, à força de nos contarem as antigas fábulas que lhe são atribuídas, nós nos persuadimos de que temos algumas ideias sobre ela, confundimos alguns hábitos maquinais com os instintos de nossa natureza e acreditamos de boa-fé que todo homem vem ao mundo com a ideia da divindade.

É por falta de nos recordar das primeiras circunstâncias nas quais nossa imaginação foi impressionada pelo nome de deus e pelas narrativas maravilhosas que nos foram feitas sobre ele durante o decorrer da nossa infância e da nossa educação que acreditamos que essa ideia abstrata é inerente ao nosso ser e inata em todos os homens[2]. Nossa memória não

---

2. Jâmblico[(a)], filósofo muito obscuro e sacerdote muito visionário, do qual, todavia, a teologia moderna parece ter extraído um grande número de seus dogmas, diz que, "anteriormente a todo uso da razão, a noção dos deuses é inspirada pela natureza", e até mesmo que "nós temos uma espécie de *tato* da divindade, preferível ao conhecimento" (cf. Jâmblico, *De mysteriis*, p. 1).
(a) Jâmblico é um filósofo neoplatônico nascido no século III, na Síria, e que foi

nos recorda a sucessão das causas que gravaram esse nome no nosso cérebro. É unicamente pelo hábito que admiramos e tememos um objeto que nós só conhecemos pelo nome com o qual o ouvimos ser designado desde a infância. Logo que ele é pronunciado, nós associamos a ele maquinalmente e sem reflexão as ideias que essa palavra desperta na nossa imaginação e as sensações pelas quais nos disseram que ela devia ser acompanhada. Assim, por pouco que desejemos agir de boa-fé para com nós mesmos, reconheceremos que a ideia de deus e das qualidades que lhe atribuímos não tem outro fundamento a não ser a opinião dos nossos pais, tradicionalmente infundida em nós pela educação, confirmada pelo hábito e fortalecida pela autoridade*.

Vemos, portanto, como as ideias de deus, geradas originariamente pela ignorância, admiração e temor, adotadas pela inexperiência e a credulidade, propagadas pela educação, pelo exemplo, pelo hábito e pela autoridade, tornaram-se invioláveis e sagradas. Nós as acatamos sem querer pela palavra dos nossos pais, dos nossos preceptores, dos nossos legisladores e dos nossos sacerdotes. Ficamos presos a elas pelo hábito e sem jamais tê-las examinado. Nós as consideramos como sagradas porque sempre nos asseguraram de que eram essenciais para a nossa felicidade. Acreditamos sempre tê-las tido porque as tivéramos desde a nossa infância; as julgamos indubitáveis porque jamais tínhamos tido a intrepidez de duvidar delas. Se

---

discípulo de Porfírio. O título completo da obra citada por Holbach é *De mysteriis Aegyptiorum* [Dos mistérios do Egito]. (N. T.)

* Outras edições trazem "pelo exemplo e pela autoridade". (N. T.)

o nosso destino nos tivesse feito nascer nas costas da África, nós adoraríamos a serpente reverenciada pelos negros com a mesma ignorância e simplicidade com que adoramos o deus espiritual e metafísico que é adorado na Europa. Ficaríamos tão indignados, se algum de nós discutisse a divindade desse réptil – que nós teríamos aprendido a respeitar ao sair do ventre de nossas mães –, quanto ficam os nossos teólogos quando se discute, no seu deus, os atributos maravilhosos com os quais eles o adornaram. No entanto, se contestassem os títulos e as qualidades do deus-serpente dos negros, ao menos não poderiam contestar a sua existência, da qual se teria condições de convencê-los por intermédio dos seus olhos. Não acontece a mesma coisa com o deus imaterial, incorporal, contraditório, ou com o homem divinizado que os nossos pensadores modernos tão sutilmente compuseram. À força de divagar, de raciocinar, de sutilizar, eles tornaram a sua existência impossível para qualquer um que ouse refletir sobre ela com sangue-frio. Jamais será possível figurar um ser que não é composto senão de abstrações e de qualidades negativas, ou seja, que não tem nenhuma das qualidades que o espírito humano é suscetível de julgar. Nossos teólogos não sabem aquilo que eles adoram; eles não têm nenhuma ideia real do ser do qual eles se ocupam incessantemente. Esse ser estaria há muito tempo aniquilado, se aqueles a quem ele é anunciado tivessem ousado examiná-lo.

Com efeito, desde o primeiro passo nos achamos detidos: a própria existência do ser mais importante e mais reverenciado ainda é um problema para qualquer um que queira pesar com sangue-frio as provas que a teologia apresenta sobre isso, e embora, antes de raciocinar ou de discutir sobre a natureza e as qualidades de um ser, fosse aconselhável constatar a sua existência, a da divindade não está nem um pouco demonstrada para qualquer homem que queira consultar o bom senso. O que estou dizendo! Os próprios teólogos quase nunca estiveram de acordo sobre as provas das quais se serviam para estabelecer a existência divina. Desde que o espírito humano se ocupa com o seu deus – e quando ele não se ocupou com isso? –, não se conseguiu até aqui demonstrar a existência desse objeto interessante de uma maneira plenamente satisfatória, mesmo para aqueles que querem que nós fiquemos convencidos disso. Através dos tempos, novos campeões da divindade, filósofos profundos e teólogos sutis buscaram novas provas da existência de deus, porque eles estavam, sem dúvida, pouco satisfeitos com as dos seus predecessores. Os pensadores que haviam se vangloriado de ter feito a demonstração desse grande problema foram muitas vezes acusados de *ateísmo* e de terem traído a causa de deus pela fraqueza dos argumentos com os quais a haviam apoiado[3]. Alguns homens de um enorme gênio, com efeito, sucessivamente fracassaram

---

3. Descartes, Pascal e o próprio dr. Clarke foram acusados de ateísmo pelos teólogos do seu tempo, o que não impede que os teólogos subsequentes façam uso das suas provas e as apresentem como muito válidas (cf., mais adiante, o capítulo X). Há pouco tempo, um autor célebre, sob o nome de dr. Baumann, publicou uma obra[a] na qual ele sustenta que todas as provas apresentadas até hoje da existência de deus estão caducas. Ele as substitui pelas suas, tão pouco convincentes quanto as outras.

(a) Trata-se do *Ensaio sobre a formação dos corpos organizados*, de Pierre de Maupertuis. (N. T.)

em suas demonstrações ou nas soluções que eles quiseram apresentar. Acreditando suprimir uma dificuldade, eles continuamente fizeram com isso eclodir cem outras. Foi inutilmente que os metafísicos* esgotaram todos os seus esforços, seja para provar que deus existia, seja para conciliar os seus atributos incompatíveis, seja para responder às mais simples objeções. Eles ainda não conseguiram colocar a sua divindade fora de alcance; as dificuldades que lhes são contrapostas são bastante claras para serem entendidas até por uma criança, ao passo que, mesmo nas nações mais instruídas, dificilmente se encontrariam doze homens capazes de entender as demonstrações, as soluções e as respostas de um Descartes, de um Leibniz ou de um Clarke, quando eles querem nos provar a existência da divindade. Não fiquemos espantados com isso. Os homens nunca entendem a si próprios quando nos falam de deus; como eles poderiam, portanto, entender uns aos outros ou concordar uns com os outros quando eles raciocinam sobre a natureza e as qualidades de um ser criado por imaginações diversas, que cada homem é forçado a ver diversamente e sobre o qual todos estarão sempre em uma igual ignorância, por falta de terem uma medida comum para julgá-lo?

Para nos convencer da pouca solidez das provas que nos apresentam da existência do deus teológico e da inutilidade dos esforços que têm sido feitos para conciliar seus atributos discordantes, escutemos o que diz sobre isso o célebre

---

* Outras edições trazem "os maiores metafísicos". (N. T.)

dr. Samuel Clarke, que, em seu tratado da *Existência e dos atributos de deus**, é considerado como tendo falado da maneira mais convincente sobre isso[4]. Aqueles que o seguiram nada mais fizeram, com efeito, do que repetir as suas ideias ou apresentar suas provas sob novas formas. De acordo com

---

* *Being and attributes of God.* (N. T.)
4. Embora muitas pessoas considerem a obra do dr. Clarke como a mais sólida e a mais convincente, é bom observar que diversos teólogos do seu tempo e do seu país não julgaram isso da mesma maneira, e consideraram suas provas como insuficientes e seu método como perigoso para a sua causa. Com efeito, o dr. Clarke pretendeu provar a existência de deus *a priori*, aquilo que outros julgam impossível e consideram, com razão, como uma *petição de princípio*. Essa maneira de provar foi rejeitada pelos escolásticos, tais como Alberto Magno, Tomás de Aquino e John Scot[a], e pela maioria dos modernos, com exceção de Suarez[b]. Eles sustentaram que a existência de deus era impossível de demonstrar *a priori*, já que não existe nada anterior à primeira das causas. Mas que essa existência só podia ser demonstrada *a posteriori*, ou seja, pelos seus efeitos. Por conseguinte, a obra do dr. Clarke foi vivamente atacada por um grande número de teólogos, que o acusaram de inovação e de desservir sua causa, empregando um método inusitado, rejeitado e pouco apropriado para provar alguma coisa. Aqueles que quiserem conhecer as razões das quais se serviram contra as demonstrações de Clarke, as encontrarão em uma obra inglesa que tem como título *An enquiry into the ideas of space, time, immensity etc.*, por Edmund Law, impressa em Cambridge em 1734. Se o autor prova aí, com sucesso, que as demonstrações *a priori* do dr. Clarke são falsas, será fácil convencer-se – por tudo aquilo que é dito em nossa obra – que todas as demonstrações *a posteriori* não são melhor fundamentadas. De resto, a grande importância que se dá hoje em dia ao livro de Clarke comprova que os teólogos não estão de acordo entre si, mudam muitas vezes de opinião e não são exigentes sobre as demonstrações que são apresentadas da existência de um ser que até aqui não está nem um pouco demonstrada. Seja como for, é certo que a obra de Clarke, apesar das contradições a que foi submetida, desfruta da maior reputação.
(a) Mais conhecido como Duns Scot. (N. T.)
(b) Francisco Suarez (1548-1617), teólogo e filósofo espanhol nascido em Granada. Pertenceu à Companhia de Jesus e foi professor em Coimbra, sendo considerado o último grande representante da filosofia escolástica. (N. T.)

o exame que nelas iremos fazer, ousamos dizer que se descobrirá que as suas provas são pouco conclusivas, que os seus princípios são pouco fundamentados e que as suas pretensas soluções não são apropriadas para resolver nada. Em poucas palavras, no deus do dr. Clarke, assim como no dos maiores teólogos, não se verá senão uma quimera estabelecida sobre algumas suposições gratuitas, e formada pela reunião confusa de qualidades disparatadas, que tornam a sua existência totalmente impossível. Enfim, nesse deus, não se encontrará senão um vão fantasma substituindo a energia da natureza que sempre se obstinaram em não reconhecer. Iremos seguir passo a passo as diferentes proposições nas quais esse erudito teólogo desenvolve as opiniões aceitas sobre a divindade.

Alguma coisa existiu por toda a eternidade.

Esta proposição é evidente, e não tem necessidade de provas. Mas qual é essa coisa que existiu por toda a eternidade? Por que não seria antes a natureza ou a matéria, das quais nós temos ideias, do que um *puro espírito* ou um agente do qual nos é impossível ter alguma ideia? Aquilo que existe não supõe, por isso mesmo, que a existência lhe é essencial? Aquilo que não pode ser aniquilado não existirá necessariamente? E como é possível conceber que aquilo que não pode deixar de existir ou aquilo que não pode ser aniquilado tenha tido um começo? Se a matéria não pode ser aniquilada, ela não pôde começar a ser. Assim, diremos ao sr. Clarke que é a matéria, que é a natureza agindo pela sua própria energia –

da qual nenhuma parte jamais está em um repouso absoluto – que sempre existiu. Os diferentes corpos materiais que esta natureza contém mudam muito de formas, de combinações, de propriedades e de maneiras de agir, mas seus princípios ou elementos são indestrutíveis e jamais puderam começar.

Um ser independente e imutável existiu por toda a eternidade.

Perguntaremos sempre: qual é esse ser? Perguntaremos se ele é independente da sua própria essência ou das propriedades que o constituem. Perguntaremos se esse ser qualquer pode fazer que os seres que ele produz ou que ele move ajam de modo diferente do que fazem de acordo com as propriedades que ele pôde lhes dar. E, nesse caso, perguntaremos se esse ser, tal como seja possível supô-lo, não age necessariamente e não é forçado a empregar os meios indispensáveis para cumprir os seus objetivos e alcançar os fins que ele tem, ou que nele supõem. Nesse caso, diremos que a natureza é forçada a agir de acordo com a sua essência; que tudo aquilo que nela se faz é necessário e que, se a supõem governada por um deus, esse deus não pode agir de modo diferente do que faz, e, por conseguinte, está ele próprio submetido à necessidade.

Diz-se que um homem é independente quando ele não é determinado nas suas ações senão pelas causas gerais que costumam movê-lo. Diz-se que ele é dependente de um outro homem quando não pode agir senão em consequência das determinações que esse último lhe dá. Um corpo é dependente de um outro corpo quando ele lhe deve a sua existência e a sua maneira de agir. Um ser existente por toda a eternidade não pode dever a sua existência a nenhum outro ser. Ele só poderia, portanto, ser dependente dele, porque deveria a ele a sua ação; porém, é evidente que um ser eterno, ou existente por si mesmo, contém em sua natureza tudo aquilo que é necessário para agir. Portanto, a matéria, sendo eterna, é necessariamente independente no sentido que explicamos. Portanto, ela não tem necessidade de um motor do qual deve depender.

O ser eterno é também imutável, se por esse atributo entendemos que ele não pode mudar de natureza; porque, se quiséssemos dizer com isso que ele não pode mudar de maneira de ser ou de agir, estaríamos enganados, sem dúvida, já que, mesmo supondo um ser imaterial, seríamos forçados a reconhecer nele diferentes maneiras de ser, diferentes volições, diferentes maneiras de agir – a menos que o supuséssemos totalmente privado de ação, caso no qual ele seria perfeitamente inútil. Com efeito, para mudar de maneira de agir, é preciso necessariamente mudar de maneira de ser. De onde se vê que os teólogos, ao fazerem deus imutável, o tornam imóvel e, por conseguinte, inútil. Um ser imutável, no sentido de não mudar de maneira de ser, não poderia evidentemente ter nem vontades sucessivas nem produzir ações sucessivas. Se esse ser criou a matéria ou gerou o universo, houve um tempo em que ele quis que esta matéria e este universo existissem, e esse tempo foi precedido de um outro tempo em que ele tinha desejado que eles ainda não existissem. Se deus é o autor de todas as coisas, assim como dos movimentos e das combinações da matéria, ele está incessantemente ocupado em produzir e em destruir;

por conseguinte, ele não pode ser chamado de *imutável* quanto à sua maneira de existir. O universo material mantém-se sempre o mesmo pelos movimentos e as modificações contínuas das suas partes; a soma dos seres que o compõem, ou dos elementos que nele atuam, é invariavelmente a mesma. Nesse sentido, a imutabilidade do universo é bem mais fácil de conceber e bem mais demonstrada do que a de um deus distinto dele, a quem atribuem todos os efeitos e modificações que se operam diante dos nossos olhos. A natureza é tão acusável de mutabilidade, por causa da sucessão de suas formas, quanto o ser eterno dos teólogos pela diversidade dos seus decretos.

Esse ser imutável e independente, que existe por toda a eternidade, existe por si próprio.

Esta proposição nada mais é do que uma repetição da primeira. Responderemos a ela, portanto, perguntando por que a matéria, que é indestrutível, não existiria por si mesma. É evidente que um ser que não teve começo deve existir por si mesmo. Se ele tivesse existido por um outro, ele teria começado a ser e, por conseguinte, não seria eterno. Aqueles que fazem que a matéria seja coeterna de deus nada mais fazem do que multiplicar os seres sem necessidade.

A essência do ser que existe por si mesmo é incompreensível.

O sr. Clarke teria falado com mais exatidão se tivesse dito que a sua essência é impossível. No entanto, admitiremos que a essência da matéria é incompreensível ou, pelo menos, que nós só a concebemos fracamente pelas maneiras como somos por ela afetados. Porém, diremos que temos ainda bem menos condições de conceber a divindade, que não podemos apreender por nenhum aspecto. Assim, concluiremos sempre que é uma loucura raciocinar sobre isso; que nada é mais ridículo do que atribuir qualidades a um ser distinto da matéria, quando, se ele existisse, seria apenas pela matéria que nós poderíamos conhecê-lo, ou seja, nos assegurar da sua existência e das suas qualidades. Por fim, concluiremos que tudo aquilo que nos dizem sobre deus o torna material ou prova a impossibilidade em que sempre estaremos de conceber um ser diferente da matéria: não extenso e, no entanto, em todo o lugar; imaterial e, no entanto, agindo sobre a matéria; espiritual e produzindo a matéria; imutável e pondo tudo em movimento etc. etc. etc.

Com efeito, a incompreensibilidade de deus não o distingue da matéria; esta não será mais fácil de ser compreendida quando associarmos a ela um ser ainda bem menos compreensível do que ela própria – que, ao menos, conhecemos por alguns dos seus aspectos. Nós não conhecemos a essência de nenhum ser, se pela palavra *essência* entende-se aquilo que constitui a natureza que lhe é própria. Nós só conhecemos a matéria por meio das percepções, das sensações e das ideias que ela nos dá. É de acordo com isso que nós a julgamos bem ou mal, segundo a disposição particular dos nossos órgãos. Porém, a partir do momento em que um ser não age sobre nenhum dos nossos órgãos, ele não existe para nós, e nós não podemos sem extravagância falar da sua natureza ou consignar-lhe algumas qualidades. A incompreensibilidade de deus deveria convencer os homens de que eles não deveriam ocupar-se com ele. Porém, essa indiferença não acomodaria os seus ministros, que querem raciocinar incessantemente sobre ele para mostrar o seu saber, e ocupar-nos incessantemente com ele para nos submeter aos seus desígnios. No entanto, se deus é incompreensível, deveríamos concluir daí que os nossos sacerdotes não o compreendem melhor do que nós, e não concluir que a resolução mais segura é nos atermos à imaginação deles.

O ser que existe necessariamente por si mesmo é necessariamente eterno.

Esta proposição é a mesma que a primeira, a menos que aqui o dr. Clarke entenda que, como o ser existente por si mesmo não teve começo, ele não pode ter fim. Seja como for, perguntaremos sempre por que se obstinam em distinguir esse ser do universo. E diremos que a matéria, não podendo ser aniquilada, existe necessariamente e não deixará de maneira alguma de existir. Além disso, como fazer a matéria derivar de um ser que não é matéria? Não veem que a matéria é necessária, e que é apenas a sua força, o seu arranjo e as suas combinações que são contingentes, ou, antes, passageiras? O movimento geral é necessário, mas um dado movimento só o é enquanto subsiste a combinação da qual esse movimento é a consequência ou o efeito: é possível mudar as direções, acelerar ou retardar, suspender ou interromper um movimento particular, mas o movimento geral não pode ser aniquilado. O homem ao morrer deixa de viver, ou seja, de andar, de pensar, de agir da maneira que é própria à organização humana. Mas a matéria que compunha o seu corpo e a sua alma nem por isso deixa de se mover; ela torna-se simplesmente suscetível de um outro gênero de movimento.

O ser que existe por si mesmo deve ser infinito e estar presente em toda parte.

A palavra *infinito* apresenta apenas uma ideia negativa que exclui todos os limites. É evidente que um ser que existe necessariamente, que é independente, não pode ser limitado por nada que esteja fora dele, ele deve ser o seu próprio limite. Nesse sentido, é possível dizer *que ele é infinito*.

Quanto ao fato de nos dizerem que ele está presente em toda parte, é evidente que, se não existe nada fora dele, não existe lugar onde ele não esteja presente, ou que existirá apenas ele e o vazio. Isto posto, eu pergunto ao dr. Clarke se a matéria existe, e se ela não ocupa ao menos uma porção do espaço. Nesse caso, a matéria ou o universo deve no mínimo excluir a divindade, que não é matéria, do lugar que os seres materiais ocupam no espaço? O deus dos teólogos seria, por acaso, o ser abstrato que se chama de espaço ou de vazio? Eles nos responderão que não e nos dirão que deus, que não é matéria, *penetra a matéria*. Porém, para penetrar a matéria, é necessário corresponder à matéria e, por conseguinte, ter extensão. Ora, ter extensão é ter uma das propriedades da matéria. Se deus penetra a matéria, ele é material e se confunde com o universo, do qual é impossível distingui-lo. E, por uma consequência necessária, deus não pode jamais se separar da matéria. Ele estará no meu corpo, no meu braço etc. – aquilo com que nenhum teólogo vai querer concordar. Ele me dirá que é um mistério e eu compreenderei por isso que ele não sabe onde colocar o seu deus, que no entanto, segundo ele, preenche tudo com a sua imensidão.

O ser existente necessariamente é necessariamente único.

Se não existe nada fora de um ser que existe necessariamente, é forçoso que ele seja único. Vê-se que essa proposição é a mesma que a precedente, a menos que se queira negar a existência do universo material, ou que se queira dizer, como Espinosa, que não existe e que não é possível conceber outra substância além de deus. *Praeter Deum neque dari neque concipi potest substantia*, diz esse célebre ateu em sua décima quarta proposição*.

O ser existente por si mesmo é necessariamente inteligente.

Aqui, o dr. Clarke consigna a deus uma qualidade humana. A inteligência é uma qualidade dos seres organizados ou animados que nós não conhecemos em parte alguma fora

---

* A citação se refere à *Ética*. (N. T.)

desses seres. Para ter inteligência, é preciso pensar. Para pensar, é preciso ter ideias. Para ter ideias, é preciso ter sentidos. Quando se tem sentidos, se é material; e quando se é material, não se é um *puro espírito*.

O ser necessário que compreende, que contém e produz os seres animados, contém, compreende e produz as inteligências. Mas o grande todo terá uma inteligência particular que o mova, o faça agir, o determine, como a inteligência move e determina os corpos animados? É o que nada pode comprovar. O homem, tendo se colocado no primeiro lugar do universo, quis julgar tudo por aquilo que ele via em si próprio. Ele pretendeu que para ser perfeito, era necessário ser como ele. Eis aí a fonte de todos os seus falsos raciocínios sobre a natureza e sobre o seu deus. Imagina-se, portanto, que seria causar dano à divindade recusar-lhe uma qualidade que se encontra no homem, e à qual ele vincula uma ideia de perfeição e de superioridade. Nós vemos que os nossos semelhantes se ofendem quando dizemos que eles carecem de inteligência, e julgamos que ocorre a mesma coisa com o agente que nós colocamos no lugar da natureza apenas porque reconhecemos que ela não tem essa qualidade. Não se concede a inteligência à natureza, embora ela contenha alguns seres inteligentes; é por isso que se imagina um deus que pensa, que age, que tenha inteligência no lugar dela. Assim, esse deus nada mais é do que a qualidade abstrata, a modificação de nosso ser denominada *inteligência* que foi personificada. É na terra que são engendrados os animais vivos que nós chamamos de minhocas. No entanto, nós não dizemos que a terra seja um ser vivo. O pão que nós comemos e o vinho que nós bebemos não são substâncias pensantes, mas eles nutrem, sustentam e fazem pensar os seres suscetíveis dessa modificação particular. É na natureza que são formados os seres inteligentes, sensíveis, pensantes. No entanto, não podemos dizer que a natureza sinta, pense e seja inteligente.

Como recusar ao criador – nos dirão – as qualidades que nós vemos nas suas criaturas? A obra seria, pois, mais perfeita do que o artífice? *O deus que fez o olho não verá? O deus que fez os ouvidos não ouvirá?* Porém, de acordo com esse raciocínio, não deveríamos atribuir a deus todas as outras qualidades que encontramos nas suas criaturas? Não diríamos, com o mesmo fundamento, que o deus que fez a matéria é ele próprio matéria? Que o deus que fez o corpo deve possuir um corpo? Que o deus que fez tantos insensatos é ele próprio insensato? Que o deus que fez os homens que pecam está sujeito a pecar? Se, do fato de que as obras de deus possuem certas qualidades e são suscetíveis de certas modificações, chegarmos a concluir que deus também as possui, com mais forte razão seremos forçados a concluir do mesmo modo que deus é material, é extenso, é pesado, é perverso etc.

Para atribuir a deus, ou seja, ao motor universal da natureza, uma sabedoria ou uma inteligência infinitas, seria necessário que não houvesse loucuras, males, maldade ou desordem sobre a Terra. Talvez nos dirão que mesmo de acordo com os nossos princípios os males e as desordens são necessários. Mas nossos princípios não admitem um deus inteligente e sábio que teria o poder de impedi-los. Se, admitindo um semelhante deus, o mal nem por isso deixa de ser necessário, para que esse deus tão sábio, tão poderoso e tão inteligente poderia servir, já que ele próprio está submetido à necessidade? A partir daí, ele não é mais independente, seu poder desaparece, ele é forçado a deixar um livre curso para as essências das coisas. Ele não pode impedir as causas de produzirem os seus efeitos; ele não pode se opor ao mal; ele não pode tornar o homem mais feliz do que é; ele não pode, por conseguinte, ser bom; ele é perfeitamente inútil. Ele não passa da testemunha tranquila daquilo que deve necessariamente acontecer; ele não pode se impedir de querer tudo aquilo que é feito neste mundo. No entanto, nos dizem na proposição seguinte que:

O ser existente por si mesmo é um agente livre.

Um homem é chamado de *livre* quando ele encontra em si próprio os motivos que o determinam à ação, ou quando a sua vontade não encontra obstáculos para fazer aquilo a que os seus motivos o determinam. Deus, ou o ser necessário que está em questão, não encontraria nenhum obstáculo na execução dos seus projetos? Ele quer que o mal seja feito ou ele não pode impedi-lo? Nesse caso, ele não é livre e sua vontade encontra obstáculos contínuos, ou então será preciso dizer que ele consente no pecado, que ele quer que o ofendam, que ele tolera que os homens estorvem a sua liberdade e desarranjem os seus projetos. Como os teólogos sairão desses embaraços?

Por outro lado, o deus que supõem não pode agir senão em consequência das leis da sua própria existência. Seria possível, portanto, chamá-lo de um *ser livre* enquanto as suas ações não fossem determinadas por nada que estivesse fora dele. Porém, isso seria abusar visivelmente dos termos: com efeito, não é possível dizer que um ser que não pode agir de maneira diferente do que faz, e que nunca pode parar de agir a não ser em virtude das leis de sua própria existência, seja um ser livre. Existe evidentemente necessidade em todas as suas ações. Perguntemos a um teólogo se deus pode recompensar o crime e punir a virtude; perguntemos também a ele se deus pode amar o pecado ou se ele é livre quando a ação de um homem produz necessariamente nele uma vontade nova; um homem é um ser fora de deus e, no entanto, sustentam que sua conduta influi sobre esse ser livre e determina necessariamente a sua vontade. Enfim, nos perguntaremos se deus pode não querer aquilo que ele quer, e não fazer aquilo que ele faz. Sua vontade não é constrangida pela inteligência, pela sabedoria e pelos desígnios que nele supõem? Se deus está assim atado, ele não é mais livre do que o homem. Se tudo aquilo que ele faz é necessário, ele não é outra coisa que o destino, a fatalidade, o *fatum* dos antigos, e os modernos não mudaram de divindade, embora tenham mudado o seu nome.

Talvez irão nos dizer que deus é livre, quando ele não está atado pelas leis da natureza ou por aquelas que ele impõe a todos os seres. No entanto, se é verdadeiro que ele tenha feito essas leis, se elas são os efeitos da sua infinita sabedoria e da sua suprema inteligência, ele é pela sua essência obrigado a segui-las, ou então serão forçados a reconhecer que deus poderia agir como insensato. Os teólogos – no temor, sem dúvida, de estorvarem a liberdade de deus – supuseram que ele não estava submetido a nenhuma regra, como nós anteriormente comprovamos. Por conseguinte, eles fizeram dele um ser despótico, extravagante e bizarro, ao qual o seu poder dava o direito de violar todas as leis que ele próprio havia estabelecido. Pelos pretensos milagres que lhe são atribuídos, ele abole as leis da natureza; pela conduta que nele supõem, ele age muitas vezes de uma maneira contrária à sua sabedoria divina e à razão que ele deu aos homens para regular os seus julgamentos. Se deus é livre nesse sentido, toda religião é inútil. Ela só pode se fundamentar nas regras imutáveis que esse deus prescreveu a si próprio e nos compromissos que ele assumiu com o gênero humano: a partir do momento em que uma religião não supõe que ele está preso aos seus compromissos, ela destrói a si própria.

A causa suprema de todas as coisas possui uma potência infinita.

Não existe potência a não ser nela; essa potência não tem, portanto, limites. Porém, se é deus que desfruta dessa potência, o homem não deveria ter o poder de fazer o mal, ou ele estaria em condições de agir contra a potência divina. Haveria, fora de deus, uma força capaz de contrabalançar a sua ou de impedi-la de produzir os efeitos a que ela se propõe. A divindade seria forçada a tolerar o mal que ela não poderia de maneira alguma impedir.

Por outro lado, se o homem é livre para pecar, deus não é ele próprio livre, sua conduta é necessariamente determinada pelas ações do homem. Um monarca equitativo não é nem um pouco livre quando ele se acredita obrigado a agir em conformidade com as leis que jurou respeitar ou que não poderia violar sem ferir a justiça. Um monarca não é poderoso quando o menor dos seus súditos está em condições de insultá-lo, de resistir a ele frontalmente ou de fazer secretamente fracassarem todos os seus projetos. No entanto, todas as religiões do mundo nos mostram deus com os traços de um soberano absoluto do qual nada pode estorvar as vontades nem limitar o poder, enquanto, por outro lado, eles asseguram que os seus súditos têm a todo instante o poder e a liberdade de desobedecer-lhe e de aniquilar os seus desígnios. De onde se vê, evidentemente, que todas as religiões do mundo destroem com uma das mãos aquilo que elas estabelecem com a outra, e que, de acordo com as ideias que elas nos apresentam, seu deus não é nem livre, nem poderoso, nem feliz.

O autor de todas as coisas deve ser infinitamente sábio.

A sabedoria e a loucura são qualidades fundamentadas nos nossos próprios julgamentos. Ora, neste mundo – que deus supostamente criou, conserva, move e penetra –, acontecem mil coisas que nos parecem loucuras, e mesmo as criaturas para quem nós imaginamos que o universo foi feito são quase sempre mais insensatas e irracionais do que prudentes e sensatas. O autor de tudo aquilo que existe deve ser igualmente o autor daquilo que nós chamamos de irracional e daquilo que nós julgamos muito sábio. Por outro lado, para julgar a inteligência e a sabedoria de um ser, seria necessário ao menos entrever o objetivo a que ele se propõe. Qual é o objetivo de deus? É – dizem-nos – a sua própria glória. Mas deus alcança esse objetivo, e os pecadores não se recusariam a glorificá-lo? Além disso, supor que deus é sensível à glória não é supor nele as nossas loucuras e as nossas fraquezas? Não será chamá-lo de orgulhoso? Se nos dizem que o objetivo da sabedoria divina é tornar os homens felizes, perguntarei sempre: por que esses homens, a despeito das suas intenções, se tornam tantas vezes infelizes? Se me dizem que os desígnios de deus são impenetráveis para nós, responderei: 1º) que, nesse caso, é aleatoriamente que se diz que a divindade se propõe a felicidade das suas criaturas – objetivo que, de fato, jamais é alcançado; 2º) que, ignorando a sua verdadeira finalidade, nos é impossível julgar a sua sabedoria, e que há demência em querer raciocinar sobre isso.

A causa suprema deve necessariamente possuir uma bondade, uma justiça, uma veracidade infinitas e todas as outras perfeições morais que convêm ao governante e ao soberano juiz do mundo.

A ideia de *perfeição* é uma ideia abstrata, metafísica, negativa, que não tem nenhum arquétipo ou modelo fora de nós. Um ser perfeito seria um ser semelhante a nós do qual, por meio do pensamento, removemos todas as qualidades que achamos nocivas para nós mesmos e que, por essa razão, chamamos de imperfeições. Não é nunca senão com relação a nós e à nossa maneira de sentir e de pensar, e não em si mesma, que uma coisa é perfeita ou imperfeita. É conforme essa coisa nos é mais ou menos útil ou nociva, agradável ou desagradável. Nesse sentido, como podemos atribuir a perfeição ao ser necessário? Deus será perfeitamente bom com relação aos homens? Mas os homens são muitas vezes feridos pelas suas obras e forçados a se lamentar pelos males que eles sofrem neste mundo. Deus será perfeito com relação às suas obras? Mas não vemos muitas vezes, ao lado da ordem, a desordem mais completa? As obras tão perfeitas da divindade não se alteram, não são incessantemente destruídas, não nos fazem – contra a nossa vontade – sentir tristezas e sofrimentos que contrabalançam os prazeres e os bens que recebemos da natureza? Todas as religiões do mundo não supõem um deus continuamente ocupado em refazer, em reparar, em desfazer e em retificar as suas obras maravilhosas? Não deixarão de dizer que deus não pode transmitir às suas obras as perfeições que ele próprio possui. Nesse caso, diremos que como as imperfeições deste mundo são necessárias para o próprio deus, ele jamais poderá remediá-las, mesmo em um outro mundo. E concluiremos que esse deus não pode ser para nós de nenhuma utilidade.

Os atributos metafísicos ou teológicos da divindade fazem dela um ser abstrato e inconcebível, a partir do momento em que é distinta da natureza e de todos os seres que ela contém: as qualidades morais fazem dela um ser da espécie humana, embora por alguns atributos negativos tenham se esforçado para distanciá-la do homem. O deus teológico é um ser isolado que, na verdade, não pode ter nenhuma relação com nenhum dos seres que nós conhecemos. O deus moral nunca passa de um homem, que acreditaram tornar perfeito afastando dele – por intermédio do pensamento – as imperfeições da natureza humana. As qualidades morais dos homens são fundamentadas nas relações subsistentes entre eles ou nas suas necessidades mútuas. O deus teológico não pode ter qualidades morais ou perfeições humanas; ele não tem necessidade dos homens, não tem nenhuma relação com eles, já que não podem haver relações que não sejam recíprocas. Um puro espírito não pode ter relações com seres materiais, ao menos em parte; um ser infinito não pode ter nenhuma relação com seres finitos; um ser eterno não pode ter relações com seres perecíveis e passageiros. O ser único, que não tem gênero nem espécie, que não tem semelhantes, que não vive em sociedade, que não tem nada em comum com as suas criaturas, se existisse realmente, não poderia ter nenhuma das qualidades que chamamos de perfeições. Ele seria de uma ordem tão diferente dos homens que não poderíamos consignar-lhe nem vícios nem virtudes. Repetem-nos incessantemente que deus não nos deve nada, que nenhum ser pode se comparar a ele, que o nosso entendimento limitado não pode conceber as suas perfeições, que o espírito humano não é feito para compreender a sua essência: mas, por isso mesmo, não destroem as nossas relações com esse ser tão dessemelhante, tão desproporcional, tão incompreensível? Todas as relações supõem uma certa analogia. Todos os deveres supõem uma semelhança e necessidades recíprocas; para ter deveres para com alguém, é necessário conhecê-lo.

Irão nos dizer, sem dúvida, que deus se faz conhecer por meio da revelação. Porém, essa revelação não pressuporia a existência do deus sobre o qual discutimos? Essa revelação não aniquilaria ela mesma as perfeições morais que lhe são atribuídas? Toda revelação não pressupõe nos homens uma ignorância, uma imperfeição, uma perversidade que um deus bom, sábio, onipotente e previdente deveria ter prevenido? Toda revelação particular não supõe nesse deus uma preferência, uma predileção, uma injusta parcialidade por algumas das suas criaturas; disposições que contradizem visivelmente a sua bondade e a sua justiça infinitas? Essa revelação não anunciaria nele a aversão, o ódio ou pelo menos a indiferença pela maior parte dos habitantes da Terra, ou até mesmo uma intenção deliberada de cegá-los para perdê-los? Em poucas palavras, em todas as revelações conhecidas, a divindade, em vez de nos ser representada como sábia, como equitativa, como cheia de ternura para com o homem, não nos é continuamente pintada como extravagante, como iníqua, como cruel, como querendo seduzir os seus filhos, como fazendo-lhes ou deixando que lhes façam armadilhas e punindo-os em seguida por terem caído nelas? Na verdade, o deus do dr. Clarke e dos cristãos não pode ser considerado como um ser perfeito, a menos que na teologia chamem de *perfeições* aquilo que a razão ou o bom senso chamam de imperfeições patentes ou de disposições odiosas. Digamos mais: não existe na raça humana indivíduo tão perverso, tão vingativo, tão injusto e tão cruel quanto o tirano a quem os cristãos prodigalizam as suas homenagens servis e a quem os seus teólogos prodigalizam perfeições, a cada instante desmentidas pela conduta que eles lhe atribuem.

Quanto mais nós considerarmos o deus teológico, mais ele nos parecerá impossível e contraditório. A teologia não parece formá-lo senão para destruí-lo logo em seguida. O que é, com efeito, um ser do qual não se pode afirmar nada que não se ache instantaneamente desmentido? O que é um deus bom que se irrita incessantemente; um deus onipotente que jamais alcança os seus objetivos; um deus infinitamente feliz cuja felicidade é continuamente perturbada; um deus que ama a ordem e que nunca pode mantê-la; um deus justo que permite que os seus súditos mais inocentes sofram injustiças perpétuas? O que é um puro espírito que cria e que move a matéria? O que é um ser imutável que é a causa dos movimentos e das modificações que se operam a cada instante na natureza? O que é um ser infinito que coexiste, no entanto, com o universo? O que é um ser onisciente que se acredita obrigado a pôr à prova as suas criaturas? O que é um ser onipotente que nunca pode transmitir às suas obras a perfeição que ele quer encontrar nelas? O que é um ser revestido de todos os tipos de qualidades divinas e cuja conduta é sempre humana? O que é um ser que pode tudo e que não é bem-sucedido em nada, que nunca age de uma maneira digna dele? Ele é perverso, injusto, cruel, ciumento, irascível e vingativo como o homem. Ele fracassa como o homem em todos os seus projetos, e isso com todos os atributos capazes de preservá-lo dos defeitos da nossa espécie! Se quisermos ter boa-fé, reconheceremos que esse ser não é nada e descobriremos que o fantasma imaginado para explicar a natureza está em perpétua contradição com essa natureza e que, em vez de tudo explicar, ele não serve senão para embaralhar tudo.

Segundo o próprio Clarke, "o nada é aquilo de que não é possível afirmar nada com verdade, e de que não é possível negar tudo verdadeiramente, de tal modo que a ideia do nada é, por assim dizer, a negação de absolutamente todas as ideias; a ideia do nada finito ou infinito é, portanto, uma contradição nos termos". Que apliquemos esse princípio àquilo que o nosso autor disse da divindade e descobriremos que, como ele mesmo reconhece, ela é o *nada infinito*, já que a ideia dessa divindade é a *negação de absolutamente todas as ideias* que os homens são capazes de formar. A espiritualidade nada mais é, com efeito, que uma pura negação da corporeidade; ao dizerem que deus é espiritual, não estarão nos dizendo que não se sabe aquilo que ele é? Dizem-nos que existem algumas substâncias que nós não podemos ver nem tocar, e que nem por isso deixam de existir. Muito bem; porém, a partir disso, nós não podemos nem raciocinar sobre elas nem lhes consignar algumas qualidades. Concebe-se melhor a infinitude, que é uma pura negação dos limites que nós encontramos em todos os seres? O espírito humano pode compreender o que é o infinito? E, para formar uma espécie de ideia confusa sobre isso, ele não é obrigado a juntar algumas quantidades limitadas com outras quantidades que ele também só concebe limitadas? A onipotência, a eternidade, a onisciência e a perfeição serão, pois, outra coisa que abstrações ou puras negações dos limites na força, na duração e no conhecimento? Se sustentam que deus não é nada daquilo que o homem pode conhecer, pode ver, pode sentir; se não é possível dizer nada de positivo sobre ele, é, no mínimo, permitido duvidar que ele exista. Se sustentam que deus é aquilo que dizem os nossos teólogos, não podemos nos impedir de negar a existência ou a possibilidade de um ser que eles fazem o sujeito de predicados que o espírito humano jamais poderá conciliar ou conceber.

"O ser existente por si mesmo deve ser", segundo Clarke, "um ser simples, imutável, incorruptível, sem partes, sem figura, sem movimento, sem divisibilidade; em suma, um ser no qual não seja encontrada nenhuma das propriedades da matéria que, sendo todas finitas, são incompatíveis com a infinitude perfeita". De boa-fé, será possível ter alguma noção verdadeira de um semelhante ser? Os próprios teólogos reconhecem que os homens não podem ter uma noção completa de deus. Porém, aquela que nos é apresentada aqui é não somente incompleta, mas também destrói em deus todas as qualidades sobre as quais o nosso espírito poderia basear um julgamento. Assim, Clarke é forçado a reconhecer que, "quando se trata de determinar a maneira como ele é infinito e como ele pode estar presente em toda parte, nossos entendimentos limitados não poderiam nem explicá-lo nem compreendê-lo". Porém, o que é um ser que nenhum homem pode explicar ou compreender? É uma quimera que, se existisse, não poderia de modo algum interessá-lo.

Platão, esse grande criador de quimeras, diz que "aqueles que só admitem aquilo que eles podem ver e tocar são estúpidos e ignorantes que se recusam a admitir a realidade da existência das coisas invisíveis". Nossos teólogos nos dirigem a mesma linguagem: nossas religiões europeias foram visivelmente infectadas pelas divagações platônicas, que nada mais são, evidentemente, que os resultados das noções obscuras e da metafísica ininteligível dos sacerdotes egípcios, caldeus e assírios, entre os quais Platão tinha ido buscar a sua pretensa filosofia. Com efeito, se a filosofia consiste no conhecimento da natureza, seremos forçados a reconhecer que a doutrina platônica não merece de maneira alguma esse nome, já que ela nada mais faz do que afastar o espírito humano da natureza visível para lançá-lo em um mundo intelectual, no qual ele não encontrará senão quimeras. No entanto, é essa filosofia fantástica que ainda regula todas as nossas opiniões. Nossos teólogos, guiados ainda pelo entusiasmo de Platão, só entretêm seus seguidores com *espíritos*, com *inteligências*, com *substâncias incorporais*, com *potências invisíveis*, com *anjos*, com *demônios*, com *virtudes misteriosas*, com *efeitos sobrenaturais*, com *iluminações divinas*, com *ideias inatas* etc[5]. Acreditando-se ne-

---

5. Qualquer um que se dê ao trabalho de ler as obras de Platão e de seus discípulos – tais como Proclus, Jâmblico, Plotino etc. – encontrará nelas quase todos os dogmas e todas as sutilezas metafísicas da teologia cristã. Além disso, encontrará nelas a origem dos *símbolos*, dos *ritos*, dos *sacramentos* – em poucas palavras, da *teurgia* empregada no culto dos cristãos, que em suas cerimônias religiosas, assim como em seus dogmas, nada mais fazem do que seguir mais ou menos fielmente os caminhos que lhes haviam sido traçados pelos sacerdotes do paganismo. As loucuras religiosas não são tão variadas quanto se pensa.

Com relação à filosofia antiga, com exceção da de Demócrito e de Epicuro, ela foi comumente uma verdadeira *teosofia*, imaginada por alguns sacerdotes do Egito e da Assíria. Pitágoras e Platão não passaram de teólo-

les, nossos sentidos nos são inteiramente inúteis. A experiência não serve para nada; a imaginação, o entusiasmo, o fanatismo e os movimentos de temor que os nossos preconceitos religiosos fazem nascer em nós são *inspirações celestes*, advertências divinas, percepções naturais que devemos preferir à razão, ao juízo e ao bom senso. Depois de nos terem imbuído desde a infância dessas máximas tão apropriadas para nos ofuscar e para nos cegar, é fácil para eles nos fazer admitir os maiores absurdos sob o nome imponente de *mistérios*, impedindo-nos de examinar aquilo em que nos dizem para crer. Seja como for, responderemos a Platão – e a todos os doutores que, como ele, nos impõem a necessidade de crer naquilo que não podemos compreender – que, para acreditar que uma coisa exista, é necessário pelo menos ter alguma ideia dela; que essa ideia não pode vir a nós senão pelos nossos sentidos; que tudo aquilo que os nossos sentidos não nos fazem conhecer não é nada para nós; que, se existe absurdo em negar a existência daquilo que não se conhece, existe extravagância em conferir-lhe algumas qualidades desconhecidas, e que existe estupidez em tremer diante de verdadeiros fantasmas ou em respeitar ídolos vãos revestidos de qualidades incompatíveis que a nossa imaginação combinou sem jamais poder consultar a experiência e a razão.

Isso pode servir para responder ao dr. Clarke, que nos diz: "Que absurdo protestar tão veementemente contra a exis-

---

gos cheios de entusiasmo e, talvez, de má-fé. Pelo menos encontramos em suas obras um espírito misterioso *sacerdotal*, que será sempre um sinal de que se procura enganar ou de que não se quer esclarecer os homens. É na natureza e não na teologia que se pode ir buscar uma filosofia inteligível e verdadeira.

tência de uma substância imaterial, cuja essência não é compreensível, e falar disso como se fosse a coisa mais incrível!". Ele havia dito um pouco mais acima: "Não existe planta tão pequena e tão desprezível quanto ela seja, não existe animal tão vil que não confunda o gênio mais sublime. Os seres inanimados estão rodeados, para nós, de trevas impenetráveis. Que extravagância, pois, fazer que a incompreensibilidade de deus sirva para negar a sua existência!".

Nós lhe responderemos:

1º) que a ideia de uma substância imaterial ou privada de extensão não passa de uma ausência de ideias, uma negação da extensão, e que, quando nos dizem que um ser não é matéria, nos dizem aquilo que ele não é, e não nos informam aquilo que ele é, e que, dizendo que um ser não pode cair sob os nossos sentidos, nos informam que nós não temos nenhum meio de nos assegurarmos se ele existe ou não.

2º) Admitiremos sem dificuldade que os homens de maior gênio não conhecem a essência das pedras, das plantas e dos animais nem as engrenagens secretas que os constituem, que os fazem vegetar ou agir. Mas que, pelo menos, eles são vistos, os nossos sentidos os conhecem, pelo menos, em alguns aspectos; nós podemos perceber alguns dos seus efeitos, de acordo com os quais os julgamos bem ou mal. Enquanto os nossos sentidos não podem apreender por nenhum aspecto um ser imaterial, nem, por conseguinte, nos trazer nenhuma ideia sobre ele, um tal ser é para nós uma *qualidade oculta* ou, antes, um *ser de razão*: se não conhecemos a essência ou a combinação íntima dos seres mais materiais, descobrimos ao menos, com a ajuda da experiência, algumas das suas relações conosco. Nós conhecemos as suas superfícies, sua extensão, sua forma, sua cor, sua maciez e sua dureza pelas impressões que eles causam em nós: estamos em condições de compará-los, de distingui-los, de julgá-los, de amá-los ou de fugir deles, de acordo com as diferentes maneiras como somos afetados. Nós não podemos ter os mesmos conhecimentos sobre um deus imaterial nem sobre os espíritos dos quais nos falam incessantemente alguns homens que não podem ter, sobre eles, mais ideias do que os outros mortais.

3º) Nós conhecemos em nós mesmos algumas modificações que chamamos de sentimentos, de pensamentos, de vontades e de paixões: por falta de conhecer a nossa essência própria e a energia da nossa organização particular, atribuem esses efeitos a uma causa oculta e distinta de nós mesmos, que dizem ser *espiritual*, porque ela parecia agir diferentemente do nosso corpo. No entanto, a reflexão nos prova que os efeitos materiais não podem partir senão de uma causa material. Só vemos, do mesmo modo, no universo efeitos físicos e materiais que não podem partir senão de uma causa análoga, que nós atribuiremos não a uma causa espiritual que não conhecemos, mas à própria natureza, que nós podemos conhecer em alguns aspectos, se nos dignarmos a meditar de boa-fé.

Se a incompreensibilidade de deus não é uma razão para negar a sua existência nem por isso ela é uma razão para dizer que ele é imaterial. E nós o compreenderemos ainda bem menos espiritual do que material, visto que a materialidade é uma qualidade conhecida, e que a espiritualidade é uma qualidade oculta ou desconhecida, ou apenas uma maneira de falar da qual nós só nos servimos para encobrir a nossa ignorância. Um cego de nascença não raciocinaria bem se ele negasse a existência das cores, embora essas cores não existam realmente para ele, mas somente para aqueles que estão em condições de conhecê-las. Esse cego nos pareceria ridículo se ele quisesse defini-las. Se existissem alguns seres que tivessem ideias de deus ou de um puro espírito, nossos teólogos lhes pareceriam, sem dúvida, tão ridículos quanto esse cego.

Repetem-nos incessantemente que os nossos sentidos não nos mostram senão a *casca* das coisas, que os nossos espíritos limitados não podem conceber um deus: reconhecemos isso; mas esses sentidos não nos mostram nem mesmo a *casca* da divindade que os nossos teólogos nos definem, à qual eles conferem atributos, sobre a qual eles não param de discutir, enquanto até aqui eles jamais conseguiram provar a sua existência. "Eu gosto muito" – diz Locke – "de todos aqueles que defendem as suas opiniões de boa-fé; mas existem tão poucas pessoas que, de acordo com a maneira como elas as defendem, parecem plenamente convictas das opiniões que professam que sou tentado a acreditar que existem, neste mundo, muito mais céticos do que se pensa"[6].

Abbadie nos diz *que* "se trata de saber se existe um deus, e não o que é esse deus"*. Mas como se assegurar da existência

---

6 Cf. suas *Cartas familiares*. Hobbes diz que se os homens tivessem algum interesse nisso, eles duvidariam da certeza dos elementos de Euclides.

* Cf. *Tratado da verdade da religião cristã*, edição de 1684 (vol. I, p. 119). (N. T.)

de um ser que jamais se poderá conhecer? Se não nos dizem aquilo que é esse ser, como poderemos julgar se a sua existência é possível ou não? Acabamos de ver os fundamentos ruinosos sobre os quais os homens ergueram até aqui o fantasma criado pela sua imaginação; acabamos de examinar as provas das quais eles se servem para estabelecer a sua existência; reconhecemos as inúmeras contradições que resultam das qualidades inconciliáveis com as quais eles pretendem adorná-lo. O que concluir de tudo isso, senão que ele não existe? É verdade que nos asseguram *que não existem contradições entre os atributos divinos, mas que há uma desproporção entre o nosso espírito e a natureza do ser supremo*. Isto posto, de qual medida é preciso que o homem se sirva para julgar o seu deus? Não foram os homens que imaginaram esse ser e que o revestiram com os atributos que lhe são conferidos? Se é preciso ser um espírito infinito para compreendê-lo, os próprios teólogos podem se gabar de concebê-lo? E de que serve falar sobre isso com os outros? O homem, que jamais será um ser infinito, poderá conceber melhor o seu deus infinito em um mundo futuro do que naquele que ele habita atualmente? Se nós não conhecemos deus agora, jamais poderemos nos vangloriar de conhecê-lo depois, já que jamais seremos deuses.

No entanto, sustentam que é necessário conhecer esse deus. Mas como provar que é necessário conhecer aquilo que é impossível de conhecer? Dizem-nos, nesse caso, que o bom senso e a razão são suficientes para convencer da existência de um deus. Mas, por outro lado, não me dizem que a razão é um guia infiel em matéria de religião? Que nos mostrem, ao menos, o termo preciso onde é necessário abandonar essa razão que nos terá conduzido ao conhecimento de deus. Ainda a consultaremos quando se tratar de examinar se aquilo que se conta desse deus é provável, se ele pode reunir os atributos discordantes que lhe conferem, se ele falou a linguagem que o fazem usar? Nossos sacerdotes jamais nos permitirão consultar a razão sobre essas coisas. Eles sustentarão, então, que nós devemos nos ater cegamente ao que eles dizem; assegurarão que o mais seguro é nos submetermos àquilo que eles julgaram conveniente decidir sobre a natureza de um ser que confessam não conhecer e não estar de maneira alguma ao alcance dos mortais. Além disso, nossa razão não pode conceber o infinito, assim ela não pode nos convencer da existência de um deus. E se os nossos sacerdotes têm uma razão mais sublime que a nossa, nunca será mais do que pela palavra dos nossos sacerdotes que acreditaremos em deus. Nós mesmos jamais estaremos plenamente convencidos disso: a convicção íntima só pode ser o efeito da evidência e da demonstração.

Uma coisa demonstra-se impossível a partir do momento em que não somente não se pode ter ideias verdadeiras sobre ela, mas também quando quaisquer ideias que sejam formadas sobre ela se contradizem, se destroem, repelem umas às outras. Nós não temos ideias verdadeiras sobre um espírito. As ideias que podemos formar sobre ele se contradizem, quando dizemos que um ser privado de órgãos e de extensão pode sentir, pode pensar, pode ter vontades ou desejos: o deus teológico não pode agir; repugna à sua essência divina ter qualidades humanas, e se supomos essas qualidades infinitas, elas com isso só se tornarão mais ininteligíveis e mais difíceis ou impossíveis de conciliar.

Se deus é para os seres da espécie humana aquilo que as cores são para os cegos de nascença, esse deus não existe para nós: se dizem que ele reúne as qualidades que lhe são consignadas, esse deus é impossível. Se somos cegos, não raciocinemos nem sobre deus nem sobre as suas cores; não lhe confiramos atributos, não nos ocupemos com ele. Os teólogos são cegos que querem explicar a outros cegos as nuanças e as cores de um retrato representando um original que eles nem mesmo percorreram às apalpadelas[7]. E que não venham nos dizer que o original, o retrato e suas cores nem por isso deixam de existir, embora o cego não nos possa explicá-lo nem fazer uma ideia dele, de acordo com o testemunho dos homens que desfrutam da visão. Mas onde estão os videntes que viram a divindade, que a conhecem melhor do que nós e que estão no direito de nos convencer da sua existência?

---

7. Encontro, na obra do próprio Clarke, uma citação de Melchior Canus, bispo das Canárias, que poderíamos opor a todos os teólogos deste mundo e a todos os seus argumentos: *Puderet me dicere non me intelligere, si ipsi intelligerent qui tractarunt*[a]. Heráclito dizia que "se perguntassem a um cego o que é a visão, ele responderia que é a cegueira". São Paulo anuncia o seu deus aos atenienses como sendo precisamente o deus *desconhecido* ao qual eles haviam erguido um altar. São Dionísio Areopagita diz que é quando reconhecemos que não conhecemos deus que melhor o conhecemos. *Tunc Deum maxime cognoscimus, cum ignorare, eum cognoscimus.* Será nesse deus *desconhecido* que toda a teologia está fundamentada? É sobre esse deus *desconhecido* que ela raciocina incessantemente! É em honra a esse deus *desconhecido* que os homens são degolados!
(a) "Ficarei envergonhado de dizer que não compreendo isso, se aqueles que tratam do assunto compreenderem." (N. T.)

O dr. Clarke nos diz que "é suficiente que os atributos de deus sejam possíveis e tais que não exista demonstração do contrário". Estranha maneira de raciocinar! A teologia seria, pois, a única ciência na qual é permitido concluir que uma coisa existe a partir do momento em que ela é possível? Depois de ter exposto algumas divagações sem fundamento e algumas proposições que nada apoia, se está livre para dizer que elas são verdades, por que não é possível demonstrar o contrário? No entanto, é bem possível demonstrar que o deus teológico é impossível. Para prová-lo, é suficiente fazer ver, como nós não temos cessado de fazer, que um ser formado pela combinação monstruosa dos contrastes mais chocantes não pode de maneira alguma existir.

No entanto, insistem sempre e nos dizem que não se pode conceber que a inteligência ou o pensamento possam ser propriedades e modificações da matéria – da qual, no entanto, Clarke reconhece que nós ignoramos a essência e a energia, ou sobre a qual ele disse que os maiores gênios não tinham senão algumas ideias superficiais e incompletas. Porém, não poderíamos lhe perguntar se é mais fácil conceber que a inteligência e o pensamento sejam propriedades do espírito, sobre o qual certamente se tem bem menos ideias do que sobre a matéria? Se não temos senão algumas ideias obscuras e imperfeitas sobre os corpos mais sensíveis e mais grosseiros, como conheceríamos mais distintamente uma substância imaterial ou um deus espiritual que não age sobre nenhum dos nossos sentidos e que, se agisse sobre eles, deixaria a partir de então de ser imaterial?

Clarke não tem, portanto, fundamento para nos dizer que "a ideia de uma substância imaterial não contém nenhuma impossibilidade e não implica nenhuma contradição", e que "aqueles que dizem o contrário são obrigados a afirmar que tudo aquilo que não é matéria é nada". Tudo aquilo que age sobre os nossos sentidos é matéria. Uma substância privada da extensão ou das propriedades da matéria não pode se fazer sentir em nós nem, por conseguinte, nos dar percepções ou ideias: constituídos como nós somos, aquilo de que nós não temos ideias não existe para nós. Assim, não há nenhum absurdo em sustentar que tudo aquilo que não é matéria é nada. Pelo contrário, é uma verdade tão patente que apenas alguns preconceitos inveterados ou a má-fé podem nos fazer duvidar dela.

Nosso erudito adversário não elimina a dificuldade indagando "se não existem senão cinco sentidos, e se deus não pôde conferir alguns sentidos muito diferentes dos nossos a outros seres que nós não conhecemos?". E "se ele não poderia ter dado outros a nós mesmos no estado presente em que nos encontramos?". Respondo, primeiramente, que antes de presumir aquilo que deus pode ou não fazer, seria necessário ter constatado a sua existência. Replico em seguida que nós só temos, de fato, cinco sentidos[8]; que, com o auxílio deles, o homem está na impossibilidade de conceber um ser tal como é suposto o deus da

---
8. Os teólogos nos falam muitas vezes de um *sentido íntimo*, de um *instinto natural*, com a ajuda dos quais nós descobrimos ou sentimos a divindade e as pretensas verdades da religião. Porém, por pouco que se queira examinar as coisas, se descobrirá que esse *sentido íntimo* e esse *instinto* nada mais são que os efeitos do hábito, do entusiasmo, da inquietação e do preconceito que muitas vezes, a despeito de todo o raciocínio, nos reconduzem a alguns preconceitos que o nosso espírito tranquilo não pode se impedir de rejeitar.

teologia; que nós ignoramos absolutamente qual seria a extensão da nossa concepção se nós tivéssemos alguns sentidos a mais. Assim, indagar o que deus poderia ter feito em tal caso é sempre supor a coisa em questão, já que nós não podemos saber até onde poderia ir o poder de um ser do qual não temos nenhuma ideia. Temos tanta noção sobre isso quanto temos daquilo que podem sentir e conhecer os anjos, os seres diferentes de nós, as inteligências superiores a nós. Nós ignoramos a maneira de vegetar das plantas. Como saberíamos a maneira de conceber dos seres de uma ordem totalmente distinta da nossa? Ao menos podemos estar seguros de que se deus é infinito, como nos asseguram, nem os anjos nem nenhuma inteligência subordinada podem concebê-lo. Se o homem é um enigma para si próprio, como poderia compreender aquilo que não é ele? É forçoso, portanto, que nós nos limitemos a julgar com os cinco sentidos que temos. Um cego tem o uso de apenas quatro sentidos. Ele não está no direito de negar que existe um sentido a mais para os outros. Porém, ele pode dizer com razão e verdade que não tem nenhuma ideia dos efeitos que ele produziria com o sentido que lhe falta. É com esses cinco sentidos que estamos reduzidos a julgar a divindade, que nenhum deles nos mostra ou vê melhor do que nós. Um cego, cercado por outros cegos, não estaria autorizado a perguntar-lhes com que direito eles lhe falam de um sentido que eles próprios não têm ou de um ser sobre o qual a sua própria experiência nada lhes pode ensinar[9]?

---

9. Supondo, como fazem os teólogos, que deus impõe aos homens a necessidade de conhecê-lo, sua pretensão parece tão insensata quanto seria a ideia do proprietário de uma terra a quem supusessem a fantasia de que as formigas do seu jardim o conhecem e raciocinam pertinentemente a respeito dele.

Enfim, é possível ainda responder a Clarke que, segundo o seu sistema, sua suposição é impossível, e não deve ser feita, já que deus tendo, segundo ele, feito o homem, quis, sem dúvida, que ele tivesse apenas cinco sentidos ou que ele fosse assim como é atualmente, porque seria necessário que ele fosse assim para corresponder às sábias intenções e aos desígnios imutáveis que a teologia lhe atribui.

O dr. Clarke, assim como todos os outros teólogos, fundamenta a existência do seu deus na necessidade de uma força que tenha o poder de dar início ao movimento. Porém, se a matéria sempre existiu, ela sempre teve o movimento – que, como foi provado, lhe é tão essencial quanto a sua extensão –, e decorre das suas propriedades primitivas. Não existe, portanto, movimento a não ser na matéria e por ela. A mobilidade é uma consequência da sua existência; não é que o grande todo possa ocupar ele próprio outras parcelas do espaço além daquelas que ele ocupa atualmente, mas suas partes podem mudar e mudam continuamente as suas situações respectivas. É disso que resultam a conservação e a vida da natureza, que é sempre imutável em sua totalidade. Porém, supondo – como fazem todos os dias – que a matéria seja morta, quer dizer, incapaz de produzir alguma coisa por si própria sem o auxílio de uma força motriz que lhe imprima o movimento, poderemos algum dia conceber que a natureza material receba o seu movimento de uma força que não tem nada de material? O homem poderá supor que uma substância que não tem nenhuma das propriedades da matéria possa criá-la, extraí-la do seu próprio fundo, arranjá-la, penetrá-la, dirigir seus movimentos, guiá-la em sua marcha?

O movimento é, portanto, coeterno da matéria. Por toda a eternidade as partes do universo têm agido umas sobre as outras em razão das suas energias, das suas essências próprias, dos seus elementos primitivos e das suas combinações diversas. Essas partes devem ter se combinado em razão das suas analogias ou relações, ter se atraído e se repelido, agido e reagido, gravitado umas sobre as outras, se reunido e se dissolvido, recebido formas e mudado essas formas pelas suas contínuas colisões. Em um mundo material, o motor deve ser material. Em um todo cujas partes estão essencialmente em movimento, não há necessidade de um motor distinto dele mesmo; por sua própria energia, o todo deve estar em um perpétuo movimento. O movimento geral, como já provamos em outra parte, nasce de todos os movimentos particulares que os seres transmitem uns aos outros sem interrupção.

Vê-se, portanto, que a teologia, ao supor um deus que imprimisse o movimento à natureza e que fosse distinto dela, nada mais faz do que multiplicar os seres ou, antes, nada mais faz do que personificar o princípio da mobilidade inerente à matéria. Ao dar a esse princípio algumas qualidades humanas, ela nada mais faz do que atribuir a ele a inteligência e o pensamento, perfeições que não podem de maneira alguma lhe convir. Tudo aquilo que Clarke e todos os outros teólogos modernos nos dizem sobre o seu deus se torna, em alguns aspectos, bastante inteligível a partir do momento em que é aplicado à natureza, à matéria: ela é eterna, ou seja, não pode ter tido começo e nunca terá fim. Ela é infinita, ou seja, nós não concebemos os seus limites etc. Porém, as qualidades humanas, sempre extraídas de nós mesmos, não podem lhe convir, já que essas qualidades são maneiras de ser ou modos que não pertencem senão a alguns seres particulares, e não ao todo que os contém.

Assim, para resumir as respostas que foram dadas a Clarke, diremos:

1º) Que é possível conceber que a matéria existiu por toda a eternidade, já que não se concebe que ela tenha podido começar.

2º) Que a matéria é independente, já que não existe nada fora dela: que é imutável, já que ela não pode mudar de natureza, embora mude incessantemente de formas ou de combinações.

3º) Que a matéria existe por si mesma, já que, não podendo conceber que ela possa ser aniquilada, não podemos conceber que ela tenha podido começar a existir.

4º) Que nós não conhecemos a essência nem a verdadeira natureza da matéria, embora estejamos em condições de conhecer algumas das suas propriedades e qualidades de acordo com a maneira como ela age sobre nós – o que não podemos de maneira alguma dizer de deus.

5º) Que a matéria, sendo sem começo, jamais terá fim, embora suas combinações e suas formas comecem e terminem.

6º) Que se tudo aquilo que existe, ou tudo aquilo que o nosso espírito pode conceber, é matéria, essa matéria é infinita, ou seja, não pode ser limitada por nada. Que ela está presente em toda parte, se não existe nenhum lugar fora dela; se houvesse, com efeito, um lugar fora dela, seria o vazio, e então deus seria o vazio.

7º) Que a natureza é única, embora seus elementos ou suas partes sejam infinitamente variados e dotados de propriedades muito diferentes.

8º) Que a matéria modificada, arranjada, combinada de uma certa maneira, produz em alguns seres aquilo que nós chamamos de inteligência. É uma das suas maneiras de ser, mas não é uma das suas propriedades essenciais.

9º) Que a matéria não é de maneira alguma um agente livre, já que ela não pode agir de modo diferente do que faz em virtude das leis da sua natureza ou da sua existência e que, assim como os corpos graves devem necessariamente cair, os corpos leves devem se elevar, o fogo deve queimar e o homem deve sentir o bem e o mal, segundo a natureza dos seres cuja ação ele experimenta.

10º) Que a potência ou a energia da matéria não tem outros limites além daquele que lhe prescreve a sua própria natureza.

11º) Que a sabedoria, a justiça, a bondade etc. são qualidades próprias da matéria combinada e modificada como ela se encontra em alguns seres da natureza humana, e que a ideia de perfeição é uma ideia abstrata, negativa, metafísica, ou uma maneira de considerar os objetos que não supõe nada de real fora de nós.

Enfim,

12º) Que a matéria é o princípio do movimento, que ela o contém em si mesma, já que só existe ela que seja capaz de dá-lo e de recebê-lo, o que não podemos conceber de um ser imaterial, simples, desprovido de partes que, privado de extensão, de massa e de peso, não poderia nem mover a si próprio nem mover outros corpos, e muito menos criá-los, produzi-los e conservá-los.

Capítulo 5

Exame das provas da existência de deus apresentadas por Descartes, Malebranche, Newton etc.

Falam-nos incessantemente de deus, e jamais ninguém conseguiu até aqui demonstrar a sua existência. Os gênios mais sublimes foram forçados a encalhar nesse recife; os homens mais esclarecidos nada mais fizeram do que balbuciar sobre a matéria que todos são unânimes em considerar como a mais importante: como se pudesse ser necessário se ocupar com objetos inacessíveis aos nossos sentidos e sobre os quais nosso espírito não pode ter nenhum conhecimento imediato!

A fim de nos convencer da pouca solidez que os maiores personagens souberam dar às provas que eles sucessivamente imaginaram para estabelecer a existência de um deus, examinemos em poucas palavras o que disseram sobre isso os filósofos mais célebres; comecemos por Descartes, o restaurador da filosofia entre nós. Esse grande homem nos diz ele próprio:

> Toda a força do argumento que eu usei para provar a existência de deus consiste no fato de que eu reconheço que não seria possível que a minha natureza fosse tal como ela é, ou seja, que eu tivesse em mim a ideia de um deus, se deus não existisse verdadeiramente. Esse mesmo deus, digo, do qual a ideia está em mim, quer dizer, que possui todas essas altas *perfeições* das quais nosso espírito pode ter alguma leve ideia sem, no entanto, poder compreendê-las etc. (cf. *Meditações* III, *Sobre a existência de Deus*, p. 71).

Ele havia dito um pouco antes (página 69): "É forçoso necessariamente concluir que só pelo fato de que eu existo e que a ideia de um ser soberanamente perfeito (ou seja, de deus) está em mim, a existência de deus está muito evidentemente demonstrada".

1º) Responderemos a Descartes que não temos o direito de concluir que uma coisa existe pelo fato de que temos a ideia dela. Nossa imaginação nos apresenta a ideia de uma *esfinge* ou de um *hipogrifo*, sem que por isso tenhamos o direito de concluir que essas coisas existem realmente.

2º) Diremos a Descartes que é impossível que ele tenha uma ideia positiva e verdadeira do deus do qual, assim como os teólogos, ele quer provar a existência. É impossível para qualquer homem, para qualquer ser material, formar uma ideia real de um espírito, de uma substância privada de extensão, de um ser incorporal, agindo sobre a natureza que é corpórea e material, verdade que nós já provamos suficientemente.

3º) Nós lhe diremos que é impossível que o homem tenha alguma ideia positiva e real da perfeição, do infinito, da imensidão e dos outros atributos que a teologia consigna à divindade. Daremos, portanto, a Descartes a mesma resposta que já foi dada, no capítulo precedente, à 12ª proposição de Clarke.

Assim, nada é menos concludente do que as provas sobre as quais Descartes apoia a existência de deus. Ele faz desse deus um pensamento, uma inteligência: mas como conceber uma inteligência, um pensamento, sem um sujeito ao qual essas qualidades possam aderir? Descartes sustenta que só é possível conceber deus "como uma virtude que se aplica sucessivamente às partes do universo [...]"; ele diz também que "deus não pode ser dito por extenso, a não ser como isso é dito do fogo contido em um pedaço de ferro, que não tem, propriamente falando, outra extensão além daquela do próprio ferro [...]". Porém, de acordo com essas noções, estamos no direito de censurá-lo por não anunciar bastante claramente que não existe outro deus além da natureza, o que é um puro *espinosismo*. Com efeito, sabemos que foi nos princípios de Descartes que Espinosa foi buscar o seu sistema, que decorre necessariamente de Descartes.

Foi, portanto, com razão que acusaram Descartes de ateísmo, já que ele destrói com muita força as frágeis provas que apresenta da existência de um deus. Temos, portanto, fundamento para lhe dizer que o seu sistema subverte a ideia da criação. Com efeito, antes que deus tivesse criado uma matéria, ele não podia coexistir nem ser coextenso com ela e, nesse caso, segundo Descartes, não havia nenhum deus, já que ao tirar das modificações o seu sujeito, essas modificações devem elas mesmas desaparecer. Se deus, segundo os cartesianos, não é outra coisa que a natureza, eles são bastante espinosistas. Se deus é a força motriz da natureza, esse deus não mais existe por si mesmo, ele não existe senão enquanto subsiste o sujeito ao qual ele é inerente, ou seja, a natureza da qual ele é o motor. Assim, deus não mais existe por si mesmo, ele só existirá enquanto durar a natureza que ele move. Sem matéria ou sem sujeito para mover, para conservar, para produzir, o que acontece com a força motriz do universo? Se deus é essa força motriz, o que acontecerá com ele sem um mundo no qual ele possa exercer a sua ação?[1]

Vê-se, portanto, que Descartes, longe de estabelecer solidamente a existência de um deus, a destrói totalmente. A mesma coisa ocorrerá necessariamente com todos aqueles que raciocinarem sobre isso. Eles acabarão sempre por se contradizer e por desmentir a si próprios. Nós encontramos as mesmas inconsequências e contradições nos princípios do célebre padre Malebranche, que – considerados com a mais superficial atenção – parecem conduzir diretamente ao espinosismo. Com efeito, o que está em maior conformidade com a linguagem de Espinosa do que dizer que "o universo não passa de uma emanação de deus; que nós vemos tudo em deus; que tudo aquilo que vemos é somente deus; que deus sozinho faz tudo aquilo que é feito; que ele próprio é toda

---

1. Cf. *O ímpio convicto, ou Dissertação contra Espinosa*, p. 115 e seguintes. Amsterdã, 1685[a].

   (a) Noël Aubert de Versé (1650?-1714), *O ímpio convicto, ou Dissertação contra Espinosa, na qual se refutam os fundamentos do seu ateísmo*. Amsterdã: Jean Crelle, 1685. (N. T.)

a ação e toda a operação que existe em toda a natureza; em poucas palavras, que deus é todo o ser e o único ser?".

Isso não será dizer formalmente que a natureza é deus? Além disso, ao mesmo tempo que Malebranche nos assegura de que nós vemos tudo em deus, ele sustenta "que não está ainda bem demonstrado que exista uma matéria e corpos, e que só a fé nos ensina esses grandes mistérios, dos quais, sem ela, não teríamos nenhum conhecimento". Com base nisso, podemos perguntar-lhe, com razão, como é possível demonstrar a existência do deus que criou a matéria, se a existência dessa matéria ainda é um problema?

O próprio Malebranche reconhece que não se pode ter demonstração exata da existência de um outro ser além daquele que é necessário. Ele acrescenta que "se olharmos de perto veremos que não é nem mesmo possível conhecer com uma completa certeza se deus é ou não é verdadeiramente criador de um mundo material e sensível". De acordo com essas noções, é evidente que, segundo o padre Malebranche, os homens não têm mais do que a fé como garantia da existência de deus. Mas a fé não supõe, ela própria, essa existência? Se não estamos seguros de que deus exista, como poderemos ser persuadidos de que é preciso crer naquilo que ele diz?

Por outro lado, essas noções de Malebranche subvertem evidentemente todos os dogmas teológicos. Como conciliar com a liberdade do homem a ideia de um deus que é a causa motriz de toda a natureza, que move imediatamente a matéria e os corpos, sem a vontade do qual nada se faz no universo, que predetermina as criaturas a tudo aquilo que elas fazem?

Como, com isso, é possível sustentar que as almas humanas tenham a faculdade de constituir pensamentos e vontades, de se mover e de modificar a si próprias? Se supomos, como os teólogos, que a conservação das criaturas é uma criação contínua, não será deus que, ao conservá-las, as coloca em condições de fazer o mal? É evidente que, de acordo com o sistema de Malebranche, deus faz tudo, e que as suas criaturas não passam de instrumentos passivos em suas mãos; seus pecados, assim como as suas virtudes, são dele; os homens não podem ter mérito nem demérito, o que aniquila toda a religião. É assim que a teologia está perpetuamente ocupada em destruir a si própria[2].

Vejamos agora se o imortal Newton nos apresentará ideias mais verdadeiras e provas mais seguras da existência de deus. Esse homem, cujo vasto gênio adivinhou a natureza e as suas leis, se desencaminhou a partir do momento que as perdeu de vista: escravo dos preconceitos da sua infância, ele não ousou erguer a tocha das suas luzes sobre a quimera que haviam gratuitamente associado à natureza. Ele não reconheceu que as suas próprias forças eram suficientes para produzir todos os fenômenos que ele mesmo havia tão exitosamente explicado. Em poucas palavras, o sublime Newton não passa de uma criança quando ele abandona a física e a evidência para se perder nas regiões imaginárias da teologia. Eis como ele fala da divindade[3]:

---

2. Cf. *O ímpio convicto*, p. 143 e 214.
3. Cf. *Principia mathematica*, p. 528 e seguintes. Edição de Londres, de 1726.

Esse deus governa tudo não como a alma do mundo, mas como o senhor e o soberano de todas as coisas. É por causa da sua soberania que o senhor deus é chamado de *Pantocrator*, o imperador universal. Com efeito, a palavra *deus* é relativa e se refere aos escravos. A deidade é a dominação ou a soberania de deus não sobre o seu próprio corpo, como pensam aqueles que consideram deus como a alma do mundo, mas sobre escravos.

Vemos por aí que Newton, assim como todos os teólogos, faz do seu deus, do puro espírito que preside o universo, um monarca, um suserano, um déspota, ou seja, um homem poderoso, um príncipe cujo governo tem como modelo aquele que os reis da Terra exercem algumas vezes sobre os seus súditos transformados em escravos, aos quais comumente eles fazem sentir de uma maneira bastante incômoda o peso da sua autoridade. Assim, o deus de Newton é um déspota, ou seja, um homem que tem o privilégio de ser bom quando lhe apraz, injusto e perverso quando sua fantasia o determina a isso. Porém, seguindo as ideias de Newton, como o mundo não existiu por toda a eternidade, como os *escravos* de deus foram formados no tempo, é forçoso concluir daí que antes da criação do mundo o deus de Newton era um soberano sem súditos e sem Estados. Vejamos se esse grande filósofo concorda melhor consigo mesmo nas ideias subsequentes que ele nos apresenta do seu déspota divinizado.

O deus supremo é um ser eterno, infinito, absolutamente perfeito. Porém, por mais perfeito que seja um ser, se ele não tem soberania, ele não é o deus supremo [...] A palavra *deus* significa *senhor*; mas nem todo senhor é deus; é a soberania do ser espiritual que constitui deus, é a verdadeira soberania que constitui o verdadeiro deus, é a soberania suprema que constitui o deus supremo, é a soberania falsa que constitui o falso deus. Da soberania verdadeira, deduz-se que o verdadeiro deus é vivo, inteligente e poderoso e, das suas outras perfeições, deduz-se que ele é supremo ou soberanamente perfeito. Ele é eterno, infinito, ele sabe tudo. Quer dizer que ele dura por toda a eternidade, e não terminará jamais (*durat ab aeterno, adest ab infinito in infinitum*); ele governa tudo e sabe tudo aquilo que se faz ou que pode ser feito. Ele não é nem a eternidade nem a infinitude, mas é eterno e infinito. Ele não é o espaço ou a duração, mas dura e está presente (*adest*)[4].

Em toda essa passagem ininteligível, nada mais vemos do que incríveis esforços para conciliar alguns atributos teológicos ou qualidades abstratas com os atributos humanos conferidos ao monarca divinizado. Vemos aí algumas qualidades negativas que já não convêm ao homem, conferidas, no entanto, ao soberano da natureza que supõem um rei. Seja como for, eis aí sempre o deus supremo que tem necessidade de súditos para estabelecer a sua soberania. Assim, deus tem necessidade dos homens para exercer o seu império; sem isso ele não seria rei. Quando não havia nada, de quem deus era senhor? Seja como for, esse senhor, esse rei espiritual exercerá

---

4. A palavra *adest*, da qual Newton se serve no texto, parece ter sido colocada aí para evitar dizer que deus está contido no espaço.

verdadeiramente o seu império espiritual sobre seres que muitas vezes não fazem aquilo que ele quer, que lutam incessantemente contra ele, que impõem a desordem em seus Estados? Esse monarca espiritual será o senhor dos espíritos, das almas, das vontades e das paixões dos seus súditos, que deixou livres para se revoltarem contra ele? Esse monarca infinito, que enche tudo com a sua imensidão e que tudo governa, governará o homem que peca, dirigirá as suas ações, estará nele quando ele ofende o seu deus? O diabo, o falso deus, o mau princípio não terá um império mais extenso que o deus verdadeiro, do qual incessantemente – segundo os dogmas da teologia – ele destrói os projetos? O soberano verdadeiro não será aquele cujo poder em um Estado influi sobre o maior número de súditos? Se deus está presente em toda parte, não será ele a triste testemunha e o cúmplice dos ultrajes que em toda parte fazem à sua divina majestade? Se ele ocupa tudo, não terá ele extensão, não corresponderá aos diversos pontos do espaço e, a partir daí, não deixará de ser espiritual?

"Deus é uno" – continua ele – "e ele é o mesmo para sempre e em toda parte não somente por sua virtude ou sua energia, mas também por sua substância."

Mas como um ser que age, que produz todas as modificações sofridas pelos seres, pode ser sempre o mesmo? O que se entende pela virtude ou pela energia de deus? Essas palavras vagas apresentam ideias claras ao nosso espírito? O que se entende pela substância divina? Se essa substância é espiritual e privada de extensão, como ela pode existir em alguma parte? Como ela pode pôr a matéria em ação? Como ela pode ser concebida?

No entanto, Newton nos diz que "todas as coisas estão contidas nele e se movem nele, mas sem ação recíproca (*sed sine mutua passione*). Deus nada experimenta da parte dos movimentos dos corpos; estes não experimentam nenhuma resistência da parte de sua presença em todos os lugares".

Parece, aqui, que Newton confere à divindade algumas características que não convêm senão ao vazio e ao nada. Sem isso, nós não podemos conceber que não possa haver uma ação recíproca ou relações entre substâncias que se penetram, que se rodeiam por todas as partes. Parece evidente que, aqui, o autor não se entende.

> É uma verdade incontestável que deus existe necessariamente, e a mesma necessidade faz que ele exista sempre e em toda parte: de onde se segue que ele é em tudo semelhante a si mesmo. Ele é todos os olhos, todos os ouvidos, todo o cérebro, todos os braços, todo o sentimento, toda a inteligência e toda a ação, mas de uma maneira de forma alguma humana, de forma alguma corporal, e que nos é totalmente desconhecida. Do mesmo modo que o cego não tem ideia das cores, é assim que nós não temos ideia das maneiras como deus sente e entende.

A existência necessária da divindade é precisamente a coisa em questão. É essa existência que ele deveria ter constatado por meio de provas tão claras e de demonstrações tão fortes quanto a gravitação e a atração. Se a coisa tivesse sido possível, o gênio de Newton (sem dúvida) teria conseguido. Porém, ó homem! Tão grande e tão forte quando vós sois geômetra, tão pequeno e tão frágil quando vos tornais teólogo, quer dizer, quando raciocinais sobre aquilo que não pode ser nem calculado nem submetido à experiência, como consentis vós em nos falar de um ser que é para vós, como vós reconheceis, aquilo que um quadro é para um cego? Por que sair da natureza para buscar, nos espaços imaginários, causas, forças, uma energia que a natureza vos teria mostrado nela mesma, se vós tivésseis desejado consultá-la com a vossa costumeira sagacidade? Porém, o grande Newton não tem mais coragem, ou se cega voluntariamente, a partir do momento que se trata de um preconceito que o hábito lhe faz considerar como sagrado. No entanto, continuemos ainda a examinar até onde o gênio do homem é capaz de se desencaminhar, quando ele abandona uma vez a experiência e a razão para se deixar arrastar por sua imaginação.

"Deus" – continua o pai da física moderna – "é totalmente destituído de corpo e de figura corporal. Eis porque ele não pode ser nem visto, nem tocado, nem ouvido, e não deve ser adorado sob nenhuma forma corporal."

Porém, que ideias formar de um ser que não é nada daquilo que nós conhecemos? Quais são as relações que podemos supor entre nós e ele? De que serve adorá-lo? Com efeito, se vós o adorais, sereis a contragosto obrigado a fazer dele um ser semelhante ao homem, sensível como ele às homenagens, aos presentes, às adulações – em poucas palavras, vós fareis dele um rei que, como os da Terra, exige o respeito daqueles que lhe são submissos. Com efeito, ele acrescenta:

> Nós temos ideias dos seus atributos, mas não conhecemos o que é uma substância. Nós não vemos senão as figuras e as cores dos corpos, não ouvimos senão os sons, não tocamos senão as superfícies exteriores, não sentimos senão os odores, não provamos senão os sabores. Nenhum dos nossos sentidos, nenhuma das nossas reflexões, podem nos mostrar a natureza íntima das substâncias; temos ainda bem menos ideias sobre deus.

Se temos ideia dos atributos de deus, é apenas porque nós lhe conferimos os nossos, que nunca fazemos mais do que aumentar ou exagerar a ponto de tornar irreconhecíveis algumas qualidades que inicialmente conhecíamos. Se, em todas as substâncias que impressionam os nossos sentidos, nós só conhecemos os efeitos que elas produzem sobre nós, de acordo com os quais nós lhes consignamos algumas qualidades, ao menos essas qualidades são alguma coisa e nos fazem nascer ideias distintas. Os conhecimentos superficiais ou de qualquer tipo que os nossos sentidos nos fornecem são os únicos que podemos ter. Constituídos como nós somos, achamo-nos forçados a nos contentar com isso, e vemos que eles bastam para as nossas necessidades. Porém, nós não temos, de um deus distinto da matéria ou de toda substância conhecida, nem mesmo a ideia mais superficial e, no entanto, raciocinamos incessantemente sobre ele!

"Nós só conhecemos deus pelos seus atributos, pelas suas propriedades, pelo arranjo excelente e sábio que ele deu a todas as coisas e por suas *causas finais*. E nós o admiramos por causa das suas perfeições."

Nós não conhecemos deus – repito – a não ser por aqueles dos seus atributos que tiramos de nós mesmos. Porém, é evidente que eles não podem convir ao ser universal, que não pode ter nem a mesma natureza nem as mesmas propriedades que os seres particulares tais como nós. É de acordo conosco que consignamos a deus a inteligência, a sabedoria e a perfeição, fazendo a abstração daquilo que denominamos de defeitos em nós mesmos. Quanto à ordem ou ao arranjo do universo, do qual fazemos um deus ser o autor, nós o achamos excelente e sábio quando ele nos é favorável, ou quando as causas que coexistem conosco não perturbam a nossa própria existência. Sem isso, nós nos queixamos da desordem, as *causas finais* se desvanecem, nós supomos no deus imutável alguns motivos, semelhantemente tirados da nossa própria maneira de agir, para desarranjar a bela ordem que admiramos no universo. Assim, é sempre em nós mesmos, é na nossa maneira de sentir que vamos buscar as ideias de ordem, os atributos de sabedoria, de excelência e de perfeição que conferimos a deus, enquanto todo o bem e o mal que nos acontecem neste mundo são consequências necessárias das essências das coisas e das leis gerais da matéria. Em poucas palavras, da gravidade, da atração e da repulsa, das leis do movimento que o próprio Newton tão bem desenvolveu, mas que ele não mais ousou aplicar a partir do momento que entrou em questão o fantasma a quem o preconceito faz atribuir todos os efeitos dos quais a natureza é ela própria a verdadeira causa.

"Nós reverenciamos e adoramos deus por causa da sua soberania: nós lhe prestamos um culto como seus escravos.

Um deus destituído de soberania, de providência e de causas finais nada mais seria que a natureza e o destino."

É verdade que adoramos deus como escravos ignorantes, que tremem diante de um senhor que eles não conhecem. Nós lhe oramos loucamente, embora ele nos seja representado como imutável e embora, na verdade, esse deus não seja outra coisa que a natureza agindo através de leis necessárias, a necessidade personificada ou o destino a quem deram o nome de deus.

No entanto, Newton nos diz: "De uma necessidade física e cega que estaria em toda parte e sempre a mesma, não poderia sair nenhuma variedade nos seres; a diversidade que nós vemos só pode ser proveniente das ideias e da vontade de um ser que existe necessariamente".

Por que essa diversidade não seria proveniente das causas naturais, de uma matéria agindo por si mesma e cujo movimento relaciona e combina alguns elementos variados e, no entanto, análogos, ou separa alguns seres com a ajuda de substâncias que não se acham apropriadas para produzir união? O pão não é proveniente da combinação da farinha, do fermento e da água? Quanto à necessidade cega – como foi dito em outra parte –, é aquela da qual ignoramos a energia ou da qual, cegos nós mesmos, não conhecemos a maneira de agir. Os físicos explicam todos os fenômenos pelas propriedades da matéria. E quando eles não podem explicá-los, por falta de conhecer as causas naturais, eles não acreditam que tais fenômenos deixem de ser dedutíveis dessas propriedades ou dessas causas. Nisso, portanto, os físicos são ateus? Sem isso, eles responderiam que deus é o autor de todos esses fenômenos.

"Dizem, por alegoria, que deus vê, ouve, fala, ri, ama, odeia, deseja, dá, recebe, se rejubila ou se encoleriza, combate, faz e fabrica etc.; porque tudo aquilo que dizem de deus é extraído da conduta dos homens por uma espécie de analogia imperfeita e tal como ela."

Os homens não puderam fazer de outro modo: por falta de conhecer a natureza e os seus caminhos, eles imaginaram uma energia particular que chamaram de deus, e o fizeram agir segundo os mesmos princípios que fazem que eles próprios ajam, ou segundo os quais eles agiriam se fossem responsáveis por isso. É dessa *teantropia* que decorrem as ideias absurdas e muitas vezes perigosas nas quais estão fundamentadas todas as religiões do mundo, que adoram todas em seu deus um homem poderoso e perverso. Veremos na sequência os funestos efeitos que resultaram para a espécie humana das ideias que foram feitas da divindade, que jamais foi encarada senão como um soberano absoluto, um déspota, um tirano. Quanto ao presente, continuemos a examinar as provas que nos apresentam os deícolas da existência do seu deus, que eles imaginam ver em toda parte.

Eles não cessam, com efeito, de nos repetir que esses movimentos regulados, que essa ordem invariável que se vê reinar no universo, que esses benefícios com os quais os homens são cumulados, anunciam uma sabedoria, uma inteligência e uma bondade que não podemos nos recusar a reconhecer na causa que produz esses efeitos tão maravilhosos. Responderemos que os movimentos regulados que vemos no universo são consequências necessárias das leis da matéria. Esta não pode deixar de agir como age enquanto as mesmas causas atuam nela. Esses movimentos cessam de ser regulados, a ordem dá lugar à desordem, a partir do momento que novas causas vêm perturbar ou suspender a ação das primeiras. A ordem – como fizemos ver em outras partes – nada mais é que o efeito que resulta para nós de uma sequência de movimentos; não pode haver desordem real relativamente ao grande conjunto, no qual tudo aquilo que se faz é necessário e determinado por leis que nada pode mudar. A ordem da natureza bem pode ser desmentida ou destruída para nós, mas ela jamais é desmentida para si mesma, já que ela não pode agir de modo diferente do que age. Se, de acordo com os movimentos regulados e bem ordenados que nós vemos, atribuímos inteligência, sabedoria e bondade à causa desconhecida ou suposta desses efeitos, somos obrigados a atribuir-lhe do mesmo modo extravagância e malícia todas as vezes em que esses movimentos se tornam desordenados, ou seja, deixam de ser regulados para nós ou nos perturbam em nossa maneira de existir.

Afirma-se que os animais nos fornecem uma prova convincente de uma causa poderosa da sua existência; dizem-nos que o acordo admirável entre as suas partes, que vemos se prestarem auxílios mútuos a fim de cumprir as suas funções e de manter o seu conjunto, nos anunciam um artífice que reúne o poder à sabedoria[5]. Nós não podemos duvidar do po-

---

5. Já fizemos observar, em outras partes, que diversos autores, para provar a existência de uma inteligência divina, copiaram tratados inteiros de *anatomia* e de *botânica*, que não provam nada, a não ser que existem na natureza alguns elementos apropriados a se unirem, arranjarem-se, coordenarem-se de maneira a formar totalidades ou conjuntos suscetíveis

der da natureza. Ela produz todos os animais que vemos com a ajuda das combinações da matéria, que está em uma ação contínua. O acordo entre as partes desses mesmos animais é uma consequência das leis necessárias da natureza e da sua combinação. A partir do momento que esse acordo cessa, o animal é destruído necessariamente. O que acontece, então, com a sabedoria, a inteligência ou a bondade da pretensa causa a quem atribuíam um acordo tão exaltado? Esses animais tão maravilhosos que dizem ser obras de um deus imutável não se alteram incessantemente e não terminam sempre por ser destruídos? Onde está a sabedoria, a bondade, a previdência e a imutabilidade de um artífice que não parece estar ocupado senão em desarranjar e quebrar as engrenagens das máquinas que nos são anunciadas como as obras-primas do seu poder e

---

de produzir alguns efeitos particulares. Assim, esses escritos carregados de erudição fazem ver somente que existem na natureza seres diversamente organizados, conformados de uma certa maneira, próprios para certos usos, que não mais existiriam sob a forma que têm se as suas partes deixassem de agir como agem, ou seja, de estarem dispostas de modo a se prestarem auxílios mútuos. Ficar surpreso de que o *cérebro*, de que o *coração*, de que os *olhos*, de que as *artérias* e as *veias* de um animal ajam como agem, ou que as raízes de uma planta atraiam os sumos, ou que uma árvore produza frutos, é ficar surpreso de que um animal, uma planta ou uma árvore existam. Esses seres não existiriam, ou não seriam mais aquilo que são, se eles deixassem de agir como agem; é o que ocorre quando eles morrem. Se sua formação, suas combinações, sua maneira de agir e de se conservar algum tempo na vida fossem uma prova de que esses seres são efeitos de uma causa inteligente, sua destruição, sua dissolução, a cessação total da sua maneira de agir, sua morte, deveriam provar do mesmo modo que esses seres são os efeitos de uma causa privada de inteligência e de intenções constantes. Se nos dizem que as suas intenções são desconhecidas para nós, perguntaremos: com que direito é possível atribuí-las a essa causa, ou como raciocinar sobre isso?

da sua habilidade? Se esse deus não pode fazer de outro modo, ele não é livre nem onipotente. Se ele muda de vontade, ele não é imutável. Se permite que algumas máquinas que ele tornou sensíveis experimentem a dor, ele carece de bondade. Se ele não pôde tornar as suas obras mais sólidas, é porque careceu de habilidade. Vendo que os animais, assim como todas as outras obras da divindade, são destruídos, não podemos nos impedir de concluir que tudo aquilo que a natureza faz é necessário e não passa de uma consequência das suas leis, ou que o artífice que a faz agir é desprovido de plano, de potência, de constância, de habilidade e de bondade.

O homem, que considera a si próprio como a obra-prima da divindade, nos forneceria mais do que qualquer outra produção a prova da incapacidade ou da malícia do seu pretenso autor: nesse ser sensível, inteligente, pensante, que se crê o objeto constante da predileção divina, e que faz seu deus de acordo com o seu próprio modelo, nada mais vemos do que uma máquina mais móvel, mais débil, mais sujeita a se desarranjar, pela sua grande complicação, que a dos seres mais grosseiros. As bestas desprovidas dos nossos conhecimentos, as plantas que vegetam e as pedras privadas de sensação são, em muitos aspectos, seres mais favorecidos do que o homem. Eles estão, ao menos, isentos dos sofrimentos do espírito, dos tormentos do pensamento, das tristezas devoradoras pelas quais esse último é tantas vezes tomado. Quem é que não gostaria de ser um animal ou uma pedra todas as vezes em que se recorda da perda irreparável de um objeto amado? Não seria melhor ser uma massa inanimada do que um supersticioso inquieto, que nada mais faz do que tremer aqui embaixo sob o jugo do seu deus e que ainda prevê tormentos infinitos em uma vida futura? Os seres privados de sensação, de vida, de memória e de pensamento não são afligidos pela ideia do passado, do presente e do futuro. Eles não se acreditam em perigo de se tornarem eternamente desgraçados por terem raciocinado mal, como tantos seres favorecidos que pretendem que é para eles que o arquiteto do mundo construiu o universo[6].

Que não venham nos dizer que nós não podemos ter a ideia de uma obra sem ter a de um artífice distinto da sua obra. *A natureza não é uma obra*: ela sempre existiu por si mesma, é no seu seio que tudo se faz. Ela é uma imensa oficina, provida de materiais e que faz os instrumentos dos quais

---

6. Cícero diz: *Inter hominem et belluam hoc maxime interest, quod haec ad id solum quod adest, quodque praesens est, se accommodat, paululum admodum sentiens praeteritum et futurum*[a]. Assim, aquilo que quiseram que fosse considerada como uma prerrogativa do homem não passa de uma desvantagem real. Sêneca disse: *Nos et venturo torquemur et praeterito, timoris enim tormentum memoria reducit, providentia anticipat; nemo tantum praesentibus miser est*[b]. Não seria possível perguntar a todo homem de bem que nos dissesse que um deus bom criou o universo para a felicidade da nossa espécie sensível: "*Desejaríeis, vós mesmos, ter criado um mundo que contém tantos desafortunados?*". Não seria melhor abster-se de criar um tão grande número de seres sensíveis do que chamá-los à vida para sofrer?

(a) A citação completa é *Inter hominem et beluam hoc maxime interest, quod haec tantum, quantum sensu movetur, ad id solum, quod adest quodque praesens est, se accommodat, paullum admodum sentiens praeteritum aut futurum* [Entre o homem e o animal existe uma diferença capital: é que o animal, capaz somente de sentir, não regula os seus movimentos senão com base nos objetos atualmente dados e presentes, tendo apenas em um fraco grau a sensação do passado e a do futuro] (Cícero, *Dos deveres*, I, 4). (N. T.)

(b) "O futuro nos tortura, ao mesmo tempo, que o passado... sua memória lhe traz de volta as angústias do medo, sua previdência os antecipa. Ninguém tem bastante misérias do presente" (Sêneca, *Cartas a Lucílio*, V). (N. T.)

ela se serve para agir: todas as suas obras são efeitos da sua energia e dos agentes ou causas que ela faz, que ela contém, que ela põe em ação. Elementos eternos, incriados, indestrutíveis, sempre em movimento, combinando-se diversamente, fazem eclodir todos os seres e os fenômenos que vemos, todos os efeitos bons ou maus que sentimos, a ordem ou a desordem, que nunca distinguimos a não ser pelas diferentes maneiras como somos afetados – em poucas palavras, todas as maravilhas sobre as quais nós meditamos e raciocinamos. Esses elementos não têm necessidade, para isso, senão das suas propriedades – sejam particulares ou reunidas – e do movimento que lhes é essencial, sem que seja necessário recorrer a um artífice desconhecido para arranjá-los, configurá-los, combiná-los, conservá-los e dissolvê-los.

Porém, supondo por um instante que seja impossível conceber o universo sem um artífice que o tenha formado e que zele pela sua obra, onde colocaremos esse artífice? Será dentro ou fora do universo? Ele será matéria ou movimento? Ou então será apenas o espaço, o nada ou o vazio? Em todos esses casos, ou ele não seria nada ou estaria contido na natureza e submetido às suas leis. Se ele está na natureza, não posso ver nela senão a matéria em movimento, e devo concluir disso que o agente que a move é corporal e material e que, por conseguinte, ele está sujeito a se dissolver. Se esse agente está fora da natureza, não tenho mais nenhuma ideia do lugar que ele ocupa, nem de um ser imaterial nem da maneira como um espírito sem extensão pode agir sobre a matéria da qual ele está separado. Esses espaços ignorados que a imaginação situou para além do mundo visível não existem para um ser que vê apenas o que está ao seu alcance; a potência ideal que os habita não pode ser pintada em meu espírito, a não ser quando a minha imaginação combinar ao acaso as cores fantásticas que ela é sempre forçada a adotar no mundo em que estou. Nesse caso, não farei senão reproduzir na ideia aquilo que os meus sentidos terão realmente percebido, e esse deus que me esforço para distinguir da natureza ou para colocar fora do seu âmbito sempre voltará para ela necessariamente e contra a minha vontade[7].

Insistirão e dirão que se levassem uma estátua ou um relógio para um selvagem que jamais tivesse visto isso, ele não poderia se impedir de reconhecer que essas coisas são obras de algum agente inteligente mais hábil e mais industrioso do que ele próprio: concluirão daí que nós somos, do mesmo modo, forçados a reconhecer que a máquina do universo, que o homem e que os fenômenos da natureza são obras de um agente cuja inteligência e poder ultrapassam em muito os nossos.

Respondo, em primeiro lugar, que nós não podemos duvidar que a natureza seja muito poderosa e muito industriosa. Admiramos sua indústria todas as vezes em que somos surpreendidos pelos efeitos extensos, variados e complicados

---

7. Hobbes diz: "O mundo é corporal; ele tem as dimensões da grandeza – ou seja, comprimento, largura e profundidade. Qualquer porção de um corpo é corpo e tem essas mesmas dimensões; consequentemente, cada parte do universo é corpo, e aquilo que não é corpo não faz parte do universo. Porém, como o universo é tudo, aquilo que não faz parte dele não é nada, e não pode estar em parte alguma." (Cf. Hobbes, *Leviatã*, cap. 46).

que encontramos naquelas de suas obras sobre as quais nos damos ao trabalho de meditar. No entanto, ela não é nem mais nem menos industriosa em uma das suas obras do que nas outras. Nós não compreendemos tanto como ela pôde produzir uma pedra ou um metal quanto uma cabeça organizada como a de Newton. Nós chamamos de industrioso um homem que pode fazer coisas que nós mesmos não podemos fazer; a natureza pode tudo, e a partir do momento que uma coisa existe, é uma prova de que ela pôde fazê-la. Assim, é sempre em relação a nós mesmos que julgamos a natureza industriosa. Nós, então, a comparamos conosco, e como desfrutamos de uma qualidade que nós chamamos de *inteligência*, com a ajuda da qual produzimos algumas obras nas quais mostramos a nossa indústria, concluímos daí que as obras da natureza que mais nos espantam não lhe pertencem, mas são devidas a um artífice inteligente como nós, mas cuja inteligência proporcionamos ao espanto que as suas obras produzem em nós, ou seja, à nossa fraqueza e à nossa própria ignorância.

Respondo, em segundo lugar, que o selvagem a quem levarem uma estátua ou um relógio terá ou não terá ideias sobre a indústria humana: se ele tem ideias sobre isso, sentirá que o relógio ou a estátua podem ser obras de um ser da sua espécie, desfrutando de faculdades que faltam a ele próprio. Se o selvagem não tem nenhuma ideia da indústria humana e dos recursos da arte, ao ver o movimento espontâneo de um relógio, ele acreditará que o relógio é um animal que não pode ser obra do homem. Experiências multiplicadas confirmam a maneira de pensar que atribuo a esse selvagem[8]. Assim, do mesmo modo que muitos homens que se acreditam bem mais refinados do que ele, esse selvagem atribuirá os efeitos estranhos que ele vê a um gênio, a um espírito, a um deus, ou seja, a uma *força desconhecida* à qual ele consignará um poder do qual ele crê que os seres da sua espécie estão absolutamente privados. Com isso, ele não provará nada, a não ser que não sabe aquilo que o homem é capaz de produzir. É assim que as pessoas rústicas levantam os olhos para o céu todas as vezes que são testemunhas de algum fenômeno inusitado. É assim que o povo chama de *miraculosos*, de *sobrenaturais* e de *divinos* todos os efeitos estranhos dos quais ele ignora as causas naturais. Como normalmente ele não conhece as causas de nada, tudo é milagre para ele, ou pelo menos ele imagina que deus é a causa de todos os bens e de todos os males que experimenta. Enfim, é assim que os teólogos resolvem todas as dificuldades, atribuindo a deus tudo aquilo de que eles ignoram – ou de que não querem que se conheça – as causas verdadeiras.

Respondo, em terceiro lugar, que o selvagem, abrindo o relógio e examinando-o por partes, perceberá talvez que essas partes anunciam uma obra que não pode provir senão

---

8. Os americanos oravam aos espanhóis como deuses, porque eles tinham o uso da pólvora, porque eles montavam a cavalo e porque eles tinham barcos que navegavam sozinhos. Os habitantes da ilha de Tenian[(a)], não tendo conhecimento do fogo antes da chegada dos europeus, tomaram-no, da primeira vez que o viram, por um animal que devorava a madeira.

(a) Uma das Ilhas Marianas do Norte, na Oceania, Tenian (ou Tinian), foi colonizada pelos espanhóis e atualmente está agregada aos Estados Unidos. (N. T.)

do trabalho do homem. Ele verá que ele difere das produções imediatas da natureza, a quem ele nunca viu produzir rodas feitas de um metal polido. Ele verá ainda que essas partes separadas umas das outras não agem mais como quando estavam reunidas. De acordo com essas observações, o selvagem atribuirá o relógio a um homem, ou seja, a um ser como ele, do qual ele tem ideias, mas que julga capaz de fazer coisas que ele próprio não sabe fazer. Em poucas palavras, ele atribuirá essa obra a um ser conhecido em alguns aspectos, provido de algumas faculdades superiores às suas. Porém, ele se absterá de pensar que uma obra material possa ser o efeito de uma causa imaterial, ou de um agente privado de órgãos e de extensão, do qual é impossível conceber a ação sobre os seres materiais. Ao passo que, por falta de conhecer o poder da natureza, nós atribuímos as suas obras a um ser que conhecemos ainda bem menos que a ela, e a quem, sem conhecê-lo, atribuímos aqueles dentre os seus trabalhos que nós menos compreendemos. Vendo o mundo, reconhecemos uma causa material dos fenômenos que nele ocorrem, e essa causa é a natureza, cuja energia se mostra àqueles que a estudam.

Que não venham nos dizer que, de acordo com essa hipótese, nós atribuímos tudo a uma causa cega, à cooperação fortuita dos átomos, ao *acaso*. Nós não chamamos de *causas cegas* senão aquelas das quais não conhecemos a cooperação, a força e as leis. Chamamos de *fortuitos* os efeitos dos quais ignoramos as causas e que a nossa ignorância e a nossa inexperiência nos impedem de pressentir. Atribuímos ao acaso todos os efeitos dos quais não vemos a ligação necessária com as suas causas. A natureza não é uma causa cega. Ela não age ao acaso; tudo aquilo que ela faz jamais seria fortuito para aquele que conhecesse a sua maneira de agir, os seus recursos e o seu comportamento. Tudo aquilo que ela produz é necessário e nunca passa senão de uma consequência das suas leis fixas e constantes. Tudo nela está ligado por nós invisíveis e todos os efeitos que vemos decorrem necessariamente das suas causas, quer as conheçamos, quer não as conheçamos. É bem possível haver, sobre isso, ignorância de nossa parte, mas as palavras *deus*, *espírito*, *inteligência* etc. não remediarão essa ignorância. Elas só farão redobrá-la, impedindo-nos de buscar as causas naturais dos efeitos que nós vemos.

Isso pode servir de resposta à eterna objeção que fazem aos partidários da natureza, que são incessantemente acusados de *atribuir tudo ao acaso*. O acaso é uma palavra vazia de sentido, ou ao menos não indica senão a ignorância daqueles que a empregam. No entanto, nos dizem e repetem que uma obra regular não pode ser devida às combinações do acaso. Jamais – nos dizem – será possível conseguir fazer um poema tal como a *Ilíada* com letras jogadas ou combinadas ao acaso. Nós admitiremos isso sem dificuldade; porém, de boa-fé, são as letras – lançadas com a mão, como dados – que produzem um poema? Isso seria o mesmo que dizer que não é com os pés que se pode fazer um discurso. É a natureza que combina, de acordo com leis certas e necessárias, uma cabeça organizada de maneira a fazer um poema: é a natureza que lhe dá um cérebro apropriado para gerar uma semelhante obra; é a natureza que, pelo temperamento, pela imaginação e pelas paixões que ela dá a um homem, o coloca em condições de produzir uma obra-prima. É o seu cérebro modificado de uma certa maneira, ornado de ideias ou de imagens, fecundado pelas circunstâncias, que pode se tornar a única matriz na qual um poema possa ser concebido e desenvolvido. Uma cabeça organizada como a de Homero, provida do mesmo vigor e da mesma imaginação, enriquecida pelos mesmos conhecimentos, colocada nas mesmas circunstâncias, produzirá necessariamente, e não ao acaso, o poema da *Ilíada* – a menos que se queira negar que causas semelhantes em tudo devam produzir efeitos perfeitamente idênticos[9].

Há, portanto, puerilidade ou má-fé em propor que se faça à força lances de dados, ou que se misture letras ao acaso, o que não pode ser feito senão com a ajuda de um cérebro organizado e modificado de uma certa maneira. O embrião humano não se desenvolve ao acaso: ele só pode ser concebido

---

9. Ficaríamos muito espantados, se houvessem em um copo cem mil dados, se víssemos saírem cem mil *seis* em sequência? Sim, sem dúvida – dirão. Mas, se esses dados estivessem todos *viciados*, deixaríamos de ficar surpresos com isso. Pois bem! As moléculas da matéria podem ser comparadas a dados *viciados*, ou seja, produzindo sempre certos efeitos determinados. Como essas moléculas são essencialmente variadas por si mesmas e por suas combinações, elas são *viciadas* – por assim dizer – de uma infinidade de maneiras diferentes. A cabeça de Homero ou a cabeça de Virgílio não passaram de reuniões de moléculas ou, se preferirem, de dados *viciados* pela natureza, quer dizer, seres combinados e elaborados de maneira a produzirem a *Ilíada* ou a *Eneida*. É possível dizer o mesmo de todas as outras produções, sejam da inteligência, sejam da mão dos homens. O que são, com efeito, os homens, senão dados *viciados*, ou máquinas que a natureza tornou capazes de produzir obras de uma certa espécie? Um homem de gênio produz uma boa obra, assim como uma árvore de uma boa espécie, localizada em uma boa terra, cultivada com cuidado, produz frutos excelentes.

ou formado no ventre de uma mulher. Um amontoado confuso de caracteres ou de figuras não passa de um conjunto de signos destinados a representar ideias. Porém, para que essas ideias possam ser representadas, é preciso previamente que elas tenham sido recebidas, combinadas, nutridas, desenvolvidas e ligadas na cabeça de um poeta, onde as circunstâncias as fazem frutificar e amadurecer, em razão da fecundidade, do calor e da energia do solo no qual esses *embriões intelectuais* terão sido lançados. As ideias se combinam, se estendem, se ligam, se associam, formam um conjunto como todos os corpos da natureza: esse conjunto nos agrada quando ele faz nascer em nosso espírito algumas ideias agradáveis, quando ele nos oferece alguns quadros que nos comovem vivamente. É assim que o poema de Homero, gerado em sua cabeça, tem o poder de agradar as cabeças análogas e capazes de sentir as suas belezas.

Vê-se, portanto, que nada se faz ao acaso. Todas as obras da natureza são feitas de acordo com leis certas, uniformes, invariáveis – quer nosso espírito possa com facilidade seguir a cadeia de causas sucessivas que ela põe em ação, quer, em suas obras demasiado complicadas, nós nos encontremos na impossibilidade de distinguir as diferentes engrenagens que ela faz agir. Para a natureza, não custa mais produzir um grande poeta, capaz de realizar uma obra admirável, do que produzir um metal brilhante ou uma pedra que gravita sobre a Terra. A maneira como ela faz para produzir esses diferentes seres nos é igualmente desconhecida, quando não meditamos sobre isso. O homem nasce pela cooperação necessária de alguns elementos; ele cresce e se fortalece da mesma maneira que uma planta ou que uma pedra, que são, assim como ele, acrescidas e aumentadas por substâncias que vêm juntar-se a elas: esse homem sente, pensa, age, recebe ideias, ou seja, é, por sua organização particular, suscetível de modificações das quais a planta e a pedra são totalmente incapazes. Como consequência, o homem de gênio produz boas obras, e a planta produz frutos que nos agradam e nos surpreendem em razão das sensações que eles operam em nós, ou em razão da raridade, da grandeza e da variedade dos efeitos que eles nos fazem experimentar. Aquilo que encontramos de mais admirável nas produções da natureza e nas dos animais ou dos homens nunca é senão um efeito natural das partes da matéria, diversamente arranjadas e combinadas, de onde resultam neles órgãos, cérebros, temperamentos, gostos, propriedades e talentos diferentes.

A natureza não faz, portanto, nada que não seja necessário. Não é por meio de combinações fortuitas e por meio de alguns lances casuais que ela produz os seres que vemos. Todos os seus lances são seguros, todas as causas que ela utiliza têm infalivelmente os seus efeitos. Quando ela produz alguns seres extraordinários, maravilhosos e raros, é porque, na ordem das coisas, as circunstâncias necessárias ou a cooperação das causas produtoras desses seres só ocorrem raramente. A partir do momento que esses seres existem, eles são devidos à natureza, para quem tudo é igualmente fácil, e para quem tudo é possível, quando ela reúne os instrumentos ou causas necessárias para agir. Assim, não limitemos jamais as forças da natureza. Os lances e as combinações que ela efetua durante uma eternidade podem facilmente produzir todos os seres. Sua eterna marcha deve necessariamente trazer e tornar a trazer as circunstâncias mais espantosas e mais raras para seres que só estão por um momento ao alcance de considerá-las, sem jamais terem nem o tempo nem os meios para aprofundar as suas causas. Lances infinitos, feitos durante a eternidade, com elementos e combinações infinitamente variadas, são suficientes para produzir tudo aquilo que conhecemos, e muitas outras coisas que não conheceremos jamais.

Assim, nunca é demais repetir aos deícolas – que atribuem comumente aos seus adversários algumas opiniões ridículas, para obterem um triunfo fácil e passageiro aos olhos propensos daqueles que não ousam aprofundar nada – que *o acaso não é nada*, a não ser uma palavra imaginada, assim como a palavra deus, para encobrir a ignorância que se têm das causas atuantes em uma natureza cujo comportamento é muitas vezes inexplicável. Não foi o acaso que produziu o universo; ele é por si mesmo aquilo que é. Ele existe necessariamente e por toda a eternidade. Por mais ocultos que sejam os caminhos da natureza, sua existência é indubitável e sua maneira de agir nos é ao menos bem mais conhecida do que a do ser inconcebível que pretenderam associar a ela, que distinguiram dela própria, que supuseram necessário e existindo por si mesmo. Ao passo que, até aqui, não puderam nem demonstrar a sua existência, nem defini-lo, nem dizer nada de razoável sobre ele, nem formar a seu respeito outra coisa além de conjecturas, que a reflexão destrói logo que elas são geradas.

Capítulo 6

Do panteísmo ou ideias naturais sobre a divindade

Vê-se, por aquilo que precede, que todas as provas nas quais a teologia pretende fundamentar a existência do seu deus partem do falso princípio de que a matéria não existe por si mesma e encontra-se, por sua natureza, na impossibilidade de se mover – e, por conseguinte, é incapaz de produzir os fenômenos que nós vemos no mundo. De acordo com suposições tão gratuitas e tão falsas, como já fizemos ver em outras partes[1], acreditaram que a matéria nem sempre tinha existido, mas que ela devia sua existência e seus movimentos a uma força distinta dela mesma, a um agente desconhecido ao qual pretenderam subordiná-la. Como os homens encontram em si mesmos uma qualidade que eles denominam *inteligência* – que preside a todas as suas ações e com a ajuda da qual eles alcançam os objetivos a que se propõem –,

---

1. Cf. parte I, capítulo II, no qual fizemos ver que o movimento é essencial à matéria. Este capítulo nada mais é que um resumo dos cinco primeiros capítulos da primeira parte, que ele está destinado a lembrar ao leitor (que poderá passar ao capítulo seguinte se essas ideias estiverem nítidas para ele).

eles atribuíram a ela esse agente invisível. Porém, eles estenderam, aumentaram, exageraram essa qualidade nele, porque fizeram dele o autor de efeitos dos quais se sentiam incapazes de realizar ou que não julgavam que as causas naturais tivessem força para produzir.

Como jamais foi possível eles perceberem esse agente ou conceberem a sua maneira de agir, fizeram dele um *espírito*, palavra significando que ignoram aquilo que ele é, ou que ele age como o sopro, do qual não é possível seguir a ação. Assim, consignando-lhe a *espiritualidade*, nada mais fizeram do que conferir a deus uma qualidade oculta, que julgaram convir a um ser sempre escondido e sempre agindo de uma maneira imperceptível aos sentidos. Na origem, no entanto, parece que pela palavra *espírito* queriam designar uma matéria mais fina do que aquela que impressionava grosseiramente os órgãos, capaz de penetrar nessa última, de transmitir-lhe a ação e a vida, de produzir nela as combinações e as modificações que nossos olhos ali descobrem. Tal foi, como já vimos, esse *Júpiter* destinado, na origem, a representar na teologia dos antigos a matéria etérea que penetra, agita e vivifica todos os corpos dos quais a natureza é a reunião.

Com efeito, seria enganar-se acreditar que a ideia da espiritualidade de deus, tal como a encontramos admitida atualmente, tenha se apresentado cedo ao espírito humano. Essa *imaterialidade*, que exclui toda a analogia e toda a semelhança com tudo aquilo que estamos ao alcance de conhecer, foi, como já fizemos observar, o fruto lento e tardio da imaginação dos homens que, forçados a meditar – sem nenhum auxílio por parte da experiência – sobre o motor oculto da natureza, pouco a pouco, chegaram a fazer dele esse fantasma ideal, esse ser tão fugidio que nos fazem adorar, sem poderem designar a sua natureza senão por uma palavra à qual nos é impossível vincular qualquer ideia verdadeira[2]. Assim, à força de divagar e de sutilizar, a palavra deus não apresenta mais nenhuma imagem; a partir do momento que quiseram falar dele, foi impossível se estenderem, já que cada um o pintou à sua maneira e, no retrato que fez, não consultou senão o seu próprio temperamento, sua própria imaginação, seus devaneios particulares. Se concordaram em alguns pontos, foi para consignar-lhe algumas qualidades inconcebíveis, que acreditaram convir ao ser inconcebível que haviam gerado; e do acúmulo incompatível dessas qualidades não resultou senão

---

2. Cf. aquilo que foi dito no capítulo VII da primeira parte. Embora os primeiros doutores da Igreja cristã tivessem, na sua maioria, ido buscar na filosofia platônica as suas noções obscuras de *espiritualidade*, de *substâncias incorporais e imateriais*, de *potências intelectuais* etc., basta abrirmos as suas obras para nos convencermos de que eles não tinham, sobre deus, as ideias que os teólogos gostariam de nos dar hoje em dia. Tertuliano, como foi dito em outra parte, considerava deus como corpóreo. Serapião diz, chorando, *que lhe tinham tirado o seu deus* ao fazê-lo adotar a opinião da *espiritualidade* – que no entanto não era tão sutilizada, naquela época, quanto foi mais tarde. Diversos padres da Igreja deram uma forma humana a deus e trataram como heréticos aqueles que faziam dele um espírito. O Júpiter da teologia pagã é considerado como o mais jovem dos filhos de Saturno ou do tempo; o deus espiritual dos cristãos é um produto do tempo ainda bem mais recente: não foi senão à força de sutilizar que esse deus, vencedor de todos os deuses que o haviam precedido, pôde ser formado pouco a pouco. A espiritualidade tornou-se a última trincheira da teologia, que conseguiu fazer um deus mais do que aéreo – na esperança, sem dúvida, de que um semelhante deus fosse inatacável; ele o é, com efeito, visto que atacá-lo é combater uma pura quimera.

um todo perfeitamente impossível. Por fim, o senhor do universo, o motor onipotente da natureza, o ser que anunciaram como o mais importante a conhecer foi, pelas divagações teológicas, reduzido a não ser mais do que uma palavra vaga e desprovida de sentido ou, antes, um som vão, ao qual cada um vincula as suas próprias ideias. Tal é o deus pelo qual substituíram a matéria, a natureza; tal é o ídolo ao qual não é permitido recusar a sua homenagem.

Houve, no entanto, alguns homens bastante corajosos para resistirem à torrente da opinião e do delírio. Eles acreditaram que o objeto que era anunciado como o mais importante para os mortais, como o centro único das suas ações e dos seus pensamentos, exigia ser atentamente examinado: eles compreenderam que se a experiência, o juízo e a razão poderiam ser de alguma utilidade, devia ser, sem dúvida, para considerar o monarca sublime que governava a natureza e que regulava o destino de todos os seres que ela contém. Eles viram logo que não seria possível se ater às opiniões universais do vulgo, que nada examina, e muito menos aos seus guias que, enganadores ou enganados, proíbem que os outros examinem, ou são eles mesmos incapazes disso. Assim, alguns pensadores ousaram se livrar do jugo que lhes havia sido imposto na sua infância. Desgostosos com as noções obscuras, contraditórias e desprovidas de sentido que lhes haviam feito adquirir o hábito de juntar maquinalmente ao nome vago de um deus impossível de definir. Tranquilizados pela razão contra os terrores com os quais haviam cercado essa temível quimera. Revoltados com as pinturas hediondas pelas quais pretendiam representá-lo, eles tiveram a intrepidez de rasgar o véu do prodígio e da impostura. Eles encararam com um olhar tranquilo essa pretensa força, transformada no objeto contínuo das esperanças, dos temores, dos devaneios e das querelas dos cegos mortais. Logo, o espectro desapareceu para eles; a calma do seu espírito permitiu que eles não vissem em toda parte senão uma natureza agindo de acordo com leis invariáveis, da qual o universo é o cenário, da qual os homens, assim como todos os seres, são as obras e os instrumentos obrigados a cumprir os decretos eternos da necessidade.

Por mais esforço que façamos para penetrar nos segredos da natureza, jamais encontraremos nela – como temos tantas vezes repetido – senão a matéria diversa por si mesma e diversamente modificada com a ajuda do movimento. Seu conjunto, assim como todas as suas partes, não nos mostra senão causas e efeitos necessários, que decorrem uns dos outros e dos quais, com o auxílio da experiência, nosso espírito é mais ou menos capaz de descobrir o encadeamento. Em virtude das suas propriedades específicas, todos os seres que vemos gravitam, se atraem e se repelem, nascem ou se dissolvem, recebem e transmitem movimentos, qualidades, modificações, que por algum tempo os mantêm em uma dada existência ou que os fazem passar a uma nova maneira de existir. É a essas vicissitudes contínuas que se devem todos os fenômenos, pequenos ou grandes, ordinários ou extraordinários, conhecidos ou desconhecidos, simples ou complicados, que vemos serem operados no mundo. É por essas modificações que nós conhecemos a natureza: ela só é tão misteriosa para aqueles que a consideram através do véu do preconceito; seu comportamento é sempre simples para aqueles que a encaram sem prevenções.

Atribuir os efeitos que vemos à natureza, à matéria diversamente combinada, aos movimentos que lhe são inerentes, é dar a eles uma causa geral e conhecida. Querer remontar mais acima é afundar nos espaços imaginários, onde jamais encontramos senão um abismo de incertezas e obscuridades. Não busquemos, portanto, um princípio motor fora de uma natureza cuja essência foi sempre existir e se mover, que não pode ser concebida sem propriedades e, por conseguinte, sem movimento, da qual todas as partes estão em uma ação, uma reação e esforços contínuos, onde não se encontra uma molécula que esteja em um repouso absoluto e que não ocupe necessariamente o lugar que lhe designam as leis necessárias. Qual é a necessidade de buscar fora da matéria um motor para pô-la em funcionamento, já que o seu movimento decorre tão necessariamente da sua existência quanto a sua extensão, a sua forma, o seu peso etc., e já que uma natureza na inação não seria mais a natureza?

Se perguntarem como é possível imaginar que a matéria, por sua própria energia, tenha podido produzir todos os efeitos que nós vemos, direi que se por matéria se obstinam em entender somente uma massa inerte e morta, desprovida de qualquer propriedade, privada de ação, incapaz de se mover por si mesma, não terão mais nenhuma ideia da matéria. A partir do momento que ela existe, ela deve ter algumas propriedades e qualidades; a partir do momento que ela tem algumas propriedades sem as quais ela não poderia existir, ela deve agir em razão dessas mesmas propriedades, já que é somente pela sua ação que podemos reconhecer a sua existência e as suas propriedades. É evidente que se por matéria se entende aquilo que ela não é, ou se nega a sua existência, não será possível atribuir a ela os fenômenos dos quais os nossos olhos são testemunhas. Porém, se por natureza entendemos aquilo que ela é verdadeiramente, um amontoado de matérias existentes e providas de propriedades, seremos forçados a reconhecer que a natureza deve se mover por si mesma e, por seus movimentos diversos, ser capaz, sem auxílios estranhos, de produzir todos os efeitos que vemos. Descobriremos que nada se faz do nada, que nada se faz ao acaso; que a maneira de agir de cada molécula de matéria é necessariamente determinada pela sua essência própria ou suas propriedades particulares.

Dissemos, em outra parte, que aquilo que não pode ser destruído ou aniquilado não pôde começar a existir. Aquilo que não pôde começar a existir existe necessariamente ou contém em si mesmo a causa suficiente da sua própria existência. É, portanto, muito inútil buscar fora da natureza, que nos é conhecida – ao menos em alguns aspectos –, ou de uma causa existente por si mesma uma outra causa totalmente desconhecida da sua existência. Nós conhecemos na matéria algumas propriedades gerais, nós descobrimos algumas das suas qualidades. De que serve buscar para ela uma causa ininteligível, que não podemos conhecer por nenhuma propriedade? De que serve recorrer à operação inconcebível e quimérica que quiseram designar pela palavra *criação*[3]. Concebemos que um ser imaterial tenha podido extrair a matéria do seu próprio fundo? Se a criação é a *edução do nada*, não é forçoso concluir daí que o deus que a extraiu do seu próprio fundo extraiu-a do nada e não passa, ele próprio, do nada? Aqueles que nos falam incessantemente desse ato da onipotência divina, por meio do qual uma massa infinita da matéria instantaneamente substituiu o nada, entendem bem aquilo que eles nos dizem? Será que existe um homem sobre a Terra que conceba que um ser privado de extensão possa existir por si mesmo, tornar-se a causa da existência dos seres extensos, possa agir sobre a matéria, extraí-la da sua própria essência, pô-la em movimento? Na verdade, quanto mais consideramos a teologia e os seus ridículos romances, mais devemos nos convencer de que ela não faz outra coisa que não seja inventar palavras desprovidas de sentido e substituir por sons as realidades inteligíveis.

Por falta de consultar a experiência, de estudar a natureza, o mundo material, lançaram-se em um mundo intelectual, que foi povoado de quimeras. Não se dignaram a considerar a matéria nem a segui-la em seus diferentes períodos ou

---

3. Alguns dos próprios teólogos consideraram o sistema da *criação* como uma hipótese suspeita e pouco provável, que foi imaginada alguns séculos depois de Jesus Cristo. Um autor que quis refutar Espinosa afirma que Tertuliano foi o primeiro que sustentou essa opinião contra um outro filósofo cristão que sustentava a eternidade da matéria (cf. *O ímpio convicto*, no final da "advertência"). O autor dessa obra chega a afirmar que é impossível combater Espinosa sem admitir a coexistência eterna da matéria com Deus.

modificações. Ridiculamente, ou de má-fé, confundiram a dissolução, a decomposição, a separação das partes elementares pelas quais os corpos são compostos com a sua destruição radical. Não quiseram ver que os elementos eram indestrutíveis, enquanto suas formas eram passageiras e dependiam das combinações transitórias. Não distinguiram a mudança de forma, de posição e de tecido, à qual a matéria está sujeita, da sua aniquilação, que é totalmente impossível. Disso falsamente concluíram que a matéria não era um ser necessário, que ela havia começado a existir, que devia a sua existência a um ser desconhecido mais necessário do que ela. Esse ser ideal se tornou o criador, o motor, o conservador da natureza inteira. Assim, nada mais fizeram do que substituir por um nome vão a matéria, que nos apresenta ideias verdadeiras, uma natureza da qual a cada instante experimentamos a ação e o poder, e que conheceríamos bem melhor se as nossas opiniões abstratas não nos pusessem incessantemente uma venda diante dos olhos.

As noções mais simples da física nos mostram, com efeito, que embora os corpos se alterem e desapareçam, nada realmente se perde na natureza. Os diversos produtos da decomposição de um corpo servem de elementos, de materiais e de base para a formação, para o crescimento e para a sustentação de outros corpos. A natureza inteira só subsiste e só se conserva pela circulação, pela transmigração, pela troca e pelo deslocamento perpétuos das moléculas e dos átomos insensíveis ou das partes sensíveis da matéria. É por meio dessa *palingenesia* que subsiste o grande todo que, semelhante ao Saturno dos antigos, está perpetuamente ocupado em devorar os seus próprios filhos. Seria possível dizer, em alguns aspectos, que o deus metafísico que usurpou o seu trono o privou da faculdade de engendrar e de agir, a partir do momento que se pôs no seu lugar.

Reconheçamos, pois, que a matéria existe por si própria, que ela age por sua própria energia e que jamais será aniquilada. Digamos que a matéria é eterna, e que a natureza esteve, está e sempre estará ocupada em produzir, em destruir, em fazer e em desfazer, em seguir as leis resultantes da sua existência necessária. Para tudo aquilo que faz, ela não tem necessidade senão de combinar elementos e matérias essencialmente diversas que se atraem e se repelem, se chocam ou se unem, se afastam ou se aproximam, se mantêm reunidos ou se separam. É assim que ela faz eclodir as plantas, os animais e os homens; os seres organizados, sensíveis e pensantes, assim como os seres desprovidos de sensação e de pensamento. Todos esses seres agem durante o tempo da sua respectiva duração segundo leis invariáveis, determinadas pelas suas propriedades, suas combinações, suas analogias e suas dessemelhanças, suas configurações, suas massas, seus pesos etc. Eis aí a verdadeira origem de tudo aquilo que vemos; eis aí como a natureza, por suas próprias forças, está em condição de produzir todos os efeitos dos quais nossos olhos são testemunhas, assim como todos os corpos que atuam diversamente sobre os órgãos dos quais estamos providos e sobre os quais nós só julgamos de acordo com a maneira como esses órgãos são afetados. Nós dizemos que eles são bons quando são análogos a nós ou contribuem para manter a harmonia em nós mesmos. Nós dizemos que eles são maus quando perturbam essa harmonia. E atribuímos, em consequência disso, um objetivo, ideias, desígnios ao ser do qual nós fazemos o motor de uma natureza que vemos desprovida de projetos e de inteligência.

Ela está efetivamente privada disso; ela não tem inteligência e objetivo. Ela age necessariamente, porque ela existe necessariamente. Suas leis são imutáveis e fundamentadas na própria essência dos seres. É da essência da semente do macho, composta dos elementos primitivos que servem de base para o ser organizado, unir-se com a da fêmea, fecundá-la, produzir pela sua combinação com ela um novo ser organizado que, frágil na sua origem pela falta de uma quantidade suficiente de moléculas de matérias próprias para lhe dar consistência, se fortalece, pouco a pouco, pela adição diária e contínua de moléculas análogas e apropriadas ao seu ser. Assim ele vive, pensa, se nutre, e engendra por sua vez seres organizados semelhantes a ele. Por uma consequência de leis constantes e físicas, a geração só se opera quando as circunstâncias necessárias para produzi-la se encontram reunidas. Assim, tal geração não se faz de modo algum ao acaso; assim, o animal não reproduz senão com o animal da sua espécie, porque é o único análogo a ele, ou que reúne as qualidades apropriadas para produzir um ser semelhante a ele. Sem isso, ele não produziria nada, ou só produziria um ser que chamaria de *monstruoso*, porque é dessemelhante a ele. É da essência da semente das plantas ser fecundada pelos grãos de pólen dos estames, se desenvolver em seguida no seio da terra, crescer com a ajuda da água, atrair para isso moléculas análogas, formar pouco a pouco uma planta, um arbusto, uma árvore suscetível de vida, de ação, dos movimentos próprios dos vegetais. É da essência das moléculas da terra atenuadas, divididas, trabalhadas pelas águas e pelo calor se unirem no seio das montanhas com aquelas que lhes são análogas e formarem, conforme elas sejam mais ou menos similares ou análogas, pela sua agregação, corpos mais ou menos sólidos e puros que chamamos de um *cristal*, uma *pedra*, um *metal*, um *mineral*. É da essência das exalações elevadas pelo calor da atmosfera se combinarem, se acumularem, se abalroarem e, pelas suas combinações ou seus choques, produzirem os meteoros e o raio. É da essência de algumas matérias inflamáveis se acumularem, se fermentarem, se aquecerem, se incendiarem nas cavernas da terra e produzirem essas terríveis explosões e esses tremores de terra que destroem as montanhas, os campos e as moradias das nações alarmadas. Estas se lamentam a um ser desconhecido pelos males que uma natureza necessária lhes faz experimentar tão necessariamente quanto os bens que os enchem de alegria. Por fim, é da essência de certos climas produzir alguns homens de tal modo organizados e modificados que eles se tornam muito úteis ou muito nocivos para a sua espécie, do mesmo modo como é próprio de certas porções do solo fazer nascer frutos agradáveis ou* venenos perigosos.

---

* Aqui, substituímos o "e" da edição de 1780 pelo "ou" da edição de 1821, mais condizente com o sentido do texto. (N. T.)

Em tudo isso a natureza não tem objetivo; ela existe necessariamente; suas maneiras de agir são fixadas por leis que decorrem elas mesmas das propriedades constitutivas dos seres variados que ela contém e das circunstâncias que o movimento contínuo deve necessariamente trazer. Somos nós que temos um objetivo necessário, que é o de conservar a nós mesmos. É com base nesse objetivo que regulamos todas as ideias que formamos sobre as causas que agem sobre nós, e as julgamos. Como somos animados e vivos, nós, semelhante aos selvagens, atribuímos uma alma e vida a tudo aquilo que age sobre nós. Como somos pensantes e inteligentes, atribuímos a tudo a inteligência e o pensamento: porém, como vemos a matéria incapaz disso, nós a supomos movida por um outro agente ou causa que fazemos ser sempre semelhante a nós. Necessariamente atraídos por aquilo que nos é vantajoso e repelidos por aquilo que nos causa dano, deixamos de ver que as nossas maneiras de sentir são devidas à nossa organização, modificada por causas físicas que, por falta de conhecer, tomamos por instrumentos empregados por um ser a quem atribuímos nossas ideias, nossas intenções, nossas paixões, nossas maneiras de pensar e de agir.

Se nos perguntassem, depois disso, qual é o objetivo da natureza, nós diríamos que é agir, existir, conservar o seu conjunto. Se nos perguntam por que ela existe, diremos que ela existe necessariamente, e que todas as suas operações, seus movimentos, suas obras são consequências necessárias da sua existência necessária. Existe alguma coisa de necessário; essa coisa é a natureza ou o universo, e essa natureza age necessariamente como ela faz. Se quiserem substituir a palavra *natureza* pela palavra *deus*, será possível perguntar com tanta razão por que esse deus existe quanto perguntar qual é o objetivo da existência da natureza. Assim, a palavra deus não nos tornará mais instruídos sobre o objetivo da sua existência. Ao menos, falando da natureza ou do universo material, teremos ideias fixas da causa da qual falamos, ao passo que, falando do deus teológico, jamais saberemos nem aquilo que ele pode ser, nem se ele existe, nem as qualidades que podemos lhe consignar. Se nós lhe conferimos alguns atributos, será sempre a nós mesmos que divinizaremos, e será somente para nós que o universo será formado: ideias que já destruímos suficientemente. Para se desenganar sobre isso, basta abrir os olhos e ver que suportamos à nossa maneira uma sorte que partilhamos com todos os seres dos quais a natureza é o conjunto. Como nós, eles estão submetidos à necessidade, que nada mais é que a soma das leis que a natureza é obrigada a seguir.

Tudo nos prova, portanto, que a natureza ou a matéria existe necessariamente, e não pode se afastar das leis que a sua existência lhe impõe. Se ela não pode ser aniquilada, ela não pôde começar a ser. Os próprios teólogos reconhecem que seria necessário um ato da onipotência divina – ou aquilo que eles chamam de um *milagre* – para aniquilar um ser: mas um ser necessário não pode fazer um milagre. Ele não pode revogar as leis necessárias da sua existência. É forçoso, portanto, concluir daí que se deus é o ser necessário, tudo aquilo que ele faz é uma consequência da necessidade da sua existência e que ele não pode jamais revogar as suas leis. Por outro lado, dizem-nos que a criação é um milagre: mas essa criação seria impossível para um ser necessário que não pode agir livremente em nenhuma das suas ações. Além disso, um milagre não é, para nós, senão um efeito raro do qual ignoramos a causa natural. Assim, ao nos dizerem que *deus faz um milagre*, não estão nos informando nada, a não ser que uma causa desconhecida produziu de uma maneira desconhecida um efeito que não esperaríamos ou que nos parece estranho. Isso posto, a intervenção de um deus, longe de remediar a ignorância que temos sobre as forças e os efeitos da natureza, não serve senão para aumentá-la. A criação da matéria e a causa a qual ela é atribuída são para nós coisas tão incompreensíveis ou tão impossíveis quanto o seu aniquilamento.

Concluímos, portanto, que a palavra *deus*, assim como a palavra *criar*, não apresentando ao espírito nenhuma ideia verdadeira, deveria ser banida da língua de todos aqueles que querem falar para serem entendidos. Essas são palavras abstratas, inventadas pela ignorância. Elas só são apropriadas para contentar os homens desprovidos de experiência – muito preguiçosos ou muito tímidos para estudarem a natureza e os seus caminhos – e os entusiastas, cuja imaginação curiosa gosta de se lançar para fora do mundo visível para correr atrás de quimeras. Enfim, essas palavras só são úteis para aqueles cuja única profissão é alimentar os ouvidos do vulgo com palavras pomposas que eles próprios não entendem e sobre o sentido das quais eles nunca estão de acordo.

O homem é um ser material; ele não pode ter qualquer ideia a não ser daquilo que é material como ele, quer dizer, daquilo que pode agir sobre os seus órgãos ou daquilo que tem ao menos algumas qualidades análogas às suas. A despeito de si mesmo, ele sempre consigna propriedades materiais ao seu deus, que a impossibilidade de apreendê-lo fez que supusesse espiritual e distinto da natureza ou do mundo material. Com efeito, ou é forçoso consentirmos em não entender a nós mesmos, ou é forçoso termos ideias materiais de um deus que supomos o criador, o motor e o conservador da matéria. Por mais que o espírito humano se torture, ele jamais compreenderá que efeitos materiais possam partir de uma causa imaterial, ou que essa causa possa ter relações com os seres materiais. Eis aí, como vimos, por que os homens se acreditam forçados a conferir ao seu deus as qualidades morais que eles próprios têm; eles se esquecem de que esse ser puramente espiritual não pode ter, a partir disso, nem a sua organização, nem as suas ideias, nem as suas maneiras de pensar e de agir, e que, por conseguinte, ele não pode ter aquilo que eles chamam de inteligência, sabedoria, bondade, cólera, justiça etc. Assim, na verdade, as qualidades morais que são atribuídas à divindade a supõem material, e as noções teológicas mais abstratas se fundamentam em um verdadeiro *antropomorfismo*.

Os teólogos, apesar de todas as suas sutilezas, não podem fazer de outro modo. Assim como todos os seres da espécie humana, eles não conhecem senão a matéria, e não têm nenhuma ideia real de um puro espírito. Se eles nos falam de inteligência, de sabedoria e de intenções na divindade, são sempre as do homem que eles se obstinam a conferir a um ser cuja essência conferida não o torna de maneira alguma suscetível disso. Como supor vontades, paixões e desejos em um ser que não tem necessidade de nada, que se basta a si próprio, cujos projetos devem ser executados logo que formados? Como atribuir a cólera a um ser que não tem sangue nem bile? Como um ser onipotente, do qual se admira a sabedoria pela ordem que ele mesmo estabeleceu no universo, pode permitir que essa bela ordem seja incessantemente perturbada, quer pelos elementos em discórdia, quer pelos crimes dos humanos? Em poucas palavras, um deus tal como nos é pintado não pode ter nenhuma das qualidades humanas, que dependem sempre da nossa organização particular, das nossas necessidades, das nossas instituições, e que são sempre relativas à sociedade na qual nós vivemos. Os teólogos esforçam-se inutilmente para aumentar, para exagerar na ideia e para aperfeiçoar à força de abstrações as qualidades morais que eles consignam ao seu deus. É em vão que eles nos dizem que elas são nele de uma natureza diferente das suas criaturas, que elas são *perfeitas*, *infinitas*, *supremas* e *eminentes*; atendo-se a essa linguagem, eles não se entendem mais. Eles não têm nenhuma ideia das qualidades das quais nos falam, já que o homem só pode concebê-las enquanto elas têm analogia com essas mesmas qualidades nele.

É assim que, à força de sutilizar, os mortais não têm nenhuma ideia fixa do deus que geraram. Pouco contentes com um deus físico, com uma natureza agente, com uma matéria capaz de tudo produzir, eles querem despojá-la da energia que possui em virtude da sua essência, para revestirem com ela um espírito puro, do qual eles são obrigados a fazer novamente um ser material, a partir do momento que querem fazer uma ideia dele ou se fazerem entender pelos outros. Reunindo as partes do homem, que eles não fazem senão estender e prolongar infinitamente, eles acreditam formar um deus. É com base no modelo da alma humana que eles formam a alma da natureza, ou o agente secreto do qual ela recebe o impulso. Depois de terem feito o homem duplo, eles fazem a natureza dupla e supõem que esta seja vivificada por uma inteligência. Na impossibilidade de conhecer esse pretenso agente, assim como aquele que eles haviam gratuitamente distinguido do seu próprio corpo, eles o chamaram de espiritual, quer dizer, de uma substância desconhecida: do fato de que não tinham nenhuma ideia sobre ela, concluíram que a substância espiritual era bem mais nobre que a matéria, e que a sua prodigiosa sutileza, que chamaram de *simplicidade* – e que não passava de um efeito das suas abstrações metafísicas – a colocava ao abrigo da decomposição, da dissolução e de todas as revoluções às quais os corpos materiais estão evidentemente expostos.

É assim que os homens preferem sempre o maravilhoso ao simples, aquilo que eles não entendem àquilo que eles podem entender; eles desprezam os objetos que lhes são familiares e só estimam aqueles que não estão em condições de apreciar: do fato de que eles não têm senão ideias vagas sobre esses objetos, concluem que eles contêm algo de importante, de sobrenatural, de divino. Em poucas palavras, eles precisam do mistério para afetar a sua imaginação, para incitar o seu espírito, para alimentar a sua curiosidade, que nunca trabalha mais do que quando se ocupa com enigmas impossíveis de solucionar, e que ela julga, por isso, muito dignos das suas investigações[4]. Eis aí, sem dúvida, por que consideraram a matéria que tinham diante dos olhos – que viam agir e mudar de formas – como uma coisa desprezível, como um ser contingente, que não existia necessariamente e por si mesmo. Eis aí por que imaginaram um espírito que jamais conceberam e que, pela mesma razão, decidiram que era superior à matéria, existindo necessariamente por si mesmo, anterior à natureza, seu criador, seu motor, seu conservador e seu senhor. O espírito humano encontrou pasto nesse ser místico, ocupando-se com ele incessantemente. A imaginação o embelezou à sua maneira; a ignorância deleitou-se com as fábulas que lhe foram contadas; o hábito identificou esse fantasma

---

4. Um grande número de nações adoraram o Sol. Os efeitos sensíveis desse astro, que parece dar vida à toda natureza, deviam naturalmente levar os homens a prestar-lhe um culto. No entanto, povos inteiros abandonaram esse deus tão visível para adotar um deus abstrato e metafísico. Se perguntarem a razão desse fenômeno, direi que o deus mais oculto, mais misterioso e mais desconhecido deve sempre, por isso mesmo, agradar mais à imaginação do vulgo do que o deus que ele vê todos os dias. O tom misterioso e ininteligível é essencialmente necessário aos sacerdotes de qualquer religião: uma religião clara, inteligível, sem mistérios, pareceria pouco divina ao comum dos homens e seria pouco útil ao sacerdócio, cujo interesse é que o povo não compreenda nada daquilo que ele acredita lhe ser mais importante. Eis aí, sem dúvida, o segredo do clero. Ele tinha necessidade de um deus ininteligível, que fez agir e falar de uma maneira ininteligível, reservando-se o direito de explicar aos mortais as suas ordens à sua maneira.

com o espírito do homem, tornando-o necessário. O homem acreditou cair no vazio quando quiseram separá-lo dele para fazer que os seus olhares se voltassem novamente para uma natureza que há muito ele havia aprendido a desdenhar, ou a não considerar senão como um amontoado impotente de matérias inertes, mortas, sem energia, ou como uma vil reunião de combinações e de formas sujeitas a perecer.

Ao distinguirem a natureza do seu motor, os homens incorreram no mesmo absurdo de quando distinguiram a sua alma do seu corpo, a vida do ser vivo, a faculdade de pensar do ser pensante. Enganados sobre a sua própria natureza e sobre a energia dos seus órgãos, eles se enganaram do mesmo modo sobre a organização do universo. Eles distinguiram a natureza dela mesma. A vida da natureza da natureza viva; a ação da natureza da natureza agente. Foi essa alma do mundo, essa energia da natureza, esse princípio ativo que os homens personificaram, separaram por abstração, ornaram, ora com atributos imaginários, ora com qualidades extraídas da sua própria essência. Tais são os materiais aéreos dos quais eles se serviram para compor o seu deus. Sua própria alma foi o seu modelo; enganados sobre a natureza dessa última, eles jamais tiveram ideias verdadeiras sobre a divindade, que nunca passou de uma cópia exagerada ou desfigurada dela, a ponto de não reconhecerem o protótipo sobre o qual a haviam originalmente formado.

Se, por terem desejado distinguir o homem de si mesmo, jamais puderam formar ideias verdadeiras sobre ele, por terem distinguido a natureza dela mesma, a natureza e os seus caminhos foram sempre desconhecidos. Não pararam de estudá-la para remontar pelo pensamento à sua pretensa causa, ao seu motor oculto, ao soberano que lhe haviam dado. Fizeram desse motor um ser inconcebível, a quem atribuíram tudo aquilo que se passava no universo. Sua conduta pareceu misteriosa e maravilhosa, porque ela foi uma contínua contradição. Supuseram que a sua sabedoria e a sua inteligência eram as fontes da ordem, que a sua bondade era a fonte de todos os bens, que a sua justiça severa ou o seu poder arbitrário eram as causas sobrenaturais das desordens e dos males pelos quais somos afligidos. Por conseguinte, em vez de se dirigir à natureza para descobrir os meios de obter os seus favores ou de afastar as suas desgraças, em vez de consultar a experiência, em vez de trabalhar utilmente pela sua felicidade, o homem não se ocupou senão em dirigir-se à causa fictícia que ele havia gratuitamente associado à natureza. Ele prestou suas homenagens ao soberano que se deu; esperou tudo dele, e não contou mais nem consigo mesmo nem com o auxílio de uma natureza tornada impotente e desprezível aos seus olhos.

Nada foi mais nocivo para o gênero humano do que essa extravagante teoria, que, como logo provaremos, se tornou a fonte de todos os seus males. Unicamente ocupados com o monarca imaginário que haviam colocado no trono da natureza, os mortais não a consultaram mais em nada. Eles negligenciaram a experiência, desprezaram a si próprios, ignoraram as suas próprias forças, não trabalharam pelo seu próprio bem-estar, tornaram-se escravos trêmulos diante dos caprichos de um tirano ideal do qual eles esperaram todos os seus bens ou do qual temeram os males que os afligiam aqui embaixo. Sua vida foi empregada em prestar homenagens servis a um ídolo do qual eles se acreditaram eternamente interessados em merecer as bondades, em desarmar a justiça, em acalmar a cólera. Eles não foram felizes a não ser quando, consultando a razão, tomando a experiência como guia e fazendo a abstração das suas ideias romanescas, recuperaram a coragem, puseram em funcionamento a sua engenhosidade e se voltaram para a natureza, que é a única que pode lhes fornecer os meios para satisfazer as suas necessidades e os seus desejos e para afastar ou diminuir os males que eles são forçados a suportar.

Reconduzamos, portanto, os mortais desgarrados aos altares da natureza. Destruamos para eles as quimeras que a sua imaginação ignorante e perturbada acreditou dever colocar no seu trono. Digamos a eles que não existe nada nem acima nem fora dela; ensinemos que ela é capaz de produzir, sem nenhum auxílio estranho, todos os fenômenos que eles admiram, todos os bens que desejam, assim como todos os males que receiam. Digamos a eles que a experiência leva a conhecê-la, que ela se compraz em se desvelar para aqueles que a estudam, que revela os seus segredos para aqueles que, pelo seu trabalho, ousam arrancá-los dela, e que sempre recompensa a grandeza de alma, a coragem e a engenhosidade. Digamos a eles que somente a razão pode torná-los felizes, e que essa razão não é outra coisa que a ciência da natureza aplicada à conduta do homem em sociedade.

Digamos a eles que os fantasmas com os quais o seu espírito por tanto tempo e tão inutilmente se ocupou não podem nem lhes proporcionar a felicidade que eles pedem aos brados nem desviar das suas cabeças os males inevitáveis aos quais a natureza os submeteu – e que a razão deve lhes ensinar a suportar, quando não lhes é permitido afastá-los pelos meios naturais. Ensinemos a eles que tudo é necessário, que os seus bens e os seus males são efeitos de uma natureza que, em todas as suas obras, segue leis que nada pode fazer que ela revogue. Por fim, repitamos incessantemente que é tornando os seus semelhantes felizes que eles próprios alcançarão a felicidade – que esperariam em vão do céu quando a terra lhes recusa.

A natureza é a causa de tudo. Ela existe por si mesma, ela existirá sempre, ela agirá sempre. Ela é a sua própria causa, seu movimento é uma consequência necessária da sua existência necessária; sem movimento, nós não podemos conceber a natureza. Sob esse nome coletivo designamos o conjunto das matérias agindo em razão das suas próprias energias. Isso posto, por que existe a necessidade de fazer intervir um ser mais incompreensível do que ela para explicar as suas maneiras de agir, maravilhosas, sem dúvida, para todo mundo, mas ainda bem mais para aqueles que não a estudaram? Será que eles estarão mais avançados ou mais instruídos sobre isso, quando lhes disserem que um ser, que eles não são feitos para compreender, é o autor dos efeitos visíveis dos quais eles não podem identificar as causas naturais? Em poucas palavras, o ser indefinível que é chamado de *deus* fará que conheçam melhor a natureza que age perpetuamente sobre eles?[5]

Com efeito, se queremos vincular algum sentido à palavra deus, sobre a qual os mortais têm ideias tão obscuras e tão falsas, descobriremos que ela não pode designar senão a natureza agente ou a soma das forças desconhecidas que animam o universo, que forçam os seres a agir em razão da sua própria energia e, por conseguinte, de acordo com leis necessárias e imutáveis. Porém, nesse caso, a palavra deus será apenas um sinônimo de *destino*, de *fatalidade*, de *necessidade*. É, no entanto, a essa ideia abstrata personificada e divinizada que atribuem a espiritualidade, outra ideia abstrata da qual não podemos formar nenhum conceito. É a essa abstração que consignam a inteligência, a sabedoria, a bondade e a justiça, das quais um semelhante ser não pode de modo algum ser o sujeito. É com essa ideia metafísica que sustentam que os seres da espécie humana têm relações diretas! É a essa ideia personificada, divinizada, humanizada, espiritualizada, ornada com as qualidades mais incompatíveis, que atribuem vontades, paixões, desejos etc. É essa ideia personificada que fazem falar nas diferentes revelações que alguns homens anunciam, em todas as terras, a outros homens como emanadas do céu!

Tudo nos prova, portanto, que não é fora da natureza que nós devemos buscar a divindade. Quando quisermos ter

---

5. Digamos, como Cícero: *Magna stultitia est earum rerum deos facere effectores, causas rerum non quaerere*[a] (Cícero, *Da adivinhação*, livro II).

(a) "É uma grande tolice fazer os deuses intervirem em vez de buscar as causas das coisas." (N. T.)

uma ideia sobre isso, digamos que a natureza é deus, digamos que essa natureza contém tudo aquilo que nós podemos conhecer, já que ela é a reunião de todos os seres capazes de agir sobre nós e que podem, por conseguinte, nos interessar. Digamos que é a natureza que faz tudo, que aquilo que ela não faz é impossível, que aquilo que está fora dela não existe e não pode existir, já que não pode haver nada além do grande todo. Enfim, digamos que essas potências invisíveis, das quais a imaginação fez os motores do universo, ou não passam das forças da natureza agente, ou não são nada.

Se só conhecemos a natureza e os seus caminhos de uma maneira incompleta, se não temos senão ideias superficiais e imperfeitas da matéria, como poderíamos nos gabar de conhecer ou de ter ideias seguras sobre um ser bem mais fugidio e mais difícil de apreender através do pensamento do que os elementos, do que os princípios constitutivos dos corpos, do que as suas propriedades primitivas e do que as suas maneiras de agir e de existir? Se nós não podemos remontar às causas primeiras, contentemo-nos com as causas segundas e com os efeitos que a experiência nos mostra. Recolhamos alguns fatos verdadeiros e conhecidos, e eles serão suficientes para nos fazer julgar aquilo que não conhecemos. Limitemo-nos aos débeis clarões de verdade que os nossos sentidos nos fornecem, já que não temos meios para adquirir outros maiores. Não consideremos como ciências reais aquelas que têm apenas a nossa imaginação como base. Elas não podem ser senão imaginárias. Atenhamo-nos à natureza que vemos, que sentimos, que age sobre nós, da qual conhecemos ao menos as leis gerais, se ignoramos os seus pormenores e os princípios secretos que ela emprega em suas obras complicadas. No entanto, estejamos seguros de que ela age de uma maneira constante, uniforme, análoga e necessária. Observemos, portanto, essa natureza. Não saiamos jamais das rotas que ela nos traça, pois seríamos infalivelmente punidos por isso através dos erros inumeráveis que cegariam o nosso espírito, e dos quais males inumeráveis seriam as consequências necessárias. Não adoremos, não busquemos agradar, à maneira dos homens, uma natureza surda que age necessariamente e da qual nada pode atrapalhar o curso. Não imploremos a um todo que só pode ser mantido pela discórdia entre os elementos, de onde nasce a harmonia universal e a estabilidade do conjunto. Pensemos que somos partes sensíveis de um todo desprovido de sensação, do qual todas as formas e combinações são destruídas depois de terem nascido e de terem subsistido por mais ou menos tempo. Encaremos a natureza como uma imensa oficina que contém tudo aquilo que é necessário para agir e para produzir todas as obras que vemos. Reconheçamos que o seu poder é inerente à sua essência; não atribuamos as suas obras a uma causa imaginária que só existe no nosso cérebro. Antes, vamos banir para sempre do nosso espírito um fantasma próprio para perturbá-lo e para nos impedir de seguir os caminhos simples, naturais e seguros que podem nos conduzir à felicidade. Restauremos, portanto, essa natureza por tanto tempo não reconhecida em seus legítimos direitos. Ouçamos a sua voz, da qual a razão é a intérprete fiel; façamos calar o entusiasmo e a impostura que, para a nossa infelicidade, nos afastaram do único culto adequado aos seres inteligentes.

Capítulo 7

Do teísmo ou deísmo, do sistema do otimismo e das causas finais

Pouquíssimos homens têm a coragem de examinar o deus que todos são unânimes em reconhecer; não há quase ninguém que ouse duvidar da sua existência, que jamais se constatou. Cada um recebe sem exame, na infância, o nome vago do deus que seus pais lhe transmitem, que consignam em seu cérebro com as ideias obscuras que eles próprios vinculam a esse nome e que tudo conspira para tornar habituais nele. No entanto, cada um o modifica à sua maneira: com efeito, como muitas vezes fizemos observar, as noções pouco fixadas de um ser imaginário não podem ser as mesmas para todos os indivíduos da espécie humana. Cada homem tem a sua maneira de considerá-lo; cada homem faz um deus particular, de acordo com o seu próprio temperamento, suas disposições naturais, sua imaginação mais ou menos exaltada, suas circunstâncias individuais, os preconceitos que recebeu e as maneiras como ele é afetado em diferentes tempos. O homem contente e sadio não vê o seu deus com os mesmos olhos que o homem triste e doente; o homem com um sangue ardente, com uma imaginação abrasada ou sujeito à bile não o vê com os mesmos traços que aquele que goza de uma alma mais pacífica, que tem a imaginação mais fria, que é de um caráter mais fleumático. O que estou dizendo! O mesmo homem não o vê da mesma maneira nos diferentes instantes da sua vida. O seu deus sofre todas as variações da sua máquina, todas as revoluções do seu temperamento, as vicissitudes contínuas que experimenta o seu ser. A ideia da divindade, da qual se considera a existência como tão demonstrada, essa ideia que sustentam ser inata ou infundida em todos os homens, essa ideia da qual asseguram que a natureza inteira se esforça para nos fornecer as provas, está perpetuamente flutuando no espírito de cada indivíduo e varia a cada instante para todos os seres da espécie humana. Não existem duas pessoas que admitam precisamente o mesmo deus, e não existe uma única que, em circunstâncias variadas, não o veja diversamente.

Não fiquemos, portanto, surpresos com a fraqueza das provas que nos são apresentadas da existência de um ser que os homens jamais verão a não ser dentro de si próprios. Não fiquemos espantados por vê-los tão pouco de acordo sobre as ideias que eles formam sobre isso, sobre os sistemas que constroem com relação a ele e sobre os cultos que lhe prestam: suas discussões a seu respeito, as inconsequências das suas opiniões, a pouca consistência e ligação dos seus sistemas, as contradições nas quais eles incorrem incessantemente a partir do momento que querem falar sobre isso, as incertezas em que se encontram os seus espíritos todas as vezes em que se ocupam desse ser tão arbitrário não devem nos parecer estranhas. É preciso necessariamente discutir quando se raciocina sobre um objeto visto diversamente em circunstâncias variadas e sobre o qual não existe um único homem que possa estar constantemente de acordo consigo mesmo.

Todos os homens estão de acordo sobre os objetos que eles têm condições de submeter à experiência. Nós não vemos nenhuma discussão sobre os princípios da geometria. As verdades evidentes e demonstradas não variam no nosso espírito; nós nunca duvidamos de que a parte seja menor que o todo, de que dois e dois sejam quatro, de que a beneficência seja uma qualidade amável e de que a equidade seja necessária aos homens em sociedade. Porém, não encontramos senão discussões, incertezas e variações em todos os sistemas que têm a divindade como objeto. Nós não vemos nenhuma harmonia nos princípios da teologia; a existência de deus, que nos é anunciada por toda parte como uma verdade evidente e demonstrada, só o é para aqueles que não examinaram as provas nas quais ela é fundamentada. Essas provas parecem quase sempre falsas ou frágeis mesmo para aqueles que, aliás, não duvidam de maneira alguma da existência de um deus. As induções ou os corolários que são extraídos dessa pretensa verdade tão demonstrada não são os mesmos para dois povos ou mesmo para dois indivíduos. Os pensadores de todos os séculos e de todos os países querelam incessantemente uns contra os outros sobre a religião, sobre as suas hipóteses teológicas, sobre as verdades fundamentais que lhes servem de base, sobre os atributos e as qualidades de um deus com o qual eles inutilmente se ocuparam e cuja ideia varia continuamente no seu próprio cérebro.

Essas discussões e variações perpétuas deveriam ao menos nos convencer de que as ideias sobre a divindade não têm nem a evidência nem a certeza que lhes são atribuídas, e que pode ser permitido duvidar da realidade de um ser que os homens veem tão diversamente, sobre o qual eles jamais estão de acordo e cuja imagem varia tantas vezes neles próprios. Apesar de todos os esforços e das sutilezas dos seus mais ardorosos defensores, a existência de deus não é nem mesmo provável – e, mesmo que ela o fosse, todas as probabilidades deste mundo podem adquirir a força de uma demonstração?

Não é bem espantoso que a existência do ser mais importante de crer e de conhecer não tenha nem mesmo a seu favor a probabilidade, enquanto algumas verdades muito menos importantes nos são evidentemente demonstradas? Não seria possível concluir disso que nenhum homem está plenamente assegurado da existência de um ser que ele vê tão sujeito a variar dentro dele mesmo, e que em dois dias seguidos não se apresenta com os mesmos traços no seu espírito? Só a evidência pode nos convencer plenamente. Uma verdade não é evidente para nós a não ser quando uma experiência constatada e reflexões reiteradas nos mostram essa verdade sempre sob um mesmo ponto de vista. Da relação constante que fazem os sentidos bem constituídos, resulta a evidência e a certeza, que são as únicas que podem produzir uma plena convicção. O que acontece, portanto, com a certeza da existência da divindade? Suas qualidades discordantes podem existir no mesmo sujeito? E um ser que não passa de um amontoado de contradições teria a probabilidade a seu favor? Aqueles que o admitem podem estar eles próprios convictos? E, nesse caso, será que eles não deveriam permitir que se duvidasse das pretensas verdades que eles anunciam como demonstradas e evidentes, enquanto eles próprios sentem que elas vacilam nas suas cabeças? A existência de deus e os atributos divinos não podem ser coisas evidentes e demonstradas para nenhum homem sobre a Terra. Sua não existência e a impossibilidade das qualidades incompatíveis que a teologia lhe consigna estarão evidentemente demonstradas para quem quer que queira perceber que é impossível que um mesmo sujeito reúna algumas qualidades que se destroem reciprocamente, e que todos os esforços do espírito humano jamais poderão conciliar[1].

---

1. Cícero disse: *Plura discrepantia vera esse non possunt*[a]. De onde se vê que nenhum raciocínio, nenhuma revelação e nenhum milagre podem tornar falso aquilo que a experiência nos demonstra como evidente; só uma inversão do entendimento pode fazer que se admitam as contradições. Segundo o célebre Wolff, em sua *Ontologia* (§ 99)[b]: *Possibile est quod nullam in se repugnantiam habet, quod contradictione caret*. De acordo com essa definição, a existência de deus deve parecer impossível, já que existe contradição em dizer que um espírito sem extensão possa existir na extensão, ou mover a matéria que não tem extensão. São Tomás diz que: *Ens est quod non repugnat esse*[c]. Isso posto, um deus, tal como ele é definido, não passa de um ser de razão, já que ele não pode existir em parte alguma. Segundo Bilfinger (*De Deo, anima et mundo*, § 5): *Essentia est primus rerum conceptus constitutivus vel quidditativus, cujus ope caetera, quae de re aliqua dicuntur demonstrari possunt*. Não seria possível, nesse caso, perguntar-lhe se alguém tem uma ideia da essência divina? Qual é o conceito que constitui deus aquilo que ele é, e do qual decorre a demonstração de tudo aquilo que é dito sobre ele? Perguntem a um teólogo se deus pode cometer um crime. Ele lhes dirá que não, já que o crime repugna à justiça, que faz parte da sua essência. Porém, esse mesmo teólogo não vê que, supondo

Quaisquer que sejam essas qualidades inconciliáveis ou totalmente incompreensíveis que os teólogos consignam a um ser já inconcebível por si mesmo, do qual eles fazem o artífice ou o arquiteto do mundo, o que pode resultar disso para a espécie humana, mesmo supondo nele inteligência e intenções? Uma inteligência universal, cujos desígnios devem se estender a tudo aquilo que existe, pode ter relações mais diretas e mais íntimas com o homem que não constitui senão uma porção imperceptível do grande todo? Terá sido, pois, para alegrar os insetos e as formigas do seu jardim que o monarca do universo construiu e embelezou a sua morada? Estaremos em melhores condições de conhecer os seus projetos, de adivinhar o seu plano, de mensurar a sua sabedoria com os nossos frágeis olhos, e poderemos julgar as suas obras de acordo com as nossas estreitas visões? Os efeitos bons ou maus, favoráveis ou nocivos a nós mesmos e que imaginaremos partir da sua providência*, deixarão por isso de ser efeitos necessários da sua sabedoria, da sua justiça, dos seus decretos eternos? Nesse caso, podemos supor que um deus tão sábio,

---

que deus é um puro espírito, causa tanto repugnância à sua essência ter criado ou mover a matéria quanto cometer um crime que repugna à sua justiça.

(a) A citação completa é *Plura enim vera discrepantia esse non possunt* [Diversas doutrinas em desacordo umas com as outras não podem ser igualmente verdadeiras] (Cícero, *Primeiros acadêmicos, Lucullus*, 36). (N. T.)

(b) Trata-se do filósofo alemão Christian Wolff (1679-1754) e da sua obra *Philosophia prima sive ontologia* [Filosofia primeira ou ontologia], publicada em Frankfurt em 1729-1730. (N. T.)

(c) É possível que Holbach esteja se referindo, na verdade, a Duns Scot, que disse *Ens, hoc est, cui non repugnat esse* [O ente é aquele que não tem repugnância a existir] (cf. *Ordinatio* I). (N. T.)

* "Da sua onipotência e da sua providência" (edição de 1821). (N. T.)

tão justo e tão inteligente modificará o seu plano por nós? Vencido pelas nossas preces e nossas homenagens servis, ele reformará – para nos agradar – as suas sentenças imutáveis? Ele tirará dos seres as suas essências e as suas propriedades? Ele abolirá, através dos milagres, as leis eternas de uma natureza nas quais se admira a sua sabedoria e a sua bondade? Ele fará que, em nosso favor, o fogo deixe de queimar, quando chegarmos muito perto dele? Ele fará que a febre ou a gota deixem de nos atormentar quando tivermos acumulado os humores dos quais essas enfermidades são as consequências necessárias? Ele impedirá que um edifício que cai em ruínas nos esmague com a sua queda quando estivermos passando ao seu lado? Nossos vãos clamores e as súplicas mais fervorosas impedirão que a nossa pátria seja desgraçada quando for devastada por um conquistador ambicioso ou governada por tiranos que a oprimem?

Se essa inteligência infinita é sempre forçada a dar um livre curso aos acontecimentos que a sua sabedoria preparou, se nada acontece neste mundo a não ser de acordo com os seus desígnios impenetráveis, nós não temos nada a lhe pedir. Seríamos insensatos de nos opor a isso, faríamos uma injúria à sua prudência se quiséssemos regulá-la. O homem não deve se vangloriar de ser mais sábio do que o seu deus, de poder convencê-lo a mudar de vontades, de poder determiná-lo a tomar outros caminhos além daqueles que ele escolheu para cumprir os seus decretos: um deus inteligente só pode ter adotado as medidas mais justas e os meios mais seguros para alcançar o seu objetivo. Se ele pudesse modificá-los, não poderia ser chamado nem de sábio, nem de imutável, nem de previdente. Se deus pudesse suspender por um instante as leis que ele próprio fixou, se ele pudesse mudar alguma coisa no seu plano, é porque ele não teria previsto os motivos dessa suspensão ou dessa modificação. Se ele não fez que esses motivos entrassem no seu plano, é porque ele não os previu; se ele os previu sem fazer que eles entrassem no seu plano, é porque ele não pôde. Assim, de qualquer maneira que eles sejam considerados, os votos que os homens dirigem à divindade e os diferentes cultos que eles lhe prestam sempre supõem que eles acreditam estar lidando com um ser pouco sábio, pouco previdente, capaz de mudar, ou que, apesar do seu poder, não pode fazer aquilo que quer ou aquilo que conviria aos homens, para os quais, no entanto, sustentam que ele criou o universo.

É, no entanto, em noções tão mal digeridas que estão fundamentadas todas as religiões da Terra. Nós vemos em toda parte o homem de joelhos diante de um deus sábio do qual ele se esforça para regular a conduta, para desviar as sentenças, para reformar o plano. Em toda parte, o homem está ocupado em conquistá-lo através de baixezas e de presentes, em vencer a sua justiça à força de preces, de práticas, de cerimônias e de expiações que ele acredita capazes de fazê-lo mudar de resoluções. Em toda parte, o homem supõe que pode ofender o seu criador e perturbar a sua eterna felicidade. Em toda parte, o homem está prosternado diante de um deus onipotente, que se acha impossibilitado de tornar as suas criaturas tais como elas devem ser para realizar os seus desígnios divinos e cheios de sabedoria.

Vê-se, portanto, que todas as religiões do mundo não se fundamentam senão em contradições manifestas, nas quais os homens serão forçados a incorrer todas as vezes em que deixarem de lado a natureza e que consignarem os bens ou os males a que são submetidos por ela a uma causa inteligente distinta dela mesma, da qual eles nunca poderão formar ideias certas. O homem estará sempre reduzido – como já repetimos tantas vezes – a fazer de seu deus um homem. Mas o homem é um ser cambiante, cuja inteligência é limitada, cujas paixões variam e que, colocado em circunstâncias diversas, parece muitas vezes em contradição consigo mesmo. Assim, embora o homem acredite estar homenageando o seu deus ao lhe conferir as suas próprias qualidades, ele nada mais faz do que emprestar a ele a sua inconstância, as suas fraquezas e os seus vícios. Por mais que os teólogos, ou os fabricantes da divindade, distingam, sutilizem, exagerem as suas pretensas perfeições e as tornem ininteligíveis, permanecerá sempre constante que um ser que se irrita e é apaziguado por meio de preces não é de modo algum um ser imutável; que um ser que se ofende não é nem onipotente nem plenamente feliz; que um ser que não impede o mal que ele poderia impedir consente no mal; que um ser que dá a liberdade de pecar resolveu em seus decretos eternos que o pecado seria cometido; que um ser que pune as faltas que ele permitiu cometer é soberanamente injusto e irracional; que um ser infinito, que contém qualidades infinitamente contraditórias, é um ser impossível, e não passa de uma quimera.

Portanto, que não venham nos dizer mais que a existência de um deus é ao menos um problema. Um deus, tal como é pintado pela teologia, é totalmente impossível. Todas as qualidades que lhe forem consignadas, todas as perfeições com as quais o adornarem se encontrarão a todo instante desmentidas. Quanto às qualidades abstratas e negativas com as quais quiserem enfeitá-lo, elas serão sempre ininteligíveis, e não comprovarão senão a inutilidade dos esforços do espírito humano, quando ele quer definir seres que não existem. A partir do momento que os homens se acreditam muito interessados em conhecer uma coisa, eles trabalham para ter uma ideia dela. Eles encontram grandes obstáculos ou mesmo a impossibilidade de serem esclarecidos? Sua ignorância e o pouco sucesso das suas investigações os dispõem à credulidade? Nesse caso, alguns malandros espertos ou alguns entusiastas se aproveitam disso para fazer que sejam aceitas as suas invenções ou as suas divagações, que eles citam como verdades constatadas, das quais não é permitido duvidar. É assim que a ignorância, o desespero, a preguiça e a falta do hábito de refletir colocam o gênero humano na dependência daqueles que se encarregam do cuidado de lhe construir sistemas sobre objetos dos quais ele não tinha nenhuma ideia. A partir do momento que se trata da divindade e da religião, ou seja, dos objetos sobre os quais é impossível compreender alguma coisa, os homens raciocinam de uma maneira bem estranha ou são enganados por raciocínios bem capciosos. Pelo fato de se verem na total impossibilidade de entender o que lhes dizem sobre isso, imaginam que aqueles que lhes falam têm mais conhecimento daquilo que estão falando. Esses últimos não deixam de lhes repetir que *a atitude mais segura é se ater àquilo que eles dizem*, é deixar-se guiar por eles e fechar os olhos: ameaçam-nos com a cólera do fantasma irritado se eles se recusarem a crer no que dizem sobre esse fantasma. E tal argumento, embora pressuponha a coisa em questão, cala a boca do gênero humano, que, convencido por esse raciocínio vitorioso, teme perceber as contradições palpáveis da doutrina que lhe anunciam, se atém cegamente aos seus guias, não duvidando que eles tenham ideias bem mais claras sobre os objetos maravilhosos dos quais lhe falam incessantemente e em que a sua profissão os obriga a meditar. O vulgo acredita que os seus sacerdotes têm mais sentidos do que ele. Ele os toma por homens divinos ou por semideuses. Ele não vê, naquilo que adora, senão o que os sacerdotes dizem; e de tudo aquilo que eles dizem resulta, para um homem que pensa, que deus nada mais é do que um ser de razão, um fantasma revestido com as qualidades que os sacerdotes julgaram conveniente lhe dar para redobrar a ignorância, as incertezas e os temores dos mortais. É assim que a autoridade dos sacerdotes decide sem apelação sobre uma coisa que não é útil senão para os sacerdotes.

Quando quisermos remontar à origem das coisas, descobriremos sempre que foram a ignorância e o temor que criaram os deuses, que foram a imaginação, o entusiasmo e a impostura que os adornaram ou desfiguraram, que é a fraqueza que os adora, que é a credulidade que os alimenta, que é o hábito que os respeita, que é a tirania que os sustenta, a fim de tirar proveito da cegueira dos homens.

Falam-nos incessantemente das vantagens que resultam para os homens da crença em um deus. Nós logo examinaremos se essas vantagens são tão reais quanto dizem. Enquanto esperamos, existe a questão de saber se a opinião sobre a existência de um deus é um erro ou uma verdade. Se é um erro, ela não pode ser útil ao gênero humano; se é uma verdade, ela deve ser suscetível de provas bastante claras para serem apreendidas por todos os homens para os quais se supõe que tal verdade seja necessária e vantajosa. Por outro lado, a utilidade de uma opinião nem por isso a torna mais certa. Isso basta para responder ao dr. Clarke, que pergunta "se não seria de se desejar que existisse um ser bom, sábio, inteligente e justo; sua existência não seria desejável para o gênero humano?". Nós lhe diremos, portanto: 1º) que o suposto autor de uma natureza na qual somos forçados a ver a todo instante a desordem ao lado da ordem, a maldade ao lado da bondade, a justiça ao lado da injustiça, a loucura ao lado da sabedoria, tanto pode ser qualificado de bom, de sábio, de inteligente e de justo, quanto de malvado, de insensato e de perverso, a não ser que se suponha dois princípios iguais em poder na natureza, dos quais um destruiria incessantemente as obras do outro. Diremos: 2º) que o bem que pode resultar para nós de uma suposição não a torna mais certa nem mesmo mais provável. Com efeito, onde estaríamos se, do fato de que uma coisa nos é útil, chegássemos a concluir que ela existe realmente? Diremos: 3º) que tudo aquilo que foi relatado até aqui prova que o ser que associam à natureza é impossível de acreditar e repugna a todas as noções comuns. Diremos que é impossível acreditar bastante sinceramente na existência de um ser do qual não temos nenhuma ideia real e ao qual não podemos vincular nenhuma ideia que não seja imediatamente destruída. Será que podemos acreditar na existência de um ser do qual não podemos afirmar nada, que não passa de um amontoado de negações e de privações de tudo aquilo que conhecemos? Em poucas palavras, será possível acreditar firmemente na existência de um ser sobre o qual o espírito humano não pode firmar nenhum julgamento que não se ache instantaneamente contradito?

"Porém" – dir-me-á o ditoso entusiasta, cuja alma é sensível aos seus gozos, e cuja imaginação comovida tem necessidade de pintar um objeto sedutor ao qual possa dar graças pelos seus pretensos benefícios – "por que tirar de mim um deus que eu vejo com os traços de um soberano cheio de sabedoria e de bondade? Quanta doçura eu não encontro em imaginar um monarca poderoso, inteligente e bom, do qual eu sou o favorito, que se ocupa com o meu bem-estar, que zela incessantemente pela minha segurança, que provê as minhas necessidades e que consente que, abaixo dele, eu comande a natureza inteira? Eu creio vê-lo despejar incessantemente os seus benefícios sobre o homem; vejo a sua providência trabalhar por ele sem descanso: ela cobre em seu favor a terra de verdura e as árvores de frutos deliciosos. Ela povoa as florestas com animais apropriados para alimentá-lo; ela suspende sobre a sua cabeça os astros que o iluminam durante o dia e que guiam os seus passos incertos durante a noite. Ela estende em torno dele o azul do firmamento; para alegrar seus olhos, ela adorna a campina com flores; ela rega a sua morada com fontes, com riachos, com rios. Ah! Deixai-me agradecer ao autor de tantos benefícios. Não tirai de mim o meu fantasma encantador. Eu não reencontrarei minhas ilusões tão doces em uma necessidade severa, em uma matéria cega e inanimada, em uma natureza privada de inteligência e de sentimento."

"Por que" – dirá o desafortunado, a quem a sua sorte recusa com rigor os bens que ela esbanja com tantos outros – "arrebatar de mim um erro que me é caro? Por que me aniquilar um deus cuja ideia consoladora seca a fonte das minhas lágrimas e serve para acalmar as minhas penas? Por que me privar de um objeto que imagino como um pai compassivo e terno que me põe à prova neste mundo, mas nos braços do qual eu me atiro com confiança, quando a natureza inteira parece me abandonar? Mesmo supondo que esse deus não passe de uma quimera, os infelizes têm necessidade disso para se resguardarem de um horroroso desespero: não será ser desumano e cruel querer mergulhá-los no vazio ao procurar desenganá-los? Um erro útil não será preferível às verdades que privam o espírito de toda a consolação e que não lhe mostram nenhum alívio para os seus males?"

Não! – direi a esses entusiastas. – A verdade nunca pode vos tornar infelizes; é ela que consola verdadeiramente. Ela é um tesouro escondido que, bem melhor do que os fantasmas gerados pelo temor, pode tranquilizar os corações e lhes dar coragem para suportar os fardos da vida: ela eleva a alma, ela a torna ativa, ela lhe fornece os meios para resistir aos ataques da sorte e para combater com sucesso a fortuna inimiga. Eu lhes perguntarei em que eles fundamentam essa bondade que atribuem loucamente ao seu deus. Mas esse deus – lhes direi – será benfazejo para todos os homens? Para cada mortal que desfruta da abundância e dos favores da fortuna, não existem milhares que definham na necessidade e na miséria? Aqueles que adotam como modelo a ordem, da qual supõem que esse deus é o autor, serão pois os mais felizes neste mundo? A bondade desse ser para com alguns indivíduos favorecidos não se desmente jamais? Até mesmo essas consolações, que a imaginação vai buscar no seu seio, não anunciam os infortúnios trazidos pelos seus decretos, dos quais ele é o autor? A Terra não está coberta de desgraçados, que parecem não ter vindo aqui senão para sofrer, gemer e morrer? A providência divina se entrega ao sono durante essas epidemias, essas pestes, essas guerras, essas desordens e essas revoluções físicas e morais das quais a raça humana continuamente é vítima? Esta terra, da qual se considera a fecundidade como um benefício do céu, não é em mil lugares árida e inexorável? Ela não produz alguns venenos ao lado dos frutos mais doces? Esses rios e esses mares que acreditam ter sido feitos para regar a nossa morada e facilitar o nosso comércio não vêm muitas vezes inundar os nossos campos, derrubar as nossas casas, arrastar os homens e seus rebanhos igualmente desgraçados? Enfim, esse deus, que preside o universo e que zela incessantemente pela conservação das suas criaturas, não as entrega quase sempre aos grilhões de tantos soberanos desumanos que zombam da infelicidade dos seus súditos, enquanto esses desafortunados se dirigem em vão ao céu para fazerem cessar as calamidades multiplicadas, visivelmente devidas a uma administração insensata, e não à cólera dos céus?

O infeliz que busca se consolar nos braços do seu deus deveria ao menos se lembrar que é esse mesmo deus que, sendo o senhor de tudo, distribui o bem e o mal: se acreditam que a natureza está submetida às suas ordens supremas, esse deus é muitas vezes injusto, tão cheio de malícia, de imprudência e de insensatez quanto de bondade, de sabedoria e de equidade. Se o devoto menos influenciado e mais consequente quisesse raciocinar um pouco, ele desconfiaria de um deus caprichoso que muitas vezes faz que ele próprio sofra. Ele não iria se consolar nos braços do seu carrasco, que ele tem a loucura de tomar por seu amigo ou por seu pai.

Não vemos, com efeito, na natureza uma mistura constante de bens e de males? Obstinar-se em ver nela apenas o bem seria tão insensato quanto não querer perceber nela senão o mal. Nós vemos a calmaria suceder às tempestades, a doença à saúde, a paz à guerra; a terra produz em todas as regiões plantas necessárias à alimentação do homem e plantas apropriadas para destruí-lo. Cada indivíduo da espécie humana é uma mistura necessária de boas e de más qualidades. Todas as nações nos apresentam o espetáculo matizado dos vícios e das virtudes. Aquilo que alegra um indivíduo mergulha muitos outros no luto e na tristeza; não ocorre nenhum acontecimento que não tenha vantagens para uns e desvantagens para outros. Os insetos encontram um refúgio seguro nos escombros desse palácio que acaba de esmagar alguns homens na sua queda. Não é para os corvos, as bestas ferozes e os vermes que o conquistador parece travar as batalhas? Os pretensos favoritos da providência não morrem para servir de pasto a milhares de insetos desprezíveis, com os quais essa providência parece tão ocupada quanto com eles? O alcião*, alegre com a tempestade, atira-se sobre as ondas erguidas, enquanto que, sobre os restos do seu navio destruído, o marinheiro ergue para o céu as suas mãos trêmulas. Vemos os seres engajados em uma guerra permanente, vivendo uns à custa dos outros e tirando proveito dos infortúnios que os desolam e os destroem reciprocamente. A natureza, considerada em seu conjunto, mostra-nos todos os seres alternadamente sujeitos ao prazer e à dor, nascendo para morrer, expostos às vicissitudes contínuas das quais nenhum deles está isento. O olhar mais superficial basta, portanto, para nos desenganar da ideia de que o homem é a *causa final* da criação, o objeto constante dos trabalhos da natureza ou de seu autor, a quem não se pode atribuir – de acordo com o estado visível das coisas e as revoluções contínuas da raça humana – nem bondade, nem malícia, nem justiça, nem injustiça, nem inteligência, nem irracionalidade. Em poucas palavras, considerando a natureza sem preconceitos, descobriremos que todos os seres são igualmente favorecidos no universo e que tudo aquilo que existe suporta leis necessárias das quais nenhum ser pode ser excetuado.

Assim, quando se trata de um agente que vemos agir tão diversamente quanto a natureza, ou quanto o seu pretenso

---

* Tipo de ave marinha. (N. T.)

motor, é impossível consignar-lhe qualidades de acordo com as suas obras, ora vantajosas, ora nocivas à espécie humana. Ou, ao menos, cada homem será forçado a julgar isso de acordo com a maneira particular como ele é afetado. Não haverá nenhuma medida fixa nos julgamentos que forem feitos: nossas maneiras de julgar serão sempre fundamentadas nas nossas maneiras de ver e de sentir, e nossa maneira de sentir depende do nosso temperamento, da nossa organização e das nossas circunstâncias particulares, que não podem ser as mesmas para todos os indivíduos da nossa espécie. Essas diferentes maneiras de ser afetado fornecerão sempre, portanto, as cores para os retratos que os homens farão da divindade. Consequentemente, essas ideias não podem ser nem fixas nem seguras. As induções que serão feitas a partir delas jamais serão constantes ou uniformes. Cada um julgará sempre de acordo consigo próprio e não verá senão a si mesmo ou a sua própria situação no seu deus.

Isso posto, alguns homens contentes, com uma alma sensível e com uma imaginação viva, pintarão a divindade com as feições mais encantadoras: eles não acreditarão ver na natureza inteira – que incessantemente lhes causará sensações agradáveis – senão provas assinaladas de benevolência e de bondade. Em seu êxtase poético, eles imaginarão perceber em toda parte as marcas de uma inteligência perfeita, de uma sabedoria infinita, de uma providência carinhosamente ocupada com o bem-estar do homem: o amor-próprio, somando-se também à sua imaginação exaltada, acabará por persuadi-los de que o universo é feito apenas para a raça humana. Eles se esforçarão, em pensamento, para beijar com arrebatamento a mão imaginária da qual acreditarão que dependem tantos benefícios. Tocados por esses favores, acariciados pelo perfume dessas rosas das quais eles não veem os espinhos, ou que o seu delírio extático os impede de sentir, eles não acreditarão poder pagar com bastante reconhecimento esses efeitos necessários, que considerarão como provas indubitáveis da predileção divina. Inebriados por esses preconceitos, nossos entusiastas não perceberão os males e as desordens dos quais o universo é o palco; ou, se eles não podem se impedir de vê-los, se persuadirão de que, nos desígnios de uma providência benfazeja, essas calamidades são necessárias para conduzir os homens a uma maior felicidade. A confiança que eles depositaram na divindade, da qual imaginam depender, faz-lhe crer que o homem sofre apenas para o seu bem e que esse ser fecundo em recursos saberá fazer que ele tire vantagens infinitas dos males que experimenta neste mundo. Seu espírito, assim preocupado, não vê daí por diante nada que não desperte a sua admiração, sua gratidão, sua confiança; os efeitos mais naturais e mais necessários lhes parecem milagres de benevolência e de bondade; obstinados em ver a sabedoria e a inteligência em toda parte, eles fecham os olhos para as desordens que poderiam desmentir as qualidades amáveis que eles atribuem ao ser pelo qual seu coração está enamorado: as calamidades mais cruéis, os acontecimentos mais aflitivos para a raça humana, deixam de lhes parecer desordens e não fazem senão lhes fornecer novas provas das perfeições divinas. Eles se persuadem de que aquilo que lhes parece defeituoso ou imperfeito só o é na aparência. E eles admiram a sabedoria e a bondade do seu deus, mesmo nos efeitos mais terríveis e mais apropriados para consternar.

É a essa embriaguez amorosa e a esse estranho enfatuamento que se deve, sem dúvida, o sistema do *otimismo*, pelo qual alguns entusiastas, providos de uma imaginação romanesca, parecem ter renunciado ao testemunho dos seus sentidos para achar que, mesmo para o homem, *tudo está bem* em uma natureza na qual o bem se encontra constantemente acompanhado pelo mal, e na qual espíritos menos influenciados e imaginações menos poéticas julgariam que tudo é aquilo que pode ser, que o bem e o mal são igualmente necessários, que eles partem da natureza das coisas, e não de uma mão fictícia que, se existisse realmente ou operasse tudo aquilo que vemos, poderia ser chamada de perversa pela mesma razão pela qual teimam em chamá-la de cheia de bondade. Além disso, para estar em condições de justificar a providência pelos males, os vícios e as desordens que vemos no todo que supõem ser sua obra, seria necessário conhecer o objetivo do todo. Ora, o todo não pode ter objetivo, porque, se ele tivesse um objetivo, uma tendência, um fim, ele não seria mais o todo.

Não deixarão de nos dizer que as desordens e os males que são vistos neste mundo são apenas relativos e aparentes, e não provam nada contra a sabedoria e a bondade divinas. Porém, não será possível replicar que os bens tão exaltados e a ordem maravilhosa nos quais fundamentam a sabedoria e a bondade de deus são do mesmo modo apenas relativos e aparentes? Se é unicamente a nossa maneira de sentir e de coexistir com as causas pelas quais estamos rodeados que constitui a ordem da natureza para nós, e que nos autoriza a atribuir sabedoria ou bondade ao seu autor, nossa maneira de sentir e de existir não devem nos autorizar a chamar de desordem aquilo que nos prejudica e a atribuir imprudência ou malícia ao ser que nós supormos pôr a natureza em ação? Em poucas palavras, aquilo que vemos no mundo conspira para nos provar que tudo é necessário, que nada se faz ao acaso, que todos os acontecimentos bons ou maus, seja para nós, seja para os seres de uma ordem diferente, são conduzidos por causas agindo de acordo com leis certas e determinadas, e que nada pode nos autorizar a atribuir nenhuma das nossas qualidades humanas nem à natureza nem ao motor que quiseram lhe dar.

Com relação àqueles que alegam que a sabedoria suprema saberá extrair os maiores bens, para nós, do próprio seio dos males aos quais ela permite que sejamos submetidos neste mundo, nós lhes perguntaremos se eles próprios são os confidentes da divindade ou em que eles fundamentam as suas agradáveis esperanças. Eles nos dirão, sem dúvida, que julgam a conduta de deus por analogia, e que das provas da sua sabedoria e da sua bondade atuais eles estão no direito de concluir em favor da sua sabedoria e da sua bondade futuras. Nós lhes responderemos que eles falam de acordo com suposições gratuitas que, como a sabedoria e a bondade do seu deus se desmentem tantas vezes neste mundo, nada pode lhes assegurar que a sua conduta jamais deixe de ser a mesma com relação aos homens que experimentam cá embaixo ora os seus benefícios, ora as suas desgraças. Se, apesar da sua bondade onipotente, deus não pôde nem quis tornar as suas criaturas queridas completamente felizes neste mundo, que razão se tem para crer que ele poderá ou quererá fazer isso em um outro?

Assim, essa linguagem não se fundamenta senão em hipóteses ruinosas e que só têm por base a imaginação influenciada. Ela significa que os homens, uma vez persuadidos – sem motivos e sem causa – da bondade do seu deus, não podem imaginar que ele consinta em tornar as suas criaturas constantemente infelizes. Por outro lado, que bem real e conhecido nós vemos resultar para o gênero humano dessas esterilidades, dessas fomes, dessas epidemias, desses combates que fazem perecer tantos milhões de homens, e que incessantemente despovoam e desolam o mundo no qual nós estamos? Será que existe alguém capaz de adivinhar as vantagens resultantes de todos os males que nos assediam por todos os lados? Não vemos todos os dias seres votados ao infortúnio, desde o ventre de sua mãe até o túmulo, mal encontrando tempo para respirar e vivendo como constantes joguetes da aflição, da dor e dos reveses? Como ou quando esse deus tão bom extrairá o bem dos males que ele lhes faz sofrer?

Todos os otimistas mais entusiastas, os próprios teístas ou deístas, e os partidários da *religião natural* (que não é nem um pouco *natural* ou fundamentada na razão) são, assim como os supersticiosos mais crédulos, forçados a recorrer ao sistema de uma outra vida para desculpar a divindade pelos males que ela faz sofrer nesta aqui aqueles mesmos que supostamente são os mais agradáveis aos seus olhos. Assim, partindo da ideia de que deus é bom e cheio de equidade, não é possível se dispensar de admitir uma longa série de hipóteses que não tem, assim como a existência desse deus, senão a imaginação como base, e das quais já fizemos ver a futilidade. É forçoso recorrer ao dogma tão pouco provável da vida futura e da imortalidade da alma para justificar a divindade. Somos obrigados a dizer que, por falta de ter podido ou desejado tornar o homem feliz neste mundo, ela lhe proporcionará uma felicidade inalterável quando ele não mais existir, ou quando não tiver mais os órgãos com a ajuda dos quais ele está em condições de sentir prazer atualmente.

No entanto, todas essas hipóteses maravilhosas são elas próprias insuficientes para justificar a divindade pelas suas maldades ou pelas suas injustiças passageiras. Se deus pôde ser injusto ou cruel em algum momento, deus aboliu, ao menos nesse momento, as suas perfeições divinas. Ele não é, portanto, imutável. Sua bondade e sua justiça estão, portanto, sujeitas a serem desmentidas por algum tempo e, nesse caso, quem pode nos garantir que essas qualidades, nas quais nos fiamos, não sejam desmentidas do mesmo modo nessa vida futura, inventada para desculpar deus pelos desvios a que ele se permite neste mundo? O que é um deus que é perpetuamente forçado a abolir os seus princípios e que se acha impotente para tornar felizes aqueles que ele ama, sem lhes fazer mal injustamente – ao menos durante a sua permanência aqui embaixo? Assim, para justificar a divindade, será necessário recorrer também a outras hipóteses. Será preciso supor que o homem pode ofender o seu deus, perturbar a ordem do universo, causar dano à felicidade de um ser soberanamente feliz, desarranjar os desígnios do ser onipotente. Será preciso, para conciliar as coisas, recorrer ao sistema da liberdade do homem[2]. Enfim, pouco a pouco nos acharemos forçados a admitir as ideias mais improváveis, mais contraditórias e mais falsas, a partir do momento que partirmos do princípio de que o universo é governado por uma inteligência cheia de sabedoria, de justiça e de bondade. Só esse princípio é suficiente para conduzir imperceptivelmente aos absurdos mais grosseiros, quando quiserem se mostrar consequentes.

Isso posto, todos aqueles que nos falam da bondade, da sabedoria e da inteligência divinas, que no-las mostram nas obras da natureza, que nos apresentam essas mesmas obras como provas incontestáveis da existência de um deus ou de um agente perfeito, são homens influenciados ou cegos pela sua própria imaginação, que não veem senão um canto do quadro do universo sem abarcar o conjunto. Inebriados pelo fantasma que o seu espírito formou, eles se parecem com esses amantes que não percebem nenhum defeito no objeto da sua ternura. Escondem de si mesmos, dissimulam e justificam os vícios e as deformidades do outro, acabando muitas vezes por considerá-los como perfeições.

Vemos, portanto, que as provas da existência de uma inteligência soberana, tiradas da ordem, da beleza e da har-

---

2. Será que existe algo mais inconsequente do que as ideias de alguns teístas que negam a liberdade do homem e que, no entanto, se obstinam em falar de um deus vingador e remunerador? Como um deus justo pode punir ações necessárias?

monia do universo, não são nunca senão ideais, e só têm força para aqueles que são organizados e constituídos de uma certa maneira, ou cuja imaginação risonha é apropriada para gerar quimeras agradáveis que eles embelezam conforme o seu gosto. Todavia, essas ilusões devem quase sempre se dissipar por si mesmas. A partir do momento que a sua própria máquina começa a se desarranjar, o espetáculo da natureza, que em determinadas circunstâncias lhes pareceu tão sedutor e tão belo, deve então dar lugar à desordem e à confusão. Um homem de um temperamento melancólico, exasperado por algumas infelicidades ou enfermidades, não pode ver a natureza e o seu autor com os mesmos olhos que o homem sadio, de um humor jovial, contente com tudo. Privado de felicidade, o homem triste só pode encontrar nela desordem, deformidade e motivos para se afligir. Ele não vê o universo senão como o palco da malícia ou das vinganças de um tirano colérico. Ele não pode amar sinceramente esse ser malfazejo, ele o odeia do fundo do coração, mesmo lhe prestando as homenagens mais servis. Ele adora tremendo um monarca odioso, cuja ideia não produz em sua alma senão sentimentos de desconfiança, de temor e de pusilanimidade. Em poucas palavras, ele se torna supersticioso, crédulo e muitas vezes cruel, a exemplo do mestre que ele se acredita obrigado a servir e a imitar.

Como consequência dessas ideias que nascem de um temperamento infeliz e de um humor deplorável, os supersticiosos estão continuamente infectados por terrores, por desconfianças e por alarmes. A natureza não pode ter encantos para eles. Eles não tomam nenhuma parte nas suas cenas risonhas. Eles não encaram este mundo – tão maravilhoso e tão belo para o entusiasta contente – senão como um *vale de lágrimas*, no qual um deus vingativo e ciumento só os colocou para expiarem os crimes cometidos por eles próprios ou por seus antepassados, para serem aqui embaixo as vítimas e os joguetes do seu despotismo, para serem submetidos a contínuas provações, a fim de chegarem em seguida, para sempre, a uma existência nova, na qual eles serão felizes ou infelizes segundo a conduta que tiverem tido com relação ao deus extravagante que tem a sua sorte nas suas mãos.

Foram essas ideias sombrias que fizeram brotar sobre a Terra todos os cultos, todas as superstições mais loucas e mais cruéis, todas as práticas insensatas, todos os sistemas absurdos, todas as noções e as opiniões extravagantes, todos os mistérios, os dogmas, as cerimônias, os ritos – em poucas palavras, todas as religiões. Elas foram e sempre serão fontes eternas de alarmes, de discórdia e de delírio para sonhadores nutridos com bile ou inebriados pelo furor divino, que o seu humor atrabiliário dispõe à maldade, que a sua imaginação transviada dispõe ao fanatismo e que a sua ignorância prepara para a credulidade e submete cegamente aos seus sacerdotes: esses últimos, pelos seus próprios interesses, se servirão muitas vezes do seu deus feroz para incitá-los aos crimes e levá-los a arrebatar dos outros o repouso do qual eles próprios estão privados.

Não é senão na diversidade dos temperamentos e das paixões que é preciso buscar a diferença que vemos entre o deus do teísta, do otimista, do entusiasta feliz, e o do devoto, do supersticioso e do zeloso, que sua embriaguez torna tantas vezes insociável e cruel. Eles são igualmente insensatos; eles são enganados pela sua imaginação. Uns, no arrebatamento dos seus amores, só veem deus pelo lado favorável; os outros não o veem nunca a não ser pelo lado mau. Todas as vezes em que partimos de uma suposição falsa, todos os raciocínios que fazemos não passam de uma longa sequência de erros. Todas as vezes em que renunciamos ao testemunho dos sentidos, à experiência, à natureza, à razão, é impossível conhecer os limites nos quais a imaginação se deterá. É verdade que as ideias do entusiasta feliz serão menos perigosas para ele próprio e para os outros do que as do supersticioso atrabiliário, que seu temperamento tornará covarde e cruel. No entanto, nem por isso os deuses de ambos deixam de ser quimeras. O do primeiro é o produto de sonhos agradáveis e o do segundo, de um deplorável delírio do cérebro.

Nunca haverá mais de um passo entre o teísmo e a superstição. A menor revolução na máquina, uma leve enfermidade, uma aflição imprevista bastam para alterar os humores, para viciar o temperamento, para subverter o sistema das opiniões do teísta ou do devoto feliz. Logo o retrato do seu deus se achará desfigurado, a bela ordem da natureza estará arruinada para ele e a melancolia o mergulhará pouco a pouco na superstição, na pusilanimidade e em todos os defeitos que produzem o fanatismo e a credulidade.

A divindade, jamais existindo a não ser na imaginação dos homens, deve adquirir necessariamente a tonalidade do seu caráter. Ela terá as suas paixões; ela seguirá constantemente as revoluções da sua máquina. Ela será alegre ou triste, favorável ou nociva, amiga ou inimiga dos homens, sociável ou feroz, humana ou cruel, segundo a disposição daquele que a leva em seu cérebro. Um mortal, mergulhando da felicidade na miséria, da saúde na doença, da alegria na aflição, não pode nessas mudanças de estado conservar o mesmo deus. O que é um deus que depende a cada instante das variações a que causas naturais submetem os órgãos dos homens? Estranho deus, sem dúvida, aquele cuja ideia flutuante não depende senão do maior ou menor calor e fluidez do nosso sangue!

Não é duvidoso que um deus constantemente bom, cheio de sabedoria, ornado de qualidades amáveis e favoráveis ao homem, seja uma quimera mais sedutora do que o deus do fanático e do supersticioso. Porém, nem por isso ele deixa de ser uma quimera, que se tornará perigosa quando os especuladores que se ocuparem com ela mudarem de circunstâncias ou de temperamento; estes, considerando-o como o autor de todas as coisas, verão o seu deus mudar e serão no mínimo forçados a considerá-lo como um ser repleto de contradições, com o qual não é seguro contar. A partir daí, a incerteza e o temor se apoderarão do seu espírito, e esse deus, que inicialmente eles viam como tão encantador, se tornará para eles um motivo de terror, próprio para mergulhá-los na superstição mais sombria, da qual eles pareciam de início infinitamente distantes.

Assim, o teísmo, ou a pretensa *religião natural*, não pode ter princípios seguros, e aqueles que o professam estão necessariamente sujeitos a variar em suas opiniões sobre a divindade e sobre a conduta que disso decorre. Seu sistema, fundado na origem sobre um deus sábio e inteligente, cuja bondade não pode jamais ser desmentida, a partir do momento que as circunstâncias começam a mudar, deve logo se converter em fanatismo e em superstição. Esse sistema, meditado sucessivamente por entusiastas de diferentes caracteres, deve experimentar contínuas variações e se afastar muito prontamente da sua pretensa simplicidade primitiva. A maior parte dos filósofos quiseram substituir a superstição pelo teísmo, mas eles não perceberam que o teísmo era feito para se corromper e para se degenerar. Com efeito, alguns exemplos impressionantes nos provam essa funesta verdade. O teísmo se corrompeu em toda parte. Ele formou pouco a pouco as superstições, as seitas extravagantes e nocivas pelas quais o gênero humano foi infectado. A partir do momento que o homem consentir em reconhecer fora da natureza algumas potências invisíveis, sobre as quais o seu espírito inquieto jamais poderá fixar invariavelmente as suas ideias (e que só a sua imaginação lhe terá o poder de pintar); a partir do momento que ele não ousar consultar a sua razão com relação a essas potências imaginárias, será necessariamente forçoso que esse primeiro passo em falso o desencaminhe e que a sua conduta, assim como as suas opiniões, tornem-se com o passar do tempo perfeitamente absurdas[3].

---

3. A religião de *Abraão* parece ter sido, na origem, um teísmo imaginado para reformar a superstição dos caldeus. O teísmo de Abraão foi corrompido por *Moisés*, que se serviu dele para formar a superstição judaica. *Sócrates* foi um teísta que, como Abraão, acreditava nas inspirações divinas; seu discípulo *Platão* adornou o teísmo do seu mestre com as cores místicas que ele

São chamados de *teístas* ou *deístas*, entre nós, aqueles que, desenganados por um grande número de erros grosseiros com os quais as superstições vulgares sucessivamente se encheram, ativeram-se puramente à noção vaga da divindade, que eles se limitam a considerar como um agente desconhecido, dotado de inteligência, de sabedoria, de poder e de bondade – em poucas palavras, repleto de perfeições infinitas. Segundo eles, esse ser é distinto da natureza. Eles fundamentam a sua existência na ordem e na beleza que reinam no universo. Influenciados em favor da sua providência benfazeja, eles se obstinam em não ver os males dos quais esse agente universal deveria ser considerado a causa, a partir do momento que ele não se serve do seu poder para impedi-los. Enamorados por essas ideias – das quais fizemos ver o pouco fundamento –, não é nada surpreendente que eles tenham pouca concordância nos seus sistemas e nas consequências que deles extraem. Com efeito, uns supõem que esse ser imaginário, recolhido na

---

extraiu dos sacerdotes egípcios e caldeus, e que ele próprio modificou em seu cérebro poético. Os discípulos de Platão – Proclus, Jâmblico, Plotino, Porfírio etc. – foram verdadeiros fanáticos, mergulhados na superstição mais grosseira. Enfim, os primeiros doutores cristãos foram platônicos, que combinaram a superstição judaica – reformada pelos apóstolos ou por *Jesus* – com o platonismo. Muitas pessoas consideraram *Jesus* como um verdadeiro teísta, cuja religião foi pouco a pouco corrompida. Com efeito, nos livros que contêm a lei que é atribuída a ele, não se trata nem de culto, nem de sacerdotes, nem de sacrifícios, nem de oferendas, nem da maioria dos dogmas do cristianismo atual, que se tornou a mais nociva das superstições da Terra. *Maomé*, ao combater o politeísmo do seu país, não quis senão reconduzir os árabes ao teísmo primitivo de *Abraão* e de seu filho Ismael. E, no entanto, o maometismo dividiu-se em 72 seitas. Tudo isso nos prova que o teísmo está sempre mais ou menos misturado com o fanatismo, que cedo ou tarde acaba por produzir estragos.

profundidade de sua essência, após ter feito a matéria sair do nada, abandona-a para sempre ao movimento que ele uma vez lhe imprimiu. Eles só têm necessidade de um deus para gerar a natureza. Feito isso, tudo aquilo que nela se passa é apenas uma consequência necessária do impulso que lhe foi dado na origem das coisas. Ele quis que o mundo existisse. Porém, grande demais para entrar nos pormenores da administração, ele entrega todos os acontecimentos às causas segundas ou naturais. Ele vive em uma perfeita indiferença pelas suas criaturas, que não têm mais nenhuma relação com ele e não podem perturbar em nada a sua felicidade inalterável. De onde se vê que os deístas menos supersticiosos fazem do seu deus um ser inútil aos homens. Porém, eles têm necessidade de uma palavra para designar a causa primeira ou a força desconhecida à qual, por falta de conhecer a energia da natureza, eles acreditam dever atribuir a sua formação primitiva – ou, se preferirem, a organização de uma matéria coeterna a deus.

Outros teístas, providos de uma imaginação mais viva, supõem relações mais particulares entre o agente universal e a espécie humana. Cada um deles, segundo a fecundidade do seu gênio, estende ou diminui essas relações, supõe deveres do homem para com seu criador, acredita que para agradá-lo é preciso imitar a sua pretensa bondade e fazer, como ele, o bem às suas criaturas. Alguns imaginam que esse deus, sendo justo, reserve algumas recompensas para aqueles que fazem o bem e alguns castigos para aqueles que fazem o mal aos seus semelhantes. De onde se vê que esses últimos *humanizam* um pouco mais do que os outros a sua divindade, fazendo-a semelhante a um soberano que pune ou recompensa os seus súditos de acordo com a sua fidelidade em cumprir os seus deveres e as leis que ele lhes impõe. Eles não podem, como os deístas puros, se contentar com um deus imóvel e indiferente; precisam de um deus mais próximo deles mesmos ou que, ao menos, possa lhes servir para explicar alguns dos enigmas que este mundo lhes apresenta. Como cada um desses especuladores – que nós chamaremos de *teístas*, para distingui-los dos primeiros – faz para si, por assim dizer, um sistema à parte de religião, eles não estão de maneira alguma de acordo sobre os seus cultos nem sobre as suas opiniões. Encontram-se entre eles algumas nuanças muitas vezes imperceptíveis que, a partir do deísmo simples, conduzem alguns deles à superstição. Em poucas palavras, pouco de acordo consigo mesmos, eles não sabem em que se fixar[4].

---

4. É fácil perceber que os escritos dos teístas ou dos deístas são comumente tão repletos de paralogismos e de contradições quanto os dos teólogos. Seus sistemas são muitas vezes da mais extrema inconsequência. Uns dizem que tudo é necessário, negam a espiritualidade e a imortalidade da alma e recusam-se a crer na liberdade do homem. Não seria possível lhes perguntar, nesse caso, para que pode servir o seu deus? Eles têm necessidade de uma palavra que o hábito tornou necessária para eles. Existem poucos homens neste mundo que ousam ser consequentes. Porém, convidamos todos os deícolas – de qualquer denominação pela qual sejam designados – a perguntarem a si próprios se lhes é possível vincular alguma ideia fixa, permanente, invariável, sempre compatível com a natureza das coisas, ao ser que eles designam pelo nome de *deus*, e eles verão que a partir do momento que o distinguem da natureza, não entendem mais nada sobre ele. A repugnância que a maioria dos homens mostra pelo ateísmo se parece perfeitamente com o *horror do vazio*; eles têm necessidade de acreditar em alguma coisa, seu espírito não pode ficar na incerteza, sobretudo quando eles se persuadem de que a coisa lhes interessa muito vivamente. E, então, de preferência a não acreditarem em nada, eles acreditarão em tudo aquilo que se quiser e imaginarão que o mais seguro é tomar um partido.

Não é preciso se espantar com isso; se o deus do deísta é inútil, o do teísta é necessariamente cheio de contradições. Ambos admitem um ser que não passa de pura ficção. Se eles o fazem material, a partir daí ele entra na natureza; se o fazem espiritual, não têm mais ideias reais sobre ele. Se eles lhe conferem atributos morais, logo o tornam um homem ao qual nada mais fazem do que estender as perfeições, mas cujas qualidades são desmentidas a todo instante, a partir do momento que o supõem autor de todas as coisas. Assim, a partir do momento que o gênero humano experimenta algumas desgraças, vós o vereis negar a providência e zombar das causas finais, forçados a reconhecer que esse deus é impotente ou que ele age de uma maneira contraditória à sua bondade. No entanto, aqueles que supõem um deus justo não são obrigados a supor deveres e regras emanados desse ser, que não podemos ofender se não conhecemos as suas vontades? Assim, gradualmente, para explicar a conduta do seu deus, o teísta encontra-se em um contínuo embaraço, do qual ele só poderá se safar admitindo todas as fantasias teológicas, sem nem mesmo deixar de lado as fábulas absurdas que foram imaginadas para dar conta da estranha economia desse ser tão bom, tão sábio e tão cheio de equidade: será forçoso, de suposições em suposições, remontar ao pecado de Adão ou até a queda dos anjos rebeldes, ou até ao crime de Prometeu e a caixa de Pandora, para descobrir como o mal entrou em um mundo submetido a uma inteligência benfazeja. Será forçoso supor a liberdade do homem. Será forçoso reconhecer que a criatura pode ofender o seu deus, provocar a sua cólera, excitar as suas paixões e acalmá-lo em seguida por meio de algumas práticas e expiações supersticiosas. Supõe-se a natureza submetida a um agente oculto, dotado de qualidades ocultas, agindo de uma maneira misteriosa; por que não suporiam que algumas cerimônias, alguns movimentos do corpo, palavras, ritos, templos e estátuas podem igualmente conter algumas virtudes secretas apropriadas para conciliar o ser misterioso que adoram? Por que não dariam fé às forças ocultas da magia, da teurgia, dos encantamentos, dos amuletos e dos talismãs? Por que não acreditar nas inspirações, nos sonhos, nas visões, nos presságios e nos augúrios? Quem sabe se a força motriz do universo, para se manifestar aos homens, não pôde empregar algumas vias impenetráveis e não recorreu às metamorfoses, às encarnações, às transubstanciações? Todas essas fantasias não decorrem das noções absurdas que os homens formaram sobre a divindade? Todas essas coisas, e as virtudes que são ligadas a elas, serão mais incríveis e menos possíveis do que as ideias do teísmo, que supõem que um deus inconcebível, invisível e imaterial pôde criar e pode mover a matéria, que um deus privado de órgãos pode ter inteligência e pensar como os homens, e ter qualidades morais, que um deus inteligente e sábio pode consentir na desordem, que um deus imutável e justo pode tolerar que a inocência seja oprimida por algum tempo? Quando se admite um deus tão contraditório ou tão oposto às luzes do bom senso, não existe mais nada que tenha o direito de revoltar a razão. A partir do momento que se supõe um semelhante deus, é possível crer em tudo. É impossível assinalar aonde deve se deter a marcha da sua imaginação. Se presumimos relações entre o homem e esse ser incrível, é preciso erguer-lhe altares, fazer-lhe sacrifícios, dirigir-lhe preces contínuas, oferecer-lhe presentes. Se não concebemos nada sobre esse ser, o mais seguro não será nos atermos aos seus ministros, que, pela sua condição, devem ter meditado sobre ele para fazer que os outros o conheçam? Em poucas palavras, não existe nenhuma revelação, mistério e prática que não sejamos forçados a admitir com base na palavra dos sacerdotes que, em cada país, têm o poder de ensinar tão diversamente aos homens aquilo que devem pensar sobre os deuses, e de sugerir os meios de agradá-los.

Vê-se, portanto, que os deístas ou teístas não têm motivos reais para se separarem dos supersticiosos, e que é impossível fixar a linha de demarcação que os separa dos homens mais crédulos ou que raciocinam menos sobre o tema da religião. Com efeito, é difícil definir com precisão a verdadeira dose de inépcias a que podemos nos permitir. Se os deístas se recusam a seguir os supersticiosos em todos os passos dados pela sua credulidade, eles são mais inconsequentes do que esses últimos – que, depois de terem aceito sob palavra uma divindade absurda, contraditória e bizarra, adotam ainda sob palavra os meios ridículos e bizarros que lhes são fornecidos para torná-la favorável. Os primeiros partem de uma suposição falsa da qual eles rejeitam as consequências necessárias; os outros admitem o princípio e as consequências[5]. Um deus

---

5. Um filósofo muito profundo observou com razão que o deísmo devia ser sujeito a tantas heresias e cismas quanto a religião. Os deístas têm alguns princípios em comum com os supersticiosos, e estes quase sempre levam

que só existe na imaginação exige um culto imaginário. Toda a teologia é uma pura ficção; não existem graus no falso, assim

---

vantagem em suas disputas contra eles. Se existe um deus, ou seja, um ser do qual nós não temos nenhuma ideia e que, no entanto, tem relações conosco, por que não lhe prestaríamos um culto? Porém, que regra seguir no culto que devemos lhe prestar? O mais seguro será adotar o culto dos nossos antepassados e dos nossos sacerdotes. Nós não assumiremos a tarefa de buscar um outro. Esse culto é absurdo? Não nos será permitido examiná-lo. Assim, por mais absurdo que ele seja, a decisão mais segura será nos conformarmos com ele: ficaremos desobrigados, quanto a isso, dizendo que uma causa desconhecida pode agir de uma maneira inconcebível para nós, que os desígnios de deus *são abismos impenetráveis*, que é muito adequado ater-se cegamente aos nossos guias, que agiremos muito sabiamente considerando-os como *infalíveis* etc. De onde se vê que um teísmo consequente pode conduzir passo a passo à credulidade mais abjeta, à superstição e mesmo ao fanatismo mais perigoso. O fanatismo será, pois, outra coisa que uma paixão pouco sensata por um ser que só existe na imaginação? O teísmo é, em relação à superstição, aquilo que a *Reforma* ou o *protestantismo* foi em relação à *religião romana*. Os reformadores, revoltados contra alguns mistérios absurdos, nem por isso contestaram outros que não eram menos revoltantes. A partir do momento que se pode admitir o deus teológico, não há mais nada na religião que não se possa adotar. Por outro lado, se, não obstante a Reforma, os protestantes foram muitas vezes intolerantes, é de se temer que os teístas o fossem do mesmo modo. É difícil não se irritar na defesa de um objeto que se acredita ser muito importante. Deus só deve ser temido porque os seus interesses perturbam a sociedade. No entanto, não se pode negar que o teísmo puro – ou aquilo que é chamado de *religião natural* – seja preferível à superstição, do mesmo modo que a reforma baniu muitos abusos dos países que a abraçaram. Somente uma liberdade de pensar ilimitada e inviolável pode assegurar solidamente o repouso dos espíritos. As opiniões dos homens só são perigosas quando queremos constrangê-las, ou quando imaginamos ser obrigados a fazer que os outros pensem como nós pensamos. Nenhuma das opiniões, nem mesmo as da superstição, seriam perigosas se os supersticiosos não se acreditassem sinceramente obrigados a perseguir e não tivessem o poder para isso: é esse preconceito que, para o bem dos homens, é essencial aniquilar. E, se a coisa é impossível, o objetivo a que a filosofia pode racionalmente se propor será fazer que os depositários do poder sintam que jamais devem permitir que os seus súditos façam o mal por causa das suas opiniões religiosas.

como na verdade. Se deus existe, é necessário crer em tudo aquilo que dizem sobre ele os seus ministros; todas as fantasias da superstição não têm nada que seja mais incrível do que a divindade incompatível que lhes serve de fundamento. Suas próprias fantasias nada mais são do que corolários, extraídos com maior ou menor sutileza das induções que alguns entusiastas ou sonhadores, à força de meditar, deduziram da sua essência impenetrável, da sua natureza ininteligível, das suas qualidades contraditórias. Por que, pois, parar no meio do caminho? Existe em alguma religião do mundo um milagre mais impossível de se acreditar do que o da *criação*, ou da edução do nada? Existe um mistério mais difícil de compreender do que um deus impossível de conceber a quem, no entanto, é necessário aceitar? Existe alguma coisa mais contraditória do que um artífice inteligente e onipotente que não produz senão para destruir? Existe alguma coisa mais inútil do que associar à natureza um agente que não pode explicar nenhum dos fenômenos da natureza?

Concluamos, portanto, que o supersticioso mais crédulo raciocina de uma maneira mais consequente – ou pelo menos é mais coerente na sua credulidade – do que aqueles que, depois de terem admitido um deus do qual não têm nenhuma ideia, se detêm subitamente e se recusam a admitir os sistemas de conduta que são os resultados imediatos e necessários de um erro radical e primitivo. A partir do momento que subscrevemos um princípio oposto à razão, com que direito apelamos a ela sobre as suas consequências, por mais absurdas que as achemos?

O espírito humano – nunca é demais repetir para a felicidade dos homens – atormenta-se em vão. A partir do momento que ele sai da natureza visível, desencaminha-se e logo é obrigado a voltar para ela. Se ignora a natureza e sua energia, se tem necessidade de um deus para movê-la, ele não tem mais nenhuma ideia sobre esse deus e imediatamente é forçado a fazer dele um homem do qual ele próprio é o modelo. Ele acredita fazer dele um deus dando-lhe as suas próprias qualidades, crê torná-las mais dignas do soberano do mundo exagerando-as, enquanto, à força de abstrações, de negações e de exageros, as aniquila ou as torna totalmente ininteligíveis. Quando não entende mais a si mesmo e se perde nas suas próprias ficções, ele imagina ter feito um deus, quando não fez senão um ser de razão. Um deus revestido com qualidades morais tem sempre o homem como modelo. Um deus revestido com os atributos da teologia não tem modelo em parte alguma, e não existe para nós: da combinação ridícula e disparatada de dois seres tão diversos só pode resultar uma pura quimera, com a qual o nosso espírito não pode ter nenhuma relação, e com a qual lhe é muito inútil se ocupar.

O que poderíamos, com efeito, esperar de um deus tal como é suposto? O que poderíamos lhe pedir? Se ele é espiritual, como ele pode mover a matéria e armá-la contra nós? Se é ele quem estabelece as leis da natureza, se é ele quem confere aos seres as suas essências e as suas propriedades, se tudo aquilo que se faz é a prova e o fruto da sua infinita providência e da sua profunda sabedoria, de que serve dirigir-lhe preces? Rogaríamos a ele para mudar em nosso favor o curso invariável das coisas? Será que ele poderia, ainda que desejasse, aniquilar os seus decretos imutáveis ou voltar atrás? Exigiremos que, para nos agradar, ele faça que os seres ajam de uma maneira oposta à essência que lhes confere? Será que ele pode impedir que um corpo duro pela sua natureza, tal como uma pedra, fira ao cair um corpo frágil, tal como é a máquina humana, cuja essência é sentir? Assim, não peçamos milagres a esse deus, seja ele qual for. Apesar da onipotência que nele supõem, sua imutabilidade se oporia ao exercício do seu poder, sua bondade se oporia ao exercício da sua justiça severa, sua inteligência se oporia às modificações que ele quisesse fazer em seu plano. De onde se vê que a teologia, à força de atributos discordantes, faz ela própria do seu deus um ser imóvel, inútil para o homem, a quem os milagres são totalmente impossíveis.

Talvez irão nos dizer que a ciência infinita do criador de todas as coisas conhece nos seres que ele formou alguns recursos ocultos aos mortais imbecis, e que sem nada mudar nem nas leis da natureza nem nas essências das coisas, ele está em condições de produzir alguns efeitos que ultrapassam o nosso fraco entendimento sem que, no entanto, esses efeitos sejam contrários à ordem que ele próprio estabeleceu. Eu respondo que tudo aquilo que está em conformidade com a natureza dos seres não pode ser chamado nem de *sobrenatural* nem de *miraculoso*. Muitas coisas estão, sem dúvida, acima da nossa concepção, mas tudo aquilo que é feito no mundo é natural e pode ser bem mais simplesmente atribuído à própria natureza do que a um agente do qual não temos nenhuma ideia.

Respondo, em segundo lugar, que pela palavra *milagre* designamos um efeito do qual, por falta de conhecer a natureza, a acreditamos incapaz. Respondo, em terceiro lugar, que por *milagre* os teólogos de todos os países pretendem indicar não uma operação extraordinária da natureza, mas um efeito diretamente oposto às leis dessa natureza – à qual asseguram, todavia, que deus prescreveu tais leis[6]. Por outro lado, se deus, naquelas das suas obras que nos surpreendem ou que não compreendemos, nada mais faz do que acionar alguns mecanismos desconhecidos dos homens, não existe nada na natureza que, nesse sentido, não possa ser encarado como um milagre, já que a causa que faz que uma pedra caia nos é tão desconhecida quanto aquela que faz girar o nosso globo. Enfim, se deus, quando faz um milagre, nada mais faz do que tirar proveito dos conhecimentos que ele tem sobre a natureza para nos surpreender, ele age simplesmente como alguns homens mais astutos que os outros, ou mais instruídos que o vulgo, que o espantam com os seus truques e com os seus segredos maravilhosos, prevalecendo-se da sua ignorância ou da sua incapacidade. Explicar os fenômenos da natureza através de milagres é dizer que se ignora as verdadeiras causas desses fenômenos. Atribuí-los a um deus é reconhecer que não se conhece os recursos da natureza e que se tem necessidade de

---

6. "Um milagre" – diz Buddeus[(a)] – "é uma operação por meio da qual são suspensas as leis da natureza, das quais dependem a ordem e a conservação do universo" (cf. *Tratado do ateísmo*, p. 140).

(a) Johann Franz Buddeus (1667-1729), teólogo luterano alemão nascido na Pomerânia. A citação do barão de Holbach foi extraída da tradução francesa do tratado de Buddeus, realizada por Louis Philon (*Traité de l'athéisme et de la superstition*; Amsterdã: Pierre Mortier, 1740). (N. T.)

uma palavra para designá-los, é crer na magia. Atribuir a um ser soberanamente inteligente, imutável, previdente e sábio alguns milagres por meio dos quais ele suspende as suas leis é aniquilar nele essas qualidades. Um deus onipotente não teria necessidade de milagres para governar o mundo nem para convencer as suas criaturas, cujo espírito e o coração estariam nas suas mãos. Todos os milagres anunciados por todas as religiões do mundo, como provas do interesse que o altíssimo tem por elas, não provam nada além da inconstância desse ser e da impossibilidade em que ele se encontra de persuadir os homens daquilo que quer lhes inculcar.

Enfim, como último recurso, perguntar-nos-ão se não é preferível depender de um ser bom, sábio e inteligente do que de uma natureza cega – na qual não encontramos nenhuma qualidade consoladora para nós – ou de uma necessidade fatal sempre inexorável aos nossos clamores. Respondo: 1º) que o nosso interesse não decide sobre a realidade das coisas, e que ainda que fosse mais vantajoso para nós lidar com um ser tão favorável quanto nos designam, isso não provaria a existência desse ser. Respondo: 2º) que esse ser tão bom e tão sábio nos é, por outro lado, representado como um tirano insensato, e que seria mais vantajoso para o homem depender de uma natureza cega do que de um ser cujas boas qualidades são desmentidas a todo instante pela mesma teologia que as conferiu a ele. Respondo: 3º) que a natureza devidamente estudada nos fornece tudo aquilo que é necessário para nos tornarmos tão felizes quanto a nossa essência comporta. Quando, com a ajuda da experiência, consultamos a natureza, ou cultivamos a nossa razão, ela nos revela os nossos deveres, ou seja, os meios indispensáveis aos quais as suas leis eternas e necessárias vincularam a nossa conservação, a nossa própria felicidade e a da sociedade da qual nós temos necessidade para vivermos felizes aqui embaixo. É na natureza que encontramos com o que satisfazer as nossas necessidades físicas. É na natureza que encontramos os deveres sem os quais não podemos viver felizes na esfera onde ela nos colocou. Fora da natureza, não encontramos senão quimeras nocivas que nos tornam incertos sobre aquilo que devemos a nós mesmos e sobre aquilo que devemos aos seres com quem estamos associados.

A natureza não é, portanto, para nós uma madrasta. Nós não dependemos de um destino inexorável. Dirijamo-nos à natureza: ela nos proporcionará uma multidão de bens, quando nós lhe prestarmos as homenagens que lhe são devidas; ela nos fornecerá com o que mitigar os nossos males físicos e morais, quando quisermos consultá-la; ela só nos pune ou nos mostra rigores quando a desprezamos para prostituir os nossos louvores com os ídolos que a nossa imaginação coloca no trono que lhe pertence. É através da incerteza, da discórdia, da cegueira e do delírio que ela castiga visivelmente todos aqueles que colocam um deus funesto no lugar que ela deveria ocupar.

Mesmo supondo, por um instante, essa natureza inerte, inanimada e cega – ou, se preferirem, fazendo do acaso o deus do universo –, não seria preferível depender do nada absoluto do que de um deus necessário de ser conhecido e do qual não podemos fazer nenhuma ideia, ou ao qual, a partir do momento que queremos formar uma ideia sobre ele, somos forçados a vincular as noções mais contraditórias, mais desagradáveis, mais revoltantes e mais nocivas ao repouso dos humanos? Não seria preferível depender do destino ou da fatalidade do que de uma inteligência bastante insensata para punir as suas criaturas pela pouca inteligência e luzes que ela quis lhes dar? Não seria preferível se atirar nos braços de uma natureza cega, privada de sabedoria e de intenções, do que tremer durante toda a vida sob a chibata de uma inteligência onipotente, que não elaborou os seus planos sublimes senão para que os frágeis mortais tivessem a liberdade de contrariá-los e de destruí-los, e de se tornarem, por isso, as vítimas constantes da sua cólera implacável?[7]

---

7. Milorde Shaftesbury[a], embora um teísta muito zeloso, diz com razão que "muitas pessoas honestas teriam o espírito mais tranquilo se estivessem seguras de que têm apenas um destino cego como guia; eles tremem mais pensando que existe um deus do que se acreditassem que não existisse nenhum" (cf. a *Carta sobre o entusiasmo*; cf. também o capítulo XIII).
   (a) Anthony Ashley Cooper, terceiro conde de Shaftesbury (1671-1713), filósofo e político inglês nascido em Londres. Sua *Letter concerning enthusiasm* foi escrita em 1707 e publicada anonimamente no ano seguinte. (N. T.)

Capítulo 8

Exame das vantagens que resultam para os homens das suas noções sobre a divindade ou de sua influência sobre a moral, sobre a política, sobre as ciências, sobre a felicidade das nações e dos indivíduos

Vimos até aqui o pouco fundamento das ideias que os homens tiveram sobre a divindade, a pouca solidez das provas nas quais eles apoiam a sua existência e a pouca harmonia nas opiniões que tiveram sobre esse ser igualmente impossível de conhecer para todos os habitantes da Terra. Nós reconhecemos a incompatibilidade entre os atributos que a teologia lhe consigna; provamos que esse ser, do qual só o nome já tem o poder de inspirar o pavor, não passa do produto informe da ignorância, da imaginação alarmada, do entusiasmo e da melancolia. Nós fizemos ver que as noções que formamos sobre ele não devem a sua origem senão aos preconceitos da infância, transmitidos pela educação, fortalecidos pelo hábito, alimentados pelo temor, mantidos e perpetuados pela autoridade. Enfim, tudo deve ter nos convencido de que a ideia de deus, tão geralmente espalhada pela Terra, não passa de um erro universal do gênero humano. Resta agora, portanto, examinar se esse erro é útil.

Nenhum erro pode ser vantajoso para o gênero humano. Ele nunca é fundamentado a não ser na sua ignorância ou na cegueira do seu espírito. Quanto mais os homens derem importância aos seus preconceitos mais os seus erros terão para eles consequências deploráveis. Assim, Bacon teve razão ao dizer que *a pior das coisas é o erro deificado*. Com efeito, os inconvenientes que resultam dos nossos erros religiosos têm sido e serão sempre os mais terríveis e os mais extensos. Quanto mais respeitamos esses erros, mais eles colocam as nossas paixões em funcionamento, mais perturbam o nosso espírito, mais nos tornam insensatos, mais influem sobre toda a conduta da vida. Há pouca certeza de que aquele que renuncia à sua razão, na coisa que ele considera como a mais essencial à sua felicidade, a escute em qualquer outra coisa.

Por pouco que reflitamos sobre isso, encontraremos a prova mais convincente dessa triste verdade. Veremos, nas noções funestas que os homens adotaram sobre a divindade, a verdadeira fonte dos preconceitos e dos males de toda espécie dos quais eles são vítimas. No entanto, como já foi dito anteriormente, a utilidade deve ser a única regra e a única medida dos julgamentos que fazemos sobre as opiniões, as instituições, os sistemas e as ações dos seres inteligentes. É de acordo com a felicidade que essas coisas nos proporcionam, que devemos ligar a elas a nossa estima. A partir do momento que elas nos são inúteis, devemos desprezá-las; a partir do momento que nos são perniciosas, devemos rejeitá-las; e a razão nos prescreve que as detestemos proporcionalmente à grandeza dos males que nos causam.

De acordo com esses princípios, fundamentados na nossa natureza e que parecerão incontestáveis a todo ser racional, examinemos com sangue-frio os efeitos que as noções da divindade produziram sobre a Terra. Já deixamos entrever, em mais de um trecho desta obra, que a moral – que não tem como objeto senão o homem querendo se conservar e vivendo em sociedade – não tinha nada em comum com os sistemas imaginários que podem ser elaborados sobre uma força distinta da natureza. Provamos que bastaria meditar sobre a essência de um ser sensível, inteligente e racional para encontrar motivos para moderar as suas paixões, para resistir às inclinações viciosas, para fugir dos hábitos criminosos, para se tornar útil e querido pelos seres dos quais se tem uma necessidade contínua. Esses motivos são, sem dúvida, mais verdadeiros, mais reais e mais poderosos do que aqueles que se acredita dever atribuir a um ser imaginário, feito para se mostrar diversamente a todos aqueles que meditarem sobre ele. Fizemos sentir que a educação, ao nos fazer adquirir desde cedo hábitos honestos e disposições favoráveis, fortalecidos pelas leis, pelo respeito pela opinião do público, pelas ideias de decência, pelo desejo de merecer a estima dos outros e pelo temor de perder a estima de nós mesmos, bastaria para nos acostumar a uma conduta louvável e para nos desviar até mesmo dos crimes secretos, pelos quais seríamos forçados a punir a nós mesmos através do temor, da vergonha e do remorso. A experiência prova-nos que um primeiro crime secreto que tem êxito dispõe a cometer um segundo, e este, a um terceiro; que uma primeira ação é o começo de um hábito; que existe menos distância entre um primeiro crime e o centésimo do que entre a inocência e o crime; que um homem que, na segurança da impunidade, se permite a uma série de más ações se engana, já que ele é sempre forçado a punir a si mesmo, e que além disso ele não pode saber aonde se deterá. Mostramos que os castigos que, pelo seu interesse, a sociedade tem o direito de infligir a todos aqueles que a perturbam são para os homens insensíveis aos encantos da virtude ou às vantagens que dela resultam, obstáculos mais reais, mais eficazes e mais presentes do que a pretensa cólera ou os castigos distantes de uma potência invisível – da qual a ideia se apaga todas as vezes em que nos cremos seguros da impunidade neste mundo. Enfim, é fácil perceber que uma política fundamentada na natureza do homem e da sociedade, armada com leis equitativas, vigilante sobre os costumes dos homens, fiel em recompensar a virtude e em punir o crime, seria bem mais apropriada para tornar a moral respeitável e sagrada do que a autoridade quimérica desse deus que todo o mundo adora e que nunca contém senão aqueles que já estão suficientemente retidos por um temperamento moderado e por princípios virtuosos.

Por outro lado, provamos que nada era mais absurdo e perigoso do que atribuir à divindade qualidades humanas, que na prática se acham continuamente desmentidas. Uma bondade, uma sabedoria, uma equidade que vemos a todo instante contrabalançadas ou contraditas por uma perversidade, por desordens e por um despotismo injusto, que todos os teólogos do mundo atribuíram, em todos os tempos, a essa mesma divindade. É fácil, portanto, concluir disso que um deus que nos é mostrado sob aspectos tão diferentes não pode ser o modelo da conduta dos homens, e que o seu caráter moral não pode servir de exemplo para os seres que vivem em sociedade – que só são considerados virtuosos quando não se desviam da benevolência e da justiça que devem aos seus semelhantes. Um deus superior a tudo, que não deve nada aos seus súditos e que não tem necessidade de ninguém, não pode ser o modelo das suas criaturas, que são repletas de necessidades e que, por conseguinte, devem algo umas às outras.

Platão disse que *a virtude consistia em se assemelhar a deus*. Porém, onde encontrar esse deus com quem o homem deve se parecer? Será na natureza? Infelizmente, aquele que supõem ser o seu motor espalha indiferentemente sobre a raça humana grandes males e grandes bens. Ele é muitas vezes injusto para com as almas mais puras; concede os maiores favores aos mortais mais perversos. E se, como asseguram, ele um dia deve se mostrar mais equitativo, seremos obrigados a esperar essa época para regular a nossa conduta pela dele.

Será nas religiões reveladas que iremos buscar as nossas ideias de virtude? Infelizmente, todas não parecem estar de acordo em nos anunciar um deus despótico, ciumento, vingativo, interesseiro, que não conhece nenhuma regra, que segue os seus caprichos em tudo, que ama ou odeia, que escolhe ou reprova segundo a sua fantasia, que age como insensato, que se compraz com a carnificina, a rapina e as malfeitorias; que brinca com os seus frágeis súditos, que os sobrecarrega com ordenações pueris, que lhes arma ciladas contínuas, que lhes proíbe com rigor de consultar a sua razão? O que aconteceria com a moral se os homens propusessem a si mesmos tais deuses como modelos?

É, no entanto, alguma divindade dessa têmpera que todas as nações adoram. Assim, vemos, em consequência desses princípios, que em todos os países a religião, longe de favorecer a moral, a enfraquece e a aniquila. Ela divide os homens em vez de reuni-los. Em vez de amarem uns aos outros e de se prestarem auxílios mútuos, eles discutem, eles se desprezam, eles se odeiam, eles se perseguem, eles degolam uns aos outros quase sempre por algumas opiniões igualmente insensatas: a menor diferença nas suas noções religiosas os torna a partir daí inimigos, separa os seus interesses, coloca-os continuamente em luta. Por algumas conjecturas teológicas, nações tornam-se opostas a outras nações, o soberano se arma contra os seus súditos, os cidadãos fazem a guerra aos seus concidadãos, os pais detestam seus filhos e estes enfiam o gládio no peito de seus pais, os esposos ficam desunidos, os parentes não se reconhecem, todos os laços são rompidos, a sociedade se dilacera com as suas próprias mãos enquanto, em meio a essas pavorosas desordens, cada um pretende se conformar aos desígnios do deus a que serve, e não faz a si mesmo nenhuma censura pelos crimes que comete por causa dele.

Nós reencontramos o mesmo espírito de vertigem e de frenesi nos ritos, nas cerimônias e nas práticas que todos os cultos do mundo parecem colocar muito acima das virtudes sociais ou naturais. Aqui, mães entregam os seus próprios filhos para alimentar o seu deus. Ali, alguns súditos se reúnem em cerimônia para consolar o seu deus pelos pretensos ultrajes que lhe fizeram, imolando-lhe algumas vítimas humanas. Em um outro país, para apaziguar a cólera do seu deus, um frenético dilacera a si mesmo e se condena por toda a vida a tormentos rigorosos. O Jeová do judeu é um tirano suspeitoso que só respira o sangue, o assassinato e a carnificina, e que pede que o alimentem com a fumaça dos animais. O Júpiter dos pagãos é um monstro de lubricidade. O Moloch dos fenícios é um antropófago. O puro espírito dos cristãos quer que, para apaziguar o seu furor, degolem os seus próprios filhos; o deus feroz do mexicano só pode ser saciado com alguns milhares de mortais que são imolados à sua fome sanguinária.

Tais são os modelos que a divindade apresenta aos homens em todas as superstições deste mundo. Será, pois, surpreendente que o seu nome tenha se tornado para todas as nações o signo do terror, da demência, da crueldade e da desumanidade, servindo de pretexto contínuo para a violação mais desavergonhada dos deveres da moral? É o pavoroso caráter que os homens, em toda parte, conferem ao seu deus que bane para sempre a bondade dos seus corações, a moral da sua conduta, a felicidade e a razão das suas moradas. É, em toda parte, um deus inquieto com a maneira de pensar dos infelizes mortais que os arma com punhais uns contra os outros, que lhes faz sufocar o clamor da natureza, que os torna bárbaros para consigo mesmos e atrozes para com os seus semelhantes. Em poucas palavras, eles se tornam insensatos, furiosos, todas as vezes que querem imitar o deus que eles adoram, merecer o seu amor e servi-lo com zelo.

Não é, portanto, no Olimpo que devemos buscar nem os modelos das virtudes nem as regras de conduta necessárias para viver em sociedade. Os homens têm necessidade de uma moral humana fundamentada em sua natureza, na experiência invariável e na razão. A moral dos deuses será sempre nociva à Terra; deuses cruéis não podem ser bem servidos senão por súditos que se parecem com eles. O que acontece, portanto, com as grandes vantagens que imaginam resultar das noções que nos são dadas incessantemente sobre a divindade? Nós vemos que todas as nações reconhecem um deus soberanamente perverso e, para se conformarem aos seus desígnios, elas espezinham continuamente os deveres mais evidentes da humanidade. Pareceria que não é senão por meio dos crimes e dos frenesis que elas esperam atrair sobre si as graças da inteligência soberana cuja bondade exaltam. A partir do momento que se trata da religião, quer dizer, de uma quimera cuja obscuridade fez que fosse colocada acima da razão e da virtude, os homens se veem no dever de dar rédea a todas as suas paixões. Eles deixam de lado os preceitos mais claros da moral, logo que os seus sacerdotes lhes dão a entender que a divindade lhes ordena o crime, ou que é por meio das malfeitorias que eles poderão obter o perdão para as suas faltas.

Com efeito, não é nesses homens reverenciados, espalhados por toda a Terra para lhe anunciar os oráculos do céu, que nós encontraremos virtudes bem reais. Esses iluminados, que se dizem os ministros do altíssimo, não pregam quase sempre senão o ódio, a discórdia e o furor em seu nome: a divindade, longe de influir de uma maneira útil sobre os seus próprios costumes, não faz comumente mais do que torná-los mais ambiciosos, mais ávidos, mais empedernidos, mais teimosos e mais vãos. Nós os vemos incessantemente ocupados em fazer nascer animosidades através das suas ininteligíveis querelas. Nós os vemos lutar contra a autoridade soberana, que eles pretendem submeter à sua. Nós os vemos armar os chefes das nações contra os seus próprios súditos, e esses mesmos súditos, contra os seus príncipes legítimos. Nós os vemos distribuir aos povos crédulos cutelos para se massacrarem reciprocamente nas fúteis disputas que a vaidade sacerdotal faz considerar como importantes. Esses homens tão persuadidos da existência de um deus, e que ameaçam os povos com as suas vinganças eternas, se servem dessas noções maravilhosas para moderar o seu orgulho, a sua cupidez, o seu humor vingativo e turbulento? Nos países onde o seu domínio está mais solidamente estabelecido, onde eles gozam da impunidade, eles serão, pois, inimigos da devassidão, da intemperança e dos excessos que um deus severo interdita aos seus adoradores? Ao contrário, não os vemos então animados ao crime, intrépidos na iniquidade, darem um livre curso aos seus desregramentos, à sua vingança, ao seu ódio, à sua crueldade suspeitosa? Em poucas palavras, é possível afirmar, sem temor, que aqueles que por toda a Terra anunciam um deus terrível e nos fazem tremer sob o seu jugo, que os homens que meditam incessantemente sobre ele, que provam a sua existência aos outros, que o adornam com os seus pomposos atributos, que se declaram seus intérpretes, que fazem depender dele todos os deveres da moral, são aqueles que esse deus menos contribui para tornar virtuosos, humanos, indulgentes e sociáveis. Examinando a sua conduta, seríamos tentados a crer que eles estão perfeitamente desenganados acerca do ídolo a que servem, e que ninguém é menos iludido do que eles pelas ameaças que fazem em seu nome. Nas mãos dos sacerdotes de todos os países, a divindade se parece com a cabeça da Medusa que, sem causar dano àquele que a mostrava, petrificava todos os outros. Os sacerdotes são comumente os mais velhacos dos homens, e os melhores dentre eles são perversos de boa-fé.

Será que a ideia de um deus vingador e remunerador inspira bem mais respeito a esses príncipes, a esses deuses da Terra, que fundamentam o seu poder e os títulos da sua grandeza na própria divindade, que se servem do seu terrível nome para intimidar, para controlar os povos que os seus caprichos tantas vezes tornam infelizes? Lamentavelmente, as ideias teológicas e sobrenaturais, adotadas pelo orgulho dos soberanos, nada mais fizeram do que corromper a política e transformá-la em tirania. Os ministros do altíssimo, sempre eles próprios tiranos ou funâmbulos dos tiranos, não clamam incessantemente aos monarcas que eles são as imagens do altíssimo? Eles não dizem aos povos crédulos que o céu quer que eles gemam sob as injustiças mais cruéis e mais multiplicadas; que sofrer é o quinhão que lhes cabe; que os seus príncipes, assim como o ser supremo, têm o direito indubitável de dispor dos bens, da pessoa, da liberdade e da vida dos seus súditos? Esses chefes das nações, assim envenenados em nome da divindade, não imaginam que tudo lhes é permitido? Êmulos, representantes e rivais da potência celeste, eles não exercem – a exemplo dela – o despotismo mais arbitrário? Será que eles não pensam, na embriaguez em que os mergulha a adulação sacerdotal, que, tal como deus, eles não têm de prestar contas das suas ações aos homens, que eles não devem nada ao resto dos mortais, que eles não estão presos por nenhum laço aos seus infelizes súditos?

É às noções teológicas e às covardes adulações dos ministros da divindade que devemos, evidentemente, o despotismo, a tirania, a corrupção e o desregramento dos príncipes, e também a cegueira dos povos aos quais se proíbe, em nome do céu, de amar a liberdade, de trabalhar pela sua felicidade, de se opor à violência e de fazer uso dos seus direitos naturais. Esses príncipes embriagados, mesmo adorando um deus vingador e forçando os outros a adorá-lo, não cessam de ultrajá-lo a todo instante pelos seus desregramentos e crimes. Que moral, com efeito, é essa dos homens que se apresentam como as imagens vivas e como os representantes da divindade! Será, pois, que são ateus esses monarcas, injustos por hábito e sem remorsos, que arrancam o pão das mãos dos povos esfaimados para prover o luxo dos seus cortesãos insaciáveis e dos vis instrumentos das suas iniquidades? Será que são ateus esses conquistadores ambiciosos que, pouco contentes em oprimir os seus próprios súditos, vão levar a desolação, o infortúnio e a morte para os súditos dos outros? O que vemos nesses potentados que, por *direito divino*, comandam as nações, senão ambiciosos que nada detém, corações totalmente insensíveis aos males do gênero humano, almas sem energia e sem virtude que deixam de lado alguns deveres evidentes, sobre os quais não se dignam nem mesmo a se instruir; homens poderosos que se colocam insolentemente acima das regras da equidade natural[1]; velhacos que zombam da boa-fé? Nas alianças que fazem entre si esses soberanos divinizados, será que encontraremos uma sombra de sinceridade? Nesses príncipes, mesmo quando eles são o mais humildemente submissos à superstição, encontramos a menor virtude real? Não vemos neles mais do que facínoras demasiado orgulhosos para serem humanos, demasiado grandes para serem justos, que criam para si um código à parte de perfídias, violências e traições. Não vemos neles senão malvados prontos a enganar e a causar dano uns aos outros; não encontramos senão furiosos sempre em guerra e, pelos mais fúteis interesses, empobrecendo seus povos e arrancando uns dos outros os farrapos sangrentos das nações: poderíamos dizer que eles disputam para ver quem fará o maior número de desgraçados sobre a Terra! Enfim, cansados dos seus próprios furores, ou forçados

---

1. O imperador Carlos V tinha o costume de dizer que *sendo um homem de guerra, era impossível para ele ter consciência e religião*: seu general, o marquês de Pescara, dizia que *nada era mais difícil do que servir ao mesmo tempo a Jesus Cristo e ao deus Marte*. Em geral, nada é mais contrário ao espírito do cristianismo do que a profissão das armas e, no entanto, os príncipes cristãos têm exércitos numerosos e estão perpetuamente em guerra. Além disso, o clero ficaria bem aborrecido se seguissem à risca as máximas do *evangelho* ou da brandura cristã, o que não se harmonizaria de maneira alguma com os seus interesses. Esse clero tem necessidade de soldados para fazer valer os seus dogmas e os seus direitos. Isso nos prova a que ponto a religião é apropriada para iludir as paixões dos homens!

à paz pela mão da necessidade, eles tomam como testemunha nos tratados insidiosos o nome de deus, prontos a violar seus juramentos solenes a partir do momento que o mais frágil interesse o exigir[2].

Eis aí como a ideia de deus inspira respeito àqueles que se dizem suas imagens e que pretendem não ter contas a prestar das suas ações senão a si mesmos! Dentre esses representantes da divindade, mal se encontra, em milhares de anos, um único que tenha a equidade, a sensibilidade, os talentos e as virtudes mais ordinárias. Os povos embrutecidos pela superstição toleram que algumas crianças aturdidas pela adulação os governem com um cetro de ferro, com o qual esses imprudentes não percebem que ferem a si mesmos. Esses insensatos, transformados em deuses, são os senhores da lei: eles decidem pela sociedade cuja língua está acorrentada, eles têm o poder de criar o justo e o injusto. Eles se excluem das regras que o seu capricho impõe aos outros. Eles não conhecem relações nem deveres; jamais aprenderam a temer, a ter vergonha, a sentir remorsos. Seu desregramento não tem limites, porque ele tem a garantia de permanecer impune. Como consequência, eles desdenham a opinião pública, a decência, os julgamentos dos homens que estão em condições de oprimir sob o peso do seu enorme poder. Nós os vemos comumente entregues aos vícios e à devassidão, porque o té-

---

2. *Nihil est quod credere de se*
Non possit, cum laudatur dis aequa potestas[(a)].
(Juvenal, *Sátira* IV, versos 70-71).
(a) "Não há nada que não possa crer sobre si mesma, quando é louvada, uma potência igual aos deuses." (N. T.)

dio e o fastio que se seguem à saciedade das paixões satisfeitas os forçam a recorrer aos prazeres bizarros, às loucuras dispendiosas, para despertar a atividade em suas almas entorpecidas. Em poucas palavras, acostumados a temer unicamente a deus, eles se conduzem sempre como se não tivessem nada a temer.

A história não nos mostra, em todos os países, mais do que uma multidão de potentados viciosos e daninhos. No entanto, ela não nos mostra que muitos deles tenham sido ateus. Os anais das nações nos oferecem, ao contrário, um grande número de príncipes supersticiosos que passaram a sua vida mergulhados na indolência, estranhos a toda virtude, unicamente bons para os seus cortesãos famélicos, insensíveis aos males dos seus súditos, dominados por amantes e por indignos favoritos, unidos com os sacerdotes contra a felicidade pública, enfim, perseguidores que, para agradar ao seu deus ou para expiar seus vergonhosos desregramentos, juntaram a todos os seus delitos o de tiranizar o pensamento e o de massacrar cidadãos por causa das opiniões. A superstição, nos príncipes, alia-se com os crimes mais pavorosos. Quase todos têm religião; muito poucos conhecem a verdadeira moral ou praticam virtudes úteis. As noções religiosas não servem senão para torná-los mais cegos e mais perversos, e eles se acreditam garantidos pelo favor do céu. Pensam que os seus deuses são apaziguados por um mínimo de apego que eles demonstrem às práticas fúteis e aos deveres ridículos que a superstição lhes impõe. Nero, o cruel Nero, com as mãos ainda tintas do sangue de sua própria mãe, quis se fazer iniciar nos mistérios de Elêusis. O odioso Constantino encontrou nos sacerdotes cristãos cúmplices dispostos a expiar os seus delitos. Esse infame Felipe, que sua cruel ambição fez que fosse chamado de *Demônio do Sul**, enquanto assassinava sua mulher e seu filho, mandava devotamente degolar os batavos por causa das opiniões religiosas. É assim que a cegueira supersticiosa persuade os soberanos de que eles podem expiar crimes por meio de alguns crimes ainda maiores!

Concluamos, portanto, da conduta de tantos príncipes tão religiosos e tão pouco virtuosos, que as noções da divindade, longe de lhes serem úteis, só servem para corrompê-los, para torná-los mais perversos do que a natureza os fez. Concluamos que jamais o temor de um deus vingador pode impor respeito a um tirano deificado, bastante poderoso ou bastante insensível para não temer as censuras ou o ódio dos homens, bastante duro para não se comover com os males da espécie humana, da qual ele se crê distinto: nem o céu nem a terra têm algum remédio para um ser pervertido a esse ponto. Não existe nenhum freio capaz de conter as suas paixões, as quais a própria religião solta continuamente as rédeas, tornando-as mais temerárias. Todas as vezes que nos gabamos de expiar facilmente o crime, entregamo-nos ao crime com facilidade. Os homens mais desregrados são quase sempre muito apegados à

---

* Trata-se de Felipe II (1527-1598), rei da Espanha. Holbach refere-se às mortes misteriosas do príncipe Dom Carlos e de sua madrasta, a rainha Elisabete de Valois, atribuídas a Felipe. Em seu *Ensaio sobre os costumes e o espírito das nações* (cap. 166), Voltaire considera bastante provável que os dois fatos estejam ligados a uma relação amorosa entre Carlos e Elisabete. (N. T.)

religião; ela lhes fornece o meio de compensar, através das práticas, aquilo que falta aos seus modos. É bem mais fácil crer ou adotar alguns dogmas, conformar-se a algumas cerimônias, do que renunciar aos seus hábitos ou resistir às suas paixões.

Submetidas a chefes depravados pela própria religião, as nações tiveram necessariamente que se corromper. Os grandes se conformaram aos vícios dos seus senhores. O exemplo desses homens distintos, que o vulgo acredita serem felizes, foi seguido pelos povos. As cortes tornaram-se cloacas de onde saiu continuamente o contágio do vício. A lei caprichosa e arbitrária decidiu sozinha sobre o que era honesto; a jurisprudência foi iníqua e parcial; a justiça não teve a sua venda nos olhos a não ser para o pobre; as ideias verdadeiras sobre a equidade apagaram-se de todos os espíritos; a educação negligenciada só serviu para formar ignorantes, insensatos, devotos sempre prontos a causar dano uns aos outros; a religião, sustentada pela tirania, tomou o lugar de tudo; ela tornou cegos e dóceis os povos que o governo se propunha a despojar[3].

Assim, as nações, privadas de uma administração sensata, de leis equitativas, de instituições úteis, de uma educação racional, e sempre mantidas pelo monarca e pelo sacerdote na ignorância e nos grilhões, tornaram-se religiosas e corrom-

---

3. Maquiavel, nos capítulos 11, 12 e 13 dos seus *Discursos políticos sobre Tito Lívio*[(a)], esforça-se para mostrar a utilidade que a superstição teve para a república romana: porém, por infelicidade, os exemplos nos quais ele se apoia provam que apenas o senado tirou proveito da cegueira do povo para mantê-lo sob o seu jugo.

(a) Dessa obra, existem duas traduções brasileiras, intituladas *Discursos sobre a primeira década de Tito Lívio* (editora Martins Martins Fontes) e *Comentários sobre a primeira década de Tito Lívio* (editora da UnB). (N. T.)

pidas. Uma vez que a natureza do homem, os verdadeiros interesses da sociedade e as vantagens reais do soberano e do povo foram esquecidos, a moral da natureza, fundamentada na essência do homem vivendo em sociedade, foi do mesmo modo ignorada. Esqueceram que o homem tem necessidades, que a sociedade não é feita senão para lhe facilitar os meios de satisfazê-las, que o governo deve ter como objetivo a felicidade e a manutenção dessa sociedade, que ele deve, por conseguinte, servir-se dos móbeis necessários para influir sobre os seres sensíveis. Não viram que as recompensas e os castigos são os impulsos poderosos dos quais a autoridade pública pode eficazmente se servir para determinar os cidadãos a confundirem os seus interesses e a trabalharem pela sua própria felicidade, trabalhando pelo corpo do qual eles são membros. As virtudes sociais foram ignoradas; o amor pela pátria tornou-se uma quimera; os homens associados não tiveram interesse senão em causar dano uns aos outros e só pensaram em merecer a benevolência do soberano, que se acreditou ele próprio interessado em causar dano a todos.

Eis como o coração humano se perverteu. Eis a verdadeira fonte do mal moral e dessa depravação hereditária, epidêmica e inveterada que vemos reinar sobre toda a Terra. Foi para remediar tantos males que recorreram à própria religião que os havia produzido; imaginaram que as ameaças do céu reprimiriam as paixões que tudo conspirava para fazer nascer em todos os corações. Persuadiram-se tolamente de que um dique ideal e metafísico, que algumas fábulas assustadoras, que alguns fantasmas longínquos eram suficientes para conter os desejos naturais e as inclinações impetuosas. Acreditaram que algumas potências invisíveis seriam mais fortes do que todas as potências visíveis, que convidam evidentemente os mortais a cometerem o mal. Acreditaram ter ganho tudo ocupando os espíritos com tenebrosas quimeras, com terrores vagos, com uma divindade vingadora. E a política persuadiu-se insanamente de que era do seu interesse submeter os povos cegamente aos ministros da divindade.

O que resultou disso? As nações não tiveram mais do que uma moral sacerdotal e teológica, acomodada às intenções e aos interesses variáveis dos sacerdotes, que substituíram as verdades por opiniões e divagações, as virtudes por práticas, a razão por uma cegueira devota, a sociabilidade pelo fanatismo. Por uma consequência necessária da confiança que os povos concederam aos ministros da divindade, foram estabelecidas, em cada Estado, duas autoridades distintas, continuamente em guerra. O sacerdote combateu o soberano com a arma temível da opinião, que foi comumente bastante forte para abalar os tronos[4]. O soberano só ficou tranquilo quando, humildemente devotado aos seus sacerdotes e dócil às suas lições, ele se prestou aos seus frenesis. Esses sacerdotes, sem-

---

4. É bom observar que os sacerdotes, que clamam incessantemente aos povos para que sejam submissos aos soberanos – porque a sua autoridade vem do céu, porque eles são as imagens da divindade –, mudam logo de linguagem a partir do momento que o soberano não está cegamente submisso a eles. O clero não sustenta o despotismo a não ser para direcionar seus golpes contra os seus inimigos; ele o derruba a partir do momento que o acha contrário aos seus interesses. Os ministros das potências invisíveis só pregam a obediência às potências visíveis quando estas lhes são humildemente devotadas.

pre turbulentos, ambiciosos e intolerantes, o incitaram a assolar os seus próprios Estados, encorajaram-no à tirania. Eles o reconciliaram com o céu quando ele temia tê-lo ultrajado. Assim, quando as duas potências rivais se reuniram, a moral não ganhou nada com isso. Os povos não foram mais felizes nem mais virtuosos; seus costumes, seu bem-estar e sua liberdade foram constrangidos pelas forças reunidas do deus do céu e do deus da Terra. Os príncipes, sempre interessados na manutenção das opiniões teológicas – tão agradáveis para o seu orgulho e tão favoráveis ao seu poder usurpado –, tiveram ordinariamente os mesmos interesses que os seus sacerdotes. Eles acreditaram que o sistema religioso que eles próprios adotavam devia ser o mais útil aos seus interesses, e trataram como inimigos aqueles que se recusavam a adotá-lo. O soberano mais religioso tornou-se – seja pela política ou pela devoção – o carrasco de uma parte dos seus súditos. Ele assumiu o sagrado dever de tiranizar o pensamento, de oprimir e de arrasar os inimigos dos seus sacerdotes, que sempre acreditou serem os inimigos da sua própria autoridade. Ao degolá-los, imaginou satisfazer ao mesmo tempo aquilo que ele devia ao céu e à sua própria segurança. Não viu que, imolando vítimas aos seus sacerdotes, ele fortalecia os inimigos do seu poder, os rivais da sua potência, os menos submissos dos seus súditos.

Com efeito, de acordo com as noções falsas com as quais os espíritos dos soberanos e dos povos supersticiosos estão a tanto tempo preocupados, descobrimos que tudo na sociedade colabora para satisfazer o orgulho, a avidez e a vingança do sacerdócio. Em toda parte vemos que os homens mais turbulentos, mais perigosos e mais inúteis são os mais bem recompensados. Vemos os inimigos natos do poder soberano honrados e queridos por ele. Os súditos mais rebeldes considerados como os sustentáculos do trono; os corruptores da juventude transformados nos mestres exclusivos da educação; os cidadãos menos laboriosos ricamente pagos pela sua ociosidade, pelas suas especulações fúteis, pelas suas discórdias fatais, pelas suas preces ineficazes e pelas suas expiações tão perigosas para os costumes e tão apropriadas para encorajar o crime.

Há milhares de anos, as nações e os soberanos têm se despojado sem descanso para enriquecer os ministros dos deuses, para fazê-los nadar na abundância, para cumulá-los de honrarias, para condecorá-los com títulos, privilégios e imunidades e para fazer deles maus cidadãos. Que frutos os povos e os reis colheram, pois, de seus benefícios imprudentes, de sua religiosa prodigalidade? Os príncipes, com isso, tornaram-se mais poderosos, as nações tornaram-se mais felizes, mais florescentes e mais racionais? Não, sem dúvida. O soberano perdeu a maior porção da sua autoridade, ele ficou escravo dos seus sacerdotes ou foi obrigado a lutar incessantemente contra eles. A porção mais considerável das riquezas da sociedade foi utilizada para manter na ociosidade, no luxo e no esplendor seus membros mais inúteis e mais perigosos.

Os costumes dos povos se tornaram melhores, submetidos a esses guias tão bem pagos? Infelizmente, os supersticiosos nunca conheceram essas coisas; a religião, para eles, ocupou o lugar de tudo. Seus ministros, contentes em manter os dogmas e os usos úteis aos seus próprios interesses, não fizeram senão inventar crimes fictícios e multiplicar práticas incômodas ou ridículas, a fim de lucrar até mesmo com as transgressões dos seus escravos. Exerceram em toda parte um monopólio de expiações. Fizeram um tráfico das pretensas graças lá de cima; fixaram uma tarifa para os delitos: os mais graves foram sempre aqueles que o sacerdócio julgou mais nocivos aos seus desígnios. As palavras vagas e desprovidas de sentido – *impiedade, sacrilégio, heresia, blasfêmia* etc. (que só têm visivelmente como objeto as quimeras que interessam unicamente aos sacerdotes) – alarmaram os espíritos bem mais do que os delitos reais e verdadeiramente interessantes para a sociedade. Assim, as ideias dos povos foram totalmente invertidas: os crimes imaginários os assustaram bem mais do que os crimes verdadeiros. Um homem cujas opiniões e sistemas abstratos não concordavam de maneira alguma com os dos sacerdotes foi bem mais abominado do que um assassino, do que um tirano, do que um opressor, do que um ladrão, do que um sedutor e do que um corruptor. O maior dos atentados foi o de menosprezar aquilo que os sacrificadores queriam que fosse considerado como sagrado[5]. As leis civis também colaboraram para essa inversão nas ideias. Elas puniram com atrocidade esses crimes desconhecidos que

---

• 5. O célebre Gordon[(a)] diz que "a maior das heresias é crer que existe um outro deus além do clero".

(a) Holbach refere-se provavelmente ao escocês Thomas Gordon, cujo livro *The independent whig* (escrito em parceria com John Trenchard) ele próprio traduziu para o francês, com o título *L'esprit du clergé ou Le christianisme primitif vengé des entreprises et des excès de nos prêtres modernes* [O espírito do clero, ou o cristianismo primitivo vingado dos atentados e dos excessos de nossos sacerdotes modernos]. (N. T.)

a imaginação havia exagerado: queimaram os heréticos, os blasfemadores e os incrédulos; nenhuma pena foi aplicada contra os corruptores da inocência, os adúlteros, os velhacos e os caluniadores.

Submetida a semelhantes professores, o que pôde acontecer com a juventude? Ela foi indignamente sacrificada à superstição. Envenenaram o homem, desde a infância, com noções ininteligíveis; alimentaram-no com mistérios e fábulas; embeberam-no com uma doutrina à qual ele foi forçado a aquiescer, sem poder compreender nada sobre ela; perturbaram o seu espírito com vãos fantasmas; estreitaram o seu gênio por meio de minúcias sagradas, por meio de deveres pueris, por meio de devoções maquinais[6]. Fizeram que ele perdesse um tempo precioso com práticas e cerimônias. Encheram a sua cabeça com sofismas e erros, embriagaram-no com o fanatismo: influenciaram-no para sempre contra a razão e a verdade. A energia da sua alma foi submetida a entraves contínuos; ele jamais pôde alçar voo, ele não pôde se tornar útil aos seus associados; a importância que deram à ciência divina, ou, antes, à ignorância sistemática que serve de base para a religião, fez que o solo mais fértil não produzisse senão espinhos.

---

6. A superstição fascinou os espíritos e fez dos homens puras máquinas de tal modo que existe um grande número de países nos quais os povos não entendem a língua da qual eles se servem para falar com o seu deus. Vemos algumas mulheres não terem, por toda a sua vida, outra ocupação a não ser a de cantar em latim, sem entender uma palavra dele. O povo que não compreende nada do seu culto assiste a ele com muita observância, com a ideia de que lhe basta se mostrar ao seu deus, que fica contente por ele vir se entediar nos seus templos.

A educação sacerdotal e religiosa formou cidadãos, pais de família, esposos, amos justos, servidores fiéis, súditos submissos, associados pacíficos? Não; ela fez devotos tristes, incômodos para si próprios e para os outros, ou homens sem princípios, que logo se esqueceram dos terrores com os quais haviam sido imbuídos e que nunca conheceram as regras da moral. A religião foi colocada acima de tudo. Disseram ao fanático que *era preferível obedecer a deus do que aos homens*; por conseguinte, ele acreditou que era necessário se revoltar contra o príncipe, desvencilhar-se da sua mulher, detestar o seu filho, afastar-se do seu amigo e degolar os seus concidadãos, todas as vezes em que se tratasse dos interesses do céu. Em poucas palavras, a educação religiosa, quando fez efeito, só serviu para corromper os jovens corações, para fascinar os jovens espíritos, para degradar as jovens almas, para fazer que o homem ignorasse aquilo que deve a si mesmo, à sociedade e aos seres que o rodeiam.

Quantas vantagens as nações não teriam tido, se elas tivessem empregado em objetos úteis as riquezas que a ignorância tão vergonhosamente esbanjou com os ministros da impostura! Que caminho o gênio não teria feito, se tivesse usufruído das recompensas concedidas há tantos séculos àqueles que foram, em todos os tempos, opostos ao seu impulso! O quanto as ciências úteis, as artes, a moral, a política e a verdade não teriam se aperfeiçoado se tivessem tido os mesmos recursos que a mentira, o delírio, o entusiasmo e a inutilidade!

É, pois, evidente que as noções teológicas foram e serão perpetuamente contrárias à sã política e à sã moral; elas transformam os soberanos em divindades malfazejas, inquietas e ciumentas. Elas fazem dos súditos escravos invejosos e malvados – que, com a ajuda de algumas práticas fúteis, ou com a sua aquiescência exterior a algumas opiniões ininteligíveis, imaginam compensar amplamente o mal que fazem uns aos outros. Aqueles que jamais ousaram examinar a existência de um deus que pune e recompensa; aqueles que se persuadem de que os seus deveres estão fundamentados nas suas vontades divinas; aqueles que sustentam que esse deus quer que os homens vivam em paz, se queiram bem, se prestem auxílios mútuos, se abstenham do mal e façam o bem, perdem logo de vista essas especulações estéreis a partir do momento que os interesses presentes, as paixões, os hábitos e as fantasias importunas os arrastam. Onde encontrar a equidade, a união, a paz e a concórdia que essas noções sublimes, apoiadas na superstição e na autoridade divina, prometem às sociedades, às quais não cessam de pô-las diante dos olhos? Sob a influência de cortes corrompidas e de sacerdotes impostores ou fanáticos, que nunca estão de acordo, eu não vejo senão homens viciosos, aviltados pela ignorância, acorrentados por hábitos criminosos, arrastados por interesses passageiros ou por prazeres vergonhosos, que não pensam no seu deus. A despeito das suas ideias teológicas, o cortesão continua a tramar seus negros complôs. Ele trabalha para contentar a sua ambição, a sua avidez, o seu ódio, a sua vingança e todas as paixões inerentes à perversidade do seu ser. Apesar desse inferno do qual só a ideia já a faz tremer, a mulher corrompida persiste em suas intrigas, suas velhacarias, seus adultérios.

A maioria desses homens dissipados, dissolutos e sem costumes que enchem as cidades e as cortes recuariam de horror se lhes mostrássemos a menor dúvida sobre a existência do deus que eles ultrajam. Que bem resulta, na prática, dessa opinião tão universal e tão estéril, que nunca influi sobre a conduta a não ser para servir como pretexto às paixões mais perigosas? Ao sair do templo onde ele acabou de fazer o sacrifício, de recitar os oráculos divinos, de ameaçar o crime em nome do céu, o déspota religioso, que teria escrúpulos em se omitir dos pretensos deveres que a superstição lhe impõe, não retorna aos seus vícios, às suas injustiças, aos seus crimes políticos, aos seus delitos contra a sociedade? O ministro não retorna às suas vexações; o cortesão, às suas intrigas; a mulher galante, às suas prostituições; o coletor de impostos, às suas rapinas; o mercador, às suas fraudes e trapaças?

Será que sustentarão que esses assassinos, esses ladrões, esses desgraçados que a injustiça ou a negligência dos governos multiplicam, e aos quais leis muitas vezes cruéis arrancam impiedosamente a vida, que esses malfeitores, que todos os dias enchem os nossos patíbulos e os nossos cadafalsos, são incrédulos ou ateus? Não, sem dúvida. Esses miseráveis, essas escórias da sociedade, acreditam em deus; repetiram-lhes o nome dele na sua infância; falaram-lhe dos castigos que ele destinava aos crimes. Logo cedo, eles se habituaram a tremer com a visão dos seus julgamentos. No entanto, ultrajaram a sociedade. Suas paixões, mais fortes do que os seus temores, não podendo ser contidas pelos motivos visíveis, não o foram, com mais forte razão, por alguns motivos invisíveis:

um deus oculto e seus castigos longínquos jamais poderão impedir os excessos que os suplícios presentes e garantidos são incapazes de prevenir.

Em poucas palavras, não vemos a todo instante homens persuadidos de que o seu deus os vê, os escuta, os rodeia, não serem detidos por isso quando têm o desejo de contentar as suas paixões e de cometer as ações mais desonestas? O mesmo homem que temeria os olhares de um outro homem, cuja presença o impediria de cometer uma má ação ou de se entregar a algum vício vergonhoso, tudo se permite quando acredita não estar sendo visto senão pelo seu deus. De que lhe serve, portanto, a convicção da existência desse deus, da sua onisciência, da sua ubiquidade ou da sua presença em todos os lugares, já que ela lhe impõe bem menos respeito do que a ideia de ser visto pelo menor dos homens? Aquele que não ousaria cometer uma falta na presença de uma criança, não terá dificuldade para cometê-la ousadamente quando tiver apenas o seu deus como testemunha. Esses fatos indubitáveis podem servir de resposta àqueles que nos disserem que o temor a deus é mais apropriado para subjugar do que a ideia de não ter absolutamente nada a temer. Quando os homens não acreditam ter nada a temer além do seu deus, eles normalmente não se detêm diante de nada.

As pessoas que menos duvidam das noções religiosas e da sua eficácia só raramente as empregam quando querem influir sobre a conduta daqueles que lhes são subordinados e devolvê-los à razão. Nos conselhos que um pai dá ao seu filho vicioso ou criminoso, ele lhe mostra bem antes os inconvenientes temporais e presentes aos quais ele se expõe do que os perigos que corre ofendendo um deus vingador. Ele lhe faz entrever as consequências naturais dos seus desregramentos: sua saúde desarranjada pela devassidão, sua reputação perdida, sua fortuna dilapidada pelo jogo, os castigos da sociedade etc. Assim, o próprio deícola, nas ocasiões mais importantes da vida, conta bem mais com a força dos motivos naturais do que com os motivos sobrenaturais fornecidos pela religião. O mesmo homem que menospreza os motivos que um ateu pode ter para fazer o bem e se abster do mal serve-se deles nesse momento, porque sente toda a sua força.

Quase todos os homens acreditam em um deus vingador e remunerador. No entanto, em todos os países descobrimos que o número de perversos excede muito o das pessoas de bem. Se quisermos remontar à verdadeira causa de uma corrupção tão generalizada, nós a encontraremos nas próprias noções teológicas, e não nas fontes imaginárias que as diferentes religiões do mundo inventaram para dar conta da depravação humana. Os homens são corruptos porque eles são em quase toda parte mal governados. Eles são indignamente governados porque a religião divinizou os soberanos. Estes, seguros da impunidade e eles próprios pervertidos, necessariamente tornaram os seus povos miseráveis e perversos. Submetidos a senhores insensatos, eles jamais foram guiados pela razão. Cegados por alguns sacerdotes impostores, sua razão tornou-se inútil para eles. Os tiranos e os sacerdotes combinaram com sucesso os seus esforços para impedirem as nações de se esclarecer, de buscar a verdade, de tornar sua sorte mais branda e seus costumes mais honestos.

Não é senão esclarecendo os homens, mostrando-lhes a evidência e anunciando-lhes a verdade que é possível se comprometer a torná-los melhores e mais felizes. É fazendo que os soberanos e os súditos conheçam as suas verdadeiras relações, os seus verdadeiros interesses, que a política se aperfeiçoará e que se perceberá que a arte de governar os mortais não é a arte de cegá-los, enganá-los e tiranizá-los. Consultemos, pois, a razão, chamemos a experiência em nosso auxílio, interroguemos a natureza e descobriremos o que é preciso fazer para trabalhar eficazmente pela felicidade do gênero humano. Nós veremos que o erro é a verdadeira fonte das infelicidades da nossa espécie, que é tranquilizando os nossos corações, dissipando os vãos fantasmas dos quais as ideias nos fazem tremer e descendo o machado na raiz da superstição que poderemos pacificamente buscar a verdade e encontrar na natureza o archote que pode nos guiar à felicidade. Estudemos, pois, a natureza, vejamos as suas leis imutáveis, aprofundemos a essência do homem, curemo-lo dos seus preconceitos, e, por uma suave encosta, nós o conduziremos à virtude, sem a qual ele sentirá que não pode ser solidamente feliz no mundo que habita.

Desenganemos, pois, os mortais desses deuses que por toda parte não fazem senão desafortunados. Substituamos pela natureza visível essas potências desconhecidas que só foram servidas, em todos os tempos, por escravos trêmulos ou por entusiastas em delírio. Digamos a eles que para ser feliz é preciso deixar de temer.

As ideias sobre a divindade, que nós vimos tão inúteis e tão contrárias à sã moral, não proporcionam vantagens mais significativas aos indivíduos do que às sociedades. Em todos os países a divindade foi, como já vimos, representada com traços revoltantes. E o supersticioso, quando foi coerente com os seus princípios, foi sempre um ser infeliz; a superstição é um inimigo doméstico que trazemos sempre dentro de nós mesmos. Aqueles que se ocuparem seriamente com os seus fantasmas temíveis viverão em inquietações e em transes contínuos. Eles deixarão de lado os objetos mais dignos de interessá-los para correr atrás de quimeras. Passarão comumente os seus tristes dias a gemer, a rezar, a sacrificar, a expiar as culpas reais ou imaginárias que acreditam ser responsáveis por ofender o seu deus severo. Muitas vezes, em seu furor, atormentarão a si próprios, assumirão o dever de infligir a si mesmos os castigos mais bárbaros para prevenir os golpes de um deus pronto a ferir, se armarão contra si mesmos na esperança de desarmar a vingança e a crueldade do senhor atroz que eles pensam ter irritado. Acreditarão apaziguar um deus colérico tornando-se os carrascos de si mesmos, e fazendo a si mesmos todos os males que a sua imaginação for capaz de inventar.

A sociedade não extrai nenhum fruto das noções lúgubres desses devotos insensatos. Seu espírito se acha continuamente absorvido por suas tristes fantasias, e seu tempo é dissipado em práticas irracionais. Os homens mais religiosos são comumente misantropos muito inúteis ao mundo e muito nocivos a si mesmos. Se eles mostram energia, é apenas para imaginar meios de se afligir, de se torturar, de se privar dos objetos que a sua natureza deseja. Encontramos em todos os cantos da Terra os *penitentes*, intimamente persuadidos de que, à força de barbaridades e de suicídios lentos exercidos sobre si mesmos, eles merecerão o favor de um deus feroz – do qual, no entanto, por toda parte apregoam a bondade. Vemos frenéticos desse gênero em todas as partes do mundo. A ideia de um deus terrível fez nascer em todos os tempos e em todos os lugares as mais cruéis extravagâncias.

Se esses devotos insensatos prejudicam a si mesmos e privam a sociedade dos auxílios que lhe devem, eles são menos culpáveis, sem dúvida, do que esses fanáticos turbulentos e zelosos que, cheios das suas ideias religiosas, se acreditam obrigados a perturbar o mundo e a cometer alguns crimes reais para sustentar a causa do seu celeste fantasma. Muitas vezes, não é senão ultrajando a moral que o fanático supõe se tornar agradável ao seu deus. Ele faz que a perfeição consista em atormentar a si próprio ou em romper – em favor das suas noções bizarras – os laços mais sagrados que a natureza fez para os mortais.

Reconheçamos, portanto, que as ideias sobre a divindade não são mais apropriadas a proporcionar o bem-estar, o contentamento e a paz aos indivíduos do que às sociedades das quais eles são membros. Se alguns entusiastas pacíficos, honestos e inconsequentes encontram algumas consolações e doçuras nas suas ideias religiosas, existem milhões que, mais consequentes com os seus princípios, são infelizes durante toda a vida, perpetuamente assaltados pelas tristes ideias de um deus fatal que a sua imaginação perturbada lhes mostra a todo instante. Submisso a um deus temível, um devoto tranquilo e pacífico é um homem que não raciocinou.

Em poucas palavras, tudo nos prova que as ideias religiosas têm a mais forte influência sobre os homens para atormentá-los, dividi-los e torná-los infelizes. Elas aquecem o seu espírito, envenenam as suas paixões sem jamais contê-las, a não ser quando elas são demasiado fracas para arrastá-los.

Capítulo 9

As noções teológicas não podem ser a base da moral. Paralelo entre a moral teológica e a moral natural. A teologia prejudica os progressos do espírito humano

Uma suposição, para ser útil aos homens, deveria torná-los felizes. Com que direito se gabar de que uma hipótese, que não faz senão infelizes aqui embaixo, possa um dia nos conduzir a uma felicidade duradoura? Se deus só fez os mortais para tremerem e gemerem neste mundo que eles conhecem, com que fundamento é possível prometer que ele consentirá, em seguida, em tratá-los com mais brandura em um mundo desconhecido? Todo homem que vemos cometer injustiças gritantes, mesmo que de forma passageira, não deve ser muito suspeito para nós e perder a nossa confiança para sempre?

Por outro lado, uma suposição que lançasse luz sobre tudo, ou que apresentasse a solução fácil para todas as questões às quais fosse aplicada, mesmo que não pudesse demonstrar a sua certeza, seria provavelmente verdadeira: porém, um sistema que obscurecesse as noções mais claras e tornasse mais insolúveis todos os problemas que se quisesse resolver através dele poderia seguramente ser considerado como falso, como inútil, como perigoso. Para nos convencermos desse princípio, que examinemos sem preconceitos se o sistema da existência do deus teológico pôde algum dia oferecer a solução para alguma dificuldade. Os conhecimentos humanos deram, com a ajuda da teologia, um passo adiante? Essa ciência tão importante e tão sublime não obscureceu totalmente a moral? Será que ela não tornou duvidosos e problemáticos os deveres mais essenciais da nossa natureza? Será que não confundiu indignamente todas as noções do justo e do injusto, do vício e da virtude? O que é, com efeito, a virtude nas ideias dos nossos teólogos? É – nos dirão eles – aquilo que está em conformidade com a vontade do ser incompreensível que governa a natureza. Mas o que é esse ser do qual vós nos falais incessantemente sem poder compreendê-lo? E como podemos conhecer as suas vontades? Então, eles vos dirão aquilo que esse ser não é, sem jamais poderem vos dizer o que ele é. Se eles tentam vos dar uma ideia dele, amontoarão sobre tal ser hipotético uma multidão de atributos contraditórios e incompatíveis, que o farão uma quimera impossível de conceber; ou então vos remeterão às revelações sobrenaturais através das quais esse fantasma fez que os homens conhecessem as suas divinas intenções. Porém, como eles provarão a autenticidade dessas revelações? Será pelos milagres. Mas como acreditar em milagres que, como já vimos, são contrários mesmo às noções que a teologia nos apresenta da sua divindade inteligente, imutável e onipotente? Em última instância, será preciso, portanto, ater-se à boa-fé dos sacerdotes encarregados de nos anunciar os oráculos divinos. Mas quem nos assegurará da sua missão? Não são eles mesmos que se anunciam como os intérpretes infalíveis de um deus que eles confessam não conhecer? Isso posto, os sacerdotes, ou seja, homens muito suspeitos e pouco de acordo entre si, serão os árbitros da moral. Eles decidirão, segundo as suas luzes incertas ou as suas paixões, as regras que devem ser seguidas. O entusiasmo ou o interesse serão os únicos parâmetros das suas decisões; sua moral variará assim como as suas vertigens e os seus caprichos. Aqueles que os escutarem jamais saberão a que se ater: em seus livros inspirados encontraremos sempre uma divindade pouco moral que ora prescreverá a virtude, ora ordenará o crime e o absurdo, ora será amiga, ora inimiga da raça humana, ora será benfazeja, racional e justa, ora será insensata, caprichosa, injusta e despótica. O que resultará de tudo isso para um homem sensato? Que nem os deuses inconstantes nem seus sacerdotes – cujos interesses variam a todo instante – podem ser os modelos ou os árbitros de uma moral que deve ser tão constante e tão segura quanto as leis invariáveis da natureza, que nunca a vemos revogar.

Não; não são de modo algum as opiniões arbitrárias e inconsequentes, as noções contraditórias e as especulações abstratas e ininteligíveis que podem servir de base para a ciência dos costumes. São os princípios evidentes, deduzidos da natureza do homem, fundamentados nas suas necessidades, inspirados pela educação, tornados familiares pelo hábito, tornados sagrados pelas leis, que convencerão os nossos espíritos, que nos tornarão a virtude útil e querida, que povoarão as nações com pessoas de bem e com bons cidadãos. Um deus, necessariamente incompreensível, não apresenta senão uma ideia vaga à nossa imaginação. Um deus terrível a desencaminha; um deus cambiante e quase sempre em contradição consigo mesmo sempre nos impedirá de saber o caminho que devemos seguir. As ameaças que nos farão da parte de um ser bizarro – que incessantemente contradiz a nossa natureza, da qual ele é o autor – nada mais farão do que tornar a virtude desagradável para nós. Só o temor nos fará praticar aquilo que a razão e o nosso próprio interesse deveriam nos fazer executar com alegria. Um deus terrível ou perverso (o que é a mesma coisa) não servirá jamais senão para inquietar as pessoas honestas, sem deter os celerados. A maioria dos homens, quando quiserem pecar ou se entregar às inclinações viciosas, deixarão de encarar o deus terrível para ver apenas o deus clemente e cheio de bondade, já que os homens sempre consideram as coisas pelo aspecto mais em conformidade com os seus desejos.

A bondade de deus tranquiliza o perverso, seu rigor perturba o homem de bem. Assim, as qualidades que a teologia atribui ao seu deus transformam-se elas mesmas em prejuízo para a sã moral. É com essa bondade infinita que os homens mais corrompidos ousam contar quando são arrastados ao crime ou entregues aos vícios habituais. Se lhes falamos, então, do seu deus, eles nos dizem que *deus é bom*, que a sua clemência e a sua misericórdia são infinitas. A superstição, cúmplice das iniquidades dos mortais, não lhes repete incessantemente, em todos os países, que com a ajuda de certas práticas, de certas preces, de certos atos de devoção, é possível apaziguar o deus terrível e se fazer receber de braços abertos por esse deus abrandado? Os sacerdotes de todas as nações não possuem segredos infalíveis para reconciliar os homens mais perversos com a divindade?

É forçoso concluir disso que, sob qualquer ponto de vista em que se considere a divindade, ela não pode servir de base para a moral, feita para ser sempre invariavelmente a mesma. Um deus irascível só é útil para aqueles que têm interesse em assombrar os homens para colher os frutos da sua ignorância, dos seus temores e das suas expiações. Os poderosos da Terra, que são comumente os mortais mais desprovidos de virtudes e de bons costumes, nunca verão esse deus temível quando se tratar de ceder às suas paixões; eles se servirão dele para assustar os outros, a fim de dominá-los e de mantê-los sob tutela, enquanto eles próprios só considerarão esse deus sob os traços da sua bondade; eles o verão sempre indulgente sobre os ultrajes que são feitos às suas criaturas, desde que se tenha respeito por ele próprio. Além disso, a religião lhes fornecerá alguns meios fáceis de apaziguar a sua cólera. Essa religião não parece inventada senão para fornecer aos ministros da divindade a oportunidade de expiar os crimes da Terra.

A moral não é feita para seguir os caprichos da imaginação, das paixões e dos interesses do homem: ela deve ser estável, ela deve ser a mesma para todos os indivíduos da raça humana, ela não deve variar de um país ou de um tempo para outro. A religião não tem o direito de fazer que as suas regras imutáveis se dobrem sob as leis cambiantes dos seus deuses. Não existe senão um meio de dar à moral essa solidez inquebrantável (nós o indicamos em mais de um trecho desta obra[1]): trata-se apenas de fundamentá-la, assim como aos nossos deveres, na natureza do homem, nas relações subsistentes entre os seres inteligentes que, cada um por seu lado, são apaixonados pela sua felicidade, estando ocupados em se conservar e vivendo em sociedade a fim de conseguir isso mais seguramente. Em poucas palavras, é preciso dar como base à moral a necessidade das coisas.

Pesando esses princípios, buscados na natureza, evidentes por si mesmos, confirmados por constantes experiências, aprovados pela razão, teremos uma moral certa e um sistema de conduta que jamais será desmentido. Não teremos necessidade de recorrer às quimeras teológicas para regular a nossa conduta no mundo visível. Estaremos em condições de responder àqueles que sustentam que sem um deus não pode haver moral, e que esse deus, em virtude do seu poder e do império soberano que lhe cabe sobre as suas criaturas, é o único que tem o direito de lhes impor leis e de submetê-las a deveres que as obrigam. Se fizéssemos uma reflexão sobre a longa sequência de desvios e erros que decorrem das noções obscuras que temos sobre a divindade, e das ideias sinistras que todas as religiões apresentam sobre ela em todos os países, seria mais verdadeiro dizermos que toda a moral sadia, toda a moral útil ao gênero humano, toda a moral vantajosa para a sociedade é totalmente incompatível com um ser que jamais é apresentado aos homens a não ser sob a forma de um monarca

---

1. Cf. o capítulo VIII da primeira parte desta obra, assim como o que é dito no capítulo XII e no final do capítulo XIV da mesma parte.

absoluto, cujas boas qualidades são continuamente eclipsadas por alguns caprichos perigosos. Consequentemente, seremos forçados a reconhecer que, para estabelecer a moral sobre fundamentos seguros, é preciso necessariamente começar por demolir os sistemas quiméricos, nos quais, até aqui, tem se fundamentado o edifício ruinoso da moral sobrenatural, que há tantos séculos é pregada inutilmente aos habitantes da Terra.

Qualquer que seja a causa que coloca o homem na moradia que ele habita, e que lhe confere as suas faculdades (quer se considere a espécie humana como obra da natureza, quer se suponha que ela deve a sua existência a um ser inteligente, distinto da natureza), a existência do homem, tal como ele é, é um fato. Nós vemos nele um ser que sente, que pensa, que tem inteligência, que ama a si mesmo, que tende a se conservar, que em cada instante da sua duração se esforça para tornar a sua existência agradável e que, para satisfazer mais facilmente as suas necessidades e para obter alguns prazeres, vive em sociedade com seres semelhantes, que a sua conduta pode tornar favoráveis ou indispor contra ele. É, portanto, nesses sentimentos universais, inerentes à nossa natureza e que subsistirão tanto quanto a raça dos mortais, que deve ser fundamentada a moral, que nada mais é do que a ciência dos deveres do homem vivendo em sociedade.

Eis aí, portanto, os verdadeiros fundamentos dos nossos deveres. Esses deveres são necessários, já que decorrem da nossa própria natureza. Nós não podemos alcançar a felicidade a que nos propomos se não adotarmos os meios sem os quais nós jamais a obteríamos. Ora, para ser solidamente feliz, somos obrigados a merecer a afeição e o auxílio dos seres com os quais estamos associados; estes só se comprometem a nos amar, a nos estimar, a nos ajudar em nossos projetos, a trabalhar pela nossa própria felicidade enquanto estamos dispostos a trabalhar pela deles. É essa necessidade que é chamada de *obrigação moral*. Ela está fundamentada na consideração dos motivos capazes de determinar os seres sensíveis, inteligentes – tendendo para um fim –, a seguir a conduta necessária para alcançá-lo. Esses motivos não podem ser em nós mais do que os desejos sempre renascentes de obtermos os bens e de evitarmos os males. O prazer e a dor, a esperança da felicidade ou o temor da infelicidade, são os únicos motivos capazes de influir eficazmente sobre as vontades dos seres sensíveis. Para *obrigá-los*, basta, portanto, que esses motivos existam e sejam conhecidos. Para conhecê-los, basta considerar a nossa constituição, de acordo com a qual só podemos amar ou aprovar nos outros – e estes só podem, por sua vez, amar ou aprovar em nós – as ações das quais resulte a nossa utilidade real e recíproca que constitui a virtude. Por conseguinte, para conservarmos a nós mesmos, para desfrutarmos da segurança, somos *obrigados* a seguir a conduta necessária a este fim. Para interessar os outros pela nossa própria conservação, somos obrigados a nos interessar pela deles ou a não fazer nada que os desvie da vontade de cooperar conosco para a nossa própria felicidade. Tais são os verdadeiros fundamentos da *obrigação moral*.

Sempre se enganarão quando quiserem dar à moral outra base que não a natureza do homem; ela não pode ter outra mais sólida e mais segura. Alguns autores, mesmo de boa-fé, acreditaram que para tornar mais respeitáveis e mais sagrados, aos olhos dos homens, os deveres que a natureza lhes impõe, seria necessário revesti-los com a autoridade de um ser que fizeram superior à natureza e mais forte do que a necessidade. A teologia, por conseguinte, apoderou-se da moral ou esforçou-se para amarrá-la ao sistema religioso. Acreditaram que essa união tornava a virtude mais sagrada; que o temor das potências invisíveis que governam a própria natureza daria mais peso e eficácia às suas leis. Enfim, imaginaram que os homens, persuadidos da necessidade da moral, vendo-a unida com a religião, considerariam essa própria religião como necessária para sua felicidade. Com efeito, é a suposição de que um deus é necessário para apoiar a moral que sustenta as ideias teológicas e a maior parte dos sistemas religiosos sobre a Terra. Imaginam que, sem um deus, o homem não poderia nem conhecer nem praticar aquilo que ele deve a si mesmo e aquilo que ele deve aos outros. Uma vez estabelecido esse preconceito, acreditam que as ideias sempre vagas de um deus metafísico estão de tal modo ligadas à moral e ao bem da sociedade que não é possível atacar a divindade sem demolir com o mesmo golpe os deveres da natureza. Pensam que a necessidade, que o desejo de felicidade, que o interesse evidente das sociedades e dos indivíduos seriam motivos impotentes se eles não extraíssem toda a sua força e a sua *sanção* de um ser imaginário, do qual fizeram o árbitro de todas as coisas.

Porém, é sempre perigoso aliar a ficção à verdade, o desconhecido ao conhecido, o delírio do entusiasmo à razão tranquila. O que resulta, com efeito, da aliança confusa que a teologia fez das suas maravilhosas quimeras com realidades? A imaginação desvirtuada ignorou a verdade; a religião, com a ajuda do seu fantasma, quis comandar a natureza, fazer que a razão se dobrasse sob o seu jugo, submeter o homem aos seus próprios caprichos. Muitas vezes, em nome da divindade, ela o forçou a sufocar a sua natureza e a violar por devoção os deveres mais evidentes da moral. Quando essa mesma religião quis conter os mortais, que havia tido o cuidado de tornar cegos e irracionais, ela não teve para lhes dar senão freios e motivos ideais, não pôde senão substituir as causas verdadeiras por causas imaginárias, os motores naturais e conhecidos por motores maravilhosos e sobrenaturais, as realidades por romances e fábulas. Por causa dessa inversão, a moral não teve mais princípios seguros. A natureza, a razão, a virtude, a evidência dependeram de um deus indefinível, que jamais falou claramente, que fez calar a razão, que só se explicou por intermédio dos inspirados, dos impostores e dos fanáticos, cujo delírio ou desejo de tirar proveito dos extravios dos homens interessaram em não pregar senão uma submissão abjeta, virtudes fictícias, práticas frívolas – em poucas palavras, uma moral arbitrária, em conformidade com as suas próprias paixões e quase sempre muito nociva ao resto do gênero humano.

Assim, ao fazerem a moral decorrer de um deus, submeteram-na realmente às paixões dos homens. Ao quererem fundamentá-la em uma quimera, não a fundamentaram em nada. Ao fazê-la derivar de um ser imaginário, do qual cada um elaborou noções diferentes e cujos oráculos obscuros foram interpretados ora por homens em delírio, ora por vigaristas, ao estabelecerem sobre as suas pretensas vontades a bondade ou a malignidade – em poucas palavras, a *moralidade* das ações humanas –, ao proporem ao homem, como modelo, um ser que supõem cambiante, os teólogos, longe de conferir à moral uma base inquebrantável, enfraqueceram ou mesmo aniquilaram aquela que lhe conferia a natureza, e não puseram no seu lugar senão incertezas. Esse deus, pelas qualidades que lhe são conferidas, é um enigma inexplicável que cada um soluciona do seu modo, que cada religião explica à sua maneira, no qual todos os teólogos do mundo descobrem tudo aquilo que lhes apraz e de acordo com o qual cada homem faz para si uma moral à parte, em conformidade com o seu próprio caráter. Se deus diz ao homem brando, indulgente e equitativo para ser bom, compassivo e benfazejo, ele diz ao homem impetuoso e desprovido de entranhas para ser desumano, intolerante e sem piedade. A moral desse deus varia de homem para homem, de uma região para outra. Alguns povos tremem de horror com a visão de algumas ações que outros povos consideram como santas e meritórias. Uns veem esse deus cheio de clemência e de doçura, outros o julgam cruel e imaginam que é por meio das crueldades que é possível adquirir a vantagem de agradá-lo.

A moral da natureza é clara, ela é evidente mesmo para aqueles que a ultrajam. Não ocorre o mesmo com a moral religiosa. Esta é tão obscura quanto a divindade que a prescreve, ou, antes, tão cambiante quanto as paixões e os temperamentos daqueles que a fazem falar ou que a adoram. Se nos ativéssemos aos teólogos, a moral deveria ser considerada como a ciência mais problemática, mais incerta e mais difícil de fixar.

Seria necessário o gênio mais sutil ou o mais profundo, o espírito mais penetrante e o mais experimentado para descobrir os princípios dos deveres do homem para consigo mesmo e para com os outros. Será que as verdadeiras fontes da moral só serão feitas, portanto, para serem conhecidas por um pequeno número de pensadores ou de metafísicos? Fazê-la derivar de um deus, que cada um só vê em si mesmo e que configura de acordo com as suas próprias ideias, é submetê-la ao capricho de cada homem. Fazer que ela derive de um ser que nenhum homem sobre a Terra pode se vangloriar de conhecer é o mesmo que dizer que não se sabe de quem ela pôde vir. Qualquer que seja o agente de quem fazem depender a natureza e todos os seres que ela contém, e qualquer poder que nele suponham, ele bem poderá fazer que o homem exista ou não exista. Porém, a partir do momento que ele o tiver feito aquilo que ele é, a partir do momento que ele o tiver tornado sensível, apaixonado pelo seu ser e vivendo em sociedade, ele não poderá – sem aniquilá-lo ou refazê-lo – fazer que ele exista de outro modo. De acordo com a sua essência, com as suas qualidades e com as suas modificações atuais, que o constituem um ser da espécie humana, ele necessita de uma moral, e o desejo de se conservar fará que ele prefira a virtude ao vício pela mesma necessidade que lhe faz preferir o prazer à dor[2].

---

2. Segundo a teologia, o homem tem necessidade de *graças sobrenaturais* para fazer o bem; essa doutrina foi, sem dúvida, muito nociva para a sã moral. Os homens esperaram as *graças lá do alto* para agir bem, e aqueles que os governaram jamais empregaram as *graças cá de baixo*, ou seja, os motivos naturais para incitá-los à virtude. No entanto, Tertuliano nos diz: "Por que vos dar ao trabalho de procurar a lei de deus, enquanto

Dizer que sem a ideia de deus o homem não pode ter sentimentos morais, ou seja, não pode distinguir o vício da virtude, é pretender que sem a ideia de deus o homem não sinta a necessidade de comer para viver, não faça nenhuma distinção ou escolha entre os alimentos. É pretender que sem conhecer o nome, o caráter e as qualidades daquele que nos prepara um prato, nós não estamos em condições de julgar se esse prato nos é agradável ou desagradável, se é bom ou ruim. Aquele que não sabe a que se ater quanto à existência e aos atributos morais de um deus, ou que o nega formalmente, não pode ao menos duvidar da sua própria existência, das suas qualidades próprias, da sua própria maneira de sentir e de julgar. Ele não pode igualmente duvidar da existência de outros seres organizados como ele, nos quais tudo lhe mostra algumas qualidades análogas às suas, e dos quais – por meio de certas ações – ele pode atrair para si o amor ou o ódio, os auxílios ou os maus tratos, a estima ou o desprezo: esse conhecimento lhe basta para distinguir o bem e o mal moral. Em poucas palavras, qualquer homem desfrutando de uma organização bem ordenada, ou da faculdade de fazer experiências verdadeiras, terá apenas que examinar a si mesmo para descobrir aquilo que ele deve aos outros; sua própria natureza o esclarecerá bem melhor acerca dos seus deveres do que esses deuses que ele só pode consultar na sua própria imaginação, nas suas próprias paixões ou nas de alguns

---

tendes aquela que é comum a todo mundo e que está escrita nas tábuas da natureza?" (Tertuliano, *De corona militis*[a]).

(a) "Da coroa do soldado." (N. T.)

entusiastas ou alguns impostores. Ele reconhecerá que, para se conservar e proporcionar a si mesmo um bem-estar duradouro, é obrigado a resistir ao impulso muitas vezes cego dos seus próprios desejos, e que para granjear a benevolência dos outros ele deve agir de uma maneira conforme a deles; raciocinando assim, ele saberá aquilo que é a virtude[3]; se ele põe essa especulação em prática, será virtuoso. Ele será recompensado por sua conduta pela feliz harmonia da sua máquina e pela estima legítima por si mesmo, confirmada pelo carinho dos outros. Se ele age de uma maneira contrária, a perturbação e a desordem da sua máquina o advertirão prontamente de que a natureza não aprova a sua conduta, que ele a contradiz, que ele causa dano a si mesmo, e ele se verá forçado a subscrever a condenação dos outros que o odiarão, que censurarão as suas ações. Se o extravio do seu espírito o impede de ver as consequências mais imediatas dos seus desregramentos, ele não verá tampouco as recompensas e os castigos distantes do monarca invisível que tão inutilmente foi colocado no empíreo. Esse deus jamais lhe falará de uma maneira tão clara quanto a sua consciência, que o recompensa ou o pune imediatamente.

---

3. A teologia, até aqui, não soube apresentar uma definição verdadeira da virtude. Segundo ela, é um efeito da graça que nos dispõe a fazer aquilo que é agradável à divindade. Porém, o que é a divindade? O que é a graça? Como ela age sobre o homem? O que é agradável a deus? Por que esse deus não concede a todos os homens a graça de fazer aquilo que é agradável aos seus olhos? *Adhuc sub judice lis est*[a]. Disseram incessantemente aos homens para fazer o bem *porque deus o queria*, mas jamais lhes disseram o que era *agir bem* e jamais puderam lhes ensinar aquilo que era deus ou o que ele queria que fosse feito.

(a) "O processo ainda está diante do juiz", significando que a questão ainda não está decidida. (N. T.)

Tudo aquilo que acaba de ser dito nos prova evidentemente que a moral religiosa perderia infinitamente ao ser posta em paralelo com a moral da natureza que ela a todo instante contradiz. A natureza convida o homem a se amar, a se conservar, a aumentar incessantemente a soma da sua felicidade; a religião ordena que ele ame unicamente um deus temível e digno de ódio, que ele deteste a si próprio, que sacrifique ao seu ídolo assustador os prazeres mais doces e mais legítimos do seu coração. A natureza diz ao homem para consultar a sua razão e para tomá-la como guia; a religião lhe ensina que essa razão está corrompida, que ela não passa de um guia infiel, dado por um deus enganador a fim de extraviar as suas criaturas. A natureza diz ao homem para se esclarecer, para buscar a verdade, para se instruir sobre as suas relações; a religião ordena-lhe que não examine nada, que permaneça na ignorância, que tema a verdade. Ela o persuade de que não existem relações que sejam mais importantes do que aquelas que subsistem entre ele e um ser que jamais conhecerá. A natureza diz ao ser apaixonado por si mesmo para moderar as suas paixões, para resistir a elas quando são destrutivas para ele próprio, para contrabalançá-las através de motivos reais extraídos da experiência; a religião diz ao ser sensível para não ter nenhuma paixão, para ser uma massa insensível ou para combater as suas inclinações através de motivos extraídos da imaginação e variáveis como ela. A natureza diz ao homem para ser sociável, para amar os seus semelhantes, para ser justo, pacífico, indulgente e benfazejo, para dar prazer ou para deixar que os seus associados tenham prazer; a religião lhe aconselha a fugir da sociedade, a se desvencilhar das criaturas, a odiá-las quando a sua imaginação não lhe proporciona sonhos em conformidade com os delas, a romper em prol do seu deus todos os laços mais sagrados, a atormentar, a afligir, a perseguir e a massacrar aqueles que não querem delirar da sua maneira. A natureza diz ao homem em sociedade: Quere a glória, trabalha para te tornar estimável; sê ativo, corajoso, industrioso. A religião lhe diz: Sê humilde, abjeto, pusilânime, viva em retiro, ocupa-te com orações, com meditações, com práticas; sê inútil* a ti mesmo e não faças nada pelos outros[4]. A natureza propõe como modelo, ao cidadão, alguns homens dotados de almas honestas, nobres, enérgicos, que serviram utilmente aos seus concidadãos. A religião lhes exalta algumas almas abjetas, devotos entusiastas, penitentes frenéticos, fanáticos que, por causa de algumas opiniões ridículas, perturbaram impérios. A natureza diz ao marido para ser carinhoso, para se ligar à companheira da sua sorte, para carregá-la em seu peito; a religião faz do seu carinho um crime e, muitas vezes, faz que ele considere o laço conjugal como um estado de mácula e de imperfeição. A natureza diz ao pai para querer bem aos seus filhos e para fazer deles membros úteis para a sociedade; a religião lhe diz para educá-los no temor dos deuses, e para fazer deles cegos supersticiosos incapazes

---

* A edição de 1780 diz "útil". Corrigimos, de acordo com o contexto, pela edição de 1821. (N. T.)

4. É fácil perceber que o culto religioso causou um prejuízo muito real às sociedades políticas pela perda de tempo, pela ociosidade e pela inação que ele causa, e das quais ele faz um dever. Com efeito, a religião suspende os trabalhos mais úteis durante uma parte considerável do ano.

de servir à sociedade, mas bem capazes de perturbá-la. A natureza diz aos filhos para honrar, amar e escutar os seus pais, e para serem os esteios da sua velhice; a religião diz a eles para preferirem os oráculos do seu deus e para espezinharem pai e mãe, quando se tratar dos interesses divinos. A natureza diz ao sábio: Ocupa-te com objetos úteis, consagra tuas vigílias à tua pátria, faze para ela algumas descobertas vantajosas e próprias para aperfeiçoar a sua sorte. A religião lhe diz: Ocupa-te com divagações inúteis, com discussões intermináveis, com investigações próprias para semear a discórdia e a carnificina, e sustenta teimosamente algumas opiniões que tu jamais entenderás. A natureza diz ao perverso para se envergonhar dos seus vícios, das suas inclinações vergonhosas, dos seus delitos; ela lhe mostra que os seus desregramentos mais ocultos influirão necessariamente sobre a sua própria felicidade; a religião diz ao perverso mais corrompido: "Não irrite um deus que tu não conheces; porém, se, contra as suas leis, tu te entregares ao crime, lembra-te de que ele se apaziguará facilmente. Vá ao teu templo, humilha-te aos pés dos seus ministros, expia os teus delitos por meio de sacrifícios, de oferendas, de práticas e de preces: essas importantes cerimônias acalmarão a tua consciência e te lavarão aos olhos do eterno".

O cidadão, ou o homem em sociedade, não é menos depravado pela religião sempre em contradição com a sã política. A natureza diz ao homem: Tu és livre, nenhum poder sobre a Terra pode legitimamente te privar dos teus direitos. A religião lhe clama que ele é um escravo condenado por seu deus a gemer por toda a sua vida sob a mão de ferro dos seus representantes. A natureza diz ao homem em sociedade para amar a pátria que o fez nascer, para servi-la fielmente, para unir seus interesses com ela contra todos aqueles que tentam lhe causar dano; a religião lhe ordena que obedeça sem reclamar aos tiranos que oprimem essa pátria, que os sirva contra ela, que mereça os seus favores, que acorrente os seus concidadãos sob os seus caprichos desregrados. No entanto, se o soberano não é bastante devotado aos seus sacerdotes, a religião muda logo de linguagem; ela clama aos súditos que sejam rebeldes, ela faz que seja um dever para eles resistir ao seu senhor, ela lhes clama que mais vale obedecer a deus do que aos homens. A natureza diz aos príncipes que eles são homens; que não é a sua fantasia que pode decidir o que é justo e injusto, que a vontade pública faz a lei. A religião ora lhes diz que eles são deuses a quem nada neste mundo tem direito de resistir, ora os transforma em tiranos que o céu irritado quer que sejam imolados à sua cólera.

A religião corrompe os príncipes; esses príncipes corrompem a lei, que, como eles, se torna injusta. Todas as instituições se pervertem; a educação não forma senão homens vis, cegos por alguns preconceitos, inebriados por vãos objetos, por riquezas, por prazeres que eles não podem obter senão por vias iníquas. A natureza é ignorada, a razão é desdenhada, a virtude não passa de uma quimera, logo sacrificada aos menores interesses, e a religião, longe de remediar esses males que fez nascer, não faz senão agravá-los mais; ou então causa apenas alguns arrependimentos estéreis, logo apagados por ela mesma e forçados a ceder à torrente do hábito, do exemplo, das inclinações e da dissipação que conspiram para arrastar para o crime todo homem que não quer renunciar ao bem-estar.

Eis aí como a religião e a política não fazem mais do que reunir os seus esforços para perverter, aviltar e envenenar o coração do homem. Todas as instituições humanas parecem não se propor a outra coisa que torná-lo vil ou perverso. Não fiquemos, pois, espantados se a moral não é em toda parte senão uma especulação estéril, da qual cada um é forçado a se desvencilhar na prática, se não quiser se tornar infeliz. Os homens só têm bons costumes quando, renunciando aos seus preconceitos, eles consultam a sua natureza. Porém, os impulsos contínuos que as suas almas recebem a todo instante da parte dos motores mais poderosos os obrigam logo a esquecer as regras que a natureza lhes impõe. Eles estão continuamente flutuando entre o vício e a virtude; nós os vemos incessantemente em contradição consigo mesmos. Se percebem algumas vezes o valor de uma conduta honesta, a experiência logo lhes faz ver que essa conduta não leva a nada e pode mesmo se tornar um obstáculo intransponível para a felicidade que o seu coração não para de buscar. Nas sociedades corrompidas, é necessário se corromper para se tornar feliz.

Os cidadãos, extraviados ao mesmo tempo pelos seus guias espirituais e temporais, não conheceram nem a razão nem a virtude. Escravos dos deuses, escravos dos homens, eles tiveram todos os vícios vinculados à servidão. Mantidos em uma infância perpétua, eles não tiveram nem luzes nem princípios; aqueles que lhes pregaram as vantagens da virtude não a conheceram por si próprios, e não puderam desenganá-los sobre os brinquedos nos quais eles haviam aprendido a fazer consistir a sua felicidade. Em vão lhes clamaram para sufocar as suas paixões que tudo conspirava para desencadear. Em vão fizeram ribombar o trovão dos deuses para intimidar alguns homens que o tumulto tornava surdos: eles logo se aperceberam de que os deuses do Olimpo tinham que ser bem menos temidos que os da Terra, que os favores desses últimos proporcionavam um bem-estar mais garantido do que as promessas dos outros, que as riquezas deste mundo eram preferíveis aos tesouros que o céu reservava para os seus favoritos, que era mais vantajoso se conformar aos desígnios das potências visíveis do que aos das potências que jamais eram vistas.

Em poucas palavras, a sociedade, corrompida pelos seus chefes e guiada pelos seus caprichos, só pôde dar à luz filhos corrompidos. Ela não fez brotar senão cidadãos avaros, ambiciosos, invejosos e dissolutos, que jamais viram outra coisa além do crime bem-sucedido, da baixeza recompensada, da incapacidade homenageada, da fortuna adorada, da rapina favorecida e da devassidão estimada. Que encontraram em toda parte os talentos desencorajados, a virtude negligenciada, a verdade proscrita, a grandeza de alma esmagada, a justiça espezinhada e a moderação definhando na miséria e forçada a gemer sob o peso da injustiça altaneira.

No meio dessa desordem e dessa inversão de ideias, os preceitos da moral não puderam ser mais do que declamações vagas, incapazes de convencer alguém. Que barreira a religião, com os seus motores imaginários, pôde opor à corrupção generalizada? Quando ela falou de razão, não foi escutada. Seus deuses não foram bastante fortes para resistir à torrente. Suas ameaças não puderam deter corações que tudo arrastava para o mal. Suas promessas distantes não puderam contrabalançar as vantagens presentes; suas expiações, sempre prontas a lavar os mortais das suas iniquidades, animaram-nos a perseverar nelas, suas práticas frívolas acalmaram as consciências. Enfim, o seu zelo, as suas disputas e as suas vertigens não fizeram senão multiplicar e envenenar os males pelos quais a sociedade se achava aflita. Nas nações mais viciadas existiram uma multidão de devotos e pouquíssimos homens honestos. Os grandes e os pequenos escutaram a religião quando ela lhes pareceu favorável às suas paixões; eles não mais a escutaram quando ela quis contradizê-los. A partir do momento que essa religião foi conforme à moral, ela pareceu incômoda. Ela só foi seguida quando a combateu ou a destruiu totalmente. O déspota a achou maravilhosa quando ela o assegurou de que ele era um deus sobre a Terra, que seus súditos haviam nascido para adorá-lo e para servir às suas fantasias. Ele a deixou de lado quando ela lhe disse para ser justo. Ele viu bem que, nesse caso, ela contradizia a si própria, e que é inútil pregar a equidade a um mortal divinizado. Além disso, ele foi assegurado de que o seu deus lhe perdoaria tudo, desde que ele consentisse em recorrer aos seus sacerdotes, sempre prontos a reconciliá-lo. Os súditos mais perversos contaram da mesma forma com os seus divinos socorros. Assim, a religião, bem longe de contê-los, assegurou-lhes a impunidade; suas ameaças não puderam destruir os efeitos que as suas indignas adulações haviam produzido nos príncipes. Essas mesmas ameaças não puderam aniquilar as esperanças que as suas expiações forneceram a todos. Os soberanos cheios de soberba ou sempre seguros de expiar os seus crimes não mais temeram os deuses. Tornando-se eles próprios deuses; acreditaram que tudo lhes era permitido contra os frágeis mortais, que eles não mais encararam senão como joguetes destinados a diverti-los aqui embaixo.

Se a natureza do homem fosse consultada sobre a política, que as ideias sobrenaturais tão vergonhosamente depravaram, ela retificaria completamente as falsas noções que formam sobre ela igualmente os soberanos e os súditos. Ela contribuiria bem mais do que todas as religiões do mundo para tornar as sociedades felizes, poderosas e florescentes sob uma autoridade racional. Essa natureza lhes ensinaria que é para desfrutar de uma maior soma de felicidade que os mortais vivem em sociedade, que é a sua própria conservação e a sua felicidade que toda a sociedade deve ter como objetivo constante e invariável; que, sem equidade, ela não congrega senão inimigos, que o mais cruel inimigo do homem é aquele que o engana para lhe dar grilhões, que os flagelos mais temíveis para ele são esses sacerdotes que corrompem os seus chefes e que lhes asseguram, em nome dos deuses, a impunidade dos seus crimes. Ela lhes provaria que a associação é uma infelicidade sob governos injustos, negligentes e destrutivos.

A natureza, interrogada pelos príncipes, lhes ensinaria que eles são homens e não deuses, que o seu poder não se deve senão ao consentimento de outros homens, que eles são cidadãos encarregados por outros cidadãos de zelar pela segurança de todos, que as leis devem ser as expressões da vontade pública e que não lhes é permitido jamais contradizer a natureza ou estorvar o objetivo invariável da sociedade. A natureza faria que esses monarcas percebessem que, para serem verdadeiramente grandes e poderosos, eles devem comandar almas nobres e virtuosas, e não almas igualmente degradadas pelo despotismo e pela superstição. Ensinaria aos soberanos que, para serem queridos pelos seus súditos, eles devem lhes proporcionar auxílio e lhes fazer desfrutar dos bens que são exigidos pelas necessidades da sua natureza, mantendo-os inviolavelmente de posse dos seus direitos, dos quais os príncipes são apenas os defensores e os guardiões. Essa natureza provaria a qualquer príncipe que se dignasse a consultá-la que não é senão pelos benefícios que se pode merecer o amor e o apego dos povos, que a opressão não produz senão inimigos, que a violência não proporciona senão um poder pouco seguro, que a força não pode conferir nenhum direito legítimo e que seres essencialmente apaixonados pela felicidade devem acabar, mais cedo ou mais tarde, por reclamar contra uma autoridade que só se faz sentir através das violências. Eis, portanto, como a natureza, soberana de todos os seres, e para quem todos são iguais, poderia falar a um desses monarcas soberbos, que a adulação teria divinizado: "Criança indócil e voluntariosa, pigmeu tão orgulhoso de comandar pigmeus! Asseguraram-te, pois, que tu eras um deus? Disseram-te que eras alguma coisa de sobrenatural? Porém, saiba que não existe nada superior a mim. Considera a tua pequenez, reconhece a tua impotência contra o menor dos meus golpes. Eu posso quebrar o teu cetro, posso tirar-te a vida, posso reduzir o teu trono a pó, posso dissolver o teu povo, posso até mesmo destruir a terra que tu habitas. E tu te crês um deus! Volta, portanto, a ti. Admite que és um homem, feito para suportar as minhas leis como o mais ínfimo dos teus súditos. Aprende, pois, e jamais esquece, que tu és o homem do teu povo, o ministro da tua nação, o intérprete e o executor das suas vontades, o concidadão daqueles a quem tu só tens o direito de comandar porque eles consentem em te obedecer, visando ao bem-estar que tu te comprometeste a lhes proporcionar. Reina, pois, com essa condição; cumpre os teus compromissos sagrados. Sê benfazejo e, sobretudo, equitativo. Se tu queres que o teu poder esteja assegurado, jamais abuse dele; que ele esteja circunscrito pelos limites imóveis da justiça eterna. Sê o pai dos teus povos, e eles te quererão como teus filhos. Porém, se tu os deixares de lado, se tu separares os teus interesses daqueles da tua grande família, se tu recusares aos teus súditos a felicidade que tu lhes deves, se tu te armares contra eles, tu serás, como todos os tiranos, o escravo das negras inquietações, dos alarmes, das suspeitas cruéis. Tu te tornarás vítima da tua própria loucura. Teus povos em desespero não reconhecerão mais os teus *direitos divinos*. Então, tu reclamarás em vão o auxílio da religião que havia te deificado. Ela não tem nenhum poder sobre povos que a desgraça tornou surdos; o céu te abandonará ao furor dos inimigos que o teu frenesi terá feito. Os deuses nada podem contra os meus decretos irrevogáveis, que querem que o homem se irrite contra a causa dos seus males".

Em poucas palavras, tudo fará conhecer aos príncipes racionais que eles não têm necessidade do céu para serem fielmente obedecidos na Terra; que nem todas as forças do Olimpo os sustentarão quando eles forem tiranos; que os seus verdadeiros amigos são aqueles que desenganam os povos sobre os seus prodígios; que os seus verdadeiros inimigos são aqueles que os embriagam com adulações, que os endurecem no crime, que lhes aplanam os caminhos para o céu e que os alimentam com quimeras próprias para desviá-los dos cuidados e dos sentimentos que eles devem às nações[5].

É somente, repito, reconduzindo os homens à natureza que é possível lhes proporcionar noções evidentes e conhecimentos seguros que, mostrando-lhes as suas verdadeiras relações, os colocarão no caminho da felicidade. O espírito humano, cegado pela teologia, não deu quase nenhum passo à frente. Seus sistemas religiosos o tornaram incerto sobre as verdades mais demonstradas em todos os gêneros. A superstição influiu sobre tudo e serviu para tudo corromper. A filosofia, guiada por ela, não foi mais do que uma ciência imaginária: abandonou o mundo real para se lançar no mundo ideal da metafísica. Ela negligenciou a natureza para se ocupar com deuses, com espíritos, com potências invisíveis que não serviram senão para tornar todas as questões mais obscuras e mais complicadas. Em todas as dificuldades,

---

5. *Ad generum Cereris sine caede et vulnere pauci*
   Descendunt reges, et sicca morte tyranni[a] (Juvenal, *Sátiras* XV, 110).

   (a) "O genro de Ceres vê descerem à sua casa poucos reis sem ferida trágica, poucos tiranos que a morte não tenha ensanguentado". O genro de Ceres é Plutão, senhor dos infernos. (N. T.)

fizeram intervir a divindade e, a partir disso, as coisas jamais fizeram senão se embaraçar cada vez mais; nada pôde ser esclarecido. As noções teológicas só parecem ter sido inventadas para desorientar a razão do homem, para confundir o seu juízo, para tornar o seu espírito falso, para subverter as suas ideias mais claras em todas as ciências. Nas mãos dos teólogos, a lógica – ou a arte de raciocinar – não foi mais do que um jargão ininteligível, destinado a sustentar o sofisma e a mentira, e a provar as contradições mais palpáveis. A moral tornou-se, como já vimos, incerta e flutuante, porque a fundamentaram em um ser ideal que jamais esteve de acordo consigo mesmo. Sua bondade, sua justiça, suas qualidades morais e seus preceitos úteis foram a todo instante desmentidos por uma conduta iníqua e por ordens bárbaras. A política – como já dissemos – foi pervertida pelas ideias falsas que deram aos soberanos sobre os seus direitos. A jurisprudência e as leis foram submetidas aos caprichos da religião, que criou entraves ao trabalho, ao comércio, à indústria, à atividade das nações. Tudo foi sacrificado aos interesses dos teólogos. Por toda a ciência, eles não ensinaram senão uma metafísica obscura e altercadora, que cem vezes fez correr o sangue dos povos, incapazes de entendê-la.

Inimiga nata da experiência, a teologia, essa ciência *sobrenatural*, foi um obstáculo intransponível para o avanço das ciências naturais, que a encontraram quase sempre em seu caminho. Não foi permitido que a física, a história natural e a anatomia vissem nada a não ser através dos olhos doentes da superstição. Os fatos mais evidentes foram rejeitados com desdém e proscritos com horror, a partir do momento que não puderam fazer que eles se enquadrassem com as hipóteses da religião[6]. Em poucas palavras, a teologia se opõe incessantemente à felicidade das nações, aos progressos do espírito humano, às pesquisas úteis, à liberdade de pensar: ela conserva o homem na ignorância; todos os seus passos guiados por ela não passaram de erros. Será que é resolver uma questão, na física, dizer que um efeito que nos surpreende, que um fenômeno pouco comum – um vulcão, um dilúvio, um cometa etc. –, são sinais da cólera divina ou obras contrárias às leis da natureza? Persuadir, como fazem, às nações de que todas as calamidades – sejam físicas ou morais – que elas experimentam são efeitos da vontade de deus ou castigos que o seu poder lhes inflige não será impedi-las de buscar os remédios para elas?[7] Não teria sido mais útil estudar a natureza das coisas e buscar nela mesma ou na indústria humana auxílios contra os males pelos quais os mortais são afligidos do que atribuir seus males a uma potência desconhecida, contra a vontade da qual não podemos supor

---

6. Virgílio, bispo de Salzburgo, foi condenado pela Igreja por ter ousado afirmar a existência dos antípodas. Todo mundo conhece as perseguições que sofreu Galileu por ter sustentado que o Sol não girava em torno da Terra. Descartes foi obrigado a morrer fora do seu país. Os sacerdotes têm razão de serem inimigos das ciências. Os progressos das luzes aniquilarão cedo ou tarde as ideias da superstição. Nada daquilo que está fundamentado na natureza e na verdade pode jamais se perder; as obras da imaginação e da impostura devem ser cedo ou tarde demolidas.

7. No ano de 1725, a cidade de Paris foi afligida por uma escassez que esteve a ponto de provocar um levante popular: baixaram o relicário de Santa Genoveva, patrona ou deusa dos parisienses, e o levaram em procissão para fazer cessar essa calamidade, causada pelos monopólios nos quais tinha interesse a amante do primeiro-ministro de então[(a)].

(a) Trata-se de madame de Prie (1698-1727), amante do duque de Bourbon. (N. T.)

que exista algum recurso? O estudo da natureza, a procura da verdade, elevam a alma, estendem o gênio, são apropriados para tornar o homem ativo e corajoso. As noções teológicas não parecem feitas senão para aviltá-lo, estreitar o seu espírito, mergulhá-lo no desencorajamento[8]. Em vez de atribuir à vingança divina as guerras, as fomes, as esterilidades, as epidemias e tantos males que desolam os povos, não teria sido mais útil e mais verdadeiro mostrar a eles que tais males eram devidos às suas próprias loucuras – ou, antes, às paixões, à inércia e à tirania dos seus príncipes, que sacrificam as nações aos seus medonhos delírios? Esses povos insensatos, em vez de perderem tempo expiando os seus pretensos delitos e procurando se tornar favorecidos pelas potências imaginárias, não deveriam ter ido buscar em uma administração mais racional os verdadeiros meios de afastar os flagelos dos quais eles eram vítimas? Males naturais exigem remédios naturais; a experiência não deveria há muito tempo ter desenganado os mortais sobre os remédios sobrenaturais – as expiações, as preces, os sacrifícios, os jejuns, as procissões etc. – que todos os povos da Terra inutilmente opuseram às desgraças que experimentaram?

Concluamos, portanto, que a teologia e as suas noções, bem longe de serem úteis ao gênero humano, são as verdadeiras fontes dos males que afligem a Terra, dos erros que a cegam, dos preconceitos que a entorpecem, da ignorância que a

---

8. *Non enim aliunde venit animo robur, quam a bonis artibus, quam a contemplatione naturae*[(a)] (Sêneca, *Questões naturais*, livro VI, cap. 32).
   (a) "A coragem só penetra nas almas graças aos estudos fortes e à contemplação da natureza." (N. T.)

torna crédula, dos vícios que a atormentam, dos governos que a oprimem. Concluamos que as ideias sobrenaturais e divinas que nos são inspiradas desde a infância são as verdadeiras causas da nossa insensatez habitual, das nossas querelas religiosas, das nossas dissensões sagradas, das nossas perseguições desumanas. Reconheçamos, enfim, que são essas ideias funestas que obscureceram a moral, corromperam a política, retardaram os progressos das ciências e aniquilaram a felicidade e a paz no próprio coração do homem. Portanto, que ele não dissimule mais de si mesmo que todas as calamidades pelas quais ele volta, para o céu, os seus olhos banhados de lágrimas são devidas aos vãos fantasmas que a sua imaginação lá colocou; que ele cesse de implorar-lhes; que ele busque na natureza e na sua própria energia os recursos que os deuses surdos jamais lhe proporcionarão. Que ele consulte os desejos do seu coração, e saberá aquilo que deve a si mesmo e o que deve aos outros, que ele examine a essência e o objetivo da sociedade, e não será mais escravo. Que ele consulte a experiência e encontrará a verdade, e reconhecerá que o erro não pode jamais torná-lo feliz[9].

---

9. O autor do *Livro da sabedoria* disse, com razão: *Infandorum enim idolorum cultura omnis mali est causa et initium et finis*[(a)] (cf. cap. XXVI, v. 27). Ele não se apercebe de que o seu deus era um ídolo mais nocivo que todos os outros. De resto, parece que os perigos da superstição foram percebidos por todos aqueles que verdadeiramente tomaram a peito os interesses do gênero humano: eis aí, sem dúvida, por que a filosofia, que é o fruto da reflexão, esteve quase sempre em guerra aberta contra a religião, que – como fizemos ver – é o fruto da ignorância, da impostura, do entusiasmo e da imaginação.

(a) "Porque cultuar ídolos inomináveis é a causa, o começo e o fim de todos os males" (*Livro da sabedoria*, XIV, 27). (N. T.)

Capítulo 10

Que os homens nada podem concluir das ideias que lhes são dadas sobre a divindade; da inconsequência e da inutilidade de sua conduta com relação a isso

Se, como acabamos de provar, as ideias falsas que tiveram em todos os tempos sobre a divindade, longe de serem úteis, são nocivas à moral, à política, à felicidade das sociedades e dos membros que as compõem – enfim, aos progressos dos conhecimentos humanos –, a razão e o nosso interesse deveriam nos fazer sentir que é preciso banir do nosso espírito as vãs opiniões, que nunca serão apropriadas, a não ser para confundi-lo e perturbar os nossos corações. Em vão se gabariam de conseguir retificar as noções teológicas. Falsas em seus princípios, elas não são suscetíveis de reforma. Sob qualquer faceta que um erro se apresente, a partir do momento que os homens lhe derem uma importância muito grande, ele acabará mais cedo ou mais tarde por ter, para eles, consequências tão extensas quanto perigosas. Além disso, há a inutilidade das investigações que, em todas as épocas, foram feitas sobre a divindade – cujas noções jamais fizeram outra coisa que não se obscurecer cada vez mais, mesmo para aqueles que mais meditaram sobre elas. Tal inutilidade não deve nos convencer de que essas noções não estão ao nosso alcance e que esse ser imaginário não será melhor conhecido por nós ou por nossos descendentes do que foi pelos nossos ancestrais mais selvagens e mais ignorantes? O objeto sobre o qual, em todos os tempos, mais se tem divagado, mais se tem raciocinado e mais se tem escrito permanece sempre o menos conhecido. Pelo contrário, o tempo não fez senão torná-lo mais impossível de conceber. Se deus é tal como nos pinta a teologia moderna, é preciso ser um deus para formar uma ideia sobre ele[1]. Mal conhecemos o homem, mal conhecemos a nós mesmos e às nossas faculdades, e queremos raciocinar sobre um ser inacessível a todos os nossos sentidos! Percorramos, pois, em paz a linha que a natureza nos traçou, sem nos afastarmos dela para correr atrás de quimeras; ocupemo-nos com a nossa felicidade real. Aproveitemos os bens que nos são concedidos; trabalhemos para multiplicá-los diminuindo o número de nossos erros. Submetamo-nos aos males que não podemos evitar, e não vamos aumentá-los enchendo o nosso espírito de preconceitos capazes de extraviá-lo. Quando quisermos refletir sobre isso, tudo nos provará claramente que a pretensa ciência de deus não é, na verdade, senão uma ignorância presunçosa, mascarada sob palavras pomposas e ininteligíveis. Terminemos, enfim, com as investigações infrutíferas; reconheçamos ao menos a nossa ignorância in-

---

1. Um poeta moderno compôs uma peça em versos, premiada pela Academia, sobre os atributos de deus, na qual aplaudiram, sobretudo, o seguinte verso: "Para dizer o que ele é, é preciso ser ele próprio".

vencível. Ela nos será mais vantajosa do que uma ciência arrogante, que até aqui não tem feito senão trazer a discórdia para a Terra e a aflição para os nossos corações.

Supondo uma inteligência soberana que governa o mundo, supondo um deus que exige das suas criaturas que elas o conheçam, que elas estejam convictas da sua existência, da sua sabedoria, do seu poder, e que quer que elas lhe prestem homenagens, será forçoso convir que nenhum homem sobre a Terra cumpre, nesse aspecto, os desígnios da providência. Com efeito, nada é mais demonstrado do que a impossibilidade na qual se acham os próprios teólogos de formarem qualquer ideia sobre a sua divindade[2]. A fragilidade e a obscuridade das provas que eles apresentam da sua existência, as contradições em que incorrem, os sofismas e as petições de princípios que empregam, provam-nos, evidentemente, que eles estão, pelo menos na grande maioria das vezes, nas maiores incertezas sobre a natureza do ser do qual faz parte da sua profissão se ocupar. Porém, admitindo que eles o conheçam, que a sua existência, a sua essência e os seus atributos estejam para eles plenamente demonstrados, a ponto de que não subsista nenhuma dúvida no seu espírito, será que o resto dos humanos goza da mesma vantagem? De boa-fé, quantas pessoas se encontram neste mundo que tenham o tempo disponível,

---

2. Procópio, primeiro bispo dos godos, diz muito formalmente: "Considero que é uma temeridade bem louca a de querer penetrar no conhecimento da natureza de deus". E, mais adiante, ele reconhece que não há outra coisa a dizer sobre ele a não ser que ele é perfeitamente bom. Aquele que sabe mais sobre ele, seja eclesiástico, seja leigo, não tem também mais o que dizer".

a capacidade e a acuidade necessários para entender aquilo que querem lhes designar pelo nome de um ser imaterial, de um puro espírito que move a matéria sem ser ele mesmo matéria, que é o motor da natureza sem estar contido na natureza, e sem poder tocá-la? Será que existem nas sociedades mais religiosas muitas pessoas em condições de seguir os seus guias espirituais nas provas sutis do que eles lhes apresentam sobre a existência do deus que os fazem adorar?

Poucos homens, sem dúvida, são capazes de uma meditação profunda e seguida. O exercício do pensamento é, para a maioria deles, um trabalho tão penoso quanto inusitado. O povo, forçado a trabalhar para subsistir, é comumente incapaz de refletir. Os poderosos, as pessoas de sociedade, as mulheres e os jovens ocupados com os seus negócios, com a preocupação de satisfazer as suas paixões, de obter prazeres, pensam tão raramente quanto o vulgo. Talvez não existam dois homens em cem mil que tenham se perguntado seriamente aquilo que eles entendem pela palavra *deus*, ao passo que é muito raro encontrar pessoas para as quais a existência de um deus seja um problema: no entanto, como já foi dito, a convicção supõe a evidência, que é a única que pode proporcionar a certeza ao espírito. Onde estão, pois, os homens convictos da existência do seu deus? Quem são aqueles nos quais encontraremos uma certeza completa dessa pretensa verdade, tão importante para todos? Quais são as pessoas que se deram conta das ideias que elas formaram sobre a divindade, sobre os seus atributos, sobre a sua essência? Lamentavelmente, não vejo em toda parte senão alguns especuladores que, à força de se ocuparem com isso, acreditaram loucamente identificar alguma coisa nas ideias confusas e descosidas da sua imaginação. Eles trataram de fazer com elas um conjunto que, por mais quimérico que seja, se acostumaram a considerar como realmente existente: à força de delirar, eles algumas vezes se persuadiram de que haviam visto claramente e conseguiram fazer que acreditassem nisso outros que não haviam delirado tanto quanto eles.

Nunca é senão baseados na palavra que povos inteiros adoram o deus dos seus antepassados e dos seus sacerdotes: a autoridade, a confiança, a submissão e o hábito ocupam para eles o lugar da convicção e das provas. Eles se prosternam e rezam porque os seus pais lhes ensinaram a se prosternar e a rezar. Mas por que esses últimos se puseram de joelhos? É porque, em tempos remotos, os seus legisladores e os seus guias fizeram que isso fosse um dever para eles. "Adorai e acreditai" – disseram – "nos deuses que vós não podeis compreender. Quanto a isso, atende-vos à nossa profunda sabedoria; nós sabemos mais do que vós sobre a divindade." Mas por que eu me aterei a vós? "É porque deus assim o quer; é porque deus vos punirá se vós ouseis resistir." Mas esse deus não é, pois, a coisa em questão? No entanto, os homens sempre se contentaram com esse círculo vicioso. A preguiça do seu espírito fez que eles achassem mais simples se ater ao julgamento dos outros. Todas as noções religiosas estão fundamentadas unicamente na autoridade. Todas as religiões do mundo proíbem o exame e não querem que se raciocine; é a autoridade que quer que se acredite em deus, e esse próprio deus só está fundamentado na autoridade de alguns homens que pretendem conhecê-lo e vir da parte dele para anunciá-lo à Terra. Um deus feito pelos homens tem, sem dúvida, necessidade dos homens para se fazer conhecer pelo mundo[3].

Seria, portanto, só para alguns sacerdotes, alguns inspirados e alguns metafísicos que estaria reservada a convicção da existência de um deus – que dizem, todavia, ser tão necessária para todo o gênero humano? Porém, será que encontramos harmonia entre as opiniões teológicas dos diferentes inspirados, ou dos pensadores espalhados pela Terra? Mesmo aqueles que fazem profissão de adorar o mesmo deus estão de acordo quanto a ele? Será que eles estão contentes com as

---

3. Os homens são sempre crédulos como crianças sobre os objetos que dizem respeito à religião. Como eles não compreendem nada disso e como, no entanto, lhes disseram que era necessário crer, imaginam que não arriscam nada em se unir ao ponto de vista dos seus sacerdotes, que supõem terem podido adivinhar aquilo que eles próprios não entendem. As pessoas mais sensatas dizem a si mesmas: "O que sabemos? Que interesse tantas pessoas teriam em enganar?". Eu lhes diria: "Eles vos enganam, seja porque eles próprios estão enganados, seja porque eles têm o máximo interesse em vos enganar."

Como reconhecem os próprios teólogos, os homens não têm *religião*: eles têm apenas *superstições*. A superstição, segundo eles, *é um culto mal entendido e irracional da divindade*, ou então *um culto prestado a uma falsa divindade*. Porém, qual é o povo ou o clero que reconhecerá que a sua divindade é falsa e o seu culto irracional? Como decidir quem está certo ou errado? É evidente que, nessa matéria, todos os homens estão igualmente errados. Com efeito, Buddeus, em seu *Tratado do ateísmo*, nos diz que "para que uma religião seja verdadeira, não somente o objeto do seu culto deve ser verdadeiro, é preciso também ter uma ideia justa sobre ele. Portanto, aquele que adora deus sem conhecê-lo o adora de uma maneira perversa e corrompida, e é culpado de superstição". Isto posto, não poderíamos perguntar a todos os teólogos do mundo se eles podem se vangloriar de ter uma *ideia justa* ou um conhecimento real da divindade?

provas que os seus colegas anunciam da sua existência? Será que subscrevem unanimemente as ideias que eles apresentam sobre a sua natureza, sobre a sua conduta, sobre a maneira de entender os seus pretensos oráculos? Será que existe uma região da Terra onde a ciência de deus tenha realmente se aperfeiçoado? Terá ela adquirido em alguma parte a consistência e a uniformidade que nós vemos adquirirem os conhecimentos humanos, as artes mais fúteis, os ofícios mais desprezados? As palavras *espírito*, *imaterialidade*, *criação*, *predestinação*, *graça*; essa multidão de distinções sutis com as quais a teologia se encheu em toda parte; em alguns países, essas invenções tão engenhosas, imaginadas por alguns pensadores que se sucederam por tantos séculos, nada mais fizeram – lamentavelmente! – do que embaraçar as coisas; e jamais a ciência mais necessária aos homens pôde, até aqui, adquirir a menor fixidez. Durante milhares de anos, alguns divagadores ociosos se revezaram permanentemente para meditar sobre a divindade, para adivinhar os seus caminhos ocultos, para inventar hipóteses apropriadas para desvendar esse enigma importante; o seu pouco sucesso não desencorajou de maneira alguma a vaidade teológica; sempre se falou de deus, se disputou, se degolou por ele, e esse ser sublime permanece sempre o mais ignorado e o mais discutido[4].

---

4. Se examinassem as coisas com sangue-frio, reconheceriam que a religião não é feita de maneira alguma para a maioria dos homens, que estão na impossibilidade de compreender algo das sutilezas aéreas nas quais a apoiam. Qual é o homem que concebe alguma coisa dos princípios fundamentais da sua religião, da *espiritualidade* de deus, da *imaterialidade* da alma, dos *mistérios* dos quais lhe falam todos os dias? Será que exis-

Os homens teriam sido muito felizes se, limitando-se aos objetos visíveis que os interessam, eles tivessem empregado, para aperfeiçoar as suas ciências reais, as suas leis, a sua moral e a sua educação, a metade dos esforços que eles realizaram nas suas investigações sobre a divindade! Eles também teriam sido bem mais sábios e mais afortunados se tivessem podido consentir em deixar os seus guias desocupados querelarem entre si e sondarem profundidades capazes de atordoá-los, sem se misturarem com as suas disputas insensatas. Porém, faz parte da essência da ignorância dar importância àquilo que ela não compreende. A vaidade humana faz que o espírito se obstine contra as dificuldades. Quanto mais um objeto se furta aos nossos olhos, mais nós fazemos esforços para apreendê-lo, porque com isso ele espicaça o nosso orgulho, ele atiça a nossa curiosidade, ele nos parece interessante. Por outro lado, quanto mais as nossas investigações foram longas e laboriosas, mais damos importância às nossas descobertas reais ou supostas. Nós não queremos ter perdido o tempo e estamos sempre prontos a defender com energia a boa qualidade do nosso julgamento. Não fiquemos, portanto, surpresos com o interesse que os povos ignorantes sempre tiveram pelas contendas entre os seus sacerdotes nem com a teimosia que esses últimos sempre mostraram nas suas disputas. Combatendo pelo seu deus, cada um combatia, com efeito, apenas pelos interesses da sua própria vaidade – que, de

---

tem muitas pessoas que possam se vangloriar de estar a par do estado da questão nas especulações teológicas, muitas vezes com o poder de perturbar o repouso dos povos? No entanto, mesmo as mulheres se acreditam obrigadas a tomar parte nas querelas incitadas por alguns contempladores ociosos, menos úteis à sociedade do que os mais vis artesãos.

todas as paixões humanas, é a mais pronta a se alarmar e a mais apropriada para produzir enormes loucuras.

Se, afastando por um momento as ideias deploráveis que a teologia nos apresenta de um deus caprichoso, cujos decretos parciais e despóticos decidem a sorte dos humanos, nós quisermos fixar os nossos olhares apenas sobre a pretensa bondade que todos os homens – mesmo tremendo diante desse deus – são unânimes em lhe conferir; se nós supomos nele o projeto que lhe atribuem, de não ter trabalhado a não ser pela sua própria glória, de exigir as homenagens dos seres inteligentes, de não buscar em suas obras senão o bem-estar do gênero humano, como conciliar essas intenções e essas disposições com a ignorância verdadeiramente invencível na qual esse deus, tão glorioso e tão bom, deixa a maioria dos homens com relação a ele? Se deus quer ser conhecido, querido, receber agradecimentos, por que ele não se mostra sob traços favoráveis a todos esses seres inteligentes pelos quais quer ser amado e adorado? Por que não se manifestar a toda a Terra de uma maneira inequívoca, bem mais capaz de nos convencer do que essas revelações particulares que parecem acusar a divindade de uma parcialidade deplorável em favor de algumas das suas criaturas? O todo-poderoso não teria, pois, meios mais convincentes de se mostrar aos homens do que essas metamorfoses ridículas, essas pretensas encarnações que nos são atestadas por alguns escritores tão pouco de acordo entre si nas narrativas que fazem sobre elas? Em vez de tantos milagres inventados para comprovar a missão divina de tantos legisladores reverenciados pelos diferentes povos do mundo, o soberano dos espíritos não poderia convencer instantaneamente o espírito humano das coisas que ele quer lhe fazer conhecer? Em vez de pendurar um Sol na abóbada do firmamento, em vez de espalhar sem ordem as estrelas e as constelações que enchem o espaço, não teria sido mais adequado às intenções de um deus tão ciumento da sua glória e tão bem intencionado para com o homem escrever de uma maneira não sujeita à discussão o seu nome, os seus atributos e as suas vontades permanentes em caracteres indeléveis e igualmente legíveis para todos os habitantes da Terra?[5] Ninguém então teria podido duvidar da existência de um deus, das suas vontades claras e das suas intenções visíveis. Diante dos olhos desse deus tão sensível, ninguém teria tido a audácia de violar os seus mandamentos. Nenhum mortal teria ousado se pôr em situação de atrair a sua cólera. Enfim, nenhum homem teria tido a petulância de se impor em seu nome ou de interpretar as suas vontades segundo as suas próprias fantasias.

A teologia é verdadeiramente o *barril das Danaides**. À força de qualidades contraditórias e de afirmações teme-

---

5. Eu prevejo que os teólogos oporão a essa passagem o seu *Caeli enarrant gloriam dei*[(a)]. Mas lhes responderemos que os céus não provam nada, a não ser o poder da natureza, a fixidez das suas leis, a força da atração, da repulsão, da gravitação, a energia da matéria: e que os céus não anunciam de maneira alguma a existência de uma causa imaterial, de um agente impossível, de um deus que se contradiz e que jamais pode fazer aquilo que quer.
(a) "Os céus proclamam a glória de Deus" (*Salmos*, 18: 2). (N. T.)

* Segundo a mitologia, as Danaides eram cinquenta irmãs que, por terem assassinado os seus maridos em plena noite de núpcias, foram castigadas por Júpiter, que enviou-as para o Tártaro e condenou-as, por toda a eternidade, a encherem um barril sem fundo. A expressão é utilizada para descrever um grande esforço que não resulta em proveito algum. (N. T.)

rárias, ela, por assim dizer, estrangulou de tal modo o seu deus que o colocou na impossibilidade de agir. Com efeito, ainda que supuséssemos a existência do deus teológico, e a realidade dos atributos tão discordantes que lhe conferem, disso não é possível concluir nada para autorizar a conduta ou os cultos que prescrevem que lhes sejam prestados. Se ele é infinitamente bom, que razão teríamos para temê-lo? Se ele é infinitamente sábio, por que nos inquietar sobre a nossa sorte? Se ele sabe tudo, por que adverti-lo das nossas necessidades e fatigá-lo com as nossas preces? Se ele está em toda parte, por que erguer-lhe templos? Se ele é o senhor de tudo, por que fazer-lhe sacrifícios e oferendas? Se ele é justo, como acreditar que puna algumas criaturas que ele encheu de fraquezas? Se a graça faz tudo nelas, que razão teria ele para recompensá-las? Se ele é onipotente, como ofendê-lo, como resistir a ele? Se ele é racional, como ficaria encolerizado com alguns cegos, aos quais ele deixou a liberdade de disparatar? Se ele é imutável, com que direito pretenderíamos fazer que os seus decretos se modificassem? Se ele é inconcebível, por que nos ocuparmos com ele? Se ele falou, por que o universo não está convencido? Se o conhecimento de um deus é o mais necessário, por que ele não é o mais evidente e o mais claro?

Mas, por outro lado, o deus teológico tem duas faces. Se ele é colérico, ciumento, vingativo e perverso (como a teologia supõe, sem querer admitir), nós não estaremos mais autorizados a dirigir-lhe as nossas preces nem a nos ocupar tristemente com a sua ideia. Pelo contrário, para a nossa felicidade presente e para o nosso repouso, deveríamos tratar de bani-lo dos nossos pensamentos. Nós deveríamos incluí-lo na relação desses males necessários que não fazem senão agravar a força de pensar neles. Com efeito, se deus é um tirano, como seria possível amá-lo? A afeição e a ternura não são sentimentos incompatíveis com um temor habitual? Como sentir amor por um senhor que daria aos seus escravos a liberdade de ofendê-lo, a fim de apanhá-los em falta e puni-los com a mais extrema barbárie? A esse caráter odioso, se deus junta também a onipotência, se ele segura em suas mãos os joguetes desgraçados da sua crueldade extravagante, o que é possível concluir disso? Nada, a não ser que, por mais esforços que pudéssemos fazer para escapar ao nosso destino, estaríamos sempre sem condições de nos subtrair a ele. Se um deus cruel ou perverso pela sua natureza está armado com um poder infinito e quer, para o seu prazer, nos tornar miseráveis para sempre, nada poderá dissuadi-lo disso. Sua perversidade seguirá sempre o seu curso; sua malícia o impediria, sem dúvida, de prestar atenção aos nossos clamores. Nada poderia dobrar o seu coração impiedoso.

Assim, sob qualquer ponto de vista que consideremos o deus teológico, não temos nenhum culto a lhe prestar, nenhuma prece a lhe fazer. Se ele é soberanamente bom, inteligente, equitativo e sábio, o que temos para lhe pedir? Se ele é soberanamente perverso, se ele é cruel gratuitamente (como pensam todos os homens, sem ousar admiti-lo), nossos males não têm remédio. Um tal deus zombaria das nossas preces e, cedo ou tarde, seria necessário suportar o rigor da sorte que ele nos destina.

Isto posto, aquele que pode se desenganar das noções aflitivas da divindade tem, sobre o supersticioso crédulo e trêmulo, a vantagem de estabelecer neste mundo, em seu coração, uma tranquilidade momentânea que o torna ao menos mais feliz nesta vida. Se o estudo da natureza fez desaparecer para ele as quimeras, com as quais o supersticioso está infectado, ele goza de uma segurança da qual este último se vê privado. Consultando essa natureza, seus temores se dissipam, suas opiniões verdadeiras ou falsas adquirem fixidez, a serenidade sucede às tormentas que os terrores pânicos e as noções flutuantes provocam no coração de todo homem que se ocupa com a divindade. Se a alma sossegada do filósofo ousa examinar as coisas com sangue-frio, ele não vê mais o universo governado por um tirano implacável, sempre pronto a ferir. Se ele tem a razão, vê que cometendo o mal não põe a natureza em desordem, não ultraja o seu motor: prejudica apenas a si próprio ou causa dano aos seres capazes de sentir os efeitos da sua conduta. Ele reconhece então a regra dos seus deveres. Prefere a virtude ao vício e, para o seu próprio repouso, sua satisfação, sua felicidade permanente neste mundo, ele se sente interessado em praticar a virtude, em torná-la habitual em seu coração, em fugir do vício, em detestar o crime durante todo o tempo de sua estada entre os seres inteligentes e sensíveis, dos quais ele espera a sua felicidade. Vinculando-se a essas regras, ele viverá contente consigo mesmo e querido por todos aqueles que estiverem em condições de sentir a influência das suas ações. Ele esperará sem inquietude o término da sua existência, não tendo motivos para recear a existência que se seguirá àquela que ele desfruta no presente. Ele não temerá ser enganado nos seus raciocínios guiados pela evidência e pela boa-fé; compreenderá que se, contra a sua expectativa, existisse um deus bom, ele não poderia puni-lo pelos seus erros involuntários, que dependeriam da organização que tivesse recebido dele mesmo.

Com efeito, se existisse um deus; se deus fosse um ser repleto de razão, de equidade e de bondade, e não um gênio feroz, insensato e malfazejo, tal como a religião tantas vezes gosta de mostrá-lo que poderia temer um ateu virtuoso que, no momento de sua morte, crendo adormecer para sempre, se achasse na presença de um deus que ele teria ignorado e negligenciado durante a sua vida?

"Ó deus" – diria ele – "pai que te tornaste invisível para o teu filho! Motor inconcebível e oculto que eu não pude descobrir! Perdoe se o meu entendimento limitado não pôde te conhecer, em uma natureza na qual tudo me pareceu necessário. Perdoe se o meu coração sensível não pôde distinguir tuas feições augustas por sob as desse tirano feroz que o supersticioso adora tremulante. Eu não pude ver mais do que um verdadeiro fantasma nessa reunião de qualidades inconciliáveis com as quais a imaginação havia te revestido. Como os meus olhos grosseiros poderiam ter te percebido em uma natureza na qual todos os meus sentidos jamais puderam conhecer senão seres materiais e formas perecíveis? Será que eu poderia, com a ajuda desses sentidos, descobrir a tua essência espiritual, que eles não podiam submeter à experiência? Como achar provas constantes da tua bondade em tuas obras, que eu via tantas vezes nocivas quanto favoráveis aos seres da minha espécie? Meu débil cérebro, forçado a julgar de acordo consigo próprio, poderia julgar o teu plano, a tua sabedoria, a tua inteligência, quando o universo não me apresentava senão uma mistura constante de ordem e de desordem, de bens e de males, de formações e de destruições? Será que eu poderia ter prestado homenagem à tua justiça, quando eu via tantas vezes o crime triunfante e a virtude aos prantos? Será que eu podia, pois, reconhecer a voz de um ser cheio de sabedoria nesses oráculos ambíguos, contraditórios e pueris que alguns impostores anunciavam em teu nome nas diferentes regiões da Terra que eu acabo de deixar? Se eu me recusei a crer na tua existência, é porque não soube nem aquilo que tu podias ser, nem onde seria possível te colocar, nem as qualidades que seria possível te consignar. Minha ignorância é perdoável, porque ela foi invencível. Meu espírito não pôde se dobrar sob a autoridade de alguns homens que se reconheciam tão pouco esclarecidos quanto eu sobre a tua essência e que, sempre em disputa uns com os outros, só eram unânimes para me clamar imperiosamente que sacrificasse a eles a razão que tu me havias concedido."

"Porém, ó deus!, se tu queres as tuas criaturas, eu as quis como tu. Eu tratei de torná-las felizes na esfera em que vivi. Se tu és o autor da razão, eu sempre a escutei e segui; se a virtude te agrada, meu coração sempre a honrou; eu não a ultrajei e, quando as minhas forças permitiram, eu mesmo a pratiquei. Eu fui marido e pai carinhoso, amigo sincero, cidadão fiel e zeloso. Estendi uma mão caridosa aos desgraçados; consolei o aflito; se as fraquezas da minha natureza foram nocivas para mim mesmo ou incômodas para os outros, eu pelo menos jamais fiz o desafortunado gemer sob o peso das minhas injustiças, não devorei o sustento do pobre, não vi sem piedade as lágrimas da viúva, não ouvi sem compaixão os gritos do órfão. Se tu tornaste o homem sociável, se tu quiseste que a sociedade subsistisse e fosse feliz, eu fui inimigo de todos aqueles que a oprimiam ou a enganavam para tirar proveito das suas desgraças."

"Se eu pensei mal de ti, é porque o meu entendimento não pôde te conceber. Se falei mal de ti, é porque o meu coração demasiado humano revoltou-se contra o retrato odioso que de ti lhe faziam. Meus extravios foram efeitos do temperamento que tu me tinhas dado, das circunstâncias nas quais, sem o meu consentimento, tu me colocaste, das ideias que, contra a minha vontade, entraram no meu espírito. Se tu és bom e justo, como asseguram, tu não podes me punir pelos desvios da minha imaginação, pelas faltas causadas pelas minhas paixões – consequências necessárias da organização que eu havia recebido de ti. Assim, eu não posso te temer, não posso recear a sorte que tu me preparas. Tua bondade não permitiria que eu pudesse ser sujeito a castigos por alguns extravios inevitáveis. Por que tu não me recusarias a luz, antes de me convocar para as fileiras dos seres inteligentes, para ali desfrutar da fatal liberdade de me tornar infeliz? Se tu me punisses com rigor e sem fim, por ter escutado a razão que tu me tinhas dado; se tu me castigasses pelas minhas ilusões; se tu te encolerizasses porque a minha fraqueza caiu nas ciladas que tu me havias armado por todos os lados, tu serias o mais cruel e o mais injusto dos tiranos. Tu não serias um deus, mas um demônio malfazejo do qual eu seria forçado a suportar a lei e a saciar a barbárie, mas do qual eu me congratularia por ter, ao menos por algum tempo, sacudido o jugo insuportável."

É assim que poderia falar um discípulo da natureza que, transportado subitamente para as regiões imaginárias, encontrasse um deus do qual todas as noções fossem diretamente contrárias àquelas que a sabedoria, a bondade e a justiça nos fornecem aqui embaixo. Com efeito, a teologia não parece inventada senão para subverter em nosso espírito todas as ideias naturais. Essa ciência ilusória parece ter assumido a tarefa de fazer do seu deus o ser mais contraditório à razão humana: é, todavia, de acordo com essa razão que somos forçados a julgar neste mundo. Se, no outro, nada está em conformidade com este, nada é mais inútil do que pensar nele ou raciocinar sobre isso. Além do mais, como nos ater, sobre isso, a alguns homens que não estão em condições de julgar senão como nós?

Seja como for, supondo que deus é o autor de tudo, nada é mais ridículo do que a ideia de agradá-lo ou de irritá-los através das nossas ações, dos nossos pensamentos e das nossas palavras. Nada é mais inconsequente do que imaginar que o homem, sua obra, possa ter mérito ou demérito com relação a ele; é evidente que o homem não pode causar dano a um ser onipotente, soberanamente feliz pela sua essência. É evidente que ele não pode desagradar àquele que o fez aquilo que é;

suas paixões, seus desejos, suas inclinações são as consequências necessárias da organização que ele recebeu; os motivos que determinam a sua vontade para o bem ou para o mal são devidos evidentemente às qualidades inerentes aos seres que deus coloca ao seu redor. Se foi um ser inteligente que nos fez, que nos deu órgãos, que nos colocou nas circunstâncias em que estamos e que conferiu as propriedades às causas que, agindo sobre nós, modificam a nossa vontade, como podemos ofendê-lo? Se tenho a alma terna, sensível, compassiva, é porque recebi de deus órgãos fáceis de comover, dos quais resulta uma imaginação viva que a educação cultivou. Se sou insensível e duro, é porque a natureza me deu apenas órgãos rebeldes, dos quais resulta uma imaginação pouco sensível e um coração difícil de tocar. Se professo uma religião, é porque eu a recebi de pais dos quais não dependia de mim não nascer, que a professavam antes de mim e cuja autoridade, os exemplos e as instruções obrigaram o meu espírito a se conformar ao deles. Se sou incrédulo, é porque, pouco suscetível de temor ou de entusiasmo por coisas desconhecidas, minhas circunstâncias quiseram que me desenganasse das quimeras da minha infância.

É, portanto, por falta de refletir sobre esses princípios que o teólogo nos diz que o homem pode agradar ou desagradar ao deus poderoso que o formou. Aqueles que acreditam ter mérito ou demérito com relação ao seu deus imaginam que esse ser ficará contente com eles pela organização que ele próprio lhes deu e os punirá por aquela que ele lhes recusou. Como consequência dessa ideia tão extravagante, o devoto afetuoso e terno se vangloria de ser recompensado pelo calor da sua imaginação. O devoto zeloso não duvida de que o seu deus o recompense algum dia pelo amargor da sua bile ou pelo calor do seu sangue. O penitente, o frenético, o atrabiliário imaginam que o seu deus levará em conta as loucuras que a sua organização viciosa ou o seu fanatismo lhes fazem cometer e, sobretudo, ficará bem contente com a tristeza do seu humor, com a circunspecção do seu comportamento e com a sua inimizade pelos prazeres. O devoto, o zeloso, o brigão teimoso não podem se persuadir de que o seu deus – que eles fazem sempre com base no seu próprio modelo – possa ser favorável àquele que tem mais fleuma, menos bile, um sangue menos ardente em sua composição. Cada mortal acredita que a sua própria organização é a melhor, a mais de acordo com o seu deus.

Que estranhas ideias devem ter sobre a sua divindade esses cegos mortais, que imaginam que o senhor absoluto de tudo pode se ofender com os movimentos que ocorrem no seu corpo ou no seu espírito! Quanta contradição em pensar que a sua felicidade inalterável possa ser perturbada ou o seu plano desarranjado pelos abalos passageiros que experimentam as fibras imperceptíveis do cérebro de uma das suas criaturas! A teologia nos apresenta algumas ideias bem ignóbeis sobre um deus do qual, no entanto, ela não cessa de exaltar o poder, a grandeza e a bondade!

Sem um desarranjo muito marcante nos nossos órgãos, nossos pontos de vista quase não variam sobre os objetos que os nossos sentidos, que a experiência e que a razão nos demonstraram bem. Em qualquer circunstância que se escolha, nós não temos nenhuma dúvida nem sobre a brancura da neve, nem sobre a luz do dia, nem sobre a utilidade da virtude. Não ocorre o mesmo com os objetos que dependem unicamente da nossa imaginação e que não nos são provados pelo testemunho constante dos nossos sentidos. Nós os julgamos diversamente, segundo as disposições nas quais nos encontramos. Essas disposições variam em razão das impressões involuntárias que os nossos órgãos recebem a cada instante da parte de uma infinidade de causas, sejam exteriores a nós, sejam contidas na nossa própria máquina. Esses órgãos são, à nossa revelia, perpetuamente modificados, afrouxados ou esticados pelo maior ou menor peso ou elasticidade no ar, pelo frio ou calor, pela secura ou umidade, pela saúde ou doença, pelo calor do sangue, pela abundância da bile, pelo estado do sistema nervoso etc. Essas diferentes causas influem necessariamente sobre as ideias, os pensamentos e as opiniões momentâneas do homem. Ele é, por conseguinte, obrigado a ver diversamente os objetos que a sua imaginação lhe apresenta, sem poder ser corrigido pela experiência e pela memória. Eis por que o homem é forçado a ver incessantemente o seu deus e as suas quimeras religiosas sob aspectos diferentes. Em um momento que as suas fibras se encontrarem com a disposição de estremecer, ele será covarde e pusilânime, ele só pensará nesse deus tremendo; em um momento que essas mesmas fibras estiverem mais fortalecidas, ele contemplará esse mesmo deus com mais sangue-frio. O teólogo ou o sacerdote chamará a sua pusilanimidade de *sentimento interior*, *advertência do alto, inspiração secreta*, mas aquele que conhece o homem dirá que não é outra coisa além de um movimento maquinal, produzido por uma causa física ou natural. Com efeito, é por um puro mecanismo físico que é possível explicar todas as revoluções que se realizam, muitas vezes de um momento para o outro, nos sistemas, em todas as opiniões, em todos os juízos dos homens: como consequência, ora os vemos raciocinar com justeza, ora disparatar.

Eis aí como, sem recorrer às graças, inspirações, visões e movimentos sobrenaturais, nós podemos dar conta desses estados incertos e flutuantes nos quais vemos às vezes caírem algumas pessoas, muito esclarecidas em outros aspectos, quando está em questão a religião. Muitas vezes, a despeito de todo o raciocínio, as disposições momentâneas as reconduzem aos preconceitos da infância – dos quais, em outras ocasiões, elas nos parecem completamente desenganadas. Essas mudanças são, sobretudo, muito notáveis nas enfermidades e nas doenças, e na proximidade da morte. O barômetro do entendimento é, então, quase sempre obrigado a baixar. Algumas quimeras que eram desprezadas, ou às quais se atribuía o seu justo valor no estado saudável, se materializam nesse caso. Trememos, porque a máquina está debilitada. Disparatamos, porque o cérebro é incapaz de cumprir exatamente as suas funções. É evidente que essa é a verdadeira causa dessas modificações das quais os sacerdotes têm a má-fé de se servir contra a incredulidade e das quais eles extraem provas da realidade das suas opiniões sublimes. As *conversões* ou as modificações que ocorrem nas ideias dos homens estão sempre ligadas a algum desarranjo físico em sua máquina, causado pelo desgosto ou por alguma causa natural e conhecida.

Submetidos à influência contínua das causas físicas, nossos sistemas seguem sempre, portanto, as variações do nosso corpo. Nós raciocinamos bem quando o nosso corpo está são e bem constituído; raciocinamos mal quando esse corpo está desarranjado. Nesse caso, as nossas ideias se descosem, nós não somos mais capazes de associá-las com precisão, de reencontrar os nossos princípios, de tirar deles consequências justas. O cérebro é abalado e nós não vemos mais nada sob o seu verdadeiro ponto de vista. Em um tempo muito frio, existem alguns homens que não veem o seu deus com as mesmas feições com que o veem em um tempo nublado e chuvoso; eles não o veem da mesma maneira na tristeza e na alegria, acompanhados e sozinhos. O bom senso nos sugere que é quando o corpo está sadio e quando o espírito não está turbado por nenhuma nuvem que podemos raciocinar com precisão; esse estado pode nos fornecer uma medida geral apropriada para regular os nossos julgamentos e para retificar até mesmo as nossas ideias, quando algumas causas imprevistas puderam fazê-las oscilar.

Se as opiniões do mesmo indivíduo sobre o seu deus são flutuantes e sujeitas a variar, quantas modificações elas não devem sofrer nos seres tão diversos que compõem a raça humana? Se talvez não existam dois homens que vejam um objeto físico exatamente com os mesmos olhos, com mais forte razão, quanta variedade deve haver nas suas maneiras de encarar as coisas que só existem na sua imaginação? Que infinidade de combinações de ideias os espíritos essencialmente diferentes devem fazer para compor um ser ideal do qual cada momento da vida deve mudar o quadro? Seria, portanto, um empreendimento insensato querer prescrever aos homens aquilo que eles devem pensar sobre a religião e sobre deus, que são inteiramente da alçada da imaginação, e sobre os quais – como já repetimos muitas vezes – os mortais jamais terão uma medida comum. Combater as opiniões religiosas dos homens é combater a sua imaginação, a sua organização e os seus hábitos, que são suficientes para identificar com o seu cérebro as ideias mais absurdas e menos fundamentadas. Quanto mais os homens tiverem imaginação mais eles serão entusiastas em matéria de religião e menos a razão terá força para desenganá-los das suas quimeras. Essas quimeras se tornarão um alimento necessário para a sua imaginação ardente. Em poucas palavras, combater as noções religiosas dos homens é combater a paixão que eles têm pelo maravilhoso. A despeito da razão, as pessoas providas de uma imaginação viva são perpetuamente reconduzidas às quimeras que o hábito tornou queridas para elas, mesmo quando são incômodas e desagradáveis. Elas são livres para vesti-las à sua maneira. Assim, uma alma terna tem necessidade de um deus que ela ame; o entusiasta feliz tem necessidade de um deus a quem ele agradeça; o entusiasta desafortunado tem necessidade de um deus que tome parte nos seus sofrimentos. O devoto melancólico tem necessidade de um deus que o aflija e que mantenha nele a perturbação que se tornou necessária à sua organização doente. O que estou dizendo! O penitente frenético tem necessidade de um deus cruel que lhe imponha o dever de ser desumano para consigo mesmo, e o fanático arrebatado se acreditaria desgraçado se fosse privado de um deus que lhe ordena que ele faça os outros sentirem os efeitos do seu temperamento ardente e das suas paixões abrasadoras.

Aquele que se alimenta de ilusões agradáveis é, sem dúvida, um entusiasta menos perigoso do que aquele cuja alma está atormentada por espectros odiosos. Se uma alma honesta e delicada não causa estragos na sociedade, um espírito agitado por algumas paixões incômodas não pode deixar de se tornar cedo ou tarde incômodo para os seus semelhantes. O deus de um Sócrates e de um Fénelon pode convir a almas tão brandas quanto as deles, mas ele não pode ser impunemente o deus de uma nação inteira na qual será sempre muito raro encontrar homens com o seu temperamento. A divindade – como já dissemos muitas vezes – será sempre, para a maioria dos mortais, uma quimera assustadora apropriada para perturbar o seu cérebro, para pôr as suas paixões em funcionamento e para torná-los nocivos aos seus associados. Se as pessoas de bem só veem o seu deus como repleto de bondade, os homens viciosos, inflexíveis, inquietos e perversos emprestarão a ele o seu próprio caráter e se sentirão autorizados, pelo seu exemplo, a dar um livre curso às suas próprias paixões. Cada homem não pode ver a sua quimera senão com os seus próprios olhos; e o número daqueles que pintarão a divindade hedionda, mortificante e cruel será sempre bem maior e mais temível do que o daqueles que lhe atribuirão cores sedutoras. Para um feliz que essa quimera pode fazer, ela fará alguns milhares de infelizes. Ela será cedo ou tarde uma fonte inesgotável de divisões, de extravagâncias e de furores; ela perturbará o espírito dos ignorantes sobre os quais os impostores e os fanáticos terão sempre poder. Ela assustará os covardes e os pusilânimes, que a sua fraqueza dispõe à perfídia e à crueldade. Ela fará tremer os mais honestos que, mesmo praticando a virtude, temerão cair em desgraça junto a um deus bizarro e caprichoso; ela não deterá os perversos, que a deixarão de lado para se entregar ao crime, ou que até mesmo se servirão dessa quimera divina para justificar os seus delitos. Em poucas palavras, nas mãos dos tiranos, esse deus, ele próprio tirano, não servirá senão para esmagar a liberdade dos povos e violar impunemente os direitos da equidade. Nas mãos dos sacerdotes, esse deus será um talismã próprio para inebriar, cegar, subjugar igualmente os soberanos e os súditos. Enfim, nas mãos dos povos, esse ídolo será sempre uma faca de dois gumes, com a qual eles farão em si mesmos as feridas mais mortais.

Por outro lado, como o deus teológico não é – como já vimos – senão um amontoado de contradições, sendo representado, apesar da sua imutabilidade, ora como a própria bondade, ora como o mais cruel e mais injusto dos seres, e sendo, além disso, considerado por homens cuja máquina é submetida a variações contínuas, esse deus não pode o tempo todo parecer o mesmo para aqueles que se ocupam com ele. Aqueles que formam as ideias mais favoráveis sobre ele são muitas vezes, contra a vontade, forçados a reconhecer que o retrato que fazem nem sempre está em conformidade com o original. O devoto mais fervoroso e o entusiasta mais influenciado não podem se impedir de ver os traços da sua divindade mudarem. E se eles fossem capazes de raciocinar, perceberiam a inconsequência da conduta que adotam incessantemente com relação a ele. Com efeito, será que eles não veriam que essa conduta parece desmentir a todo instante as perfeições maravilhosas que eles consignam ao seu deus? Rogar à divindade não será duvidar da sua sabedoria, da sua benevolência, da sua providência, da sua onisciência e da sua imutabilidade? Não será acusá-lo de esquecer das suas criaturas e pedir-lhe que altere os decretos eternos da sua justiça, que mude as leis invariáveis que ele próprio fixou? Rogar a deus não será o mesmo que lhe dizer: "Ó meu deus, eu reconheço a vossa sabedoria, a vossa ciência e a vossa bondade infinitas. No entanto, vós me esquecestes; vós perdestes de vista a vossa criatura; vós ignorastes, ou fingistes ignorar, aquilo que falta a ela. Não vedes que eu sofro com o arranjo maravilhoso que as vossas sábias leis puseram no universo? A natureza, contra as vossas ordens, torna atualmente a minha existência penosa; mudai, portanto, eu vos rogo, a essência que a vossa vontade conferiu a todos os seres. Fazei de modo que os elementos percam para mim, neste momento, as suas propriedades distintivas. Fazei que os corpos graves não caiam, que o fogo não queime, que a máquina frágil que eu recebi de vós não sofra os choques que ela experimenta a todo instante. Retificai para o meu bem-estar o plano que a vossa prudência infinita traçou por toda a eternidade" Tais são mais ou menos as preces que fazem todos os homens, tais são os pedidos ridículos que fazem a todo instante à divindade, da qual eles exaltam a sabedoria, a inteligência, a providência e a equidade, enquanto quase sempre não estão contentes com os efeitos dessas perfeições divinas.

Eles não são mais consequentes nas ações de graças que se creem obrigados a lhe prestar. Não será justo, nos dizem eles, agradecer à divindade pelos seus benefícios? Não seria o cúmulo da ingratidão recusar homenagens ao autor da nossa existência e de tudo aquilo que contribui para torná-la agradável? Mas, lhes diria eu, vosso deus age, pois, por interesse? Semelhante aos homens que, mesmo quando são os mais desprendidos, exigem ao menos que lhes demos mostras das impressões que os seus benefícios causaram em nós, vosso deus tão poderoso e tão grande tem necessidade de que vós lhe proveis os sentimentos do vosso reconhecimento? Além do mais, em que vós fundamentais essa gratidão? Será que ele espalha os seus benefícios igualmente sobre todos os homens? Será que a maioria deles está contente com a sua sorte? Vós mesmos estais sempre satisfeitos com a vossa existência? Vão me dizer, sem dúvida, que a existência é por si só o maior dos benefícios. Mas como é possível considerá-la como uma vantagem notável? Ela não está na ordem necessária das coisas? Não entrou necessariamente no plano desconhecido do vosso deus? A pedra deve alguma coisa ao arquiteto por ele tê-la julgado necessária à sua construção? Conheceis melhor do que essa pedra os desígnios ocultos do vosso deus? Se vós sois um ser sensível e pensante, não achais a todo instante que esse plano maravilhoso vos incomoda? Vossas próprias preces ao arquiteto do mundo não provam que vós estais descontentes? Vós nascestes sem querer, vossa existência é precária, vós sofreis contra a vossa vontade, vossos prazeres e vossas dores não dependem de vós, vós não sois donos de nada, vós nada concebeis do plano do arquiteto do mundo, que vós não cessais de admirar e no qual, sem o vosso consentimento, vos achais colocados. Vós sois o joguete contínuo da necessidade que vós divinizais. Depois de vos ter chamado à vida, o vosso deus vos obriga a sair dela: onde estão, portanto, essas obrigações tão grandes que vós acreditais ter para com a providência? Esse mesmo deus, que vos deu a luz, que supre as vossas necessidades, que vos conserva, não vos arrebata em um instante essas pretensas vantagens? Se vós considerais a existência como o maior dos bens, a perda dessa existência não será, de acordo convosco, o maior dos males? Se a morte e a dor são males temíveis, essa morte e essa dor não eclipsam o benefício da existência e os prazeres que podem algumas vezes acompanhá-la? Se o vosso nascimento e o vosso fim, vossos gozos e vossos sofrimentos entraram igualmente nos desígnios da sua providência, não vejo nada que vos autorize a agradecê-lo. Quais podem ser as obrigações que vós podeis ter para com um senhor que, contra a vossa vontade, vos forçou a vir para este mundo, para jogar um jogo perigoso e desigual, no qual vós podeis ganhar ou perder uma felicidade eterna?

Falam-nos, com efeito, de uma outra vida na qual asseguram que o homem será completamente feliz. Porém, supondo por um momento a existência de outra vida (que é tão pouco fundamentada quanto a do ser de quem a esperam), seria necessário ao menos suspender o seu reconhecimento até essa outra vida. Na vida que conhecemos, os homens são muito mais vezes descontentes do que afortunados; se deus, no mundo onde nós estamos, não pôde, não quis e não permitiu que as suas criaturas queridas fossem perfeitamente felizes, como estar seguro de que ele terá o poder ou a vontade de torná-las, na sequência, mais felizes do que elas são? Citarão para nós, nesse caso, as revelações, as promessas formais da divindade, que se compromete a indenizar os seus favoritos pelos males da vida presente. Admitamos, por um instante, a autenticidade dessas promessas. Porém, essas revelações não nos ensinam elas mesmas que a bondade divina reserva suplícios eternos para a grande maioria dos homens? Se tais ameaças são verdadeiras, os mortais devem, pois, reconhecimento a um deus que, sem consultá-los, só lhes dá a sua existência para correrem – com a ajuda da sua pretensa liberdade – o risco de se tornarem eternamente desgraçados? Não teria sido mais útil para eles não existir – ou pelo menos não existir senão como as pedras e os brutos, dos quais se supõe que deus não exige nada – do que desfrutar dessas faculdades tão exaltadas e do privilégio de ter méritos e deméritos, que podem conduzir os seres inteligentes a mais horrorosa das infelicidades? Prestando atenção ao pequeno número dos eleitos e ao grande número dos réprobos, qual é o homem de senso que, se tivesse tido a liberdade, teria consentido em correr o risco da danação eterna?

Assim, sob qualquer ponto de vista que se considere o fantasma teológico, os homens, se fossem consequentes, mesmo nos seus erros, não lhe deveriam nem preces, nem homenagens, nem cultos, nem ações de graças. Porém, em matéria de religião, os mortais nunca raciocinam. Eles só seguem os impulsos dos seus temores, das suas imaginações, dos seus temperamentos, das suas paixões próprias ou das dos guias que adquiriram o direito de comandar o seu entendimento. O temor fez os deuses, o terror os acompanha incessantemente. É impossível raciocinar quando se treme. Assim, os homens jamais raciocinarão quando estiverem em questão objetos cuja ideia vaga estará sempre associada à do terror. Se o entusiasta honesto e brando não vê o seu deus senão como um pai benfazejo, a grande maioria dos mortais não o verá senão como um sultão temível, um tirano desagradável, um gênio cruel e perverso. Assim, esse deus será sempre, para a raça humana, um fermento perigoso, próprio para azedá-la e para pô-la em uma fermentação fatal. Se é possível deixar ao devoto pacífico, humano e moderado o deus bom que ele formou segundo o seu próprio coração, o interesse do gênero humano exige que se derrube um ídolo gerado pelo temor e nutrido pela melancolia, cuja ideia e nome não são apropriados senão para encher o universo de carnificina e loucuras.

Não nos vangloriemos, no entanto, de que a razão possa libertar instantaneamente a raça humana dos erros com os quais tantas causas reunidas se esforçam para envenená-la. O mais vão dos projetos seria a esperança de curar, em um instante, erros epidêmicos, hereditários, enraizados há tantos séculos e continuamente alimentados e corroborados pela ignorância, pelas paixões, pelos hábitos, pelos interesses, pelos temores e pelas calamidades sempre renascentes das nações. As antigas revoluções da Terra fizeram brotar os seus primeiros deuses. Novas revoluções produziriam novos deuses se os antigos viessem a ser esquecidos. Seres ignorantes, infelizes e trêmulos sempre farão deuses, ou sua credulidade fará que eles aceitem aqueles que a impostura ou o fanatismo quiserem lhes anunciar.

Não nos propomos, portanto, mais do que mostrar a razão àqueles que podem entendê-la, apresentar a verdade àqueles que podem suportar o seu brilho, desenganar aqueles que não quiserem opor obstáculos à evidência e que não se obstinarem em persistir no erro. Inspiremos coragem àqueles que não têm força para romperem com as suas ilusões. Tranquilizemos o homem de bem, que é alarmado pelos seus temores bem mais do que o perverso – que, a despeito das suas opiniões, segue sempre as suas paixões. Consolemos o infeliz que geme sob o peso dos preconceitos que ele não examinou; dissipemos as incertezas daquele que duvida e que, buscando de boa-fé a verdade, muitas vezes não encontra na própria filosofia senão opiniões flutuantes, pouco apropriadas para fixar o seu espírito. Vamos banir, para o homem de gênio, a quimera que lhe faz perder o seu tempo. Arranquemos o negro fantasma do homem intimidado que, enganado pelos seus vãos pavores, se torna inútil para a sociedade; tiremos do atrabiliário um deus que o aflige, que o amarga, que não faz senão abrasar a sua bile. Arranquemos do fanático o deus que coloca punhais em sua mão. Arranquemos dos impostores e dos tiranos um deus que lhes serve para assustar, escravizar e despojar o gênero humano. Ao tirar das pessoas honestas as suas ideias temíveis, não tranquilizemos os perversos, os inimigos da sociedade. Privemo-los desses recursos com os quais contam para expiar os seus crimes; substituamos os terrores incertos e longínquos, que não podem deter os seus excessos, por terrores reais e presentes. Que eles sintam vergonha ao se verem tais como são; que estremeçam descobrindo que os seus complôs foram descobertos; que tremam pelo temor de ver um dia os mortais que eles ultrajam se corrigindo dos erros dos quais eles se servem para acorrentá-los.

Se não podemos curar as nações dos seus preconceitos inveterados, tratemos ao menos de impedi-las de incorrer nos excessos aos quais a religião tantas vezes as arrastou. Que os homens fabriquem quimeras, que eles pensem sobre elas como quiserem, desde que os seus delírios não lhes façam esquecer que eles são homens e que um ser sociável não é feito para se assemelhar aos animais ferozes. Contrabalancemos os interesses fictícios do céu pelos interesses sensíveis da Terra. Que os soberanos e os povos reconheçam, enfim, que as vantagens resultantes da verdade, da justiça, das boas leis, de uma educação sensata, de uma moral humana e pacífica são bem mais sólidas do que aquelas que eles esperam tão inutilmente das suas divindades; que eles percebam que bens tão reais e tão estimados não devem ser sacrificados a algumas esperanças incertas, tantas vezes desmentidas pela experiência. Para se convencer disso, que todo homem racional considere os crimes inumeráveis que o nome de deus causou sobre a Terra, que ele estude a sua pavorosa história e a dos seus odiosos ministros, que por toda parte insuflaram o espírito da vertigem, da discórdia e do furor. Que os príncipes e os súditos aprendam ao menos a resistir algumas vezes às paixões desses pretensos intérpretes da divindade, sobretudo quando eles lhes ordenam, da parte dela, que sejam desumanos, intolerantes e bárbaros. Que sufoquem o grito da natureza, a voz da equidade, as advertências da razão, e que fechem os olhos para os interesses da sociedade.

Frágeis mortais! Até quando a vossa imaginação tão ativa e tão pronta para apreender o maravilhoso irá buscar fora do universo pretextos para causar dano a vós mesmos e aos seres com quem viveis aqui embaixo? Por que não seguis em paz a rota simples e fácil que vos traça a vossa natureza? Por que semear com espinhos o caminho da vida? Por que multiplicar os males aos quais a vossa sorte vos expõe? Que vantagens podeis esperar de uma divindade que os esforços reunidos do gênero humano inteiro ainda não puderam vos fazer conhecer? Ignorai, pois, aquilo que o espírito humano não é feito para compreender. Deixai para lá as vossas quimeras; ocupai-vos com verdades. Aprendei a arte de viver feliz; aperfeiçoai os vossos costumes, os vossos governos, as vossas leis. Pensai na educação, na agricultura, nas ciências verdadeiramente úteis; trabalhai com ardor. Forçai, através da vossa indústria, a natureza a vos ser propícia, e os deuses nada poderão contra a vossa felicidade. Abandonai aos pensadores ociosos, aos entusiastas inúteis, o trabalho infrutífero de sondar abismos dos quais deveis desviar os vossos olhares. Gozai dos bens ligados à vossa existência presente.

Aumentai o número deles; não vos lanceis jamais para além da vossa esfera. Se tendes necessidade de quimeras, permitais que os vossos semelhantes tenham as delas e não degoleis vossos irmãos quando eles não puderem delirar como vós. Se quiserdes deuses, que a vossa imaginação os gere, mas não tolereis que esses seres imaginários vos embriaguem a ponto de não reconhecer aquilo que vós deveis aos seres reais com quem viveis.

Capítulo 11

Apologia dos pontos de vista contidos nesta obra. Da impiedade. Existem ateus?

Tudo aquilo que vem sendo dito no decorrer desta obra deveria ser suficiente para desenganar os homens capazes de raciocinar dos preconceitos aos quais eles dão tanta importância. Porém, as verdades mais claras são forçadas a malograr-se contra o entusiasmo, o hábito e o temor. Nada é mais difícil do que destruir o erro quando uma longa prescrição fez que ele se apoderasse do espírito humano. Ele é inatacável quando é apoiado pelo consenso geral, propagado pela educação, arraigado pelo costume, fortalecido pelo exemplo, mantido pela autoridade e incessantemente alimentado pelas esperanças e os temores dos povos, que consideram os seus erros até mesmo como o remédio para os seus males. Tais são as forças reunidas que sustentam o império dos deuses neste mundo e que parecem dever tornar o seu trono inabalável.

Não fiquemos, portanto, surpresos ao ver a grande maioria dos homens prezar a sua cegueira e temer a verdade. Nós encontramos em toda parte os mortais obstinadamente ligados a fantasmas dos quais esperam o seu bem-estar, ao passo que esses fantasmas são evidentemente as fontes de todos os seus males. Embriagado pelo maravilhoso, desdenhando aquilo que é simples e fácil de compreender, pouco instruído nos caminhos da natureza, acostumado a não fazer uso da razão, o vulgo de geração em geração se prosterna diante das potências invisíveis que lhe fazem adorar. Dirige a elas os seus votos ardentes, implora a elas nas suas desgraças, despoja-se por elas do fruto do seu trabalho, está incessantemente ocupado em agradecer os vãos ídolos pelos bens que deles não recebeu, ou em lhes pedir favores que deles não pode obter. Nem a experiência nem a reflexão podem desiludi-lo. Ele não percebe que os seus deuses sempre foram surdos; ele culpa a si mesmo, ele os crê muito irritados, ele treme, geme, suspira aos seus pés, cobre os seus altares com presentes, não vê que esses seres tão poderosos estão submetidos à natureza e jamais são propícios a não ser quando ela é favorável. É assim que as nações são cúmplices daqueles que as enganam e são tão opostas à verdade quanto aqueles que as desencaminham.

Em matéria de religião, existem pouquíssimas pessoas que não compartilham mais ou menos as opiniões do vulgo. Todo homem que se afasta das ideias aceitas é geralmente encarado como um frenético, um presunçoso que se crê insolentemente bem mais sábio do que os outros. Quando é ouvido o nome mágico da religião e da divindade, súbitos terror e pânico apoderam-se dos espíritos. A partir do momento que os vê serem atacados, a sociedade se alarma, cada um imagina já ver o seu monarca celeste erguer o seu braço vingador contra o país no qual a natureza rebelde produziu um monstro bastante temerário para desafiar a sua cólera. Mesmo as pessoas mais moderadas acusam de loucura e de sedição aquele que ousa contestar a esse soberano imaginário alguns direitos que o bom senso jamais discutiu. Como consequência, quem quer que pretenda rasgar a venda dos preconceitos parece um insensato, um cidadão perigoso. Sua sentença é pronunciada com uma voz quase unânime; a indignação pública, atiçada pelo fanatismo e pela impostura, faz que não se queira ouvi-lo: cada um se acreditaria culpado se se dignasse a escutá-lo. Cada um temeria se tornar seu cúmplice se não manifestasse seu furor contra ele, e seu zelo em favor do deus terrível no qual supõem que a cólera foi provocada. Assim, o homem que consulta a sua razão, o discípulo da natureza, é considerado como uma peste pública; o inimigo de um fantasma nocivo é encarado como o inimigo do gênero humano. Aquele que queria estabelecer uma sólida paz entre os homens é tratado como um perturbador da sociedade. Proscreve-se com uma só voz aquele que queria tranquilizar os mortais assustados, quebrando os ídolos diante dos quais o preconceito os obriga a tremer. Ao ouvir o simples nome de um *ateu*, o supersticioso estremece, o próprio deísta se alarma, o sacerdote entra em furor, a tirania prepara as suas fogueiras e o vulgo aplaude os castigos que as leis insensatas decretam contra o verdadeiro amigo do gênero humano.

Tais são os sentimentos que deve esperar todo homem que ouse apresentar aos seus semelhantes a verdade que todos parecem buscar, mas que todos temem encontrar ou não reconhecem quando querem mostrá-la a eles. O que é, com efeito, um *ateu*? É um homem que destrói algumas quimeras nocivas ao gênero humano para reconduzir os homens à natureza, à experiência, à razão. É um pensador que, tendo meditado sobre a matéria, sua energia, suas propriedades e suas maneiras de agir, não tem necessidade, para explicar os fenômenos do universo e as operações da natureza, de imaginar potências ideais, inteligências imaginárias, seres de razão que, longe de fazerem conhecer melhor essa natureza, nada mais fazem do que torná-la caprichosa, inexplicável, irreconhecível e inútil à felicidade dos humanos.

Assim, os únicos homens que podem ter ideias simples e verdadeiras sobre a natureza são considerados como especuladores absurdos ou de má-fé! Aqueles que elaboram noções inteligíveis da força motriz do universo são acusados de negar a existência dessa força: aqueles que fundamentam tudo aquilo que se opera neste mundo em leis constantes e seguras são acusados de *atribuir tudo ao acaso*, são tachados de cegueira e de delírio por alguns entusiastas cuja imaginação, sempre extraviada no vazio, atribui os efeitos da natureza a causas fictícias que não existem senão no seu próprio cérebro, a seres de razão, a potências quiméricas que eles se obstinam em preferir às causas reais e conhecidas. Nenhum homem em seu bom senso pode negar a energia da natureza ou a existência de uma força em virtude da qual a matéria age e se põe em movimento. Mas nenhum homem, a menos que renuncie à razão, pode atribuir tal força a um ser situado fora da natureza, distinto da matéria, não tendo nada em comum com ela. Não será dizer que essa força não existe pretender que ela resida em um ser desconhecido, formado por um amontoado de qualidades ininteligíveis, de atributos incompatíveis, dos quais resulta necessariamente um todo impossível? Os elementos indestrutíveis, os *átomos* de Epicuro, cujo movimento, cooperação e combinações produziram todos os seres, são, sem dúvida, causas mais reais do que o deus da teologia. Assim, para falar com exatidão, são os partidários de um ser imaginário, contraditório, impossível de conceber, que o espírito humano não pode apreender por nenhum aspecto, que não oferece senão um vão nome, do qual se pode negar tudo, do qual não se pode afirmar nada. Aqueles, digo eu, que fazem de uma semelhante quimera o criador, o motor e o conservador do universo é que são os insensatos. Os divagadores, incapazes de vincular qualquer ideia positiva à causa da qual falam sem cessar, não serão os verdadeiros *ateus*? Os pensadores que fazem do puro nada a fonte de todos os seres não serão os verdadeiros cegos? Não será o cúmulo da loucura personificar algumas abstrações ou ideias negativas e se prosternar em seguida diante da ficção do seu próprio cérebro?

São, no entanto, alguns homens dessa têmpera que regulam as opiniões do mundo e que entregam ao escárnio e à vingança pública alguns homens mais sensatos do que eles. Se acreditarmos nesses profundos sonhadores, apenas a demência e o frenesi podem fazer que se rejeite na natureza um motor totalmente incompreensível. Será, pois, um delírio preferir o conhecido ao desconhecido? Será um crime consultar a experiência, apelar para o testemunho dos sentidos no exame da coisa mais importante de se conhecer? Será um medonho atentado dirigir-se à razão e preferir os seus oráculos às decisões sublimes de alguns sofistas, que reconhecem eles próprios que não compreendem nada do deus que nos anunciam? No entanto, segundo eles, não existe nenhum crime mais digno de castigo, não há nenhuma empreitada mais perigosa contra a sociedade do que despojar o fantasma que eles não conhecem das qualidades inconcebíveis e do aparato imponente com os quais a imaginação, a ignorância, o temor e a impostura rivalizaram para cercá-lo. Não existe nada de mais ímpio e de mais criminoso do que tranquilizar os mortais contra um espectro, do qual a simples ideia foi a fonte de todos os seus males. Não há nada de mais necessário do que exterminar alguns audaciosos bastante temerários para tentarem romper o encanto invisível que mantém o gênero humano entorpecido no erro: querer quebrar os seus grilhões foi quebrar, para ele, os seus laços mais sagrados.

Em consequência desses clamores, incessantemente renovados pela impostura e repetidos pela ignorância, as nações, que em todos os séculos a razão quis desenganar, jamais ousaram escutar as suas lições benfazejas. Os amigos dos homens não foram ouvidos porque eles foram inimigos das suas quimeras. Assim, os povos continuam a tremer. Poucos sábios têm coragem de tranquilizá-los; quase ninguém ousa confrontar a opinião pública infectada pela superstição. Teme-se o poder da impostura e as ameaças da tirania, que buscam sempre apoiar-se nas ilusões. Os clamores da ignorância triunfante e do fanatismo arrogante abafaram em todos os tempos a fraca voz da natureza.

Ela foi forçada a se calar, suas lições foram logo esquecidas; e quando ela ousou falar, foi, na maior parte das vezes, em uma linguagem enigmática, ininteligível para a grande maioria dos homens. Como o vulgo, que apreende com tantas dificuldades as verdades mais claras e mais distintamente enunciadas, poderia compreender os mistérios da natureza apresentados sob a forma de emblemas e de palavras truncadas?!

Vendo o furor que provocam entre os teólogos as opiniões dos ateus e os suplícios que, por sua instigação, foram muitas vezes ordenados contra eles, não estaríamos autorizados a concluir que esses doutores não estão tão seguros quando dizem da existência do seu deus, ou não consideram as opiniões dos seus adversários tão absurdas quanto eles afirmam? É sempre apenas a desconfiança, a fraqueza e o temor que o tornam cruel. Não se tem cólera contra aqueles que se despreza; não se considera a loucura como um crime punível. Contentaríamo-nos em rir de um insensato que negasse a existência do Sol; só o puniríamos se fôssemos nós mesmos insensatos. O furor teológico nunca provará senão a fragilidade da sua causa. A desumanidade desses homens interesseiros, cuja profissão é anunciar quimeras às nações, nos prova que só eles tiram vantagem dessas potências invisíveis, das quais eles servem com sucesso para assustar os mortais[1].

---

1. Luciano[a] supõe uma discussão entre Menipo e Júpiter, que quer fulminá-lo. Diante disso, o filósofo lhe diz: "Ah! Tu te zangas? Tu pegas o teu raio? Portanto, tu estás errado".

    (a) Luciano de Samosata (século II d. C.) foi um filósofo e escritor romano nascido na Síria, conhecido principalmente como autor da narrativa fantástica *O asno de ouro*. Muitos de seus diálogos têm como personagem Menipo de Gadara, um filósofo cínico que viveu no século III a. C. (N. T.)

São, no entanto, esses tiranos dos espíritos que, pouco consequentes nos seus princípios, desfazem com uma mão o que erguem com a outra: são eles que, depois de terem feito uma divindade repleta de bondade, de sabedoria e de equidade, a difamam, a desacreditam, a aniquilam totalmente, dizendo que ela é cruel, que ela é caprichosa, injusta e despótica, que ela é saciada com o sangue dos infelizes. Isto posto, são os teólogos que são os verdadeiros ímpios.

Aquele que não conhece a divindade não pode injuriá-la nem, por conseguinte, ser chamado de ímpio. "Ser ímpio" – diz Epicuro – "não é tirar do vulgo os deuses que ele tem, é atribuir a esses deuses as opiniões do vulgo." Ser ímpio é insultar um deus no qual se acredita, é ultrajá-lo conscientemente. Ser ímpio é admitir um deus bom, enquanto se prega ao mesmo tempo a perseguição e a carnificina. Ser ímpio é enganar os homens em nome de um deus que fazem servir de pretexto para as suas indignas paixões. Ser ímpio é dizer que um deus soberanamente feliz e onipotente pode ser ofendido pelas suas frágeis criaturas. Ser ímpio é mentir da parte de um deus que supõem ser inimigo da mentira. Ser ímpio, enfim, é se servir da divindade para perturbar as sociedades, a fim de escravizá-las a tiranos. É persuadi-las de que a causa da impostura é a causa de deus; é imputar a deus alguns crimes que aniquilariam as suas perfeições divinas. Ser ímpio e insensato ao mesmo tempo é fazer do deus que se adora uma pura quimera.

Por outro lado, ser devoto é servir a pátria, é ser útil aos seus semelhantes, é trabalhar pelo bem-estar deles: cada um pode aspirar a isso segundo as suas faculdades. Aquele que medita pode se tornar útil quando tem a coragem de anunciar a verdade, de combater o erro, de atacar os preconceitos que se opõem em toda parte à felicidade dos humanos. É verdadeiramente útil, e chega mesmo a ser um dever, arrancar das mãos dos mortais os cutelos que o fanatismo lhes distribui, tirar da impostura e da tirania o império funesto sobre a opinião, do qual elas se servem com sucesso em todos os tempos e em todos os lugares, para se erguerem sobre as ruínas da liberdade, da segurança e da felicidade públicas. Ser verdadeiramente devoto é respeitar religiosamente as sagradas leis da natureza e seguir fielmente os deveres que ela nos prescreve. Ser devoto é ser humano, equitativo, benfazejo, é respeitar os direitos dos homens; ser devoto e sensato é rejeitar as fantasias que poderiam fazer deixar de lado os conselhos da razão.

Assim, digam o que disserem o fanatismo e a impostura, aquele que nega a existência de um deus, vendo que ela não tem outra base além da imaginação alarmada, aquele que rejeita um deus perpetuamente em contradição consigo mesmo, aquele que bane do seu espírito e do seu coração um deus continuamente em luta com a natureza, a razão e o bem-estar dos homens, aquele – digo – que se desengana de uma tão perigosa quimera pode ser considerado devoto, honesto e virtuoso, quando a sua conduta não se afastar das regras invariáveis que a natureza e a razão lhe prescrevem. Será que do fato de que um homem se recuse a admitir um deus contraditório, assim como os oráculos obscuros que recitam em seu nome, segue-se, portanto, que um tal homem se recuse a reconhecer as leis evidentes e demonstradas de uma natureza da qual ele depende, da qual ele sente o poder, da qual os deveres necessários o obrigam sob pena de ser punido neste mundo? É verdade que se a virtude consiste, por acaso, em uma vergonhosa renúncia à razão, em um fanatismo destrutivo e em algumas práticas inúteis, o ateu não pode ser considerado virtuoso. Porém, se a virtude consiste em fazer à sociedade todo o bem do qual se é capaz, o ateu pode aspirar a isso. Sua alma corajosa e sensível não será criminosa fazendo manifestar a sua indignação legítima contra os preconceitos fatais à felicidade do gênero humano.

Ouçamos, contudo, as imputações que os teólogos fazem aos ateus. Examinemos com sangue-frio e sem humor as injúrias que vomitam contra eles: parece-lhes que o ateísmo seja o último grau do delírio do espírito e da perversidade do coração. Interessados em denegrir os seus adversários, eles não mostram a incredulidade absoluta senão como efeito do crime ou da loucura. Não se vê, nos dizem eles, incorrer nos horrores do ateísmo os homens que têm motivos para esperar que o estado futuro seja para eles um estado de felicidade. Em poucas palavras, segundo os nossos teólogos, é o interesse das paixões que faz que se busque duvidar da existência de um ser a quem se tem de prestar contas do abuso desta vida. É unicamente o temor do castigo que faz os ateus; repetem-nos incessantemente as palavras de um profeta hebreu que afirma que apenas a loucura pode fazer que se negue a existência da divindade². Se acreditarmos em alguns outros, "nada é mais negro do que o coração de um ateu, nada é mais falso do que o seu espírito". "O ateísmo" – segundo eles – "só pode ser o fruto de uma consciência atormentada, que procura se desembaraçar da causa que a perturba." "Tem-se razão" – diz Derham* – "de considerar um ateu como um monstro entre os seres racionais, como uma dessas produções extraordinárias que dificilmente são encontradas em todo o gênero humano e que, opondo-se a todos os outros homens, se revolta não somente contra a razão e a natureza humana, mas contra a própria divindade."

Responderemos a todas essas injúrias dizendo que cabe ao leitor julgar se o sistema do ateísmo é tão absurdo quanto gostariam de fazê-lo crer esses profundos especuladores, perpetuamente em disputa sobre as produções informes, contraditórias e bizarras do seu próprio cérebro³. É verdade que talvez, até aqui, o sistema do naturalismo ainda não tivesse

---

2. *Dixit insipiens in corde suo, non est deus*[a]. Suprimindo a negação, a proposição seria mais verdadeira. Aqueles que quiserem ver as injúrias que o fiel teológo sabe espalhar sobre os ateus tem apenas que ler uma obra do dr. Bentley, traduzida para o latim com o título *De stultitia atheismi*[b] (*in* 8o).
   (a) "Diz o insensato em seu coração: Deus não existe" (Salmo 52: 2). (N. T.)
   (b) Richard Bentley (1662-1742), *Stultitia et irrationabilitas atheismi*, publicado originalmente com o título *The folly and unreasonableness of atheism*, Londres, 1693. (N. T.)
* William Derham (1657-1735), teólogo inglês, autor de *The artificial clockmaker*. (N. T.)
3. Vendo os teólogos acusarem tantas vezes os ateus de serem absurdos, seríamos tentados a crer que eles não têm nenhuma ideia daquilo que os ateus têm para lhes propor. É verdade que eles puseram as coisas em boa ordem: os padres dizem e publicam aquilo que querem, enquanto os seus adversários não podem jamais se mostrar.

sido desenvolvido em toda a sua extensão. Algumas pessoas não influenciadas estarão ao menos em condições de reconhecer se o autor raciocinou bem ou mal, se ele dissimulou as dificuldades mais importantes, se ele foi de má-fé e se, como os inimigos da razão humana, ele recorreu aos subterfúgios, aos sofismas e às distinções sutis, que devem sempre fazer suspeitar de que não se conhece ou de que se teme a verdade. É, pois, à candidez, à boa-fé e à razão que cabe julgar se os princípios naturais que acabam de ser relacionados são destituídos de fundamento. É a esses juízes íntegros que um discípulo da natureza submete as suas opiniões; ele tem o direito de recusar o julgamento do entusiasmo, do fanatismo, da ignorância presunçosa e da velhacaria interesseira. As pessoas acostumadas a pensar encontrarão ao menos razões para duvidar de tantas noções maravilhosas, que só parecem verdades incontestáveis para aqueles que nunca as examinaram de acordo com as regras do bom senso.

Reconheceremos, como Derham, que os ateus são raros; a superstição desse modo fez desconhecer a natureza e os seus direitos. O entusiasmo de tal modo ofuscou o espírito humano; o terror de tal modo perturbou o coração dos homens; a impostura e a tirania de tal modo acorrentaram o pensamento; enfim, o erro, a ignorância e o delírio de tal modo embaralharam as ideias mais claras, que nada é menos comum do que encontrar homens bastante corajosos para se desenganarem das noções que tudo conspirava para identificar com eles. Com efeito, diversos teólogos, apesar das invectivas com que cumulam os ateus, parecem muitas vezes ter duvidado de que existissem neste mundo ou de que houvessem pessoas que pudessem negar de boa-fé a existência de um deus[4]. Sua dúvida era, sem dúvida, fundamentada nas ideias absurdas que eles atribuíam aos seus adversários, que eles incessantemente acusaram de atribuir tudo *ao acaso*, a causas *cegas*, a uma matéria *inerte* e *morta*, incapaz de agir por si mesma. Penso que já justificamos suficientemente os partidários da natureza dessas acusações ridículas. Em toda parte, provamos e repetimos que o *acaso* é uma palavra vazia de sentido, que, assim como a palavra *deus*, não anuncia senão a ignorância sobre as verdadeiras causas. Demonstramos que a matéria não era morta, que a natureza, essencialmente agente

---

4. As mesmas pessoas que acham que o ateísmo é um sistema tão estranho hoje em dia admitem que pode ter havido ateus antigamente. Como? Será que a natureza nos dotou menos de razão do que aos homens de outrora? Ou o deus de hoje em dia seria menos absurdo que os deuses da Antiguidade? O gênero humano teria adquirido luzes acerca desse motor oculto da natureza? O deus da mitologia moderna, rejeitado por Vanini[a], Hobbes, Espinosa e alguns outros, seria, portanto, mais crível do que os deuses da mitologia pagã, rejeitados por Epicuro, Estráton[b], Teodoro, Diágoras[c] etc.? Tertuliano sustentava que "o cristianismo havia dissipado a ignorância na qual os pagãos estavam sobre a essência divina, e que não havia artífice, entre os cristãos, que não visse deus e que não o conhecesse". No entanto, o próprio Tertuliano admitia um deus corporal, e, portanto, era um ateu, segundo as noções da teologia moderna (cf. a nota 2 do capítulo VI desta parte).

(a) Giulio Cesare Vanini (1585-1619), também conhecido como Lucílio, foi um célebre livre-pensador e ateísta italiano. Por conta de suas ideias (expostas nos livros *Amphitheatrum aeternae providentiae divino-magicum* e *De admirandis naturae reginae deaeque mortalium arcanis*), foi condenado a ter a língua cortada, a ser estrangulado e a ter o seu corpo queimado. (N. T.)

(b) Estráton de Lâmpsaco, filósofo peripatético que foi discípulo de Teofrasto. (N. T.)

(c) Diágoras de Melos, poeta e sofista grego do século V a. C., discípulo de Demócrito. (N. T.)

e necessariamente existente, tinha bastante energia para produzir todos os seres que ela contém e todos os fenômenos que nós vemos. Fizemos sentir em toda parte que essa causa era bem mais real e mais fácil de conceber do que a causa fictícia, contraditória, inconcebível e impossível, à qual a teologia atribui os grandes efeitos que ela admira. Nós deixamos patente que a incompreensibilidade dos efeitos naturais não era uma razão para consignar-lhes uma causa ainda mais incompreensível do que todas aquelas que podemos conhecer. Enfim, se a incompreensibilidade de deus não autoriza a negar a sua existência, é pelo menos certo que a incompatibilidade entre os atributos que lhe são conferidos autoriza a negar que o ser que os reúne seja outra coisa além de uma quimera cuja existência é impossível.

Isso posto, poderemos fixar o sentido que deve ser ligado ao nome *ateu,* que, no entanto, em outras ocasiões os teólogos esbanjam indistintamente com todos aqueles que se afastam em alguma coisa das suas opiniões reverenciadas. Se, por *ateu,* designa-se um homem que negaria a existência de uma força inerente à matéria e sem a qual não é possível conceber a natureza, e se é a essa força motriz que se dá o nome de *deus,* não existe nenhum ateu, e a palavra pela qual eles são designados não anunciaria senão os loucos. Porém, se por *ateus* entende-se homens desprovidos de entusiasmo, guiados pela experiência e pelo testemunho dos seus sentidos, que só veem na natureza aquilo que se encontra realmente nela ou aquilo que eles estão em condições de nela conhecer; que não percebem e não podem perceber senão a matéria essencialmente ativa e móvel, diversamente combinada, desfrutando por si mesma de diversas propriedades e capaz de produzir todos os seres que nós vemos; se, por *ateus*, entende-se físicos convictos de que, sem recorrer a uma causa quimérica, é possível explicar tudo unicamente pelas leis do movimento, pelas relações subsistentes entre os seres, pelas suas afinidades, suas analogias, suas atrações e suas repulsões, suas proporções, suas composições e suas decomposições[5]; se, por *ateus*, entende-se pessoas que não sabem aquilo que é um *espírito* e que não veem nenhuma necessidade de *espiritualizar* ou de tornar incompreensíveis as causas corporais, sensíveis e naturais que são as únicas que elas veem agir; que não acham que seja um meio de conhecer melhor a força motriz do universo separá-la dele para conferi-la a um ser situado fora do grande todo, a um ser de uma essência totalmente inconcebível e do qual não se pode indicar

---

5. O dr. Cudworth[a], em seu *Systema intellectuale* (cap. II), enumera entre os antigos quatro espécies de ateus: 1) os discípulos de Anaximandro, chamados de *hilopatas*, que atribuíam a formação de tudo à matéria privada de sensação; 2) os *atomistas* ou discípulos de Demócrito, que atribuíam tudo à cooperação entre os átomos; 3) os ateus estoicos, que admitiam uma natureza cega, mas agindo segundo regras seguras; 4) os *hilozoístas*, ou discípulos de Estraton, que atribuíam vida à matéria. É bom observar que os mais competentes físicos da Antiguidade foram ateus, confessos ou ocultos; mas sua doutrina foi sempre oprimida pela superstição do vulgo e quase totalmente eclipsada pela filosofia fanática e maravilhosa de Pitágoras e, sobretudo, de Platão – tanto é verdadeiro que o vago, o obscuro e o entusiasmo levam comumente vantagem sobre o simples, o natural e o inteligível (cf. Le Clerc, *Biblioteca escolhida*[b], tomo II).

(a) Ralph Cudworth (1617-1688), filósofo inglês cuja obra mais conhecida é *The intellectual system*, mencionada por Holbach em sua versão latina. (N. T.)

(b) A *Bibliothèque choisie pour servir à la Bibliothèque universelle* é uma coleção de 28 volumes, composta por resumos de livros científicos e filosóficos e artigos sobre temas curiosos. Ela foi publicada em Amsterdã, entre 1703 e 1718, pelo pastor protestante, jornalista e historiador suíço Jean Le Clerc (1657-1736). (N. T.)

a morada; se, por *ateus*, entende-se homens que reconhecem de boa-fé que o seu espírito não pode nem conceber nem conciliar os atributos negativos e as abstrações teológicas com as qualidades humanas e morais que são atribuídas à divindade; ou homens que sustentam que dessa aliança incompatível não pode resultar senão um ser de razão, já que um puro espírito é destituído dos órgãos necessários para exercer as qualidades e as faculdades humanas; se, por *ateus*, designa-se homens que rejeitam um fantasma cujas qualidades odiosas e disparatadas são apropriadas apenas para perturbar e para mergulhar o gênero humano em uma demência muito nociva; se pensadores dessa espécie são aqueles que são chamados de *ateus*, não se pode duvidar da sua existência. E haveria um número muito grande deles, se as luzes da física sã e da justa razão estivessem mais espalhadas. Nesse caso, eles não seriam considerados nem como insensatos nem como furiosos, mas como homens sem preconceitos, cujas opiniões – ou, se preferirem, ignorância – seriam bem mais úteis ao gênero humano do que as ciências e as vãs hipóteses que há tanto tempo são as verdadeiras causas dos seus males.

Por outro lado, se, por *ateus*, se quisesse designar homens forçados a reconhecer por si mesmos que eles não têm nenhuma ideia da quimera que adoram ou que anunciam aos outros, que não podem dar conta nem da natureza nem da essência do seu fantasma divinizado, que não podem jamais concordar uns com os outros sobre as provas da existência, sobre as qualidades e sobre a maneira de agir do seu deus; que, à força de negações, fazem dele um puro *nada*; que se prosternam ou fazem que os outros se prosternem diante das ficções absurdas do seu próprio delírio; se, por *ateus*, designa-se homens dessa espécie, seríamos obrigados a reconhecer que o mundo está cheio de ateus. E seria até mesmo possível incluir nesse número os teólogos mais habilitados, que raciocinam incessantemente sobre aquilo que eles não entendem, que discutem sobre um ser do qual não podem demonstrar a existência; que, pelas suas contradições, solapam muito eficazmente esta existência; que aniquilam o seu deus perfeito com a ajuda das inúmeras imperfeições que lhe conferem; que revoltam contra esse deus pelos traços atrozes com os quais o pintam. Enfim, será possível considerar como verdadeiros ateus esses povos crédulos que, com base na palavra e na tradição, se põem de joelhos diante de um ser do qual eles não têm outras ideias além daquelas que lhes dão os seus guias espirituais, que reconhecem por si mesmos que não compreendem nada sobre ele. Um ateu é um homem que não crê na existência de um deus. Ora, ninguém pode estar seguro da existência de um ser que não concebe e que dizem reunir qualidades incompatíveis.

Aquilo que acaba de ser dito prova que os próprios teólogos nem sempre conheceram o sentido que eles podiam ligar à palavra *ateus*. Eles vagamente os injuriaram e combateram como pessoas cujos pontos de vista e os princípios eram opostos aos seus. Vemos, com efeito, que esses sublimes doutores, sempre obstinados com as suas opiniões particulares, muitas vezes prodigalizaram as acusações de ateísmo contra todos aqueles a quem eles queriam causar dano, que eles queriam denegrir e cujos sistemas eles buscavam tornar odiosos: eles estavam seguros de atiçar o vulgo imbecil por meio de uma imputação vaga, ou por uma palavra à qual a ignorância vincula uma ideia de terror, porque não conhece o seu verdadeiro sentido. Como consequência dessa política, viu-se muitas vezes os partidários das mesmas seitas religiosas, os adoradores do mesmo deus, se tratarem reciprocamente de ateus, no calor das suas querelas teológicas: nesse sentido, ser ateu é não ter em todos os pontos as mesmas opiniões daqueles com quem se discute sobre a religião. Em todos os tempos, o vulgo considerou como ateus aqueles que não pensavam sobre a divindade como os guias que ele estava habituado a seguir. Sócrates, adorador de um único deus, não passou de um ateu aos olhos do povo ateniense.

Além disso, como já fizemos observar, tem-se muitas vezes acusado de ateísmo as próprias pessoas que haviam se entregue aos maiores trabalhos para estabelecer a existência de um deus, mas que não tinham apresentado provas satisfatórias: como, em semelhante matéria, as provas são nulas, foi fácil para os seus inimigos fazê-los passar por ateus que haviam malignamente traído a causa da divindade ao defendê-la muito fracamente. Não me detenho aqui para fazer que se perceba o pouco fundamento de uma verdade que dizem ser tão evidente, ao passo que se tenta tantas vezes prová-la sem jamais fazê-lo satisfatoriamente, mesmo para aqueles que se gabam de estar intimamente convencidos dela. Ao menos é certo que examinando os princípios daqueles que tentaram provar a existência de deus comumente os achamos frágeis ou falsos, porque eles não podiam ser nem sólidos nem verdadeiros. Os próprios teólogos foram forçados a entrever que os seus adversários poderiam extrair deles algumas induções contrárias às noções que eles têm interesse em manter. Como consequência, eles muitas vezes se insurgiram fortemente contra aqueles mesmos que acreditavam ter encontrado as provas mais fortes da existência do seu deus. Não se apercebiam, sem dúvida, de que é impossível não abrir a guarda ao estabelecer princípios ou sistemas visivelmente fundamentados em um ser imaginário, contraditório e que cada homem vê diversamente[6].

Em poucas palavras, acusou-se de ateísmo e de irreligião quase todos aqueles que tomaram mais vivamente nas suas mãos a causa do deus teológico. Seus partidários mais zelosos foram considerados como trânsfugas e traidores; os teólogos mais religiosos não puderam se preservar dessa censura. Eles a prodigalizaram mutuamente e todos, sem dúvida, a mereceram, se por ateus designa-se homens que não têm, sobre o seu deus, nenhuma ideia que não seja destruída a partir do momento em que raciocina sobre ela.

---

6. O que podemos pensar dos sentimentos de um homem que se exprime como Pascal, no artigo 8 dos seus *Pensamentos*, onde ele demonstra ao menos uma incerteza muito completa sobre a existência de deus? "Eu procurei" – diz ele – "se esse deus, do qual todo mundo fala, não teria deixado algumas marcas suas. Eu olho por todos os lados e não vejo em toda parte senão obscuridade. A natureza não me oferece nada que não seja matéria de dúvida e de inquietação. Se eu não visse nela nada que assinalasse uma divindade, eu me determinaria a não crer em nada. Se eu visse por toda parte as marcas de um criador, eu repousaria em paz na fé. Porém, vendo muito para negar, e muito pouco para me assegurar, eu estou em um estado lastimável, e no qual eu desejei cem vezes que, se um deus sustenta a natureza, ela o assinalasse sem equívoco, e se as marcas que ela apresenta dele são enganosas, ela as suprimisse inteiramente: que ela dissesse tudo ou nada, a fim de que eu visse que partido devo seguir." Eis aí o estado de um bom espírito lutando contra os preconceitos que o acorrentam.

Capítulo 12

O ateísmo será compatível com a moral?

Depois de ter provado a existência dos ateus, voltemos às injúrias que os deícolas lhes prodigalizam. Segundo Abbadie,

> Um ateu não pode ter virtude. Ela não passa para ele de uma quimera, a probidade não passa de um vão escrúpulo, a boa fé não passa de uma parvoíce [...] Ele não conhece outra lei além do seu interesse: se esse ponto de vista é motivado, a consciência não passa de um preconceito, a lei natural não passa de uma ilusão, o direito não passa de um erro. A benevolência não tem mais fundamento; os laços da sociedade se desfazem; a fidelidade é retirada. O amigo está pronto para trair seu amigo; o cidadão, para entregar sua pátria; o filho, para assassinar seu pai e usufruir da sua herança, a partir do momento que encontrar a oportunidade para isso e que a autoridade ou o silêncio o puserem a salvo do braço secular, que é

o único a ser temido. Os direitos mais invioláveis e as leis mais sagradas não devem mais ser considerados senão como sonhos e visões[1].

Tal seria, talvez, a conduta não de um ser pensante, sensível, reflexivo, suscetível de razão, mas de uma besta feroz, de um insensato que não tivesse nenhuma ideia das relações naturais que subsistem entre os seres necessários à sua felicidade recíproca. Será possível supor que um homem capaz de experiência, provido dos mais fracos clarões de bom senso, pudesse se permitir a conduta que é atribuída aqui ao ateu, ou seja, a um homem bastante suscetível de reflexão para se desenganar, através do raciocínio, de preconceitos que tudo se esforça para mostrar a ele como importantes e sagrados? Será possível supor em alguma sociedade civilizada um cidadão bastante cego para não reconhecer os seus deveres mais naturais, os seus interesses mais caros, os perigos que ele correria perturbando os seus semelhantes ou não seguindo outra regra além dos seus apetites momentâneos? O ser que menos raciocine neste mundo não será forçado a perceber que a sociedade lhe é vantajosa, que ele tem necessidade de auxílio, que a estima dos seus semelhantes é necessária à sua felicidade, que ele tem tudo a temer da cólera dos seus associados, que as leis ameaçam quem quer que ouse infringi-las? Todo homem que recebeu uma educação honesta, que experimentou na sua infância os ternos cuidados de um pai, que em seguida provou as doçuras da amizade, que recebeu benefícios,

---

1. Cf. Abbadie, *Da verdade da religião cristã*, tomo I, cap. 17.

que conhece o valor da benevolência e da equidade, que sente as doçuras que nos proporciona a afeição dos nossos semelhantes e os inconvenientes que resultam da sua aversão e do seu desprezo não será forçado a ter medo de perder vantagens tão marcantes e de incorrer, pela sua conduta, em perigos tão visíveis? A vergonha, o temor e o desprezo por si mesmo não perturbarão o seu repouso todas as vezes em que, voltando a si, ele se vir com os mesmos olhos que os outros? Será que só existirão, portanto, remorsos para aqueles que acreditam em um deus? A ideia de ser visto por um ser do qual só se tem, no máximo, algumas noções muito vagas será mais forte do que a ideia de ser visto pelos homens, de ser visto por si mesmo, de ser forçado a ter medo, de estar na cruel necessidade de se odiar e de sentir vergonha pensando na sua conduta e nos sentimentos que ela deve infalivelmente atrair?

Isso posto, responderemos, passo a passo, à Abbadie: que um ateu é um homem que conhece a natureza e as suas leis, que conhece a sua própria natureza, que sabe aquilo que ela lhe impõe. Um ateu tem experiência, e essa experiência lhe prova a cada instante que o vício pode lhe causar dano, que as suas faltas mais ocultas, que as suas disposições mais secretas podem ser reveladas e se mostrar à vista de todos. Essa experiência lhe prova que a sociedade é útil à sua felicidade, que o seu interesse exige, portanto, que ele se ligue à pátria que o protege e que o coloca em condições de desfrutar em segurança dos bens da natureza. Tudo lhe mostra que, para ser feliz, ele deve se fazer amar, que seu pai é para ele o mais certo dos amigos, que a ingratidão afastaria dele o seu benfeitor, que a justiça é necessária para a manutenção de toda a associação e que nenhum homem, seja qual for o seu poder, pode estar contente consigo mesmo quando ele sabe ser o objeto do ódio público.

Aquele que refletiu maduramente sobre si mesmo, sobre a sua própria natureza e sobre a dos seus associados, sobre as suas próprias necessidades e sobre os meios de satisfazê-las não pode se impedir de conhecer os deveres, de descobrir aquilo que deve a si mesmo e aquilo que deve aos outros: ele tem, portanto, uma moral. Ele tem motivos reais para se adequar a tal moral; ele é forçado a perceber que esses deveres são necessários. E, se a sua razão não está perturbada por paixões cegas ou por hábitos viciosos, ele perceberá que a virtude é para todo homem o caminho mais seguro para a felicidade. O ateu ou o fatalista fundamenta todo o seu sistema na necessidade. Assim, suas especulações morais, fundamentadas na necessidade das coisas, são ao menos bem mais fixas e mais invariáveis do que aquelas que se apoiam apenas sobre um deus que muda de aspecto segundo as disposições e as paixões de todos aqueles que o consideram. A natureza das coisas e suas leis imutáveis não estão sujeitas a variar. O ateu é sempre forçado a chamar de vício e de loucura aquilo que prejudica a ele próprio, a chamar de crime aquilo que prejudica os outros, a chamar de virtude aquilo que lhe é vantajoso ou aquilo que contribui para a sua felicidade duradoura.

Vê-se, portanto, que os princípios do ateu são bem mais inquebrantáveis que os do entusiasta, que fundamenta a sua moral em um ser imaginário cuja ideia tantas vezes varia, mesmo dentro do seu próprio cérebro. Se o ateu nega a existência de um deus, ele não pode negar a sua própria existência nem a dos seres semelhantes pelos quais ele se vê rodeado. Ele não pode duvidar das relações que subsistem entre esses seres e ele; não pode duvidar da necessidade dos deveres que decorrem dessas relações. Ele não pode, portanto, duvidar dos princípios da moral, que nada mais é do que a ciência das relações subsistentes entre os seres vivendo em sociedade.

Se, contente com uma especulação estéril sobre os seus deveres, o ateu não a aplica à sua conduta; se, arrastado pelas suas paixões ou por hábitos criminosos, entregue aos vícios vergonhosos, joguete de um temperamento vicioso, ele parece esquecer os seus princípios morais, não decorre daí que ele não tenha nenhum princípio ou que os seus princípios sejam falsos. Poderemos apenas concluir disso que, na embriaguez das suas paixões, na perturbação da sua razão, ele não põe em prática especulações muito verdadeiras, que ele esquece os princípios seguros para seguir algumas inclinações que o extraviam.

Com efeito, nada é mais comum entre os homens do que uma discordância muito assinalada entre o espírito e o coração – ou seja, entre o temperamento, as paixões, os hábitos, as fantasias, a imaginação – e o espírito ou o julgamento auxiliado pela reflexão. Nada é mais raro do que encontrar essas coisas de acordo. É então que se vê a especulação influir sobre a prática. As virtudes mais seguras são aquelas que são fundamentadas no temperamento dos homens. Não vemos todos os dias, com efeito, os mortais em contradição consigo mesmos? O seu juízo não condena incessantemente os desvios aos quais as suas paixões os entregam? Em poucas palavras, tudo não nos prova que os homens, com a melhor teoria, têm algumas vezes a pior prática e, com a teoria mais viciosa, têm algumas vezes a conduta mais estimável? Nas superstições mais cegas, mais atrozes e mais contrárias à razão, nós encontramos alguns homens virtuosos. A doçura do seu caráter, a sensibilidade do seu coração e a bondade do seu temperamento os reconduzem à humanidade e às leis da sua natureza, a despeito das suas especulações desenfreadas. Entre os adoradores de um deus cruel, vingativo e ciumento, encontramos algumas almas pacíficas, inimigas da perseguição, da violência e da crueldade. E entre os seguidores de um deus repleto de misericórdia e de clemência vemos alguns monstros de barbárie e de desumanidade. No entanto, ambos reconhecem que o seu deus deve lhes servir de modelo. Portanto, por que eles não se adéquam a ele? É porque o temperamento do homem é sempre mais forte do que os seus deuses. É porque os deuses mais perversos nem sempre podem corromper uma alma honesta e porque os deuses mais brandos não podem corrigir os corações arrebatados pelo crime. A organização será sempre mais poderosa do que a religião; os objetos presentes, os interesses momentâneos, os hábitos enraizados e a opinião pública têm bem mais poder do que alguns seres imaginários ou do que algumas especulações que dependem elas próprias dessa organização.

Trata-se, portanto, de examinar se os princípios do ateu são verdadeiros, e não se a sua conduta é louvável. Um ateu que, tendo uma excelente teoria fundamentada na natureza, na experiência e na razão, se entrega a excessos perigosos para si mesmo e nocivos para a sociedade é, sem dúvida, um homem inconsequente. Porém, ele não é mais temível do que um homem religioso e zeloso que, acreditando em um deus bom, equitativo e perfeito, não deixa de cometer em seu nome os excessos mais atrozes. Um tirano ateu não seria mais temível do que um tirano fanático. Um filósofo incrédulo não é tão temível quanto um sacerdote entusiasta, que insufla a discórdia entre os seus concidadãos. Será que um ateu investido de poder seria tão perigoso quanto um rei perseguidor ou um inquisidor feroz, quanto um devoto cheio de humores, quanto um supersticioso melancólico? Esses últimos são seguramente menos raros do que um ateu, cujas opiniões e vícios estão bem longe de poder influir sobre a sociedade, demasiado cheia de preconceitos para querer escutá-lo.

Um ateu intemperante e voluptuoso não é um homem mais temível do que um supersticioso que sabe aliar a licenciosidade, a libertinagem e a corrupção dos costumes às suas noções religiosas. Será que imaginarão, de boa-fé, que um homem, porque ele é ateu ou porque não teme a vingança dos deuses, vai se embriagar todos os dias, corromperá a mulher do seu amigo, arrombará a porta do seu vizinho, se permitirá todos os excessos mais nocivos a si mesmo ou mais dignos de castigo? Os vícios do ateu não têm, portanto, nada de mais extraordinário do que os do homem religioso: eles não têm nada a censurar um ao outro. Um tirano que fosse incrédulo não seria, para os seus súditos, um flagelo mais incômodo do que um tirano religioso. Será que os povos desse último serão mais felizes pelo fato de que o tigre que os governa acredita em deus, enche os seus sacerdotes de presentes e se humilha aos seus pés? Pelo menos, sob o império de um ateu, não se deve recear as vexações religiosas, as perseguições por causa de opiniões, as proscrições ou essas violências inauditas das quais, no reinado dos príncipes mais brandos, os interesses do céu são quase sempre os pretextos. Se uma nação é vítima das paixões e das loucuras de um soberano descrente, ela não será vítima, ao menos, da sua obstinação cega por alguns sistemas teológicos que ele não entende, nem do seu zelo fanático – que, de todas as paixões dos reis, é sempre a mais destrutiva e a mais perigosa. Um tirano ateu que perseguisse alguém por causa de suas opiniões seria um homem inconsequente com os seus princípios. Ele forneceria apenas um exemplo a mais de que os mortais seguem bem mais as suas paixões, os seus interesses e os seus temperamentos do que as suas especulações. É ao menos evidente que o ateu tem um pretexto a menos do que o príncipe crédulo para exercer a sua perversidade natural.

Com efeito, se nos dignássemos a examinar as coisas com sangue-frio, descobriríamos que o nome de deus nunca serviu, na Terra, senão como pretexto para as paixões dos homens. A ambição, a impostura e a tirania se coligaram para se servir dele conjuntamente, a fim de cegar os povos e de mantê-los sob o jugo. O monarca serve-se dele para conferir um esplendor divino à sua pessoa, a sanção do céu aos seus direitos, o tom dos oráculos às suas fantasias mais injustas e mais extravagantes. O sacerdote serve-se dele para fazer valer as suas pretensões, a fim de contentar impunemente a sua avareza, o seu orgulho e a sua independência. O supersticioso vingativo e colérico serve-se da causa do seu deus para dar um livre curso à sua vingança, à sua crueldade e aos seus furores que ele qualifica de zelo. Em poucas palavras, a religião é perigosa porque ela justifica e torna legítimos ou louváveis as paixões e os crimes dos quais ela colhe os frutos. Segundo os seus ministros, tudo é permitido para vingar o altíssimo; assim, a divindade não parece feita senão para autorizar e desculpar os delitos mais nocivos. O ateu, quando comete crimes, não pode ao menos pretender que foi o seu deus que o ordena e que o aprova. É a desculpa que, todos os dias, o supersticioso dá para a sua maldade, o tirano para as suas perseguições, o sacerdote para a sua crueldade e para a sua sedição, o fanático para os seus excessos e o penitente para a sua inutilidade.

"Não são" – diz Bayle – "as opiniões gerais do espírito que nos determinam a agir, mas as paixões." O ateísmo é um sistema que, de um homem honesto, não fará nunca um perverso e que, de um homem perverso, não fará um homem de bem. "Aqueles" – diz o mesmo autor – "que haviam abraçado a seita de Epicuro não tinham se tornado depravados porque abraçaram a doutrina de Epicuro, mas tinham abraçado a doutrina de Epicuro – mal entendida – porque eram depravados"[2]. Do mesmo modo, um homem perverso pode

---

2. Cf. Bayle, *Pensamentos diversos*, parágrafo 177. Sêneca havia dito, antes dele: *Ita non ab Epicuro impulsi luxuriantur; sed vitiis dediti, luxuriam suam in philosophiae sino abscondunt*[a] (cf. Sêneca, *De vita beata*, cap. XII).
 (a) "Não é obedecendo ao estímulo de Epicuro que eles são assim depravados; mas, entregues aos vícios, eles escondem a sua depravação no seio da filosofia" (Sêneca, *Da vida feliz*, XII). (N. T.)

abraçar o ateísmo porque ele se persuadirá de que esse sistema porá as suas paixões em plena liberdade: ele se enganará, todavia. O ateísmo bem entendido está fundamentado na natureza e na razão, que jamais, como a religião, justificarão e expiarão os crimes dos malvados.

Do fato de que se faz a moral depender da existência e da vontade de um deus que se propõe como modelo para os homens, resulta, sem dúvida, um enorme inconveniente. Algumas almas corrompidas, vindo a descobrir o quanto todas essas suposições são falsas ou duvidosas, darão rédea solta a todos os seus vícios, concluirão que não haveria mais motivos reais para fazer o bem, imaginarão que a virtude, como os deuses, não passaria de uma quimera e que não haveria neste mundo nenhuma razão para praticá-la. No entanto, é evidente que não é como criaturas de um deus que nós somos obrigados a cumprir os deveres da moral. É como homens, como seres sensíveis vivendo em sociedade e procurando se conservar em uma existência feliz, que a moral nos obriga. Quer exista um deus, quer não exista nada disso, nossos deveres serão os mesmos. E nossa natureza, consultada, nos provará que o vício é um mal e que a virtude é um bem real[3].

---

3. Asseguram que foram encontrados alguns filósofos e alguns ateus que negaram a distinção entre o vício e a virtude e que pregaram a depravação e a licenciosidade nos costumes. É possível incluir nesse número: Aristipo; Teodoro (cognominado o *Ateu*); Bíon, o Boristenita; Pirro etc. entre os antigos (cf. Diógenes Laércio). E, entre os modernos, o autor da *Fábula das abelhas*[a] – que, no entanto, podia ter se proposto apenas a fazer que se perceba que, na presente constituição das coisas, os vícios se identificaram com as nações e se tornaram necessários para elas, do mesmo modo que as bebidas fortes para um paladar gasto. O autor que acaba de publicar muito

Se, portanto, foram encontrados alguns ateus que tenham negado a distinção entre o bem e o mal, ou que tenham ousado solapar os fundamentos de toda a moral, devemos concluir daí que, sobre esse ponto, eles raciocinaram muito mal, que eles não conheceram a natureza do homem nem a verdadeira fonte dos seus deveres, que eles falsamente supuseram que a moral, assim como a teologia, não era mais do que uma ciência ideal e que, uma vez os deuses destruídos, não restavam mais laços para ligar os mortais. No entanto, a menor reflexão teria lhes provado que a moral está funda-

---

recentemente *O homem-máquina*⁽ᵇ⁾ raciocinou sobre os costumes como um verdadeiro frenético. Se esses autores tivessem consultado a natureza, tanto sobre a moral como sobre a religião, eles teriam descoberto que, bem longe de conduzir ao vício e à dissolução, ela conduz à virtude.

Nunquam aliud natura, aliud sapientia dicit⁽ᶜ⁾ (Juvenal, *Sátira* XIV, verso 321).

Apesar dos pretensos perigos que tantas pessoas acreditam ver no ateísmo, a Antiguidade não emitiu sobre ele um juízo tão desfavorável. Diógenes Laércio nos ensina que Epicuro era de uma incrível bondade, que sua pátria mandou erigir estátuas dele, que ele teve um número prodigioso de amigos e que sua escola subsistiu durante um longuíssimo tempo (cf. Diógenes Laércio, X. 9). Cícero, embora inimigo das opiniões epicuristas, dá um testemunho manifesto da probidade de Epicuro e de seus discípulos, que eram notáveis pela amizade que tinham uns pelos outros (cf. Cícero, *De finibus*, II, 25). A filosofia de Epicuro foi ensinada publicamente em Atenas durante vários séculos, e Lactâncio diz que ela foi a mais seguida. *Epicuri disciplina multo celebrior semper fuit, quam caeterorum*⁽ᵈ⁾ (cf. *Das instituições divinas*, III, 17). Nos tempos de Marco Aurélio, havia em Atenas um professor público da filosofia de Epicuro, pago por esse imperador, que era estoico.

(a) Bernard de Mandeville (1670-1733), médico e filósofo nascido na Holanda e radicado na Inglaterra. (N. T.)
(b) Julien Offray de La Mettrie (1709-1751), físico e filósofo materialista francês. (N. T.)
(c) "Jamais a filosofia falou de maneira diferente da natureza." (N. T.)
(d) "A seita de Epicuro sempre foi mais célebre que as outras." (N. T.)

mentada nas relações imutáveis subsistentes entre os seres sensíveis, inteligentes e sociáveis; que, sem virtude, nenhuma sociedade pode se manter; que, sem pôr um freio nos seus desejos, nenhum homem pode se conservar. Os homens são forçados, pela sua natureza, a amar a virtude e a recear o crime, pela mesma necessidade que os obriga a buscar o bem-estar e a fugir da dor. A natureza os força a diferenciar entre os objetos que lhes dão prazer e aqueles que lhes causam dano. Perguntai a um homem bastante insensato para negar a diferença entre o vício e a virtude, se seria indiferente para ele ser agredido, roubado, caluniado, pago com a ingratidão, desonrado pela sua mulher, insultado pelos seus filhos e traído pelo seu amigo. Sua resposta vos provará que, por mais que ele possa dizer, ele faz uma diferenciação entre as ações dos homens, e que a distinção entre o bem e o mal não depende de maneira alguma nem das convenções dos homens, nem das ideias que se pode ter sobre a divindade, nem das recompensas ou dos castigos que ela prepara em uma outra vida.

Pelo contrário, um ateu que raciocinasse com justeza deveria se sentir bem mais interessado do que um outro em praticar as virtudes às quais o seu bem-estar se acha vinculado neste mundo. Se as suas vistas não se estendem para além dos limites da sua existência presente, ele deve ao menos desejar ver os seus dias transcorrerem na felicidade e na paz. Todo homem que, na calma das paixões, se voltar para si mesmo, sentirá que o seu interesse o convida a se conservar, que a sua felicidade exige que ele adote os meios necessários para gozar pacificamente de uma vida isenta de alarmes e de remorsos. O homem deve alguma coisa ao homem não porque ele ofenderia um deus se causasse dano ao seu semelhante, mas porque, ao lhe injuriar, ele ofenderia um homem e violaria as leis da equidade, na manutenção das quais todo o ser da espécie humana se acha interessado.

Vemos todos os dias pessoas que, a muitos talentos, conhecimentos e perspicácia, juntam alguns vícios vergonhosos e um coração muito corrompido: suas opiniões podem ser verdadeiras em alguns aspectos e falsas em muitos outros. Seus princípios podem ser justos, mas as induções que eles tiram deles são quase sempre defeituosas e precipitadas. Um homem pode ter ao mesmo tempo luzes suficientes para se desenganar de alguns dos seus erros e muito pouca força para se desfazer das suas inclinações viciosas. Os homens nada mais são do que aquilo que faz deles a sua organização, modificada pelo hábito, pela educação, pelo exemplo, pelo governo e pelas circunstâncias duradouras ou momentâneas. Suas ideias religiosas e seus sistemas imaginários são forçados a ceder ou a se acomodar aos seus temperamentos, às suas inclinações, aos seus interesses. Se o sistema elaborado por um ateu não lhe tira os vícios que ele tinha antes, também não lhe dá nenhum novo, enquanto a superstição fornece aos seus sectários mil pretextos para cometer o mal sem remorsos, e mesmo para se congratular por isso. O ateísmo, ao menos, deixa os homens tais como eles são. Ele não torna mais intemperante, mais devasso, mais ambicioso e mais cruel um homem cujo temperamento já não o convida a sê-lo, enquanto a superstição dá rédea solta às paixões mais terríveis, ou proporciona expiações fáceis para os vícios mais desonrosos. Diz o chanceler Bacon:

> O ateísmo deixa ao homem a razão, a filosofia, a piedade natural, as leis, a reputação e tudo aquilo que pode servir de guia para a virtude. Mas a superstição destrói todas essas coisas e se erige como tirania no entendimento dos homens. Eis por que o ateísmo jamais perturba os Estados, mas torna o homem mais previdente quanto a si mesmo, como não vendo nada além dos limites desta vida. [...] Os tempos em que os homens tenderam para o ateísmo foram os mais tranquilos, enquanto a superstição sempre inflamou os espíritos e os levou às maiores desordens, porque ela embriagou com novidades o povo, que arrebata e arrasta todas as esferas do governo[4].

Os homens habituados a meditar e a fazer do estudo o seu prazer não são comumente cidadãos perigosos. Quaisquer que sejam as suas especulações, elas jamais produzirão revoluções súbitas na Terra. Os espíritos dos povos, suscetíveis de se incendiar pelo maravilhoso e pelo entusiasmo, resistem teimosamente às verdades mais simples, e não se acaloram de modo algum por causa de sistemas que exigem uma longa sequência de reflexões e de raciocínios. O sistema do ateísmo só pode ser fruto de um estudo continuado, de

---

4. Cf. os *Ensaios de moral* de Bacon. É bom observar que esse trecho foi suprimido na tradução francesa desse tratado.

uma imaginação arrefecida pela experiência e pelo raciocínio. O pacífico Epicuro não perturbou a Grécia; o poema de Lucrécio não causou guerras civis em Roma. Bodin* não foi o autor da *Liga***. Os escritos de Espinosa não provocaram na Holanda as mesmas perturbações que as disputas entre Gomar e Arminius***. Hobbes não fez o sangue ser derramado na Inglaterra, onde, no seu tempo, o fanatismo religioso fez um rei perecer no cadafalso****.

Em poucas palavras, podemos desafiar os inimigos da razão humana a citar um único exemplo que prove de uma maneira decisiva que as opiniões puramente filosóficas ou diretamente contrárias à religião tenham algum dia causado perturbação em um Estado. Os tumultos são sempre oriundos das opiniões teológicas, porque os príncipes e os povos sempre imaginaram loucamente que deviam tomar parte nelas. O que existe de perigoso é apenas essa vã filosofia que os teólogos combinaram com os seus sistemas. É à filosofia corrompida pelos sacerdotes que cabe insuflar o fogo da discór-

---

* Jean Bodin (1530-1596), pensador político francês. Seu tratado *Da República*, de 1576, é considerado um dos grandes clássicos da ciência política. (N. T.)
** Movimento rebelde organizado e chefiado na França pelo duque de Guise, a partir de 1576, com o objetivo explícito de defender a fé católica contra o calvinismo e o objetivo implícito de destronar Henrique III, para que o Duque se tornasse rei da França. (N. T.)
*** Holbach refere-se a uma disputa doutrinária ocorrida na universidade de Leida, na Holanda, na primeira década do século XVII, entre duas facções chefiadas pelos teólogos Franz Gomarus (1563-1641) e Jakobus Arminius (1560-1609). (N. T.)
**** Trata-se de Carlos I (1600-1649), rei da Grã-Bretanha e da Irlanda, deposto e executado pelos revolucionários chefiados por Oliver Cromwell. (N. T.)

dia, convidar os povos à rebelião e fazer correr rios de sangue. Não existe nenhuma questão teológica que não tenha feito males imensos aos homens, ao passo que todos os escritos dos ateus, sejam antigos ou modernos, jamais causaram mal senão aos seus autores, que a impostura onipotente muitas vezes imolou.

Os princípios do ateísmo não são feitos para o povo, que comumente está sob a tutela dos seus sacerdotes. Eles não são feitos para esses espíritos frívolos e dissipados que enchem a sociedade com os seus vícios e com a sua inutilidade; eles não são feitos para esses ambiciosos, esses intrigantes, esses espíritos turbulentos que encontram o seu interesse em perturbar. Além disso, eles não são feitos para um grande número de pessoas instruídas em outras coisas, que só muito raramente têm a coragem de se divorciar completamente dos preconceitos recebidos.

Tantas causas se reúnem para confirmar os homens nos erros que lhes fizeram sugar junto com o leite, que cada passo que os afasta deles lhes custa sofrimentos infindos. Mesmo as pessoas mais esclarecidas quase sempre estão, em algum aspecto, presas aos preconceitos universais. Nós nos vemos, por assim dizer, isolados. Não se fala a linguagem da sociedade quando se está sozinho com a sua opinião; é preciso coragem para adotar uma maneira de pensar que tem apenas poucos aprovadores. Nos países onde os conhecimentos humanos têm feito alguns progressos e onde, além disso, se desfruta comumente de uma certa liberdade de pensar, encontraremos facilmente um grande número de deístas ou de incrédulos que, contentes por terem posto abaixo os preconceitos mais grosseiros do vulgo, não ousam remontar à fonte e trazer a própria divindade ao tribunal da razão. Se esses pensadores não ficassem pelo caminho, a reflexão logo lhes provaria que o deus que eles não têm coragem de examinar é um ser tão nocivo e revoltante para o bom senso quanto todos os dogmas, mistérios, fábulas e práticas supersticiosas dos quais eles já reconheceram a futilidade. Eles perceberiam, como já provamos, que todas essas coisas nada mais são do que consequências necessárias das noções primitivas que os homens têm do seu fantasma divino e que, admitindo-se esse fantasma, não se tem mais razão para rejeitar as induções que a imaginação deve fazer sobre isso. Um pouco de atenção mostraria que é precisamente esse fantasma que é a verdadeira causa dos males da sociedade, que as querelas intermináveis e as disputas sangrentas, geradas a todo instante pela religião e pelo espírito de partido, são efcitos inevitáveis da importância que é dada a uma quimera sempre apropriada para colocar os espíritos em combustão. Em poucas palavras, é fácil se convencer de que um ser imaginário que sempre é pintado sob um aspecto assustador deve agir vivamente sobre as imaginações e produzir cedo ou tarde as disputas, o entusiasmo, o fanatismo e o delírio.

Muita gente reconhece que as extravagâncias que a superstição faz eclodir são males muito reais. Muitas pessoas se queixam dos abusos da religião, mas pouquíssimas delas percebem que esses abusos e males são consequências necessárias dos princípios fundamentais de qualquer religião, que só pode estar fundamentada nas noções deploráveis que se é forçado a ter da divindade. Vemos todos os dias pessoas desenganadas da religião sustentarem, no entanto, que tal religião *é necessária ao povo*, que sem isso não poderia ser contido. Porém, raciocinar assim não será o mesmo que dizer que o veneno é útil ao povo, que é bom envenená-lo para impedir que ele abuse das suas forças? Não será o mesmo que sustentar que é vantajoso torná-lo absurdo, insensato, extravagante, que ele tem necessidade dos fantasmas apropriados para lhe dar vertigens, para cegá-lo, para submetê-lo a fanáticos ou a impostores que se servirão das suas loucuras para perturbar o universo? Além disso, será verdade que a religião influa sobre os costumes dos povos de uma maneira verdadeiramente útil? É fácil ver que ela os escraviza sem torná-los melhores. Ela faz deles um rebanho de escravos ignorantes, que os seus medos retêm sob o jugo dos tiranos e dos sacerdotes. Ela faz deles estúpidos que não conhecem outras virtudes além de uma cega submissão a algumas práticas fúteis, às quais eles dão bem mais valor do que às virtudes reais e aos deveres da moral que jamais lhes fizeram conhecer. Se essa religião contém, por acaso, alguns indivíduos timoratos, ela não contém a grande maioria, que se deixa arrastar pelos vícios epidêmicos pelos quais está infectada. É nos países onde a superstição tem mais poder que nós encontramos sempre menos bons costumes. A virtude é incompatível com a ignorância, a superstição e a escravidão; escravos não são contidos senão pelo temor dos suplícios; crianças ignorantes não são intimidadas senão por alguns instantes por terrores imaginários. Para formar homens, para ter cidadãos virtuosos, é preciso instruí-los, mostrar-lhes a verdade, falar-lhes com razão, fazê-los perceber os seus interesses, ensiná-los a respeitarem a si mesmos e a temer a vergonha, despertar neles a ideia da verdadeira *honra*, fazê-los conhecer o valor da virtude e os motivos para segui-la. Como esperar esses ditosos efeitos da religião que os degrada, ou da tirania que só se propõe a domá-los, a dividi-los, a conservá-los na abjeção?

As ideias falsas que tantas pessoas têm sobre a utilidade da religião, que elas julgam ao menos apropriada para conter o povo, provêm elas mesmas do preconceito funesto de que existem *erros úteis* e de que as verdades podem ser perigosas. Esse princípio é o mais apropriado para eternizar as infelicidades da Terra: quem quer que tenha a coragem de examinar as coisas reconhecerá sem dificuldade que todos os males do gênero humano são devidos aos seus erros e que esses erros religiosos devem ser os mais nocivos de todos, pela importância que lhes é dada, pelo orgulho que eles inspiram aos soberanos, pela abjeção que eles prescrevem aos súditos e pelos frenesis que eles provocam nos povos: seremos forçados a concluir disso que os erros sagrados dos homens são aqueles dos quais o interesse dos homens exige a destruição mais completa e que é, principalmente, na sua aniquilação que a sã filosofia deve aplicar-se. Não se deve temer que ela produza nem perturbações nem revoluções. Quanto mais a verdade falar com franqueza mais ela parecerá singular; quanto mais simples ela for menos ela seduzirá homens embriagados pelo maravilhoso. Mesmo aqueles que a buscam com mais ardor têm uma tendência irresistível que os leva a querer incessantemente conciliar o erro com a verdade[5].

Eis aí, sem dúvida, por que o ateísmo – cujos princípios, até aqui, ainda não foram suficientemente desenvolvidos – parece alarmar até mesmo as pessoas mais livres de preconceitos. Elas acham muito grande o intervalo entre a superstição vulgar e a irreligião absoluta: elas acreditam adotar um prudente meio-termo compondo-se com o erro. Elas rejeitam as consequências admitindo o princípio; conservam o fantasma, sem prever que cedo ou tarde ele deve produzir os mesmos efeitos e fazer eclodir pouco a pouco as mesmas loucuras nas cabeças humanas. A maior parte dos incrédulos e reformadores nada mais fazem do que podar uma árvore envenenada, em cuja raiz eles não ousam usar o machado: eles não veem que essa árvore reproduzirá na sequência os mesmos frutos. A teologia ou a religião serão em qualquer tempo amontoados de matérias combustíveis: incubadas na imaginação dos homens, elas acabarão sempre por causar incêndios. Enquanto o sacerdócio tiver o direito de infectar a ju-

---

5. O ilustre Bayle, que tão bem ensina a duvidar, diz com grande razão que "apenas uma boa e sólida filosofia pode, como um outro Hércules, exterminar os monstros dos erros populares. É somente ela que coloca o espírito fora da dependência alheia" (cf. *Pensamentos diversos*, parágrafo 21).
Lucrécio havia dito antes dele:
Hunc igitur terrorem animi, tenebrasque necesse est
Non radii solis, neque lucida tela diei
Discutiant, sed naturae species, ratioque[a].
(Cf. Lucrécio, Livro I, v. 157).
(a) "Para dissipar esses terrores, essas trevas do espírito, é preciso, portanto, não os raios do sol nem os dardos luminosos do dia, mas o estudo racional da natureza" (cf. Lucrécio, *Da natureza das coisas*, livro III, vv. 91-93). (N. T.)

ventude, de habituá-la a tremer diante das palavras, a alarmar as nações em nome de um deus terrível, o fanatismo será o senhor dos espíritos, a impostura levará, à vontade, a perturbação para os Estados. O fantasma mais simples, permanentemente alimentado, modificado, exagerado pela imaginação dos homens, se tornará pouco a pouco um colosso bastante poderoso para transtornar todas as cabeças e lançar todos os impérios de pernas para o ar. O deísmo é um sistema no qual o espírito humano não pode se deter por muito tempo; fundamentado em uma quimera, o veremos cedo ou tarde degenerar em uma superstição absurda e perigosa.

Encontramos muitos incrédulos e deístas nos países onde reina a liberdade de pensar, ou seja, onde o poder civil soube contrabalançar o poder da superstição. Mas encontramos ateus, sobretudo, nas nações onde a superstição, coadjuvada pela autoridade soberana, faz sentir o peso do seu jugo e abusa impudentemente do seu poder ilimitado[6]. Com efeito,

---

6. Os ateus são, dizem, mais raros na Inglaterra e nos países protestantes, onde a tolerância está estabelecida, do que nos países católicos romanos, onde os príncipes são comumente intolerantes e inimigos da liberdade de pensar. No Japão, na Turquia, na Itália e, sobretudo, em Roma, encontram-se muitos ateus. Quanto mais a superstição tem poder, mais revolta os espíritos que ela não pôde esmagar. É da Itália que saíram Giordano Bruno, Campanella, Vanini etc. Temos todos os motivos para crer que sem as perseguições e os maus-tratos dos chefes da sinagoga, Espinosa talvez nunca tivesse imaginado o seu sistema. Podemos também presumir que os horrores produzidos na Inglaterra pelo fanatismo, que custaram a vida de Carlos I, levaram Hobbes ao ateísmo. A indignação que ele concebeu pelo poder dos sacerdotes também vai lhe sugerir, talvez, os seus princípios tão favoráveis ao poder absoluto dos reis. Ele acreditava que era mais conveniente para um Estado ter um único déspota civil, soberano da própria religião, do que ter uma multidão de tiranos espirituais, sempre

quando, nesse tipo de país, a ciência, os talentos e as sementes da reflexão não são inteiramente sufocados, a maioria dos homens que pensam, revoltados com os abusos gritantes da religião, com as suas loucuras multiplicadas, com a corrupção e a tirania dos seus sacerdotes e com os grilhões que ela impõe, acreditam com razão nunca poderem se afastar demais dos seus princípios. O deus que serve de base para uma tal religião se torna tão odioso para eles quanto a própria religião. Se esta os oprime, eles põem a culpa disso no deus: sentem que um deus terrível, ciumento e vingativo quer ser servido por ministros cruéis. Por conseguinte, esse deus se torna um objeto detestável para todas as almas honestas e esclarecidas, nas quais sempre se encontra o amor pela equidade, pela liberdade, pela humanidade e a indignação contra a tirania. A opressão dá impulso à alma. Ela força a examinar de perto a causa dos seus males; a infelicidade é um aguilhão poderoso que volta os espíritos para o lado da verdade. Como a razão irritada deve ser temível para a mentira! Ela lhe arranca a máscara; ela a persegue até nos seus últimos refúgios. Ela goza, ao menos interiormente, com a sua confusão.

---

prontos a perturbar. Espinosa, seduzido pelas ideias de Hobbes, incorreu no mesmo erro em seu *Tratado teológico-político*, assim como em seu tratado *De jure ecclesiasticorum*[a].

(a) O tratado *De jure ecclesiasticorum* [Do direito dos eclesiásticos], publicado em Amsterdã em 1665, é atribuído a Lucius Antistius Constans, que muitos estudiosos consideram um pseudônimo de Espinosa. (N. T.)

Capítulo 13

Dos motivos que levam ao ateísmo: esse sistema pode ser perigoso? Ele pode ser abraçado pelo vulgo?

Essas reflexões e esses fatos nos fornecerão as respostas àqueles que nos perguntam que interesse os homens têm em não admitirem um deus. As tiranias, as perseguições, as violências sem-número que são exercidas em nome desse deus, o embrutecimento e a escravidão nos quais os seus ministros mergulham em toda parte os povos, as disputas sangrentas que esse deus faz eclodir, o número de infelizes com os quais a sua ideia funesta enche o mundo não serão, pois, motivos bastante fortes, bastante interessantes para determinar todo homem sensível e capaz de pensar a examinar as credenciais de um ser que faz tanto mal aos habitantes da Terra?

Um teísta, muito estimável pelos seus talentos, pergunta *se pode existir outra causa, além do mau humor, que possa produzir os ateus*[1]. Sim, eu lhe diria, existem outras causas.

---

1. Cf. Milorde Shaftesbury, em sua *Carta sobre o entusiasmo*. O dr. Spencer diz que "é por uma astúcia do demônio, que se esforça para tornar a divindade odiosa, que ela nos é representada sob traços revoltantes, que a tornam semelhante à cabeça da Medusa, de modo que os homens

Existe o desejo de conhecer verdades interessantes, existe o poderoso interesse de saber como lidar com o objeto que nos anunciam como o mais importante para nós, existe o temor de se enganar sobre um ser que se ocupa das opiniões dos homens e que não suporta que se enganem com relação a ele. Porém, mesmo que esses motivos ou essas causas não subsistissem, a indignação – ou, se preferirem, *o mau humor* – não será uma causa legítima, um motivo honesto e poderoso para examinar de perto as pretensões e os direitos de um tirano invisível, em nome do qual se comete tantos crimes sobre a Terra? Todo homem que pensa, que sente, que tem atividade na alma pode, pois, se impedir de ficar indisposto contra um déspota feroz, que é visivelmente o pretexto e a fonte de todos os males pelos quais o gênero humano é assaltado por todos os lados? Será que esse deus fatal não é ao mesmo tempo a causa e o pretexto do jugo de ferro que o oprime, da escravidão em que ele vive, da cegueira que o cobre, da superstição que o avilta, das práticas insensatas que o incomodam, das querelas que o dividem, das violências a que ele é submetido? Toda a alma na qual a humanidade não está extinta não deve se irritar com um fantasma que só fazem falar, em todos os países, como um tirano caprichoso, desumano e irracional?

---

são algumas vezes forçados a se lançar no ateísmo, para se desvencilhar desse demônio incômodo". Porém, poderíamos dizer ao dr. Spencer que esse *demônio que se esforça para tornar a divindade odiosa* é o interesse do clero, que foi, em todos os tempos e em todos os países, o de assustar os homens para fazer deles escravos e instrumentos das suas paixões. Um deus que não fizesse tremer não seria de nenhuma utilidade para os sacerdotes.

A alguns motivos tão naturais, nós acrescentaremos outros ainda mais prementes, mais pessoais para qualquer homem que reflita. Será que existe um motivo mais forte do que o temor importuno que deve fazer nascer e alimentar incessantemente no espírito de todo o raciocinador consequente a ideia de um deus bizarro, tão sensível que se irrita até mesmo com os seus pensamentos mais secretos, que é possível ofender sem que se saiba, a quem jamais se está seguro de agradar e que, além disso, não está sujeito a nenhuma das regras da justiça ordinária, que não deve nada às frágeis obras das suas mãos, que permite que as suas criaturas tenham inclinações infelizes e que lhes dá a liberdade de segui-las, a fim de ter a satisfação odiosa de puni-las pelas faltas que ele lhes permite cometer? O que existe de mais racional e de mais justo em constatar a existência, a essência, as qualidades e os direitos de um juiz tão severo que vingará infindamente os delitos de um momento? Não seria o cúmulo da loucura carregar sem inquietação, como fazem a maior parte dos mortais, o jugo opressivo de um deus sempre pronto a aniquilá-los em seu furor? As qualidades horrorosas com as quais a divindade é desfigurada pelos impostores que anunciam os seus decretos forçam todo ser racional a repeli-la do seu coração, a sacudir o seu jugo detestado, a negar a existência de um deus que se torna odioso pela conduta que lhe atribuem, a zombar de um deus que se torna ridículo pelas fábulas que sobre ele são contadas em todos os países. Se existisse um deus ciumento da sua glória, o crime mais apropriado para irritá-lo seria, sem dúvida, a blasfêmia desses velhacos que o pintam incessantemente com os traços mais revoltantes. Esse deus deveria ficar bem mais ofendido com os seus hediondos ministros do que com aqueles que negam a sua existência. O fantasma que o supersticioso adora, maldizendo-o no fundo do seu coração, é um objeto tão terrível que todo o sábio que medite sobre ele é obrigado a recusar-lhe as suas homenagens, a odiá-lo, a preferir a aniquilação ao temor de cair em suas mãos cruéis. *É horroroso* – nos brada o fanático – *cair nas mãos do deus vivo*. Para não cair nelas, o homem que pensa maduramente se atirará nos braços da natureza, e é somente lá que ele encontrará um asilo seguro contra todas as quimeras inventadas pelo fanatismo e pela impostura. É lá que ele encontrará um porto seguro contra as contínuas tempestades que as ideias sobrenaturais produzem nos espíritos.

O deísta não deixará de lhe dizer que deus não é tal como o pinta a superstição. Porém, o ateu lhe responderá que a própria superstição e todas as noções absurdas e nocivas que ela faz nascer não são senão os corolários dos princípios obscuros e falsos que são elaborados sobre a divindade, que a sua incompreensibilidade é suficiente para autorizar os absurdos e os mistérios incompreensíveis que dizem sobre ela, que esses absurdos misteriosos decorrem necessariamente de uma quimera absurda que não pode gerar senão outras quimeras que a imaginação transviada dos mortais fará incessantemente pulularem. É preciso aniquilar essa quimera fundamental para assegurar o seu repouso, para conhecer as suas verdadeiras relações e os seus deveres e para obter a serenidade da alma sem a qual não existe nenhuma felicidade sobre a Terra.

Se o deus do supersticioso é revoltante e lúgubre, o deus do teísta será sempre um ser contraditório que se tornará funesto quando se quiser meditar sobre ele, ou do qual a impostura não deixará cedo ou tarde de abusar. Somente a natureza e as verdades que ela nos revela são capazes de dar ao espírito e ao coração um equilíbrio que a mentira não possa abalar.

Respondamos também àqueles que repetem sem cessar que só o interesse das paixões conduz ao ateísmo, e que é o temor dos castigos do porvir que determina alguns homens corrompidos a fazerem esforços para aniquilar o juiz que eles têm razões para recear. Reconheceremos sem dificuldade que são as paixões e os interesses dos homens que os impelem a fazer pesquisas. Sem interesse, nenhum homem é tentado a procurar; sem paixão, nenhum homem procurará intensamente. Trata-se, portanto, de examinar aqui se as paixões e os interesses que determinam alguns pensadores a discutir os direitos dos deuses são legítimos ou não. Nós acabamos de expor esses interesses e descobrimos que todo o homem sensato encontrava nas suas inquietações e nos seus temores motivos razoáveis para se assegurar se é necessário passar a sua vida em angústias contínuas. Será que vão dizer que um desgraçado injustamente condenado a gemer nos grilhões não tem o direito de desejar rompê-los, ou de tomar as medidas para se libertar da sua prisão e dos suplícios que o ameaçam a todo instante? Será que sustentarão que a sua paixão pela liberdade não tem nada de legítimo, e que ele prejudica os companheiros da sua miséria ao se furtar aos golpes da tirania e ao lhes fornecer auxílio para se esquivarem dela? Um incrédulo será, pois, outra coisa que um fugitivo da prisão universal, na qual a impostura tirânica detém todos os mortais? Um ateu que escreve não será um fugitivo que fornece àqueles de seus associados bastante corajosos para segui-lo os meios de se subtraírem aos terrores que os ameaçam?[2]

Reconheceremos também que muitas vezes a corrupção dos costumes, a devassidão, a licenciosidade e até mesmo a leviandade de espírito podem conduzir à irreligião ou à incredulidade. Porém, é possível ser libertino, irreligioso e se vangloriar da incredulidade sem por isso ser um ateu. Existe uma diferença, sem dúvida, entre aqueles que são conduzidos à irreligião pelo raciocínio e aqueles que só rejeitam ou desprezam a religião porque a consideram como um objeto lúgubre ou um freio incômodo. Muitas pessoas renunciam aos preconceitos recebidos por vaidade ou baseados em palavras. Esses pretensos espíritos fortes nada examinaram por si

---

2. Os sacerdotes repetem incessantemente que é o orgulho, a vaidade e o desejo de se distinguir do comum dos homens que determinam a incredulidade. Nisso eles fazem como os poderosos, que tratam como *insolentes* todos aqueles que se recusam a rastejar diante deles. Todo homem sensato não estaria no direito de perguntar a um sacerdote: Onde está a tua superioridade em matéria de raciocínio? Que motivo eu posso ter para submeter a minha razão ao teu delírio? Por outro lado, não se poderia dizer aos sacerdotes que é o interesse que os faz sacerdotes; que é o interesse que os torna teólogos; que é o interesse das suas paixões, do seu orgulho, da sua avareza, da sua ambição etc. que os liga aos seus sistemas, dos quais só eles extraem os frutos? Seja como for, os sacerdotes, contentes por exercerem o seu império sobre o vulgo, deveriam permitir aos homens que pensam que não dobrassem os joelhos diante dos seus vãos ídolos. Tertuliano disse: *Quis enim philosophum sacrificare compellit?*[(a)] (Cf. Tertuliano, *Apologética*, cap. 46).

(a) "Qual é, com efeito, o filósofo que tenha sido forçado a sacrificar?" (N. T.)

mesmos; eles se atêm a outros que eles supõem ter ponderado as coisas mais maduramente. Esse tipo de incrédulos não tem, portanto, nenhuma ideia segura. Pouco capazes de raciocinar por si mesmos, eles mal estão em condições de seguir os raciocínios dos outros. Eles são irreligiosos da mesma maneira como a maioria dos homens são religiosos, ou seja, pela credulidade – como o povo – ou por interesse – como o sacerdote. Um voluptuoso, um dissoluto enterrado na devassidão, um ambicioso, um intrigante, um homem frívolo e dissipado, uma mulher desregrada, um pretensioso em voga serão, pois, personagens bem capazes de julgar uma religião que eles não aprofundaram, de sentir a força de um argumento, de abarcar o conjunto de um sistema? Se eles vislumbram algumas vezes fracos clarões de verdade em meio à nuvem das paixões que os cegam, esses clarões não deixam neles senão alguns vestígios passageiros, que se apagam tão logo recebidos. Os homens corrompidos só atacam os deuses quando acreditam que eles são inimigos das suas paixões[3]. O homem de bem os ataca porque ele os acha inimigos da virtude, nocivos à sua felicidade, contrários ao seu repouso e funestos ao gênero humano.

---

3. Arriano diz que quando os homens imaginam que os deuses são contrários às suas paixões eles os maldizem e derrubam seus altares. Quanto mais os pontos de vista de um ateu são ousados e parecem estranhos e suspeitos aos outros homens, mais ele deveria ser um escrupuloso cumpridor dos seus deveres, se ele não quer que os seus costumes *caluniem* o seu sistema – que, devidamente aprofundado, fará sentir a certeza e a necessidade da moral, que todas as religiões tendem a tornar problemática ou a corromper.

Quando a nossa vontade é impelida por motivos ocultos e complicados, é muito difícil identificar aquilo que a determina. Um homem perverso pode ser conduzido à irreligião ou ao ateísmo por motivos que ele não ousa confessar a si próprio: ele pode se iludir e seguir apenas o interesse das suas paixões acreditando buscar a verdade. O temor de um deus vingador talvez o determine a negar a sua existência sem muito exame, unicamente porque ela lhe é incômoda. No entanto, as paixões algumas vezes encontram o justo; um grande interesse nos leva a examinar as coisas mais de perto. Ele pode muitas vezes fazer a verdade ser descoberta mesmo por aquele que menos a busca, ou que não gostaria senão de adormecer e de se enganar. Ocorre com um homem perverso que encontra a verdade o mesmo que com aquele que, fugindo de um perigo imaginário, encontrasse em seu caminho uma serpente perigosa que ele esmagasse na corrida: ele faz por acaso e, por assim dizer, sem intenção, aquilo que um homem menos perturbado teria feito com um propósito deliberado. Um perverso que teme o seu deus, e que quer se subtrair a ele, pode muito bem descobrir o absurdo das noções que lhe são dadas, sem descobrir por isso que essas mesmas noções não modificam em nada a evidência e a necessidade dos seus deveres.

É necessário ser desprendido para julgar sadiamente as coisas; é preciso ter luzes e coerência no espírito para apreender um grande sistema. Não cabe senão ao homem de bem examinar as provas da existência de um deus e os princípios de toda religião. Não cabe senão ao homem instruído sobre a natureza e sobre os seus caminhos abarcar, com conhecimento de causa, o sistema da natureza. O perverso e o ignorante são incapazes de julgar com candura; o homem honesto e virtuoso é o único juiz competente em um tão grande assunto. O que estou dizendo! Não estará ele, então, na situação de desejar a existência de um deus remunerador da bondade dos homens? Se ele renuncia a essas vantagens, que a sua virtude lhe daria o direito de esperar, é porque ele as acha imaginárias, assim como o remunerador que lhe anunciam, e porque, refletindo sobre o caráter desse deus, ele é forçado a reconhecer que não se pode contar com um déspota caprichoso e que as indignidades e as loucuras às quais ele serve de pretexto ultrapassam infinitamente as mesquinhas vantagens que podem resultar da sua noção. Com efeito, qualquer homem que reflita logo se apercebe de que, para cada tímido mortal do qual esse deus retém as frágeis paixões, existem milhões que ele não pode reter, e dos quais, pelo contrário, ele desperta os furores, que, para um único que ele consola, existem milhares que ele consterna, que ele aflige, que ele força a gemer. Em poucas palavras, ele descobre que em troca de um entusiasta inconsequente que esse deus – que acredita ser bom – torna feliz, ele leva a discórdia, a carnificina e a aflição para vastas regiões e mergulha povos inteiros na dor e nas lágrimas.

Seja como for, não nos indaguemos acerca dos motivos que podem determinar um homem a adotar um sistema: examinemos esse sistema, asseguremo-nos se ele é verdadeiro, e se nós acharmos que ele está fundamentado na verdade, não poderemos jamais considerá-lo perigoso. É sempre a mentira que causa dano aos homens; se o erro é visivelmente a única fonte dos seus males, a razão é o verdadeiro remédio para eles. Não nos informemos demais sobre a conduta do homem que nos apresenta um sistema. Suas ideias, como já dissemos, podem ser muito sadias, mesmo que as suas ações fossem muito dignas de censura. Se o sistema do ateísmo não pode tornar perverso aquele que não o é pelo seu temperamento, ele não pode tornar bom aquele que não conhece de outros lugares os motivos que deveriam conduzi-lo ao bem. Ao menos provamos que o supersticioso, quando tem paixões fortes e um coração depravado, encontra em sua própria religião mil pretextos a mais do que o ateu para causar dano à espécie humana. Esse último, pelo menos, não tem o manto do zelo para cobrir a sua vingança, os seus arroubos e os seus furores. O ateu não tem a faculdade de expiar, à custa de dinheiro ou com a ajuda de algumas cerimônias, os ultrajes que ele faz à sociedade; ele não tem a vantagem de poder se reconciliar com o seu deus e, por meio de algumas práticas fáceis, acalmar os remorsos da sua consciência inquieta. Se o crime não amorteceu todo o sentimento no seu coração, ele é forçado a carregar sempre, dentro de si, um juiz inexorável, que incessantemente lhe censura uma conduta odiosa que o força a se envergonhar, a odiar a si mesmo, a temer os olhares e os ressentimentos dos outros. O supersticioso, se ele é perverso, entrega-se ao crime com remorsos, porém sua religião logo lhe fornece os meios para se desvencilhar deles. Sua vida nada mais é, comumente, do que uma longa cadeia de faltas e de pesares, de pecados e de expiações. Além disso, como já vimos, ele muitas vezes comete crimes maiores para expiar os primeiros: desprovido de ideias fixas sobre a moral, ele se acostuma a só considerar como faltas aquilo que os ministros e os intérpretes do seu deus lhe proíbem. Ele considera como virtudes, ou como meios de apagar os seus crimes, as mais negras ações que muitas vezes lhe dizem ser agradáveis a esse deus. É assim que se tem visto alguns fanáticos expiarem através de perseguições atrozes os seus adultérios, as suas infâmias, as suas guerras injustas e as suas usurpações. E, para se purificarem das suas iniquidades, se banharem no sangue dos supersticiosos, cuja obstinação fazia vítimas e mártires.

Um ateu, se ele raciocinou bem, se consultou a sua natureza, tem princípios mais seguros e sempre mais humanos do que o supersticioso: sua religião, sombria ou entusiasta, conduz sempre esse último à loucura ou à crueldade. Jamais se embriagará a imaginação de um ateu a ponto de fazê-lo acreditar que as violências, as injustiças, as perseguições e os assassinatos são ações virtuosas ou legítimas. Nós vemos todos os dias que a religião, ou a causa do céu, cega algumas pessoas humanas, equitativas e sensatas quanto a qualquer outra matéria, a ponto de fazer que elas considerem um dever tratar com a mais extrema barbárie os homens que se afastam da sua maneira de pensar. Um herético, um incrédulo, deixam de ser homens aos olhos dos supersticiosos. Todas as sociedades, infectadas pelo veneno da religião, nos oferecem inumeráveis exemplos de assassinatos jurídicos que os tribunais cometem sem escrúpulos e sem remorsos. Alguns juízes, equitativos sobre qualquer outra matéria, deixam de sê-lo a partir do momento que se trata das quimeras teológicas. Banhando-se no sangue, eles acreditam se conformar aos desígnios da divindade. Em quase toda parte, as leis subordinadas à superstição se tornam cúmplices dos seus furores. Elas legitimam ou transformam em deveres as crueldades mais contrárias aos direitos da humanidade[4]. Todos esses vingadores da religião que, com alegria no coração, por devoção, por dever, imolam as vítimas que ela lhes designa não estarão cegos? Não serão tiranos que têm a injustiça de violar o pensamento, que têm a loucura de acreditar que é possível acorrentá-lo? Não serão fanáticos aos quais a lei, ditada por alguns preconceitos desumanos, impõe a necessidade de se tornarem bestas ferozes? Todos esses soberanos que, para vingar o céu, atormentam e perseguem os seus súditos e sacrificam vítimas humanas à maldade dos seus deuses antropófagos não serão homens que o zelo religioso converteu em tigres? Esses sacerdotes, tão preocupados com a salvação das almas, que forçam insolentemente o santuário do pensamento, a fim de encontrar nas opiniões do homem motivos para lhe causar dano, não serão velhacos odiosos e perturbadores do repouso dos espíritos, que a religião homenageia e que a razão detesta? Que celerados serão mais odiosos aos olhos da humanidade do que esses infames *inquisidores* que, pela cegueira dos príncipes, desfrutam da vantagem de julgar os seus próprios inimigos

---

4. O presidente de Grammont relata, com uma satisfação verdadeiramente digna de um canibal, os detalhes do suplício de Vanini, queimado em Toulouse, embora tivesse se retratado das opiniões das quais era acusado. Esse presidente chegou ao ponto de achar ruins os gritos e os urros que os tormentos arrancaram dessa desgraçada vítima da crueldade religiosa.

e de entregá-los às chamas? No entanto, a superstição dos povos os respeita e o favor dos reis os cumula de benefícios. Enfim, mil exemplos não nos provam que a religião em toda parte produziu e justificou os horrores mais estranhos? Não terá ela mil vezes armado as mãos dos homens com punhais homicidas, desencadeado paixões bem mais terríveis ainda do que aquelas que ela pretendia conter, rompido para os mortais os laços mais sagrados? Sob o pretexto do dever, da fé, da devoção e do zelo, não terá ela favorecido a crueldade, a cupidez, a ambição e a tirania? A causa de deus não terá mil vezes legitimado o assassinato, a perfídia, o perjúrio, a rebelião e o regicídio? Esses príncipes que, muitas vezes, se fizeram os vingadores do céu e os lictores da religião não foram cem vezes vítimas deploráveis dela? Em poucas palavras, o nome de deus não terá sido o signo das mais tristes loucuras e dos atentados mais pavorosos? Os altares de todos os deuses não terão, em toda parte, nadado no sangue? E, sob qualquer forma como tenha se mostrado a divindade, não foi ela em todos os tempos a causa ou o pretexto da violação mais insolente dos direitos da humanidade[5]?

---

5. É bom observar que a religião dos cristãos, que se vangloria de dar aos homens as ideias mais justas sobre a divindade, que todas as vezes em que é acusada de ser turbulenta e sanguinária não mostra seu deus a não ser pelo aspecto da bondade e da misericórdia, que se glorifica de ter ensinado a moral mais pura, que pretende estabelecer para sempre a concórdia e a paz entre aqueles que a professam, causou mais divisões, disputas, guerras civis e políticas e crimes de toda a espécie do que todas as outras religiões do mundo reunidas. Talvez irão nos dizer que os progressos das luzes impedirão essa superstição de produzir mais tarde efeitos tão molestos quanto aqueles que ela produziu outrora: nós responderemos que o fanatismo será sempre igualmente perigoso ou que, não sendo removida a

Jamais um ateu, enquanto desfrutar do seu bom senso, será persuadido de que semelhantes ações possam ser justificadas, jamais ele poderá acreditar que aquele que as comete possa ser um homem estimável. Apenas um supersticioso, a quem a sua cegueira faz esquecer os princípios mais evidentes da moral, da natureza e da razão, pode imaginar que os atentados mais destrutivos são virtudes. Se o ateu é um perverso, ele sabe ao menos que age mal. Nem o seu sacerdote nem o seu deus o persuadirão de que ele age bem e, se ele se permitir alguns crimes, eles jamais poderão exceder aqueles que a superstição faz cometerem sem escrúpulo aqueles que ela embriaga com os seus furores ou a quem ela mostra esses próprios crimes como expiações e ações meritórias.

Assim, o ateu, por mais perverso que o suponhamos, estará no máximo na mesma posição que o devoto, que sua religião encoraja muitas vezes ao crime que ela transforma em virtude. Quanto à conduta, se ele é dissoluto, voluptuoso, intemperante e adúltero, o ateu não difere em nada do supersticioso mais crédulo, que muitas vezes sabe aliar à sua

---

causa, os efeitos serão sempre os mesmos. Assim, enquanto a superstição for considerada e tiver poder, existirão disputas, perseguições, inquisições, regicídios, perturbações etc. Enquanto os homens forem bastante insensatos para considerarem a religião como a coisa mais importante para eles, os ministros da religião terão a capacidade de confundir tudo sobre a Terra, sob o pretexto dos interesses da divindade – que não serão jamais senão os seus próprios interesses. A Igreja cristã teria apenas uma maneira de se justificar das acusações que lhe são feitas de ser intolerante ou cruel: seria declarar solenemente *que não é de maneira alguma permitido perseguir ou causar dano por causa das opiniões*. Mas isso é uma coisa que os seus ministros não dirão jamais.

credulidade alguns vícios e alguns crimes que os seus sacerdotes sempre lhe perdoarão, desde que ele preste homenagem ao seu poder. Se ele está no Indostão, seus brâmanes o lavarão no Ganges recitando preces. Se ele é judeu, fazendo algumas oferendas, seus pecados serão apagados. Se ele está no Japão, ele será desobrigado por algumas peregrinações. Se ele é maometano, ele será considerado santo por ter visitado o túmulo do seu profeta. Se ele é cristão, ele rezará, ele jejuará, ele se prosternará aos pés dos seus sacerdotes para lhes confessar as suas faltas. Esses últimos o absolverão em nome do altíssimo, lhe venderão as indulgências do céu, mas jamais o censurarão pelos crimes que tiver cometido por eles.

Dizem-nos todos os dias que a conduta indecente ou criminosa dos sacerdotes e de seus sectários não prova nada contra a validade do sistema religioso. Por que não diríamos a mesma coisa da conduta de um ateu, que, como já provamos, pode ter uma moral muito boa e muito verdadeira, mesmo seguindo uma conduta desregrada? Se fosse necessário julgar as opiniões dos homens de acordo com a sua conduta, qual é a religião que suportaria essa prova? Examinemos, portanto, as opiniões do ateu sem aprovar a sua conduta; adotemos a sua maneira de pensar, se nós a julgarmos verdadeira, útil e racional. Rejeitemos a sua maneira de agir, se nós a acharmos censurável. À vista de uma obra repleta de verdades, nós não nos embaraçaremos com os costumes do artífice. O que importa ao universo que Newton tenha sido sóbrio ou intemperante, casto ou devasso? Não se trata, para nós, senão de saber se ele raciocinou bem, se os seus princípios são seguros, se as partes do seu sistema estão ligadas, se a sua obra contém mais verdades demonstradas do que ideias arriscadas. Julguemos do mesmo modo os princípios de um ateu; se eles são estranhos e inusitados, é uma razão para examiná-los com mais rigor. Se ele disse a verdade, se ele a demonstrou, que nos rendamos à evidência. Se ele se enganou em alguma parte, que distingamos o verdadeiro do falso: porém, não incorramos no preconceito demasiado comum que, por causa de um erro nos detalhes, faz rejeitar uma multidão de verdades incontestáveis. O ateu, quando se engana, tem, sem dúvida, tanto direito de atribuir as suas falhas à fragilidade da sua natureza quanto o supersticioso. Um ateu pode ter vícios e defeitos, ele pode raciocinar mal, mas ao menos os seus erros não terão jamais as consequências das novidades religiosas. Eles não acenderão, como elas, o fogo da discórdia no seio das nações; o autor não justificará os seus vícios e os seus extravios por meio da religião. Ele não terá pretensões à infalibilidade, como esses teólogos arrogantes que vinculam a sanção divina às suas loucuras e que supõem que o céu autoriza os sofismas, as mentiras e os erros que eles se acreditam obrigados a espalhar pela Terra.

Talvez irão nos dizer que a recusa em crer na divindade rompe um dos mais poderosos laços da sociedade, fazendo desaparecer a santidade dos juramentos. Eu respondo que o perjúrio não é raro nas nações mais religiosas, nem nas pessoas que se gabam de ser as mais convictas da existência dos deuses. Diágoras, de supersticioso que era, tornou-se, dizem, ateu, ao ver que os deuses não haviam fulminado um homem que os havia invocado como testemunhas de uma falsidade. É com base nesse princípio que os ateus deveriam se formar entre nós! Pelo fato de que se faça de um ser invisível e desconhecido o depositário dos compromissos dos homens, nós não vemos que os seus compromissos e os seus pactos mais solenes sejam mais sólidos por causa dessa vã formalidade. Sois vós, sobretudo, que eu invoco como testemunhas, condutores das nações! Esse deus do qual vós vos dizeis as imagens, do qual vós pretendeis ter recebido o direito de comandar, esse deus que vós tornais tantas vezes a testemunha dos vossos juramentos, o avalista dos vossos tratados. Esse deus do qual vós assegurais temer os julgamentos, será que ele vos inspira muito respeito a partir do momento que se trata do interesse mais fútil? Será que vós cumpris religiosamente esses compromissos tão sagrados que vós haveis assumido com os vossos aliados, com os vossos súditos? Príncipes! – que a tanta religião juntais muitas vezes tão pouca probidade – eu vejo que a força da verdade vos acabrunha. Diante dessa pergunta vós ficais enrubescidos, sem dúvida. E sois forçados a reconhecer que zombais igualmente dos deuses e dos homens. O que estou dizendo! A própria religião não vos dispensa muitas vezes dos vossos juramentos? Ela não vos prescreve que sejam pérfidos, que violem a fé jurada, quando se trata sobretudo dos seus interesses sagrados? Ela não vos dispensa de manter os vossos compromissos com aqueles que ela condena? Depois de ter tornado a vós mesmos pérfidos e perjuros, será que ela algumas vezes não se arrogou o direito de liberar os vossos súditos dos juramentos que os ligavam a vós?[6] Se nós examinarmos atentamente as coisas, veremos que, submetidas a tais chefes, a religião e a política são verdadeiras escolas de perjúrio. Assim, os velhacos de todos os Estados jamais recuam quando se trata de invocar o nome de deus como testemunha nas fraudes mais manifestas, e pelos mais vis interesses. De que servem, portanto, os juramentos? Eles são armadilhas nas quais só a ingenuidade poderia se deixar prender. Os juramentos são em toda parte vãs formalidades; eles não impõem nenhum respeito aos celerados, e não acrescentam nada aos compromissos das almas honestas – que, mesmo sem juramentos, não teriam tido a temeridade de violá-los. Um supersticioso perjuro e pérfido não tem, sem dúvida, nenhuma vantagem sobre um ateu que faltasse às suas promessas. Ambos não merecem mais a confiança dos seus concidadãos nem a estima das pessoas de bem: se um não respeita o deus no qual crê, o outro não respeita nem a sua razão, nem a sua reputação,

---

6. É uma máxima constantemente aceita na religião católica romana, ou seja, na seita mais supersticiosa e mais numerosa do cristianismo, *que não se deve manter a palavra aos heréticos*. O concílio-geral de Constança[a] assim o decidiu, quando, apesar do salvo-conduto do imperador, fez que fossem queimados João Hus e Jerônimo de Praga. O pontífice romano tem, como se sabe, o direito de dispensar os seus sectários dos seus juramentos e dos seus votos. Esse mesmo pontífice muitas vezes se arrogou o direito de depor os reis e de liberar os seus súditos do juramento de fidelidade.

É muito singular que os juramentos sejam prescritos pelas leis das nações que professam a religião cristã, quando Cristo formalmente os proibiu.
(a) Esse concílio foi realizado na Alemanha, entre 1414 e 1418. (N. T.)

nem a opinião pública, nas quais nenhum homem sensato pode se recusar a crer[7].

Muitas vezes se perguntam se existiria alguma nação que não tivesse nenhuma ideia da divindade e se um povo unicamente composto de ateus poderia subsistir. Por mais que possam dizer alguns especuladores, não parece verossímil que exista em nosso globo um povo numeroso que não tenha nenhuma ideia de alguma potência invisível à qual ele mostre sinais de respeito e de submissão[8]. O homem, enquanto é um animal temeroso e ignorante, torna-se necessariamente supersticioso nas suas desgraças: ou ele faz um deus por si mesmo, ou admite o deus que outros querem lhe dar. Não parece, portanto, que se possa racionalmente supor que exista algum povo sobre a Terra totalmente estranho à noção de alguma divindade. Um nos mostrará o Sol ou a Lua e as estrelas; outro nos mostrará o mar, os lagos, os rios que lhe

---

7. "Um juramento" – diz Hobbes – "não acrescenta nada à obrigação. Ele nada mais faz do que aumentar na imaginação daquele que jura o temor de violar um compromisso que ele seria obrigado a cumprir mesmo sem nenhum juramento."

8. Algumas vezes se acreditou que a nação chinesa era ateia. Porém, esse erro é devido a alguns missionários cristãos acostumados a tratar como ateus aqueles que não têm opiniões semelhantes às suas acerca da divindade. Parece constatado que o povo chinês é muito supersticioso, mas que é governado por chefes que não o são de maneira alguma – sem, no entanto, serem, por isso, ateus. Se o império da China é tão florescente quanto se diz, ele fornece ao menos uma prova muito forte de que aqueles que governam não têm necessidade de serem supersticiosos para bem governar povos que o são.

Afirma-se que os groenlandeses não têm nenhuma ideia da divindade. No entanto, a coisa é difícil de acreditar em uma nação tão selvagem e tão maltratada pela natureza.

fornecem a sua subsistência, as árvores que lhe fornecem um abrigo contra a inclemência do clima. Um outro nos mostrará uma rocha de forma bizarra, uma montanha elevada, um vulcão que muitas vezes o espanta; um outro vos apresentará o seu crocodilo, do qual ele teme a malignidade, sua serpente perigosa, o réptil ao qual ele atribui a sua boa ou a sua má fortuna. Enfim, cada homem vos fará ver com respeito o seu *fetiche* ou o seu deus doméstico e tutelar.

Porém, da existência dos seus deuses, o selvagem não faz as mesmas induções que o homem civilizado. Um povo selvagem não acredita dever raciocinar muito sobre as suas divindades. Ele não imagina que elas devam influir sobre os seus costumes nem ocupar fortemente o seu pensamento: contente com um culto grosseiro, simples e exterior, ele não acredita que essas potências invisíveis se incomodem com a sua conduta em relação aos seus semelhantes. Em poucas palavras, ele não liga a sua moral à sua religião. Essa moral é grosseira, como pode ser a de todo povo ignorante. Ela é proporcional às suas necessidades, que são em pequeno número. Ela é quase sempre irracional, porque é o fruto da ignorância, da inexperiência e das paixões pouco constrangidas de homens, por assim dizer, na infância. Não é senão em uma sociedade numerosa, fixada e civilizada que – com as necessidades vindo a se multiplicar e os interesses a se entrecruzar – se é obrigado a recorrer aos governos, às leis, aos cultos públicos e aos sistemas uniformes de religião para manter a concórdia. É então que os homens aproximados raciocinam, combinam as suas ideias, refinam e sutilizam as suas noções. É então que aqueles que os governam se servem do temor das potências invisíveis para contê-los, para torná-los dóceis, para forçá-los a obedecer e a viver em paz. É assim que, pouco a pouco, a moral e a política se acham ligadas ao sistema religioso. Os chefes das nações, eles próprios muitas vezes supersticiosos, pouco esclarecidos sobre os seus próprios interesses, pouco versados na sã moral e pouco instruídos acerca dos verdadeiros motores do coração humano, acreditam ter feito tudo em prol da sua própria autoridade, assim como em prol do bem-estar e do repouso da sociedade, tornando os seus súditos supersticiosos, ameaçando-os com os seus fantasmas invisíveis, tratando-os como crianças que são apaziguadas por meio de fábulas e de quimeras. Com a ajuda dessas maravilhosas invenções, das quais os próprios chefes e os guias das nações muitas vezes são vítimas, e que são transmitidas de uma geração para outra, os soberanos são dispensados de se instruir, eles negligenciam as leis, eles se debilitam na indolência, eles não seguem senão os seus caprichos, eles depositam nos deuses o cuidado de conter os seus súditos, eles confiam a instrução dos povos aos sacerdotes, encarregados de torná-los bem submissos e devotos e de lhes ensinar desde cedo a tremerem sob o jugo dos deuses invisíveis e visíveis.

É assim que as nações são mantidas por seus tutores em uma perpétua infância, e não são contidas senão por vãs quimeras. É assim que a política, a jurisprudência, a educação e a moral estão em toda parte infectadas pela superstição. É assim que os homens não conhecem outros deveres além daqueles da religião. É assim que a ideia da virtude se associa falsamente com a das potências imaginárias que a impostura faz falar como ela deseja. É assim que a moral se torna incerta e flutuante; é assim que os homens são persuadidos de que sem deus não existe mais moral para eles. É assim que os príncipes e os súditos – igualmente cegos sobre os seus verdadeiros interesses, sobre os deveres da natureza e sobre os seus direitos recíprocos – se habituaram a considerar a religião como necessária aos costumes, como indispensável para governar os homens e como o meio mais seguro de alcançar o poder e a felicidade.

É com base nessas suposições, das quais tantas vezes demonstramos a falsidade, que tantas pessoas, muito esclarecidas em outros pontos, consideram impossível que uma sociedade de ateus pudesse subsistir por muito tempo. Não é de maneira alguma duvidoso que uma sociedade numerosa que não tivesse nem religião, nem moral, nem governo, nem leis, nem educação, nem princípios não pudesse se manter, e que ela não faria senão aproximar seres dispostos a causar dano uns aos outros, ou crianças que seguiriam cegamente os impulsos mais deploráveis. Porém, com toda a religião deste mundo, as sociedades humanas não estão praticamente nessa condição? Em quase todos os países os soberanos não estão em uma guerra contínua com os seus súditos? Esses súditos, a despeito da religião e das noções terríveis que ela lhes apresenta sobre a divindade, não estão incessantemente ocupados em se causarem dano reciprocamente e em se tornarem infelizes? A própria religião e suas noções sobrenaturais não servem incessantemente para agradar às paixões e à vaidade dos soberanos, e para atiçar os fogos da discórdia entre os cidadãos divididos por opiniões? Essas potências *infernais*, que supõem estarem ocupadas com a tarefa de causar dano ao gênero humano, seriam capazes de produzir maiores males sobre a Terra do que o fanatismo e os furores gerados pela teologia? Em poucas palavras, será que os ateus, reunidos em sociedade – por mais insensatos que possamos supô-los – se comportariam entre eles de uma maneira mais criminosa do que a desses supersticiosos repletos de vícios reais e de quimeras extravagantes, que nada mais fazem, há tantos séculos, do que se destruírem e se degolarem sem razão e sem piedade? Não é possível supor isso. Pelo contrário, ousamos afirmar, muito atrevidamente, que uma sociedade de ateus, privada de toda a religião, governada por boas leis, formada por uma boa educação, convidada à virtude por meio de recompensas, desviada do crime por meio de castigos equitativos, liberta de ilusões, de mentiras e de quimeras, seria infinitamente mais honesta e mais virtuosa do que essas sociedades religiosas nas quais tudo conspira para embriagar o espírito e para corromper o coração.

Quando quiserem se ocupar utilmente da felicidade dos homens, é pelos deuses do céu que a reforma deve começar. É fazendo abstração desses seres imaginários, destinados a assustar os povos ignorantes e na infância, que é possível se comprometer a conduzir o homem à sua maturidade. Nunca é demais repetir: não há nenhuma moral sem consultar a natureza do homem e suas verdadeiras relações com os seres de sua espécie. Nenhum princípio fixo para a conduta regulando-a com base em deuses injustos, caprichosos e perversos. Nenhuma política sadia sem consultar a natureza do homem vivendo em sociedade para satisfazer as suas necessidades e assegurar a sua felicidade e os seus gozos. Nenhum bom governo pode se fundamentar em um deus despótico. Ele sempre fará, de seus representantes, tiranos. Nenhuma lei será boa sem consultar a natureza e o objetivo da sociedade. Nenhuma jurisprudência pode ser vantajosa para as nações, se ela se regula pelos caprichos e pelas paixões dos tiranos divinizados. Nenhuma educação será racional se ela não se fundamenta na razão, e não em quimeras e preconceitos. Enfim, não há nenhuma virtude, nenhuma probidade, nenhum talento sob o governo de senhores corrompidos e sob a condução desses sacerdotes que tornam os homens inimigos de si mesmos e dos outros, e que procuram sufocar neles as sementes da razão, da ciência e da coragem.

Perguntarão, talvez, se seria possível racionalmente nos vangloriarmos de, algum dia, conseguir fazer todo um povo esquecer as suas opiniões religiosas ou as ideias que ele tem sobre a divindade. Eu respondo que a coisa parece completamente impossível e que não é o objetivo a que nos propomos. A ideia de um deus, inculcada desde a infância, não parece de natureza a poder ser desenraizada do espírito da grande maioria dos homens: talvez fosse tão difícil dá-la a pessoas que, chegadas a uma certa idade, jamais tivessem ouvido falar nela, quanto mais bani-la da cabeça daqueles que desde tenra idade foram imbuídos dela. Assim, não é possível supor que se possa fazer uma nação inteira passar do abismo da superstição – ou seja, do seio da ignorância e do delírio – ao ateísmo absoluto, que supõe a reflexão, o estudo, alguns conhecimentos, uma longa cadeia de experiências, o hábito de contemplar a natureza, a ciência das verdadeiras causas dos seus diversos fenômenos, das suas combinações, das suas leis, dos seres que a compõem e das suas diferentes propriedades. Para ser ateu, ou para se assegurar das forças da natureza, é preciso ter meditado sobre elas. Uma olhadela superficial não fará que ela seja conhecida. Olhos pouco exercitados se enganarão incessantemente; a ignorância das verdadeiras causas fará supor causas imaginárias. E a ignorância, assim, levará o próprio físico de volta aos pés de um fantasma, no qual a sua visão limitada ou a sua preguiça acreditarão encontrar a solução de todas as dificuldades.

O ateísmo, assim como a filosofia e todas as ciências profundas e abstratas, não é, portanto, feito para o vulgo, e nem para a maioria dos homens. Existem em todas as nações numerosas e civilizadas algumas pessoas que, pelas suas circunstâncias, estão em condições de meditar, de fazer pesquisas e descobertas úteis, que terminam cedo ou tarde por se estender e frutificar, quando elas foram julgadas vantajosas e verdadeiras. O geômetra, o mecânico*, o químico, o médico, o jurisconsulto e o próprio artesão trabalham em seus laboratórios ou em suas oficinas buscando meios de servir à sociedade, cada um em sua esfera. No entanto, nenhuma das ciências ou profissões das quais eles se ocupam são conhecidas do vulgo, que não deixa de tirar proveito delas e de

---

* O físico que estuda a mecânica, ou seja, a ciência dos movimentos e de suas causas. (N. T.)

colher, com o tempo, os frutos de trabalhos dos quais ele não tem ideia. É para o marinheiro que o astrônomo trabalha. É para ele que o geômetra e o mecânico calculam; é para o pedreiro e o servente que o arquiteto habilidoso traça as suas plantas detalhadas. Qualquer que seja a pretensa utilidade das opiniões religiosas, o teólogo profundo e sutil não pode se gabar de trabalhar, de escrever e de disputar para a vantagem do povo – a quem, no entanto, fazem pagar tão caro por sistemas e mistérios que ele jamais entenderá e que não poderão em tempo algum lhe ser de nenhuma utilidade.

Não é para o comum dos homens, portanto, que o filósofo deve se propor a escrever ou a meditar. Os princípios do ateísmo ou o sistema da natureza não são feitos nem mesmo, como já fizemos perceber, para um grande número de pessoas muito esclarecidas sobre outros pontos, mas muitas vezes demasiado prevenidas em favor dos preconceitos universais. É muito raro encontrar homens que, a muito espírito, conhecimentos e talentos, juntem uma imaginação bem regulada ou a coragem necessária para combater com sucesso algumas quimeras habituais pelas quais o seu cérebro está há muito tempo penetrado. Uma inclinação secreta e irresistível reconduz quase sempre, a despeito do raciocínio, os espíritos mais sólidos e mais bem consolidados aos preconceitos que eles veem generalizadamente estabelecidos e dos quais eles próprios se embeberam desde a mais tenra infância. No entanto, pouco a pouco, alguns princípios, que inicialmente pareciam estranhos ou revoltantes, quando têm a verdade a seu favor se insinuam nos espíritos, tornam-se familiares a eles, espalham-se ao longe, produzindo efeitos vantajosos sobre toda a sociedade: com o tempo, ela se familiariza com as ideias que havia na origem considerado como absurdas e irracionais. Ao menos deixa-se de considerar como odiosos aqueles que professam algumas opiniões sobre as quais a experiência faz ver que é permitido ter dúvidas sem perigo para o público.

Não se deve, portanto, ter medo de espalhar ideias entre os homens. Se elas são úteis, frutificam pouco a pouco. Todo homem que escreve não deve de maneira alguma fixar os seus olhos sobre o tempo no qual ele vive, nem sobre os seus concidadãos atuais, nem sobre a terra que ele habita. Ele deve falar ao gênero humano, ele deve prever as gerações futuras. Em vão ele esperaria os aplausos dos seus contemporâneos. Em vão ele se gabaria de ver os seus princípios prematuros recebidos com benevolência pelos espíritos influenciados: se ele disse a verdade, os séculos vindouros farão justiça aos seus esforços. Enquanto isso, que ele se contente com a ideia de ter agido bem, ou com os sufrágios secretos dos amigos da verdade, pouco numerosos sobre a Terra. É depois da sua morte que o escritor verídico triunfa. É então que os aguilhões do ódio e os dardos da inveja, esgotados ou sem gume, dão lugar à verdade que, sendo eterna, deve sobreviver a todos os erros da terra[9].

---

9. É um problema para muitas pessoas se a verdade pode ou não causar dano. Mesmo as pessoas mais bem intencionadas estão muitas vezes na incerteza sobre esse ponto importante. A verdade nunca prejudica senão aqueles que enganam os homens. Esses últimos têm o máximo interesse em ser desenganados. A verdade bem pode prejudicar aquele que a anuncia; mas nenhuma verdade pode causar dano ao gênero humano,

Além disso, diremos, como Hobbes: "Não se pode fazer nenhum mal aos homens lhes propondo as suas ideias. O pior que pode acontecer é deixá-los na dúvida e na disputa: e não é assim que eles já estão?". Se um autor que escreve se enganou, é porque ele pode ter raciocinado mal. Ele apresentou falsos princípios? Trate de examiná-los. Seu sistema é falso e ridículo? Ele servirá para fazer que a verdade apareça em toda a sua luz. Sua obra incorrerá no desprezo, e o escritor, se for testemunha da sua queda, será suficientemente punido por sua temeridade. Se ele está morto, os vivos não poderão perturbar as suas cinzas. Nenhum homem escreve com o intuito de causar dano aos seus semelhantes; ele sempre se propõe a merecer os seus sufrágios, seja divertindo-os, seja atiçando a sua curiosidade, seja comunicando-lhes descobertas que ele crê úteis. Nenhuma obra pode ser perigosa, sobretudo se ela contém verdades. E ela não seria perigosa mesmo

---

e jamais se pode deixar de anunciá-la muito claramente a seres sempre pouco dispostos a ouvi-la ou a compreendê-la. Se todos aqueles que escrevem para anunciar verdades importantes (que são sempre consideradas como as mais *perigosas*) estivessem bastante inflamados de amor pelo bem público para falar francamente, mesmo com o risco de desagradar, o gênero humano seria bem mais esclarecido e mais feliz do que é. Escrever com meias palavras é quase sempre não escrever para ninguém. O espírito humano é preguiçoso. É preciso poupar-lhe tanto quanto possível o incômodo de refletir. Quanto tempo e estudo são necessários, hoje em dia, para decifrar os oráculos ambíguos dos antigos filósofos, cujos verdadeiros sentimentos estão quase que inteiramente perdidos para nós! Se a verdade é útil aos homens, é uma injustiça privá-los dela. Se a verdade deve ser admitida, é forçoso admitir as suas consequências, que também são verdades. Os homens, na sua maior parte, amam a verdade. Porém, suas consequências lhes causam um medo tão grande que quase sempre eles preferem se manter no erro, do qual o hábito os impede de perceber as deploráveis consequências.

se contivesse princípios evidentemente contrários à experiência e ao bom senso. O que resultaria, com efeito, de uma obra que nos dissesse hoje em dia que o Sol não é luminoso, que o parricídio é legítimo, que o roubo é permitido, que o adultério não é um crime? A menor reflexão nos faria perceber a falsidade desses princípios e a raça humana inteira reclamaria contra eles. Ririam da loucura do autor e logo o seu livro e o seu nome só seriam conhecidos pelas suas extravagâncias ridículas. Apenas as loucuras religiosas são perniciosas para os mortais. E por quê? É porque sempre a autoridade pretende estabelecê-las por meio da violência, fazê-las passar por verdades, punindo com rigor aqueles que quiserem rir delas ou examiná-las. Se os homens fossem mais racionais, eles encarariam as opiniões religiosas e os sistemas da teologia com os mesmos olhos que os sistemas da física ou os problemas de geometria: esses últimos jamais perturbam o repouso das sociedades, embora provoquem algumas vezes discussões acaloradíssimas entre alguns sábios. As querelas teológicas jamais teriam consequências graves se conseguíssemos fazer que aqueles que têm o poder nas mãos percebessem que eles não devem sentir mais do que indiferença e desprezo pelas disputas entre personagens que não entendem, eles mesmos, as questões maravilhosas sobre as quais não cessam de discutir.

É ao menos essa indiferença tão justa, tão sensata e tão vantajosa para os Estados que a sã filosofia pode se propor a introduzir, pouco a pouco, sobre a Terra. O gênero humano não seria mais feliz se os soberanos do mundo, ocupados com o bem-estar dos seus súditos, deixassem a superstição ficar com as suas altercações fúteis, submetessem a religião à política, forçassem os seus ministros arrogantes a se tornar cidadãos e impedissem cuidadosamente que as suas querelas abalassem a tranquilidade pública? Que vantagens para as ciências, para os progressos do espírito humano, para o aperfeiçoamento da moral, da jurisprudência, da legislação e da educação não resultariam da liberdade de pensar? Hoje em dia, o gênio encontra entraves por toda parte. A religião se opõe continuamente à sua marcha. O homem, atado, não usufrui de nenhuma das suas faculdades. O seu próprio espírito está coagido e parece continuamente envolvido nos cueiros da infância. O poder civil, aliado ao poder espiritual, não parece querer comandar senão escravos embrutecidos, confinados em um calabouço escuro, onde eles fazem sentir reciprocamente os efeitos do seu mau humor. Os soberanos detestam a liberdade de pensar porque eles temem a verdade. Essa verdade lhes parece temível porque ela condenaria os seus excessos. Tais excessos lhes são prezados porque eles não conhecem, assim como os seus súditos, seus verdadeiros interesses, que deveriam se confundir.

Que a coragem do filósofo não se deixe abater por tantos obstáculos reunidos, que parecem excluir para sempre a verdade do seu domínio, a razão do espírito dos homens e a natureza dos seus direitos. A milésima parte dos cuidados que tiveram em todos os tempos para infectar o espírito humano seria suficiente para curá-lo. Não desesperemos, portanto, pelos seus males. Não lhe façamos a injúria de acreditar que a verdade não é feita para ele; seu espírito a busca sem cessar. Seu coração a deseja; sua felicidade a exige em altos brados. Ele só a teme ou a ignora porque a religião, subvertendo todas as suas ideias, conserva-lhe perpetuamente a venda sobre os olhos e se esforça para lhe tornar a virtude totalmente estranha.

Apesar dos cuidados prodigiosos que se tem para afastar a verdade, a razão e a ciência da morada dos mortais, o tempo, ajudado pelas luzes progressivas dos séculos, pode um dia esclarecer esses mesmos príncipes que nós vemos tão instigados contra a verdade, tão inimigos da justiça e da liberdade dos homens. O destino talvez conduza ao trono soberanos instruídos, equitativos, corajosos e benfazejos que, reconhecendo a verdadeira fonte das misérias humanas, tentarão aplicar a ela os remédios que a sabedoria lhes fornecerá. Talvez eles percebam que esses deuses, dos quais afirmam receber o seu poder, são os verdadeiros flagelos dos seus povos; que os ministros desses deuses são seus inimigos e seus próprios rivais; que a religião, que eles consideram como o sustentáculo do seu poder, nada mais faz do que enfraquecê-lo e abalá-lo; que a moral supersticiosa é falsa e só serve para perverter os seus súditos e conferir-lhes os vícios dos escravos, em vez das virtudes do cidadão. Em poucas palavras, eles verão nos erros religiosos a fonte fecunda das infelicidades do gênero humano. Perceberão que elas são incompatíveis com qualquer administração equitativa.

Enquanto se espera esse instante desejável para a humanidade, os princípios do *naturalismo* não serão adotados a não ser por um pequeno número de pensadores. Eles não podem se gabar de ter muitos aprovadores ou prosélitos. Pelo contrário, encontrarão adversários ardorosos, ou até mesmo desprezadores, nas pessoas que, sobre qualquer outro assunto, mostram mais espírito e luzes. Os homens que mais têm talento – como já fizemos observar – não podem se resolver a se divorciar completamente das suas ideias religiosas. A imaginação, tão necessária aos talentos brilhantes, é quase sempre neles um obstáculo insuperável à ruína total dos preconceitos: ela depende muito mais do juízo do que do espírito. A essa disposição, já tão pronta a iludi-los, se soma ainda a força do hábito. Para muitas pessoas, tirar-lhes as ideias de deus seria como arrancar delas uma porção de si mesmas, privá-las de um alimento habitual, mergulhá-las no vazio, forçar seu espírito inquieto a perecer por falta de exercício[10].

Não fiquemos, portanto, surpresos se vemos homens grandiosos se obstinarem em fechar os olhos ou desmentirem a sua costumeira sagacidade todas as vezes que se trata de um objeto que eles não tiveram a coragem de examinar com a atenção que deram a muitos outros. O chanceler Bacon sustenta que "pouca filosofia dispõe ao ateísmo, mas mui-

---

10. Ménage[a] observou que a história fala de pouquíssimas mulheres ateias ou incrédulas. Isso não é surpreendente. Sua organização as torna temerosas, o gênero nervoso sofre nelas variações periódicas e a educação que lhes é dada as dispõe à credulidade. Aquelas que têm temperamento e imaginação têm necessidade de quimeras apropriadas para ocupar a sua ociosidade, sobretudo quando o mundo as abandona: a devoção e suas práticas tornam-se, então, um papel ou um divertimento para elas.
(a) Gilles Ménage (1613-1692), escritor francês, autor de uma interessante *História das mulheres filósofas*. (N. T.)

ta profundidade reconduz à religião". Se quisermos analisar essa proposição, descobriremos que ela significa que alguns pensadores muito medíocres estão em condições de perceber, muito prontamente, os absurdos grosseiros da religião, mas que, pouco acostumados a meditar ou desprovidos de princípios seguros que sirvam para guiá-los, sua imaginação logo os recoloca no labirinto teológico, de onde uma razão muito frágil parecia querer tirá-los. Algumas almas tímidas temem até mesmo se tranquilizar. Alguns espíritos acostumados a se contentar com as soluções teológicas não veem mais na natureza senão um enigma inexplicável, um abismo impossível de sondar. Habituados a fixar os seus olhos em um ponto ideal e matemático, do qual eles fizeram o centro de tudo, o universo se confunde a partir do momento que eles o perdem de vista. E na perturbação em que eles se encontram, preferem retornar aos preconceitos da sua infância – que parecem lhes explicar tudo – do que flutuar no vazio ou deixar o ponto de apoio que eles julgam inabalável. Assim, a proposição de Bacon não parece indicar nada, a não ser que nem as pessoas mais hábeis podem se proteger das ilusões da sua imaginação, cuja impetuosidade resiste aos raciocínios mais fortes.

No entanto, um estudo refletido da natureza é suficiente para desenganar todo homem que puder encarar as coisas com um olhar tranquilo: ele verá que, no universo, tudo está ligado por elos invisíveis para o observador superficial ou demasiado ardoroso, mas muito perceptíveis para aquele que vê as coisas com sangue-frio. Ele descobrirá que os efeitos mais raros, os mais maravilhosos, assim como os menores e mais ordinários, são igualmente inexplicáveis, mas devem decorrer de causas naturais. E que as causas sobrenaturais, sob qualquer nome pelo qual as designemos, com quaisquer qualidades com que as adornemos, nada mais farão do que multiplicar as dificuldades e fazer pululrem as quimeras. As observações mais simples lhe provarão invencivelmente que tudo é necessário, que os efeitos que ele percebe são materiais, e não podem, por conseguinte, provir senão de causas da mesma natureza – ainda que ele não possa, com a ajuda dos sentidos, remontar a essas causas. Assim, o seu espírito não lhe mostrará em toda parte senão a matéria agindo ora de uma maneira que os seus órgãos lhe permitam seguir, ora de uma maneira imperceptível: ele verá todos os seres seguirem leis constantes, todas as combinações se formarem e serem destruídas, todas as formas se modificarem, e o grande todo permanecer sempre o mesmo. Então, corrigido das noções das quais estava imbuído, desenganado das ideias errôneas que vinculava, por hábito, aos seres de razão, ele consentirá em ignorar aquilo que os seus órgãos não podem apreender. Ele reconhecerá que termos obscuros e vazios de sentido não são apropriados para resolver as dificuldades. Guiado pela experiência, ele descartará todas as hipóteses da imaginação para se ligar às realidades confirmadas pela experiência.

A maioria daqueles que estudam a natureza não a encaram, muitas vezes, senão com os olhos do preconceito. Eles não encontram nela aquilo que tinham de antemão resolvido encontrar. A partir do momento que percebem fatos contrários às suas ideias, eles desviam prontamente os seus olhares. Acreditam ter visto mal ou então, se voltam a eles, é na esperança de conseguir conciliá-los com as noções das quais o seu espírito está imbuído. É assim que encontramos alguns físicos entusiastas aos quais as suas prevenções mostram, mesmo nas coisas que contradizem mais abertamente as suas opiniões, provas incontestáveis dos sistemas com os quais eles estão preocupados. Daí essas pretensas demonstrações da existência de um deus bom, que vemos serem inferidas das causas finais, da ordem da natureza, dos seus benefícios para o homem etc. Esses mesmos entusiastas se apercebem da desordem, das calamidades, das revoluções? Eles inferem disso novas provas da sabedoria, da inteligência e da bondade do seu deus, ao passo que todas essas coisas parecem tão visivelmente desmentir essas qualidades quanto as primeiras pareciam confirmá-las ou estabelecê-las. Esses observadores influenciados ficam em êxtase com a visão dos movimentos periódicos e regulares dos astros, com as produções da terra, com a harmonia espantosa entre as partes nos animais. Eles esquecem, nesse caso, as leis do movimento, as forças da atração, da repulsão, da gravitação, e vão consignar todos esses grandes fenômenos a uma causa desconhecida da qual eles não têm nenhuma ideia. Enfim, no calor da sua imaginação, eles colocam o homem no centro da natureza. Eles o supõem o objeto e a finalidade de tudo aquilo que existe. É para ele que tudo é feito; é para deleitá-lo que tudo foi criado. Enquanto isso, não se apercebem de que muitíssimas vezes a natureza inteira parece se desencadear contra ele, e o destino parece se obstinar em fazer dele o mais desgraçado dos seres[11].

O ateísmo só é tão raro porque tudo conspira para embriagar o homem, desde a mais tenra idade, com um entusiasmo ofuscante, ou para enchê-lo com uma ignorância sistemática e apoiada em razões – que é, de todas as ignorâncias, a mais difícil de vencer e de extirpar. A teologia não passa de uma ciência de palavras que, à força de repetição, nos acostumamos a considerar como coisas. A partir do momento que queremos analisá-las, descobrimos que elas não apresentam nenhum sentido verdadeiro. Existem poucos homens no mundo que pensam, que avaliam as suas ideias, que tenham os olhos penetrantes. A justeza no espírito é um dos dons mais raros que a natureza confere à espécie humana. Uma imaginação muito viva, uma curiosidade precipitada, são obstáculos tão poderosos à descoberta da verdade quanto muita fleuma, quanto a lentidão da compreensão, quanto a preguiça do espírito, quanto a falta de hábito de pensar. Todos os homens têm mais ou menos imaginação, curiosidade, fleuma, bile, preguiça e atividade: é do justo equilíbrio que a natureza pôs em sua organização que depende a justeza do seu espírito. No entanto, como já dissemos anteriormente, a

---

11. Os progressos da física sadia serão sempre funestos à superstição, à qual a natureza dará desmentidos contínuos. A astronomia fez desaparecer a astrologia judiciária[a]; a física experimental, o estudo da história natural e da química puseram os prestidigitadores, os sacerdotes e os feiticeiros na impossibilidade de fazer milagres. A natureza aprofundada deve fazer necessariamente desaparecer o fantasma que a ignorância havia posto em seu lugar.
(a) Dava-se o nome de "astrologia judiciária" à arte de prever o futuro pela observação dos astros, a fim de distingui-la mais rigorosamente da astronomia. (N. T.)

organização do homem está sujeita a mudar, e os julgamentos do seu espírito variam com as modificações que a sua máquina é forçada a sofrer: daí as revoluções quase contínuas que se efetuam nas ideias dos mortais, sobretudo quando se trata dos objetos sobre os quais a experiência não lhes fornece nenhum ponto fixo para se apoiarem.

Para buscar e encontrar a verdade, que tudo se esforça para ocultar de nós, que, cúmplices daqueles que nos extraviam, queremos muitas vezes dissimular de nós mesmos ou que os nossos terrores habituais nos fazem ter medo de encontrar, é necessário um espírito justo, um coração reto e de boa-fé para consigo mesmo e uma imaginação temperada pela razão. Com essas disposições, nós descobriremos a verdade. Ela nunca se mostra nem ao entusiasta embriagado com os seus delírios, nem ao supersticioso nutrido pela melancolia, nem ao homem vão cheio da sua ignorância presunçosa, nem ao homem entregue à dissipação e aos prazeres, nem ao raciocinador de má-fé que não quer senão iludir a si mesmo. Com essas disposições, o físico atento, o geômetra, o moralista, o político e o próprio teólogo, quando buscarem sinceramente a verdade, descobrirão que a pedra angular que serve de fundamento para todos os sistemas religiosos se assenta evidentemente em falso. O físico encontrará na matéria a causa suficiente da sua existência, dos seus movimentos, das suas combinações e das suas maneiras de agir, sempre reguladas por leis gerais incapazes de variar. O geômetra calculará as forças da matéria e, sem sair da natureza, descobrirá que, para explicar os seus fenômenos, não há necessidade de recorrer a um ser ou a uma força incomensurável com todas as forças conhecidas. O político, instruído sobre os verdadeiros motores que podem agir sobre os espíritos das nações, perceberá que não há necessidade de recorrer aos motores imaginários, quando existem motores reais para agir sobre as vontades dos cidadãos e para determiná-los a trabalhar pela manutenção da associação. Ele reconhecerá que um motor fictício não é apropriado senão para retardar ou mesmo para perturbar o funcionamento de uma máquina tão complicada quanto a sociedade. Aquele que for mais apaixonado pela verdade do que pelas sutilezas da teologia logo perceberá que essa ciência vã não passa de um amontoado ininteligível de falsas hipóteses, de petições de princípios, de sofismas, de círculos viciosos, de distinções fúteis, de sutilezas capciosas e de argumentos de má-fé, do qual não pode resultar senão puerilidades ou disputas infindáveis. Enfim, todo homem que tiver ideias sadias sobre a moral, sobre a virtude e sobre aquilo que é útil ao homem em sociedade – seja para conservar a si mesmo, seja para conservar o corpo do qual ele é membro – reconhecerá que os mortais não têm necessidade, para descobrir as suas relações e os seus deveres, senão de consultar a sua própria natureza. Eles devem se precaver de fundamentá-los em um ser contraditório ou de extraí-los de um modelo que não faria mais do que perturbar-lhes o espírito e torná-los incertos quanto à sua maneira de agir.

Assim, todo pensador racional, renunciando aos seus preconceitos, pode perceber a inutilidade e a falsidade de tantos sistemas abstratos que só serviram, até aqui, para confundir todas as noções e para tornar duvidosas as verdades mais claras. Reentrando em sua esfera, abandonando as regiões do empíreo – onde o seu espírito só pode se extraviar – e consultando a razão, todo homem descobrirá aquilo que tem necessidade de conhecer e se desenganará das causas quiméricas que o entusiasmo, a ignorância e a mentira, em toda parte, puseram no lugar das causas verdadeiras e dos motores reais que atuam em uma natureza da qual o espírito humano não pode jamais sair sem se extraviar e sem se tornar infeliz.

Os deícolas e seus teólogos criticam incessantemente em seus adversários o seu gosto pelo *paradoxo* ou pelo *sistema*, enquanto eles próprios fundamentam todas as suas ideias em hipóteses imaginárias e adotam como princípio renunciar à experiência, desprezar a natureza, não levar em nenhuma conta o testemunho dos seus sentidos e submeter o seu entendimento ao jugo da autoridade. Os discípulos da natureza não estariam, portanto, autorizados a lhes dizer: "Nós não asseveramos senão aquilo que vemos; nós não nos rendemos senão à evidência. Se temos um sistema, ele está fundamentado apenas em fatos. Nós não percebemos em nós mesmos e em toda parte senão a matéria, e disso concluímos que a matéria pode sentir e pensar. Nós vemos no universo tudo ser executado por meio de leis mecânicas, por meio de propriedades, por meio de combinações, por meio de modificações da matéria. Nós não buscamos outra explicação para os fenômenos que a natureza nos apresenta. Nós concebemos um só e único mundo, onde tudo está encadeado, onde cada efeito se deve a uma causa natural conhecida ou desconhecida que o produz segundo leis necessárias. Nós não afirmamos nada que não esteja demonstrado, e que vós não sejais forçados a admitir como nós: os princípios dos quais partimos são claros, são evidentes, são os fatos. Se alguma coisa é obscura ou ininteligível para nós, reconhecemos de boa-fé a sua obscuridade, ou seja, os limites das nossas luzes[12], mas não imaginamos nenhuma hipótese para explicá-la. Consentimos em ignorá-la para sempre, ou esperamos que o tempo, a experiência e os progressos do espírito humano a esclareçam. Nossa maneira de filosofar não é a verdadeira? Com efeito, em tudo aquilo que afirmamos a respeito da natureza, nós não procedemos senão da mesma maneira como os nossos próprios adversários procedem em todas as outras ciências, tais como a história natural, a física, as matemáticas, a química, a moral e a política. Nós nos restringimos, escrupulosamente, àquilo que nos é conhecido por intermédio dos nossos sentidos, os únicos instrumentos que a natureza nos deu para descobrir a verdade. O que fazem os nossos adversários? Eles imaginam, para explicar as coisas que lhes são desconhecidas, seres ainda mais desconhecidos do que as coisas que eles querem explicar, seres dos quais eles mesmos reconhecem não ter nenhuma noção! Eles renunciam, portanto, aos verdadeiros princípios da lógica, que consistem em proceder do mais conhecido ao menos conhecido. Porém, em que eles fundamentam a existência desses seres com a ajuda

---

12. *Nescire quaedam magna pars est sapientiae*[a].
   (a) "A ignorância sobre certos assuntos é a maior parte da sabedoria." Esse epigrama é do filósofo e jurista holandês Hugo Grotius (1583-1645). (N. T.)

dos quais eles pretendem resolver todas as dificuldades? É na ignorância universal dos homens, na sua inexperiência, nos seus terrores, nas suas imaginações perturbadas e em um pretenso *senso íntimo* – que nada mais é, realmente, que o efeito da ignorância, do temor, da falta do hábito de refletir por si mesmos e do hábito de se deixarem guiar pela autoridade. É, ó teólogos, sobre fundações tão ruinosas que vós construís o edifício da vossa doutrina. Depois disso, vós vos encontrais na impossibilidade de ter qualquer ideia precisa sobre esses deuses que servem de base para os vossos sistemas, sobre os seus atributos, sobre a sua existência, sobre a sua maneira de estar no lugar e sobre a sua maneira de agir. Assim, pela vossa própria confissão, vós estais em uma profunda ignorância acerca dos elementos primordiais que é indispensável conhecer, de uma coisa que vós constituís como a causa de tudo aquilo que existe. Assim, sob qualquer ponto de vista que vos encaremos, sois vós que construís sistemas no ar, e vós sois os mais absurdos de todos os sistemáticos: porque, vos atendo à vossa imaginação para criar uma causa, essa causa deveria ao menos espalhar a luz sobre tudo. É com tal condição que seria possível perdoar a sua incompreensibilidade. Porém, essa causa pode servir para explicar alguma coisa? Será que ela nos faz conhecer melhor a origem do mundo, a natureza do homem, as faculdades da alma, a fonte do bem e do mal? Não, sem dúvida! Essa causa imaginária ou não explica nada, ou multiplica por si mesma as dificuldades ao infinito, ou lança o embaraço e a obscuridade sobre todas as matérias nas quais a fazem intervir. Qualquer que seja a questão discutida, ela se complica logo que nela fazem entrar o nome de deus: esse nome não se apresenta nas ciências mais claras a não ser acompanhado de nuvens que tornam complicadas e enigmáticas as noções mais evidentes. Que ideias sobre a moral nos apresenta a vossa divindade, em cujas vontades e em cujo exemplo vós fundamentais todas as virtudes? Todas as vossas revelações não nos mostram essa divindade com os traços de um tirano que zomba do gênero humano, que faz o mal pelo prazer de fazer o mal, que não governa o mundo senão de acordo com as regras dos seus injustos caprichos que vós nos fazeis adorar? Todos os vossos sistemas engenhosos, todos os vossos mistérios, todas as sutilezas que vós haveis inventado serão capazes de inocentar o vosso deus tão perfeito das maldades das quais o bom senso deve fazer que ele seja acusado? Enfim, não será em seu nome que vós perturbais o universo, que vós perseguis, que vós exterminais todos aqueles que se recusam a subscrever os delírios sistemáticos por vós adornados com o pomposo nome de religião? Reconhecei, pois, ó teólogos!, que vós sois não somente sistemáticos absurdos, mas também que vós terminais por ser atrozes e cruéis pela importância que o vosso orgulho e o vosso interesse dão a alguns sistemas ruinosos, sob os quais vós esmagais a razão humana e a felicidade das nações".

Capítulo 14

Breviário do código da natureza

Aquilo que é falso não pode ser útil aos homens; aquilo que lhes causa dano constantemente não pode estar fundamentado na verdade e deve ser proscrito para sempre. É, pois, servir ao espírito humano e trabalhar para ele apresentar-lhe o fio condutor com a ajuda do qual ele pode sair do labirinto no qual a imaginação o leva para passear e o faz errar sem achar nenhuma saída para as suas incertezas. Apenas a natureza, conhecida pela experiência, lhe dará esse fio e lhe fornecerá os meios de combater os *minotauros*, os fantasmas e os monstros que há tantos séculos exigem um tributo cruel dos mortais apavorados. Segurando esse fio em suas mãos, eles jamais se perderão. Mas se eles o soltarem mesmo que por um instante, recairão infalivelmente nos seus antigos extravios. Inutilmente eles dirigirão seus olhares para o céu para encontrar o auxílio que está aos seus pés; enquanto os homens, obstinados com as suas opiniões religiosas, forem buscar em um mundo imaginário os princípios da sua conduta aqui embaixo, eles não terão nenhum princípio. Enquanto eles se obstinarem em contemplar os céus, eles andarão às cegas pela Terra e seus passos incertos não encontrarão jamais o bem-estar, a segurança e o repouso necessários para a sua felicidade.

Mas os homens, cujos preconceitos os tornam obstinados em causar dano uns aos outros, estão prevenidos contra aqueles mesmos que querem lhes proporcionar os maiores bens. Acostumados a ser enganados, eles estão continuamente suspeitosos. Habituados a desconfiar de si próprios, a temer a razão, a considerar a verdade como perigosa, eles tratam como inimigos aqueles mesmos que querem tranquilizá-los. Precavidos desde cedo pela impostura, eles se acreditam obrigados a defender cuidadosamente a venda com a qual ela cobre os seus olhos e a lutar contra todos aqueles que tentassem arrancá-la. Se os seus olhos acostumados às trevas se entreabrem por um instante, a luz os fere, e eles se atiram com fúria sobre aquele que lhes apresenta o archote pelo qual são ofuscados. Como consequência, o ateu é encarado como um ser malfazejo, como um envenenador público. Aquele que ousa despertar os mortais de um sono letárgico no qual o hábito os mergulhou é tido por um perturbador. Aquele que queria acalmar os seus arroubos frenéticos é tido, ele próprio, por um frenético. Aquele que convida os seus associados a quebrarem os seus grilhões parece apenas um insensato ou um temerário para os cativos que acreditam que a sua natureza não os fez senão para serem acorrentados e para tremer. De acordo com essas prevenções funestas, o discípulo da natureza é comumente recebido pelos seus concidadãos da mesma maneira que o pássaro lúgubre da noite, que todos os outros pássaros – a partir do momento que ele sai do seu retiro – perseguem com um ódio comum e gritos diferentes.

Não, mortais cegos pelo terror!, o amigo da natureza não é vosso inimigo. O seu intérprete não é o ministro da mentira; o destruidor dos vossos fantasmas não é o destruidor das verdades necessárias à vossa felicidade. O discípulo da razão não é um insensato que busca vos envenenar ou vos transmitir um delírio perigoso. Se ele arranca o raio das mãos desses deuses terríveis que vos apavoram, é para que vós deixeis de andar em meio às tempestades em um caminho que só distinguis pelo clarão dos relâmpagos. Se ele quebra esses ídolos incensados pelo temor ou ensanguentados pelo fanatismo e pelo furor, é para pôr em seu lugar a verdade consoladora apropriada para vos tranquilizar. Se ele derruba esses templos e esses altares, tantas vezes banhados pelas lágrimas, enegrecidos por sacrifícios cruéis e defumados por um incenso servil, é para erguer à paz, à razão e à virtude um monumento duradouro, no qual vós encontrareis em qualquer tempo um abrigo contra os vossos frenesis, as vossas paixões, e contra as dos homens poderosos que vos oprimem. Se ele combate as pretensões arrogantes desses tiranos deificados pela superstição que, do mesmo modo que os vossos deuses, vos esmagam sob um cetro de ferro, é para que vós desfruteis dos direitos da vossa natureza. É a fim de que vós sejais homens livres, e não escravos para sempre acorrentados à miséria; é para que vós sejais enfim governados por homens e cidadãos que prezam e protegem os homens semelhantes a eles e os cidadãos dos quais recebem o seu poder. Se ele ataca a impostura, é para restabelecer a verdade em seus direitos, por tanto tempo usurpados pelo erro. Se ele destrói a base ideal dessa moral incerta ou fanática que, até aqui, nada mais fez do que ofuscar os vossos espíritos sem corrigir os vossos corações, é para conferir à ciência dos costumes uma base inquebrantável em vossa própria natureza. Ousai, pois, escutar a sua voz, bem mais inteligível do que esses oráculos ambíguos que a impostura vos anuncia em nome de uma divindade capciosa, que contradiz incessantemente as suas próprias vontades. Escutai, pois, a natureza: ela não se contradiz jamais.

"Ó vós" – diz ela – "que, de acordo com o impulso que vos dou, tendeis para a felicidade em cada instante da vossa duração, não resisti à minha lei soberana! Trabalhai pela vossa felicidade. Gozai sem temor; sede feliz. Vós encontrareis os meios para isso inscritos em vosso coração. Inutilmente, ó supersticioso!, buscas o teu bem-estar para além dos limites do universo no qual minha mão te colocou. Inutilmente o pedes a esses fantasmas inexoráveis que a tua imaginação quer estabelecer em meu trono eterno. Inutilmente o esperas nessas regiões celestes que o teu delírio criou; inutilmente contas com essas deidades caprichosas, cuja beneficência te extasia, enquanto elas não enchem a tua morada senão de calamidades, de pavores, de gemidos e de ilusões. Ousa, pois, te libertar do jugo dessa religião, minha arrogante rival, que não reconhece os meus direitos. Renuncia a esses deuses, usurpadores do meu poder, para voltar às minhas leis. É no meu império que reina a liberdade. A tirania e a escravidão dele foram para sempre banidas; a equidade zela pela segurança dos meus súditos; ela os conserva nos seus direitos. A beneficência e a humanidade os ligam por amáveis cadeias; a verdade os esclarece e a impostura jamais os cega com as suas nuvens escuras."

"Voltai, pois, filho trânsfuga, voltai à natureza! Ela te consolará, ela expulsará do teu coração esses temores que te oprimem, essas inquietações que te dilaceram, esses arroubos que te agitam, esses ódios que te separam do homem que tu deves amar. Devolvido à natureza, à humanidade e a ti mesmo, espalha flores pela estrada da vida. Deixa de contemplar o futuro; vive para ti, vive para os teus semelhantes. Desce ao teu interior; examina em seguida os seres sensíveis que te rodeiam e deixa para lá esses deuses que não podem fazer nada pela tua felicidade. Desfruta e faz desfrutar dos bens que eu partilhei entre todos os filhos igualmente saídos do meu seio. Ajuda-os a suportar os males aos quais o destino os submeteu como se fosse a ti mesmo. Eu aprovo os teus prazeres, quando – sem causar dano a ti mesmo – eles não forem funestos aos teus irmãos, que tornei necessários para a tua própria felicidade. Esses prazeres te são permitidos, se tu fizeres uso deles nessa justa medida que eu mesma fixei. Sê portanto feliz, ó homem!, a natureza te convida a isso. Mas lembra-te de que tu não podes sê-lo sozinho; eu convido à felicidade todos os mortais assim como tu. Não é senão tornando-os felizes que tu mesmo o serás; tal é a ordem do destino. Se tu tentares te furtar a isso, pensa que o ódio, a vingança e o remorso estão sempre prontos a punir a infração dos seus decretos irrevogáveis."

"Segue, pois, ó homem!, em qualquer condição que tu te encontres, o plano que te foi traçado para obter a felicidade a que tu podes almejar. Que a humanidade sensível te interesse pela sorte do homem teu semelhante, que o teu coração se enterneça com os infortúnios dos outros, que a tua mão generosa se abra para socorrer o infeliz que é oprimido pelo destino – pensa que ele um dia pode te oprimir assim como faz com ele. Reconhece, pois, que todo desafortunado tem direito aos teus benefícios. Enxuga, sobretudo, o pranto da inocência oprimida. Que as lágrimas da virtude em aflição sejam recolhidas em teu peito; que o doce calor da amizade sincera aqueça o teu coração honesto. Que a estima de uma companheira querida te faça esquecer os sofrimentos da vida; sê fiel ao carinho dela e que ela seja fiel ao teu. Que, sob os olhos de pais unidos e virtuosos, os teus filhos aprendam a virtude. Que, depois de terem ocupado a tua idade madura, eles devolvam, na tua velhice, os cuidados que tu tiveres dado à sua infância imbecil."

"Sê justo, porque a equidade é o sustentáculo do gênero humano. Sê bom, porque a bondade enlaça todos os corações. Sê indulgente, porque tu mesmo és fraco e vives com seres tão fracos como tu. Sê doce, porque a doçura atrai a afeição. Sê grato, porque o reconhecimento alimenta e nutre a bondade. Sê modesto, porque o orgulho revolta os seres apaixonados por si mesmos. Perdoa as injúrias, porque a vingança eterniza os ódios. Faz o bem àquele que te ultraja, a fim de te mostrar maior do que ele, e de fazer dele um amigo. Sê contido, temperante e casto, porque a volúpia, a intemperança e os excessos destruirão o teu ser e te tornarão desprezível."

"Sê cidadão, porque a tua pátria é necessária para a tua segurança, para os teus prazeres e para o teu bem-estar. Sê fiel e submisso à autoridade legítima, porque ela é necessária à manutenção da sociedade que é necessária para ti mesmo. Obedece às leis, porque elas são a expressão da vontade pública, à qual a tua vontade particular deve estar subordinada. Defenda o teu país, porque é ele quem te torna feliz e que contém os teus bens, assim como todos os seres mais caros ao teu coração. Não tolere que essa mãe comum de ti e dos teus concidadãos caia nos grilhões da tirania, porque nesse caso ela não seria mais do que uma prisão para ti. Se tua injusta pátria te recusa a felicidade; se, submetida ao poder injusto, ela tolera que te oprimam, afasta-te dela em silêncio; não a perturbe jamais."

"Em poucas palavras, sê homem. Sê um ser sensível e racional; sê um esposo fiel, pai terno, patrão equitativo e cidadão zeloso. Trabalha para servir o teu país com as tuas forças, os teus talentos, a tua indústria e as tuas virtudes. Distribui aos teus associados os dons que a natureza te deu. Espalha o bem-estar, o contentamento e a alegria sobre todos aqueles que se aproximem de ti: que a esfera das tuas ações, tornando-se viva pelos teus benefícios, reaja sobre ti mesmo; está seguro de que o homem que faz os outros felizes não pode ser ele próprio infeliz. Comportando-te assim, qualquer que sejam a injustiça e a cegueira dos seres com quem a tua sorte te faz viver, tu jamais estarás totalmente privado das recompensas que te forem devidas. Nenhuma força sobre a Terra poderá, ao menos, tirar de ti o contentamento interior, essa mais pura fonte de toda a felicidade. Tu entrarás a todo instante com prazer em ti mesmo; tu não encontrarás no fundo de teu coração nem vergonha, nem terrores, nem remorsos. Tu te amarás; tu serás grande aos teus olhos. Tu serás querido, tu serás estimado por todas as almas honestas, das quais o sufrágio vale bem mais do que o da multidão extraviada. No entanto, se tu lançares teus olhares para fora, rostos contentes te exprimirão a ternura, o interesse e o sentimento. Uma vida, da qual cada instante será marcado pela paz de tua alma e pela afeição dos seres que te rodeiam, te conduzirá pacificamente ao fim dos teus dias, porque é preciso que tu morras. Porém, tu já sobrevives através do pensamento; tu viverás sempre no espírito dos teus amigos e dos seres que as tuas mãos tornaram afortunados. De antemão, tuas virtudes erigiram ali monumentos duradouros. Se o céu se ocupasse de ti, ele ficaria contente com a tua conduta, quando a Terra está contente com ela."

"Evita, pois, te queixar da tua sorte. Sê justo, sê bom, sê virtuoso e jamais podes estar desprovido de prazer. Evita invejar a felicidade enganosa e passageira do crime poderoso, da tirania vitoriosa, da impostura interesseira, da equidade venal e da opulência empedernida. Jamais sejas tentado a engrossar a corte ou o rebanho servil dos escravos do injusto tirano. Não tentes adquirir à força de vergonha, de insultos e de remorsos a fatal vantagem de oprimir os teus semelhantes. Não sejas o cúmplice mercenário dos opressores do teu país: eles são forçados a enrubescer, quando encontram os teus olhos."

"Porque – não te enganes – sou eu quem pune, mais seguramente que os deuses, todos os crimes da Terra. O perverso pode escapar das leis dos homens, mas jamais escapa das minhas. Fui eu quem formei os corações e os corpos dos mortais; fui eu quem fixei as leis que os governam. Se tu te entregas a volúpias infames, os companheiros da tua devassidão te aplaudirão, e eu te punirei com enfermidades cruéis, que darão fim a uma vida vergonhosa e desprezível. Se tu te entregas à intemperança, as leis dos homens não te punirão, mas eu te punirei abreviando os teus dias. Se tu és vicioso, teus hábitos funestos recairão sobre a tua cabeça. Esses príncipes, essas divindades terrestres, que o seu poder coloca acima das leis dos homens, são forçados a tremer diante das minhas. Sou eu quem os castiga; sou eu quem os enche de suspeitas, de terrores e de inquietações. Sou eu quem os faz tremer apenas ouvindo o nome da augusta verdade; sou eu quem, mesmo na multidão desses poderosos que os rodeiam, lhes faço sentir os aguilhões envenenados do desgosto e da vergonha; sou eu quem espalha o tédio sobre as suas almas embotadas, para puni-los pelo abuso que fizeram dos meus dons. Sou eu a justiça incriada, eterna. Sou eu quem, sem preferência por ninguém, sei proporcionar o castigo ao crime, à infelicidade à depravação. As leis do homem só são justas quando estão em conformidade com as minhas. Seus julgamentos só são racionais quando eu os ditei; só as minhas leis são imutáveis, universais, irreformáveis, feitas para regular em todos os lugares e em todos os tempos a sorte da raça humana."

"Se tu duvidas da minha autoridade e do poder irresistível que tenho sobre os mortais, considera as vinganças que exerço sobre todos aqueles que resistem aos meus decretos.

Desce ao fundo do coração desses criminosos diversos cujo rosto contente encobre uma alma dilacerada. Não vês o ambicioso atormentado noite e dia por um ardor que nada pode extinguir? Não vês o conquistador triunfar com remorsos e reinar tristemente sobre ruínas fumegantes, sobre solidões incultas e devastadas, sobre desgraçados que o amaldiçoam? Tu crês que esse tirano, cercado de bajuladores que o atordoam com a sua adulação, não tem consciência do ódio que as suas opressões provocam e do desprezo que atraem para ele os seus vícios, a sua inutilidade e a sua devassidão? Tu pensas que esse cortesão altivo não se envergonha no fundo da sua alma com os insultos que ele devora e com as baixezas por meio das quais ele compra o favor?"

"Vê esses ricos indolentes vítimas do tédio e da saciedade que sempre se seguem aos prazeres esgotados. Vê o avaro, inacessível aos clamores da miséria, gemer extenuado sobre o inútil tesouro que, à custa de si próprio, ele teve o cuidado de acumular. Vê o voluptuoso tão alegre, o intemperante tão sorridente, gemerem secretamente com uma saúde desperdiçada. Vê a divisão e o ódio reinarem entre esses esposos adúlteros. Vê o mentiroso e o velhaco privados de toda a confiança. Vê o hipócrita e o impostor evitarem com temor os teus olhares penetrantes e tremerem só de ouvir o nome da terrível verdade. Examina o coração inutilmente murcho do invejoso, que seca com o bem-estar dos outros. O coração gelado do ingrato que nenhum benefício reaquece. A alma de ferro desse monstro que os suspiros do infortúnio não podem amolecer; olha esse vingativo que se nutre de fel e de serpentes e que, em seu furor, devora a si mesmo. Inveja, se tu ousas, o sono do homicida, do juiz iníquo, do opressor e do peculador, cujos leitos estão infestados pelas tochas das fúrias... Tu estremeces, sem dúvida, com a visão da perturbação que agita esse publicano engordado com a subsistência do órfão, da viúva e do pobre. Tu tremes ao ver os remorsos que dilaceram esses criminosos reverenciados que o vulgo acredita serem felizes, enquanto o desprezo que eles têm por si mesmos vinga incessantemente as nações ultrajadas. Tu vês, em poucas palavras, o contentamento e a paz banidos sem retorno do coração dos desgraçados a quem eu ponho diante dos olhos o desprezo, a infâmia e os castigos que eles merecem. Mas, não, teus olhos não podem suportar os trágicos espetáculos das minhas vinganças. A humanidade te faz partilhar os seus merecidos tormentos. Tu te comoves com esses desafortunados, aos quais os erros e os hábitos fatais tornam o vício necessário; tu foges deles sem os odiar. Tu gostarias de socorrê-los. Se tu te comparas com eles, tu te congratulas por reencontrar sempre a paz no fundo de teu próprio coração. Enfim, tu vês se cumprir, sobre eles e sobre ti, o decreto do destino, que quer que o crime puna a si mesmo e que a virtude jamais seja privada de recompensas."

Tal é a soma das verdades que contém o código da natureza. Tais são os dogmas que pode anunciar o seu discípulo: eles são preferíveis, sem dúvida, aos dessa religião sobrenatural que jamais fez senão o mal ao gênero humano. Tal é o culto que ensina essa razão sagrada, o objeto do desprezo e dos insultos do fanático, que não quer estimar senão aquilo que o homem não pode nem conceber nem praticar, que faz a sua moral consistir em alguns deveres fictícios e a sua virtude em algumas ações inúteis e muitas vezes perniciosas para a sociedade. Por falta de conhecer a natureza que ele tem diante dos olhos, acredita-se forçado a buscar em um mundo ideal alguns motivos imaginários dos quais tudo comprova a ineficácia. Os motivos que a moral da natureza emprega são o interesse evidente de cada homem, de cada sociedade, de toda a espécie humana em todos os tempos, em todos os países e em todas as circunstâncias. Seu culto é o sacrifício dos vícios e a prática das virtudes reais. Seu objetivo é a conservação, o bem-estar e a paz dos homens. Suas recompensas são a afeição, a estima e a glória – ou, na falta delas, o contentamento da alma e a estima merecida de si mesmo, dos quais nada jamais privará os mortais virtuosos. Seus castigos são o ódio, o desprezo e a indignação que a sociedade sempre reserva àqueles que a ultrajam e aos quais nem a maior potência pode jamais se subtrair.

As nações que quiserem se ater a uma moral tão sábia, que fizerem que ela seja inculcada à infância e cujas leis a confirmarem incessantemente não terão necessidade nem de superstições nem de quimeras. Aquelas que se obstinarem em preferir alguns fantasmas aos seus interesses mais caros caminharão com um passo firme para a ruína. Se elas se sustentam por algum tempo, é porque a força da natureza as devolve algumas vezes à razão, a despeito dos preconceitos que parecem conduzi-las a uma perda certa. A superstição e a tirania, aliadas para a destruição do gênero humano, são elas próprias muitas vezes forçadas a implorar o auxílio de uma razão que elas desdenham, ou de uma natureza aviltada que elas esmagam sob o peso das suas divindades mentirosas. Essa religião, em todos os tempos tão funesta aos mortais, se cobre com o manto da utilidade pública todas as vezes que a razão quer atacá-la: ela fundamenta a sua importância e os seus direitos na aliança indissolúvel que afirma subsistir entre ela e a moral – à qual ela não cessa, no entanto, de mover a guerra mais cruel. É, sem dúvida, por meio desse artifício que ela seduz tantos sábios. Eles acreditam de boa-fé que a superstição é útil à política e necessária para conter as paixões. Essa superstição hipócrita, para mascarar as suas feições hediondas, soube sempre se cobrir com o véu da utilidade e com a égide da virtude; como consequência, acreditou-se que era necessário respeitá-la e perdoar a impostura, porque ela se fez de muralha para os altares da verdade. É dessa trincheira que devemos tirá-la para inculpá-la, aos olhos do gênero humano, dos seus crimes e das suas loucuras, para arrancar-lhe a máscara sedutora com a qual ela se cobre, para mostrar ao universo as suas mãos sacrílegas armadas com punhais homicidas, manchadas com o sangue das nações – que ela embriaga com os seus furores ou que imola sem piedade às suas paixões desumanas.

A moral da natureza é a única religião que o intérprete da natureza oferece aos seus concidadãos, às nações, ao gênero humano e às gerações futuras, corrigidas dos preconceitos que tantas vezes perturbaram a felicidade dos seus ancestrais. O amigo dos homens não pode ser o amigo dos deuses, que foram em todas as eras os verdadeiros flagelos da Terra. O apóstolo da natureza não emprestará a sua voz a quimeras enganosas que não fazem deste mundo senão uma morada de ilusões. O adorador da verdade não se conciliará com a mentira, não fará nenhum pacto com o erro, do qual as consequências nunca deixarão de ser fatais para os mortais. Ele sabe que a felicidade do gênero humano exige que se destrua de alto a baixo o edifício tenebroso e vacilante da superstição, para erguer à natureza, à paz e à virtude o templo que lhes convêm. Ele sabe que não é senão extirpando até as raízes a árvore envenenada que há tantos séculos cobre de sombras o universo que os olhos dos habitantes deste mundo perceberão a luz apropriada para esclarecê-los, para guiá-los e para reaquecer as suas almas. Se os seus esforços são vãos, se ele não pode inspirar coragem aos seres demasiado acostumados a tremer, ele se congratulará por ter ousado tentá-lo. No entanto, ele não julgará os seus esforços inúteis se pôde fazer uma única pessoa feliz, se os seus princípios levaram a calma para uma única alma honesta, se os seus raciocínios tranquilizaram algum coração virtuoso. Ele terá ao menos a vantagem de ter banido do seu espírito os terrores importunos para o supersticioso, de ter expulsado do seu coração o fel que amarga o zelo, de ter posto a seus pés as quimeras pelas quais o vulgo é atormentado. Assim, fugido da tempestade, do alto do seu rochedo, ele contemplará as tormentas que os deuses provocam sobre a Terra. Ele estenderá uma mão compassiva àqueles que quiserem aceitá-la.

Ele os encorajará com a voz. Ele os auxiliará com os seus votos e, no calor de sua alma comovida, exclamará:

Ó natureza! Soberana de todos os seres! E vós, suas filhas adoráveis: virtude, razão, verdade! Sede para sempre as nossas únicas divindades! É a vós que são devidos o incenso e as homenagens da Terra. Mostrai-nos, pois, ó natureza!, aquilo que o homem deve fazer para obter a felicidade que tu o fazes desejar! Virtude! Aquece-o com o teu fogo benfazejo! Razão! Conduz os seus passos incertos nos caminhos da vida! – Verdade! Que a tua chama o ilumine! Reuni – ó deidades compassivas! – o vosso poder para submeter os corações! Bani dos nossos espíritos o erro, a maldade e a perturbação; fazei reinar em seu lugar a ciência, a bondade e a serenidade! Que a impostura humilhada não ouse jamais se mostrar! Fixai, enfim, os nossos olhos, por tanto tempo ofuscados ou cegos, sobre os objetos que devemos buscar! Afastai para sempre esses fantasmas hediondos e essas quimeras sedutoras que só servem para nos desvirtuar! Tirai-nos dos abismos nos quais a superstição nos mergulha; derrubai o fatal império do prodígio e da mentira. Arrancai-lhes o poder que eles usurparam de vós! Comandai sem divisão os mortais; rompei as cadeias que os oprimem. Rasgai o véu que os cobre; apaziguai os furores que os embriagam; quebrai nas mãos ensanguentadas da tirania o cetro com o qual ela os esmaga. Relegai esses deuses que os afligem para as regiões imaginárias de onde o temor os fez sair! Inspirai coragem ao ser inteligente; dai-lhe energia. Que ele ouse, enfim, se amar, se estimar, sentir a sua dignidade, que ele ouse se libertar, que ele seja feliz e livre, que ele não seja jamais escravo senão das vossas leis, que ele aperfeiçoe a sua sorte, que ele preze os seus semelhantes, que ele próprio tenha prazer, que ele faça os outros terem prazer! Consolai o filho da natureza dos males que o destino o força a suportar através dos prazeres que a sabedoria lhe permite saborear. Que ele aprenda a se submeter à necessidade. Conduzi-o sem alarmes ao término de todos os seres. Ensinai-lhe que ele não é feito nem para evitá-lo nem para temê-lo!

FIM

1ª edição janeiro 2011 | **Diagramação** Luargraf
Fonte Adobe Garamond Pro 11 pt | **Papel** Offset 70 g/m²
Impressão e acabamento Cromosete